고전의 향기

고전의 향기

우리 고전명작 100선

구자청 엮음

글누림

고전은 문자가 남긴 위대한 문화유산이다. 인간의 삶은 유한하지만 연속성을 통하여 영원하기를 추구한다. 그러므로 인류의 문명은 시간과 공간 속에서 끊임 없이 진화하여 오늘과 같이 발전해온 것이다. 이러한 문명의 진전은 문자라는 매개를 그 기반으로 한다. 그래서 우리는 문자가 없는 문명이란 상상할 수 없는 것이다. 잠시도 멈추지 않고 변화하는 시간과 공간속을 살아간 선인들의 삶과 지혜를 문자로 차곡차곡 모아 놓은 것이 바로 고전이다. 이러한 고전은 당시의 명사와 석학들이 써내려간 주옥같은 문장으로, 철학·역사·문학 등을 아우르 는 인문학의 백미라 하겠다. 인문학은 기본적으로 인간에 대한 이해를 추구하는 것이므로 모든 학문의 출발점이라 해도 무리가 없을 것이다. 따라서 고전이야말 로 현대를 살아가는 우리들에게 소중한 자산이며 미래적 가치를 창출할 수 있 는 지혜의 보고라 할 것이다.

우리는 아직도 고전이라 하면 중국의 고전을 거부감 없이 받아들이고 있다. 뿐만 아니라 우리의 고전보다 중국고전에 더 익숙해져 있는 것도 사실이다. 물 론 고전분야에서는 중국이 풍부한 문헌을 갖고 있음을 부인할 수는 없다. 사서 오경(四書五經)을 비롯하여 제자백가서(諸子百家書)와 역사서 등 중국의 고전이

한반도에 끼친 문화적 영향은 매우 크다고 하겠다. 이러한 것은 결과적으로 우리가 고유한 문자를 갖지 못한 데 그 원인이 있는 것이다. 그럼에도 더욱 아쉬운 것은 훈민정음이 창제된 이후에도 조선의 지식인들은 역사를 비롯한 모든 문헌을 한문으로 기록하였기 때문에 중국의 고전이 곧 우리의 고전이란 등식이 성립되었다고도 할 수 있다. 그러나 우리의 고전이 비록 한문으로 쓰여 졌다 할지라도 그 내용적인 측면에서는 역시 중국과는 다른 모습을 하고 있다는 점을 알아야 한다. 더구나 고려와 조선시대에는 기록문화가 중시되어 공사(公私) 간에 수많은 문헌의 저술이 이루어졌다. 그 결과 우리나라는 훈민정음, 조선왕조실록 등 13건의 기록유산을 유네스코 문화유산에 등재함으로써 세계적으로 유수한 기록유산의 보유국이 되었다. 그러나 이러한 국가적 차원의 기록보다 더 많은 문헌이 개별 문집(文集)으로 존재하고 있다. 특히 조선왕조에 들어와서는 지식인들의 학술활동이 활발하게 전개되어 수많은 개인문집의 편찬이 이루어졌으니, 이는 우리 고전의 보고(寶庫)라 하겠다. 이제 우리는 중국의 고전에 매몰될 때가 아니라 우리 고전에 대한 새로운 인식의 지평을 열어가야 할 때라고 생각한다.

이토록 수많은 고문헌 중에서 고전의 가치가 있는 글을 골라내는 일은 진흙 속에 묻혀있던 진주를 찾아내는 것과 같아서, 마치 천년 동안 바다 속에 잠겨있던 고려청자를 건져 올려 그 비색을 감상할 때 흥분을 느끼는 것과 같다. 이러한 과정을 통하여 통일신라시대의 설총과 최치원으로부터 고려시대의 김부식과 이규보, 그리고 조선시대의 김시습과 박지원 등에 이르기까지, 모두 46명의 명사들이 남긴 개인문집 속에서 찾아낸 주옥같은 글을 『고전의 향기』에 담아내었다. 이 중에는 우리 민족의 설화도 있고 고뇌에 찬 철학적 담론도 있으며, 정치하는 도리와 역사적 이슈도 있고, 애틋하게 사무치는 그리움을 담아낸 아름다운 문학작품 등 다양하고 흥미로운 내용들이 있다.

오늘날의 모든 지식활동은 과거의 유산인 고전을 토대로 하고 있음을 부정할 수 없다. 이러한 현상은 앞서 언급한 것처럼, 유한한 존재로서 영속성을 추구하는 인간에게는 미래를 담보할 수 있는 유일한 방법이기 때문이다. 그렇다면 고전을 단순히 지나간 역사로만 인식할 것이 아니라 현재와 미래를 관통하는 중요한 지적자산으로 보아야할 것이다. 오늘날 물질문명 속에서 극도로 피폐해진 인간들이 올바른 심성을 회복하여 행복한 세상을 열어가는 중심에 우리의 고전이 놓여 지기를 간절히 소망하는 바이다. 이 책은 천년 동안 이루어진 고전작품 중 100편을 선별하여 장르별로 갈라서 9부작으로 편집하였다. 그리고 작품별 원제(原題)와 작가의 프로필은 뒤에 따로 실었다.

우리 속담에 '구슬이 서 말이라도 꿰어야 보배다.'라는 말이 있다. 고문헌 속에 묻혀있던 100개의 구슬을 찾아내어 하나하나 꿰어 가는 심정으로 엮어낸 이 책이 진정한 보배가 될 것인지는, 오직 독자 여러분의 몫으로 남겨두고자 한다.

끝으로 이 책에 수록한 고전작품은 ≪삼국사기≫, ≪삼국유사≫, ≪동문선≫과 한국고전번역원의 <한국고전종합DB> 등에서 가져온 것으로, 내용의 일부를 현대인의 감각에 맞도록 수정과 윤문작업을 가했음을 밝혀둔다. 이번 기회에 고전번역을 위해 진력하고 계신 분들의 노고에 깊이 감사드린다. 그리고 이 책이 나오기까지 물심양면으로 애써주신 글누림출판사의 최종숙 대표님, 이태곤 편집장님, 박지인 편집자께 고마움을 전한다.

2015년 깊어가는 가을밤에
밝은 달과 노란 국화를 바라보면서
여강 구자청 씀.

제3부 선비의 역할

제4부 풍류와 호연지기

제5부 지식인의 생각

제6부 형식을 초월한 글

제7부 전해 오는 이야기

제8부 죽음에 대한 슬픔과 예우

제9부 더 읽고 싶은 글

【시·부류(詩·賦類)】

제1부
시와 노래

새벽의 정경

최
치
원

옥루(물시계)에선 아직 물이 떨어지고 있는데 은하는 벌써 한 바퀴를 돌았다. 어슴푸레한 분위기 속에서 산천은 조금씩 모습을 바꾸어 가고, 들쭉날쭉 다양하게 온갖 존재가 자신의 모습을 드러내 보이려고 한다. 높고 낮은 연무(煙霧) 속의 정경이 희미하게나마 구분되니 구름 사이의 궁전을 알아보겠고, 멀고 가까운 곳에서 수레가 일제히 움직이니 거리에 먼지가 일기 시작한다. 하늘 끝이 발그무레해지며, 해 뜨는 곳에 짙푸른 기운이 감도는데, 먼 숲 나뭇가지 끝에서는 드문 별 몇 점이 깜빡거리고, 짙은 안개 속에 교외의 색깔은 길게 걷힌다.

화정에서는 바람결에 학의 울음소리가 여전히 아련하게 들려올 것이요*, 파협에서는 달빛 속에 멀리서 들려오던 원숭이의 애잔한 울음소리가 지금쯤은 그쳤을 것이다.** 주막집 푸른 깃발 은은히 비치는 마을 저 멀리 초가집에서는

---

* 화정(華亭)은 지금의 상해시(上海市) 송강현(松江縣) 서쪽에 있는데, 학의 서식지로 유명하다.
** 파협(巴峽)은 지금의 삼협(三峽)을 가리키는데, 이곳의 원숭이 울음소리는 애절하여 듣는 사

닭 우는 소리가 들려오고, 희미하게 보이는 붉은색 누각의 아로새긴 들보 위에는 둥지를 비운 제비들이 재잘거린다. 유영의 안에서는 조두 치는 일을 그만두었을 것이요*, 계전의 옆에서는 잠홀을 엄숙히 정제하고 있을 것이다.** 모래벌판이 막막하게 펼쳐진 변방의 성에서 기르는 말들의 울음소리도 자주 들려오고, 오래된 둑길에 푸르름이 뒤덮인 먼 강물에 외로운 돛단배들도 모두 떠나갈 것이다. 고깃배 피리소리 맑게 울려 퍼지고, 다북쑥 함초롬히 이슬 머금은 가운데, 천산(千山)의 푸른 이내는 높고 낮게 아른거리고, 사방 들판의 바람 안개는 깊고 옅게 퍼지리라. 누구의 집인가 푸른빛 난간에는 꾀꼬리가 노래를 해도 비단 커튼이 여전히 드리워 있을 것이요, 어느 곳인가 화려한 집에서는 꿈을 깨었어도 구슬로 꿴 발을 아직 걷지 않았으리라.

이날 밤 온 세상이 맑게 개어 온 천지가 쾌청한데, 천 리 멀리 아스라이 동이 트면서 팔방에 햇살이 비치기 시작하나니, 불어난 물 위에는 붉은 노을의 그림자가 둥둥 떠가고, 궁문을 여는 오경의 드문 종소리가 들려온다. 임 그리는 여인이 있는 깊숙한 규방의 비단 창호도 점차 환해지고, 우수에 잠긴 사람을 뉘어 놓은 고옥(古屋)의 어두운 창문도 밝아지는가 싶더니, 어느 사이에 맑은 하늘빛이 엷게 떠오르고 아침 햇빛이 내비치려 하면서, 몇 줄의 기러기는 남쪽으로 날아가고, 조각달은 서쪽으로 기운다.

홀로 떠난 아들이 걸어가는 시장 통엔 여관의 문이 아직껏 잠겨있고, 백전의 군대가 주둔한 외로운 성엔 피리소리가 아직도 그치지 않았어라. 다듬이 소리 썰렁하고, 산 숲의 그림자 듬성한데 사방 벽에는 귀뚜라미 소리가 어느새 끊어

람이 눈물을 흘린다.
* 유영(柳營)은 병영(兵營)이고, 조두(刁斗)는 낮에는 취사용구로 쓰다가 밤이 되면 순라를 돌면서 치는 군대의 기물이다. 즉 병영안의 야경활동을 끝냈다는 뜻이다.
** 관원들이 의관을 정제하며 조회를 준비한다는 말이다.

지고, 먼 언덕에 내린 서리꽃이 삼엄도 해라. 금옥 안에서 화장하며 눈썹을 푸르게 그린 미인, 연회 끝난 경루 위에는 속절없이 홍촉만 남았으리.* 급기야 청신한 아침에 기운이 상쾌해지며, 정신이 푸른 하늘처럼 맑아지니 천하에 태양빛이 골고루 비치면서, 음침한 기운이 바위 골짜기로 모조리 물러난다. 온 세상의 집들이 이제야 비로소 열리면서, 넓고 넓은 하늘과 땅이 눈앞에 새로이 펼쳐지누나.

---

* 양귀비와 당 현종의 사랑을 노래한 백낙천의 「장한가」에 '금옥 안에서 화장하고 요염하게 밤에 모셨으며, 옥루 위의 연회가 끝나면 취하여 봄기운에 동화됐네.'라는 구절이 있다.

동명왕편

이
규
보

【서 문】

　세상에서 동명왕의 신통하고 기이한 일을 많이 말한다. 비록 어리석은 남녀
들까지도 흔히 그 일을 말한다. 내가 일찍이 그 이야기를 듣고 웃으면서 말하
기를 '영원한 스승이신 공자께서는 괴력난신(怪力亂神)을 말씀하지 않았다. 동
명왕의 일은 실로 황당하고 기괴하여 우리들이 이야기할 것이 못된다.'라고 하
였다. 뒤에 『위서(魏書)』와 『통전(通典)』을 읽어보니, 역시 그에 관한 일을 실었
으나 간략하고 자세하지 못하였으니, 자기들 것은 자세히 하고 외국의 일은 소
략하게 하려는 뜻인지도 모르겠다. 지난 명종 23년(1193) 4월에 『구삼국사(舊三
國史)』를 얻어서 「동명왕본기(東明王本紀)」를 보니 그 신비로운 사적이 세상에서
이야기하는 것보다 더했다. 그러나 처음에는 믿지 못하고 귀(鬼)나 환(幻)으로만
생각하였는데, 세 번 반복하여 읽어서 점점 그 근원에 들어가니, 환(幻)이 아니

고 성(聖)이며, 귀(鬼)가 아니고 신(神)이었다. 하물며 나라의 역사는 사실 그대로 쓴 글이니 어찌 허탄한 것을 전하였으랴. 김부식(金富軾) 공이 『고려사(高麗史)』를 편찬할 때에 자못 그 일을 생략하였으니, 김부식 공은 나라의 역사는 세상을 바로잡는 글이므로 크게 이상한 일은 후세에 보일 것이 아니라고 생각하여 생략한 것이 아닌가. 「당현종본기(唐玄宗本紀)」와 「양귀비전(楊貴妃傳)」에는 도사(道士)가 하늘에 오르고 땅속에 들어갔다는 말이 없는데, 오직 시인(詩人) 백낙천(白樂天)이 그 일이 없어질 것을 두려워하여 「장한가(長恨歌)」라는 노래를 지어 기록하였다. 저것은 실로 황당하고 음란하고 기괴하고 허탄한 일인데도 오히려 읊어서 후세에 보였거늘, 더구나 동명왕의 일은 변화의 신기한 것으로 여러 사람의 눈을 현혹한 것이 아니고, 실로 나라를 창시(創始)한 신기한 사적이니 이것을 기술하지 않으면 후인들이 장차 어떻게 볼 수 있겠는가. 그러므로 시(詩)를 지어 기록함으로써 우리나라가 본래 성인(聖人)의 나라임을 천하에 알리고자 하는 것이다.

【본문(오언고시)】

한 덩어리로 뭉친 원기가 갈라져 천황씨 지황씨가 되었다
머리가 열셋 혹은 열하나 그 모습 기이함이 많았다.*
그 나머지 성스러운 제왕들도 경서와 사기에 실려 있다
여절은 큰 별에 감응되어 소호금천씨 지를 낳았고
여추는 전욱을 낳았는데 역시 북두성의 광채에 감응되었다**

---

* 전설에 의하면 하늘이 열릴 때 천황(天皇)·지황(地皇)·인황(人皇)이 나타나 다스리기 시작했는데, 천황은 머리가 열 셋, 지황은 열하나, 인황은 아홉이라 하였다.
** 여절(女節)은 황제(皇帝)의 부인으로 황아(皇娥)라고도 하는데, 밤에 별에서 무지개 같은 기

복희씨는 희생 제도를 마련하였고 수인씨는 나무를 비벼 불을 만들었다

명협이 난 것은 요임금의 상서요 서속을 내린 것은 신농씨의 상서다*

푸른 하늘은 여와씨가 기웠고 큰물은 우임금이 다스렸다

황제헌원씨가 하늘에 오르려 할 때 턱에 수염 난 용이 스스로 이르렀다**

태곳적 순박할 때는 신령하고 성스러운 것이 이루 다 기록할 수 없었는데

후세에 인정이 점점 야박해져서 풍속이 지나치게 사치해졌다

성인이 간혹 나오기는 하였으나 신령한 자취를 보인 것이 적다

한나라 신작 삼년에 첫 여름 북두가 동남방을 가리킬 때

해동의 해모수(解慕漱)는 참으로 하느님의 아들이어라

처음 공중에서 내려오는데 자신은 다섯 마리 용의 수레를 타고

따르는 사람 백여 인은 고니를 타고 깃털 옷을 화려하게 입었다

맑은 풍악소리 쟁쟁하게 울리고 채색 구름은 뭉게뭉게 떴다

옛날부터 천명을 받은 임금이 어느 것이 하늘에서 준 것이 아닌가

대낮 푸른 하늘에서 내려온 것은 옛적부터 보지 못한 일이다

아침에는 인간 세상에서 살고 저녁에는 천궁으로 돌아간다

내가 옛사람에게 들으니 하늘에서 땅까지의 거리가

이억만 팔천칠백팔십 리란다

운이 내려오는 꿈을 꾸고 지(摯)를 낳고, 여추(女樞)는 지의 부인으로 역시 북극성이 번쩍이는 것을 보고 태기가 있어 24개월 만에 아들을 낳으니, 이가 오제(五帝)의 둘째 번인 전욱(顓頊)이라고 한다.

* 명협(蓂莢)은 요임금 때 조정의 뜰에 났다는 상서로운 풀이다. 초하룻날부터 매일 한 잎씩 나서 자라다가 보름이 지나면 한 잎씩 지기 시작하여 그믐이 되면 말라버리는 까닭에 이것을 보고 달력을 만들었다고 한다.

**『사기』 봉선서(封禪書)에 '황제가 형산 아래에서 구리로 솥을 만들어 다 이루어지자, 턱에 수염을 드리운 용이 내려와서 황제를 맞이하므로 황제가 그를 타고 하늘에 올랐다.'라고 하였다.

사다리로 오르기도 어렵고 날개로 날아도 쉽게 지친다

아침저녁 마음대로 오르내리니 그 이치는 어째서 그러한가

성 북쪽에 청하(압록강)가 있는데 하백의 세 딸이 아름다웠다

압록강 물결을 헤치고 나와 웅심의 물가에서 놀았다

쟁그렁 딸랑 패옥이 울리고 부드럽고 가냘픈 모습 아름다웠다

처음에는 한고 물가인가 의심하고 다시 낙수의 모래톱을 연상하였다*

왕이 나가서 사냥하다 보고 눈짓을 보내며 마음을 두었다

곱고 아름다움을 좋아함이 아니라 참으로 후계를 낳기 위함이었다

세 여자가 왕이 오는 것을 보고 물에 들어가 한동안 서로 피하였다

장차 궁전을 지어 함께 와서 노는 것을 엿보려 하여

말채찍으로 한 번 땅을 그으니 구리집이 홀연히 세워졌다.

비단자리 눈부시게 깔아 놓고 금 술잔에 맛있는 술 차려 놓았다

과연 스스로 돌아 들어와서 서로 마시고 이내 곧 취하였다

왕이 그때 나가 가로막으니 놀라 달아나다 미끄러져 자빠졌다

맏딸이 유화라고 하는데 이 여자가 왕에게 붙잡혔다

하백이 크게 노하여 사자를 시켜 급히 달려가서 고하기를

너는 어떤 사람이기에 감히 경솔하고 방자한 짓을 하는가

대답하기를, 나는 천제의 아들인데 높은 문족과 서로 혼인을 청합니다

하늘을 가리키자 용의 수레가 내려와 그대로 깊은 바다 궁에 이르렀다

하백이 왕에게 이르기를 혼인은 바로 큰일이라

---

* 한고(漢皐)는 산 이름이다. 주나라의 정교보(鄭交甫)가 남쪽으로 초나라에 가는 길에 한고대(漢皐臺) 아래를 지나다가 두 여자를 만나 구슬을 찬 것을 보고 그 구슬을 청하여 얻었다. 낙수(洛水)는 낙수의 신(神)을 말한다. 복희씨의 딸 복비(宓妃)가 낙수에 빠져 죽어 낙수의 신이 되었다.

중매와 폐백의 법이 있거늘 어째서 방자한 짓을 하는가

그대가 상제의 아들이라면 신통한 변화를 시험하여 보자

넘실거리는 푸른 물결 속에 하백이 변하여 잉어가 되니

왕이 변화하여 수달이 되어 몇 걸음 못가서 곧 잡았다

또 다시 두 날개가 나서 꿩이 되어 날아가니

왕은 신령한 매가 되어 쫓아서 치는 것이 어찌 그리 날랜가

저편이 사슴이 되어 달아나면 이편은 승냥이가 되어 쫓았다

하백은 신통한 재주가 있음을 알고 술자리 벌이고 서로 기뻐하였다

만취한 틈을 타서 가죽 수레에 싣고 딸도 함께 수레에 태웠다

그 뜻은 딸과 함께 천상에 오르게 하려 함이었다

그 수레가 물 밖에 나오기 전에 술이 깨어 홀연히 놀라 일어나

여자의 황금 비녀로 가죽을 뚫고 구멍으로 나와서

홀로 적소를 타고 올라서 소식 없이 다시 돌아오지 않았다

하백이 그 딸을 책망하여 입술을 잡아당겨 석 자나 늘여 놓고

우발수* 속으로 추방하고는 오직 노비 두 사람만을 주었다

어부가 물속을 보니 이상한 짐승이 돌아다녔다

이에 금와왕(金蛙王)에게 고하여 쇠 그물을 깊숙이 던졌다

돌에 앉은 여자를 끌어당겨 얻었는데 얼굴 모양이 매우 무서웠다

입술이 길어 말을 못하므로 세 번 자른 뒤에야 입을 열었다

왕이 해모수의 왕비인 것을 알고 이내 별궁에 두었다

해를 품고 주몽을 낳았으니 이해가 계해년이었다

---

* 우발수는 못의 이름인데 지금의 태백산(백두산) 남쪽에 있다.

골상이 참으로 기이하고 우는 소리가 또한 매우 컸다

처음에 됫박만한 알을 낳으니 보는 사람들이 깜짝 놀랐다

왕이 상서롭지 못하다 이것이 어찌 사람의 종류인가 하고는

마구간 속에 두었더니 여러 말들이 모두 밟지를 않고

깊은 산속에 버렸더니 온갖 짐승이 모두 품어 안았다

어미가 우선 받아서 기르니 한 달이 되면서 말하기 시작했다

스스로 말하되 파리가 눈을 빨아서 누워도 편안히 잘 수가 없다고 했다

어머니가 활과 화살을 만들어 주니 그 활이 빗나가는 법이 없었다

나이가 점점 장성하여 재능도 날로 갖추어졌다

부여왕의 태자가 그 마음에 투기가 생겼다

이에 말하기를 주몽이란 자는 반드시 범상한 사람이 아니니

만일 일찍 도모하지 않으면 후환이 끝이 없으리라고 하였다

왕이 가서 말을 기르게 하니 그 뜻을 시험하고자 함이었다

스스로 생각하니 천제의 손자가 말을 기르는 것 참으로 부끄러워

가슴을 어루만지며 늘 탄식하기를, 사는 것이 죽는 것만 못하다

마음 같아서는 남쪽으로 가서 나라도 세우고 성시도 세우고자 하나

사랑하는 어머니가 계시므로 이별이 참으로 쉽지 않구나

그 어머니가 이 말을 듣고 흐르는 눈물을 씻으며

너는 내 생각은 하지 말라 나도 항상 마음이 아프다

장사가 먼 길을 가려면 반드시 준비가 있어야 한다며

아들을 데리고 마구간에 가서 곧 긴 채찍으로 말을 때리니

여러 말이 모두 달아나는데 붉은빛이 얼룩진 한 마리 말이 있어

두 길 되는 난간을 뛰어 넘으니 이 말이 준마인지 비로소 알았다

남모르게 바늘을 혀에 꽂으니 시고 아파서 먹지를 못하네
며칠이 지나 형상이 매우 야위어 나쁜 말과 다름없게 되었다
그 뒤에 왕이 돌아보고 바로 그 말을 주었다
받고 나서 비로소 바늘을 뽑고 밤낮으로 잘 먹였다
가만히 세 어진 벗을 맺으니 그 사람들 모두 지혜가 많았다
남쪽으로 가서 엄체수에 이르러 건너려 해도 배가 없었다
채찍을 잡고 저 하늘을 가리키며 개연히 긴 탄식을 발했다
천제의 손자 하백의 외손이 난을 피하여 여기에 이르렀소
불쌍하고 외로운 이 마음을 하늘과 땅이 차마 버리십니까
활을 잡아 하수를 치니 고기와 자라가 머리와 꼬리를 나란히 하여
높이 다리를 놓아서 비로소 건널 수 있었다
조금 뒤에 쫓는 군사가 와서 다리에 오르니 다리가 바로 무너졌다
한 쌍의 비둘기 보리를 물고 날아서 어머니의 사자가 되어 왔다
형세 좋은 땅에 왕도를 개설하니 산천이 울창하고 높고도 컸다
스스로 띠자리 위에 앉아서 대강 군신의 위차를 정하였다
애달프다 비류왕이여 어째서 스스로 헤아리지 못하고
선인의 후예인 것만 자랑하고 천제의 손자 존귀함을 알지 못했나
한갓 부용국*으로 삼으려 하여 말하는데 삼가거나 겁내지 않는다
그림 속 사슴배꼽도 맞히지 못하고 옥가락지 깨는 것에 놀랐다
와서 고각이 변색한 것을 보고 감히 내 기물이라 말도 못하였다
집 기둥이 묵은 것을 와서 보고 말 못하고 도리어 부끄러워했다

---

* 부용국(附庸國)은 큰 나라에 예속되어 지배를 받는 작은 나라를 이르는 말.

동명왕이 서쪽으로 순수할 때 우연히 흰 고라니를 얻었다

해원(蟹原) 위에 거꾸로 달아매고 감히 스스로 저주하기를

하늘이 비류에게 비를 내려 그 도성과 변경을 잠기게 하지 않으면

내가 너를 놓아주지 않을 것이니 너는 내 분함을 풀어다오

사슴이 우는 소리 매우 슬퍼 위로 천제의 귀에 사무쳤다

장맛비가 이레나 퍼부어 주룩주룩 회수 사수에 넘쳐나듯

송양이 근심하고 두려워하여 흐름 따라 헛되이 갈대 밧줄을 가로 뻗쳤다

백성들이 다투어 와서 밧줄을 잡아당겨 서로 쳐다보며 땀을 흘렸다

동명왕이 곧 채찍을 들어 물을 그으니 바로 멈추었다

송양이 나라를 들어 항복하고 그 뒤로는 우리를 헐뜯지 못하였다

검은 구름이 골령(鶻嶺)을 덮어 산이 뻗쳐 이어진 것 보이지 않고

수천 명 사람의 소리가 들려 나무 베는 소리와 흡사하였다

왕이 말하기를 하늘이 나를 위하여 그 터에 성을 쌓는 것이라 한다

홀연히 구름 안개 흩어지니 궁궐이 우뚝 솟았다

왕위에 있은 지 십구 년 만에 하늘에 오르고 내려오지 않았다

뜻이 크고 기이한 절개가 있으니 원자의 이름은 유리이다

칼을 얻어 부왕의 위를 이었고 동이 구멍을 막아 남의 꾸지람을 그쳤다

내 성품이 본래 질박하여 기이하고 괴상한 것을 좋아하지 않는다

처음에 동명왕의 일을 보고 요술인가 귀신인가 의심하였다

천천히 서로 간섭하여 보니 변화가 추측하여 의논하기 어렵다

하물며 이것은 직필로 쓴 글이라 한 글자도 헛된 글자가 없다

신이(神異)하고도 신이하여 만세에 아름다운 일이다

생각건대 창업하는 임금이 성인이 아니면 어찌 이루랴

유온(劉媼)이 큰 못에서 쉬다가 꿈꾸는 사이에 신(神)을 만났다

우레와 번개에 천지가 캄캄한데 괴이하고 위대한 교룡이 서려 있었다

그로 인하여 곧 임신이 되어 신성한 유계(劉季)를 낳았다

이것이 적제의 아들*인데 일어남에 특이한 복조(福祚)가 많았다

세조 광무황제가 처음 태어날 때 광명한 빛이 집안에 가득하였다

절로 적복부**에 응하여 황건적을 소탕하였다

예로부터 제왕이 일어날 때에는 많은 징조와 상서로움이 있으나

마지막 자손은 게으르고 거칠음이 많아 모두 선왕의 제사가 끊기었다

이제야 알겠다 수성하는 임금은 어려운 땅에서 작게 삼갈 것을 경계하여

너그럽고 어짊으로 왕위를 지키고 예와 의로써 백성을 교화하여

길이길이 자손에게 전하여 오래도록 나라를 다스렸다

---

* 한나라 고조인 유방을 말한다. 적제(赤帝)는 남방의 신(神)인데, 한나라는 화덕(火德)으로 왕 노릇을 하여 붉은색을 숭상하였다.

** 적복부(赤伏符)는 예언서를 말한다. 후한의 광무제가 먼저 장안에 있을 때, 동기생인 강화(彊 華)가 관중(關中)으로부터 적복부를 받들고 왔는데 거기에 '유수(광무제)가 군사를 일으켜 무 도한 자들을 토벌하니, 사방의 오랑캐가 구름처럼 모여들고, 용(龍)이 들판에서 싸우다가 228 년째 되는 해에 화덕(火德)으로 임금이 되리라.'는 글귀가 적혀 있었다고 한다.

봄을 바라보는 느낌

이
규
보

    화창하고 따뜻한 날 높은 데에 올라가 사방을 바라본다. 부슬부슬 내리던 봄비도 개인 뒤라 나무들은 새로 씻은 듯 깨끗하고, 먼 강물 일렁이며 버들가지도 푸르른 기운이 오르는 듯하다. 비둘기는 울면서 날개를 치고 꾀꼬리도 기이한 나무에 모여 있네. 온갖 꽃이 피어서 비단 장막인데 푸른 숲에 섞여서 더 한층 아롱아롱하고, 무성하게 자라난 들의 풀밭에는 소를 놓아서 먹이네. 여자들은 광주리 옆에 끼고 새로 돋은 뽕을 따는데 부드러운 가지 휘어잡은 손이 옥처럼 깨끗하다. 서로들 주고받는 시골의 노래는 어느 악보의 무슨 노래일까. 모두가 따뜻한 봄을 마음껏 즐기는 모습이 참으로 볼만하다. 그런데 먼 사방을 바라보는 나의 마음은 왜 이토록 민망하고 답답하기만 할까.

    저 아름답게 장식한 금원(禁苑: 대궐의 후원)에는 해가 길고 만기(萬機: 임금이 할 일)에도 겨를이 많아 화창한 봄빛에 감동되어 가끔 높은 곳에 올라가 먼 곳을 바라본다. 갈고(羯鼓: 오랑캐들이 치는 북) 치는 소리가 높아지고 붉은 살구꽃이 활짝 피게 되면 신주(神州: 중국인들이 자기 나라를 일컫는 말)의 고운 경치를 바라보고 임금의 기쁨이 그지없어 옥잔에 술을 가득 부어 마신다. 이런 것은 바로 춘망에 대한 부귀이다. 저 왕손과 공자들이 호탕한 벗들과 꽃을 바라보며, 수레에 기생을 태웠는데 새파란 저고리와 붉은 치마 차림이다. 멈추는 곳마다 자리를 펴고 옥으로 만든 피리와 생황(笙簧)을 불면서 비단 같은 온갖 꽃을 바라보고 한껏 취한 모습으로 어정거린다. 이런 것은 바로 춘망에 대한 사치이다.

저 빈방만 지키는 예쁜 부인은 천리 밖에 남편을 이별한 뒤 소식조차 멀어진 것이 한이 되어 흔들리는 마음이 일렁이는 물결과 같이 쌍쌍이 나는 제비를 바라보며 난간에 기대서서 눈물을 흘린다. 이런 것은 바로 춘망에 대한 애원이다. 친한 친구가 먼 길을 떠나려 할 때 가랑비는 내리고 버들 빛도 푸르구나. 삼첩가(三疊歌: 세 번 거듭 부르는 가곡의 일종)를 끝마치자 떠나가는 말도 슬피 운다. 높은 언덕에 올라서 가는 모습 바라보는데 만발한 꽃 사이로 점점 사라지니 마음이 더욱 흔들린다. 이런 것은 바로 춘망에 대한 이별의 한이며, 심지어 출정하는 군사가 먼 관산(關山) 밖에 가 있으면서 다시 돋아나는 변방의 봄풀을 바라보거나, 남쪽 상수(湘水: 중국 호남성에 있는 강)로 귀양 간 나그네가 해질 무렵에 푸른 산과 나무를 건너다 볼 때면 누구나 발길을 멈추고 바라보며 마음속 맺힌 한에 깊이 잠기리니, 이런 것들은 바로 집을 떠난 사람의 춘망이다.

나는 또 아노라. 저 여름철에 바라보면 찌는 듯한 더위가 고생이고, 가을철에 바라보면 쓸쓸한 회포를 견딜 수 없으며, 겨울철에 바라보면 얼어붙은 얼음이 괴롭다는 것을, 이 세 가지는 너무 치우쳐서 마치 변통이 없어 막힌 듯하다. 그러나 이 춘망만은 시기와 형편에 따라 어떤 사람은 바라보면서 마음껏 즐기기도 하고, 어떤 사람은 바라보면서 슬피 눈물도 흘리며, 어떤 사람은 바라보면서 노래도 하고, 어떤 사람은 바라보면서 울기도 한다. 각각 느끼는 유에 따라 사람을 감동하게 하니 그 마음의 실마리가 천만 가지 그지없네.

그런데 이 농서자(隴西子: 작자의 호) 같은 이는 어떠한가. 취해서 바라보면 즐겁고 깨어서 바라보면 서러우며 곤궁해서 바라보면 바로 구름과 안개가 가리 운 듯하고 출세해서 바라보면 햇빛이 환히 비치는 듯하여 즐길 만하면 즐기고 슬플 만하면 슬퍼하기도 한다. 진실로 환경과 기회가 닿는 대로 세상과 더불어 시대와 형편에 따라 변해갈 것이요 한 가지 법칙만으로 헤아릴 수 없는 것이다.

고양이의 노래

서
거
정

해는 정유년이요 하짓날 저녁에

비바람이 몰아쳐서 밤은 칠흑 같은데

나는 가슴이 결려서 자리에 편히 눕지 못하고

벽에 기대어 졸고 있다가 갑자기 병풍과 휘장사이에서

비비적거리는 소리가 들리다 말다 하누나

내 집엔 병아리를 부화하여 닭장이 침상 곁에 있었는지라

동자를 불러 닭장을 잘 보호하여 고양이를 방비케 하려 했지만

동자는 코를 쿨쿨 골면서 깊은 잠에 빠져있었네

나는 늙은 고양이가 사람이 자는 틈을 타서

연약한 병아리를 잡아먹으려 하는 줄 알고

갑자기 지팡이를 휘두르며 성난 어조로

고양이를 기르는 것은 쥐를 잡자는 것이지
가축을 해치라는 뜻이 아닌데 지금 도리어 그렇지 않구나
네 직책을 수행치 못한다면 당장에 쳐서 가루를 내고 말리라
내가 고양이를 어찌 아끼라 하였나

이윽고 두 마리 짐승이 내 정강이를 스쳐 번쩍 지나가는데
앞엣놈은 작고 뒤엣놈은 커서 고양이가 쥐를 덮친 듯한 모양이기에
동자를 깨워 불을 켜고 보니 쥐를 벌써 모조리 도륙하고
고양이는 제 집에서 편히 쉬고 있었으므로
그제야 나는 깜짝 놀라서 이렇게 말하노라
고양이가 쥐를 덮쳐잡아서 제 직책을 잘 수행하거늘
내가 스스로 밝지 못하여 혼자 속으로 억측한 끝에
고양이에게 의심을 품어서 불측한 일을 저지를 뻔했구나
아, 참으로 가상하기도 해라

쥐라는 동물을 살펴보면 그것만큼 천한 동물은 없으니
털은 옅어서 탐스럽지 못하고 살은 천해서 제사에도 안 쓰거니와
뾰족한 수염에 사나운 눈깔은 누가 너 같은 자질을 타고나며
측간이나 땅속을 파고 살거니 누가 네 굴을 다투려 하겠느냐
담장을 타고 도는 건 교사함이요 사에 의탁하는 건 교활함이라*

---

* 사(社)는 토지신을 모신 신전(神殿)을 가리키는데, 그곳에 사는 쥐는 그 신전의 기물(器物)을
파손할까 염려하여 때려잡지 못하는 것이므로, 그 뜻인즉 임금의 측근에 있는 간신(奸臣)을 비
유한다.

네 배는 채우기도 쉽거늘 어찌하여 끝없는 욕심을 부리며

네 주둥이는 길지도 않거늘 어찌하여 창끝보다 날카로우냐

인기척을 교묘히 엿보아 낮에는 숨고 밤이면 종횡하면서

나의 옷상자를 갉아 뚫고 나의 쌀 항아리를 휘저어놓으니

나의 옷이 어찌 완전하겠으며 나의 쌀이 어찌 채워져 있으랴

네 썩은 고기는 누가 꽥 했으며* 네 간은 누가 삶아 먹었다더냐

위치는 그릇을 깰까 거리끼고** 형세는 부호한 집에 의탁하여

멋대로 날뛰며 극성을 부리지만 하늘은 그 악을 북돋아주기에

그래서 국풍에서 석서를 풍자하고*** 『춘추』에선 먹은 것을 기록했었지****

이런 때에 오원자의 제거하는 공이 없다면

너를 버리고 떠나지 않을 자가 얼마나 되랴*****

---

* 남쪽에 사는 원추(鵷鶵)라는 새가 있는데, 그 새는 남쪽 바다를 출발하여 북쪽 바다로 날아가
  는 도중에 오동나무가 아니면 쉬지 않고, 대나무 열매가 아니면 먹지 않으며, 단물이 나는 샘
  이 아니면 물도 마시지 않지만, 올빼미는 썩은 쥐를 움켜쥐고 있으면서 그 위를 날아가는 원추
  를 쳐다보고는 행여나 원추에게 제 썩은 고기를 빼앗길까봐 '꽥'하고 경계하는 데서 온 말로,
  여기서는 곧 올빼미가 썩은 쥐를 먹을 뿐이라는 뜻이다. 장자(莊子)에 나오는 말이다.
** 쥐를 때려잡고자 하나 그 곁에 있는 그릇을 깰까 꺼린다는 뜻으로, 임금에게 누가 미칠 것을
  꺼려서 임금 곁에 있는 간신을 제거하기 어려움을 비유하는 말이다.
***『시경』 위풍(魏風) 석서(碩鼠) 시의 내용을 가지고 말한 것이다. 석서는 큰 쥐라는 뜻이고,
  위(魏)나라 사람이 임금의 학정에 못 견디어 다른 나라로 떠나려 하면서 임금의 학정을 극
  성스런 쥐에 비유하여 노래한 것이다.
****『춘추』 성공(成公) 7년 조에, '7년 춘왕정월에 생쥐가 교제에 희생으로 바칠 소의 뿔을 갉
  아 먹었다.'라고 나온다.
*****『시경』 위풍 석서에, '큰 쥐야 큰 쥐야 내 기장을 먹지 말지어다. 3년이나 서로 알고 지냈
  거늘, 나를 돌보아주지 않을진대, 장차 너를 버리고 떠나서, 저 즐거운 땅으로 가버리련
  다.'라는 말이 나온다.

내가 일찍이 『예기』를 읽었는데 고양이 맞이하는 법*이 있었으니

우리 밭농사를 잘되게 도와서 백성들에게 이익을 입힌 때문이라네

내가 오원자를 기르는 뜻도 대체로 이와 같은 것이기에

내 요와 이불을 함께 쓰고 내 맛있는 음식을 나눠 먹이니

오원자가 저를 알아줌에 감격하여 기운을 뿜내고 용맹을 떨쳐서

재능과 기예를 한껏 발휘하여 이를 악물고 으르렁거리면서

호시탐탐 노려보고 있다가 휙 하고 번개를 치듯이

별안간 바람을 일으키는지라 쥐들이 풀이 죽어 엎드린 채

황공한 태도로 바싹 움츠리자 산 놈 움키고 달리는 놈 쫓아가

있는 힘을 다해 냅다 후려쳐서 혹은 눈깔을 긁어내기도 하고

혹은 머리를 잘라내기도 하여 낭자하게 갈가리 찢어 널어서

간과 뇌를 땅 위에 흩어버리고 쥐의 소굴을 모조리 소탕하여

종자를 남기지 못하게 하였네

이때엔 비록 높은 녹봉의 후작에 봉하여

날마다 고관의 성찬으로 먹인다 해도

그 공덕을 보상하기엔 부족할 터인데

어이해 한 생각을 신중히 하지 못하여

어지러이 이런 의혹을 가졌단 말인가

너는 정직함 때문에 해를 당할 뻔했고

나는 의혹으로 너를 잘못 죽일 뻔했구나

내가 병아리에겐 인자했으나 네겐 인자하지 못해

---

* 고양이를 맞이한다는 것은 곧 고양이의 신(神)에게 제사하는 것을 말하는데, 『예기』에 나온다.

쥐의 원수를 갚아주는 게 어찌 도리이랴

아, 천하에 사리가 하도 무궁하여
사람의 대처하는 도리도 오만 가지로 다른 까닭에
의심 안 할 걸 의심하기도 하고 의심할 걸 의심 않기도 하지만
의심하고 안 하는 차이는 천 리 멀리 동떨어지나니
사리로 헤아리지 않고 사심으로 헤아리거나
실체를 포착 못하고 유사한 걸 포착했다간
천하의 사리가 모두 닭과 쥐의 관계 같아서
반드시 오원자를 의심하게 되고 말리라
동자를 불러 이대로 기록해서 스스로 맹세하노라

사미인곡

정철

【서 사】

이 몸이 태어날 때, 임을 따라 태어나니
한평생 같이 살 인연 하늘이 모르던 일인가
나 오로지 젊고 임도 오로지 나를 사랑하니
이 마음과 이 사랑을 견줄 곳이 전혀 없다
평생 원하건대 임과 함께 지내자 하였더니
늙어서 무슨 일로 외로이 두고 그리워하는가
엊그제 임을 모시고 달나라 궁궐에 올랐더니
그 사이에 어찌하여 속세에 내려왔는가
올 때에 빗은 머리 헝클어진지 삼 년이 되었고
연지와 분(粉)이 있지만 누굴 위해 곱게 할까

마음에 맺힌 시름 겹겹이 쌓여 있어

짓는 것은 한숨이요 지는 것은 눈물이라

인생은 끝 있는데 시름은 끝이 없고

무심한 세월은 물 흐르듯 흘러만 가는구나

덥고 서늘함이 때를 알아 가는 듯 다시 오니

듣거나 보거나 느낄 일도 많기도 많을세라

【본사 : 봄】

봄바람이 문득 불어 쌓인 눈을 헤쳐 내니

창 밖에 심은 매화 두세 가지 피었어라

가뜩이나 쌀쌀한데 몰래 나는 향기는 무슨 일인가

해질녘 달이 따라 베갯머리 비추니

흐느끼는 듯 반기는 듯, 임이신가 아니신가

저 매화 꺾어 내어 임 계신 곳에 보내고파

임이 너(매화)를 보고 어떻게 여기실꼬

【본사 : 여름】

꽃이 지고 새잎이 나니 푸른 나무그늘 드리웠네

비단 휘장은 쓸쓸하고 수놓은 장막 비어 있다

연꽃 휘장 걷어 놓고 공작병풍 둘러 두니

가뜩이나 시름 많은데 해는 어찌 이리 긴가

원앙금침 베어 놓고 오색실을 풀어내어

금으로 만든 자로 재어 임의 옷을 지어 내니
솜씨는 물론이요 규격도 잘 갖추었다.
산호로 만든 지게 위에 백옥함 담아 두고
임에게 보내려고 임 계신 곳 바라보니
산인가 구름인가 험하기도 험하여라
천만 리 되는 길을 뉘라서 찾아갈까
가거든 (백옥함)열어두고 나인가 반기실까

【본사 : 가을】

하룻밤 서리 속에 기러기 울며 갈 때
높은 누각 홀로 올라 수정 발을 걷으니
동산에 달떠오고 북극성이 보이니
임이신가 반기오니 눈물이 절로 난다
맑은 달빛 잡다가 봉황루에 붙이고파
누각 위에 걸어두고 온 세상을 다 비추어
깊은 산 험한 골짜기 대낮같이 만드소서

【본사 : 겨울】

온 세상이 생기 없고 흰 눈이 일색인데
사람은 물론이요 나는 새도 끊어졌다
소상강 남쪽(전남 창평)도 추위가 이렇거늘
임금이 계신 곳이야 말해 무엇하리

봄기운을 일으켜 내어 임 계신 곳에 쏘이고파

처마 밑에 비친 해를 궁궐에 올리고파

붉은 치마 걷어차고 푸른 소매를 반만 걷어

해 저무는 긴 대나무에 기대 여러 생각 많기도 해라

짧은 해가 쉽게 져서 긴 밤을 꼿꼿이 앉아

청사초롱 걸은 곁에 공후를 놓아두고

꿈에나 임을 보려 턱 받치고 기댔으니

원앙이불 차가운데 이 밤은 언제나 샐까

【결 사】

하루에도 열두 시간 한 달에도 서른 날을

잠깐 동안 생각말자 이 시름 잊으려 해도

마음에 맺혀있어 뼈 속까지 사무치니

편작 같은 명의가 열 명이 온다 해도 이 병을 어찌하리

아, 내 병이야 임의 탓이로다

차라리 죽어서 호랑나비가 되리라

꽃나무 가지마다 간 곳마다 앉았다가

향기 묻은 날개로 임의 옷에 옮기리라

임이야 나인 줄 모르셔도 내 임 따르려 하노라

옛사람을 벗하는 노래

윤
선
도

아, 나의 생애여! 어찌 몹시도 시대가 늦은가

백대(百代)의 아래에서 큰 뜻을 지닌 채 옛사람을 말한다네

가까이 하지 못해 한탄하다가 맹자의 한 마디 말을 얻고서

위로 옛사람을 벗하는 방법을 알았다네

진실로 뜻을 살펴보고 덕을 벗 삼는다면

어찌 당(堂)에 모여 자리를 같이 함과 다르랴

원래 하늘이 만민을 낳으니 인의예지의 덕을 주지 않으심이 없다네

오직 그 기품은 청탁과 순수하고 잡된 것이 뒤섞임을 면하지 못하니

그 시초를 회복하려 한다면 반드시 학문을 닦는 것으로부터 해야 하리

가리키고 인도함은 큰 스승의 공이지만

간절하고 자상하게 책망함에는 반드시 벗의 힘이 필요하네

『시경』에서는 「벌목(伐木)」을 노래했고

『주역』에서는 「이택(麗澤: 태괘의 상사)」을 말했네

현인은 이문회우(以文會友: 문과 인으로써 사귐)의 가르침이 있었고

성인은 삼익(三益: 유익한 세 가지 벗)의 가르침을 내리셨네

따라서 착한 선비는 벗을 취함에 한 시대의 착한 선비를 두루 사귄다네

그러나 오히려 부족하게 여겨서 옛날의 군자를 논한다네

그 시대를 외우고 그 글을 읽으며, 그 행실을 살피고 그 뜻을 관찰한다네

지나간 자취를 본받아 인(仁)을 닦음에 도움이 되게 하니

위로 옛사람을 벗 삼는다는 것은 이런 것일세

대개 벗을 삼는다 함은 그 사람을 벗함이 아니요

그 선함을 벗하고, 그 마음을 벗하는 것이라

그 얼굴을 벗함도 아니니 오직 기풍을 같이함을 구할 것이니

어찌 옛날과 지금의 구속됨이 있으리

비록 천년의 요원함일지라도 이끌리는 바가 있어 나를 기다리게 하네

그러나 위로 옛사람을 벗 삼는 도리에는 또한 방법이 많다네

능히 어버이를 섬기지 못하는 자라면

옛사람으로 그 힘을 다한 자를 벗하여야 하네

그 공경을 다하여 충심으로 봉양함을 살펴

시종일관 가득찬 그릇을 받들고 보옥을 잡듯이 해야 하리

두려워하며 같아질 것을 생각하나니 그대와 하나같이 되려 하네

능히 임금을 섬기지 못하는 자라면

옛사람으로 그 몸을 바친 자를 벗해야 하리

그 하기 어려운 일을 권면하고 선한 일을 말한 것을 살펴

오직 임금을 잘 보좌하고 백성을 윤택하게 함에 뜻을 두어야 하리

멍하니 스스로 잃은 바 있다면 이를 따르기를 생각해야 하리

능히 부부의 도를 행하지 못하는 자라면

옛사람 중에 사랑으로 길러 엄숙하게 실행한 자를 벗해야 하리

그 손님처럼 대함을 살펴서 삼가 힘써 거느리고 도를 잃지 말아야 하네

기뻐하며 배운다면 끝내 화목하고도 의롭게 되리

하나를 듦에 셋으로 반증할 수 있으니* 백 가지 행실이 다 그와 같도다.

그리하면 옛날의 정직한 자와 진실된 자와 박식한 자들이

모두 눈 속의 사람(예전부터 알던 사람)이 되리

나와 함께 갈고 자르고(切磋琢磨)하여 잘 인도한다면

완연히 상대하며 말을 나누는 듯하리

또 사람은 모두 요임금과 순임금이 될 수 있으니

선비는 반드시 그 뜻을 높게 가지고 그 학문을 크게 해야 하리

저도 장부요 나도 장부이니 어찌 벗할 수 없는 사람이 있으랴

마땅히 성인의 집과 학교에서 정신으로 교유하고

이성현의 광진(光塵: 상대의 풍채를 좋게 일컫는 말)에 멀리서 읍해야 하네

누추한 동네에서 안연(顏淵: 공자의 제자)의 즐거움을 찾고

유신(有莘: 옛 나라 이름)에게서 이윤(伊尹: 은나라 재상)의 뜻을 살펴야 하네

봄바람이 부는 자리 위에서 조용히 있다가 달 비추는 시냇가를 오고 간다네

자헌(柘軒)에 올라 토론하고 고정(考亭)**에 들어가 예를 행한다네

---

* 『논어』 「술이편」에 나오는 말이다. 즉, 한 귀퉁이를 들어주어 세 귀퉁이로 반증하지 못하면 다시 하지 않는다.

** 중국 복건성 건양의 서남쪽에 있는 정자인데, 주자가 말년에 이곳에 거처하면서 창주정사(滄洲精舍)를 지었다. 따라서 주자를 가리켜 '고정'이라고도 한다.

항상 눈은 움직임과 고요함에 있어

수레의 가로지른 나무에 의지하고 앞에서 참여함을 본다네*

그가 한 번 머물고 가는 것을, 오늘에 살펴보고 느끼는 것으로 삼는다네

그의 천 마디 말과 만 마디 말을 문득 내 몸에 선을 권하는 것으로 삼네

일에 곤란한 것이 있으면 그와 함께 계책을 논한다네

행실에 못 미침이 있으면 그 경계를 구한다네

오래도록 공경하나니 맑기가 물과도 같다네

그 도움이 됨은 어떠하리 그 즐거움에 짝이 없다네

이런 연후에야 벗의 도리가 이르나니

아, 옛사람이 위로 옛사람을 벗 삼음이여!

시대마다 법이 되어 후대에 전할 만하구나

지금의 사람들 어찌하여 위로 옛사람을 벗하지 않나

옛사람을 벗한다 하나 그러나 옛말이 있다네

도가 같지 않으면 문을 마주해도 서로 통교하지 않는다네

문을 마주해도 그러한데 지금 천고의 사람을 위로 벗하려면

먼저 나의 도를 그와 같게 해야 하지 않겠는가

이에 위로 옛사람을 벗하는 도를 알겠으니

그 근본은 내 몸을 닦음에 있음이라

---

* 『논어』 「위령공편」에 보면, '일어서면 그것이 앞에 참여함을 볼 수 있고, 수레에 있으면 그것이 멍에에 기댐을 볼 수 있어야 한다.'라는 말이 나온다.

어부사시사

윤선도

【봄노래】

앞 갯벌에 안개 걷히고 뒷 뫼에 해 비친다
배 띄워라 배 띄워라
밤물은 거의 지고 낮물이 밀려온다
삐그덕 삐그덕 어기여차
강마을에 온갖 꽃 먼빛이 더욱 좋다

날이 더우니 물위에 고기 떴다
닻 들어라 닻 들어라
갈매기 둘씩 셋씩 오락가락 하는구나
삐그덕 삐그덕 어기여차

낚싯대는 쥐어 있다 탁주병 실었느냐

동풍이 건듯 부니 물결이 고이 인다
돛 달아라 돛 달아라
동호를 바라보며 서호로 가자꾸나
삐그덕 삐그덕 어기여차
앞산이 지나가고 뒷산이 다가온다

우는 것이 뻐꾸긴가 푸른 것이 버들인가
노 저어라 노 저어라
갯마을 두어 집이 안개 속에 들락날락
삐그덕 삐그덕 어기여차
맑고 깊은 물에 온갖 고기 뛰어논다

고운 볕 쬐었는데 물결이 기름 같다
노 저어라 노 저어라
그물을 던져두랴 낚시를 놓으리까
삐그덕 삐그덕 어기여차
탁영가*의 흥이 나니 고기도 잊었도다

석양이 뉘엿뉘엿 그만하여 돌아가자

---

* 탁영가는 중국 초나라 때 굴원이 지은 「어부사(漁父辭)」에 나오는 노래로, 맑은 물에 갓끈을
씻는다는 내용임.

돛 지어라 돛 지어라
언덕 버들 물가 꽃은 굽이굽이 새롭구나
삐그덕 삐그덕 어기여차
정승을 부러워할까 세상만사 생각하랴

방초를 바라보며 난초 지초 뜯어보자
배 세워라 배 세워라
일엽편주에 실은 것이 무엇인가
삐그덕 삐그덕 어기여차
갈 때는 나뿐이오 올 때는 달이로다

취하여 누웠다가 여울 아래 내려간다
배 매어라 배 매어라
붉은 꽃이 흘러오니 무릉도원 가깝도다
삐그덕 삐그덕 어기여차
인간세상 붉은 티끌 얼마나 가렸는가

낚싯줄 걷어 놓고 봉창의 달을 보자
닻 지어라 닻 지어라
벌써 밤 되었나 두견이 소리 맑게 난다
삐그덕 삐그덕 어기여차
남은 흥이 무궁하니 갈 길을 잊었도다

내일이 또 없으랴 봄밤이 머지않아 새리
배 붙여라 배 붙여라
낚싯대로 막대 삼고 사립문 찾아보자
삐그덕 삐그덕 어기여차
어부의 생애는 이럭저럭 지내도다

【여름노래】

궂은 비 멎어가고 시냇물이 맑아온다
배 띄워라 배 띄워라
낚싯대를 둘러메니 깊은 흥을 못 이긴다
삐그덕 삐그덕 어기여차
안개 낀 강 첩첩 봉우리 뉘라서 그려내나

연잎에 밥 싸두고 반찬일랑 장만마라
닻 들어라 닻 들어라
대삿갓은 쓰고 있노라 도롱이 가져오냐
삐그덕 삐그덕 어기여차
무심한 흰 갈매기 날 쫓는가 절 쫓는가

마름 잎에 바람이니 봉창이 서늘하구나
돛 달아라 돛 달아라

여름 바람이 일정할까 배 가는대로 맡겨두어라

삐그덕 삐그덕 어기여차

북쪽 포구 남쪽 강이 어디 아니 좋을런가

물결이 흐리거든 발 씻은들 어떠하리

노 저어라 노 저어라

오강에 가자하니 오자서 원혼 슬프도다*

삐그덕 삐그덕 어기여차

초강에 가자하니 굴원의 충혼 낚을세라**

푸른 버들 우거진 곳에 이끼 긴 돌 하나 기이하다

노 저어라 노 저어라

다리에 이르거든 어부들 건너는 다툼 허물마라

삐그덕 삐그덕 어기여차

흰머리 노인 만나거든 뇌택의 자리양보 본을 받자***

긴 날이 저무는 줄 흥에 미쳐 몰랐도다

---

* 춘추시대 오나라의 재상인 오자서(伍子胥)가 참소를 당하여 자살하면서 그 하인에게 '내 눈을
  빼어 오나라 동쪽 성문에 걸게 하고 월나라가 쳐들어와 오나라가 망하는 것을 보게 해 달라.'
  고 부탁을 했는데, 오나라 왕인 부차가 이 말을 듣고 크게 노하여 오자서의 시체를 가죽 포대
  에 넣어 강물에 버리게 하니, 거친 파도가 일고 후에 오나라가 월나라에게 멸망했다.
** 춘추시대 초나라의 대부인 굴원이 회왕을 섬겼으나, 간신의 모함으로 자신의 무죄를 증명하
   며 멱라수에 빠져 죽어 물고기의 밥이 되었다.
*** 중국 고대 순임금이 뇌택에서 고기를 낚을 때, 그곳 사람들이 모두 자리를 양보했다는 고사
    가 있다.

돛 지어라 돛 지어라

돛대를 두드리며 수조가를 불러보자

삐그덕 삐그덕 어기여차

노 젓는 소리에 만고수심을 그 누가 알까

석양이 좋다마는 황혼이 가깝도다

배 세워라 배 세워라

바위 위에 에굽은 길 솔 아래 비껴있다

삐그덕 삐그덕 어기여차

푸른 나무에 꾀꼬리 소리 곳곳에 들리는구나

모래 위에 그물 널고 뜸(배의 지붕) 밑에 누워 쉬자

배 매어라 배 매어라

모기를 밉다하랴 쉬파리는 어떠한가

삐그덕 삐그덕 어기여차

다만 한 근심은 상대부(소인배)가 들을라

밤 사이 풍랑을 미리 어이 짐작하리

닻 지어라 닻 지어라

나루터의 빈 배를 그 누가 말했던고

삐그덕 삐그덕 어기여차

계곡에 향기로운 풀 참으로 어여쁘다

초막집 바라보니 흰 구름이 둘러 있다
배 붙여라 배 붙여라
부들부채 가로쥐고 돌길로 올라가자
삐그덕 삐그덕 어기여차
어부가 한가하더냐 이것이 구실이라

【가을노래】

세상 밖에 좋은 일이 어부 생애 아니더냐
배 띄워라 배 띄워라
늙은 어부 비웃지 마라 그림마다 그려져 있더라
삐그덕 삐그덕 어기여차
사계절의 흥취가 한가지나 가을 강이 으뜸이라

물나라에 가을이 드니 고기마다 살쪄있다
닻 들어라 닻 들어라
만경창파에 안겨 실컷 놀아보자
삐그덕 삐그덕 어기여차
인간을 돌아보니 멀수록 더욱 좋다

흰 구름 일어나고 나무 끝이 흐느낀다
돛 달아라 돛 달아라

밀물에 서호요 썰물에 동호가자
삐그덕 삐그덕 어기여차
흰 마름 붉은 여뀌 곳마다 경치로다

기러기 나는 밖에 못 보던 뫼 보이는구나
노 저어라 노 저어라
낚시질도 하려니와 얻는 것은 흥이로다
삐그덕 삐그덕 어기여차
석양이 눈부시니 온갖 산이 금수(錦繡)로다

흰 아가미 좋은 고기들이 몇이나 걸렸는고
노 저어라 노 저어라
갈꽃에 불을 붙여 골라서 구워놓고
삐그덕 삐그덕 어기여차
질그릇 병 기울여서 바가지에 부어다오

옆바람이 고이 부니 달린 돛에 돌아온다
돛 지어라 돛 지어라
어스름은 다가오되 맑은 흥취 멀었구나
삐그덕 삐그덕 어기여차
단풍잎 맑은 강은 물리지도 아니한다

흰 이슬 내리는데 밝은 달 돌아온다

배 세워라 배 세워라

봉황루 아득하니 맑은 빛 누굴 줄꼬

삐그덕 삐그덕 어기여차

옥토끼 찧는 약 호걸을 먹이고 싶구나

하늘과 땅이 제각각인가 이곳이 어드메요

배 매어라 배 매어라

서풍 먼지 못 미치니 부채질하여 무엇하리

삐그덕 삐그덕 어기여차

들은 말이 없었으니 귀를 씻어 무엇하리

옷 위에 서리 와도 추운 줄을 모르겠다

닻 지어라 닻 지어라

낚싯배 좁다하나 뜬세상과 어떠한가

삐그덕 삐그덕 어기여차

내일도 이리하고 모레도 이리하자

소나무 사이 석실에 가서 새벽달을 보자하나

배 붙여라 배 붙여라

빈산의 낙엽 길을 어찌나 알아볼꼬

삐그덕 삐그덕 어기여차

흰 구름 쫓아오니 은자의 옷 무겁구나

【겨울노래】

구름이 걷힌 후에 햇빛이 두텁구나
배 띄워라 배 띄워라
천지가 막혔으되 바다는 그대로다
삐그덕 삐그덕 어기여차
끝없는 물결이 비단을 편 듯하여 있다

낚싯대 챙기고 뱃밥은 박았느냐
닻 들어라 닻 들어라
소상강 동정호는 그물이 언다 한다
삐그덕 삐그덕 어기여차
이때에 고기 잡기 이만한 데 없도다

얕은 갯벌 고기들이 먼 소에 다 갔으니
돛 달아라 돛 달아라
잠깐 날 좋을 때 바다에 나가보자
삐그덕 삐그덕 어기여차
미끼가 좋으면 굵은 고기 문다 한다

간밤에 눈 갠 후에 경치가 달라졌구나
노 저어라 노 저어라
앞에는 유리바다 뒤에는 첩첩이 아름다운 산

삐그덕 삐그덕 어기여차

선계인가 불계인가 인간이 아니로다

그물 낚시 잊어두고 뱃전을 두드린다

노 저어라 노 저어라

앞 갯벌 건너고자 몇 번이나 헤아려 봤나

삐그덕 삐그덕 어기여차

무단한 된바람이 행여 아니 불어올까

자러 가는 까마귀 몇 마리 지나갔나

돛 지어라 돛 지어라

앞길이 어두우니 저녁 눈이 자욱하다

삐그덕 삐그덕 어기여차

아압지*를 누가 쳐서 부끄러움 씻었던가

붉은 벼랑 푸른 암벽 그림병풍같이 둘렀는데

배 세워라 배 세워라

큰 주둥이 가는 비늘(좋은 고기) 낚으나 못 낚으나

삐그덕 삐그덕 어기여차

외로운 배에 사립 쓰고 흥겨워 앉았노라

---

* 당나라 때 오원제(吳元濟)가 채주에서 반란을 일으킴에 이소(李愬)가 눈오는 밤에 채주를 치러 갔는데, 성 둘레에 거위와 오리가 많은 못이 있어 이들을 놀라게 하여 군병(軍兵)의 소리를 어지럽게 함으로써 오원제를 잡았다.

물가에 외로운 소나무 혼자 어이 씩씩한고

배 매어라 배 매어라

험한 구름 한하지 마라 세상을 가려준다

삐그덕 삐그덕 어기여차

파도소리 싫어하지 마라 속세의 시끄러움 막아준다

강호의 우리 도를 예부터 일렀더라

닻 지어라 닻 지어라

칠리탄에 양피 옷 입은 사람* 그 어떤 사람인가

삐그덕 삐그덕 어기여차

십년간 낚시질은 손꼽아 볼 때 어떠한가

어와 저물어간다 잔치함이 마땅하다

배 붙여라 배 붙여라

가는 눈 뿌린 길, 붉은 꽃 흩어진 데 흥치며 걸어가서

삐그덕 삐그덕 어기여차

눈 속에 달이 서산에 넘도록 소나무 창에 기대있자

---

* 엄자릉(嚴子陵)이 칠리탄에서 양피옷을 입고 낚시질하며 임금의 부름에도 응하지 않았다는 고
  사가 있다.

가을이 오는 소리

이
익

듣건대 가을의 기운이라는 것은

만물을 거두어 모으는 것이다

도끼가 없이도 초목을 죽이는데

기운이 다니는 자취도 보이지 않는다

재질도 없고 텅 빈 것도 아니면서

사계절 중 한 자리를 차지했네

교외에서 맞이하는 아름다운 법칙에 따라

지팡이를 짚고 가을을 보러 간다

들판에는 푸른색을 무찔러 가고

바다에는 흰색을 몰고 가누나

달은 맑은 모습으로 비추고

하늘은 환한 빛으로 드넓어라

이것은 가을이 빛으로 드러난 것인가

기운이 처량하고 참담하며

서리 내리고 구름이 일어나니

물가엔 잎이 떨어져 뿌리로 돌아가고

언덕엔 좋은 열매 익었으니

이것은 가을이 모습으로 드러난 것인가

형체가 없음으로써 형체에 깃들어

만상을 지휘하여 그림을 만든다

눈으로 보매 자태가 각각 다르나니

귀로 살필 것은 어디에 있는가

찌르 찌르르 찌르 찌르르 소리가 혹 급하고 길어서

사람의 피부에 아프게 파고드니 신장을 쪼아내는 듯하여라

긴긴 밤 지나 아침이 올 때까지

숲에 깃들어서 서리를 맞으며 우는 것은

벌레 소리라는 것을 나는 아노라

현악기와 관악기를 연주하는 듯 맑은 소리로 지저귀면서

떨어지는 안개를 거슬러 호소하여

애절한 울음이 끊어질 듯 그치지 않는 것은

새소리라는 것을 나는 아노라

단풍이 붉게 물들고 골짜기 쓸쓸할 때

바위는 드러나고 시냇물은 줄어서

온갖 물줄기가 빈 골짜기에 교차하며

참으로 맑은 소리 울리며 흐르는 것은

물소리라는 것을 나는 아노라

산은 읊조리고 골짜기는 울리며

숲은 흔들리고 나무는 다투어

처음에는 마른 쑥을 날려 소용돌이치다

마침내는 하늘을 휘말아 질주하여

놀란 물결이 어지러이 달리는 것도 아니면서

마치 우레가 마구 울리는 듯한 것은

바람소리라는 것을 나는 아노라

이미 작음도 없고 큼도 없으며

뭇 소리들 뒤섞여 요란히 울리니

고요히 생각하다 번뇌가 일어난다

하나같이 사람에게 감회를 일으키니

무릇 빈 곳에서 나와 감정을 흔드는 것은

무엇인들 가을 소리가 아니겠는가

대저 하늘의 축을 운전하여 만물을 기름에

펼치고서 거두지 않는 것 무엇이 있으랴

움직이면 사물과 감촉하여 작용을 일으키니

흡사 북을 치는 북채와 비슷하여라

누가 미덥게 세상에 알리는가

만물이 고르게 이에 호응하도다

저 벌레와 새들도 마음이 있어

혹 계절의 변화에 탄식을 하누나

오직 흐르는 물과 부는 바람은

어찌 잠깐 사이에 소리 바뀌랴

나는 이렇게 되는 까닭을 모르지만

필시 무언가 주재하는 게 있으리라

이에 홀연히 높이 읊어서 소리를 내고

박자를 맞추어 가을 소리를 낸다

졸졸 흐르는 물소리에 화답하고

휘몰아치는 바람과 함께˙ 섞이니

숲속에서는 벌레들이 탄식을 돕고

산봉우리에서는 새들이 상심을 보태

각자 불평한 심정을 울음으로 드러내며

계절 따라 와서 높고 낮게 우는구나

한 해가 머물지 않음을 돌이켜 보노라니

젊은 시절이 번개처럼 지나감을 어이하랴

그 소리가 우울한 듯 오열하는 듯해

오늘의 노래가 예전의 은궤*와 다르니

어쩌면 그리도 슬픈가

어찌 가을 소리가 나의 간과 폐에 젖어들어

나의 목과 이빨 사이로 나온 것이 아니겠는가

이에 진실로 알겠노라

한 번 가고 한 번 오는 것은 하늘도 어길 수 없다는 것을

---

* 『장자(莊子)』에 나오는 말로, 안석에 기댄 채 무아경에 빠져있는 것을 말한다.

의당 혈육으로 된 나의 몸도 이 이치에 순응해 함께 돌아가
형색은 가을과 나란히 가고 소리는 가을과 더불어 옮겨가리
삶이 즐거웠거늘 세상을 떠난들 무엇을 한탄하랴

제 2 부

왕조시대의 애민사상

삼국사를 지어 올리는 표문

김
부
식

신 김부식은 아뢰옵니다.

옛적에는 열국(列國)도 역시 사관을 두어서 사실을 기록하였습니다. 그러므로 맹자는 말하기를 '진(晉)나라의 승(乘)과 초(楚)나라의 도올(檮杌)과 노(魯)나라의 춘추(春秋)는 다 같은 역사기록이다.'라고 하였습니다. 오직 우리나라의 삼국(고구려·백제·신라)이 지나온 역사가 장구하니, 마땅히 그 사실이 역사에 나타나 있어야 하므로, 마침내 늙은 저에게 명하여 편찬하게 하신 것인데, 식견이 부족하여 어찌할 바를 모르겠습니다.

엎드려 생각하건대 성상폐하께서는 요임금의 문사(文思)를 타고나시고, 우임금의 근면과 검소함을 체득하시었으며, 밤낮으로 여가에 지나간 옛날을 널리 보시고 이르시기를 '오늘날의 학사와 대부가 오경(五經)과 제자백가의 서적과

진(秦)나라, 한(漢)나라의 역사에 대해서는 널리 통하고 자세히 설명하는 사람이 있으나, 우리나라 역사에 이르러서는 도리어 아득하여 그 시작과 끝을 알지 못하고 있으니 매우 한탄스러운 일이다.'라고 말씀하셨습니다. 더구나 신라, 고구려, 백제가 나라를 세우고 정립(鼎立)하고서는, 예로써 중국과 상통하였으므로, 범엽(范曄)이 지은 『한서』나 송기(宋祁)가 지은 『당서』에는 모두 열전(列傳)을 두었는데, 중국의 일은 자세히 기록하고 외국의 일은 간략히 하여 자세히 싣지 않았습니다. 또 그 고기(古記)라는 것도 글이 거칠고 볼품이 없으며, 역사적 사실이 누락되어 임금의 선악과 신하의 충성스럽고 사악함과 국가의 안위와 백성의 치란(治亂)을 모두 드러내어 경계로 삼도록 하지 못하였습니다. 그러니 재주와 학문과 식견을 갖춘 인재를 얻어 나라의 역사를 이루어서 만세토록 해와 별처럼 빛나게 해야 합니다.

신 같은 사람은 본래 재주가 뛰어나지도 않고, 또 깊은 학식이 없으며, 늘그막에 이르러서는 날이 갈수록 정신이 어두워져, 비록 부지런히 글을 읽기는 하나 책을 덮으면 바로 잊어버리고, 붓을 잡으면 힘이 없어 종이에 대고 써 내려가기가 어렵습니다. 신의 학술이 이처럼 형편없고, 옛날의 말과 일에 대해서는 아는 게 없습니다. 그러다 보니 정력을 기울여 겨우 책을 완성하였으나, 보잘 것이 없어 다만 스스로 부끄러울 따름입니다.

바라옵건대 성상폐하께서는, 어설픈 솜씨를 이해해 주시고 함부로 지은 죄를 용서하시어, 비록 명산(名山)에 보관할 것*은 못되지만, 간장 단지를 덮는 데에나 쓰이지 않았으면 합니다. 신의 망령된 뜻을 임금께서 굽어 살피소서.

---

* 옛날에 제왕(帝王)이 책을 보관하던 것을 말한다. 정본은 서부(書府)에 보관하고, 부본은 경사(서울)에 남겼다.

삼가 본기(本紀) 28권, 연표(年表) 3권, 지(志) 9권, 열전 10권을 찬술하여, 이 표와 함께 아뢰어 위로 천람(天覽: 임금이 보는 것)을 더럽힙니다.

신 원외랑을 전송하는 글

이
제
현

선비가 이 세상을 살아가기란 마치 배를 타는 것과 같아서 재주로 노를 삼고 천명(天命)으로 순풍을 삼은 연후에야 가기가 편리한 법이다. 재주와 천명을 받았더라도 의지가 혹 비열하면, 마치 노가 완전하고 바람이 순하여도 배를 조정하는 사람이 합당하지 못한 것과 같으니, 어찌 많은 양의 무게를 싣고 만 리의 먼 곳에 이르러, 통하지 못하는 곳을 건널 수 있겠는가. 원외 신후(辛侯: 신원외)는 어릴 때부터 글을 배우되 민첩하고 묻기를 좋아하여 문장을 다루는 곳에서 이름을 날렸고, 문서를 취급하는 부서에서 솜씨를 보였으니 재주가 있다 하겠고, 벼슬을 한 지 몇 해 안되어 제학(提學)과 대언(代言)을 거쳐 밀직첨의(密直僉議)로 전임하였다가, 이어서 정동행중서성(征東行中書省)의 낭관(郎官)으로 나갔으니 천명을 받았다 하겠으며, 벗들을 데려다가 함께 조정에 벼슬하고 나이 많은 선배들에게 자문하여 여러 방면에 걸친 정사를 처리하고, 엄정한 안색으로 임금을 바로잡고, 성의를 다하여 외국의 사신을 접대하니 의지가 있다고 할 것이다.

이번에 조정의 관리로 임금의 명령을 받고 행장을 꾸려 먼 길을 떠나게 되었으니, 그의 기발한 재주, 장원한 천명, 웅대한 의지가 장차 이로부터 더욱 드러나게 될 것이다. 권찬선(權贊善) 이하 28명이 정우곡(鄭愚谷)의 사연시(謝宴詩: 사례하는 잔치 자리에서 짓는 시)를 분운(分韻)하고 연장(聯章)*하여 장도(壯途)를 찬미하고는 나에게 서문을 부탁하였다. 나는 잔을 들고 앞으로 나아가 배에 대한 이야기를 마치려고 한다.

무릇 강하(江河)와 바다가 그 크기는 다르나 그곳에서 배를 타기는 마찬가지다. 돛대에 돛을 다는 것은 전진하려는 것이요, 닻줄과 닻을 다는 것은 정박을 하기 위해서요, 또한 반드시 헌 옷가지를 준비하는 것은 물이 새는 것을 대비하려는 것이다. 왕의 나라는 강하와 같고 천자의 나라는 바다와 같은데, 신후(辛侯)의 배가 강하에서 바다로 가게 되었으니 진실로 능히 의(義)로써 돛대를 삼고, 신(信)으로 돛을 삼고, 예(禮)로써 닻줄을 삼고, 지(智)로써 닻을 삼고, 공경하고 삼가는 것과 청렴하고 부지런함으로써 의여(衣袽: 헌 옷가지)를 삼는다면, 어느 무거운 짐인들 감당하지 못하겠으며, 어느 먼 곳엔들 가지 못하겠으며, 통하지 못하는 어느 곳엔들 건너가지 못하겠는가. 옛날에 전숙(田叔)과 한안국(韓安國)**은 조(趙)나라와 양(梁)나라의 신하로서 한(漢)나라 조정에 들어가, 당시에 이름을 날리고 후세에 명예를 남겼으니, 내가 이번에 신후에게도 그렇게 되기를 바라노라.

---

* 분운은 시의 운자(韻字)를 정한 다음, 각자가 운자를 나누어 한시를 짓는 것이고, 연장은 하나의 작품을 여러 사람이 나누어 짓는 것을 말한다.

** 전숙은 중국 전국시대 조(趙)나라 사람으로 청렴하고 정직하였으며 무협을 좋아하였는데, 뒤에 천자국인 한(漢)나라에 들어와 명성을 떨쳤다. 한안국은 양(梁)나라 사람으로 효왕(孝王)을 섬기다가 오(吳), 초(楚)가 반역을 할 때, 오나라 군사를 저지하여 공을 세운 다음 장안(長安: 한나라 서울)으로 돌아와 무제(武帝)의 신임을 받았다.

『농상집요』후 서문

이
색

    고려의 풍속은 그저 질박하고 너그럽기만할 뿐 생계를 꾸려 나가는 데에는
어리숙하기 그지없다. 그리고 농사를 짓는 집에서는 한결같이 하늘만 쳐다보고
있기 때문에, 장마가 지거나 가뭄이 들기만 하면 번번이 농사를 망칠 수밖에
없는 실정이다. 여기에 또 자신들의 생활은 매우 빈약하여 귀하고 천함과 노인
과 아이를 막론하고 음식이라고 해야 채소나 건어물 혹은 육포(肉脯) 따위가 고
작이요, 쌀과 보리만 중시하고 기장 같은 곡식은 경시하는가 하면 삼베나 모시
만 많이 생산하고 명주나 무명에는 관심이 적은 형편이다. 그렇기 때문에 사람
들이 안으로는 배 속이 허전하고 밖으로는 살을 제대로 감싸지 못한 나머지,
그들을 바라보면 마치 병이 들었다가 금방 일어난 모습을 하고 있는 경우가 열
에 여덟아홉이나 되는 실정이다. 그런가 하면 상례나 제례 때에는 채식만 하고
고기는 입에도 대지 않다가, 잔치라도 한 번 벌이게 되면 소와 말을 잡고 야생

의 짐승들을 사냥해서 푸짐하게 먹는 광경을 얼마든지 볼 수가 있다. 사람이 일단 이목구비를 갖춘 몸뚱이를 가지고 있는 이상 성색취미(聲色臭味)의 욕망이 일어나게 마련이다. 따라서 가볍고 따뜻한 옷을 몸에 편하게 여기고, 살지고 맛있는 음식을 입에 달게 여기면서 넉넉하게 남겨두기를 좋아하고 모자라거나 떨어지는 것을 싫어하는 것이야말로, 오방(五方: 중국과 사방의 주변 민족)의 사람들 모두가 천성적으로 똑같이 지니고 있는 속성이라고 할 것이다. 그런데 어찌하여 유독 고려만은 이처럼 다른 모습을 보여주게 되었단 말인가.

풍성하게 하되 사치스럽게 되지 않도록 하고 검소하게 하되 누추하게 되지 않도록 배려하면서, 인의(仁義)에 근본을 두고 하나의 표준을 만든 것이 바로 성인의 중제(中制: 중용의 도에 맞는 예법)인 만큼, 사람들이 일을 시행할 때마다 이를 아름답게 여기면서 따르고 있는 터이다. 그럼에도 불구하고 다섯 마리의 닭이나 두 마리의 돼지*같은 것은 사람의 손으로 길러지기만 할 뿐, 사람의 힘을 돕는 데에는 아무 쓸모가 없는데도 차마 죽이지를 못하고, 소와 말은 사람의 노동력을 대신해 주는 공이 무척이나 큰데도 모질게 때려잡고 있다. 또 사냥을 나가서 치달리는 수고를 하다 보면 혹 몸을 상하거나 목숨을 잃는 경우가 생기는데도 그런 일은 과감하게 행하고, 사육하는 짐승을 우리 속에서 꺼내어 잡는 일은 감히 하지 못하고 있다. 그리하여 백성들이 경중을 식별하지도 못한 채 의리를 해치고 중제(中制)를 무너뜨리고 있는데, 본심을 잃는 것이 이 정도까지 이르게 한 것을 어찌 백성들의 죄라고 할 수가 있겠는가. 그래서 내가 이 점을 나름대로 가슴 아프게 생각해 왔다. 백성의 생활 근거를 마련해 주면서 왕도정치를 일으키는 것(맹자에 나오는 말)이 바로 나의 뜻이었는데, 결국

---

* '다섯 마리의 암탉과 두 마리의 암퇘지가 새끼 칠 때를 놓치지 않게 하면, 노인들이 고기를 먹지 못하게 되는 걱정이 없을 것이다.'라는 말이 『맹자』에 나온다.

에는 이를 시행할 수 없게 되고 말았으니 이제 와서 내가 또 어떻게 하겠는가.

봉선대부(奉善大夫) 지합주사(知陜州事: 합천의 수령) 강시(姜蓍)가 나에게 글을 급히 보내어 말하기를 '『농상집요』를 행촌(杏村) 이 시중(李侍中: 이암)이 사위인 우확(禹確)에게 주었는데, 지금은 다시 제가 이 책을 우확에게서 얻게 되었습니다. 거기에는 의식(衣食)을 넉넉하게 하는 방법과 재산을 풍요롭게 하는 방법을 비롯하여 씨를 뿌려 농사를 짓고 가축을 길러 번식시키는 방법이 빠짐없이 갖추어져 있는데, 이러한 내용을 조목별로 같은 내용끼리 정리해서 세밀하게 분석하여 환하게 밝혀 놓았으니, 실로 생계를 꾸려 나가는데 있어 훌륭한 지침서가 되리라고 여겨집니다. 그래서 제가 합주(합천)의 치소(治所)에서 인쇄하여 널리 보급시키려 하는데, 글자가 크고 책이 무거워서 멀리 보내기에는 어려운 사정이 있기에 이미 작은 해서체 글자로 베껴서 다시 적어 놓았고, 안렴사(安廉使)로 있는 김주(金湊)가 또 비용에 보태 쓰도록 포목 약간을 내놓기도 하였습니다. 그러니 선생께서 이 책 뒤에다 한마디 말씀을 해주셨으면 합니다.'라고 하였다.

나 역시 이 책에 대해서는 일찍이 즐겨 감상하고 음미한 바가 있다. 그런데 내가 우리 고려의 풍속을 안타깝게 여기면서 걱정하는 마음이 깊지 않은 것이 아니었고, 또 조정에 몸을 담고 있었던 기간 역시 하루나 이틀 정도가 아니었는데, 조정에 건의해서 이 책을 간행하도록 해 본 적이 한 번도 없었으니, 이는 나의 잘못이라고 하겠다. 비록 그렇긴 하지만 강 군의 뜻이 나와 같다는 것을 여기에서 확인할 수 있었다. 그런데 백성의 생활 근거를 마련해 주면서 왕도정치를 일으키는 그 일로 말하면 또 이 정도로 그치지는 않을 것인데, 강 군은 이에 대해서도 일찍이 강구해 본 적이 있는가. 만약 그 일을 반드시 시행해 보려고 한다면, 이단(異端)을 몰아내는 일부터 시작해야 마땅할 것이다. 그렇게 하지 않는다면, 우리 고려의 풍속을 변화시킬 길이 없을 것이요, 따라서 이 책에 기재되어 있는 것들도 한갓 글자로만 남게 될 것이니, 강 군은 더욱 힘써야 할 것이다.

박중서를 전송하는 글

이
색

    친구 관계가 형세 때문에 맺어진 경우라면 서로 안다고 해야 그저 안면밖에는 없을 것이다. 따라서 마음으로 합쳐져야만 의로운 친구 관계가 성립된다고 할 것이니, 그런 뒤에야 서로 아는 것도 비로소 지극해질 것은 당연한 일이다. 그런데 나와 박중서의 관계를 뒤돌아본다면, 서로 아는 것이 지극하다고 해야 할 것인가. 아니면 아직도 미흡한 점이 있다고 해야 할 것인가. 박중서가 조정에서 배척을 당하고 나서 어머니를 찾아뵈러 떠날 즈음에 나에게 글을 써 달라고 부탁을 하였다. 이에 내가 광범위하게 다른 말을 끄집어내어 이야기할 겨를이 없기에, 우선 박중서에 대해서 아는 것을 가지고 질정해 보기로 하였다.

    박중서는 젊은 나이에 조정에 몸을 담고서 화려한 관직과 임금을 가까이서 모시는 직책을 차례로 거쳤으므로 사람들이 영광스럽게 여겼는데, 정작 박중서 자신은 이를 영예로 여기지 않았다. 그리고 조정에서 물러나서는 아침저녁으로 부모님을 모시는데 정성을 다하고 형제간에 우애하고 공경하였으므로 집안에 항상 화목한 기운이 감돌아서 참으로 볼 만한 점이 있었는데도, 정작 박중서 자신은 언제나 뭔가 부족한 듯이 생각하였다. 박중서가 조정에 있을 때에는, 자신의 직무를 극진하게 수행할 것을 생각하여 마땅히 해야 할 일이 있으면 하지 않는 일이 없었다. 그리하여 아침에 출근하고 저녁에 숙직을 하는 등 모든 일에 있어서 흐트러지는 모습을 보이지 않고 갈수록 성실한 모습을 보여주었다. 그러므로 자신이 쓰여지고 버려지거나 승진하거나 쫓겨나든 간에, 그것이 자기와 무슨 상관이 있어서 영예와 치욕으로 삼을 가치가 있다고 생각했겠는가. 이것이 바로 박중서의 마음이라 할 것이다.

그리고 박중서가 집에 있을 때에는, 아버지를 깍듯이 모시면서 사모하고 공경하는 일을 모두 극진히 하였다. 하지만 그런 가운데서도 어머니가 멀리 고향에 떨어져 계신 것을 생각하노라면, 부모님을 한 집안에 같이 모시고서 형제가 서로 슬하에서 아이처럼 재롱을 부리고 싶은 생각이 어찌 들지 않았겠는가. 이것이 바로 박중서의 마음이라고 할 것이다. 그렇기 때문에 지금 조정에서 배척을 당했으면서도, 오직 부모님을 찾아뵙는 하나의 일만을 가지고서 친구에게 고하고 부모형제와 상의하고 있는 것이다. 이를 통해서 우리는 박중서의 행동이 '한 번 떠나가면 하루 종일 갈 수 있는 데까지 가는' 그런 졸장부의 행태*와는 전혀 다르다는 것과, 평소에 어머니를 사모하는 그 마음이 너무나도 절실했기 때문에 찾아뵐 수 있는 틈이 생긴 것을 기뻐하고 있음을 알 수가 있는 것이다. 어버이를 섬기거나 임금을 섬기거나 그 도리는 똑같은 것이다. 자식이 부

---

* '내가 어찌 그런 졸장부처럼 행동할 수가 있겠는가. 임금에게 바른말을 하다가 받아주지 않으면 성을 내어 잔뜩 노기를 띠고서, 한 번 떠나가면 하루 종일 갈 수 있는 데까지 죽어라고 달려가서 잠을 잘 수가 있겠는가.'라는 말이 『맹자』공손추 하(公孫丑 下)에 나온다.

모에 대해서 그 도리를 제대로 다하여 극진히 섬기는 것과, 신하가 임금에 대하여 그 도리를 제대로 다하여 극진히 섬기는 것이 바로 충효(忠孝)의 개념이라고 할 것인데, 정자(程子: 송나라의 성리학자)가 '자기를 모두 바치는 것'으로 충을 해석한 뒤에 사람들이 비로소 효라는 것도 충과 같다는 것을 알게 되었을 뿐이다.

이렇게 본다면 신하가 되어서 자기를 모두 바치는 것은 바로 조정에 있어서의 효라 할 것이요, 자식이 되어서 자기를 모두 바치는 것은 바로 집안에 있어서의 충이라 할 것이다. 따라서 벼슬을 할 때에는 기뻐했다가 그만둘 때에는 성을 낸다면 이것은 임금에게 자기를 모두 바치지 못하는 것임이 분명하고, 가까이 있을 때에는 친근하게 굴다가 멀리 있을 때에는 잊어버린다면 이것은 어버이에게 자기를 모두 바치지 못하는 것임이 분명하다. 효라는 것은 멀고 가까운 데에 따라 달라지지 않는 것이요, 충이라는 것은 벼슬을 하고 그만두는 데에 따라 바뀌지 않는 것인데, 자기를 모두 바치는 자가 아니라면 어떻게 이것을 제대로 해낼 수가 있겠는가.

이 정도로 이야기를 했으면 내가 박중서를 아는 것이 지극하다고 할 것인가, 아니면 그렇지 않다고 할 것인가. 아마도 박중서가 갔다가 돌아오면 자기를 알아준다고 나에게 복명(復命)할 것도 같은데, 뒷날에 가서도 박중서가 나를 저버리지 않는다면, 나를 지기지우(知己之友)로 알아주는 것이 또 의심할 여지가 없다고 할 것이니, 그때 가서는 내가 그에게 서문(序文)을 청해 볼까 하노라.

『훈민정음해례본』 서문

정인지

　천지자연의 소리가 있다면 반드시 천지자연의 이치에 알맞은 글자가 있어야 하는 것이다. 그러므로 옛사람은 소리에 따라 글자를 만들어서, 그것으로써 사물의 실상과 통하게 하였고, 그것으로써 삼재(三才: 천·지·인)의 도리를 책에 싣게 하니, 후세 사람들이 능히 이를 바꾸지 못하였다. 그러나 세계는 풍토가 서로 다르며 말소리의 기운도 따라서 서로 다르다. 그런데 중국 이외의 모든 나라말은 그 말소리는 있으나, 그 글자는 없다. 그리하여 중국의 글자를 빌어서 사용을 같이 하고 있으나, 이는 마치 둥근 구멍에 모난 자루를 끼우는 것과 같아 서로 어긋나는 일이므로 어찌 통달해서 막힘이 없을 수 있겠는가. 요컨대 글자란 모두 각자가 살고 있는 곳에 따라서 정해질 것이지, 그것을 억지로 같이 쓰게 할 수는 없는 것이다. 우리 동방은 예악과 문장 등이 중국에 견줄 만하나, 다만 나라말만은 중국과 같지 않다. 그래서 글을 배우는 사람은 그 뜻의 깨우치기 어려움을 근심하고 법을 집행하는 사람은 그 복잡한 사정이나 까닭의 통하기 어려움을 괴롭게 여기고 있다. 옛날 신라의 설총이 처음으로 이두라는 글자를 만들었는데, 관청과 민간에서는 지금까지도 그것을 쓰고 있다. 그러나 모두 한자를 빌어서 사용하므로, 어떤 것은 어색하고 어떤 것은 우리말과 들어 맞지 않는다. 비단 속되고 이치에 맞지 않을 뿐만 아니라, 우리말을 적는데 이르러서는 그 만분의 일도 통달치 못하는 것이다.

계해년(1443, 세종 25) 겨울에 우리 전하께서 비로소 정음(正音) 28자를 창제하시고, 간략하게 예(例)를 들어 보이시고 이름을 훈민정음이라고 지으셨다. 글자 모양은 고전(古篆: 옛날 전서체의 글자)을 본떠서 만들었고, 소리의 원리를 바탕으로 하였으므로 음은 칠조(七調)에 맞고, 삼재(三才)의 뜻과 음양의 묘한 이치가 다 포함되지 않은 것이 없다. 게다가 이 28자를 가지고도 전환이 무궁하여 간단하고도 요긴하고 정밀하고도 통하는 까닭에, 슬기로운 사람은 하루아침을 마치기도 전에 이를 깨우치고, 어리석은 사람이라도 열흘이면 배울 수 있다. 이 글자로써 한문을 풀면 그 뜻을 알 수 있고, 이 글자로써 송사(訟事)를 심리하더라도 그 실정을 알 수 있다. 글자의 소리는 능히 청탁(淸濁)을 구별할 수 있고, 음악의 음률이 고르게 되며, 쓰는데 갖추어지지 않은 바가 없고, 어떠한 경우에라도 이르러 통달하지 않는 곳이 없다. 비록 바람소리, 학의 울음소리, 닭이 우는 소리, 개가 짖는 소리일지라도 모두 이 글자를 가지고 적을 수가 있다. 드디어 세종께서 우리들에게 자세히 이 글자에 대한 해석을 해서 여러 사람들을 가르치라고 분부하시니, 이에 신은 집현전 응교 최항, 부교리 박팽년, 신숙주, 수찬 성삼문, 돈녕부 주부 강희안, 행 집현전 부수찬 이개, 이선로 등과 더불어 삼가 여러 풀이와 사례를 지어서 이 글자에 대한 대강을 서술하고, 보는 사람으로 하여금 스승이 없어도 스스로 깨우치도록 바랐으나, 그 깊은 연원이나 자세하고 오묘한 깊은 이치에 대해서는, 우리들이 능히 펴서 나타낼 수 있는 바가 아니다.

공손히 생각하옵건대, 우리 전하께서는 하늘이 내신 성인으로서 지으신 법도와 베푸신 정치업적이 모든 임금을 초월하셔서 훈민정음을 지으신 것도 어떤 참고할 것도 없이 자연으로 이룩하신 것이라, 참으로 그 지극한 이치가 들어있지 아니한 데가 없으니, 이는 어떤 개인의 사심으로 이루어진 것이 아니다. 대저 동방에 나라가 있음이 오래되지 않은 것은 아니나, 문물을 창조하시고 사업을 성취시켜 주실 큰 지혜는 바로 오늘을 기다려왔도다.

『경국대전』 서문

서
거
정

예로부터 제왕(帝王)들이 천하 국가를 다스린 것을 보자면, 창업을 한 군주는 경륜(經綸)이 초매(草昧: 모든 것이 잘 정돈되지 않은 상태)하여 전고(典故)를 살필 겨를이 없었고, 수성(守成)을 한 군주는 선왕이 이루어 놓은 법도만 지키며 예악(禮樂)을 만드는 일이 없었다. 비록 한(漢)나라 고조(高祖: 유방)가 계책이 주밀하여 실수가 없었다고는 하지만, 삼장의 법*은 규모만 대략 둔 것일 뿐이고, 역사가들이 당(唐)나라는 빈틈없이 모든 제도가 갖추어졌었다고 일컫지만 『육전(六典: 당나라의 법전)』이 만들어진 것은 오히려 중엽에 가서야 가능했으니, 하물며 한나라나 당나라만 못한 나라들이야 말할 것이 있겠는가.

삼가 생각건대, 세조께서는 천명을 받아 군주의 자리에 올라 나라를 중흥하

---

* 유방이 처음 관중(關中)에 들어갔을 때에 진(秦)나라의 가혹한 법령을 모두 폐지하고 세운 세 가지 법을 말한다. 그 내용은, '사람을 죽인 자는 죽인다. 사람을 다치게 한 자와 도둑질한 자는 처벌한다.'는 법을 시행하였다.

였으니 창업과 수성의 공적을 겸하셨다. 학문의 덕이 빛나고 무력의 위엄이 확고하며, 예법이 갖추어지고 음악이 흥기하였다. 그런데도 부지런히 훌륭한 정치를 도모하시고 널리 예악의 제도를 정비하셨다. 일찍이 좌우의 신하들에게 말씀하시기를,

우리 조종(祖宗)의 깊고 두터운 인택과 크고 아름다운 규범이 실려 있는 법령으로는 『원육전』, 『속육전』, 『육전등록』이 있고, 또 여러 차례 내린 교지도 있으니, 법이 아름답지 않은 것이 아니다. 그런데도 관리들이 용렬하고 어리석어 시행하는 데에 어두우니, 참으로 법령의 조문이 번잡하고 앞뒤로 법의 조문이 모순되어 하나로 크게 정해지지 않아서일 뿐이다. 이제 조정하여 증감하고 산정하고 회통(會通)하여 만세토록 사용할 수 있는 법을 만들고자 한다.

이어서 영성부원군 최항, 우의정 김국광, 서평군 한계희, 우찬성 노사신, 형조판서 강희맹, 좌참찬 임원준, 우참찬 홍응, 중추부동지사 성임 및 서거정에게 명하여, 여러 조목들을 모아서 상세히 살피고 취사선택하여 편차를 만들고 책을 만들되 번잡하고 쓸데없는 것은 삭제하고 정간(精簡)하기를 힘쓰도록 하고, 그 과정의 모든 조치를 임금의 결재를 받게 하셨다. 또 영순군 이부와 하성군 정현조에게 명하여 출납을 담당하게 하셨다. 책이 이루어지자 여섯 권으로 만들어서 올리니, 『경국대전』이라는 이름을 내리셨다. 형전(刑典)과 호전(戶典)은 이미 반포하여 시행하였고, 나머지 네 개의 법전은 미처 교정을 보지 못했는데, 임금께서 갑자기 승하하셨다. 지금의 임금(성종)께서 선왕의 뜻을 이어 드디어 일을 마치고 중외에 반포하셨다.

신이 삼가 생각건대, 천지의 광대함은 모든 만물을 덮어주고 실어주며, 사시의 운행함은 모든 만물을 생육하며, 성인이 예악을 제정함은 모든 만물이 기쁘게 그것을 보게 된다. 그러니 참으로 성인이 예악을 제정함이 천지와 같고 사

시와 같은 것이다. 예로부터 예악의 제정이 성대하기로는 주(周)나라만 한 나라가 없었는데, 주나라 관제에 육경(六卿)을 천지와 사시에 배치하였으니*, 육경의 직책은 하나라도 빠뜨려서는 안 된다. 우리 태조 강헌대왕께서 하늘의 뜻에 부응하고 인심에 순응하여 나라를 세우고 기강을 확립하시니, 그 규모가 원대하였다. 세 분의 군주가 서로 이으며 안정된 계책을 사왕(嗣王: 왕위를 이은 임금)에게 전하시어, 제도가 밝게 갖추어졌다. 세조께서는 신령한 생각과 깊은 지혜가 천고에 탁월하셨다. 총명하신 전하께서는 이 법을 잘 따르고 잘 시행하여 금과옥조로 여기고 옥돌에 새겨 영원히 광채를 드리우시니, 아름답고 성대한 일이다.

그 육전(六典)이라 한 것은 곧 주나라의 육경(六卿)을 말하는 것이다. 그 훌륭한 법과 아름다운 뜻은 곧 주나라의 「관저(關雎)」와 「인지(麟趾)」**의 뜻이다. 문(文)과 질(質)이 적절히 조화되어 환히 빛나니, 누가 『경국대전』을 만든 것이 『주례』의 주나라 관제와 서로 표리가 되지 않는다고 하겠는가. 천지와 사시에 견주어도 어그러짐이 없고 이전의 성인에 상고해도 오류가 없으니, 백세토록 성인을 기다려도 의혹하지 아니할 것임을 예측할 수 있다. 지금부터 자자손손 이어서 훌륭한 군주가 나와서 모두들 이 『경국대전』을 준수하여 어기지도 않고 잊지도 않는다면, 우리나라의 문명의 정치가 어찌 오직 주나라보다 융성할 뿐이겠는가. 억만년 무궁한 왕업이 응당 더욱 장구하게 이어질 것이다.

---

* 천관은 총재(冢宰: 이조), 지관은 사도(司徒: 호조), 춘관은 종백(宗伯: 예조), 하관은 사마(司馬: 병조), 추관은 사구(司寇: 형조), 동관은 사공(司空: 공조)의 조선시대의 육조체제와 같은 것이다.
** 관저와 인지는 『시경』에 나오는 내용으로, 문왕과 후비(后妃)의 후덕함을 칭송하는 시(詩)이다.

『동의보감』 서문

이정귀

   의술에 종사하는 사람들은 늘 헌원씨(중국 상고시대 황제)와 기백(황제시대 의관)을 말하곤 한다. 헌원씨와 기백은 위로 하늘의 이치와 아래로는 인간의 이치를 샅샅이 궁구하였으므로 자신의 의술을 기록으로 남기는 것을 탐탁지 않게 여겼을 것이 뻔하다. 그런데도 문답을 가설하여 후세에 의술을 남겼으니, 의술의 서적은 그 유래가 매우 오래되었다. 위로는 창공과 편작(중국 고대 명의)으로부터 아래로는 금(金)나라의 유완소, 장종정과 원(元)나라의 주진형, 이고에 이르기까지 여러 사람들이 일어나 분분히 논설을 전개하며 앞 시대의 저술을 표절하여 다투어 문호를 세웠다. 그리하여 서적이 많아질수록 의술은 더욱 어두워져 『영추(靈樞)』의 본뜻과 크게 어긋나지 않은 것이 드물게 되었다. 세상의 보통 의원은 의술의 깊이를 알지도 못하여 혹 의경(醫經)의 뜻을 위배하면서 자신의 견해만 고집하기도 하고, 혹 기존의 방법에만 얽매여 변통할 줄 모르기도 한다. 그래서 어느 약을 써야 할지, 어떤 방법을 써야 할지 재량할 줄 모르고 병세에 맞는 의술의 관건을 알지 못하여, 사람을 살리려다 도리어 사람을 죽이는 경우도 많다.

우리 선조대왕께서는 자신의 병을 다스리는 방법을 미루어 여러 사람을 구제하는 인술(仁術)을 펴리라 생각하시어 의학에 마음을 두고 백성의 고통을 불쌍히 여기셨다. 그리하여 일찍이 1596년(선조 29)에 태의 허준(許浚)을 불러 하교하기를, '최근에 중국의 의서를 보니 모두 간략한 것들이라 자질구레하여 볼 만한 것이 없었다. 그대가 여러 가지 의술을 널리 모아서 하나의 책을 만들도록 하라. 그리고 사람의 질병은 모두 조섭을 잘못해서 생기는 것이니, 섭생이 먼저이고 약석(藥石)은 그 다음이다. 여러 가지의 의술은 매우 복잡하니, 아무쪼록 긴요한 부분을 가려 모으라. 외진 시골에는 의약이 없어 일찍 죽는 사람이 많다. 우리나라에는 지방마다 약이 많이 생산되는데도 사람들이 잘 모르고 있으니, 그대는 약초를 분류하면서 생산지의 명칭을 함께 적어 백성들이 쉽게 알 수 있도록 하라.'고 하셨다. 허준이 물러나와 유의(儒醫) 정작과 태의(太醫) 양예수, 김응탁, 이명원, 정예남 등과 더불어 실무 부서를 만들고 책을 편집하여 중요한 내용은 대강 갖추어지게 되었다. 이때에 공교롭게도 정유재란(1597)을 만나 의원들이 뿔뿔이 흩어지는 바람에 일이 중단되고 말았다. 그 후 선조대왕께서 허준에게 하교하여 혼자 편찬을 완수하라고 하시는 한편, 궁중에 소장하고 있던 의서 백여 권을 내어 참고할 수 있게 하셨다. 편찬이 채 반도 이루어지기 전에 선조대왕께서 승하셨다. 금상(광해군)께서 즉위하신 지 3년째인 경술년 (1610)에 허준이 편찬을 완료하여 책을 올리고 제목을 '동의보감'이라 하니, 책은 모두 25권이다. 금상께서 보시고 가상히 여겨 하교하기를, '양평군 허준은 과거 선왕 때 의서를 편찬하라는 특명을 받고 여러 해 동안 깊이 연구하였다.

심지어 이리저리 피난을 다니는 와중에도 연구를 계속한 끝에 마침내 편찬을 완수하여 책을 바쳤다. 한편 생각해보면 선왕께서 편찬하라고 명하신 책을 이 우매한 과인의 시대에 와서 완성하였으니, 나는 서글픈 감정을 이길 수 없다. 허준에게 태복마(太僕馬) 한 필을 하사하여 그 노고에 보답하도록 하고, 빨리 내의원에 명하여 국청(局廳)을 열고 이 책을 간행하여 전국에 널리 배포하도록 하라.' 하시고, 또 신(이정귀)에게 명하여 서문을 지어 책머리에 얹게 하였다.

신은 삼가 생각건대 태화(太和)가 한번 흩어지자 육기(六氣)가 조화를 잃어 온갖 질병들이 백성의 재앙이 되었으니, 의약을 만들어 일찍 죽는 사람들을 구제하는 것이 진실로 제왕의 어진 정치에 있어 무엇보다 우선해야 할 일입니다. 그러나 의술은 책이 아니면 기재할 수 없고, 책은 잘 선택하지 않으면 정밀하지 못하며, 채택하는 것이 널리 흡족하지 못하면 이치가 환히 드러나지 못하고, 전수하는 것이 광범위하지 못하면 혜택이 두루 미치지 못합니다. 이 책은 고금의 서적을 포괄하고 여러 전문가의 의술을 절충하여 근본 원인을 깊이 연구하고 요긴한 강령을 제시하였습니다. 그 내용이 상세하되 지만(支蔓)한 데 이르지 않고 간략하되 포함하지 않은 것이 없습니다. 내경(內景), 외형으로부터 시작하여 온갖 질병의 갖가지 처방으로 나누고, 맥결증론(脈訣症論), 약성치법(藥性治法), 섭생요의(攝生要義), 침석제규(鍼石諸規)에 이르기까지 의술 전반에 걸쳐 수록하지 않은 것이 없습니다. 그 내용도 조리가 정연하니 비록 환자의 병증이 백 천 가지로 다를지라도 각각의 증상에 따라 적절히 대처할 수 있습니다. 그래서 멀리 옛 서적을 상고하고 가까이 주변의 의원을 수소문할 필요 없이 그저 병의 증상에 따라 그 처방을 찾으면 온갖 처방들이 곳곳에서 나와 증상에 따라 투약하면 어김없이 들어맞으니, 참으로 의원들의 보감이요 세상을 구제하는 좋은 법입니다. 이는 모두 선왕께서 전수해 주신 훌륭한 법이요 전하께서 선왕의 유지를 이어받으신 성의로 이루어진 것입니다. 그 인민애물(仁民愛物)의 덕과 이용후생(利用厚生)의 도(道)는 전후로 그 법도가 같은 것이라 하겠습니다. 따라서 중화(中和), 위육(位育)의 선치(善治)가 진실로 여기에 있다고 할 수 있습니다. 옛말에 이르기를, '어진 사람의 마음 씀은 그 이로움이 넓도다.' 하였으니, 참으로 사실이 아니겠습니까.

오숙우를 전송하는 글

장
유

지위가 높으면 영예롭게 여기고 지위가 낮으면 창피스럽게 생각하며 외직(外職)은 하찮게 여기고 내직(內職)은 그럴듯하게 여기는 것이야말로 벼슬하는 사람들의 공통적인 정서라 할 것이다. 그러나 군자의 근무하는 자세로 말하면 이와는 달라서 오직 의리에 입각하여 행할 뿐 이익이 되는 일에는 아랑곳하지 않는다. 그래서 지위가 아무리 높아도 그 직책을 제대로 수행할 수 없을 경우에는 차라리 낮은 지위를 편안하게 여기고, 내직이라 하더라도 자기의 뜻을 제대로 펼 수 없을 경우에는 외직으로 나가 만족스럽게 지내는 것만 못하게 여기는 것이다. 옛날에 군자들이 조정에 몸을 담고 있을 때 지녔던 마음가짐은 대체로 이와 같은 것이었다.

세상에서 중요하게 여기는 직책으로는 장상(將相: 장수와 재상)이 으뜸이요, 그 다음이 대성(臺省: 사헌부와 사간원)과 관각(館閣: 홍문관과 예문관 등)이다. 그러나 조정을 살펴보건대, 장상이 된 자들이 임금을 높이고 백성을 보호하면서 변방을 안정시키고 적을 제어하는 일을 제대로 행하기라도 하던가. 그리고 대성과 관각에 몸담은 자들이 말을 올곧게 하고 안색을 엄숙히 하면서 허물을 바로잡고 잘못을 규찰하는 일을 제대로 행하기라도 하던가. 이런 실정인데도 직책을 수행하면서 뜻을 펼치고 있다고 한다면 나는 도저히 믿지를 못하겠다. 내가 일찍이 이에 대하여 생각하다가 그 이유를 알아내었는데, 그것은 사람들이 모두 적임자가 못되기 때문이 아니라 형세가 편안하지 못하기 때문이라는 것이었다. 그리고 그 형세가 불편한 것으로 말하면 오늘날에 와서 비로소 그렇게 된 것이 아니라 대체로 그 유래가 오래된 것이라고 할 수 있는데, 이렇듯 시대 상황에 구속을 당하고 형세의 구애를 받고 있으니, 설령 적임자가 그 자리에 있다 하더라도 장차 어떻게 해 나갈 수가 있겠는가.

그런데 가령 외직으로 말하면 이와는 처지가 다르다고 할 수 있다. 비록 조그마한 하나의 주(州)나 현(縣)이라 하더라도, 그 사방의 경계 안에서는 내리는 명령이 행해지지 않음이 없고 베푸는 혜택이 끝까지 미치지 않음이 없으며, 이익이 되는 일이라면 어느 때나 일으킬 수가 있고 해로운 일이라면 어느 때나 제거할 수가 있는 것이다. 그리고 가령 위에서 어떤 일을 지시했을 때 그런 경우야 내가 어떻게 해 볼 수가 없기는 하지만, 그래도 방편을 써서 알선하는 일만큼은 미상불 내가 하기에 달려 있으니, 자기의 뜻을 펼치고 직무를 수행하는 측면에서 볼 때 내직에 몸담고 있는 자와는 천양지판(天壤之判)이라고 해야 할 것이다. 그 이유는 다른 데에 있는 것이 아니다. 내직은 임금 가까이에 있으면서 세력이 분산되어 있는 반면에 외직은 백성과 가까이 있으면서 전적으로 영향력을 행사할 수 있기 때문이다.

오숙우는 일찍부터 재주가 민첩하다고 이름이 났다. 그리하여 화려한 직책을 두루 거치고 관동지방의 책임자로 나갔는데 어버이 상을 당해 관직을 떠났다가 상을 마친 뒤 승정원에 들어와 가까이에서 임금을 모시게 되었다. 그런데 얼마 지나지 않아 외직을 원하여 여주목사로 나가게 되었는데, 여주와 같은 작은 고을에 임금을 가까이에서 모셨던 오숙우가 나가는 것에 대해 의논하는 사람들 모두가 온당치 않게 여겼으나, 오숙우만은 홀로 뜻대로 되었다고 즐거워하였다. 오숙우를 아는 사람들 가운데 어떤 이는 말하기를 '오숙우는 어버이를 집에 모시고 있는데 여주 고을이 작기는 하지만 지역적으로 가까워 봉양하기에 편하다. 그리고 그 고을이 궁벽하여 사무가 간단하고 게다가 강산과 누각의 아름다운 경치가 있으니, 백성을 다스리는 여가에 글을 읽고 뛰어난 경관을 찾아다니면서 마음 내키는 대로 즐길 수가 있을 것이다. 그래서 오숙우가 기뻐하는 것이다.'라고 한다.

나도 물론 이런 점을 그가 기뻐하리라고 생각한다. 그러나 오숙우의 뜻으로 말하면 꼭 그런 것만은 아니라고 해야 할 것이다. 그는 가슴속에 재질을 지니고서 늘 남다른 자부심을 강하게 표출하곤 하였다. 그리하여 세상 사람들이 영예로 여기며 부러워하는 것들에 대해서는 마음속으로 그다지 달갑게 여기지 않는 반면에 백성과 사직(社稷)이 있는 지역을 떠맡은 뒤 조금이나마 정사(政事)를 한 번 시행해 보면서 백성들에게 혜택을 베풀어 훗날 경세제민(經世濟民)의 기틀을 다져 보려고 하였으니, 그 뜻이 그야말로 원대하다고 해야 할 것이다. 이런 사실을 세상 사람들이 어찌 알기나 하겠는가. 때마침 오숙우가 길 떠날 채비를 갖추면서 나에게 한마디 말을 해 달라고 하기에 마침내 이런 내용을 들려주면서 그에게 선물로 주는 것이다.

『구황촬요』 서문

송
시
열

　나라의 운이 불행하여 효종대왕 말년으로부터 현종(顯宗) 원년에 이르기까지
해가 거듭 흉년이 들었다. 그리하여 비록 상하가 애써 백성을 구휼하되 모든
진휼하는 방법을 하나도 빠짐없이 강구하고는 있지만, 공적부문과 사적부문 모
두가 빈손이라서 그 인애(仁愛)하는 마음을 어떻게 베풀 방도가 없게 되었다.
대체로 자연재해로 인하여 농사에 피해를 당한 사람에게 죄를 방면해 주는 것
은, 죄를 용서해 주는 큰 은전(恩典)이지만 농사지을 땅이 없는 사람은 해당되
지 않고, 세금과 부역을 경감해 주는 일은 백성을 불쌍히 여기는 뜻이 지극한
것이지만, 이미 흩어진 백성에게는 어찌할 방도가 없다. 임금의 사재를 저축한
창고와 부자들이 모두 바닥이 드러났고 보면, 이제 갓난아이는 젖이 말라붙은
엄마에게 바랄 것이 아무것도 없는 것이다. 그렇기 때문에 묵은 곡식은 이미
다 떨어지고 햇곡식이 아직 나기 전에는 굶주린 백성들이 이미 길가에 즐비하

게 되니, 아, 급급하기 그지없다. 이런 때를 당해서 그 백성을 다스리는 책임을 가진 장관으로서 아무런 방도가 없다고만 핑계를 대고 어떤 방책을 강구하지 않아서야 되겠는가.

그러자 서원현감(西原縣監)으로 있는 신속(申洬)이 세종대왕께서 편집한 『구황촬요』를 급히 가져다가 빠진 것을 채우고 보태서 간행하여 장차 민간에 널리 반포하려고 하는데, 대체로 그 책에는 곡식을 제외한 특이한 식생활 수단이 자상하고도 간절하게 적혀 있다. 대체로 풀뿌리와 나무껍질은 시고 매운 맛이 서로 섞이어 참으로 사람이 일상으로 먹는 곡식에 비할 바는 아니다. 그러나 이미 부득이해서 먹는 것이고 보면 목적은 생명을 구제하기 위해서일 뿐이다. 더구나 배고프고 목마름이 극도에 이르면 무엇이든지 잘 먹을 수 있는 것이니, 이것이 어찌 끝내 곡식만 못하다고 다짐하겠는가. 대저 떠돌아다니며 걸식하는 사람은 종일토록 바쁘게 다니면서 남의 집 문에 이르러 조금만 도와 달라고 애걸해 보았자 꼭 얻어먹지는 못한다. 그러므로 극도로 굶주리기도 전에 기운이 먼저 지쳐버린다. 그러니 어찌 이런 일에 종사하여 반드시 얻을 수 있는 곳에서 구하고, 매우 풍족한 곳에서 취하는 것만 같겠는가.

듣건대 사람에게 물건을 나누어 주는 것은 한도가 있어서 넓지 못하고, 남에게 지혜를 깨우쳐 주는 것은 무궁무진하여 제각기 충족을 누릴 수 있다고 하였다. 이제 이 책이 유행되어 사람마다 이 방법을 수용해서 여유가 있어진다면, 비록 온 천하에까지 보급이 된다고 할지라도 좋을 것이다. 이것이 어찌 소소하게 창고에 있는 곡식을 나누어 주는 것을 권하는 데에 비교하겠는가. 세종대왕께서 백성을 사랑하시는 마음이 참으로 깊다고 하겠다. 이것이 이른바 '은혜를 베풀되 재물을 허비하지 않고 적은 것을 가지고 널리 베풀어 준다.'라고 하는 것이 아니겠는가. 그러나 깊은 사려를 가진 신공(申公: 신속)이 아니었다면 또 그 누가 이를 능히 천명(闡明)하였겠는가. 나는 여기에 대해 다시금 느끼는 바가 있다.

성스런 임금의 융성한 시대를 맞이하여 그때는 집집마다 사람마다 풍족하여 공덕을 칭송하는 소리가 이미 일어났는데도, 오히려 이 책을 편찬하여 뜻밖의 흉년에 대비하였으니, 그 백성보기를 마치 다친 사람을 보듯이 몹시 불쌍히 여기는 뜻이 이 책 한편 가운데 넘쳐흐른다. 만일 그 당시 성조(세종)의 마음으로 오늘날의 이 곤경에 빠진 민생들을 보았다면 또한 어떠했겠는가. 방금 전하께서 지성으로 백성들을 불쌍하게 여기시어, 심지어는 제색(諸色)에 바치는 것까지 절감하게 하였다. 그리하여 마침내 골짜기에 버려진 백성들로 하여금 은혜를 품고 죽음을 잊을 수 있게 하였다. 만일 이 책이 다행히 전하의 열람에 대비한다면 그 성조(세종)의 어지심을 우러러 본받고 차마 하지 못하는 마음을 백성들에게 베푸는 데 있어 장차 밥을 먹을 겨를도 없게 될 것이다. 그렇게 되면 이른바 요(堯), 순(舜), 우(禹)임금이 백성들을 깊이 염려하고 백성에게 큰 혜택을 주었던 일을 오늘날에 다시 볼 수 있을 것이다. 그렇다면 저 인애(仁愛)한 하늘이 또한 어찌 재앙을 거두고 상서로움을 내리지 않겠는가. 이 보잘것없는 구구한 신하는 오직, 사방의 백성들과 함께 올겨울 눈보라 속에 얼어 죽지 않고 내년에 큰 사발의 떡국을 배불리 먹게 되기만을 바란다.

『북학의』서문

박지원

    학문의 길은 다른 길이 없다. 모르는 것이 있으면 길가는 사람이라도 붙들고 물어야 한다. 심지어 어린 종이라 하더라도 나보다 글자 하나라도 더 많이 안다면 우선 그에게 배워야 한다. 자기가 남만 같지 못하다고 부끄럽게 여겨 자기보다 나은 사람에게 묻지 않는다면, 죽을 때까지 고루하고 어쩔 방법이 없는 지경에 스스로 갇혀 지내게 된다. 순임금은 농사짓고 질그릇을 굽고 고기를 잡는 일로부터 임금이 되기까지 남들로부터 배우지 않은 것이 없었다. 공자가 말하기를 '나는 젊었을 적에 미천했기 때문에 막일에 능한 것이 많았다.'라고 하였는데, 여기서 말하는 막일 또한 농사짓고 질그릇을 굽고 고기를 잡는 일 따위였을 것이다. 아무리 순임금과 공자같이 성스럽고 재능 있는 분조차도, 사물에 나아가 기교를 창안하고 일에 임하여 도구를 만들자면 시간도 부족하고 지혜도 막히는 바가 있었을 것이다. 그러므로 순임금과 공자가 성인이 된 것은 남에게 잘 물어서 잘 배운 것에 지나지 않는다.

우리나라 선비들은 한쪽 구석진 땅에서 편벽된 기운을 타고나서, 발은 대륙의 땅을 밟아보지 못했고, 눈은 중원의 사람들을 보지 못했고, 나고 늙고 병들어 죽을 때까지 자기 나라 땅을 떠나 본 적이 없다. 그래서 학의 다리가 길고 까마귀의 빛이 검듯이 각기 자신이 물려받은 천성대로 살았고, 우물 안의 개구리나 밭의 두더지마냥 자신이 사는 곳이 제일인 양 여기고 살아왔다. 예(禮)는 차라리 소박한 것이 낫다고 생각하고 누추한 것을 검소하다고 여겨왔으며, 이른바 사민(四民: 사・농・공・상)이라는 것도 겨우 명목만 남아있고 이용후생(利用厚生)의 도구는 날이 갈수록 빈약해져만 갔다. 이는 다름이 아니라 배우고 물을 줄을 몰라서 생긴 폐단이다.

만일 장차 배우고 묻기로 할진대 중국을 놓아두고 어디로 가겠는가. 그렇지만 그들의 말을 들어보면 '지금의 중국을 차지하고 있는 주인은 오랑캐들이다.'라고 하면서 배우기를 부끄러워하여, 중국의 옛 법마저도 다 함께 얕잡아 무시해 버린다. 저들이 진실로 변발을 하고 오랑캐 복장을 하고 있지만, 저들이 살고 있는 땅이 삼대(三代: 하・은・주나라) 이래로 한, 당, 송, 명나라의 대륙이 어찌 아니겠으며, 그 땅 안에 살고 있는 사람들이 삼대 이래로 한, 당, 송, 명나라의 유민(遺民)이 어찌 아니겠는가. 진실로 법이 훌륭하고 제도가 아름다우니 장차 오랑캐에게라도 나아가 배워야 하는 법이거늘, 하물며 그 규모의 광대함과 마음을 쓰는 법의 정미(精微)함과 제도의 크고 원대함과 문장의 찬란함이 아직도 삼대 이래로 한, 당, 송, 명나라의 고유한 옛 법을 보존하고 있음에랴.

우리를 저들과 비교해 본다면 진실로 한 치의 나은 점도 없다. 그럼에도 단지 머리를 깎지 않고 상투를 튼 것만 가지고 스스로 천하의 제일이라고 하면서 '지금의 중국은 옛날의 중국이 아니다.'라고 말한다. 그 산천은 비린내 노린내 천지라고 나무라고, 그 인민은 개나 양이라고 욕을 하고, 그 언어는 오랑캐 말이라고 모함하면서, 중국 고유의 훌륭한 법과 아름다운 제도마저 배척해 버리고 만다. 그렇다면 장차 어디에서 본받아 행하겠는가. 내가 북경에서 돌아오니 박제가(朴齊家)가 자신이 지은 『북학의』 내편과 외편을 보여 주었다. 그는 농잠(農蠶), 목축(牧畜), 성곽(城郭), 궁실(宮室), 주거(舟車)로부터 기와, 대자리, 붓, 자(尺) 등을 만드는 방식에 이르기까지 눈으로 헤아리고 마음으로 비교하지 않은 것이 없었다. 눈으로 보지 못한 것이 있으면 반드시 물어보았고, 마음으로 이해하지 못한 것이 있으면 반드시 배웠다. 시험 삼아 책을 한번 펼쳐보니, 나의 『열하일기』와 더불어 조금도 어긋나는 것이 없어, 마치 한 사람의 손에서 나온 것 같았다. 이러한 까닭에 그가 진실로 즐거운 마음으로 나에게 보여 준 것이요, 나도 흐뭇하게 여겨서 3일 동안이나 읽어도 싫증이 나지 않았던 것이다.

아, 이것이 어찌 우리 두 사람이 눈으로만 보고서 그렇게 된 것이겠는가. 진실로 비 뿌리고 눈이 날리는 날에도 연구하고, 술이 거나하고 등잔불이 꺼질 때까지 토론해 오던 것을 눈으로 한번 확인한 것뿐이다. 요컨대 이를 남들에게 말할 수가 없으니, 남들은 물론 믿지를 않을 것이고 믿지 못하면 당연히 우리에게 화를 낼 것이다. 화를 내는 성품은 편벽된 기운을 타고난 데서 말미암은 것이요, 그 말을 믿지 못하는 원인은 중국의 산천을 비린내 노린내 난다고 나무란 데에 있는 것이다.

『목민심서』서문

정
약
용

　옛날 중국의 순임금은 요임금의 뒤를 이어 12주의 제후에게 물어, 그들로 하여금 백성을 다스리게 하였고, 주나라 문왕(文王)이 정치를 할 때는 지방의 장관을 세워 수령으로 삼았으며, 맹자는 평륙(平陸: 제나라 고을)에 가서 가축 사육하는 것을 백성을 다스리는 데 비유하였으니, 이로 미루어 보면 백성을 다스리는 것을 목(牧)이라 하는 것은 성현이 남긴 뜻이다. 성현의 가르침에는 원래 두 가지의 길이 있는데, 하나는 사도(司徒: 교육을 맡은 장관)가 백성들을 가르쳐 각각 몸을 닦도록 하는 것이고, 또 하나는 태학(太學)에서 공경대부의 자제들을 가르쳐 각각 몸을 닦고 백성을 다스리도록 하는 것이니, 백성을 다스리는 것이 바로 '목민'인 것이다. 그렇다면 군자의 학문은 몸을 닦는 것이 그 반이요, 나머지 반은 백성을 다스리는 것이다.

성인의 시대가 이미 오래되었고 성인의 말도 없어져서 그 도(道)가 점점 어두워졌다. 요즘의 지방장관이란 자들은 이익을 추구하는 데만 급급하고 어떻게 백성을 다스려야 할 것인지는 모르고 있다. 이 때문에 백성들은 곤궁하고 피폐하여 서로 떠돌다가 굶어죽은 시체가 구렁텅이에 가득한데도 지방장관이 된 자들은 한창 좋은 옷과 맛있는 음식으로 자기만 살찌우고 있으니, 어찌 슬픈 일이 아니겠는가. 나의 아버지께서는 성조(聖朝: 영조대왕)의 인정을 받아 연천현감, 화순현감, 예천군수, 울산도호부사, 진주목사를 지냈는데 모두 치적이 있었다. 비록 나는 불초하지만 그때 따라다니면서 보고 배워서 다소 듣고 깨달은 바가 있었으며, 뒤에 수령이 되어 이를 시험해 보아서 다소 증험도 있었다. 그러나 나중에 떠도는 몸이 되어서는 이를 쓸 곳이 없게 되었다.

　먼 변방에서 귀양살이한 지 18년 동안 사서(四書: 대학·중용·논어·맹자)와 오경(五經: 시경·서경·역경·예기·춘추)을 되풀이 연구하여 자신을 수양하는 학문을 공부하였다. 다시 백성을 다스리는 것이 학문의 반이라 하여, 이에 중국의 역사서 23종과 우리나라 역사 및 문집 등 여러 서적을 가져다가 옛날 지방장관이 백성을 다스린 사적을 골라, 세밀하게 고찰하여 이를 분류한 다음, 차례로 편집하였다. 남쪽 시골은 전답의 세금이 나오는 곳이라, 간악하고 교활한 아전들이 농간을 부려 그에 따른 여러 가지 폐단이 어지럽게 생겼는데, 내 처지가 비천하므로 들은 것이 매우 상세하였다. 이것 또한 그대로 분류하여 대강을 기록하고 나의 천박한 소견을 붙였다. 모두 12편으로 되었는데, 부임(赴任), 율기(律己), 봉공(奉公), 애민(愛民), 이전(吏典), 호전(戶典), 예전(禮典), 병전(兵典), 형전(刑典), 공전(工典), 진황(賑荒), 해관(解官)이다. 12편을 각각 6조항으로 나누었으니, 모두 72조항이 된다. 혹 몇 조항을 합하여 한 권을 만들기도 하고, 혹 한 조항을 나누어 몇 권을 만들기도 하여 통틀어 48권으로 한 부(部)가 되었다. 비록 시대에 따르고 풍습에 순응하여 위로 선왕(先王)의 헌장(憲章)에 부합되지는 못하였지만, 백성을 다스리는 일에 있어서는 조례(條例)가 갖추어졌다.

고려 말기에 비로소 5사(五事: 守領五事)로 수령들을 평가하였고, 조선에서도 그대로 하다가 뒤에 7사(七事: 守領七事)로 늘렸는데, 이를테면 수령이 해야 할 일의 대강만을 들었을 뿐이다. 그러나 수령이라는 직책은 관장하지 않는 일이 없으니, 여러 조목을 열거하여도 직책을 다하지 못할까 두려운데, 하물며 스스로 고찰하여 스스로 시행하기를 기대할 수 있겠는가. 이 책은 첫머리의 부임과 맨 끝의 해관 2편을 제외한 나머지 10편에 들어있는 것만도 60조항이 되니, 진실로 어진 수령이 자신의 직분을 다할 것을 생각한다면, 아마도 그 방법에 어둡지 않을 것이다.

옛날 부염(傅琰: 남제 때 현령)은 『이현보(理縣譜)』를 지었고, 유이(劉彝: 송나라 때 현령)는 『법범(法範)』을 지었으며, 왕소(王素: 송나라 때 지방관)에게는 『독단(獨斷)』이 있고, 장영(張詠: 송나라 때 지방관)에게는 『계민집(戒民集)』이 있으며, 진덕수(眞德秀: 송나라 때 학자)는 『정경(政經)』을, 호태초(胡太初: 송나라 때 지방관)는 『서언(緒言)』을, 정한봉(鄭漢奉: 명나라 때 지방관)은 『환택편(宦澤篇)』을 지었으니, 모두 이른바 목민에 관한 서적인 것이다. 이제 그런 서적들은 거의가 전해지지 않고 음란한 말과 기괴한 글귀만이 일세를 횡행하니, 내 책인들 어찌 전해질 수 있겠는가. 그러나 『주역』 대축괘(大畜卦)에 이르기를 '옛사람의 말이나 행실을 많이 알아서 자기의 덕을 기른다.'라고 하였으니, 이는 본디 나의 덕을 기르기 위한 것이지, 어찌 반드시 백성을 다스리기 위해서만 그렇겠는가. '심서(心書)'라 한 것은 무슨 까닭인가. 백성을 다스릴 마음은 있으나 몸소 실행할 수 없기 때문에 이렇게 이름한 것이다.

『신기통』서문

최
한
기

　하늘이 낸 사람의 형체는 모든 쓰임새를 갖추고 있는데, 이것이 신기를 통하는 기계(器械: 신체의 기관)이다. 눈은 색을 알려주는 거울이고, 귀는 소리를 듣는 대롱이고, 코는 냄새를 맡는 대롱이고, 입은 내뱉고 거둬들이는 문(門)이고, 손은 잡는 도구이고, 발은 움직이는 바퀴이니, 통틀어 한 몸에 실려 있는 것이요, 신기(神氣)는 이것들의 주재(主宰)이다. 제규(諸竅)와 제촉(諸觸)*으로 인정(人情)과 사물의 이치를 거두어 신기에 습염(習染: 습관)하고, 그것이 쓰임으로 나타날 때에는 속에 쌓인 인정과 사물의 이치를 제규와 제촉을 통하여 시행하는 것이 바로 천형(踐形)**하는 대도이다. 빛이 눈을 통해야 천하의 빛이 모두 신기의 쓰임이 되고, 소리가 귀를 통해야 천하의 소리가 모두 신기의 쓰임이 되고,

---

* 제규는 인체에 있는 외부와 통하는 아홉 개의 구멍이고, 제촉은 인체에 있는 여러 가지의 촉감 기능을 말한다.
** 부모와 하늘로부터 받은 본성과 형체의 바른 기능을 어김없이 실현하는 것.

냄새와 맛과 모든 촉감은 모두 입과 코, 손과 발로 통해야 사물의 운동이 모두 신기의 쓰임이 된다. 열력(閱歷)하고 경험하며 추이(推移)하고 변통하는 것이 모두 형체에 근원하여 사물에서 끝나는 것이니, 만약 쓰임으로 나타나는 근원을 닦아 밝히지 아니하면 어찌 쓰임으로 나타나는 끝을 정돈할 수 있겠는가.

대개 사람은 천지의 기(氣)와 부모의 질(質)을 받아 출생한 것이다. 눈으로 보고 귀로 들으며 코로 냄새를 맡고 입으로 맛을 보며 손으로 잡고 발로 다니는 것과 목이 마르면 마시고 주리면 먹는 것은 바로 형체가 갖추고 있는 쓰임이다. 비록 어둡고 어리석은 준동(蠢動)이라도 모두 이러한 일만은 넉넉히 실행하고 있으니, 이것은 하늘이 나면서부터 통하게 한 것이다. 그 통한 것을 바탕으로 하여 추측과 경험을 쌓아 나가되, 실속이 없는 것을 제거하여 정실(精實)한 것을 보존하며, 어둡고 우매한 것을 제거하여 밝고 환한 것을 가려 취해야 한다. 사람이 평생 동안 해야 할 사업이란, 오직 보고 들으며 열력(閱歷)해서 선악과 이해를 분별하여, 사물을 선에 이르도록 권하고 악에 빠지지 않도록 경계하는데 있을 뿐이다. 헤아리고 증험하여 얻는 내용이, 천박하고 얕은 것은 깊고 원대한 것만 못하고 치우친 것은 공공(公共)된 것만 못하다. 쓸 것을 생각하여 거두어들여 저장하고 저장한 것을 미루어 쓰임을 나타내는 것이라, 이와 같이 하는 것 이외에 다른 도리는 없다. 그런데도 여기서 지나쳐 천지와 인물의 그렇게 되는 까닭의 이치를 연구한답시고 허무하여 전혀 알 수 없는 데로 빠져들어 가면, 비록 혀가 닳도록 도를 말한다 하더라도 어찌 그것을 믿게 하리요. 또 길흉화복과 부응(符應)의 이치를 굳게 기필하는 것들도 있다. 그러나 인간의 일과 시대의 운(運)은 변화가 무상한 것이라, 오히려 이 생애의 것도 믿기가 어려운데 하물며 보고 들을 수 없는 죽은 뒤의 일이겠는가. 전후(前後)의 법도를 지나친 학문과 평상에서 벗어나 초월하는 술법 따위를 제거하면, 자연히 진정한 대도의 따를 만한 법이 있을 것이다. 이목구비와 수족과 제촉을 버린다면, 어찌 한 터럭만한 이치인들 얻을 수 있으며 한 가지 일인들 증험할 수 있으랴.

그렇지만 아무리 이러한 제규와 제촉이 있어도 만약 기억하고 단서를 찾아 연구하고 경험하는 신기가 없다면, 평생 동안 여러 번 듣고 자주 보는 사물이라도 매번 처음 대하는 사물과 같을 것이다. 또 아무리 이러한 제규, 제촉과 기억하고 연구하는 신기가 있다 하더라도, 만약 사물과 나를 참작하여 임기응변하는 변통이 없다면, 옛날의 사례에만 얽매이고 적절히 변통하지 못하여 생기는 한탄과 시대의 사정에 따라 변통하는 임기응변의 방편이 없다는 비웃음을 어찌 면할 수 있으랴. 아무리 제규, 제촉과 신기의 거두어 모음과 쓰임의 나타냄에 아무런 결함이 없다 하더라도, 만약 조금이라도 쓸모없고 실리가 없으며 알 수 없고 증험할 수 없는 것이 그 사이에 끼어들게 되면 즉시 순수하지 못하게 된다. 생각이 여기에 이르면 오히려 이것을 달성하지 못할까 두려운데, 어느 겨를에 다른 것을 생각하리요. 지식을 거두어 모으는 것으로 말하면 창업(創業)의 공신이요, 잠시도 여기에서 떠나지 않는 것으로 말하면 좌우의 보필하는 신하이다.

그런데 저 심학(心學: 왕수인의 양명학)을 전공하는 사람은 제규와 제촉을 비루하고 지엽적인 것으로 생각하여 성명(性命)의 이치를 탐구하며, 청정수진(淸淨守眞: 맑고 깨끗한 마음으로 진리를 지키는 것)하는 사람은 보고 듣는 것을 정기를 소모하는 것이라고 생각하여 귀머거리나 소경의 행세를 기꺼이 하며, 의학서적의 변설(辨說)에는 외부에 나타난 질병을 오장육부나 혈맥에서 일어난 것이라고 서로 맞지도 않게 억지로 끌어다 대며, 관상을 보는 책에서 말하고 있는 모양과 격국(格局: 사람 몸을 오행으로 나눈 것)이나 혈색과 태도로 그 사람의 곤궁, 영달과 장수, 단명을 점치고자 하는 것 등등은 모두 지나치거나 미치지 못하는 잘못을 면할 수 없다. 이목구비가 어찌 한갓 그 이목구비의 외형만을 이야기하는 것이리오. 반드시 형체에 들어있는 신기가 이목구비에 통한 신기의 이목구비이다. 그러므로 이로써 천지와 인간 만물이 한가지로 통하는 소리와 빛과 냄새와 맛에 미루어 나가면, 안과 밖이 서로 응하고 저것과 이것이 서로 비교되고 증험이 될 수 있는 것이다.

사람에서는 선이 되는 것을 취하고 물건에서는 쓰임이 되는 것을 취하면, 법이 없는 것을 근거하여 법이 있게 되고, 법이 있은 뒤에도 한 방편에 집착하여 막히는 일이 없게 된다. 통하고 통하지 않는 것과 변하고 변하지 않는 것을 먼저 뚜렷이 분별하고, 이미 통한 것을 가지고 아직 통하지 못한 것을 추측하고 변하지 않는 것을 가지고 변하는 것을 추측한다. 그 관계는 마치 형상에 그림자가 따르고 소리에 메아리가 응하는 것과 같아, 그 법칙은 가까운데 있고 가려 막는 것도 멀리 있는 것이 아니다. 물론 이로써 통달하는 것은 대략을 헤아려 짐작한 것에 지나지 않는지라 자세한 세부의 곡절을 다하기는 어렵다. 그러나 만약 자기 형체에 있는 통하는 것(제규, 제촉의 여러 기관)을 버리고 사람이나 사물에 통하기를 구하거나, 또는 사람이나 사물에 통한 것을 버리고 오직 허망한 그림자나 번득이는 빛(심학이나 도교 등의 허망한 이론)과 같은 것을 연구한다면, 이는 바로 덕을 성취한 사람의 기질이 어둡고 쇠잔하여 죽음에 가까운 자나 하는 짓이고, 학문을 깊이 통하여 장차 무거운 책임을 지고 원대한 목적에 도달하려고 하는 사람의 하는 일은 아니다.

이런 까닭에 이 그릇을 가지고 있는 사람이 이 그릇을 버리고 다른 것에 쓸 것을 구하면 이는 바로 이 그릇의 쓰임은 되지 않는다. 그러므로 쓰거나 쓰지 않는 것이 어찌 이 그릇에 관계되는 것이랴. 또 형체를 가지고 있는 사람이 형체를 버리고 다른 것에서 학문을 구하면 이는 형체의 학문은 되지 않는다. 그러므로 배우거나 배우지 않거나 형체에 아무런 관계도 없다. 은벽(隱僻)한 것을 탐색하고 괴이한 일을 행하는 것이 이것으로 말미암아 일어나는 것이므로, 쓰는 것은 기계(器械)로 근본을 삼고 학문은 형체로 근본을 삼는다.

【상소류(上疏類)】

제 3 부

선비의 역할

동서의 당파를 없애라는 상소

이 이

　삼가 아룁니다. 벌레 같은 미미한 신이 하늘의 죄를 얻어 고질병이 몸에 배어 스스로 구렁에 빠진 사람이 되었으나, 오직 임금을 사랑하는 한 가지 생각은 조정으로 나아가나 물러나나 다름이 없습니다. 요사이 삼가 전하께서 하늘이 내린 재앙을 만나 두렵고 근심스러운 마음으로 바른말을 널리 구하는 하교(下敎)가 있었다는 말을 듣고, 깊이 마음속을 피력하여 다시 대궐문 앞에서 부르짖어 변경의 군비가 소홀하여 적이 이르면 반드시 패하게 되는 상황을 두루 아뢰고, 아울러 병사를 양성하고 백성을 편안하게 하여 뜻밖의 근심에 대비해야 하는 대책을 아뢰려 하였습니다. 그러나 다시 삼가 생각건대, 신은 본래 천박하여 전하께 신임을 받지 못하여, 전부터 연이어 바친 글월이 모두 헛말이 되어 하는 말마다 무익하게 되었으므로, 민망하여 스스로 중지하였습니다. 얼마 후에 다시 시국의 의론이 안정되지 못하고, 선비들이 동요되어 조정에는 날로 화기(和氣)가 없어지고, 여염(閭閻)에는 허망한 의논들이 구름같이 일어남을 듣고, 신이 진실로 한스럽게 여기어 홀로 탄식하는 바이지만, 감히 조그마한 정성으로 전하께 말씀드리지 못하고, 때로는 깊은 밤중에 베개를 어루만지며 근심으로 잠을 이루지 못하기도 합니다. 지금 부르시는 명을 내려 대사간의 직책을 맡기시니 감격이 지극하여 더욱 황공하옵니다. 신의 재주가 얕고 병은 깊어 나아갈 수 없는 정상을 일찍이 다 아뢰어 전하를 번거롭게 한 것이 한두 번이 아니었습니다. 지금에 이르러서도 옛 병은 낫지 않고 새로운 지식은 더하지 않으니 분수와 의리를 헤아려 보아도 오히려 관직에 나아갈 수가 없으므로, 동쪽을 바라보며 눈물을 흘리고 마음만 헛되이 달리고 있습니다. 다만 생각건대, 전하의 은혜가 첩첩하여 갈수록 더하니, 신이 지금 이 몸으로는 이미 나아가지 못하고 입으로도 말이 없어서는 신의 죄가 더욱 클 것이므로 이에 변변찮은 소견을 말씀드리니 받아들여 주시기 바랍니다.

지금 시국의 일에 대하여 말씀드릴 것이 많으나, 먼저 가장 절실하고 급한 것을 논하겠습니다. 신이 듣건대, 예로부터 국가가 믿고 유지하는 것은 사림(士林)이라고 합니다. 사림은 국가의 원기(元氣)이기 때문에, 사림이 성하고 화합하면 그 나라는 다스려지고, 사림이 과격하고 분열되면 그 나라는 어지러워지며, 사림이 패하여 다 없어지면 나라는 망하는 것이니, 지나간 일이 역사책에 밝게 실려 있습니다. 옛날 순임금이 구관(九官: 삼경과 육공)과 십이목(十二牧)을 임명했을 때 질서 있게 서로 사양하였으며, 주(周)나라 무왕의 신하는 삼천 명이라도 같은 마음과 같은 덕을 가졌으니, 이는 사림이 성하고 화합한 것입니다. 당(唐)나라의 이덕유(李德裕)와 우승유(牛僧孺)는 붕당을 나누어 서로 다투었으며, 송(宋)나라의 현인들은 무리를 서로 갈라서 의논이 맞지 않더니 드디어 낙당(洛黨: 정이의 당), 천당(川黨: 소식의 당), 삭당(朔黨: 유지의 당)의 이름이 있었으니,

이는 사림이 과격하고 분열된 것입니다. 후한(後漢)때 당고(黨錮)의 화(禍)에는 충성스럽고 어진 신하들이 거의 남아나지 못할 만큼 되었으며, 당나라 말기에 백마(白馬)의 참사에는 청류(淸流: 깨끗한 선비들)가 모두 물고기의 배 속에 장사지내졌으며*, 북송(北宋)의 장돈(章惇), 채경(蔡京)의 무리는 원우(元祐)의 여러 현인들을 모두 쫓아내어 간당비**를 세우기에 이르렀으니, 이는 사림이 패하여 다 없어진 것입니다. 다스려짐과 어지러움, 흥하고 망함은 여기에 말미암은 것이니, 이는 사리로 보나 형세로 보나 당연한 일입니다.

오늘날의 사림은 화목하다고 말할 수 있는지 신은 알지 못하겠습니다. 다만 들리건대, 동서(東西) 붕당(朋黨)의 설이 방금 큰 빌미가 되었다고 하니, 이는 신이 깊이 근심하는 바입니다. 신이 근본적인 원천을 따져서 말씀드리겠습니다. 심의겸(沈義謙)은 왕실의 외척 출신으로 약간 선(善)으로 향한 마음이 있었고, 계해년(1563, 명종 18)에 이량(李樑)이 사림을 해치고자 할 때 심의겸이 구호하는데 힘이 있었으므로***, 사림이 그 사람됨을 인정하였으니, 심의겸을 알아준 사람은 선배 사류(士類)였습니다. 김효원(金孝元)은 젊었을 때에는 조심성이 없었지만 뒤에 행실을 고쳐 선하게 되고, 관직에 나선 후에는 자신을 단속하기를 청고(淸苦)하게 하고 강한 상대를 두려워하지 않았으며, 또한 즐겨 명망 있는 선비들을 뽑아 쓴 까닭에 사림이 많이 그를 높이 보게 되었으니, 김효원을 알아 준 사람은 후배 사류들이었습니다. 선배나 후배나 모두 사류인데, 만일 서로

---

* 당나라 말기에 주온(朱溫)이 조정의 선비 2,000명을 백마역에 잡아두고 '이 자들은 청류로 자처하니 탁류에 던지겠다.' 하고는 황하에 던져 죽였다.

** 많은 어진 선비들을 간당(奸黨)으로 지목하여 이름을 간당비에 새겼던 일을 말한다.

*** 명종 18년 당시 이량이 명종의 총애를 얻고 이감, 권신, 고맹영, 김백균, 이영, 김명윤, 정사룡, 원건겸 등의 무리가 조정을 차지하고 있을 때에 윤두수, 기대승 등 후배 선비들을 시기하여, 이량 등의 무리가 사화(士禍)를 꾸미려 하자 이량의 생질인 심의겸이 이것을 알고 그 죄상을 알려서 이량의 무리들이 강계, 경원 등지로 귀양을 갔다.

를 의심하거나 저지하지 않고 같은 마음으로 힘을 합하여 왕실을 도왔다면 또한 좋지 않았겠습니까. 다만 그 연유된 것은, 심의겸이 김효원의 젊었을 때 잘못을 잊지 않고, 여러 번 청직(淸職)에 선발되는 물망에 오른 것을 방해하다가*, 김효원의 명성이 날로 성해지자 마침내 이것을 누르지 못하게 된 것입니다. 김효원도 벼슬길에 오른 뒤에 또 심의겸의 과실을 의논하여 말하기를 '그는 어리석고 기질이 거칠어 등용할 수 없다.'라고 하였습니다. 대개 심의겸이 김효원을 비방한 것이 애초에 원수진 일이 있어서 그러한 것이 아니었고, 다만 악을 미워하는 마음을 고집하여 변통할 줄 모른 탓이었습니다. 김효원이 심의겸의 흠을 든 것도 반드시 그 사사로운 감정으로 보복하고자 한 것이 아니고 마침 그 소견이 이와 같았을 뿐입니다. 이에 이것을 방관하는 자가 그 실상을 구명하지 않고 쓸데없이 두 사람의 나쁜 점을 번갈아 말하였는데, 더군다나 불평을 가진 무리가 두 사람 사이를 이간하여 점점 뚜렷하게 분당의 조짐이 생기게 되었습니다.

을해년(1575, 선조 8)에 신이 홍문관에 있었으므로 눈으로 직접 그 사실을 보아 이것이 후일에 화를 만들게 될 것이라고 깊이 깨닫고, 대신(大臣)인 노수신(盧守愼)을 보고 말하기를 '두 사람은 모두 사류요, 흑백과 사정(邪正)을 가릴 수도 있을 뿐 아니라, 또 참으로 혐의할 틈이 생겨서 기어이 서로 해치고자 하는 것도 아닌데, 다만 터무니없는 소문이 어수선하게 나서 조정을 어지럽게 하고 있으니, 이와 같이 하여 그치지 않으면 큰 우환이 생길까 두려워하는 바입니다. 잠시 두 사람을 외직으로 내보내어 서로를 융화하며 진정시키는 것이 좋겠습니다.'라고 하였습니다. 노수신의 뜻도 신과 꼭 같아서 경연에서 아뢰고, 두 사

* 이조좌랑 오건(吳健)이 김효원에게 자기의 자리를 물려주려고 하니, 심의겸이 김효원이 젊었을 때에 척신(戚臣) 윤원형(尹元衡)의 집에 출입한 것을 들어 저지하였다.

람을 다 내보낸 후에는 거의 안정되는 것으로 생각하였습니다. 그런데 신이 병으로 물러나고 시국의 일이 그릇됨이 어찌할 수 없게 되자, 의논하는 사람들이 비로소 김효원을 내보낸 것을 신의 잘못이라 하였습니다. 이에 일을 꾸미기 좋아하고 말을 지어내는 이들은 동서(東西)의 설을 만들어 내어서, 공사(公私)와 득실을 막론하고 다만 심의겸을 편드는 이를 서인이라 하고, 김효원을 편드는 이를 동인이라 하여, 조정의 벼슬아치들은 용렬한 사람이 아니면 모두 동인. 서인으로 지목하는 속으로 들어가게 된 것입니다. 아, 선배의 사류가 다 심의겸에게 붙은 것도 아니요, 또한 청백한 인망으로 자립하는 이도 많이 있습니다. 다만 심의겸이 스스로 사류에게 붙었는데, 지금 선배를 모두 심의겸의 문객으로 몰게 되었으니, 선배된 사람은 또한 욕되지 않겠습니까. 후배 사류도 모두 김효원에게 심복하여 영수(領袖)로 추대한 것도 아니요, 또한 학문으로 세상에 이름이 있어 김효원이 마음속으로 우러러 보는 사람도 많이 있습니다. 그런데 후배들을 모두 김효원의 문객으로 몰게 되었으니, 후배된 사람은 또한 부끄럽지 않겠습니까. 동인. 서인의 이름이 한 번 나오고부터 조정에는 온전한 사람이 없게 되었으니, 또한 사람의 사나운 운수라고 말할 수 있겠습니다.

을해년 당시의 이른바 서인들은 이미 인심을 잃고, 그 후 이른바 동인들은 점차 청론(淸論)을 주장하여 서로 겨루어 보지 않고도 승부는 이미 결정된 것이었습니다. 지난해에 김성일(金誠一)이 경연에서 탐관오리들이 뇌물을 받은 것에 대하여 언급했을 때, 전하께서 갑자기 그 이름을 물으시므로 감히 숨기지 못하고 들은 바를 곧이곧대로 아뢰어서 마침내 뇌물을 받은 사람이 발각되기까지 하였습니다. 대간(臺諫)이 부득이 비로소 삼윤(三尹)*을 탄핵하기 시작한 것이

---

* 삼윤은 윤두수(尹斗壽)와 그의 아우 윤근수(尹根壽), 그리고 그의 조카 윤현(尹睍)을 말한다.

고, 당초에는 반드시 삼윤을 배격하는데 마음이 있었던 것이 아니었는데, 우연히 발설한 것이 이에까지 이르게 된 것입니다. 다만 동인, 서인의 이름이 생긴 지 날이 이미 오래인데 뇌물을 받은 집이 마침 삼윤으로 지적을 받게 되었으므로, 방관하는 사람들은 모두 생각하기를 '뜻은 서인을 공격하는데 있는 것이지 장물을 조사하여 탄핵하자는 주장이 아니다.'라고 한 것입니다. 그때 대사간으로 있던 김계휘(金繼輝)가 휴가를 받아 고향에 있었으므로 그 곡절을 자세히 살피지 못하고, 다만 떠도는 말만 듣고 동인이 서인을 공격하는 것은 옳지 않다는 생각으로 달려와서 단독으로 전하께 아뢰었는데, 그 말이 매우 중도를 잃어서 지나침을 억제할 줄 몰랐습니다. 이로 인해 사류들의 격분을 일으키어 드디어 큰 소요를 초래한 것입니다. 신은 평소에 김계휘가 사리를 잘 알고 의지할 만한 인물이라 생각하였던 것이 하루아침에 소탈함이 이에 이르렀으니 참으로 괴이한 일이었습니다. 이미 그렇게 된 뒤에도 만일 마음이 공정하고 식견이 밝은 사람이 있어서 둘 사이를 진정시키고 그 의논을 화평하게 하였다면, 어쩌면 안정되었을지도 몰랐습니다. 그런데 대신들은 겨우 자신을 지킬 뿐이요 남을 진정시킬 힘이 없었으며, 그 나머지 경대부들은 입을 다물고 몸이 용납될 곳만을 찾아서 구차히 칼날을 피하여 후배가 하는 대로 맡겨 버렸습니다. 이에 여러 사람의 불평이 고슴도치처럼 일어나고 대중들의 분노가 불길같이 일어나 의논은 날로 격화되어 제재할 도리가 없습니다. 비유하건대, 이는 마치 일만 섬들이의 큰 배를 풍파에 띄워놓고 한 사람도 키를 잡지 않고 사람마다 노만 저어서 닿을 곳이 없는 것과 같으니, 신은 그 종말이 어떻게 될지 모르겠습니다.

요사이 사헌부의 상소는 감히 노골적인 배척을 시작하여 서인을 사악한 붕당이라 하고 심의겸을 소인이라 하니, 의논의 과격함이 여기에서 극도에 달하였습니다. 김효원은 신이 아는 사람이고 심의겸도 신이 아는 사람입니다. 그 사람들을 논한다면 모두 쓸 만한 사람이요, 그 과실을 말한다면 둘 다 잘못되었다고 하겠습니다. 만일 한 사람만 군자요 한 사람만 소인이라 한다면 신은 그 말을 믿지 않습니다. 어째서 둘 다 잘못되었다 하느냐 하면, 예로부터 외척으로서 정사에 참여하여 실패하지 않은 사람이 적었으니, 비록 두무와 장손무기(둘 다 당나라때 외척)의 충성과 어짊을 가지고도 오히려 잘못 죽고 말았는데, 심의겸이 누구이기에 감히 외척으로서 정사에 참여하려는 것입니까. 이는 곧 심의겸의 잘못입니다. 예로부터 군자는 피혐(避嫌)하지 않은 이가 적으니, 오이 밭에서 신을 고쳐 신고, 오얏나무 아래서 갓을 바로 하는 것은 옛사람들이 경계하였던 것입니다. 성인과 큰 현인만이 피혐하지 않을 수 있는데, 김효원은 누구이기에 피혐하지 않고 바로 심의겸을 비방하여, 스스로 원수를 갚는다는 이름을 취하게 되고 서로 설화(舌禍)를 만들어 내는 것입니까. 이것은 곧 김효원의 잘못입니다. 신이 이런 말을 하는 까닭은 요새 논의하는 자들은 모두 신을 비난하기를 '모호하게 둘 다 옳다하여 시비가 명백하지 않으니, 천하에 어찌 둘 다 옳고 둘 다 그른 것이 있겠는가.'라고 하는데, 신은 삼가 대응하기를 '천하에 시비를 다툼에 있어 둘 다 옳은 것도 있는 것이니 주나라 무왕이 주(紂: 은나라 마지막 임금)를 토벌할 때에 백이(伯夷)가 말을 잡고 간(諫)한 것은 둘 다 옳은 것이요, 또 둘 다 그른 것도 있는 것이니 전국시대에 제후가 서로 싸운 것은 둘 다 그른 것이다.'라고 하였습니다.

만일 심의겸이 나라를 그르쳐서 동인이 공격한다면 시비는 말하지 않아도 저절로 정해질 것이니, 애써 말할 필요가 어디 있겠습니까. 그러나 지금은 그렇지 않고 국가의 다스려짐과 어지러움, 백성의 안락과 고난이 심의겸의 진퇴에 달린 것이 아닌데도, 눈을 부릅뜨고 대담하게 꼭 소인의 지경에 떨어뜨리려 하는 것은 과연 무슨 소견이겠습니까. 시류배의 뜻을 가만히 보건대, 심의겸이 다시 벼슬길에 들어오는 길을 막고 그에게 소인의 이름을 붙이고자 하는데 불과합니다. 그런 뒤에 화평으로 처치하고자 하므로, 그 말에 '시비는 명백히 하지 않을 수 없으며, 처치는 화평하게 하지 않을 수 없다.'라고 하니, 그 말은 그럴 듯하면서도 실은 요령 없는 말입니다. 왜 그런가 하면 대체로 이른바 조절한다는 것은 둘 다 사류이므로 서로 화합할 수 있는 것입니다. 만일 하나는 군자이고 하나는 소인이라 한다면 물과 불이 한 그릇에 있을 수 없고, 향기 나는 풀과 냄새나는 풀이 한 떨기에서 날 수 없는 것입니다. 예로부터 지금에 이르기까지 어찌 군자와 소인이 함께 조절하여 나라를 보전한 일이 있겠습니까. 그러므로 선인을 좋다고 하면서도 등용하지 못하고, 악인을 미워하면서도 제거하지 못한 것이 곽공(郭公)이 망한 까닭이며, 옛글에 '어질지 못한 것을 알면서도 멀리 버리지 못함은 잘못이다. 오직 어진 사람이어야 이들을 추방하여 유배하되 사방 오랑캐의 땅으로 내쫓아 더불어 중국에 함께하지 않았다.'라고 하였으니, 옛날 군자가 소인을 이와 같이 엄하게 대한 까닭은 소인이 조정에 있으면 반드시 국가에 화를 입히기 때문입니다. 지금 의논하는 자들이 만일 심의겸을 소인이라 한다면 마땅히 거리낌 없이 생각하는 바를 다 말하고 과오를 열거하여 속히 멀리 유배하고 극형에 처하는 법을 시행하게 하는 것이 옳은 것인데, 지금 꾹 참고 용서하고 있으니, 이는 전하를 정직하게 섬기지 않는 것입니다. 만일 심의겸이 소인이 아니라면 전하께 계달하는 언사가 신중해야 할 것인데, 까닭 없이 남에게 악명을 씌워 허실을 헤아리지 않고 오직 마음에만 즐겁게 하고 있으니, 이는 전하를 정성으로 섬기지 않는 것입니다. 말하는 자는 저기에나 여기에나 근거가 없으니, 반드시 이 두 가지 중에서 한 가지에 해당할 것입니다. 심의겸은 그만두고라도 연루의 벌이 어진 선비에게까지 미치게 되었습니다.

정철(鄭澈) 같은 사람은 충성스럽고 청백하며 강직하고 깨끗하고 발라서 오직 한마음으로 나라를 근심하니, 비록 도량과 식견이 편협하여 고집하는 병통이 있기는 하지만, 그 기개와 절조를 말한다면 독수리에 견줄 만한데, 그에게 사악한 붕당의 명목을 붙여 조정의 반열에 가까이 접하지 못하게 하였습니다. 김계휘는 청백으로 자신을 지키고 전고(典故)에 밝고 익숙하니, 비록 무게와 위엄이 없이 경솔한 병통이 있기는 하지만 그 재주와 기량을 말한다면 여러 경대부에게서 찾아도 견줄 사람을 보지 못했는데, 교묘한 말로 비방하여 초야에 물러가 은둔하게 하였습니다. 한수(韓脩)는 고요하고 노성(老成)하며 선을 좋아하고 선비를 사랑하니, 비록 재지(才智)와 학식에 미흡한 곳이 있기는 하지만 그 마음과 행실을 논한다면 실로 한 나라의 어진 선비인데 말 한마디로 거슬림을 당해 훼방이 연이어 이르렀고 문을 막고 나오지 못하게 하였습니다. 나머지 일은 논하지 않더라도 이 세 사람의 사퇴만으로도 이미 아까운 일인데, 하물며 있는 흠 없는 흠을 찾아내어 오명(汚名)을 입힌 것이 여기에 그치지 않음에 있어서이겠습니까.

　시류배의 뜻도 서인을 모두 배척하려는 것이 아닙니다. 다만 국시(國是)를 억지로 정하여 꼭 온 나라 사람들로 하여금 모두 '동인이 바르고 서인이 사악하다.'라고 말하게 한 뒤에야 수용하여 벼슬을 주어 자기들에게 반항하지 못하도록 하는 것이 원래의 계략인 것입니다. 비록 그렇다 하더라도 한 도시락의 밥과 한 그릇의 국이라도 발로 차서 준다면 빌어먹는 사람도 달갑게 여기지 않을 것인데, 어찌 사류라고 이름하고서 악명을 감수하면서 밑에 굽히려 하는 자가 있겠습니까. 사류로 대접하지 않고서 물러나는 것이 그들의 잘못이라 한다면, 이것은 문을 닫아 두고 그곳으로 들어가라고 하는 것과 같은 것입니다. 을해년(1575)의 서인은 진실로 그전에 잘못하였지만, 지금 동인의 잘못은 거의 을해년보다 지나치니, 남을 허물하면서 그것을 본받는 것은 또한 너무 심하지 않습니까.

아, 조정은 전하의 조정이며, 관작은 국가의 공기(公器)이니, 마땅히 공론으로써 한때의 인재를 모두 등용해야 할 것인데, 심의겸과 김효원 두 사람의 시비의 분별이 무슨 큰 관계가 있어서 이것으로 거조를 정합니까. 하물며 국시를 정하는 데는 더욱 시비하거나 헐뜯는 말로 다투어서는 안 됩니다. 인심이 함께 옳다고 하는 것을 공론(公論)이라 하고, 공론이 있는 곳은 국시라고 하니, 국시라는 것은 온 나라 사람이 꾀하지 않고도 함께 옳다고 하는 것이니, 이익으로 유혹하는 것도 아니며, 위엄으로 무섭게 하는 것도 아니면서 삼척동자도 그 옳은 것을 아는 것이 국시입니다. 지금 이른바 국시라 하는 것은 이와는 달라서, 다만 의논을 주장하는 자가 스스로 옳다고 생각하여도, 듣는 자는 혹은 따르기도 하고 혹은 어기기도 하며, 어리석은 남자나 여자까지도 모두 반은 옳다 하고 반은 그르다 하여 마침내 일치될 기약이 없으니, 어찌 집집마다 타일러 억지로 정하겠습니까. 남의 의심만 더하여 도리어 화의 단서를 내는 데에 불과합니다. 이 의논을 하는 자는 사류의 뜻이 모두 그러하다는 것은 아닙니다. 그 사이에 깊은 식견과 원대한 생각이 있는 선비가 없어서 여러 사람의 의논에 부대끼어 스스로 주장하지 못해서 그런 것이니, 무너진 사론(士論)이 어느 때나 정해지겠습니까.

아, 인재를 얻기 어렵다는 탄식은 하, 은, 주 삼대에도 오히려 그러하였는데, 하물며 지금 쇠퇴한 세상에 인물은 아득하여 손가락으로 꼽아보아도 몇 사람 되지 않은 데야 어떠하겠습니까. 비록 한때의 사류로 하여금 선배와 후배를 불문하고 함께 삼가고 공경하여 함께 국사를 이루게 하더라도, 오히려 시대의 형세는 위태롭고 힘은 약하여 일이 잘되지 않을까 두려운데 하물며 다시 동인, 서인을 한정하고 당류와 기품을 분별하여, 반드시 저것은 버리고 이것은 취하려고 하는 것이겠습니까. 한 번 조개와 황새가 서로 자기의 의견을 고집하고 양보하지 않은 뒤로부터는 앞뒤를 돌아보고 좌우로 견제하면서도 저들이 우리를 도모할까 두려워하기 때문에 다시 남은 힘이 다른 일에 미칠 수 없게 되는 것입니다. 대개 이런 까닭에 벼슬길이 혼탁해지고 기강은 날로 무너지며 백성은 날로 궁핍해져서 바로잡아 구제할 길이 없게 되었습니다. 설령 동인이 군자라는 이름을 얻고, 서인이 소인이라는 이름을 얻는다 하더라도 그것이 사방 백성의 생계가 쪼들리는 데에 또한 무슨 보탬이 되겠습니까.

신이 근심하는 것은 여기에 그치지 않습니다. 예로부터 사류는 패(敗)하는 것이 많고 이루는 것이 적었으니, 비록 지론(持論)이 순수하게 한결같이 바른 데서 나온 것이라 해도 오히려 소인들로부터 붕당이란 지목을 받아 죽고 귀양 가는 것이 연이어 일어났는데, 하물며 지금 사류의 처사는 중도를 잃어서 참소와 이간이 틈을 타기 쉬우니, 어찌 오늘의 거사가 후일의 화가 될 징조가 아니라 하겠습니까. 만일 소인이 있어 기회를 엿보다가 교묘하게 일망타진의 계략을 만들어낸다면, 신은 과격해서 분파되었던 것이 패하여 다 없어지는 것으로 변하고 나라가 따라서 망할까 두렵습니다. 을사년의 대윤(大尹), 소윤(小尹)의 분당*은 처음에는 사림과는 관계가 없었던 것인데도 저 소인이 화를 전가하였는데, 하물며 지금은 사림이 서로 과격하니 어찌 사림의 화를 면할 수 있겠습니까. 다행히 지금 밝으신 전하께서 위에 계시어 정상을 통촉하심으로써, 소인이 틈을 탈 기회가 없으므로 분쟁이 일어났어도 큰 화가 생기지 아니하였으니, 이것은 성상의 은혜입니다. 비록 그렇지만 지금 전하의 밝으신 조정에서 분쟁을 해결할 방책을 베풀지 않고, 알력이 있는 대로 맡겨 두어 끝나게 될 시기가 없

* 인종(仁宗) 원년 을사년에 인종의 외숙 윤임(尹任: 대윤)과 명종(明宗)의 외숙 윤원형(尹元衡: 소윤)의 알력에서 벌어진 당쟁으로 뒤에 을사사화를 일으켰다.

으면 훗날에 종기가 터질 때 아픔이 반드시 오늘날보다 심할 것이니, 자손에게 물려줄 좋은 일이라 할 수 없습니다. 전하께서는 조정이 편안하고 국론이 통일되는 것을 원하지 않으십니까.

대개 조정이 편안하고 국론이 통일되는 데는 두 가지 길이 있습니다. 군자가 임금의 신임을 얻어서 간하면 행하고 말하면 들어주며 모든 관료가 직책을 잘 수행하여 이론이 없으면 이것은 선(善)으로 통일되는 것이요, 소인이 임금의 신임을 얻어서 꾀를 내면 행해지고 계책을 세우면 이루어지며 중론을 막아서 대중이 말은 못하고 길을 가면서 눈짓만 하게 되면 이것은 불선(不善)으로 통일이 되는 것입니다. 지금 밝으신 전하께서 마치 해가 중천에 있는 것과 같아서 진실로 소인이 간사한 꾀를 부릴 수가 없으나, 또 군자가 도(道)를 행한다는 말도 듣지 못하였습니다. 소인이 이미 간사한 꾀를 부리지 못하고, 군자가 또 도를 행하지 못하면, 사람마다 시끄럽게 말을 내어 논의가 정해지지 않음은 당연한 것입니다. 근래 국가에서는 대대로 소인의 화를 입지 않은 때가 없었으니, 불선으로 통일된 것은 듣고 보는데 이미 익숙해졌습니다. 전하께서는 어찌하여 한 번 군자로 하여금 뜻을 얻게 하여, 이 세상으로 하여금 선으로 통일되는 성대한 일을 볼 수 있게 하지 않으십니까.

삼가 원하건대, 전하께서는 신의 이 상소를 공경대신들에게 내리시어 상의하게 하소서. 신의 말이 만일 옳다고 하면 조정 신하들에게 하교하시어 동인, 서인의 구별을 씻어버리고 다시는 구별하지 말도록 하시며, 오직 어질고 재주 있는 사람이면 등용하고 어질지 못하고 재주가 없는 사람이면 버리시며, 조정을 함께 한 선비들이 모두 한마음으로 나라를 위하고 다시는 의심하고 막힘이 없도록 하시며, 탁한 것은 내치고 맑은 것은 올려서 조정의 기강을 정숙하게 하시고, 혹시 자기의 의견만을 치우치게 주장하여 공의(公議)를 쫓지 않는 자가 있으면 제재하여 누르시며, 혹시 꼭 분쟁을 일으켜 말을 만들고 일을 만들려는 자가 있으면 배척하여 멀리하소서. 이와 같이 하신다면 사림의 다행이야 이루 말할 수 있겠습니까. 만일 신의 말이 그르다고 하면, 또한 악을 비호하는 죄를 밝게 다스려 다시는 등용하지 않는 것이 국시를 정하는데 도움이 될 것입니다. 신의 상소가 아침에 올라가면 추하게 헐뜯는 말이 저녁에 신의 몸에 집중될 것을 알면서도 스스로 그만두지 못하는 것은, 삼가 생각건대 어리석은 신이 나라의 두터운 은혜를 받아서 보답할 길이 없어서입니다. 가령 정수리에서부터 갈아서 발꿈치에 이르더라도 국가에 이익이 된다면 신은 또한 사양하지 않을 것인데, 어찌 감히 헛된 이름만을 보전하고자 하여 충언을 다하지 않아서 전하를 저버리겠습니까.

신이 하고자 하는 말은 대강 다하였습니다. 그러나 또 생각해보니, 국가는 한명회(韓明澮) 이래로 외척이 많이 권력을 잡아서 나라를 좀먹고 백성을 병들게 하여 세상의 큰 우환이 되고, 심한 경우에는 사림을 어육(魚肉)으로 만들기에 이르렀습니다. 그러므로 '외척'이라는 두 글자를 사류들이 승냥이와 범이나 역귀같이 여기어 이마를 찡그리고 상대한 것이 여러 해가 되었습니다. 심의겸 같은 사람은 별로 죄악이 없는데도 한 번 흠을 잡히게 되자, 젊은 사류들이 덩달아 배척을 하며 오히려 남에게 뒤지지 않을까 두려워하는 형편이니, 어찌 모두 남의 뜻에 영합하여 아부하는 자들이겠습니까. 진실로 이름이 외척인 까닭에 잘 알아보기도 전에 일률적으로 그르게 여기는 것입니다. 이것으로 본다면 비록 동인, 서인의 구별을 씻어 버리고 모두 기량에 따라 쓴다고 하더라도 심의겸과 같은 사람은 그 작록만을 보전하게 하고 요직에 있게 해서는 안 될 것입니다. 이로 말미암아 후세에 교훈을 전하시어 외척에게는 영원히 권력을 주지 말도록 하신다면, 또한 밝으신 전하께서 후손을 편안하게 하는 하나의 도리입니다.

아, 오늘날 말씀드려야 할 것이 어찌 여기에 그치겠습니까. 군사를 양성하고 백성을 휴식시켜 뜻밖의 근심에 대비하는 계책 같은 것은, 신이 비록 초야에 있으나 나라를 위하여 애태워 생각한 나머지 혹 어리석은 견해가 있으면서도 결국 오활하고 소루한 계책이 당시의 쓰임에 맞지 않음을 알기 때문에 감히 번거롭게 말씀드리지 못하는 것입니다. 생각건대, 전하께서 자주 부르는 명을 내리시는 것이 어찌 신의 곤궁함을 불쌍히 여겨서 녹봉을 주려고 하시는 것이겠습니까. 반드시 어리석은 신의 말이 혹 채용할 만한 것이 있으리라 여겼기 때문입니다. 신은 비록 병들어 나아가지는 못하오나 말은 이미 다하였습니다. 만일 신의 말은 써 주시고 신의 관직은 갈아주시어 신이 한가하게 물러가는 것을 허락하시어, 편안하게 병을 요양하고 임의로 농사나 짓게 하신다면, 천지 부모와 같은 은혜를 신은 더욱 갚을 바를 모르겠습니다. 밝으신 전하께서는 살펴주소서.

얼음이 얼지 않는 이변에 대한 차자

유
성
룡

　삼가 아뢰옵니다. 음양의 두 기운이 운행하여 오행이 순서를 따르는 것은 하늘의 도이고, 한 마음이 만물을 주재하여 만사가 궤도를 따르는 것은 사람의 도입니다. 하늘에서 운행하는 것은 항상 변하지 않는 이치가 있으나 감동은 늘 사람에게서 나옵니다. 인간에게 매인 일은 어그러짐이 많으나 선악은 반드시 재앙과 상서로움에서 증명이 됩니다. 그 됨됨이가 둘이 아니라면 하늘의 도와 인간 만사의 호응도 어긋나지 않을 것이니, 그림자가 형체를 따라가는 것을 어찌 속일 수 있겠습니까. 옛날의 밝은 임금이 하늘의 도를 받들면서 감히 게으르고 편히 할 수 없어, 춥고 더움과 구름과 사물의 이변을 관찰하되 도리어 자신의 마음과 정사의 사이에서 구하여 항상 조심하고 공경하여 날마다 경계하고 근신한 것은 진실로 이 때문이었습니다. 그러므로 '하늘의 도를 순종하는 사람은 번창하고, 하늘의 도를 거슬리는 사람은 멸망한다.'고 하니, 아주 먼 옛날부터 득실의 기틀이 다만 인심의 존경과 태만에 따라 나누어질 따름입니다.

신 등이 가만히 생각건대, 얼음이 없는 일은 큰 이변입니다. 춘추시대 240년간에 성인의 붓에 의하여 겨우 두 번 나타난 뒤로 역사책에 기록되었다는 말을 듣지 못했습니다. 해설자는 주(周)나라가 쇠망할 무렵에는 추운 해가 없었고, 진(秦)나라 말기에는 더운 해가 없었는데, 주나라는 너무 느린 데에 과실이 있고 진나라는 너무 급한 데에 잘못이 있었으므로 각기 그 나름대로 감응한 것이라고 합니다. 『서경』 홍범(洪範) 서징편(庶徵篇)에 이르기를 '편안하면 항상 더운 것이 따라온다.'라고 하였으니, 편안하다는 것은 태만과 방종을 상징합니다. 전하께서 밝게 등극하시어 전부를 총할하여 정치를 하되, 편안하게 즐거움을 누리는 허물이나 일에 게으른 과실을 저지르지 않았는데도, 여름의 기후는 겨울을 타고 겨울의 기후는 엄한 추위를 풀었습니다. 이어 전년 겨울은 기후가 어그러져 양이 풀어져서 응결되지 않으니 천둥이 울고 번개가 치는 재변이 일어나고, 음이 풀려서 수습되지 못한 짙은 안개가 끼니 장마를 몰아오는 재변이 있어, 얼음 창고를 열지 못하고 얼음을 뜨는 일이 모두 폐지되기에 이르렀습니다. 이에 사신을 사방으로 보내 낭떠러지와 깊은 골짜기에서 얼음을 찾게 하였고, 고을을 독려하여 백성에게 부역을 시켰습니다.

전해 들자니, 경기도에서는 얼음 한 쪽 값이 쌀 한 말이나 되므로 노인들이 탄식하고 이마를 찌푸리는 사람이 길가에 꽉 찼다고 합니다. 신들이 삼가 생각해보니, 이는 작은 변고가 아닙니다. 그런데도 전하께서는 몸을 움츠리는 두려움이 적고, 조정에서는 문천(問喘)하는 근심*이 없으며, 대간은 바른말이 끊어

---

* 한(漢)나라 무제(武帝) 때 사람 병길(丙吉)의 고사이다. 병길이 재상으로 있을 때, 길을 가는데 서로 싸우다가 죽은 백성의 시체가 있어도 그 이유를 묻지 않더니, 소가 헐떡거리며 지나가는 것을 보자 '소가 몇 리나 걸었느냐'라고 물었다. 동행하던 관리가 이상히 여겨 묻자, 병길은 '싸우다 죽은 시체는 장안의 관리들의 소관이지만 소가 헐떡거리는 것은 아직 더울 때도 아닌

지고, 백관들은 서로 다스리는 도리를 폐지하여 군신의 기강이 풀어져 상하의 윤리가 무너졌습니다. 하늘이 인애의 마음으로 깨우쳐 주는 것은 엄격한 아버지가 아들을 가르치는 것과 같을 뿐만이 아닌데, 사람들이 거기에 대응하는 것은 추종함이 날마다 심해 족히 두려워할 것이 아니라는 지경에 이르렀으니, 이는 신들이 깨닫지 못할 바입니다. 하늘의 도는 깊고 멀어서 진실로 헤아릴 수 없는 것인데, 어떤 일의 대응이란 한(漢)나라 선비들의 고루한 말입니다. 신들은 감히 그대로 따를 수 없으나, 조심하여 오늘날의 결점과 과실을 관찰한 나머지 재변을 구하는 도리 열 조목을 얻었습니다.

사람들은 이르지 않는 바가 없을지라도, 오직 하늘만은 속일 수 없습니다. 그러므로 생각이 성실하고 돈독하면 필부의 작은 힘으로도 족히 천지를 감동시킬 수 있고, 성실하지 못하면 만승의 존귀함으로도 돼지나 물고기에게도 믿음을 줄 수 없으니, 대저 작은 것의 나타남과 성(誠)을 가릴 수 없음이 이와 같습니다. 전하께서는 본래 성인의 학문을 힘써 왔는데도 빛나는 공이 아직 나타나지 않고, 본래 정치에 힘써 왔는데도 바람에 풀이 쓸리는 듯한 덕화가 아직 퍼지지 못하였습니다. 그래서 하늘을 존경했지만 하늘의 노여움은 날마다 심하고, 백성을 위해 부지런했으나 백성들의 생활은 날로 곤궁해지고 있습니다. 그리고 현명한 재사들을 맞이하여 들임이 넓은데도 아름다운 말이 대부분 시행되지 않고, 공손하고 검소함이 지극한데도 토목공사는 일찍이 중지된 적이 없습니다. 이러한 두어 가지 일을 가지고 논해 보면, 성실한 마음이 미진하지 않았나합니다. 맹자가 말하기를 '지성이면 감동하지 않는 것이 없다.'라고 하였습니다. 신 등은 바라건대, 전하께서는 성실한 덕을 닦아 하늘의 마음에 보답하셔

───────────────

데 숨을 헐떡거리니, 이는 기후가 조화를 잃은 것이다. 재상은 음양을 조화하는 직임에 있으니, 어찌 걱정하지 않겠느냐라고 하였다.

야 하겠습니다.

안에서 하는 말이 새어 나가지 않고, 밖에서 하는 말이 들어오지 않으면 육궁(六宮)이 질서가 있어서 명분이 칼로 자른 듯이 확연하고, 은혜와 의리가 치우침이 없어 예의와 질서가 혼란하지 않으며, 『주역』 대유괘(大有卦)에 '위엄이 있으면 길하다.'라고 한 것은, 항상 혼자 있는 곳에서 조심하며, 임금을 의지하고 믿는 조짐이 궁궐의 밖에서 막히고 끊어진 뒤에야 임금의 집안이 바르게 될 것입니다. 진실로 간혹 그렇지 못하면 연줄을 타고 들어오는 길이 열리고, 화란의 단서가 싹틀 것이니, 옛일을 징험하면 밝은 거울같이 환하게 보일 것입니다. 신 등은 원하건대, 전하께서는 내치를 엄격하게 하셔서 궁궐을 엄숙하게 해야만 합니다.

지극히 간략하면서도 번잡한 것을 제어하고 지극히 정적이면서도 동적인 것을 제어하면, 힘은 적게 쓰면서도 거두는 공이 많을 것이니, 이것이 정치의 요체입니다. 그러므로 현명하고 재능이 많은 사람을 임용하면 백관이 법도를 이어받아 일하게 되고, 임금은 지극히 공정한 도리로 위에서 굽어살피다가 때맞춰 상이나 벌을 내리면 사람들은 복종하지 않을 수 없고 일마다 이루어지지 않는 것이 없습니다. 그렇지 않고 장부와 문서를 처리하는 사이에 지혜를 부린다면 모든 사업이 번잡하여 좀스럽게 되고, 백공이 해체되어 천하가 휩쓸려 날마다 어둡고 어지러움에 빠져들 것입니다. 신 등은 원하건대, 전하께서는 정치하는 요체를 살펴 규모를 세워야 하겠습니다.

공론이란 국가의 원기(元氣)입니다. 원기가 성하면 온갖 사악한 기운이 침범하지 못하고, 공론이 실행되면 정직하지 못한 사람들이 물러납니다. 옛날 총명한 임금은 정직, 성실하고 과감하게 말하는 선비를 정밀하게 선발하여 이목(耳目)의 관리자(간관을 이름)로 삼아 허물을 바로잡고 잘못을 규찰하는 책임을 맡긴 뒤에야 모든 관리가 엄격하고 바르게 되고 임금의 직책에 허물이 없었습니다. 지금은 위에서 바른말 듣기를 싫어하는 병통이 있고 아래에서는 눈치만 보려는 마음이 많아 유유히 무리를 따라 구차하게 시일만을 보내, 귀하고 가까운 신하에게 말이 관계되면 백에 하나도 시행되지 않으며, 일이 궁중에 관계되는 일이라면 서로 보기만 하고 아무런 말이 없으니, 기강과 법도의 폐지됨이 오로지 여기에 있다고 하겠습니다. 신 등은 원하건대, 전하께서는 공론을 존중하여 조정의 기강을 바로잡아야 되겠습니다.

하늘의 일을 사람이 대신하여 오랫동안 폐지할 수 없으니, 하나의 벼슬이나 하나의 직책도 꼭 적당한 사람만이 맡아야 합니다. 대개 명칭에는 허실의 분간이 있고 재능의 도량에는 장단의 다름이 있으니, 반드시 장점과 단점을 견주어 헤아려서 각각 적당한 자리에 앉힌 뒤에라야 물고기 눈알이 구슬과 뒤섞이는 폐단이 없어지고 사람마다 기운을 떨쳐 전체를 돕는 효력이 생깁니다. 요즈음은 승진과 좌천이 정밀하게 인물을 보지 못함에 현혹되었고, 등용과 내침이 논의의 잘못에서 나와, 벼슬자리에 있는 자가 국사를 많이 실패한다는 조롱이 많고, 성적의 고과는 분명하게 시험을 보아 매기는 기준이 없어서 국사를 마침내 어찌할 수 없는 처지에 이르렀습니다. 신 등은 원하건대, 전하께서는 명분과 실질을 밝혀 인재를 등용하여야 하겠습니다.

벼슬길의 맑고 흐림은 공평하고 바른 도리의 어둡고 밝음에서 연유하고, 공평하고 바른 도리의 어둡고 밝음은 전형(銓衡)을 하는데 달려있습니다. 근래에는 청탁을 앞세워 사돈이나 동서가 섞여 들어오고, 취하고 버림이 오직 세도만을 따를 뿐입니다. 현명하고 어리석음을 묻지 않아 요행의 문이 점점 조정 안에 열려지고, 엽관하는 풍습이 날마다 어두운 밤중에 많이 불어나니, 유식한 선비들은 세상의 도덕이 날마다 떨어지고 있음을 몰래 한탄합니다. 신 등은 원하건대, 전하께서는 공평하고 바른 도리를 회복시켜 요행의 문을 막아야 하겠습니다.

염치라는 것은 선비로서 지켜야 할 떳떳한 행동이고, 이욕(利慾)이라는 것은 누구나 다 따르는 바입니다. 세상이 다스려지면 행실을 닦는 선비가 많아지고, 세상이 어지러워지면 나쁜 길로 점점 빠져들어 가는 경향이 성행합니다. 옛날 총명한 임금은 근원을 경계함이 좋은 줄을 알고, 큰 물결이 번지면 막아내기 어려움을 두려워하여 잘못을 부끄러워하고 미워하는 마음을 양성하고 재물을 탐내는 형벌을 엄중하게 다스리도록 하여 선비된 사람으로 하여금 그 떳떳한 행동을 보전하여 세상의 도리가 혼탁함에 이르지 않았습니다. 그런데 요즘에는 이익을 추구하는 원천이 막히지 않아 풍속이 날마다 퇴폐하고 인심이 엇갈리고 날뛰어서 예의를 돌아보지 않고 있습니다. 심지어 자신이 사대부의 자리에 있으면서도 감히 장돌뱅이의 계획을 마음대로 부리는 자가 있습니다. 그래서 뇌물을 대낮에 서로 주고받고 논밭이 안팎으로 깔려 있어서 의리와 이익에 대한 말이 한길로 섞여져 나오고 어진 것과 부자가 되는 계략이 함께 붙어 다녀 말세의 풍속이 도도히 흐르니, 참으로 한심한 일입니다. 신 등은 원하건대, 전하께서는 염치를 길러 혼탁한 세속을 맑게 해야 하겠습니다.

정사로써 사람들을 바로잡고 형벌로써 사나움을 금지하여 한결같이 시행해도 오히려 따르지 않을까 두려운데, 만약 다시 폐지시킨다면 무엇으로 국가를 다스리겠습니까. 옛날의 총명한 임금도 금석같이 지켰고, 사계절과 같이 믿었습니다.

만약에 간사한 일을 저질러 죄과를 범한 사람이 있으면, 반드시 사법기관의 법령에 따라 다스리게 하고 자신의 마음대로 가볍게 하거나 무겁게 하지 않음으로써 간신과 도적의 무리로 하여금 감히 기회를 엿보는 마음을 두어 조정을 멸시하지 못하게 하였습니다. 요즘에는 당장에 편한 것만 취하려는 계책이 풍속을 이루고 기강과 법도가 지켜지지 않으니, 살인자와 역적도 경감시켜 주는 법률을 적용받고, 좀도둑과 법을 멸시하는 간악한 놈은 의례히 시행하는 형벌을 면하게 되었습니다. 그 밖에도 정사를 맡고 옥사를 맡은 관리들은 모두 법조문을 이용하여 자기의 영리만 일삼으려는 계책과 임금의 은혜를 팔아 개인의 사정을 쓰려는 술책을 내어 편지가 왕래하고 정사와 법률이 텅 비니, 백성들은 두렵고 거리낄 것이 없으며, 거의 법이 없는 나라가 되었습니다. 신 등은 원하건대, 전하께서는 정사와 형벌을 밝혀 간사한 소인의 무리들을 막아내야 하겠습니다.

백성들을 위하여 군주를 세우는 것은 백성들을 잘 살게 하려는 까닭입니다. 옛사람이 말하기를 '한 백성이 살 곳을 잃으면 족히 왕정의 잘못을 알 수 있고, 한 여자가 버림을 받게 되면 족히 인민의 곤궁함을 알 수 있다.'라고 하였습니다. 그런즉 오늘날 서울지역에는 무릇 구렁텅이 속에 빠져 살 곳을 잃고 하소연할 곳이 없어 하늘만 쳐다보고 부르짖어 천지의 조화로운 기운을 상하게 하는 사람들이 얼마나 많은지 알 수 없습니다. 오직 소의간식(宵衣旰食)*은 언제나 민생에 두었고 어루만지는 방도를 강구하심이 참으로 이미 이르지 않은 바가 없으나, 오직 백 년 동안 쌓여온 폐단이 고질병에 빠져 풀리지 않고 있습니다. 그리하여 군인의 수효는 날마다 줄어들어, 가까운 이웃에 대한 위태로움이 홍수나 화재보다도 심하고, 공물과 세금을 보살피지 않아 방납(防納)**하는 무리들이 사나운 호랑이와 같습니다. 이는 그중에도 큰 것이고 나머지는 다 논할

---

* 날이 새기 전에 옷을 입고, 해가 진 후에 밥을 먹는다는 뜻으로, 임금이 정사에 부지런함을 일컫는 말.
** 공물을 바치는 사람을 대신하여 물품을 바치고, 그 대가를 배로 징수하던 일을 말한다.

수가 없습니다. 지금 변통하지 않는다면, 벌판에 타들어가는 불길처럼 무서운 형세가 날마다 심해져 나라의 근본이 쓰러질 것입니다. 『맹자』에 이르기를 '한갓 착하기만 한 것으로 정사를 할 수 없고, 유명무실한 법은 저절로 행하여질 수 없다.'라고 말하였으니, 이 말은 이에 본말(本末)을 다 들어서 한 말입니다. 신 등은 원하건대, 전하께서는 누적된 폐단을 물리쳐 민생을 후하게 하여야 하겠습니다.

학교는 천하의 모범을 세우는 곳이요, 선비는 예의를 실천하는 으뜸입니다. 몸을 닦는 데에는 격물(格物), 치지(致知), 성의(誠意), 정심(正心)의 공부가 있고, 집안에서 실행하는 데에는 효제(孝悌)와 예양(禮讓)의 실행이 있고, 논의에 있어서는 도덕을 강구하여 착함을 따르는 즐거움이 있고, 조정에 나와서는 목숨을 바쳐 도덕을 잘하려는 뜻이 있은 뒤에라야 비로소 선비의 이름에 욕됨이 없고, 왕의 덕화에 도움이 있습니다. 요즘은 선비의 기풍이 진흥되지 않고 유학(儒學)은 침체되고 쇠퇴하여, 참으로 조정에서는 이미 서로가 잊어버린 상태로 방치되었고, 마을의 글방에서는 인재를 교육하는 아름다움을 볼 수 없으며, 박사는 자리에만 의지하여 학문을 강론하지 않고, 과거시험으로 보는 글은 다만 명예와 이익의 마음만 길러 스승의 도는 끊어지고, 예악(禮樂)은 허물어졌습니다. 이는 작은 걱정거리가 아닌데도 풍속과 교화를 주관하는 사람은 편안한 마음만 날마다 심해져 가고 있습니다. 신 등은 원하건대, 전하께서는 학술을 숭상하여 선비의 기풍을 올바르게 하여야 하겠습니다.

아, 나라를 다스림에는 본말의 순서가 있고 정사를 세움에는 선후의 마땅한 일이 있습니다. 옛날의 성인은 '마음속으로 힘써 노력하여 만 리 밖에서 공을 거두었고, 은밀한 가운데 수양하여 풍속과 교화가 미친 땅에서 표준을 삼게 하였다.'고 하였으니, 다른 도리가 없습니다. 전하께서는 총명하심이 옛 이래로 으뜸이며, 예지는 하늘로부터 타고나서 수기(修己), 치인(治人)의 도리는 참으로 이미 지극하고 부지런하지 않은 바가 없습니다. 그런데도 상서로움은 보이지 않고 재변이 오히려 침범하니, 하늘의 도의 신명함은 반드시 그런 연고가 있습니다. 신 등이 진술한 바 열 가지의 일은 비록 썩은 유생의 평소 담론인 듯하지만 시국의 폐해를 구제하는 실무요, 띄워놓고 한 말이 아닙니다. 진실로 능히 전하의 뜻에 깊이 두고 채찍질하여 격려하고 분발하여 쉬지 않고 일하는 공(功)을 더하신다면, 앞으로 푯말이 위에서 바르면 그림자가 아래에서 단정하듯이, 가까이로는 궁중의 안에서 밖으로 조정의 위에서 규범과 법도 가운데 정연하지 않음이 없어져서, 천하의 만사는 자연히 물고기의 비늘처럼 차례로 순서가 있음을 보게 될 것입니다.

아, 처음이 있지 않은 것이 아니지마는 능히 끝을 마치는 것이 적다 하니, 예로부터 군주가 처음 즉위할 때에는 누가 국사를 조심성 있게 생각하고 태평시대를 도모하여 옛날 융성했던 때의 훌륭한 치세를 회복해 보려고 기약하지 않겠습니까. 세월이 이미 오래됨에 미치면 처음의 마음이 점점 해이해지고, 음악과 여색과 재화에 얽매인 마음이 또한 전날의 마음에 섞여 들어와 청명한 마음의 본체를 가리고 부식하면, 정치가 날마다 퇴폐하여 서로 같이 멸망에 빠져 돌이킬 수 없는 지경에 이릅니다. 이에 비로소 앞선 성인들이 계책의 교훈으로 여겼던 수신, 제가, 치국, 평천하에 대한 실행을 모두가 어리석은 의론으로 돌려 버리고, 서무의 자질구레한 일에 힘쓰는 것을 총명이라고 하여 유사(有司)의 일을 몸소 행하면 대체는 거행되지 않습니다. 그렇지 않으면, 또한 재화와 이익에 마음을 두고, 병갑(兵甲)을 강구하여 벼슬을 바라 임금과 영합하는 신하로 하여금 부국강병에 대한 말만을 다툽니다. 그래서 위로 임금의 비위를 맞추는데 분분하기를 그만두지 않아서 국사를 그르치게 한 사람이 많으니, 이것은 더욱 신 등이 두려워하지 않을 수 없는 바입니다.

『시경』주송(周頌)에는 '삼가고 삼가라. 하늘은 진실로 밝아서 그 명(命)을 보존하기가 쉽지 않으니, 하늘이 높고 높아 저 위에 있다고 말하지 말라. 일마다 오르락내리락하여 나날이 여기에 살펴보고 계신다.'라고 하였습니다. 또한 대아(大雅)에는 '하늘의 노함을 조심하여 감히 놀며 즐기지 말고, 하늘의 변함을 조심하여 감히 말을 타고 달리지 말아야 한다.'라고 하였습니다.『서경』대우모(大禹謨)에는 '오직 덕만이 하늘을 감동시켜 멀리 미치지 않는 곳이 없다.'라고 하였습니다. 엎드려 원하건대, 전하께서는 하늘의 변화가 반드시 그저 그러한 것이 아니라고 생각하시고 세상의 도리와 성쇠의 기미를 고요히 관찰하여 날마다 더욱 조심하여, 종묘사직이 자손만대에까지 누리는 경사를 두텁게 한다면 매우 다행스러운 마음을 이기지 못하겠습니다.

이순신 장군을 구원하는 차자

정

락

삼가 생각하건대 이순신은 몸소 큰 죄를 범하여 법률상의 죄명이 매우 엄격함에도 전하께서 즉시 극형을 내리지 않으시고 처음 심문한 뒤에 다시 끝까지 추문(推問)할 것을 허락하셨습니다. 이는 옥사를 다스리는 체단(體段)이 그러할 뿐만 아니라 어찌 전하께서 인(仁)을 실천하시는 일념에서 끝까지 그 진상을 밝혀내어 혹시라도 살릴 수 있는 길이 있기를 바라는 것이 아니었겠습니까? 우리 전하께서 살리기를 좋아하시는 덕이 죄를 지어 반드시 죽어야 하는 처지에 놓인 사람에게까지 미치었으니 신은 감격함을 이길 수가 없습니다. 그러나 신이 생각건대 일찍이 재판관에 임명되어 법정에서 죄인을 문초해 본 일이 여러 번이었습니다. 대개 죄인들이 한 차례의 심문을 받고 더러는 큰 상처가 나서 간혹 재심할 만한 정상이 있더라도 지레 목숨이 끊어져서 어찌 할 방법이 없었기 때문에 신은 일찍이 이를 항상 염려하였습니다. 지금 이순신은 이미 한 번의 형신(刑訊)을 치렀는데, 만약 또다시 형신을 가한다면 엄중한 국문에 반드시 살아남는다는 보장이 없으니, 전하께서 살리기를 좋아하시는 덕을 손상시키지 않을까 두렵습니다.

임진년(1592) 당시에 왜군의 전함이 바다를 뒤덮고 적의 기세가 하늘을 찌르던 날에 국토를 지키던 신하들 중에는 성을 버린 사람이 많았습니다. 지방의 군사를 지휘하던 장수들도 군사를 온전히 보존한 사람이 적었으며, 조정의 명령은 거의 사방에 미치지 못하였습니다. 이때 이순신이 앞장서서 수군을 거느리고 원균(元均)과 함께 적의 흉악한 예봉을 꺾어서 나라 안의 민심이 차츰 생기를 얻고 의병을 일으킨 사람들도 힘을 받았습니다. 그리하여 적에게 빌붙었던 사람들이 마음을 돌렸으니, 그의 공로가 참으로 컸습니다. 조정에서도 매우 가상히 여겨 높은 작위로 올려주고 통제사의 칭호를 하사하였으니, 이는 당연한 일이었습니다. 이순신이 대장이 되어서 전황을 파악하여 진격할 시기를 놓치지 않고 수군을 잘 움직여 명성과 위세를 크게 진작시켰습니다. 어려움을 당하여 피하지 않는 용기는 원균도 지녔으나 끝까지 적을 물리친 공로는 이순신도 원균에게 뒤지지 않았습니다. 이순신은 적을 방어하는 방법에 대해 환하게 알고 있었기 때문에 재주 있고 용감한 부하들은 모두 즐거운 마음으로 쓰이고자 하였으므로 일찍이 군사를 잃은 적이 없었습니다. 위엄과 명성도 예나 다름이 없었으니, 왜놈들이 우리의 수군을 가장 두려워한 것도 여기에 있었다고 할 것입니다. 그가 변방을 진압하여 공로를 세운 것이 이와 같지만, 어떤 사람들은 이순신이 한 번 공로를 세운 뒤로 다시는 내세울 만한 공로가 별로 없다고 여겨서 과소평가하기도 합니다. 그러나 신은 삼가 그렇게 생각하지 않습니다. 4, 5년 이래로 명나라 장수들은 화친을 주장하고 명나라 조정에서는 왜국을 신하국으로 삼으려는 일까지 생겨서 우리나라의 모든 장사(壯士)들은 그 사이에서 손을 쓸 수가 없었습니다. 이순신이 다시 힘을 펼치지 못한 것은 그의 죄가 아 닙니다. 최근 왜놈들이 또다시 쳐들어왔을 때 이순신이 잘 대처하지 못한 것은 그 사이에 정세가 논할 만한 사정이 있었을 것입니다. 대개 지금은 변방의 장 수들이 한번 움직이려고 하면 반드시 조정의 명령을 기다려야 하므로 지방의 군사를 마음대로 지휘할 수 없었습니다. 왜놈들이 바다를 건너오기 전에 조정 에서 비밀리에 명령하였으나, 제때에 제대로 전달되었는지도 알 수 없으며, 바 다의 바람이 순풍이었는지 역풍이었는지 배를 운항하기에 좋았는지의 여부도 알 수 없었습니다. 그리고 수군들이 번을 나눌 수밖에 없었던 부득이한 사정은 이미 도체찰사가 스스로 탄핵한 장계(狀啓)에 분명히 실려 있습니다. 수군이 위 기를 당해 힘을 쓸 수 없었던 것은 형세가 그러했기 때문이니, 이것을 이순신 에게만 전부 책임을 지워서는 안 될 것 같습니다.

지난날 장계 속에 기술된 말들은 허망한 점이 있어 매우 괴상하고 놀라우나, 이 말이 만약 아랫사람들의 과장된 보고에서 나온 것이라면 중간에 제대로 살 피지 못했을 수도 있었을 듯합니다. 그렇지 않고서야 이순신이 정신병자가 아 닌 이상 감히 이 같은 짓을 했겠습니까? 신은 삼가 이해가 되지 않습니다. 만약 저 난리가 일어나던 초기에 군공(軍功)을 알리는 장계에서 하나하나 사실을 다 루지 않고 남의 공로를 탐내어 자신의 공로로 삼은 것은 너무 무망한 짓이 됩 니다. 이것으로 죄를 묻는다면 이순신인들 또한 무슨 말을 하겠습니까? 그러므 로 완전한 덕을 지닌 사람이 아니라면 남과 내가 서로 상대할 때에 남보다 위 에 있고자 하는 마음을 품지 않는 사람이 적어서, 머뭇거리고 떳떳하지 못한 사이에 실수를 범하지 않는 사람이 드문 것입니다. 다만 위에 있는 사람이 실 수의 크고 작음을 살펴서 처분의 경중을 둘 뿐입니다. 대개 장수가 된 사람은 군사와 백성의 운명을 맡고 있어 국가의 안위에 관계된 사람이기에 그 중요함이 이와 같으므로 예부터 제왕들이 군권을 위임하여 은전과 신의를 특별히 보여주었습니다. 큰 죄를 저지르지 않으면 곡진하게 보호하고 완전하게 하여 그 임무를 다하게 하였으니 그 뜻이 여기에 있었습니다. 무릇 인재란 나라의 쓸모 있는 사람이므로 비록 통역관이나 주판질하는 사람에 이르기까지도 진실로 재주와 기예가 있다면 모두 다 마땅히 사랑하고 아껴야 합니다. 더구나 장수의 재질을 가진 사람은 적을 막아내는데 가장 관계가 깊습니다. 그러므로 어찌 법을 적용함에 있어 너그럽게 용서하지 않을 수 있겠습니까?

이순신은 진실로 장수의 재질을 지녔으며, 재능은 수군과 육군을 겸비하여 불가능한 일이 없었습니다. 이와 같은 사람은 쉽게 얻지 못하거니와 변방의 백성들이 촉망하는 것이고 적들이 두렵게 여기는 것입니다. 만일 죄명이 매우 엄중하다고 하여 조금도 용서하지 않고, 또 공로와 죄상의 비중을 묻지도 않고 공로와 능력의 있고 없음을 헤아리지 않은 채, 그 정황을 천천히 규명하여 보지도 않고 끝내 큰 벌을 내린다면 공이 있는 사람도 스스로 더 권면할 수 없고 능력 있는 사람도 스스로 더 면려할 수 없을 것입니다. 그래서 비록 원균같이 원망을 품은 사람이라도 아마 스스로 편안할 수 만은 없을 것이고, 안팎의 인심도 모두 해체될 것입니다. 이는 매우 우려스러운 상황이며, 한갓 적에게만 행운이 될 것입니다. 일개 이순신의 사형은 진실로 아깝지 않지만 국가에 있어서는 관계되는 것이 가볍지 않습니다. 어찌 거듭 염려되지 않을 수 있겠습니까? 옛날에 장수를 교체하지 않아서 마침내 큰 공을 세우게 한 사례가 있습니다. 이를테면 진(秦)나라의 목공(穆公)이 맹명(孟明)에게 한 일*과 같은 경우가 진실

---

* 맹명은 춘추시대 진나라의 장수로 진(晉)나라와 싸워서 크게 패하자 진나라의 대부와 신하들이 맹명을 죽이라고 하였지만 진목공은 그를 죽이지 않았다. 나중에 또 팽아(지명)의 싸움에서 패하였으나, 마침내는 진(晉)나라를 이기고 진나라가 패자가 되게 하였다.

로 한 둘이 아닙니다만, 신이 먼 옛날의 일을 인용하지 않고 전하께서 최근에 하신 일로써 말씀드리겠습니다. 박명현(朴名賢)은 한때의 맹장으로 일찍이 국법에 저촉되는 행동을 저질렀으나, 조정에서 특별히 그 죄를 용서해 주었습니다. 얼마 후 충청도에 변란이 있었고 그 변란은 '정여립(鄭汝立)의 난'보다 더 심하였지만, 박명현이 일거에 난을 평정하여 종묘에 공을 남겼으니, 허물을 없애주고 공효를 책선한 뜻이 지극하였습니다. 지금 이순신의 죄가 사형에 해당하는 용서의 특전을 베풀 수 없는 큰 죄를 범하였으므로 죄명이 매우 엄중하다는 것은 진실로 전하의 하교와 같습니다. 이순신도 공론이 지극히 엄중하고 상형(常刑)이 두려운 것이어서 스스로 목숨을 보전할 가망이 없다는 것을 잘 알고 있습니다. 바라옵건대 은혜로운 하명으로써 특별히 형신을 감하여 주시고, 그로 하여금 공을 세워 은혜에 보답하도록 하신다면, 전하의 은혜를 천지부모와 같이 받들어 목숨을 걸고 보답하려는 마음이 반드시 저 박명현에게 뒤지지 않을 것입니다.

중흥을 이루어서 초상을 그려 공신각(功臣閣)에 걸 만한 우리 조정의 훈신이 오늘의 노예나 죄수에서 나오지 말라는 법은 없습니다. 그러므로 조정에서는 장수를 부리고 인재를 쓰는 도리로 공로를 의논하고 재능을 논의하는 은전이야말로 사람이 허물을 고쳐 스스로 새로워지는 길을 허용하는 길이 한꺼번에 얻어질 것입니다. 조정에서 난리를 평정하는 정책에 보탬이 되는 것이 어찌 적겠습니까? 신은 삼가 의금부에서 수렴한 의론을 따라서 일찍이 고루한 견해를 진술하였으나, 여러 의론에 합치되지 않았을 뿐만 아니라, 말 또한 뜻을 모두 전달하지 못했습니다. 그러나 어리석은 신의 수많은 생각 끝의 견해가 혹여 전하께 채택되기를 바라면서 이에 감히 번거롭게 해드리는 것을 마다하지 않고, 다시 앞서의 말을 거듭 올려 나무꾼과 같이 하찮은 사람의 말에 대비하고 삼가

전하의 유지(諭旨)를 기다립니다. 만약 신의 어리석은 말이 나랏일에 천 분의 일이라도 보탬이 된다면 신은 만 번 죽어도 좋습니다. 신이 지독한 감기에 걸려 이미 20일이 지났는데도 아직까지 이처럼 낫지 않아서 직접 대궐에 나아가지 못하고 삼가 차자를 갖추어 올립니다. 전하께 경솔함을 범해 매우 송구스럽습니다. 재결하여 주시기 바랍니다.

사간원에서 올리는 차자

이
식

　삼가 아룁니다. 신 등은 모두 용렬하고 나약한 데다 원래 선과 악을 분별하는 데에도 어둡기 때문에, 비록 청현직(淸顯職: 주고 간관을 지칭)에 몸을 담고 있기는 하면서도 소경이나 귀머거리 같은 점이 있습니다. 그래서 시국의 의론이 어떻게 돌아가는지, 이미 결정된 사안이 과연 옳고 그른지 등에 대해서 알 수가 없었기 때문에, 감히 의견을 억지로 변론하여 개진할 수가 없었습니다. 다만 살펴보건대, 요즘 들어 조정의 벼슬아치들 사이에 분위기가 안정되지 못하고, 전하께서 관원을 임명하실 때의 그 뜻이 심상치 않으시다는 것을 느낄 수가 있는데, 이는 그야말로 인재를 등용하고 물리치는 기틀과 관련되고 국가가 다행스럽게 되고 불행하게 되는 근본과 직결되는 문제라 하겠습니다. 따라서 신 등이 언관(言官)의 직무를 수행하고 있는 이상 입을 다물고 있을 수만은 없기에, 대략 한두 가지 조목을 아룀으로써 전하께서 미처 생각하시지 못했던 점을 보완해 드릴까 합니다.

  삼가 살피건대, 전하께서 사사로이 당(黨)을 결성하지 말라는 뜻을 조정에 보이면서 백성들의 일에 관심을 두고 수령을 뽑을 때 신중하게 가려서 가까이에서 모시는 신하들까지도 외직에 보내도록 하신 그 일이야말로 맑고 밝은 조정의 아름다운 일이라 하겠습니다. 그러나 만약 균형 감각을 잃은 나머지 진정 마음속으로 적임자라고 생각해서 임명하지 않고 그저 처벌하기 위한 목적으로 외직으로 쫓아 보낸다면, 사람들이 속으로 의심스럽게 생각할 뿐만 아니라 그 직임을 받은 당사자 역시 제대로 자기의 뜻을 펼치며 시행해 나갈 수 없게 될 것입니다. 장유(張維)로 말하면 총재(冢宰)의 관직을 역임하고 현재 대제학의 지위에 있으니, 대신(大臣)의 다음 자리요, 귀한 신하 중에서도 첫째가는 신분입니다. 따라서 그에게 비록 잘못이 있다고 하더라도 예(禮)를 갖추어 물러나게 하는 것이 마땅한 일이라 하겠습니다. 그런데 저 나주목사로 말하면 4품의 관원이 임명되는 자리로서 우후(虞侯)와 도사(都事)도 그 윗자리에 있는 만큼 군현(郡縣)과 진보(鎭堡)에서 역시 그와 대등하게 간주하려고 할 것이니, 예모(禮貌)라든가 문서가 왕래하는 사이에서 모욕을 심하게 당할 것이 분명합니다.

  가령 옛날 당나라와 송나라 시대에 좌천시켰던 사례를 들어 보건대, 비록 사마(司馬)나 사호(司戶)와 같은 하급 관원으로 내려 보낸 경우도 있었습니다만, 그런 때에도 관원들이 공동으로 서명한 공사(公事)가 아니면 정원 외의 직임을 주고 녹봉을 받게 하였습니다. 그러고 보면 이는 존귀한 체면을 크게 손상시키지 않으려는 배려에서 나온 것이라 할 것이니, 조정 관원의 처우에 대한 제도를 마련함에 있어 옛사람들 역시 어찌 신중하게 처리하지 않았다고 할 수가 있겠습니까. 지금 장유가 이렇게 좌천된 것이야말로 예전에는 볼 수 없었던 것이라고 말해도 지나친 말이 아닐 것입니다. 그리고 박정(朴炡)과 유백증(兪伯曾)의 경우만 해도 그렇습니다. 오래도록 작은 읍(邑)에 머물러 있다가 가까스로 시종(侍從: 임금을 가까이 모시는 신하) 자리로 복귀하자마자 또 수령으로 교체시키도록 하였는데, 다른 적임자가 어찌 없기에 이번에 차례로 특별히 임명하셨단 말입니까. 전하의 뜻을 살펴보건대, 노여워하시며 견책하려는 마음이 없지 않으시니, 이것이 바로 조정의 벼슬아치들이 의아하게 생각하고 놀라워하는 이유이며, 선비들의 의론이 막히고 손상되는 이유입니다.

신 등이 나름대로 전하의 속뜻을 헤아려 보건대, 특별히 이 두 사람을 도외시 하게 된 것은, 어쩌면 전일에 일어난 분당(分黨)의 설이 그 계기를 제공한 것이 아닐까 하는 생각이 들기도 합니다. 저 두 사람으로 말하면 교유하는 사이에서 논의가 상당히 준열하였기 때문에 취하고 버리는 것과 옳고 그름의 측면에서 여러 사람들의 마음과 완전히 합치되지 못하는 모습을 간혹 보여 주었던 것도 사실입니다. 하지만 이러한 점에 대해서 그들의 시국에 관한 의론이 과격했다고는 말할 수 있겠지만, 분당의 현상을 보였다고 말한다면 합당치 못하다고 여겨집니다. 광해군 때에 변란이 많이 일어난 이후로는 사대부들이 뜻을 세워 뭔가 큰일을 해보려고 하지를 않고 그저 멀리 떠나 숨으려는 생각만 품고 있었습니다. 그러다가 전하의 시대를 맞이해서는 전후로 간절하게 유지(有旨)를 내리시면서 매번 붕당을 짓지 말도록 경계시키는 한편, 이미 갈라진 당파에 대해서도 대화합을 이루게 하셨습니다. 그러니 설령 유백증이나 박정이 논의를 전개하면서 자기들은 다른 사람들과 다르다고 스스로 표방하려 했다 하더라도, 맑은 조정의 사대부들 가운데 그 누가 그들과 서로 등을 진 채 짓밟으려고 하겠습니까. 더구나 박정 등으로 말하면, 애당초에 단지 한두 사람의 잘못을 지적하며 바로잡아 보려는 과정에서 지나치게 행동한 점이 있었기 때문에 마침내 분당의 설이 나오게 된 것에 불과하니, 만약 평상시와 같은 마음가짐으로 서로

들 사이좋게 지내다 보면 날이 갈수록 그때의 일을 저절로 잊게 되면서 다시는 아무런 흔적도 남아있지 않게 될 일이었습니다. 그러니 가령 '새로 진출한 사람들이 부박(浮薄)하다.'라는 이야기를 했다고 하더라도, 그것은 결코 성스러운 조정의 근심거리가 되지 않으리라는 것을 신 등은 확신하고 있습니다.

지난번에 대신이 전하의 앞에서 나만갑(羅萬甲)의 일을 아뢰며 논한 그 뜻은 그를 외직에 임명하여 제어해 보려는 것에 지나지 않았고, 사사로이 논한 것을 들어 보아도 우선 인사부서의 추천을 정지시키고 그냥 주진(州鎭)을 시험 삼아 맡아 보게 하려는 것에 불과했을 따름입니다. 나라의 일을 공평하게 처리하려는 대신의 입장에서 다른 사람의 원망을 들을 각오를 하고서 할 말을 다했고 보면, 어찌 속마음을 모두 토로하지 않았을 리가 있겠으며, 어찌 경중을 짐작해서 하지 않았을 리가 있겠습니까. 그런데 지금 전하께서는 대신의 의논을 따르지 않고 몇 등급이나 죄를 올려 처벌하셨을 뿐만 아니라, 나아가서는 이 일을 점차로 확대시켜 각종 폐단이 마구 나오게끔 만들고 계십니다. 그리하여 거꾸로 대신으로 하여금 불안하게 여기는 점이 있게 하고 계시니, 이것이 과연 사태를 진정시키고 화합을 도모하게 하는데 적합한 일이라고 하겠습니까. 비록 그렇긴 하지만 나만갑이나 장유의 일에 대해서는 조정에서 이미 강력하게 논쟁하였으니 인자하신 전하께서도 스스로 찬찬히 살피게 되셨을 것입니다. 그리고 박정 등이 나가게 된 것 또한 대단히 억울하게 된 일은 아니고 보면, 신들이 어찌 또 감히 그들을 애석하게 생각하며 비호함으로써 전하의 의심을 더욱 조장할 수가 있겠습니까. 오직 구구한 심정으로 걱정하며 바라는 것은 전하께서 이번 일을 그만 마무리 지어 주셨으면 하는 것뿐입니다.

전하께서 붕당을 싫어하여 제거하려고 하시는 것이야말로 매우 성대한 뜻이라고 하겠습니다만, 단지 이를 제거하는 방법에 조금 미진한 점이 있지 않나

싫습니다. 당나라 문종은 '하북(河北)의 도적을 제거하기는 쉬워도 조정의 붕당을 없애기는 어렵다.'라고 하였습니다. 대저 만승천자의 위엄을 가지고도 수십 명의 서생을 축출하는 것이 어찌 강성한 적을 물리치는 것보다 어렵기야 하겠습니까. 그럼에도 불구하고 형세로 볼 때 그 일이 더욱 어렵다고 탄식한 이유는 과연 무엇이겠습니까. 인재를 얻기 어려운 점에 대해서는 예로부터 지금까지 탄식해 오고 있는 바입니다. 그런데 예로부터 사대부들 가운데 붕당의 이름을 받게 된 사람들을 보면 대다수가 총명하고 재능이 있어 대중들로부터 추앙을 받았습니다. 따라서 임금이나 정승이 이들을 제대로 길러주고 화합시키면서 분열되지 않도록 해 준다면, 비록 같은 가운데 다름이 있고 다른 가운데 같음이 있더라도 대동(大同)의 멋진 정치를 이루는 데에는 아무런 방해가 되지 않을 것입니다. 하지만 만약 혹시라도 붕당이라는 이름에만 집착하여 모두 제거하려는 마음을 갖게 된 나머지, 오늘 한 사람을 쫓아내고 내일 또 한 사람을 쫓아내며, 금년에 붕당 하나를 제거하고 명년에 또 붕당 하나를 제거하는 식이 된다면, 조정에 인물이 완전히 없어진 가운데 등용되는 사람들이라고 해야 아무 재능도 없이 아부하는 무리들밖에는 없게 되고 말 것이니, 그렇게 되면 나라 전체가 텅 비게 되었다고 표현을 한다 해도 무방할 것입니다.

옛날에 소식(蘇軾: 소동파)이 세상의 글을 자기처럼 똑같이 만들려는 왕안석(王安石)의 폐단을 비난하면서 척박한 땅에서 자라는 누런 띠풀과 하얀 갈대에 비유한 적이 있는데,* 붕당을 없애기 어려운 것도 어찌 이와 다르다고 하겠습

---

* 소식이 현승(縣丞) 장문잠(張文潛)에게 답한 글에 이르기를, '왕씨의 문장이 꼭 좋지 않다는 말은 아니다. 다만 사람들의 글이 모두 자기처럼 되게 하기를 좋아하는 그 병통을 걱정하는 것일 따름이다. 공자와 같은 성인으로서도 다른 사람들을 자기처럼 되게 할 수가 없었다. 안연(顏淵)의 인(仁)이나 자로(子路)의 용(勇)을 서로 바꾸게 할 수는 없는 일이 아닌가. 그럼에도 불구하고 왕씨는 자기의 학술을 가지고 온 천하 사람들을 똑같이 만들려 하고 있다. 비옥한 땅에 식물이 잘 자라는 것은 똑같지만, 어떤 식물이 자라는가 하는 것은 같지 않다. 다만 척박한

니까. 대저 선비들의 의론이 서로 갈라져 갈등을 빚는 것이야말로 국가의 크나큰 불행이라고 하겠습니다만, 그들 사이에서 어느 쪽이 훌륭하고 타당성이 있으며, 어느 쪽이 사악하고 부당한지 밝혀내는 것이 쉽지 않은 것 또한 현실입니다. 가령 우이(牛李)의 시비나 원우(元祐)의 삼당(三黨)* 등을 예로 들더라도, 그 당시에 결론이 나지 않았을 뿐만 아니라 후세에 와서도 의논이 정해지지 않았습니다. 그런데 만약 그 당파를 모조리 제거해 버렸다면, 이덕유의 정치술이나 정이천의 바른 학문까지도 배척되고 버려지는 운명에 처하게 되었을 것이니, 세도(世道)의 측면에서 볼 때 과연 어떻다고 하겠습니까. 우리나라에서 붕당의 걱정이 있게 된 데에는 그만한 이유가 있습니다. 그것은 바로 전랑(銓郞: 이조의 인사 실무자)의 권한이 막중한 관계로 국가의 정사가 하급관료에게 옮겨지면서 새로 출사하는 젊고 패기 있는 인물들이 걸핏하면 틈이 생기는 실마리를 만들어 내기 때문인데, 실로 백 년에 걸쳐 흘러온 이 폐단이 반정(反正: 인조반정) 이후에도 아직 완전히 제거되지 않고 있는 실정입니다.

따라서 오직 밝으신 임금과 조정의 중추적인 신하들이 한 시대의 현명한 인재들에 대해서 좋고 나쁨과 장단점을 빠짐없이 강론하여야 할 것이요, 그런 다음에 그들을 북돋워주고 가꾸는 것은 물론 수준별로 등급을 정하고 반열에 차례로 서게 하면서 아무런 의심 없이 관직에 임명해야 할 것입니다. 그렇게 된다면 어찌 붕당과 당파만 저절로 없어질 뿐이겠습니까. 그야말로 천지의 기운이 크게 화통하여 만물이 이루어지는 시대가 도래할 것이니, 오직 전하께서 사

황무지를 보면 눈에 보이는 것이 온통 누런 띠풀과 하얀 갈대뿐인데, 왕씨의 폐단은 바로 이것과 같다고 하겠다.'라고 하였다.
* 우이는 당나라 문종 때 일어난 우승유(牛僧孺), 이종민(李宗閔)의 당파와 이길보(李吉甫), 이덕유(李德裕) 부자의 당파를 가리키며, 삼당은 송나라 철종의 원우 연간에 일어난 사마광(司馬光)의 구당(舊黨), 왕안석(王安石)의 신당(新黨), 정이천(程伊川)의 낙당(洛黨)을 가리킨다.

람이 변변치 못하다고 하여 그의 말까지 버리시지만 않는다면 조정에 그만한
다행이 없겠습니다. 전하의 결재를 바랍니다.

충청도에 대동법 시행을 요청하는 장계

김육

    신(김육)이 옛사람이 만들어 놓은 법에 따라 망령되게 대동법을 시행하고자 하는 뜻을 아뢰자, 전하께서 이미 윤허하셨으므로 비변사와 해당 기관에 알려서 시행하기를 요청하였습니다. 이에 충청도의 백성들이 발꿈치를 치켜들고 대동법의 시행을 바라고 있었습니다. 그런데 지금 몇 달이 지났는데도 아직까지 결정하지 못하고 있으므로 자못 의아해하면서 실망하는 기색이 있습니다. 그런 가운데 지난번에 경연에서 신하들의 아룀으로 인하여 특별히 다시 물어보라는 하교를 내리셔서, 신은 감격스러운 마음을 금치 못하겠습니다. 이 법이 시행되면 충청도의 백성들이 나라의 혜택을 크게 입을 것입니다. 가까이 모시는 신하가 아뢴 말은 실로 원대하게 경영하는 방도에 합당한 것입니다. 신의 천박한 생각은 참으로 그런 점에 대해서는 미치지 못하였습니다. 신이 말한 것은 백성들을 구제하는 급선무에 대해서 말한 것이고, 가까이 모시는 신하가 말한 것은 나라를 풍족하게 하자는 원대한 계책입니다. 이 두 가지를 참작하여 시행하면 흠이 없을 것입니다.

　신이 정한 무명 1필과 쌀 2말은 쌀로 환산하여 합산하면 7말이고, 가까이 모시는 신하가 말한 무명 2필은 쌀로 환산하면 10말로, 신이 정한 것보다 3말이 더 많을 뿐입니다. 흉년에는 무명 1필과 쌀 2말을, 무명 2필 대신 받는 것으로 규정하여 쌀과 무명을 반반씩 받아들입니다. 그리고 풍년에는 무명 1필과 쌀 5말을 무명 2필 대신 받는 것으로 규정하여 쌀과 무명을 반반씩 받아들입니다. 그리하여 흉년에는 무명으로 쌀값을 따르고 풍년에는 쌀로 무명값을 따르되, 1필당 5말로 기준을 삼아 그 숫자를 넘지 못하게 합니다. 그럴 경우 풍년과 흉년에 따라 증감하는 편의가 있고 상하 간에 손해와 이익을 보는 잘못이 없을 것이니, 오래도록 시행해도 폐단이 없을 것입니다. 대신들과 해당 기관에서는 모두 물품을 거두는 것이 약소하므로 나라재정에 부족할까 염려하고 있으며, 전하께서도 하교에서 이 점을 염려하셨습니다. 신도 역시 이로 인하여 의문점이 없지 않습니다. 다만 지방의 부역 등이 비록 많다고는 하지만 공물(貢物)의 값은 나름대로 자세히 정한 숫자가 있으므로 모두 합하면 3만 8000필입니다. 충청도의 부역 가운데 관용으로 쓰는 말의 값 등은 비록 미리 정할 수 없지만, 그 또한 3만 필이 넘지 않습니다. 그런데 충청도의 결세로 바치는 무명이 10만 필이니, 이로써 본다면 반드시 부족할 걱정이 없을 것이고, 오히려 수만 필이 남는다는 것을 분명하고도 쉽게 알 수가 있습니다. 2말의 쌀을 거두는 데에 이르러서는 모두 합하면 1만 3300여 석으로, 이를 50개 고을과 7개 진영(군부대)에 나누어 쓰면 부족하지 않을 것입니다. 그리고 만약 풍년이 들었을 때 3말을 더 거두면 각 고을의 원곡(농가에 빌려주던 곡식)을 늘릴 수 있을 것입니다. 삼가 생각하건대, 이 법을 시행하는 것에 대해 지방의 백성들 가운데 혹 불편하게 여기는 사람이 있을 것입니다. 신이 그들을 위하여 자세하게 말씀드려 보겠습니다.

　지방의 작은 고을에 사는 백성들 가운데 1결의 농지를 가지고 있는 사람은 그에 대한 역가(아전들에게 주는 보수)가 무명 8, 9필이나 됩니다. 이제 1필 2말만 내고 1년 동안 역가를 낼 걱정을 잊을 경우, 그들이 기뻐서 날뛸 것을 알 수 있습니다. 어찌 불편하게 여기는 사람이 있겠습니까. 다만 큰 고을에 사는 백성들의 경우에는 그 고을의 농지 숫자가 아주 많아서 공물 값을 정한 것이 작은 고을에 비해 10분의 1이나 2밖에 안 됩니다. 큰 고을에 사는 백성들은 농지 8결에서 단지 무명 5필만 낸다고 합니다. 그런데 이제 그들로 하여금 농지 1결당 각각 무명 1필을 내게 하니, 이 사람들은 반드시 고역으로 여길 것입니다. 그러나 충청도 안에서 큰 고을이라고 하는 곳은 단지 충주, 청주, 공주, 홍주 등 4개 주입니다. 그 나머지 50개 고을 사람들이 기뻐하는 일을 어찌 이 4개 주의 백성들이 기뻐하지 않는다는 이유로 그 대동법을 시행하지 않아서야 되겠습니까. 그리고 그들이 고통스럽게 여기는 것은 농지 1결당 무명 1필을 내는 것입니다. 지금과 같은 때를 당하여 어찌 1결당 1필을 내는 것을 고역이라고 할 수 있겠습니까. 그리고 토호들 가운데 농지가 많은 사람은 3, 40결에 이르기도 하니, 한꺼번에 마련해 내게 하는 것은 곤란합니다. 결세로 바치던 무명은 모두 공물 값으로 할 필요가 없으며, 또한 충청도와 도내의 큰 고을에서 쓰는 것도 있으므로 큰 고을에서 쓰는 것은 편리한 데에 따라 이어서 받아들여도 좋을 것입니다. 어찌 한꺼번에 마련해 내도록 독촉할 필요가 있겠습니까. 이는 오직 수령들이 잘 쓰는 데 달려있습니다.

　서울의 각급 기관의 아전들에 이르러서는 인정목(본래의 물건 값에 덧붙이는 웃돈)을 마련하지 않았으나 공물의 값을 넉넉하게 결정하였으므로, 인정목의 값 역시 그 안에 들어있는 것입니다. 봉상시의 경우를 가지고 말씀드리면 꿀 1말의 값을 무명 7필로 정하였으며, 전생서의 경우를 가지고 말씀드리면 양 1마리의 값을 무명 60필로 정하였습니다. 그 나머지의 공물 값은 두루 다 거론할 필요가 없습니다만, 대략 모두가 이와 같습니다. 지금 만약 꿀 1말의 값이 무명 3필이고 인정목이 4필이라고 하고, 양 1마리의 값이 30필이고 인정목이 30필이라고 한다면, 저들은 반드시 기뻐하면서 따를 것입니다. 그러나 이것은 조삼모사의 술책에 지나지 않는 것으로 법을 쓰는 바른 도리가 아닙니다. 그리고 각급 기관의 공물은 으레 세도가에서 방납하는 걱정이 있습니다. 그러므로 각급 기관의 아전들이 그들에게 침해를 당하여 본업을 잃는 사람이 많습니다. 지금 아전들로 하여금 그 값을 취하게 해서 방납하는 걱정을 끊어버렸으니, 이역시 각급 기관의 아전들이 기뻐할 일입니다. 서울 사람 가운데 좋아하지 않는 사람은 단지 방납을 하는 모리배들뿐입니다.

대개 각급 기관의 아전들은 모두 원소속 기관의 하인들로, 이른바 색리니 사령이니 하는 사람들이 모두 그들과 같은 무리입니다. 그러니 공물을 상납할 즈음에 서로 간에 알선해서 각자의 힘을 다한다면 인정목을 쓰는 것이 어찌 지나치게 많은 데에 이르겠습니까. 지금 이렇게 정한 공물 값 가운데 낮은 것이 있으면, 신이 해당 기관과 상의해서 더 올리도록 하여 서울과 지방의 사람들로 하여금 모두 흡족한 마음이 들도록 하겠습니다. 농지세에 관한 조항에 이르러서는 나랏법에서 원래 정한 숫자가 있어서 신이 거론할 겨를이 없습니다. 신이 생각한 것은 이와 같은데 불과하지만 부족함이 없을 것이고 고르게 혜택을 받는 효과가 있을 것입니다. 그러므로 금년에는 우선 신이 정한 대로 시험 삼아 시행하고, 천천히 풍년이 들기를 기다려서 경연의 신하들이 말씀드린 대로 해서 항구적인 규정을 만드는 것이 온당할 것입니다. 의정부로 하여금 재량하여 처리하게 하소서. 절차를 갖추어 먼저 보고합니다.

호조참의를 사직하는 상소

김
창
협

　삼가 아룁니다. 신은 천지 사이의 일개 죄인입니다. 선신(先臣: 돌아가신 아버지)이 화를 당한 이후로 벌써 6년이 지났는데, 미련하고 아둔하여 지금까지 죽지도 못하고 소리 없이 거처하며 쓸쓸히 걸어 다니면서 사무치는 통한이 자신에게 있는 줄도, 구차히 사는 것이 수치인 줄도 모르는 듯 멍하니 지내고 있으니, 살아서는 불효한 사람이 되고 죽어서는 불효한 귀신이 될 뿐입니다.

　전하의 지혜가 다시 밝아지고 조정의 나쁜 무리가 숙청되어 억울한 사람을 돌보는 은전(恩典)이 맨 먼저 선신에게 미칠 줄은 정말 생각지 못했는데, 전하의 진심을 열어 보이시고 억울하게 죽은 선신의 넋을 달래주시니, 신은 더 이상 여한이 없습니다. 큰 천지와 넓은 하해도 이처럼 거룩한 덕을 비유하기에는 부족할 것입니다. 신은 이에 지난날을 회상하고 현재를 돌아보니 감격에 겨워, 한편으로 기쁜가 하면 또 한편으로는 슬프기도 하여 온갖 상념으로 목이 메인 나머지 저도 모르게 피눈물이 솟구칩니다. 그러나 신의 불효한 죄가 위로는 하늘까지 닿은 지가 이미 오래되어, 오늘날 속죄할 길이 없음을 더욱 잘 압니다. 옛날 제영(緹縈)은 일개 여자였는데도 한 통의 편지로 임금의 마음을 감동시켜 아비의 형벌을 모면시켰고, 전횡(田橫)의 식객들은 혈육의 은정이 없었는데도 의기 하나로 서로 감동하여 죽기를 주저하지 않고 지하에까지 따라 들어갔습니다.* 그런데 신은 선신이 화를 당했을 때, 나아가서는 대궐 문에 머리를 짓찧으며 살려달라고 빌지도 못하고 물러나서는 또 칼에 엎어져 함께 죽지 못하였으니, 이는 남자의 몸으로 일개 연약한 여자만도 못하고 부자간의 은정으로 도리어 의리를 내세워 추종하는 식객만도 못한 것입니다.

그리고 옛날 제(齊)나라 여자가 하늘을 향해 통곡하자 궁전에 폭풍이 몰아치고, 연(燕)나라 신하가 통곡하자 한여름에 된서리가 내렸습니다.** 정성이 지극

---

* 한(漢)나라 문제(文帝) 13년에 제군(齊郡)의 태창령(太倉令) 순우의(淳于意)가 죄에 연루되어 형벌을 받게 되었을 때, 그의 다섯 딸 가운데 막내인 제영이 아버지를 따라 장안으로 와서 천자에게 글을 올리기를, '사람이 한번 죽으면 다시 개과천선할 기회조차 없어집니다. 더구나 저의 아비는 청렴하다고 이름이 났는데 지금 죄에 걸려 형벌을 받게 되었으니, 청컨대 제가 관비(官婢)가 되어 아비의 죄를 대신 받게 해주소서.'라고 하자, 문제가 가엾이 여겨 죄를 면해주고 일체의 육형(肉刑)을 철폐하였다. 그리고 한(漢)나라 고조 유방(劉邦)이 천하를 통일할 때, 제(齊)나라의 왕으로서 유방과 맞섰던 전횡(田橫)이 500명의 의사(義士)를 거느리고 멀리 섬으로 들어갔는데, 유방은 후환을 염려한 나머지 그를 회유하여 낙양으로 불렀다. 전횡은 그에 응하여 부하 두 명과 함께 낙양 가까이 와서 말하기를, '지금 유방은 황제가 되었는데 나는 포로가 되어 그를 알현하는 것은 너무나 치욕스럽다. 황제가 나를 부른 것은 내 얼굴을 보기 위해서이니, 너희들은 내 머리를 들고 가서 보여 주도록 하라.' 하고는 자결하였다. 부하들은 그 말대로 한 뒤에 전횡의 무덤 곁에서 자결하였고, 나머지 섬에 있던 부하들도 그 소식을 듣고 모두 자결하였다.
** 춘추시대 제(齊)나라 경공(景公) 때, 자식이 없이 개가하지 않고 성실히 시어머니를 섬기는 과부가 있었는데, 시누이가 재산을 탐내어 자기 어머니를 죽이고 과부에게 누명을 씌우자, 과부가 원한이 맺혀 하늘을 향해 부르짖으니, 경공의 궁전에 벼락이 쳤다고 한다. 그리고 춘추시대 연(燕)나라 혜왕(惠王) 때, 음양가(陰陽家)인 추연(鄒衍)이 연나라에 충성을 바쳤는데, 왕의 측근들이 그를 참소하자 왕이 감옥에 가두었다. 이에 추연이 억울하여 하늘을 향해 통곡하니, 한창 무더운 5월이었는데 서리가 내렸다고 한다.

하면 위로 하늘에까지 사무쳐 재변이 나타나는 법인데, 지금 신은 외진 산골에 도망하여 통한을 참고 구차히 살면서 한 번도 지성으로 천지신명을 감동시켜 전하의 총명이 다시 한 번 깨어나기를 바라지도 못하고 부질없이 세월만 흘러 오늘에 이르렀습니다. 지극히 인자하고 총명하신 전하가 아니었다면, 신은 비록 늙어 죽어 시체가 골짜기에 버려지더라도 끝내 선신의 원통한 사연을 밝혀 죄인의 명부에서 이름을 지우지 못했을 것이니, 예로부터 자식으로서 불효한 자가 어찌 또 신처럼 심한 경우가 있었겠습니까.

신이 삼가 생각건대, 개혁한 초기에는 온갖 법도를 새롭게 정비해야 하는데 인륜을 밝히고 풍속을 변화시키는 일에 더욱 주의를 기울여야 하는 것이니, 신처럼 불효한 자는 반드시 먼저 그 죄를 다스려 온 세상에 경각심을 불러일으켜야 할 것입니다. 그런데 도리어 까닭 없이 버려졌던 사람들과 동등하게 등용하시어 마침내 호조의 관원으로 새로 임명하기까지 하시니, 이 어찌 미천한 신이 생각이나 했던 것이겠습니까. 신에게는 마음속에 더욱 통탄스러운 점이 있습니다. 선신이 조정에 있던 40년 동안 임금을 섬기고 스스로 처신한 법도와 나라를 근심하고 공익을 앞세운 절개는 그 전말이 잘 알려져 있으니 다시 진술할 것이 없습니다. 다만 선신은 조심하고 삼가서 권세와 지위를 자처하지 않고 겸손과 검약으로 시종일관 하였으니, 귀신의 시기와 인도(人道)의 화를 자초할 까닭이 없었습니다. 그러나 신의 형제는 영화로운 벼슬에 오를 만한 행실이 한 가지도 없으면서 요행히 기회를 만나 연달아 조정에 올라 청현직(淸顯職)을 지내고 급작스레 하대부(下大夫)의 반열에 올라 영광과 총애가 눈부시게 빛나 세상 사람들의 지목을 받았습니다.

그런데도 신들은 '능력이 못 미치는 자리에 있으면 화를 부른다.'는 경계와 분수에 만족하라는 교훈을 생각하지 않고 미련하게 나아가서 가장 높은 자리에 오르도록 물러날 줄을 몰랐습니다. 그리고는 마침내 가득 차서 기우는 재앙이 선신에게만 미치게 하고 신은 요행히 면하였으니, 불효가 이보다 더 클 수는 없습니다. 신은 늘 생각이 이에 미칠 때마다 부끄럽고 원통하여 식은땀과 눈물이 함께 흐르지 않은 적이 없었습니다. 그리하여 영원히 농부로 살다 죽을 것이지 다시는 사대부의 반열에 끼지 않으리라 맹세한 지 오래입니다. 그런데 지금 만약 일시적인 기회를 다행으로 여겨 지난날 품어온 오랜 뜻을 잊고 금세 다시 갓끈을 매고 인끈을 차고서 세상에 뛰어든다면 인효(仁孝)한 군자에게 거듭 죄를 얻어 지하에서 선신을 볼 면목이 없을 것입니다. 신이 아무리 미련하다 하나 어찌 차마 이런 짓을 하겠습니까.

　우러러 생각건대, 전하께서는 거룩한 덕이 천지에 덮이고 충만한 교화로 만물을 생성해 주시어 새와 짐승, 물고기와 자라 같은 미물들까지도 모두 각기 제 성품을 이루어 주려 하시니, 신의 더할 수 없는 사정은 진정 가련히 여겨 주실 줄로 압니다. 그러니 인자한 은혜를 드리워 속히 신의 직함을 거두어 주시고 조정의 신하 명부에서 신의 이름을 지워 다시는 천거하는 일이 없게 해 주십시오. 그리하시면 신은 삼가 농촌에서 한가로이 지내면서 성은에 무젖어 날마다 나무하고 소 먹이는 아이들과 함께 손뼉을 치며 은택을 노래하며 나라가 만세토록 태평하기를 송축할 것이며, 구천에서도 결초보은(結草報恩)할 것입니다. 바라건대 밝으신 전하께서는 불쌍히 여겨 살펴주시면 더없이 다행이겠습니다.

【기문류(記文類)】

제 4 부

풍류와 호연지기

혜음사신창기

김
부
식

봉성현(峰城縣: 경기 파주)에서 남쪽으로 20리쯤 되는 곳에 조그만 절이 있었는데, 허물어진 지가 오래되었으나, 그 지방 사람들은 아직도 그곳을 석사동(石寺洞)이라고 불렀다. 동남방에 있는 모든 고을에서 서울(개경)로 들어오는 사람이라든지 또는 서울에서 내려가는 사람들이 모두 이 길을 이용하기 때문에 사람들은 어깨가 서로 스치고, 말은 발굽이 서로 닿아서 항상 복잡하고 인적이 끊어질 사이가 없는데, 산이 깊고 초목이 무성하여 호랑이와 이리가 떼를 지어 살면서 편안하고 이로운 곳으로 여기고는 숨어서 엿보고 있다가 때때로 나타나서 사람을 해쳤다. 그뿐 아니라, 간혹 도둑의 무리가 그곳이 숲이 우거져 숨기 쉽고, 사람들이 두려워하여 빼앗기 쉽기 때문에, 이곳에 와서 나쁜 짓을 하였다. 오고가는 행인이 주저하며 감히 앞으로 나가지 못하고 서로 경계하여 무리를 모으고 병기를 휴대한 뒤라야 지나갔다. 그런데도 죽음을 면치 못하는 사람이 한 해에 수백 명이나 되었다.

선왕이신 예종 15년(1119) 8월에, 임금의 명령을 받들어 남쪽 지방에 갔던 신하 소천(少千)이 돌아왔다. 임금이 묻기를 '너는 이번 길에 백성들이 고통을 겪는 것에 대하여 들은 바가 있느냐.'라고 하니, 소천이 바로 이 일을 아뢰었다. 임금이 슬퍼하면서 말하기를 '어떻게 하면 그 폐해를 제거하여 백성을 편안케 할 수 있겠는가.'라고 하니, 소천이 대답하기를 '성상께서 다행히 신의 말을 들어주신다면, 신에게 한 가지 방법이 있습니다. 나라의 재물을 축내지 않고 백성들도 수고롭게 하지 않고, 다만 중을 모집하여 그 허물어진 절을 새로 지어 많은 중들을 모으고, 또 그 옆에 집을 지어서 노는 백성들을 정착시킨다면, 짐승과 도둑의 피해는 절로 멀어져 통행하는데 어려움이 없어질 것입니다.'라고 하였다. 임금이 말하기를 '좋은 방법이다. 네가 그것을 마련하라.'고 하였다. 이에 소천이 공무를 띠고 묘향산에 가서 중들에게 알리기를 '어느 곳에 큰 장애물이 있는데, 임금께서 차마 백성을 토목공사에 동원하여 괴롭힐 수가 없다. 옛날 스님들은 어려운 처지에 빠진 것을 보면 반드시 두려워하지 않는 희생심을 발휘하였다. 누가 나를 따라 그곳에 가서 일을 해보겠는가.'라고 하였더니, 절의 주지 혜관 스님이 기꺼이 따랐으며, 그 무리 중에 따라가려는 사람이 백 명이나 되었다. 혜관 스님은 늙어서 가지 못하고, 부지런하며 성실하고 기술이 있는 사람으로 증여(證如) 등 16명을 선발하여 보냈다.

그해 겨울 11월에 그곳에 도착하여 초막을 짓고 머물렀다. 임금께서 중 응제(應濟)에게 그 일을 책임지게 하고 제자인 민청(敏淸)에게 그를 돕게 했다. 연장을 날카롭게 갈고 목재와 기와를 모아서, 이듬해인 경자년(1120) 2월에 일을 시작하여 임인년(1122) 2월에 공사를 마쳤다. 법당, 요사채, 주방, 창고 등에 이르기까지 모두 각각 제자리를 잡았다. 또 생각하기를 '만일 임금께서 남쪽으로 순수(巡狩)하신다면, 한번 행차하여 이곳에 머무를지도 모르니, 이에 대한 대비도 해야겠다.'고 하여, 별도로 한 채를 지었는데 이곳도 아름답고 화려하여 볼만 하였다. 지금의 임금께서 즉위하여 혜음사라는 현판을 내려주었다. 아, 깊은 개암나무 숲이 변하여 절이 되고, 무서운 길이 변해서 평탄한 길이 되었으니, 그 이로움이 크지 아니한가. 또 곡식을 저축하여 그 이자를 받아서 행인에게 죽을 쑤어 주던 것이 지금은 거의 없어지게 되었다. 소천은 이것을 영원히 계속하려는 뜻이 있었는데, 그 정성에 감동되어 시주가 계속 들어왔다. 임금도 듣고 많은 시주를 해 주었고, 왕비 임씨도 듣고 기뻐하면서 말하기를 '그곳에서 실시하는 일은 모두 내가 맡아서 하겠다.'라고 하면서, 부족한 곡식을 보태고 못쓰게 된 기구를 보충해 주었다. 그리하여 모든 것이 갖추어지게 되었다. 어떤 사람이 말하였다.

맹자의 말에 요임금 시대에 홍수로 범람했는데 우(禹)로 하여금 이를 다스리도록 하여 사람을 해치는 새와 짐승이 없어진 뒤에 사람이 평지에서 살 수 있게 되었고, 익(益)으로 하여금 산림과 늪지대를 불로 태워버리니 새와 짐승이 달아나 숨어버렸다. 주공(周公)은 무왕(武王)을 보좌하여 범, 표범, 물소, 코끼리 등을 멀리 쫓아내었으므로 천하가 모두 기뻐하였다. 또한 춘추시대 정(鄭)나라에 도둑이 많아서 풀과 숲이 우거진 늪에서 나와 사람을 해쳤는데 대숙(大叔)이 이를 없애 버렸고, 한(漢)나라 때에는 발해(渤海)의 서쪽에 흉년이 들어서 늪 속에서 무기를 들고 나와 사람을 해치는 것을 공수(龔遂)가 이를 평정하였다. 그 밖에 도둑을 처치한 것으로 역사에 이름을 남긴 사람이 없는 시대가 없었다. 짐승을 몰아내고 도둑을 제거하는 것도 공경대부의 임무이다. 그런데 소천은 하급관리이고 응제와 민청은 승려이니, 이른바 '관리가 그 직책을 소홀히 할 때는 일반사람이 그 일을 걱정하더라도 지나친 것이 아니다.'라는 것이니, 하필 그것을 기록하여 후세에 전하려 하는가. 또 불교에서는 보시하는 것에 무주상(無住相)*을 귀하게 여기며, 장자(莊子)도 이르기를 '남에게 선심을 쓰고 잊지 않는 것은 자연스러운 베풂이 아니다.'라고 하였으니, 구구한 작은 은혜는 기록할 만한 것이 못될 듯하다.

내가 말하였다.

그렇지 않다. 당나라 덕종 말년 여름에 홍수가 나서 사람과 짐승이 마치 나무토막처럼 강물을 뒤덮고 동쪽으로 떠내려갔는데, 어떤 중이 딱하게 여겨 허우적거리는 사람을 돕고 가라앉는 사람을 건져내 살려낸 사람이 수천 명이 되었는데, 유몽득(劉夢得)이 이것을 기록했다. 송(宋)나라 신종 때에 진술고(陳述古)가 항주(杭州)의 수령으로 있으면서 백성의 고통스러운 것을 물었더니, 모두 말하기를 '육정(六井)**이 다스려지지 않아 물이 공급되지 않는다.' 하니, 승려인 중문과 자규에게 명하여 그 일을 처리하였는데, 소식(소동파)이 이를 기록했다. 군자가 남의 착한 일을 즐겨 말한 것이 이와 같으니, 어찌 그만둘 수 있겠는가. 또한 사람이 착한 일을 하고서 스스로 잊어버리는 것은 좋지만, 전하는 사람이 없다면 무엇으로 선행을 권장하겠는가. 그 경론(經論)에서 말한 것을 일일이 다 기록할 수 없지만, 당나라의 승려인 대병이 시식도량(施食道場)을 전후로 여덟 번이나 지은 것은 통혜 스님이 이것을 승전(僧傳)에 실었으며, 유교 경전에도 있다. 『예기』에 이르기를 '위(衛)나라의 공숙문자(公叔文子)가 죽을 쑤어 나라의 굶주린 사람들에게 주었으니, 또한 은혜로운 일이 아닌가.'라고 했으니, 이일 또한 기록하지 않을 수 없다.

---

* 아무 조건 없이 보시하고 보시한 것에 대해 마음에 담아두지 않는 것을 말한다.
** 중국 항주에 있는 서호(西湖)의 물을 끌어들여서 만든 여섯 개의 우물을 말한다.

소천의 성은 이씨이고 그의 아버지 이성(李晟)은 글을 잘하여 과거에 급제하여 좌습유지제고(左拾遺知制誥)를 지내고 죽었다. 소천은 벼슬이 7품관에 이르렀다. 공무를 수행하는 여가에 부처를 지극히 섬겼고, 지금은 삼베옷을 입고 채소 음식을 먹으면서 스스로 거사(居士)라고 불렀다. 행실을 부지런히 닦은 것이 임금에게 알려져 이와 같은 업적을 이루었다. 응제는 잠시 주지를 맡았고, 민청이 이를 계속하여 완성하였으니, 유능하다고 할 수 있다. 그 비용은 모두 위에서 내린 것과 여러 신도들의 시주에서 나왔는데, 그 이름과 목록은 비석의 뒷면에 새겨져 있다.

폭암기

임 춘

무릇 상쾌하고 뛰어난 아름다운 경치는 하늘이 이것을 만들고 땅이 간직한 것이니, 반드시 깊은 산속이 아니면 바닷가에 떨어져 있는 지역으로 한쪽에 치우쳐 있기 때문에 거기에는 부딪치는 파도, 쏟아지는 여울, 무너지는 벼랑이나 굴러 떨어지는 바위가 덮쳐누르는 곳이며, 용과 뱀, 이무기와 호랑이들이 웅실거리는 곳이다. 그러므로 그러한 곳을 구경하려면, 식량을 준비하여 장비를 갖추어서 밤낮을 가리지 않고 달려가 오랜 시일이 걸려서야 도달하게 된다. 만일 도시로 나가지도 않고, 흙을 메우거나 돌을 쌓아올려 인공으로 높이거나 두둑하게 하지도 않고, 앉은 자리에서 좋은 경치를 얻을 수 있다면 이것은 천년이 되어도 드문 일이라 하겠다. 왕륜사(王輪寺)의 서쪽에 암자 하나가 있는데, 천(闡)이라는 대사(大師)가 여기에 살았다. 암자의 모든 제도는 휘어진 서까래와 굽은 기둥을 본래의 생김새대로 사용하고 칠을 하지도 않았으니, 대개 화려함과 질박함의 중간을 취하였다. 그 위에 올라가서 전망을 바라보면 넓게 트이고 환하게 밝아서 날아가는 새의 등까지도 볼 수 있을 정도이다. 겹겹의 산봉우리와 꼬불꼬불한 고갯길이 허리띠처럼 둘러있고, 거친 산길과 가느다란 오솔길이 높고 낮은 대로 흐릿하게 보이며, 놀러 다니는 사람들이 꼬리를 이었는데 이런 것들을 모두 앉아서 볼 수 있으니, 정말로 서울에서는 좋은 명승지이다.

공은 남쪽에서 맨몸으로 서울에 올라와서 이 암자에서 2년이나 살았다. 일찍이 탄식하면서 '내가 불행히도 불법이 쇠퇴하는 시기에 태어나서 장차 성인의 도가 없어지려는 것을 알았으니, 부처님의 경전을 등에 지고 영원히 속세와 하직하고 산골짜기 속에 들어가 숨어서 나의 여생을 보내야 되겠다.'고 하였다. 그리하여 장차 오루(五樓)의 금책(金策)을 떨치고 가볍게 홀로 떠나서, 명산을 찾아다니며 모든 지역을 두루 살펴보려 하였는데, 관료로 있는 학자로서 평소 공과 교유하던 사람들이 모두 그가 도를 즐겨 떠나는 것을 원하지 않았다. 그리하여 뜻을 이루지 못하였다. 그러나 다니는 것도 마음이 끌려서 하는 것이 아니요, 머물러 있는 것도 또한 구속을 받아서 그런 것은 아니었으니, 마치 한가로운 구름이 무심하게 제 가고 싶은 대로 오가는 것과 같았다. 언제나 암자 안에서 종적을 숨기고 눈을 감고 조용히 앉아서 담박하게 지냈다. 새벽과 저녁으로 향을 피우며 경을 외우는 일밖에는 한가하고 일이 없었다. 날씨가 좋고 볕이 화창할 때가 있으면 여러 손님을 데리고 숲에 들어가서 과일을 따오기도 하고, 밭에서 채소를 캐어 오기도 하는데 그 향취와 맛이 먹을 만하다. 밥상에는 좋은 안주가 있으며 병에는 좋은 술이 있다. 맑은 바람은 뜰을 쓸어주고 밝은 달은 좌석을 비춰준다. 봄철에 따놓은 차를 갈아서 향기 어린 샘물을 넣어 마시고 거문고를 타면 새들이 엿본다. 더러 술에 취한 사람은 거나하게 되고 노래하는 사람은 소리를 높인다. 더러는 고요히 사색하며 천천히 거닐면서 세상을 초탈하여 한가롭게 지낸다. 자유롭게 지내면서 자기가 뜻한 대로 맞추어 나간다. 비록 그 처해있는 즐거움은 같지 않더라도 마음이 만족스러움에 있어서는 또한 모두들 자기대로 만족할 것이다. 앞서 이 암자에 살던 사람이 암자를 세운 것에 대한 일(記)를 써두지 않아서 숲과 계곡의 부끄러움이 된 지가 오래였다. 내가 일찍이 이곳으로 공을 방문하였더니, 공은 기쁘게 이를 부탁하면서 말하기를 '예로부터 경치가 좋은 곳에는 반드시 높은 재주가 있는 솜씨를 만나서 그 문장을 최고로 발휘하는 것이니, 그대가 나를 위하여 이 암자의 이름을 짓고 그에 대한 기(記)를 지어라.'고 하였다. 나는 굳이 사양하였으나 받아들여지지 않았으므로 이곳을 '足庵(족암)'이라고 이름을 붙였다.

공은 마음속으로 그 이름이 좀 부족하다고 생각하는 모양이었다. 공이 말하기를 '저 화려한 추녀, 채색한 난간, 찬란한 장식의 기둥, 비단 무늬의 창문이 구름처럼 이어져 햇빛처럼 빛나는 것, 천 개의 대문이 환하게 열리고 담이 수백리에 둘려 있는 것으로는 장양궁(長楊宮)과 오작궁(五柞宮)이 있으니, 이것은 건물로서 웅대하고 장려한 것이며, 놀란 파도, 성낸 물결, 공중까지 솟구쳐 끝이 없는 강남의 상인과 바다의 상선들, 나는 듯한 돛대며 두들기는 노의 모습이 아득한 연기와 구름 사이로 들랑거리는 것으로는 동정호(洞庭湖)와 팽려호(彭蠡湖)가 있으니, 이것은 경치가 웅장하고 아름다운 것이다. 그런데 지금 이 암자를 가지고 만족하다고 생각하는 것은 너무나 작지 않은가.'라고 하였다.

나는 그에게 대답하기를 '사물의 변화와 형상은 한이 없으며 몸은 끝이 있는 것이다. 반드시 물건의 좋은 것을 다 차지한 뒤에 만족스럽다고 말할 수 있겠는가. 저 남의 치질을 핥아주고 수레를 얻는다든가 시장에 들어가서 돈을 훔쳐내는 사람이라면, 죽도록 허덕거릴지라도 오히려 만족할 줄을 모를 것이다. 만일 그 마음에 아무것도 갖지 않고 그 분수에 맡겨 그것을 운명처럼 만족하게 여긴다면, 곧 나뭇가지 하나에도 몸을 의탁할 수 있으며, 조금만 먹어도 배가 부를 것이니, 어디를 간들 만족하지 않으리오. 이 암자에 살자면 궁벽하고 비좁아서 겨우 바람과 비를 가릴 정도이지만, 마음을 편하게 가지고 그 가운데서 즐겁게 지낸다면, 반드시 시원한 대(臺)나 따뜻한 방이 많고 지붕이 연달아 찬란하게 얽혀있지 않더라도, 나의 몸을 용납하기에 만족스러울 것이다. 또한 암자 아래에는 시냇물이 쏟아져 내려오는데 그 콸콸 흐르는 소리가 듣기에 좋을 것이니, 비록 삼강(三江)과 칠택(七澤)의 물결이 출렁거리며 거세게 울리어 지축을 흔드는 듯하고, 많은 군대가 몰아닥치는 듯한 성낸 부르짖음을 듣지 못할지라도, 나의 귀를 맑게 하기에 만족할 것이다. 암자 앞으로는 산봉우리가 감싸고 돌았으니, 그 기상을 바라보기만 해도 무성한 모양을 맞이한 듯하다. 그러니 저 숭산(嵩山)이나 태산(泰山)처럼 험준하고 높아서 양지바른 벼랑과 응달인 골짜기가 어둡고 밝은 것이 변화를 일으키며, 짙은 구름과 빠른 우레가 서로 일어나는 듯한 것을 보지 않더라도, 나의 눈으로 보는데 만족할 수 있을 것이니, 만족하다는 것은 이러한 것일 뿐이다. 비록 그러나 실체가 있고난 다음에 명칭이 있는 것이며 내가 있은 뒤에 물건이 있는 것이다. 공은 장차 물질을 버리며 형체를 잊고 독립적으로 서 있으려 하는 것이니, 그렇다면 자기 자신도 소유하는 것이 아닌데 하물며 이 암자를 말함에 있어서랴.'

월등사 죽루죽기

이
인
로

　화산(華山: 중국의 명산)의 월등사 서남쪽에 대나무 누각이 있고, 누각 서편 언덕에 대나무 수천 그루가 자라서 절의 뒤편에 둘러 있는데 밋밋하였다. 주지 스님인 대선후(大禪侯)가 일찍이 이곳을 특별히 좋아하였다. 하루는 누각 위에서 손님을 모아놓고 주지 스님이 대나무를 가리키면서 손님에게 말하기를 '여러 분들은 대나무의 좋은 점을 말씀해주십시오.'라고 하였다.

　어떤 사람이 말하였다.

　죽순은 식료품으로 좋은 것입니다. 그 싹이 싱싱하게 나오면 마디는 촘촘하고 속은 살이 올라 꽉 차게 됩니다. 이때에 도끼로 찍어다가 칼로 장만해 가지고 솥에 삶아내어 풍로에 구워놓으면 향기가 좋고 맛이 연하여 입에는 기름이 흐르고 배 속은 살이 오릅니다. 소고기나 양고기가 맛이 없어지고 노린내 나는 산짐승 고기도 문제가 되지 않습니다. 아침마다 늘 먹어도 싫증이 나지 않을 것이니, 대나무의 맛이란 이런 것입니다.

또 다른 사람이 말하였다.

대나무는 강하면서도 강하지 않고 연하면서도 연하지 아니하여 사람이 사용하기에 적당합니다. 휘어서 만들면 광주리와 상자가 되고, 가늘게 쪼개어 엮으면 문에 거는 발이 되며, 잘라서 짜면 마루에 사용하는 자리가 되고, 잘라서 깎으면 옷상자, 도시락, 술 용수, 소와 말먹이죽통, 대그릇, 조리 등이 됩니다. 이것이 모두 대나무에서 나오는 것이니, 대나무의 목재란 이런 것입니다.

또 어떤 사람이 말하였다.

대나무가 돋아날 때에는 줄을 지어서 늘어서는데 작은 것, 큰 것, 먼저 나온 것, 나중에 나온 것이 차례를 이루어 처음에는 뾰족뾰족하다가 얼마 후에는 미끈미끈해집니다. 그러다가 바다거북 같은 껍질이 다 벗겨지고 옥기둥 같은 줄기가 자라나고 보면, 분가루는 없어지고 껍질이 단단해지며 흰 마디는 뚜렷하게 됩니다. 푸른 연기가 흩어지지 않고 바람소리가 저절로 납니다. 쇄쇄하는 소리와 두터운 그늘과 저녁의 그림자는 달빛을 희롱하며 차가운 모습은 눈에 덮여있습니다. 이럴 때는 가장 좋은 경치가 되며, 봄부터 섣달까지 날마다 여기서 시를 읊을 수 있고, 근심을 잊을 수 있으며 기분을 상쾌하게 할 수 있습니다. 대나무의 운치란 이런 것입니다.

또 다른 사람이 말하였다.

대나무의 키가 천 길이나 되는 것을 '심'이라 하고, 둘레가 두어 상(常)이 되는 것은 '불'이라 하며, 그 머리에 무늬가 있는 것은 '집'이라 하고, 그 빛이 검은 것은 '유'라고 하며, 가시가 돋친 것은 '파'라 하며 털이 있는 것은 '공'이라 합니다. 공주(邛州)에서 나는 지팡이, 기주(蘄州)에서 나는 피리, 강한(江漢)에서 나는 화살, 파유(巴渝)에서 나는 댓가지, 여포(荔浦)에서 나는 죽순, 원상(沅湘)에서 나는 반점 있는 대나무 등 명칭과 모양이 생산되는 지방에 따라서 일정하지가 않습니다. 그러나 그것은 바다가 얼도록 추워도 잎이 떨어지지 아니하며, 쇠가 녹을 만큼 더워도 마르지 않습니다. 푸르고 성성하게 사철 변하지 않는 것은 마찬가지입니다. 그러므로 성인은 그를 숭상하며 군자는 그를 본받으려고 합니다. 지역이나 계절에 따라 그 뜻을 바꾸지 않는 것이니 대나무의 지조가 그런 것입니다.

　* 심, 불, 집, 유, 파, 공 등은 모두 대나무의 종류로 산지에 따라 나눈 것임.

　식영암(息影庵)이 말하였다.

　그 맛이나 재목, 혹은 운치나 지조로써 대나무를 좋아한다면, 이것은 이른바 그 겉만을 얻고 알맹이는 버리는 것입니다. 곧 대나무라 하는 것은 처음 날 때부터 쑥 빼어난 것을 보면, 선천적으로 깨달은 사람의 재능이 갑자기 진보하는 것을 알 수 있으며, 대나무가 늙을수록 더욱 단단해지는 것을 보면 후천적으로 노력한 사람의 힘이 차츰차츰 증진해 나아가는 것을 볼 수 있습니다. 대나무가 그 속이 빈 것을 가지고 사람의 성품이 공허한 것을 볼 수 있으며, 대나무의 곧은 것을 가지고 실상(實相)을 이야기할 수 있습니다. 대나무의 뿌리가 용(龍)으로 변화하는 것은 부처님이 될 수 있는 비유가 되며, 대나무 열매로 봉황을 먹이는 것은 남을 유익하게 하는 길입니다. 공이 대나무를 좋아하는 것은 아마도 저런 것이 아니고 이런 것들에 있을 것입니다.

　공이 말하였다.

　정말 의미가 있구나, 그대의 말이여! 그대야말로 대나무의 좋은 벗이로다.

운금루기

이제현

　산천을 찾아가 구경할 만한 경치는 반드시 모두 궁벽하고 거리가 먼 지방에만 있는 것이 아니라, 서울이나 대중이 모여 사는 도회지에도 본래 좋은 산천이 없는 것이 아니다. 명성을 노리는 사람은 조정에, 이익을 노리는 사람은 시장에 묻혀, 비록 형산, 여산, 동정호, 소상강(모두 중국의 명승지이다.)이 굽어보고 쳐다볼 수 있는 가까운 거리에 널려있어 장차 우연히 마주친다 하더라도, 그런 것이 있음을 알지 못하는 것이다. 왜냐하면, 사슴만 쫓느라고 산을 보지 못하고, 돈을 움키느라 사람을 보지 못하고 아주 작은 것은 살피면서도 수레의 짐은 보지 못하니, 이는 마음에 쏠리는 일이 있어 눈이 다른 데를 볼 겨를이 없기 때문이다. 일을 좋아하는 세력 있는 사람들은 관문을 넘고 나루를 건너 터를 잡고는 산수놀이에 골몰하면서 스스로 고매한 척하지만, 강락(康樂)이 길을 내자 주민들이 놀랐고, 허사(許汜)가 집터를 묻자 호사(豪士)들이 꺼렸으니*, 그러지 않는 것이 도리어 고매하다.

　서울 남쪽에 너비가 1백 묘(畝)쯤 되는 연못이 있는데, 살림하는 여염집들이 빙 둘러있어 즐비하고, 머리에 이거나 등에 지고 수레를 타거나 걸어서 그 옆으로 왕래하는 사람들이 끊이지를 않는다. 어찌 뛰어나게 그윽하고 훤하게 넓은 지역이 그 안에 있는 줄을 알리오. 정축년(1337) 여름 연꽃이 만발했을 때에 현복군(玄福君) 권렴(權廉)이 가서 보고는 좋아하여 바로 연못 동쪽에 땅을 사서 누각을 세웠다. 높이는 두어 길이나 되고, 길이는 세 장(丈)이나 되는데, 주춧돌 없이 기둥을 세운 것은 썩지 않도록 한 것이요, 기와를 얹지 않고 띠로 이은 것은 비가 새지 않도록 한 것이다. 서까래는 다듬지 않았지만 굵지도 않고 약하지도 않으며, 벽은 단청을 하지 않았지만 화려하지도 않고 누추하지도 않은데, 온 연못의 연꽃을 모두 차지하고 있다. 이에 그의 아버지 길창공(吉昌公)과 형제와 사돈들을 초청하여 그 위에서 술을 마시며 화평하고 유쾌하게 놀아 하루 해가 지는데도 돌아갈 줄 몰랐는데, 큰 글자를 잘 쓰는 아들이 있으므로 '운금(雲錦)'이란 두 글자를 쓰도록 하여 누각의 이름으로 걸었다.

　나는 한번 가보니 향기로운 붉은 꽃과 푸른 잎의 그림자가 끝없이 펼쳐져 이슬을 머금고 바람에 흔들리며, 연기 어린 물결이 일렁이어 소문이 헛되지 않다고 할 만했다. 어찌 그것뿐이랴. 푸르른 용산(龍山)의 여러 봉우리가 처마 끝에

---

* 강락은 중국 남조시대 송(宋)나라의 서화가이자 문장가인 사영운(謝靈運)의 봉호(封號)이다. 그는 산수를 좋아하였는데, 한번은 수백 명을 동원하여 시령(始寧)의 남산(南山)에서부터 임해(臨海)까지 나무를 베어내고 곧바로 길을 내니, 임해 태수가 크게 놀라 산적(山賊)이라 하였다. 허사는 삼국시대 위(魏)나라 사람이다. 한번은 유비(劉備)와 함께 유표(劉表)의 집에 있으면서 당시에 호걸스런 선비 진등(陳登)을 평했는데, 허사는 '내가 난리를 만나 하비(下邳)를 지나다가 진등을 찾았는데, 진등은 손님 대접을 하지 않고 자기는 높은 침상에, 손님은 낮은 침상에 눕게 했다.'라고 하면서 평하자, 유비가 말하기를 '그대는 고고한 선비라는 명망이 있으면서 나라에 충성할 마음은 갖지 않고 농토나 구하고 집터나 물었기 때문에 진등이 이처럼 홀대했던 것이다.'라고 하였다.

몰렸는데 밝은 아침 어두운 저녁이면 매양 형상이 달라지며, 건너편 여염집들의 집 자리 모양을 가만히 앉아서 볼 수 있으며, 등에 지거나 머리에 이고 수레에 타거나 걸어서 왕래하는 사람들 중에 달려가는 사람, 쉬는 사람, 돌아다보는 사람, 손짓해 부르는 사람과 친구를 만나자 서서 이야기하는 사람, 어른을 만나자 달려가 절하는 사람들이 또한 모두 모습을 감출 수 없어 바라보노라면 즐겁기 그지없다. 저쪽에서는 한갓 연못이 있는 것만 보이고 누각이 있음은 알지 못하니, 또한 어찌 누각에 있는 사람을 알겠는가. 진실로 올라가서 구경할 만한 경치가 반드시 궁벽하고 거리가 먼 지방에만 있는 것이 아닌데, 조정이나 시장에만 마음이 쏠리고 눈이 팔려 우연히 마주치면서도 있는 줄을 알지 못한 것이며, 또한 하늘이 만들고 땅이 숨겨 경솔히 사람들에게 보이지 않는 것이 아니겠는가.

권렴은 허리에 만호후(萬戶侯)의 병부(兵符)를 차고 외척의 권세를 누리면서, 나이는 아직 40세가 채 못 되니, 부귀와 이익과 봉록에 빠져 취하기 십상인데도 능히 어진 사람이 산을 좋아하고 지혜로운 사람이 물을 좋아하던 바를 좋아하며, 주민들에게 놀라움을 주지도 않고 호걸스런 선비들에게 꺼림을 받지도 않으면서, 갑자기 뛰어나게 그윽하고 훤하게 넓은 지역을 시장이나 조정에 있는 사람들의 마음과 눈이 미치지 못하는 곳에서 찾아내어 소유해서 어버이를 즐겁게 하고 손님에게까지 미치며, 자신을 즐겁게 하고 남에게까지 미치니, 이야말로 가상하다.

육우당기

영가(永嘉: 안동의 옛 지명) 김구용(金九容)이 자기 집의 이름을 사우(四友)라고 하였으니, 이는 대개 강절(康節) 선생의 눈과 달과 바람과 꽃*을 취한 것이었다. 그가 나에게 그 뜻을 해설하여 기문을 지어달라고 요청하였는데, 나는 굳이 강절 선생의 그러한 뜻을 본받고 싶지 않았을 뿐더러 한가한 틈을 낼 수가 없었기 때문에, 오래도록 그의 요청에 부응하지 못하였다. 그런데 그가 여흥(驪興: 여주)에 있으면서 나에게 글을 보내오기를 '지금 우리 어머니의 집에 와서 보니, 강과 산의 경치가 너무나도 좋기만 합니다. 그래서 아침저녁으로 나를 위로

---

* 강절은 송(宋)나라 때 상수학(象數學)의 대가인 소옹(邵雍)의 시호이다. 눈과 달과 바람과 꽃은 사람이 각자의 주관적 인식을 배제하고 이(理)에 입각하여 객관적으로 사물을 관찰하는, 그의 이른바 '관물(觀物)'의 세계를 시적으로 표현한 말인데, '관물의 즐거움으로 말하면 또 이루 헤아릴 수 없이 많다. 비록 사생과 영욕이 눈앞에 전개되면서 싸움을 벌인다 할지라도, 우리의 주관적 마음이 그 속에 개입되지만 않는다면, 사시에 따라 바람과 꽃과 눈과 달이 우리의 눈앞에 한 번 스쳐 지나가는 것과 무엇이 다르겠는가.'라고 하였다.

해 주는 것이 꼭 눈과 달과 바람과 꽃만은 아니라는 생각이 들기에, 강과 산을 보태어서 육우(六友)라고 하였으니, 선생께서 이에 대해 가르침을 내려주셨으면 합니다.'라고 하기에, 내가 다음과 같이 말하였다.

나는 몸이 쇠약해서 병이 든 지가 오래되었다. 그렇기 때문에 천시(天時)가 위에서 쉬지 않고 변화해도 나는 그저 멍청하게 바라다보고 있을 따름이요, 지리(地理)가 밑에서 조용히 순응해도 나는 그저 아무런 생각 없이 대하고 있을 따름이다. 하지만 강절 선생의 학문을 보면 상수(象數)에 깊은 조예가 있다는 것을 알 수가 있다. 지금 그대가 비록 강과 산을 맨 윗자리에 올려놓고서 강절과는 같지 않다는 점을 보여주려 하고 있지만, 『주역』의 육룡(六龍)과 육허(六虛)*에서 바로 강절 선생의 학문이 나온 것이니, 육우라는 것도 결국은 강절 선생에게로 귀속되는 것이라고 해야 할 것이다. 비록 그렇기는 하지만, 내가 일단 강절 선생의 그러한 뜻을 본받고 싶지 않다고 말했으므로 그와 같은 설명은 그만두어야 할 텐데, 그렇지만 어찌 할 말이 없기야 하겠는가.

산은 우리 인자(仁者)들이 좋아하는 바이니 산을 보면 우리의 인(仁)을 보존할 수가 있을 것이요, 물은 우리 지자(智者)들이 좋아하는 바이니 강을 보면 우리의 지(智)를 보존할 수가 있을 것이다.** 그리고 눈은 겨울에 온기(溫氣)를 덮어서 감싸주니 겨울에도 우리 기운이 중화(中和)를 잃지 않도록 보존할 수가 있을 것이요, 달은 밤에 밝음을 내어 비춰주니 밤에도 우리 몸이 다치지 않도록 보존할 수가 있을 것이다. 또 바람은 팔방으로부터 각각 때에 맞게 불어주니 이를 통해서 우리가 함부로 행동하지 않을 수 있을 것이요, 꽃은 사시에 따라 각

---

* 육룡은 건괘(乾卦)의 6효(爻), 육허는 64괘 모두의 6효를 뜻하는 말인데, 요컨대 괘를 형성하는 효(爻)가 여섯 개라는 의미이다.
** '인자는 산을 좋아하고 지자는 물을 좋아한다.'라는 말은 공자의 유명한 말로 『논어』에 나온다.

각 같은 종류끼리 모여서 피는 모습을 보여주니 이를 통해서 우리가 질서를 잃지 않을 수 있게 될 것이다. 그런데 더군다나 김구용 씨로 말하면 가슴속이 쇄락해서 한 점 티끌도 남아있지 않으며, 사는 곳의 산과 물 역시 밝고 푸르기만 해서 밝은 거울이요 비단 병풍이라고 해도 손색이 없을 것이니 더 말해 무엇하겠는가.

눈은 외로운 배를 타고서 도롱이를 쓰고 있을 때에 더욱 멋이 있을 것이요, 달은 높은 누각에 앉아서 술잔을 기울일 때에 더욱 흥치가 날 것이며, 바람은 낚싯줄을 드리우고 있을 때에 그 맑음을 한층 더 느끼게 될 것이요, 꽃은 책상머리 앞에서 바라볼 때에 그 그윽함을 한결 더 실감하게 될 것인데, 여기에 또 사계절의 아름다운 경치가 한데 어우러져 각각 분위기를 한껏 돋우면서 강과 산 사이에 가로세로로 걸쳐있게 될 것이다. 그리하여 김구용 씨가 어버이를 옆에서 모시는 여가에, 강에 배를 띄우든가 산에 올라가 본다거나, 떨어지는 꽃잎을 세어 보든가 맑은 바람을 쏘이면서 서 있어 본다거나, 눈길을 밟고 승려를 찾아가든가 달을 마주하고서 손님을 불러 보노라면 사시의 즐거움이 또한 그 흥치를 한껏 돋우어 주리니, 이쯤 되면 김구용 씨야말로 한세상의 독보적인 존재라고 해도 좋을 것이다.

그리고 벗이란 자기와 뜻을 같이 하는 사람을 말한다. 따라서 옛날 세상으로 거슬러 올라가서 벗을 찾아본다면, 자신과 뜻을 함께하는 사람들이 한두 명 정도가 아닐 것이다. 그리고 지금 세상에서 당장 벗을 찾아본다 하더라도, 우리와 같은 사람들이 또한 어찌 적다고 하겠는가. 그럼에도 불구하고 김구용 씨가 벗을 취하는 점이 이와 같으니, 이런 점에서도 김구용 씨야말로 한세상의 독보적인 존재라고 해야 할 것이다. 비록 그렇기는 하지만, 천지는 우리의 부모요 만물은 우리의 벗이니, 이렇게 본다면 어디를 간들 벗을 구하지 못할 리가 있겠는가. 그런데 또 더군다나 대축(大畜: 주역의 괘 이름)의 산과 습감(習坎)의 물로 말하면, 우리로 하여금 강습(講習)하게 해주고 우리로 하여금 많이 알게 해주니, 진정 우리의 유익한 벗이라고 해야 하지 않겠는가.

서경 풍월루기

이
색

공민왕 19년(1370) 가을 7월에 개성부윤(開城府尹) 임공(林公)을 안주(安州: 재령의 옛 이름)의 만호(萬戶)로 전임시키자, 얼마 지나지 않아서 군사행정이 모두 제대로 시행되었다. 그래서 그해 겨울 11월에 서경(西京: 평양)의 부윤으로 옮겨 주었는데, 관할 지역을 순시하면서 군병을 제어하고 백성을 위무하는 등 위엄과 은혜를 더욱 드러내기에 이르렀으므로, 이듬해 2월에 승진시켜서 밀직부사(密直副使)를 제수하였으니, 이는 대개 표창하는 뜻을 보인 것이다. 그런데 공의 교화가 이미 크게 행해져서 사람들이 기꺼이 공을 위해 일하고자 하였으므로, 5월 초하룻날에 영선점(迎仙店) 옛 자리에 터를 정하고서 기둥 다섯 개짜리 누각을 세우고 단청을 입혀 다섯 달 만에 공사를 마쳤는데, 바라다보면 마치 날아오르는 것만 같았다. 동남쪽으로는 여러 산들이 누각 아래에 엎드려 있는 듯하고 그 앞으로는 강물이 흐르고 있으며, 좌우에다 또 연못을 파서 연꽃을 심어놓기까지 하였다. 이 누각 위에 올라서서 멋진 경치를 감상하노라면 부벽루(浮碧樓)와 쌍벽을 이룰 만하였는데, 화려한 면에서는 오히려 더 뛰어난 점이 있었다. 공이 승지(承旨)로 있는 한수(韓脩) 공의 큼직한 글씨를 받아서 풍월루(風月樓)라는 세 글자를 현판으로 단 뒤에, 나에게 기문(記文)을 요청하면서 말하기를 '그대가 나에게 기문을 써 주는 것에 인색하다면, 그것은 내가 그런 누각의 이름을 가질 수 없다고 여기기 때문일 것이다. 하지만 지금 내가 여기에다 정취를 붙이고 있는 것이 아주 깊으니, 그대가 그 뜻을 펼쳐서 보여 줄 수 없겠는가.'라고 하기에, 내가 다음과 같이 말하였다.

공의 높은 식견과 넓은 도량은 한세상을 덮고도 남음이 있다. 그런데 또 누각의 이름을 이렇게 지었으니, 마치 바람이 불어오는데 방향이 없고 달이 운행하는데 자취가 없는 것처럼 그 마음이 크고 넓어서 끝이 없다는 것을 이를 통해서도 알 수가 있다. 무릇 도(道)가 태허(太虛)의 상태에 있을 때에는 본래 형상이 없는 것이지만, 이 세상에 다양한 사물의 현상이 존재하게 되는 것은 오직 그 태허의 기(氣)가 그렇게 작용하기 때문이다. 그러므로 크게는 하늘과 땅이 되고, 밝게는 해와 달이 되며, 흩어져서는 비바람과 이슬과 서리가 되고, 치솟아서는 높은 산악이 되며, 흘러서는 강과 하천이 되는 것이다. 그런가 하면 질서 정연하게 임금과 신하와 아버지와 아들의 윤리가 있게 하고, 찬란한 예악(禮樂)과 형벌의 도구가 있게 하며, 세상의 도리와 관련해서는 밝고 깨끗해져서 태평시대를 이루게 하기도 하고, 혼탁해져서 어지러운 세상이 되게 하기도 하는데, 이 모두가 기(氣)의 작용으로 나타나는 현상이다. 그런데 하늘과 사람 사이에는 간격이 없는 만큼 서로 어긋남이 없이 감응(感應)하기 마련이다. 그렇기 때문에 떳떳한 인륜이 베풀어지고 정치의 교화가 밝아지면, 해와 달이 그 궤도를 따라 순행하고 비와 바람이 제때에 맞으며, 경성(景星)과 경운(慶雲)과 예천

(醴泉)과 주초(朱草)* 등의 상서로움이 이르게 마련이다. 반면에 떳떳한 인륜이 무너지고 정치의 교화가 피폐해지면, 해와 달이 흉한 조짐을 고하고 바람과 비가 재앙을 일으키며, 전쟁의 조짐을 나타내는 별들이 날아다니는가 하면 산이 무너지고 물이 마르는 등의 변고가 일어나게 마련인 것이다. 그렇다면 잘 다스려지고 어지러워지는 기틀은 인사(人事)를 살펴보면 알 수가 있고, 이러한 조짐은 풍월(風月)을 통해서도 충분히 미리 볼 수가 있다.

지금은 중원(中原: 중국)이 바야흐로 안정을 되찾아 사방에 걱정할 일이 없어졌으니, 이른바 잘 다스려지는 세상이라고 일컬을 만하다. 따라서 우리나라가 한가한 틈을 타서 정형(政刑)을 제대로 닦아 나간다면, 백성이 편안해지고 물산이 풍부해질 것이니, 맑고 아름다운 이 강산 어느 곳에 가더라도 음풍농월(吟風弄月)할만한 곳이 아닌 데가 없게 될 것이다. 더군다나 서경으로 말하면, 나라의 터전이 되어 서북쪽을 제압하고 있으며, 사람들 모두가 자신의 생업을 즐겨하면서 기자(箕子)의 유풍(遺風)을 간직하고 있으니, 더 말해서 무엇 하겠는가. 그런데 이 누각으로 말하면 또 서경의 아름다운 땅을 차지하고 있으니, 손님이 찾아와서 일헌백배(一獻百拜)를 하고 아가투호(雅歌投壺)를 하면서** 서로 어울릴 것이 분명하다고 하겠다. 바로 그럴 즈음에 바람이 불어와서 육신을 상쾌하게 씻어주고 달이 떠서 정신을 맑게 해 줄 것인데, 여기에 또 연꽃 향기가 좌우에서 풍겨와 정경(情境)이 더욱 유연해질 것이니, 이 어찌 즐겁지 않겠는가. 이 모두가 태평시대의 사람이기 때문에 가능한 일이라고 하겠다.

---

* 고대 태평시대에 나타난다고 하는 상서로운 현상들이다. 경성은 덕성(德星)이라 하고, 경운은 오색의 채운(彩雲)을 가리킨다. 예천은 단물이 솟는 샘이고, 주초는 붉은색의 향기로운 풀이다.
** 일헌백배는 손님과 주인이 점잖게 술을 마시는 것을 말하고, 아가투호는 투호놀이를 하고 고상한 시를 읊으면서 노니는 것을 이르는 말이다.

비록 그렇기는 하지만 익(鷁)이라는 물새가 바람에 밀려서 뒤로 날자 성인이 특별히 기록하였고*, 소가 헐떡이는 현상을 보이자 사가(史家)가 역사에 기록하였으니**, 세상을 경계시킨 것이 지극했다고 하겠다. 어쩌면 공이 또 이점에 대해서도 은미한 뜻을 붙인 것인지도 모르겠는데, 즐거워하기를 천하의 일로써 하고 근심하기를 천하의 일로써 하는 사람***이 아니라면, 이런 말을 할 수가 없을 것이다. 그렇지 않고서 그저 경치에 취해 죽치고 앉아서 노닐기만 하면서 의리를 해치고 명분과 교화를 상하게 할 뿐이라면, 군자가 말하는 것을 부끄러워 할 것이니, 뒤에 오는 자들은 이 점을 생각해서 몸가짐을 신중하게 해야 할 것이다.

---

* 여섯 마리의 익죠(鷁鳥)가 춘추시대 송나라 도성 위를 지나갈 때에 강풍을 만나 뒤로 밀려서 날자, 송나라 사람들이 일종의 재변으로 여겼는데, 이 사실을 공자가 『춘추』에 기록하였다.
** 서한(西漢)의 재상 병길(丙吉)이, 사람들이 길에서 싸우다가 죽고 다친 일은 묻지 않고, 소가 혀를 빼물고서 헐떡이는 것을 보고는 계절의 기후가 바뀐 것을 중대시하여 자세히 물어보았다는 고사가 있다.
*** 『맹자』에 이르기를 '즐거워하기를 천하의 일로써 하고 근심하기를 천하의 일로써 하고서도 왕 노릇 못할 자는 없다.'라고 하였는데, 백성과 고락을 함께하는 통치자의 자세를 표현한 말이다.

양호당기

이
첩

호연(浩然)의 기운은 어떠한 것이라고 말하기 어렵다. 오직 물만이 이를 형용할 수 있다. 사람은 오행의 기운을 받아서 태어났다. 그러므로 물의 호연함을 보면 내 기운의 호연함을 알게 된다. 물의 호연한 것은 천지를 삼키고 해와 달을 담그며, 곤어(鯤魚: 상상의 큰 물고기)와 붕새(鵬: 상상의 큰 새)가 그 사이에서 변화하는데, 그 처음 근원은 한 줌의 물 정도이지만 호연한 기운은 지극히 크고 강하여 하늘과 땅 사이에 가득차고 만물이 모두 그 가운데서 자라지만, 이것을 거두면 방촌(方寸: 아주 작은 것)에도 채우지 못하는 것이다. 물은 오행의 하나를 차지하여 천지의 사물이 생겨나는 수(數)를 얻었으며, 사람은 만물의 영장(靈長)으로 제일 먼저 천지의 생물(生物)하는 마음을 받아서 태어났다. 또 사람과 물이 모두 움직이는 물건으로서 동일하게 호연한 것은 대개 그 기운이 유사하기 때문이다.

무릇 호연이라는 것은 성대하게 유행하는 모양이요, 기운은 천지의 바른 기운이면서 내 몸에 충만한 것이다. 사람이 근원을 함양하고 성찰하는 공을 들인다면, 도의(道義)가 자연히 일어나는 것이 물이 계속하여 흐르는 것과 같은 것이다. 그러나 한번 사사로운 뜻에 가려지면 쭈그러들고 작아짐을 알게 된다. 호연을 기르는 비결은 바른 것으로 기르되 이것을 해치는 일이 없어야 한다. 이와 반대로 행동하면서 통달하기를 구한다면 이는 그 근원을 틀어막고 그 흐름을 가로막으면서 물의 호연함을 구하는 것과 같다. 맹자는 기운을 잘 기르는 사람이므로 말하기를 '바다를 본 자에게는 물이 되기 어렵다.'라고 하였다. 이는 그의 소견이 기르는 것을 의뢰하여 연원이 함께 하늘에서 나왔음을 알게 하는 것이다. 기운을 잘 기르는 사람은 충심으로 반성하여 부족함이 없을 것이니, 물의 호연함을 기다릴 것도 없이 나의 기운이 벌써 호연하게 되는 것이다.

내가 남쪽으로 옮겨오면서 날마다 언덕에 올라가 바다를 바라보며 서울을 떠나 있는 마음의 회포를 풀었는데, 바다 근처에 작은 집이 있어서 물어보니, 은거하는 군자인 이군(李君)의 별장이라고 한다. 내가 마침 물의 호연함을 보고 기운을 기르는 말에 생각하는 바가 있었기 때문에 양호(養浩)라 이름하고 또 기문을 지으니 이군의 요청을 들어준 것이다. 공의 집에 올라가서 밀물과 썰물의 들고나는 것을 보면 음양의 시초가 없음을 알게 되며, 물이 가득 찬 후에 나가는 것을 보면 학문이 차례를 건너뛸 수 없음을 알게 되니, 이것은 기운을 기르는 데에 필요할 뿐만 아니라, 여기에서 비유하는 의미가 더 많은 것이다.

대개 뜻은 장수이며, 기운은 병졸이다. 합당한 장수가 있으면 군령이 시행되고, 적임자가 아니면 명령이 시행되지 않는 것이니, 군자는 뜻으로 기운을 거느리는 데에 달려있는 것이다. 물을 보아서 기운을 기르는 방도를 알고 기운을 길러서 뜻을 기르는 비결을 안다면 내가 이 집에서 터득함이 있을 것이다.

경복궁기

정
도
전

　신은 상고하건대, 궁궐이란 임금이 정사를 다스리는 곳이요, 사방이 우러러
보는 곳이요, 신민들이 다 나아가는 곳이므로, 제도를 장엄하게 해서 위엄을 보
이고 이름을 아름답게 지어 보고 듣는 사람들을 감동하게 해야 합니다. 그러므
로 한나라와 당나라 이래로 궁전의 호칭이 혹은 전에 있던 이름을 따기도 하고
혹은 고쳐 부르기도 하였으나, 그 존엄성을 보이고 감동을 일으키게 한 바는
그 의의가 동일한 것입니다. 전하께서 즉위하신 지 3년이 되던 해, 한양으로 도
읍을 정하시고 먼저 종묘를 세운 다음 궁전을 건립했습니다. 그 이듬해 10월
을미일(乙未日)에 전하께서는 친히 곤룡포와 면류관을 갖추고 선왕(先王)과 선후
(先后)께 새 종묘에서 제사를 지내고, 이어 여러 신하들에게 새 궁전에서 잔치
를 베풀어 주셨습니다. 이것은 대개 신(神)의 은혜에 감사하며 미래의 복을 받
기 위한 것이었습니다.

술이 세 순배가 돌자 신에게 명하시기를 '지금 도읍을 정하여 종묘에 제사를 지내고 새로운 궁전이 완성되어 여러 군신들과 잔치를 열게 되었으니, 그대는 마땅히 궁전의 이름을 지어서 나라와 더불어 길이 빛나도록 해야 할 것이다.' 라고 하셨습니다. 신은 삼가 머리를 조아려 절하고, 『시경』대아(大雅)와 소아(小雅)편의 '술을 대접받아 실컷 취하고 또 많은 은덕을 입었으니, 비옵니다. 군자께서 만년 장수하시고 큰 복(景)을 받으시기를'이라는 시구(詩句)를 인용하여, 새 궁전의 이름을 경복궁(景福宮)이라고 짓기를 청하였습니다. 여기에서 전하께서는 자손들과 더불어 만년이나 태평한 왕업을 누리게 될 것이며 사방의 백성들도 길이 보고 느끼는 바가 있을 것입니다. 그러나『춘추』에서 백성에게 부역을 시키는 것이나 토목공사를 일으키는 일들을 몹시 삼가고 거듭 어렵게 여겼으니, 임금이 된 사람이 백성만을 부려 스스로를 받들게 하는 것으로 능사를 삼아서는 안 되오니, 한가로이 넓은 집에 있을 때는 가난한 선비를 감싸고 보호할 것을 생각하고, 서늘한 전각에 있을 때에는 그 맑은 그늘을 나누어 줄 것을 생각해야 합니다. 그런 다음에야 만백성이 받듦에 저버림이 없을 것입니다. 그래서 여기에 아울러 언급합니다.

【강녕전(康寧殿)】

신은 상고하건대, 홍범(洪範)의 아홉째 오복(五福)*에서 세 번째가 강녕(康寧)이었습니다. 대개 임금이 마음을 바루고 덕을 닦아서 대중지정(大中至正)한 도를 세우면 오복을 누릴 수가 있으며, 강녕은 곧 오복의 하나인데 그 중에서 강

---

* 『서경』홍범구주에 나오는 오복으로, 수(壽), 부(富), 강녕(康寧), 유호덕(攸好德), 고종명(考終命)을 말한다.

녕만 든 것은 그것을 들면 나머지는 모두 포함되기 때문입니다. 그러나 마음을 바루고 덕을 닦는 일은 여러 사람이 다 보는 데서는 애써 실천하지만, 한가하고 혼자 있을 때에는 쉽게 안일에 빠져서 경계하는 뜻이 항상 게으르게 되는 것입니다. 그래서 마음을 바로잡지 못하는 바가 있고 덕이 닦여지지 못하는 바가 있어, 대중지정한 도가 서지 못하여 오복이 이지러지게 됩니다. 옛날 위(衛)나라 무공(武公)이 스스로 경계하는 시에 이르기를,

그대 군자와 벗함을 보건대 얼굴을 화하고 부드럽게 하며
어떠한 허물이 없을까 두려워하는구나.
그대 집에 있을 때에 옥루(屋漏)에도 부끄러움이 없어야 한다.

라고 했습니다. 무공의 경계하고 삼가는 것이 이러했으므로 90세까지 살았으니, 그가 대중지정의 도를 세워 오복을 누린 확실한 증거입니다. 대개 그렇게 하는 과정은 마땅히 한가하고 홀로 있는 곳에서부터 시작해야 할 것입니다. 원컨대 전하께서는 무공의 시를 본받아, 안일을 경계하고 경외심을 가져서 대중지정의 무궁한 복을 누리소서. 그러면 성자신손(聖子神孫)이 계승하고 계승해서 천만 대를 전할 수 있습니다. 그러므로 연침(燕寢: 한가하게 거처하는 방)의 이름을 강녕전이라 지었습니다.

【연생전 경성전(延生殿 慶成殿)】

천지가 만물을 봄에는 생장시키고, 가을에는 성숙시킵니다. 성인은 만백성을 인(仁)으로 생장시키고 의(義)로 제어를 합니다. 그리하여 성인이 하늘을 대신하

여 만물을 다스릴 때에 그 정령(政令)과 베푸는 것을 하나같이 천지의 운행을 본뜨는 것입니다. 그래서 동쪽의 작은 침실을 연생전으로, 서쪽의 작은 침실을 경성전으로 이름을 지었습니다. 이것은 전하께서 천지의 생장과 성숙을 본받아 정령을 밝히는 것을 보이려는 것입니다.

【사정전(思政殿)】

천하의 이치는 생각하면 얻고 생각하지 않으면 잃게 되는 것입니다. 대개 임금이 한 몸으로 숭고한 지위에 있으므로, 많은 사람 중에는 지혜롭고 어리석고, 어질고 불초한 사람들이 있으며, 많은 일 가운데에는 시비와 이해가 뒤섞여 있으니, 진실로 깊게 생각하고 세밀하게 관찰하지 않는다면 어떻게 일의 옳고 그름을 가려서 처리하겠으며, 어떻게 사람의 어질고 어리석음을 알아서 쓰고 또 쓰지 않겠습니까. 예부터 임금은 누구나 존영(尊榮)하고자 하고 위태로움을 싫어하지 않았겠습니까. 그런데도 나쁜 사람을 가까이하고 좋지 못한 계책을 세워서 끝내 패망에 이르게 되는 것은 생각을 하지 않았기 때문입니다.『시경』에 이르기를 '어찌 너를 생각하지 않겠냐마는 집이 멀어서 못한다.'라고 했는데, 공자가 이르기를 '생각을 하지 않는 것이지 어찌 멀어서 그렇겠는가.'라고 했으며,『서경』에 이르기를 '생각은 슬기로운 것이며, 슬기로움은 성인이 된다.'라고 했으니, 생각이 사람에게서 작용되는 것이 지극하다고 하겠습니다. 이 궁전은 항상 조회 때 이곳에서 국사를 봅니다. 그러므로 만 가지 일이 겹쳐 이르는데, 모두 전하게 보고되어 조칙을 내리고 지휘를 하게 되니, 더욱 생각하지 않을 수 없는 곳입니다. 그래서 사정전이라고 이름을 지었습니다.

【근정전 근정문(勤政殿 勤政門)】

천하의 일이 부지런하면 다스려지고, 게으르면 황폐되는 것은 필연의 이치인 것입니다. 작은 일도 오히려 그러하거늘 하물며 정사의 큰일은 말할 필요가 있겠습니까. 『서경』에 이르기를 '근심이 없을 때 경계하여 법도를 잃지 말라.'고 하였으며, 또 이르기를 ' 안일과 욕심으로 나라를 그르치지 말고 삼가 두려워하소서. 하루 이틀에도 중요한 정무는 만 가지나 됩니다. 그리고 여러 관리를 비워두지 마소서. 하늘의 공(工)을 사람이 대신 처리하는 것입니다.'라고 했습니다. 이는 순임금과 우임금의 부지런한 바이오며, 또 『서경』에 이르기를 '아침부터 해가 기울도록 밥을 먹을 겨를도 없이 일을 하여 만백성을 잘살게 했다.'라고 하였습니다. 이것은 문왕(文王)의 부지런한 바입니다. 임금으로서 부지런하지 않을 수 없는 것이 이러한데도, 편안히 봉양하기를 이미 오래하였으므로 교만과 안일이 쉽게 생기며, 또 아첨하는 사람들이 그에 따라서 하는 말이 '천하 국가의 일 때문에 나의 정력을 소모시켜 나의 수명을 단축하는 것은 불가하다. 또 이미 숭고한 자리에 있는데 어찌 자기를 낮추고 수고를 해야만 됩니까.'라고 합니다. 뿐만 아니라 혹은 여악(女樂)으로, 혹은 사냥으로, 혹은 진귀한 노리개나 장난감으로, 혹은 토목공사로써 아첨하여 무릇 황음(荒淫)한 일이라면 말하지 않는 것이 없습니다. 그러면 임금은 그가 나를 제일 사랑한다고 하며, 스스로 게으르고 황음에 빠지는 것은 알지를 못하게 됩니다. 저 한나라와 당나라의 임금들이 하, 은, 주 삼대만 못한 것은 바로 이것 때문이니, 그러하다면 임금이 하루도 부지런하지 않을 수 있겠습니까. 그러나 다만 임금이 부지런해야 한다는 것만 알고 부지런히 하는 까닭을 알지 못한다면, 그 부지런함이 번거롭고 까다로운 데로 흐르고 말 것이므로 볼 만한 것이 못될 것입니다. 선대의 학자들이 말하기를 '아침에는 정사를 처리하고, 낮에는 어진 사람을 방문하고, 저녁에는 조정의 명령을 만들고, 밤에는 몸을 편히 쉰다.'라고 하였는데, 이것이 바로 임금의 부지런한 것입니다. 또 이르기를 '어진 사람을 구하는 데는 부지런하고, 어진 사람을 임명하는 데는 빨라야 한다.'라고 하였습니다. 그래서 근정전과 근정문으로 이름을 지어 올리는 것입니다.

【융문루 융무루(隆文樓 隆武樓)】

문(文)은 태평한 정치를 이룩하는 것이요, 무(武)는 난리를 평정하는 것이므로 이 두 가지는 사람에게 양팔이 있는 것과 같아서 하나라도 없어서는 안 되는 것입니다. 대개 예악과 문물이 빛나서 볼 만한 것이나, 군사와 무기가 정연하게 다 갖추어진 것이며, 사람을 등용하는데 있어서도 문장과 도학의 선비와, 과감하고 용력 있는 군사들이 안팎으로 늘어서 있는 것은, 이 모두가 문과 무의 숭상을 지극히 한 데서 온 것이니, 거의 전하께서 문무를 아울러 써서 장구한 정치가 이룩됨을 보게 될 것입니다.

【정문(正門)】

천자(황제)와 제후(왕)가 비록 그 형세는 다르지만 남면(南面: 임금은 남쪽을 향하여 앉음)하고서 정치를 하는 것은, 모두가 정(正)으로써 근본을 삼으니 대개 그 이치는 하나인 것입니다. 고전을 상고해 보면, 천자의 문을 단문(端門)이라 하는데, 그 단이 바로 정인 것입니다. 이제 오문(午門: 남문)을 지칭하여 정문이라고 했으니, 명령과 정교(政敎)가 반드시 이 문을 통해 나갈 때 잘 살펴서 믿음직하고 성실한 뒤에 나가게 하면, 참소하는 말이 행하지 못하고 거짓이 의탁할 곳이 없을 것이며, 임금에게 아뢰는 일과 명령을 받드는 일이 반드시 이 문을 통해 들어오니, 잘 살펴서 믿음직하고 성실한 뒤에 들어오게 하면 간사한 것이 들어올 수 없을 것이고 공적(功績)도 상고할 수가 있을 것입니다. 그리고 이 문을 닫아 이상한 말을 하는 사특한 백성을 끊고, 이 문을 열어서 사방의 어진 이를 오게 하는 것은 이 모두가 정(正)의 큰 것입니다.

귀래정기

서
거
정

  신말주(申末舟)는 돌아가신 정승 고령(高靈) 문충공(文忠公: 신숙주)의 막냇동생
이다. 신말주는 일찍 과거에 급제하여 청현직(淸顯職)을 역임하며 명성이 자자
하였다. 바야흐로 문충공이 정승으로 있고, 신말주가 뛰어난 재주를 품고 있어
서 조정의 여론이 대부분 그에게로 쏠렸으나, 신말주는 욕심이 없고 맑은 천성
을 지녀서 벼슬살이를 좋아하지 않았다. 신말주는 순창군(淳昌郡)에 별장이 있
었다. 순창은 호남의 명승지로서, 즐길 만한 산수와 기름진 토지가 있고 많은
새와 물고기가 있는 고장이다. 신말주가 그곳으로 갈 생각을 매일 하였으나 문
충공의 우애가 정성스럽고 지극하여 아침저녁으로 함께 지내며, 결단을 내리지
못한 지가 여러 해 되었다. 신말주가 내려갈 생각이 아주 간절해지자, 하루는
병을 핑계대고 사직하여 내려가서는 그길로 벼슬길에 나오지 않은 것이 7, 8년
이 되었다. 친척들이 벼슬길에 나오라고 권하여도 따르지 않았으므로 문충공도

억지로 나오게 할 수 없었다. 그 뒤로 신말주에 대해서 다음과 같은 말을 들었다.

순창의 남쪽에 산이 하나 있는데 넓고 크며 높이 솟아 그 산세가 아주 기이하고 대단하였다. 구불구불 감돌아 마치 용이 차고 오르는 듯 범이 뛰는 듯하며, 불쑥 솟았다가 아래로 내려가 동쪽 봉우리가 되었는데, 봉우리의 꼭대기는 지형이 매우 평평하였다. 신말주가 이곳에 서너 칸의 정자를 지었다. 정자의 좌우에는 쭉쭉 뻗은 무수한 대나무가 푸르게 우거져 사시사철 절개가 한결같다. 바람이 불 때에도 좋고 비가 내릴 때에도 좋고 달이 뜰 때에도 좋고 눈이 올 때에도 좋아서, 그 좋은 경치가 한두 가지가 아니다. 그 안에다 꽃을 죽 이어서 심으니, 분홍색, 흰색, 붉은색, 보라색 꽃들이 잇달아 피고 져서 여름과 가을까지 이어진다. 올라서 바라보면, 남원의 보련산과 곡성의 동지악(動地岳)이 푸르고 푸른 빛으로 서로 손을 맞잡고 읍(揖)을 하며 조회(朝會)하듯이 마주 서 있고, 그 나머지 올망졸망한 많은 봉우리와 무성한 숲과 울창한 산기슭이 아득한 안개구름 속에서 기묘한 경관을 뽐내는데, 그러한 풍경이 이 정자에서 모두 다 보인다.

강물은 적성(磧城) 북쪽에서 발원하여 남쪽으로 꺾어 흘러 구불구불 넘실대며 두 골짜기 사이를 통해 흘러나와서는 또 빙 돌아서 동쪽으로 흐른다. 광덕산(廣德山)의 물이 구불구불 흘러서 봉우리 아래를 휘감아, 적성에서 흘러온 물과 합쳐진다. 푸른 물이 깊고 맑아서 손으로 떠 마셔도 될 만하며 얼굴을 비춰 보아도 좋을 만하다. 또한 시골 마을과 들 언덕이 백 리 멀리까지 한눈에 들어오고 누렇고 푸른 논밭들이 눈앞에 은은히 펼쳐져 있다. 밭갈이 하는 사람, 소를 먹이는 사람, 나무하는 사람, 고기 잡는 사람, 사냥하는 사람들이 서로 노래를 주고받고, 여행하는 사람, 길 가는 사람, 오가는 소와 말들이 앞뒤로 끊임없이 이어지는 것도 또한 앉아서 모두 볼 수가 있다. 신말주가 날마다 간소한 차림으로 그곳에서 시를 읊으며 유유자적하였는데, 그 즐거움이 만족스러웠다. 때로는 사냥개나 매와 함께 여우나 토끼를 사냥하며, 물에서 물고기를 낚고 산에서 나물을 캐며, 죽순도 쪄 먹고 순채도 따 먹으며, 국화를 전송하고 매화를 맞이하기도 하였다. 강촌의 사철 풍경은 변화가 끝이 없었고 신말주의 즐거움도 그와 더불어 끝이 없었다.

저번에 문충공의 병환이 심해지자 신말주가 와서 뵈었다. 사대부들이 너도나도 신말주의 어질고 유능함을 말하며 천거하였고, 임금께서도 그의 재능을 크게 여겨 전주부윤에 제수하여 보냈다. 전주는 순창과의 거리가 하룻길이다. 신말주가 공무를 처리하는 여가에 작은 가마를 타고 오간 것이 수차례였으니, 신말주가 정자에서 얻은 흥취는 예전과 같았다. 올해 봄에 임기가 만료되었으므로 소환되어 중추부첨지사가 되었다. 신말주의 몸은 비록 서울에 있었으나 마음은 날마다 정자를 왕래하였다. 하루는 신말주가 나와 더불어 정자의 좋은 경치를 이야기하다가 정자의 이름과 기문을 지어 달라고 하였다. 그래서 내가 '귀래정(歸來亭)'으로 편액하기를 청하고, 이어 그에 대한 뜻풀이를 다음과 같이 하였다.

'귀거래(歸去來)'라는 것은 진(晉)나라의 징사(徵士: 나라에서 불러도 벼슬에 나가지 않은 선비) 도잠(陶潛: 도연명)이 사용한 말이다. 선배가 그것을 해석하기를 '그 벼슬을 돌려주고 그 직임을 버리고 그 집으로 돌아온다.'라는 뜻이라고 하였다. 대개 옛사람으로서 벼슬길에 나아가거나 벼슬을 버리고 들어앉기를 제대로 한 사람으로는 도잠만한 이가 없다. 후대의 뜻있는 선비라면 누군들 어려서는 배우고 장성해서는 실행하고 늙으면 물러나서 처음부터 끝까지 온전하게 하고 싶지 않겠는가. 그러나 한번 공명에 그 마음이 오염되고 처자에 그 사욕이 얽매여, 돌아가야 하는데도 돌아가지 못하는 자들이 세상에 즐비하다. 그리하여 드디어는 산림에 사람이 없다는 비난이 있게 되었다. 내가 또 들으니, 옛날의 군자는 관직에 일정한 녹봉이 있고 집에는 일정한 생업이 있었기 때문에 그 나아가고 물러남에 여유가 있었다고 한다. 오늘날 벼슬하는 사람들은 대저 관직으로 집을 삼고 실제 집에는 일정한 생업이 없어서, 한번 그 녹봉을 잃으면 돌아갈 데가 없다. 그래서 어정어정 기대하며 돌아보다가 관직을 탐낸다는 비난을 초래하고 녹봉을 도둑질한다는 비방을 불러오니, 안타깝다. 아, 비록 돌아갈 데가 없다고 하더라도 돌아가야 할 때에 돌아가지 않는다면 참으로 옳다고 할 수 없는데, 하물며 돌아갈 데가 있는데도 돌아가야 할 때에 돌아가지 않는 자라면 다시 무엇을 논하랴. 지금 신말주의 별장은 전원도 충분하고 일하는 사람들도 충분히 있어서, 무릇 제사를 지내거나 손님을 접대하거나 노인을 봉양하거나 어린이를 잘 기르는 등의 일과 관례나 혼례와 경조(慶弔) 등을 준비하는 것이 밖에서 구하지 않아도 충분하다. 신말주가 지난번에 공명(功名)의 급류 안에 있다가 돌아와 즐겁게 지낸 것이 여러 해였다. 지금 비록 다시 조정에 서서 벼슬살이 하고 있으나, 뒷날 공적을 이루고 명성을 이루고서 흔쾌히 물러갈 곳이 이 정자가 아니고 어디이겠는가. 이름을 귀래정이라 한 것이 또한 옳지 않은가.

　나는 벼슬살이를 단호하게 떨치지 못하고 우물쭈물하며 멈출 곳을 알지 못한 채 머리털이 이미 다 짧아졌다. 신말주는 옛사람에게서 귀래의 정취를 얻었고, 뒷날 귀래의 의지를 이룰 터이니 처음부터 끝까지를 온전하게 할 것이다. 나를 이러한 신말주와 견주어 보자면, 어찌 참으로 부끄럽지 않을 수 있겠는가. 내가 혹시 사직을 허락받아 한가롭게 되어서 이 정자에서 신말주와 함께 노닐게 된다면, 반드시 「귀거래사」를 읊고 지족편(止足篇)*을 노래하여 내 이야기를 마무리하리라.

---

* 『노자』 제 44장에 '만족할 줄 알면 치욕을 당하지 않고 멈출 줄 알면 위태롭지 않다.'라는 말
이 있다.

환취정기

임
종
직

　창경궁의 후원에 환취(環翠)라는 새 정자가 있어 통명전(通明殿)의 북쪽 구석
과 바로 통해 있는데, 산등성이의 형세가 곁으로 가로질러 펼쳐진 데에, 만 그
루의 큰 소나무가 빙 둘러 서 있고, 또 밀죽(密竹) 수천 그루를 심어 그 틈새를
메웠다. 앞으로는 대궐을 임해 있어, 건물들이 들쭉날쭉한 가운데 원앙기와의
비늘 같은 기와지붕과 푸른빛의 아로새김과 사초(莎草)의 섬돌과 이끼 낀 벽돌
들이 서로 도와서 푸른 산기운을 이루고 있다. 그리하여 가까운 데로부터 먼
데를 바라보면 높은 담장 밖에는 시문(市門)이 있고, 시문의 밖에는 성곽이 있
으며, 성곽 밖에는 바위동굴이 있어 종남산(終南山)의 연기구름과 동쪽 교외의
초목들이 서로 푸른빛을 모아서 이 난간 아래에 다투어 기이함을 뽐내는 것이
천만 가지의 형상이니, 이 때문에 이 정자가 이와 같은 이름을 얻게 된 것이다.
그러나 임금이 휴식하는 곳으로 삼은 까닭은 실로 다른 이유에 있고 여기에 있

는 것이 아니다.

이 정자는 구문(九門)의 막힌 곳을 거쳐 육침(六寢: 임금의 여섯 개의 침소)의 깊은 곳과 이어져, 그윽하고 조용하며 한적하면서도 높고 탁 트이었다. 대체로 이 땅은 조종(祖宗: 역대 임금)들께서 별궁(別宮)을 두어온 이후로 상서(祥瑞: 길한 징조)를 축적해 온 채 깊숙이 감춰두고 발설하지 않은 것이 거의 90여 년에 이르렀다. 그런데 마침 우리 전하(성종)께서 조종의 사업을 계승하는 시기를 만나서 급속하게 이루어냈으니, 이것이 어찌 기다린 바가 있어 그렇게 된 것이 아니겠는가. 전하께서 정무를 마치고 한가한 여가에는 이따금 걸어서 올라가시되, 법궁(法宮)의 의장(儀仗)을 일체 물리치고서 소박한 옷차림으로 위엄을 갖추지 않은 채로 정신을 맑고 편안하게 하여 도(道)와 서로 접하고 있다. 그리고 봄날이 화창하여 초목의 꽃이 활짝 핀 때에 이르러서는 천지 생물(生物)의 인(仁)을 느끼어 '노쇠한 병자나 홀아비와 과부들을 어떻게 하면 굶주리지 않게 할꼬.' 하시고, 훈풍이 남쪽에서 불어오고 뜨거운 햇볕이 창공을 불태울 적에는 순임금의 해온조(解慍操: 순임금이 부른 남풍가를 이름)를 읊으면서 '골짜기에 가득한 맑은 그늘을 어떻게 하면 골고루 베풀어 줄꼬' 하시며, 가을이 되어 단풍이 들고 오곡이 무르익은 때에는 '우리 백성들의 십일세(十一稅: 1/10의 세금)에 대하여 제도를 초과해서는 안 된다.' 하시고, 눈이 하얗게 내리고 엄한 추위가 갖옷을 엄습할 때에는 '우리 백성들의 트고 얼룩진 살결을 더 이상 수고롭게 해서는 안 된다.'고 하신다. 그리하여 무릇 사시의 경치가 한번 임금의 눈을 거치면 이것을 모두 취하여 정사를 발하고 인을 베푸는 자료로 삼고 있다.

또한 이뿐만이 아니다. 『예기』에 이르기를 '백성을 긴장만 시키고 늦추어 주지 않으면 문왕과 무왕도 다스릴 수가 없고, 늦추어 주기만 하고 긴장시키지 않는 것은 문왕 무왕도 하지 않는다.'라고 하였으니, 그렇다면 한 번 늦추어 주고 한 번 긴장시키는 도구는 또한 당연히 폐하지 않을 바이다. 만일 경서(經書)를 뽑아 들고 의심나는 것을 질정하려고 하면 홍유석사(鴻儒碩士: 크고 높은 선비)가 이름을 나란히 할 수 있고, 만일 사수(射手)를 선발하여 덕(德)을 관찰하려고 하면 깍지와 팔찌를 낀 무사들이 짝지어 나갈 수 있을 것이니, 여기에서 조용하게 경서의 뜻을 고문(顧問)하고, 여기에서 무비(武備)를 강습한다면 어느 것인들 나라의 임금 노릇을 하고 백성을 자식으로 삼는데 있어 훌륭한 꾀이며 위대한 모범이 아닌 것이 있겠는가. 이것이 우리 전하께서 정자를 지은 깊은 뜻으로서, 중화를 이루면 천지가 제자리에 위치하고 만물이 길러짐의 지극한 공도 이로써 점차 이룰 수 있는 것이다.

옛날 송나라 효종은 궁중에 취한당(翠寒堂)을 짓고서 일찍이 조웅(趙雄)과 왕유(王維) 등을 불러서 일을 아뢰게 하였는데, 취한당 아래의 고송(古松) 수십 그루에서 맑은 바람이 서서히 불어오자, 임금이 이르기를 '소나무 소리가 매우 맑으니 관현악보다 훨씬 낫다.'라고 하였다. 대체로 효종은 송나라의 어진임금으로서, 평상시에도 연회나 성색(聲色: 노래와 여색)으로 받드는 것과 궁실(宮室)이나 원유(苑囿: 궁궐 안에 있는 동산)의 오락이 없었는데, 이 취한당을 짓고 나서도 안일함을 도모하지 않고 재상들을 연방(延訪)하여 윗사람의 총명을 가리는 폐단을 막는 데에 정성을 다하였으므로, 그 뛰어난 덕화와 고상한 풍도가 지금까지 서책 속에 빛나고 있는 것이다.

그런데 우리 전하께서는 총명하고 인성(仁聖)하심이 송나라 효종보다 월등히 높은데다 이 정자를 지은 것도 우연히 서로 같게 되었으니, 앞뒤로 두 성인의 규모(規模)와 제작(制作)은 세대는 달라도 부절(符節)이 딱 들어맞는 것과 같은 것이다. 아, 상상할 만하도다. 저 드높은 부용정(芙蓉亭)과 쌍요정(雙曜亭)은 당나라의 상양궁보다 장관이었고, 응사정(凝思亭)과 소방정(韶芳亭)은 한나라의 미앙궁보다 광채를 더하였으니, 모두 사냥과 순수(巡狩)의 대비로 삼았을 뿐이니, 어찌 오늘날에 말할 거리가 되겠는가. 진실로 바라건대, 전하께서는 게으르지 말고 오락에 빠지지도 말아서 영원토록 한 마음을 굳게 가져, 매양 이곳에 올라 구경할 때마다 향락에 젖어 세월이나 보내기를 탐하는데 빠져들기 쉬움을 깊이 두려워하시고, 반드시 백성들을 보호하는 것으로써 하늘에 장구한 국운을 기도하는 실상으로 삼기를, 마치 위에서 말한 바와 같이 하신다면 우리 조선의 억만 년토록 무궁한 복을 누리게 되는 것이 어찌 여기에 있지 않겠는가. 신은 감히 이 말씀을 드리는 바이다.

사우재기

허
준

재(齋)를 사우(四友)라고 이름을 지은 것은 왜냐? 허자(許子: 저자 자신)의 벗하
는 자가 셋인데, 허자가 그중에 하나를 차지하고 보니, 아울러 넷이 된 셈이다.
세 사람은 누구인가? 오늘날의 선비는 아니고 옛사람이다. 허자는 성격이 소탈
하고 호탕하여 세상과는 잘 맞지 않으므로, 당시의 사람들이 무리지어 꾸짖고
떼를 지어 배척하므로, 문에 찾아오는 이가 없고 나가도 더불어 뜻에 맞는 곳
이 없다. 그래서 탄식하며 '벗이란 오륜의 하나인데 나만 홀로 갖지 못했으니,
어찌 심히 수치로 여기지 않을 수 있겠는가.'라고 하였다. 물러나와 생각건대,
온 세상이 나를 비천하게 여기고 사귀지 않으니 내가 어디로 가서 벗을 구할
것인가. 마지못해 옛사람 중에서 사귈만한 이를 가려서 벗으로 삼을 수밖에 없
었다.

내가 가장 사랑하는 이는 진(晉)나라의 처사(處士) 도연명이다. 그는 한가하고 고요하며 평탄하고 환하게 트여 세상일 따위는 마음에 두지 않고, 가난을 편히 여기며 천명을 즐기다가 승화귀진(乘化歸盡: 생명을 다함)하니, 맑은 풍모와 빼어난 절개는 아득하여 잡을 길이 없다. 나는 몹시 그를 사모하나, 그의 경지는 미칠 수가 없다. 그 다음은 당(唐)나라의 한림(翰林) 이태백(李太白)이다. 그는 비범하고 호탕하여 팔방을 좁게 여기고 귀인들을 개미 보듯하며 스스로 산수간에 방랑하였으니, 내가 부러워하여 따라 가려고 애쓰는 처지이다. 또 그 다음은 송(宋)나라의 학사(學士) 소동파(蘇東坡)이다. 그는 허심탄회하여 남과 경계를 두지 않으므로 현명한 이나 어리석은 이, 귀한 사람이나 천한 사람 할 것 없이 모두 그와 더불어 즐기니, 유하혜(柳下惠: 춘추시대 노나라의 현인)의 화광동진(和光同塵)*을 본받고자 하나 내가 못하는 처지이다. 이 세 분의 군자는 문장이 천고(千古)에 떨쳐 빛나지만, 내가 보기에 모두 그들에게는 나머지 일이었다. 그러므로 내가 취하는 바는 전자에 있지 후자에 있는 것이 아니다. 만약 이 세 분의 군자를 벗으로 삼을 수 있다면, 어찌 속인들과 함께 어깨를 포개고 옷소매를 맞대며, 소곤소곤 귓속말을 하며 스스로 친구를 사귀는 도(道)로 삼을 것인가.

나는 이정(李楨: 선조 때 유명한 화가)에게 명하여 세 분 군자의 상(像)을 그리게 하고, 그 초상에 찬(贊)을 짓고 한석봉(韓石峯)으로 하여금 해서(楷書)로 쓰게 하였다. 매번 머무는 곳마다 반드시 좌석의 한편에 걸어놓으니, 세 분의 군자가 엄연히 서로 대하여 사물의 경중을 재는 척도를 평정하여 마치 함께 웃고 이야기하는 듯하고, 더욱이 그 인기척 소리를 듣는 듯하여 쓸쓸히 지내는 생활이 괴로운 것을 자못 알지 못하였다. 이러고 보니 나는 비로소 오륜을 갖추게 되

---

* 『노자』에 나오는 말이다. 즉 자기의 지혜와 덕을 밖으로 드러내지 않고 속인들과 어울려 지내면서 참된 자아를 보여 준다는 뜻임.

었으며, 더욱 남들과 더불어 사귀는 것을 즐거워하지 않게 되었다. 아, 나는 확실히 글을 못하는 자라 세 분 군자의 나머지 일에도 능하지 못하지만 성격마저 탄솔(坦率)하고 망령되어 감히 그러한 인물이 되기를 바라지는 못한다. 단지 그분들을 존경하고 사모하여 벗으로 삼고자 하는 정성만은 신명(神明)을 느끼게 할 수 있다. 그러므로 벼슬에 그 출처와 거취는 암암리에 그분들과 합치되었다. 도연명이 팽택의 현령이 되어 80일 만에 관직을 버렸는데, 나는 세 번이나 태수가 되었으나 임기를 못 채우고 갑자기 배척을 받아 쫓겨났다. 이태백은 심양(潯陽)과 야랑(夜郞)으로 가고, 소동파는 대옥(臺獄)과 황강(黃岡)으로 갔었다. 이는 모두 어진 사람들이 겪은 불행이지만, 나는 죄를 지어 형틀에 묶이고 볼기를 맞는 고문을 받은 뒤 남쪽으로 옮겨지니, 아마도 조물주가 희롱하여 그 곤액 같은 맛을 보게 하였으나, 부여된 재주와 성품만은 갑자기 옮겨질 수 없는 것이 아니겠는가.

하늘의 복을 입어, 혹시라도 전원으로 돌아가도록 허락된다면, 관동지방은 나의 옛 터전이라 그 경치며 풍물이 중국의 시상산(柴桑山)이나 채석산(採石山)과 견줄 만하고, 백성은 근실하고 땅은 비옥하여 또한 중국의 상숙현(常熟縣)과 양선현(陽羨縣)보다 못지않으니, 마땅히 세 군자를 받들고 감호(鑑湖) 가에서 평상복을 입던 신세로 돌아간다면, 어찌 인간 세상의 한 가지 즐거운 일이 되지 않겠는가. 저 세 분의 군자가 아신다면 역시 장차 즐겁고 유쾌하게 여기실 것이다. 내가 사는 집은 한적하고 외져서 아무도 찾아오는 사람이 없으며, 오동나무가 뜰에 그늘을 드리우고 대나무와 들매화가 집 뒤에 총총히 줄지어 심겨져 있으니, 그 그윽하고 고요함을 즐기면서 북쪽 창에다 세 군자의 초상을 펴놓고 분향하면서 읍(揖)을 한다. 그래서 마침내 편액을 사우재(四友齋)라 하고 따라서 그 연유를 위와 같이 기록해 둔다.

경포대기

장

유

우리나라 산수의 아름다움은 천하에 이미 정평이 나 있는 바이다. 그런데 8도 강산 곳곳에 아름다운 경치가 펼쳐지고 있지만 그중에서도 영동(嶺東)이 으뜸이요, 북쪽으로는 흡곡(歙谷)과 통천(通川)으로부터 남쪽으로는 평해(平海)와 울진(蔚珍)에 이르기까지 전개되고 있는 영동의 아홉 개 군(郡) 또한 각각 산과 바다의 수려한 경치를 자랑하며 신선(神仙)의 굴택(窟宅)이라고 일컬어지고 있지만, 그중에서도 임영(臨瀛: 강릉)이 으뜸이요, 임영의 주위 1백여 리에 걸쳐 뛰어난 풍경을 각각 차지하고서 기이한 경관을 뽐내는 공사(公私) 간의 정자가 또한둘이 아니지만 그중에서도 경포대가 최고로 꼽힌다.

지도를 상고해 보건대, 경포는 바로 영랑선인(永郞仙人)이 옛날에 노닐었던 곳으로서 누대를 세운 것은 실로 고려 때의 안렴사(按廉使)였던 박공숙(朴公淑)이 착수했던 것으로 되어 있다. 그런데 그가 바야흐로 공사를 시작하려 하면서 제사를 지내려고 땅을 청소하다가 옛날의 주춧돌을 발견하였는데, 이 돌이 어느 시대의 것인지 확인할 수가 없었고 보면, 대체로 오래전부터 이곳에 누대가 있었던 것을 짐작할 수가 있다. 그 뒤로 또 조운흘(趙云仡)과 박신(朴信)같은 풍류객이 멋있게 글로 장식하면서 더욱 사람들이 감탄하면서 구경하는 대상이 되었다. 그러다가 우리 태조(太祖: 이성계)와 세조(世祖) 시대에 이르러 동쪽 지방을 순행하시다가 재차 이곳에 오셨고 보면 이 경포대가 차지하는 비중은 구정(九鼎: 고대의 왕을 상징하는 보물) 정도일 뿐만이 아니라고 하겠다. 그런데 병란을 당한 이후로 점차 퇴락해 가기만 한 채 복원공사가 이루어지지 않고 있었으므로 이야기하는 사람들이 이를 한스럽게 여겨 왔다.

지금의 임금(인조)께서 중흥을 이룩하신 지 5년째 되는 해에 이명준(李命俊) 공이 참판의 반열에 몸담고 있다가 강릉부의 수령으로 나왔는데, 공은 고을을 다스리는 면에서는 평소부터 그 능수능란한 솜씨를 인정받고 있었던 터라서 집무를 시작한지 얼마 되지 않아 온갖 폐단이 바로잡혀져 모두 정상을 되찾게 되었다. 그가 일찍이 경포대에 올라 탄식하여 말하기를 '이 누대를 끝내 방치해 둔다면 우리들은 백 대에 걸쳐 꾸지람을 받아 마땅하다. 그러나 우리 백성들을 번거롭게 해서도 안 될 일이다.'라고 하고서는, 일을 벌이기를 좋아하는 승려들에게 위촉하였다. 그러자 그들이 시주(施主)를 모집하고 재화를 모아들여 공사에 착수한 결과 얼마 지나지 않아서 완공을 보게 되었는데, 이에 모양도 번듯해지고 제대로 채색도 가해지는 등 모두가 옛 모습을 회복하게 되었다. 이렇게 일단 마무리를 짓자 천 리 길에 급히 나에게 글을 보내 기문(記文)을 부탁해 왔는데, 재차 보내온 사연을 보면 더더욱 간절하기만 하였다.

내가 나름대로 생각해 보건대, 경포가 강릉에 있는 것은 전당(錢塘)에 서호(西湖)가 있고 회계(會稽)에 감수(鑑水)가 있는 것과 같으며, 또 경포에 누대가 있는 것은 동정호(洞庭湖)에 악양루(岳陽樓)가 있고 예장(豫章)에 등왕각(藤王閣)*이 있는 것과 같다고 여겨진다. 이런 아름다운 경치에 이런 누각이 없는 것은, 비유하건대 사람의 얼굴에서 눈과 눈썹을 제거하는 것과 같다고 할 것이니, 그럴 경우 서시(西施: 중국 최고의 미녀)와 같은 절세미인이라 할지라도 어떻게 사람 모습을 이룰 수가 있겠는가. 더구나 이 누대에는 그야말로 성스러운 임금께서 오셨던 옛날의 자취가 남아있고 보면, 세상에서 중하게 일컬어지고 있는 것이 신선의 종적을 간직한 아름다운 경관 정도로 그치지 않을 것은 두말할 나위도 없다고 하겠다. 그런데 만약 하루아침에 결딴나 버린 채로 황량하게 잡초만 우거져 있게 된다면 강산도 삭막해지고 분위기도 축 처지게 마련일 테니, 밝은 조정의 일대 흠이 되는 일이 되기에 충분할 것이다. 그렇다면 이공의 이번 일이야말로 그 뜻이 원대하다고 해야 할 것이니, 어찌 단지 누각에 올라가 멀리 바라보며 노닐 공간을 마련해주는 것으로만 여길 일이겠는가.

　나는 세상과 잘 어울리지 못한 채로 평소부터 늘 명산대천을 돌아다니며 노닐고 싶은 마음을 품어왔다. 그리하여 노년에 접어들기 전에 관동지방의 여러 경승지를 한번 돌아보고 싶었으나 세상의 그물에 걸린 몸이라서 스스로 떨쳐 나올 수가 없었다. 게다가 지금은 남쪽지방으로 좌천되어 내려와 업무에 골몰하다 보니, 속세의 속물이 되고 말았다. 그러니 신선의 경치를 회상해 보노라면 그 까마득하게 동떨어진 처지가 약수(弱水)와 총령(葱嶺)**만큼이나 된다고 할 것이다. 그런데 그만 고루한 문사를 가지고 누각에 이름을 의탁할 수 있게 되었으니, 돌이켜 보면 크나큰 행운이라고 해야 하지 않겠는가. 만약 하늘이 나에게 복을 내려주어 나중에 나를 속박에서 풀려나게 하면서 평소의 뜻을 성취할

* 서호, 감수, 악양루, 등왕각은 모두 중국에 있는 명승지임.
** 약수와 총령은 모두 신선세계에 있다고 하는 지명(地名)임.

수 있게 해준다면, 누대에 오르는 날 그다지 생소한 길손은 되지 않을 듯하기에, 마침내 부끄러움을 무릅쓰고 기문을 쓰게 되었다. 그러나 가령 그 안팎에 걸친 호수와 산의 무궁한 경치에 대해서는 눈으로 보지 않는 한 곡진하게 표현할 수가 없는 것이기에 지금은 더 이상 언급하지 않기로 하였다.

하룻밤에 아홉 번 강을 건넌 기문

박지원

하수(河水)는 두 산의 사이에서 나와 돌과 부딪쳐 싸우며 그 놀란 파도와 성난 물머리와 우는 여울과 성난 물결과 슬픈 곡조와 원망하는 소리가 굽이쳐 돌면서, 우는 듯, 소리치는 듯, 바쁘게 호령하는 듯, 항상 만리장성을 깨뜨릴 형세가 있어, 전차 만 대와 만 개의 기마부대와 포차 만 대와 전투할 때 치는 북 만 개로서는 그 무너뜨리고 내뿜는 소리를 족히 형용할 수 없을 것이다. 모래 위의 큰 돌은 우뚝하게 떨어져 서 있고, 강 언덕의 버드나무는 어둡고 컴컴하여 물지킴과 하수의 귀신이 다투어 나와서 사람을 놀리는 듯한데, 좌우의 교룡이 붙들려고 애쓰는 듯싶었다. 어떤 사람은 말하기를, '여기는 옛 전쟁터이므로 강물이 저와 같이 우는 거야.'라고 하지만 이는 그런 것이 아니니, 강물 소리는 듣기 여하에 달렸을 것이다. 산중의 내 집 문 앞에는 큰 시내가 있어 매번 여름철이 되어 큰비가 한 번 지나가면, 시냇물이 갑자기 불어서 항상 수레와 말과 대포와 북의 소리를 듣게 되어 드디어 귀에 젖어 버렸다. 내가 일찍이 문을 닫고 누워서 소리의 종류를 비교해 보니, 깊은 소나무가 통소 소리를 내는 것은 듣는 사람이 청아한 탓이요, 산이 갈라지고 언덕이 무너지는 듯한 것은 듣는 사람이 분노한 탓이요, 뭇 개구리가 다투어 우는 듯한 것은 듣는 사람이 교만한 탓이요, 큰 피리가 수없이 우는 듯한 것은 듣는 사람이 성난 탓이요, 천둥과 우레가 급한 듯한 것은 듣는 사람이 놀란 탓이요, 찻물이 끓는 듯이 문무(文武)가 겸한 듯한 것은 듣는 사람이 아취가 있는 탓이요, 거문고가 궁과 우(오음의 하나)에 맞는 듯한 것은 듣는 사람이 슬픈 탓이요, 종이 창문에 바람이 우는 듯한 것은 듣는 사람이 의심나는 탓이니, 모두 바르게 듣지 못하고 특히 가슴속에 먹은 뜻을 가지고 귀에 들리는 대로 소리를 만든 것이다.

　지금 나는 밤중에 하나의 강을 아홉 번 건넜다. 강은 국경 밖으로부터 나와서 만리장성을 뚫고 유하(楡河)와 조하(潮河), 황화(黃花)와 진천(鎭川) 등 모든 물과 합쳐 밀운성 밑을 거쳐 백하(白河)가 되었다. 나는 어제 두 번째 배로 백하를 건넜는데, 이곳은 하류였다. 내가 아직 요동에 들어오지 못했을 때 바야흐로 한여름이라, 뜨거운 볕 아래를 가노라니 홀연히 큰 강이 앞에 나오는데 붉은 물결이 산같이 일어나 끝을 볼 수 없으니, 이것은 대개 천 리 밖에서 폭우가 온 것이다. 물을 건널 때는 사람들이 모두 머리를 우러러 하늘을 보는데, 나는 생각하기에 사람들이 머리를 들고 쳐다보는 것은 하늘에 기도하는 것인 줄 알았더니 나중에 알고 보니, 물을 건너는 사람들이 물이 돌아 탕탕히 흐르는 것을 보면, 자기 몸은 물을 거슬러 올라가는 것 같고 눈은 강물과 함께 따라 내려가는 것 같아서 갑자기 현기증이 나면서 물에 빠지는 것이기 때문에 그들이 머리를 우러러 보는 것은 하늘에 비는 것이 아니라, 물을 피하여 보지 않으려 함이다. 또한 어느 겨를에 잠깐 동안의 목숨을 위하여 기도할 수 있으랴. 그 위험함이 이와 같으니, 물소리도 듣지 못하고 모두 말하기를 '요동 들은 평평하고 넓기 때문에 물소리가 크게 울지 않는 거야.'라고 하지만, 이것은 물을 잘 알지 못하는 것이다. 요하(遼河)가 일찍이 울지 않는 것이 아니라 특히 밤에 건너보지 않았기 때문이니, 낮에는 눈으로 물을 볼 수 있으므로 눈이 오로지 위험한 데만 보느라고 도리어 눈이 있는 것을 걱정하는 판인데, 다시 들리는 소리가 있을 것인가.

지금 나는 밤중에 물을 건너는지라 눈으로는 위험한 것을 볼 수 없으니, 위험은 오로지 듣는 데만 있어 바야흐로 귀가 무서워하여 걱정을 이기지 못하는 것이다. 나는 이제야 도(道)를 알았도다. 마음이 어두운 자는 귀와 눈이 누(累)가 되지 않고, 귀와 눈만을 믿는 자는 보고 듣는 것이 더욱 밝혀져서 병이 되는 것이다. 이제 내 마부가 발을 말굽에 밟혀서 뒤차에 실리었으므로, 나는 드디어 혼자 고삐를 늦추어 강에 띄우고 무릎을 구부려 발을 모으고 안장 위에 앉았으니, 한 번 떨어지면 강이나 물로 땅을 삼고, 물로 옷을 삼으며, 물로 몸을 삼고, 물로 성정을 삼으니, 이제야 내 마음은 한 번 떨어질 것을 판단한 터이므로 내 귓속에 강물소리가 없어지고 무릇 아홉 번 건너는데도 걱정이 없어 의자 위에서 앉거나 눕기도 하면서 기거(起居)하는 것 같았다. 옛날에 우(禹)임금은 강을 건너는데, 황룡(黃龍)이 배를 등으로 떠받치니 지극히 위험했으나 죽고 사는 판단이 먼저 마음속에 밝고 보니, 용이거나 지렁이거나 크거나 작거나가 족히 관계될 바가 없었다. 소리와 빛은 외물(外物: 바깥 세계의 사물)이니 외물이 항상 이목에 누가 되어 사람으로 하여금 똑바로 보고 듣는 것을 잃게 하는 것이 이와 같거늘, 하물며 인생이 세상을 지나는데 그 험하고 위태로운 것이 강물보다 심하고, 보고 듣는 것이 문득 병이 되는 것임에랴. 나는 또 우리 산중으로 돌아가 다시 앞 시냇물 소리를 들으면서 이것을 증명해 보고 몸 가지는데 교묘하고 스스로 총명한 것을 자신하는 사람에게 경고하는 바이다.

제 5 부

지식인의 생각

한신전을 논박하는 글

이
규
보

내가 『한서』의 <한신전>을 읽으니, 논박하지 않을 수 없는 것이 있어서 과감하게 그것을 다음과 같이 논박한다.

한신의 죄는 이미 죽이고도 남음이 있을 정도로 큰 죄이지만, 한고조(유방)에게도 잘못이 없지 않고, 반고(班固: 한서를 지은 학자)가 역사를 기록함에도 공정하지 못한 것이 있다. 대저 임금이 신하를 의심하는 마음을 가지면, 신하는 엎드려 죽임을 기다리는 것이 예(禮)인데, 만일 임금이 의심한다고 임금을 배반하는 마음을 갖는다면 신하된 자의 죄가 이보다 더 큰 것이 없다. 한신의 죄는 바로 여기에 해당되니, 진실로 죽이고도 남음이 있을 정도로 큰 죄인 것이다. 그러나 한신의 죄는 본래 고조가 양성한 것이다. 왜냐하면, 한신이 배반한다고 어떤 사람이 말하자, 고조는 그 말을 믿고 걱정을 하였으니, 이것은 밝지 못한 것이다. 대저 남을 헐뜯는 말에는 사실인지 아닌지가 분명하지 않은 것도 있고,

당장에 판단할 수 있는 것도 있다. 한신은 유방과 항우가 서로 버티고 있을 때 국사(國士) 중에 둘도 없는 재주로 매처럼 사납고 범처럼 용맹스러웠었다. 이때에 그가 초(楚: 항우)나라에 참여하면 한(漢: 유방)나라가 위태롭고 한나라에 참여하면 초나라가 위태할 정도로 초나라와 한나라의 안위(安危)는 한신 한 사람의 손에 달려 있었는데, 한신은 끝내 한나라에 참여하여 함께 천하를 평정해서 공신이 되었고, 또 당시에 괴통(蒯通)이 한신에게 천하를 셋으로 나누어 그 하나를 차지하라고 달랜 일이 있었는데, 한신은 차마 한나라를 배반할 수가 없어서 그 말을 듣지 않았다. 대저 그 당시의 형세로 보아서는 해볼 만한 일이기도 했으나 그는 이처럼 배반하지 않았는데, 천하가 한집안이 된 날에 와서 어찌 그가 자그마한 하나의 회음(淮陰: 한신의 고향)을 가지고 큰 한나라에 항거하려 하였겠는가. 이것은 당장에 판단할 수 있는 것이다.

그리고 고조가 진실로 밝게 판단하지 못하여 그의 반역을 걱정했다고 보면, 곧 만승(萬乘: 천자의 나라)의 나라를 가지고 어찌 회음을 쳐서 이기지 못하기에 거짓으로 운몽(雲夢)에 놀러간다고 핑계를 대고 그를 사로잡았을까. 아, 천하의 군주로서 속임수를 써서 한 신하를 속였으니, 어떻게 천하의 만방을 다스릴 수 있겠는가. 한신을 포박하여 낙양(洛陽)에 와서 결국 풀어준 것은 그에게 죄가 없기 때문이었다. 만일 그에게 죄가 없다는 것을 알았다면 마땅히 그의 왕위를 빼앗지 말고 그의 원한을 풀어 주었어야 옳을 것인데, 도리어 그를 떨어뜨려 후(侯)로 삼아서 그의 마음을 격분시켰으니, 이것은 잠자는 호랑이의 꼬리를 밟아 깨도록 한 셈이다. 한신은 이로 말미암아 한나라를 원망하고, 또 그는 마침내 반드시 죽임을 당할 것을 의심하였으므로 부득이 반역을 꾀하게 된 것이니, 이것은 고조가 양성한 것이 아니고 무엇인가. 그러므로 나는 고조에게도 잘못이 있다고 하는 것이다.

반고가 『한서』에 쓰기를, '한신은 일시의 권변(權變)을 써서 사력(詐力)으로 공을 이루고, 강대국의 의심을 받더니 결국 반역을 꾀하다가 끝내 멸망하였다.' 하였는데, 그가 이른바 '의심을 받더니 결국 반역을 꾀하다가 끝내 멸망하였다.'라고 한 것은 시인하겠으나, 이른바 '사력으로 공을 이루었다.'라는 것은 무엇을 지적함인지 모르겠다. 한신은 한왕(고조)을 위하여 강한 초나라를 격파하고, 위(魏)나라 왕을 생포하고, 하열(夏說)을 사로잡고, 용저(龍且)를 칠 때에 모두 기묘한 계책을 썼었는데, 이것을 지적해서 말한 것인가. 이것은 기묘한 계책이지 사력(詐力)이 아니다. 전쟁에는 무상(無常)함을 존중하므로 때로는 간혹 기묘한 계책을 쓰기도 하는 것이다. 한신의 기묘한 계책이 아니었더라면, 고조는 응당 천하를 차지하지 못했을 것이다. 과연 사력이라고 한다면, 고조가 사력의 신하를 써서 천하를 얻었으니, 역시 올바른 일이 아니다. 이른바 속임수라는 것은, 고조가 거짓으로 운몽에서 노닌 것과 소하(蕭何: 한나라의 재상)가 한신을 속여서 여후(呂后: 고조의 부인)를 보게 했던 일*과 같은 것들이 바로 속임수에 가까운 것이다. 그런데 반고는 이런 일을 폄하하지 않았으니, 그것은 성스러운 임금과 어진 재상인 까닭으로 이를 숨겼던 것일까. 그가 이른바 '일시의 권변을 썼다.'는 것은 소하, 조참(曹參), 장량(張良) 등이 모두 그랬다. 어찌 한신만이 그랬던가. 그러므로 나는 반고가 역사를 기록함에 공정하지 못한 것이 있다고 하는 것이다.

---

* 한신이 반란을 일으킨다는 변보(變報)를 들은 여후(呂后)는 한신을 소환하려 했다. 그러나 사태가 여의치 않자, 소하(蕭何)와 모의를 하여 진희(陳豨)가 이미 죽은 일에 대해 신하들이 모두 축하하게 하고, 소하가 한신에게 '아무리 몸이 아프더라도 들어가서 축하하라.'라고 속여서, 한신이 들어가니 여후는 무사(武士)들을 시켜 한신을 포박해 죽였다.

사설을 지어 전정부에게 작별 선물로 주다

이
곡

스승에 대한 설은 많이 나와 있다. 하지만 그 도(道)가 하나가 아니고 그 지위도 같지 않다는 것 또한 알아두지 않으면 안 된다. 도를 가지고 말한다면 성인과 현인과 우인(愚人)의 스승이 있을 수 있고, 지위를 가지고 말한다면 천자와 제후와 경(卿)과 사(士)와 일반 백성의 스승이 있을 수 있다. 그리고 스승이 하는 일은 덕의(德義)를 높이고 술예(術藝)를 가르치며 구두(句讀)를 익히게 하는 것 등이다. 천자로부터 일반 백성에 이르기까지 스승을 의지하지 않고 이름을 이룬 자는 없다. 천자와 제후와 경과 사와 일반 백성의 지위는 비록 같지 않고, 성인과 현인과 우인의 그 도는 비록 하나가 아니라고 할지라도, 사업을 연마하고 기질을 변화시키려면 아무래도 스승의 도움이 필요한 만큼 덕의와 술예와 구두의 가르침을 받는 점에 있어서는 동일하다고 할 것이다. 즉 구두를 가르쳐서 글을 익히게 하고, 술예를 교습해서 적절히 활용하게 하고, 덕의를 전수해서 바른 마음을 갖게 해야 하니, 그러고 보면 스승이 제대로 스승 노릇을 한다는 것도 쉬운 일은 아니라고 하겠다.

우선 일반 백성의 스승을 예로 들어서 말해 보겠다. 그들에게는 반드시 효제와 충신의 도리를 가르쳐서 어버이를 친애하고 어른을 위해 목숨을 바칠 줄을 알게 해야 할 것이다. 그리고 그들이 다루는 무의(巫醫: 무당과 의사)와 악사(樂師)와 백공(百工: 여러 기술자)의 기예가 그 규모는 비록 작다고 하더라도 역시 마음과 뜻을 다하지 않으면 불가능한 것인 만큼, 그들을 가르치는 스승의 입장에서는 무섭게 대할 수도 있고 나아가 회초리로 때릴 수도 있는 것이며, 그래도 잘 안되면 아예 버리고 떠날 수도 있는 것이다. 만약 제대로 가르치는 도리를 행할 수 없게 되면, 강한 자는 반드시 거칠어지고 약한 자는 반드시 나태해져서 하던 일도 집어치우고 해야 할 일도 폐기한 채, 부모를 욕되게 하고 동네에서 행패를 부리며 불법행위를 도발하다가 옥송(獄訟: 송사)만 뻔질나게 일으킬 것이다.

여기에서 경과 사대부의 단계로 더 올라가면 해를 끼치는 것이 필시 일반 백성들보다 갑절은 더 될 것이다. 그리고 여기에서 더 나아가 제후의 단계로 올라가고 다시 천자의 지위에 이르게 될 경우, 그 도가 커지면 커질수록 그 임무는 더 무거워질 것이요, 그 지위가 높아지면 높아질수록 그 책임은 더욱 심대해질 것이다. 무릇 천자와 제후는 귀한 신분으로 태어나 안락한 환경에서 자란 사람들이다. 그래서 뜻이 거만하여 위세를 부리면서 사대부를 멸시하게 마련이요, 따라서 엄격한 외부(外傅: 밖에 나가서 배우는 스승)보다는 좌우의 친애하는 사람들을 좋아하게 마련이다. 어떤 사람은 여색과 개와 말을 바치고 어떤 사람은 진기한 물건과 특이한 음식을 제공하여, 천자와 제후의 눈과 귀를 멀게 하고 마음과 뜻을 현혹시키니, 이처럼 덕의를 해치는 것들이 계속해서 밀어닥치는 상황에서, 천자와 제후로서는 이것들을 응접하기에도 겨를이 없을 것이다. 그러니 헐렁한 옷에 큰 띠를 맨 차림으로 벼슬에 나오기는 어려워하고 물러나기는 쉽게 여기는 선비의 입장에서 볼 때, 아첨하여 총애를 받고 꼬리를 치며 애걸하는 자들과 친소(親疎)를 따지고 득실을 다툰다는 것은 참으로 격에 맞지 않는 어려운 일이라고 할 것이다.

옛날에 시행한 교육을 보면, 천자와 제후의 아들이라고 할지라도 반드시 학교에 들어가게 하여 날마다 단정한 사람과 함께 하루 종일 생활하면서 덕성을 도야하게 하였다. 그리하여 연장자를 높이고 덕성을 귀하게 여기는 의리를 알게 함으로써 갓에 오줌을 누는 일이나* 방석에 침을 꽂는 일**이 없게 하였기 때문에 스승의 도가 시행될 수 있었던 것이다. 비록 그렇기는 하지만 남의 스승이 되기 위해서는 먼저 자기를 바르게 하는 것이 필수적이다. 왜냐하면 자기가 바르지 못하고서 남을 바로잡을 수는 없기 때문이다. 담양(潭陽)의 전정부(田正夫)는 나와 함께 같은 해에 과거에 급제한 인연이 있다. 지금의 임금께서 연경(燕京: 원나라 서울)에 들어가 숙위(宿衛)할 때에 전정부가 수행을 하였다. 당시에 임금은 세자의 신분이었는데, 전정부가 구두를 가르쳐서 글을 익히게 하였다. 지금은 임금의 자리에 정식으로 오르셨지만 나이가 아직도 젊으시고 보면, 지금이야말로 옛사람들이 외부(外傅)에게 나아가 공부했던 시기라고 할 것이다.

그러니 구두를 가르치고 술예를 교습하고 덕의를 전수하는 일을 한 가지라도 폐하면 더욱 안 될 것이다. 이 일을 일반 백성과 비교해 보거나 경과 사대부

---

* 한나라 고조 유방이 선비를 업신여겨 모욕을 가했는데, 객(客) 가운데 선비의 갓을 쓰고 오는 사람이 있으면 그때마다 갓을 벗기고는 그 안에다 오줌을 누곤 하였다.
** 『진서(晉書)』에 사인(舍人) 두석(杜錫)이 태자에게 덕을 닦고 선행을 쌓으며 참소하고 비방하는 자들을 멀리 하라고 권면하자, 태자가 노하여 사람을 시켜 두석이 앉는 방석에 바늘을 꽂게 해서 그가 앉을 때 찔리게 하였다.

에 비교해 보면 더욱 중요하게 여기지 않을 수 없을 것이요, 나아가 성인이나 현인의 경지에 이르는 것을 목표로 해야 할 것이니 더더욱 노력하지 않으면 안 될 것이요, 위로는 천자가 있고 아래로는 경과 사대부와 일반백성이 있으니, 더더욱 조심하지 않으면 안 될 것이다. 그렇게 보면 이 스승의 역할을 수행한다는 것이 또한 어렵다고 해야 하지 않겠는가. 전정부는 반드시 자기를 먼저 바르게 한 뒤에 임금의 마음을 바로잡아야 할 것이다. 그리하여 여색과 개와 말과 진기한 물건과 특이한 음식 등이 앞지르지 못하게 하고, 아첨하며 총애 받는 자들의 유혹에 정신을 뺏기지 않게 해야 할 것이다. 이 일은 그 도가 큰 만큼 임무도 막중하다고 할 것이요, 그 덕이 높은 만큼 책임도 크다고 할 것이니, 어찌 일반 백성의 스승처럼 무섭게 하고 회초리로 때리다가 아예 버리고 떠날 수 있는 성격의 것이겠으며, 어찌 단지 경과 사대부의 스승처럼 그 폐해가 일반 백성의 경우보다 갑절 정도로만 그치겠는가.

맹자가 이르기를 '오직 대인(大人)만이 임금의 잘못된 마음을 바로잡을 수 있다. 한번 임금의 마음을 바르게 하면 나라가 안정되는 것이다.'라고 하였는데, 여기서 말한 대인이란 아마도 스승의 도를 존엄하게 하는 사람을 의미하는 것이 아닐까 한다. 전정부가 임금을 따라 본국으로 떠날 즈음에 나에게 한마디 말을 해 달라고 요청하였다. 이에 내가 '사설(師說)'을 지어 주면서 맹자의 말로 마무리를 지었는데, 전정부의 생각은 어떨지 모르겠다.

의심을 푸는 방법에 대하여

이
곡

    어떤 사람이 아무 근거도 없이 자기를 의심한다면 반드시 진실을 밝혀야 할 것이다. 하지만 어떤 경우에는 굳이 그렇게 할 필요가 없을 때도 있다. 왜냐하면 변명에 급급하다 보면 그 의심이 더욱 심해질 것이 자명한데 반해서, 가만히 놔두면 뒤에 가서 저절로 의혹이 해소될 수도 있기 때문이다.

    어떤 여종이 주인 여자를 대신해서 아이에게 젖을 먹이다가 얼마 뒤에 임신을 했는데 분만을 하고 나서 그 사실이 발각되었다. 주인 여자가 노하여 매질을 하려고 하며 심문하기를 '무릇 젖을 먹일 때에는 남자와의 관계를 완전히 끊어야 하는 법이다. 그 이유는 몸에 아이를 갖게 되면 젖을 먹이는 아이에게 해가 되기 때문이니, 이것이 너의 첫 번째 죄이다. 네가 아이에게 젖을 먹이기 시작할 때부터 발은 문지방을 넘지 말고 방안에만 머무르면서 밤낮으로 안아주고 업어주게 하였다. 그런데 네가 감히 남자를 끌어들였으니, 이것이 너의 두 번째 죄이다.'라고 하였다. 이에 여종이 겁을 먹고는 애매한 말을 지어냈는데, 사실상 그 주인 남자를 지목한 것이었다. 그러자 주인 여자가 입을 다물고는 더 이상 그 일을 언급하지 않았다. 이때 주인 남자가 연경(燕京: 원나라 서울)에 갔다가 반년 만에 돌아와서는 그 사정을 듣고 말하기를 '아, 나는 미인도 가까이하지 않는 사람이다. 그런데 너를 가까이할 리가 있겠느냐. 사실이 그렇더라도 내가 어떻게 너와 말싸움을 하겠느냐.'라고 하였다. 그 뒤에도 여종은 역시 사실대로 고백하지 않았으므로 주인 여자의 의심이 끝내 풀리지 않았는데, 주인 남자는 태연자약하기만 하였다.

내가 이 이야기를 듣고 다음과 같이 의심 풀이에 관한 글을 지어보았다. 설령 여종이 사실대로 고백했다고 하더라도 내 생각에 주인 여자는 의심을 바로 풀 수 없었을 것이고, 주인 남자는 당연히 계속해서 태연자약했을 것이다. 직불의(直不疑)*가 같은 방을 쓰던 사람이 금을 잃어버리자 보상해 주었는데, 이것이 어찌 잘못 알고 가지고 간 자가 나중에 돌아와 자기에 대한 의심이 풀리게 될 것을 미리 알고 한 일이겠는가. 그는 아마도 '남이 나를 의심하는 것은 평소 나의 행동이 남에게 신임을 받지 못했기 때문이다. 나도 마음속으로 분개하고 큰소리로 다투면서 관부에 재판을 청구하고 신명(神明)에게 질정(叱正)하여 기필코 해명하고 난 뒤에야 그만두는 법을 모르는 바는 아니다. 그러나 나는 차라리 외면으로는 터무니없는 누명을 뒤집어쓰더라도 내면으로는 참다운 덕을 닦아야 할 것이니, 그 덕이 안에 쌓여 밖으로 드러나면 사람들 모두가 마음으로

---

* 직불의는 한(漢)나라 경제(景帝) 때 어사대부를 지내다가 무제(武帝)가 즉위한 뒤에 과실로 면직되었는데, 사람됨이 순후하고 『노자』를 좋아하였다. 문제(文帝) 때 같은 방에 기숙하던 동료 낭관이 타인의 금(金)을 자기의 금으로 착각하고 그것을 가지고 고향으로 돌아갔다. 이에 금을 잃어버린 낭관이 직불의를 의심하자 직불의는 아무 변명도 하지 않고 금을 사서 보상해 주었는데, 나중에 고향에서 돌아온 낭관이 금을 돌려주니 의심하였던 낭관이 크게 부끄러워했다는 고사가 있다.

복종하게 될 것이다. 그렇게 되면 실제로 도둑질을 했다고 하더라도 오늘날의 아름다운 행실이 지난날의 과오를 덮어주기에 충분할 테니, 하물며 그런 일이 없는 데야 더 말해 무엇하겠는가.'라고 생각해서 그렇게 행동했을 것이다. 이는 옛사람이 스스로 돌아보는 것을 귀하게 여겼음을 알려주는 하나의 사례이다. 참으로 스스로 돌아보아 믿음직하고 성실하기만 하다면 천지와 귀신도 나를 믿어 줄 텐데, 사람들에 대해서야 염려할 것이 뭐 있겠는가.

그런데 터무니없이 의심을 받는 것 중에는 굳이 해명할 필요가 없는 것도 있지만, 해명하려고 해도 쉽게 되지 않는 것이 또 있다. 가령 장인(丈人)을 때렸다는 의심*에 대해서는 처에게 친정아버지가 없었다는 사실을 확인해 보기만 하면 바로 알 수가 있고, 증삼(曾參)이 살인했다는 의심**에 대해서는 사람을 죽인 자가 진짜 증삼이 아니라는 사실을 확인해 보기만 하면 바로 해명할 수가 있다. 그러나 한번 들으면 의심하기 쉽고 일단 의심하면 변명하기 어렵고 변명하면 할수록 법령에 걸리기 일쑤인 경우가 있는데, 이를테면 절도의 혐의를 받는 것과 같은 경우가 그러하다. 그래서 법률을 만들 때에도 이에 대한 조항을 더욱 엄격히 해서, 귀로 듣고 마음속으로 의심이 가기만 하는 사건에 대해서는 심문하지 말라고 금지한 것이다. 하지만 사람이 마음속으로 의심하는 것까지 법령으로 금지할 수는 없는 것이고 보면, 그런 의심을 받는 자의 입장에서는

---

* 후한의 광무제가 명신인 제오륜(第五倫)을 희롱하면서 예전에 장인을 때린 일이 있지 않았느냐고 물어보자, 제오륜이 세 번 장가를 들었지만 당시에 모두 장인이 없었다고 대답한 고사가 있다.

** 공자의 제자인 증자가 비(費)땅에 있을 때, 그 고을 사람 중에 증삼이라는 이름을 가진 동명이인이 사람을 죽인 사건이 일어났다. 이에 어떤 사람이 증자의 어머니에게 '증삼이 사람을 죽였다.'라고 알려 주었으나, 그럴 리가 없다면서 어머니가 계속 베를 짰는데, 그 뒤에 세 차례나 다른 사람들이 와서 똑같이 그 이야기를 하자 어머니가 담장을 넘어 도망쳤다는 일화가 있다.

차라리 변명하지 않는 것이 훨씬 나을 수도 있다. 그래서 직불의가 과감하게 결단을 내려 진짜로 자기가 도둑질을 한 것처럼 행세를 했던 것이다. 그런데 또 다행히도 금을 잘못 알고 가지고 간 자가 자백하며 금을 돌려주자, 금을 잃어버린 사람이 의심한 잘못을 스스로 뉘우치며 몸 둘 곳을 모른 채 다른 사람의 얼굴을 쳐다볼 면목도 없게 되었다. 그리하여 직불의가 덕망 있는 어른으로 칭송이 한 시대를 풍미했을 뿐 아니라 역사책에까지 기록되어 성대하게 전해지기에 이르렀는데, 지금 주인 남자가 자신 있어 하는 것도 대개는 이런 경우와 비슷하지 않을까 싶은 생각이 든다.

　나는 또 이 일과 관련하여 그 여종이 자기 죄를 면할 목적으로 주인 남자에게 책임을 전가한 것을 혐오하는 바이다. 이것은 남의 아랫사람이 된 자가 경계로 삼기에 충분한 사례라고 여겨진다. 비첩(婢妾: 여종이 첩이 된 경우)과 주인의 관계나 자식과 부모의 관계나 신하와 임금의 관계는 그 의리가 동일하다고 할 것이다. 내가 예전에 소진(蘇秦: 전국시대 종횡가)이 한 말을 들은 적이 있다. 그것은 즉 '어떤 사람이 관리가 되어 멀리 떠났는데 그 처가 다른 남자와 사통을 하였다. 그 남편이 돌아올 즈음에 사통한 남자가 걱정을 하자, 그 처가 말하기를「걱정하지 말라. 내가 이미 독약을 탄 술을 만들어 놓고 기다리고 있다.」라고 하였다. 3일이 지나서 그 남편이 도착하니, 그 처가 첩을 시켜서 술잔을 올리게 하였다. 첩의 생각에, 사실대로 말하자니 주인 여자가 쫓겨날 걱정이 있고, 말을 안 하려니 주인 남자가 죽을 위험에 처해 있었다. 이에 넘어지는 척하면서 술을 쏟아버리자, 주인 남자가 노하여 그 첩을 50대나 때렸으니, 이것이 이른바 충신(忠信)으로 윗사람에게 죄를 얻는 것이다.'라고 하는 내용이었다. 그런데 지금 이 여종은 거짓말로 자기의 죄를 면하려 하였고, 여기에 또 주인 남자와 주인 여자 사이에 틈이 벌어지게 하려고 획책하였으니, 아, 소인의 마음

씀씀이가 정말 무섭기만 하다.

주인 남자는 바로 삼한(三韓)의 명가 출신으로 홍언박(洪彦博) 선생이라고 일컬어지는 분인데, 나와 친하게 지내면서 현재 연경에 함께 거주하고 있다. 이야기를 하다가 그 일을 언급하게 되었으므로 내가 한번 빙그레 웃고는 석의(釋疑)라는 글을 지으면서, 그 기회에 소진(蘇秦)의 말을 인용하여 아랫사람이 된 자가 경계할 자료로 삼게 하였다.

세 가지 벗에 대하여 논하는 글

권
근

나의 고향 영가(永嘉: 지금의 안동)에 숨은 군자 김씨(金氏)가 있는데, 일찍이 벼슬하여 절개가 있고 악한 것을 미워하고 구차하게 처세하지 않는 것으로 알려졌다. 지방의 수령으로 나가서는 백성의 폐단을 제거하는데 힘썼으며 항상 말하기를 '백성을 다스리기를 농부가 먼저 그 곡식을 해치는 풀을 매듯이 해야 한다.'라고 하였다. 그러므로 가는 곳마다 아전과 백성들이 두려워하고 꺼려서 감히 간사한 짓을 하지 못하였는데, 은퇴하여 시골에 살 때에는 항상 삽이 달린 지팡이와 줄(칼을 가는 도구)이 달린 칼과 짤막하고 날카로운 낫을 스스로 휴대하고 이름하기를 삼우(三友: 삽, 칼, 낫)라 하였다. 베어야 할 풀은 삽으로 제거하고, 잘라 낼 나무는 낫으로 베어 내고, 모든 물건의 깎아야 할 것과 갈아야 할 것은 또한 경우에 따라 칼질하고 줄질하여, 반드시 아름다운 초목으로 하여금 가지가 뻗고 줄기가 곧게 빼어나 적당하게 나열되게 하고, 나쁜 초목이 섞여 덮고 가리지 못하게 하였으므로, 정원은 씻은 듯이 깨끗하고 채마밭은 정연하게 가꾸어져 있어 한 고을이 모두 본보기로 삼았다.

병부(兵府) 장원(壯元) 김공(金公) 또한 시골 사람으로서 그가 서울에 와서 나에게 삼우설을 청하였는데 6, 7차례 왔으나 게을리하지 않았다. 내가 이미 김씨의 가풍을 사모하고 또 병부 김공의 요청을 중히 여기는지라, 감히 글을 못한다는 것으로써 굳이 사양할 수 있겠는가. 내가 일찍이 듣건대, 공자가 이르기를 '유익한 벗이 세 가지요, 손해되는 벗이 세 가지다.'라고 하였으니, 이는 사람이 마땅히 힘써 배워서 그 사귐을 분명히 하라는 것이다. 그러나 유익한 벗과 손해되는 벗은 우리 인간과 같은 종류이기 때문에 비록 유익과 손실의 차별이 있더라도 모두 벗할 수 있거니와, 삽, 칼, 낫의 세 가지 물건은 우리 인간과 같은 종류가 아니니 또 더불어 벗으로 삼을 수 있겠는가. 옛사람도 또한 우리 인간과 같은 종류가 아닌 것을 벗한 이가 있었으니, 백낙천(당나라 시인)은 시와 술과 거문고를 삼우(三友)로 삼았고, 증단백(曾端伯)은 아홉 가지 꽃과 술을 십우(十友)로 삼았다. 이것은 같은 종류는 아니나 또한 족히 이를 의지하여 마음을 즐기고 근심을 풀 수 있으니 벗이라 하여도 마땅하겠거니와, 이제 삽, 칼, 낫은 미세한 물건 중에도 미세한 것이라, 보아도 족히 내 눈을 기쁘게 하지 못하고 써도 족히 내 근심을 풀어주지 못하니, 사람에게 비하면 나의 종이요 나의 벗은 아니다. 그것을 벗으로 삼은 데는 혹시 무슨 설(說)이 있는가.

대개 벗이란 나를 돕는 것이기 때문에 도가 같은 사람과 벗을 하면 덕을 돕고, 뜻이 같은 사람과 벗을 하면 그 일을 돕는 것이, 진실로 도가 같고 뜻이 합하면 귀천이 다를지라도 또한 더불어 벗을 삼을 수 있는 것이다. 나의 뜻이 악을 미워하는데 있고 저들의 힘이 능히 악을 제거할 수 있으므로, 내가 그의 힘을 써서 나의 뜻을 이룰 수 있으니, 어찌 버리고 벗하지 않으랴. 대저 아름다운 곡식을 가꾸는 사람은 반드시 가라지를 제거하고 난초와 혜초를 심는 사람은 반드시 가시를 잘라내는 것이, 또한 마음을 다스리는데 있어 반드시 이욕(利慾)을 제거하고, 나라를 다스리는데 있어서는 반드시 그 간사한 무리를 제거하는 것과 같다. 그러나 마음을 다스리는 것은 그 공적이 나에게 있고, 나라를 다스리는 것은 그 운명이 하늘에 있으니, 모두 벗에게 기대할 수 있는 것이 아니다. 그러나 오직 물건에 있어서는 그 나쁜 것을 제거하는데 벗을 삼아야 될 것은 이 세 가지 물건이 아니겠는가. 이는 은거하는 사람이 악을 제거하는데 뜻을 두었으나 능히 정치에 베풀지 못하고, 안으로 마음을 다스리는 것이 밖으로 일에 나타나는 것이다. 그러므로 평소에 품행을 지킴이 더욱 굳고 절의가 더욱 높아, 이에 그가 심어서 기른 아름다운 곡식과 화초로 더불어 날로 무성하고 번식하여 결실을 맺을 것이다. 저 백낙천과 증단백을 보건대, 한갓 마음을 즐겁게 하고 근심을 씻게 하는 것을 취하여 벗을 삼았으니, 마침내는 방탕하여 의지를 상실하는데 이르지 않은 사람이 거의 없었다.

그렇다면 김씨가 벗으로 삼은 것은 참으로 공자가 말한 유익한 벗이요, 백낙천과 증단백이 벗을 삼은 것은 그야말로 손실을 가져오는 벗이다. 아, 나는 마음에 물욕이 엉켜서 막힌 지 오래이다. 어떻게 유익한 벗의 힘에 의지하여 내 마음에 엉킨 가시덤불을 다스리랴.

군자와 소인을 분변함

임
시
습

군자의 도는 자기 몸에 근본하며, 서민에 징험(徵驗)하며, 삼왕(三王: 중국 고대의 성스러운 임금들)에 상고하여 어긋나지 아니하며, 천지에 세워서 거슬리지 아니하고, 귀신에 따져도 의심이 없으며, 백세의 성인을 기다려도 미혹되지 않는다. 그가 병통으로 여기는 것은 무능함을 병통으로 여길 뿐, 남이 나를 알아주지 아니함을 병통으로 여기지 아니하며, 그가 근심하는 것은 남을 알지 못하는 것을 근심할 뿐, 남이 나를 알아주지 아니할까를 근심하지 아니한다. 그의 학문은 도덕적으로 최고 성인의 경지에 도달하는 것이요, 그의 행실은 자기에게서 구하는 행실이며, 그가 두려워하는 것은 천명을 두려워하고 대인(大人)을 두려워하며, 성인의 말씀을 두려워하여 의리에 밝기 때문에 능히 곤궁한 것을 잘 견디고 평탄하며 탕탕(蕩蕩: 광대한 모양)하다. 그러므로 엄하고 씩씩하되 다투지 아니하며, 무리를 짓되 하나의 당파에 치우치지 아니하며, 널리 두루 교제하되 편파적인 붕당을 짓지 아니하고, 남과 화합은 하지만 주견 없이 남의 의견을 따르지 아니하며, 태연하되 교만하지 않는다. 또 그 도(道)는 그윽하여 날마다 빛나며, 그 재주는 작은 지식으로는 불가하지만 큰 것은 받는다. 군자로서 어질지 못한 사람도 있다. 그러므로 어진 사람을 한 가지의 허물도 없이 모든 일에 완전하기를 바란다.

소인은 혼자 있을 때 나쁜 짓하기를 못하는 것이 없이 다 하다가, 군자를 본 뒤에는 흠칫 놀라듯 그의 좋지 못한 점을 가려버리고 그 착한 점만을 나타내니 이것이 그의 병통이다. 그러므로 그가 허물을 저지르면 반드시 드러나 보인다. 그리고 소인이 병통으로 여기는 것은 바로 남의 것을 빼앗지 않고서는 만족하지 않는 것이요, 소인이 근심하는 것은 이익을 근심하고 손해를 근심한다. 또 그의 학문은 재물과 이익을 추구하고, 그의 행실은 자기에게서 구하지 아니하며, 천명을 알지 못하여 두려워하지 아니하고, 대인을 가벼이 여기며 성인의 말씀을 업신여긴다. 이익에만 밝기 때문에 곤궁하면 바로 함부로 하고, 항상 근심하고 두려워하기 때문에 오랫동안 곤궁한 처지에 있지 못하거니와, 즐거운 데에도 오랫동안 머무르지 못한다. 편파적이어서 두루 사귀지 못하고, 이리저리 붙으면서도 화합하지 못하며, 교만하면서 태연하지는 못한다. 그의 도는 뚜렷하면서 날마다 없어지고, 그의 재주는 큰 것은 받을 수 없으나 자잘한 지식은 받을 수 있다. 아직 소인치고 어진 사람은 없다. 그러므로 아주 어리석은 것은 옮겨가지 못한다.(여기까지는 앞선 성인의 격언을 모은 것이다.)

이것이 그 대강으로, 의(義)와 이(利), 공(公)과 사(私)의 사이를 넘지 못한다. 그러므로 임금이 사람을 쓸 때에 자세하게 살피지 않으면, 작게는 몸이 위태롭고 크게는 나라가 망하며, 보통 사람이 벗을 사귈 때에 자세하게 살펴서 선택하지 않으면, 작게는 자기 몸을 다치고 크게는 어버이를 욕되게 한다. 그러므로 그 만남에 반드시 삼가야 하고, 그 대우에 반드시 정성스러워야 한다. 한 사람의 군자를 얻는 날이면 선한 사람들이, 띠풀을 뽑으면 뿌리가 이어서 딸려 나오듯이 떼를 지어 나올 것이요, 한 사람의 소인을 만나게 된다면 악한 자들이 같은 무리를 당기고 당파를 이끌어, 그 악이 점점이 스며들고 젖어들어 푹푹 쪄 내는 것과 같이 되어 융합하게 된다. 그런 뒤에 미워함이 심하게 되면 난리를 일으키므로 갑자기 뽑아 버릴 수도 없다. 그러나 그 악함이 이와 같은 사람은 처음에는 충성하는 것 같지만 끝에 가서는 아첨하고, 그 겉보기에는 바른 것 같지만 속은 사특하다. 상홍양(桑弘羊)의 베옷과 왕망(王莽)의 겸손에서 알 수 있다. 그러므로 찬탈하며 임금을 죽이는 화(禍)의 단서는 말을 거스르며 바른 간언을 하는 신하의 입에 있는 것이 아니라, 등창을 빨고 치질을 핥아줌에 젖어드는 데에 있으며, 미혹시킴의 기틀은 허물을 메우고 잘못된 것을 바로잡으려고 하는 때에 있는 것이 아니라, 아첨하고 비위 맞추는 게재에 있는 것이다. 거스르는 말과 바른 간언, 허물을 메우는 것과 잘못된 것을 바로잡는 것은 입에는 쓴 것 같지만 실은 달고, 등창을 빨고 치질을 핥아주는 것과 아첨하고 비위를 맞추는 것은 편안한 것 같지만 끝에 가서는 위태롭다. 군자를 가까이 하는 것은 이야기나 문장 등이 점점 재미있어지는 것과 같고, 소인을 만나는 것은 혜훼(醯喙)*와 같은 것이다. 그러므로 사람을 잘 보는 이는 그 시초를 보고, 사람을 잘 살피는 이는 평상시에 살핀다. 정성스럽게 하기를 생각하는 이는 상등이요, 지키기를 몸에 하는 이는 그 다음이요, 비추어보기를 일에서 하는 이는 또 그 다음이다. 비추어보기를 일에서 할 수 없다면 악으로 함께 돌아가는 것이다. 그러므로 잘 다스리는 임금과 유능한 선비는 군자를 대접하기를 난초를

---

* 생쥐는 사람과 새, 짐승을 씹어 먹지만 입이 닳아서 아픈 것을 느끼지 않으므로 죽어도 모르게 된다는 뜻.

사랑하듯이 하고, 소인을 피하기를 호랑이와 뱀을 피하듯 하는 것이다. 임무를 선택함에 삼가며 교제에 조심한 뒤에야 나라를 보전할 수 있고, 몸을 온전하게 할 수 있다. 그러나 학문을 좋아하고 뜻을 돈독하게 하며 행실에 힘쓸 수 없는 사람이라면 이런 말을 할 수 없다.

백성을 사랑하는 것을 밝힘

김시습

『서경』에 이르기를 '백성은 나라의 근본이니, 근본이 견고해야 나라가 편안하다.'라고 하였다. 대저 백성들이 추대하고 그것으로 살아가는 것은, 비록 임금에게 의지한다 하더라도 임금이 왕위에 올라 부리는 것은 실로 서민뿐이다. 민심이 돌아와 따르면 만세토록 군주가 될 수 있으나, 민심이 떠나서 흩어지면 하루 저녁도 기다리지 못하여 필부가 되는 것이다. 군주와 필부의 사이는 아주 작은 차이가 있을 뿐이니, 조심하지 않을 수 있겠는가. 그러므로 곡물창고와 재물창고는 백성의 몸이요, 의복과 모자와 신발은 백성의 가죽이요, 음식과 술은 백성의 기름이요, 궁실(宮室)과 거마(車馬)는 백성의 힘이요, 세금과 각종 기물은 백성들의 피다. 백성이 십분의 일을 세금으로 내어 위에다 바치는 것은 임금으로 하여금 그 총명으로써 나를 다스리게 하기 위한 것이다. 그러므로 임금이 음식을 받게 되면, 백성들도 음식을 먹는 것이 자신과 같은가를 생각하고, 옷을 입게 되면, 백성들도 옷을 입는 것이 자신과 같은가를 생각하게 된다. 바로 궁궐에 거처함에 있어서 만백성의 편안함을 생각하며, 수레를 타고서는 만백성의 화락한 경사를 생각하게 된다. 그러므로 말하기를 '네가 입은 옷과 네가 먹는 밥은 백성의 기름이다.'라고 하는 것이다. 평상시에 이바지하는 것도 불쌍하고 민망한데, 어찌 망령되게 무익한 일을 일으켜서 힘든 부역을 번거롭게 하여 백성들의 농사짓는 시기를 빼앗아 원망과 한숨을 일으키고, 화락한 기운을 손상시켜서 하늘의 재앙을 부르고 굶주림을 절박하게 하랴. 그리하여 사랑하는 어버이와 효도하는 자식들로 하여금 서로 보전할 수 없어 유랑하여 흩어지게 하며, 그들을 구렁에다 죽어 엎어지게 할 수야 있겠는가.

아, 상고의 태평성대에는 임금과 백성이 한 몸이라 임금의 힘을 알지 못하였다. 당시에 노래를 지어 부르기를 '우리들 뭇 백성에게 쌀을 먹게 함은 그대가 세운 법이 아님이 없다. 알지 못하는 사이에 임금의 법칙을 순종하게 되었네.'라고 하였고,

또 이것을 말로 지어 이르기를 '해가 뜨면 일을 하고 해가 지면 들어가 쉬거니, 임금의 힘이 나에게 무엇이 있단 말이냐.'라고 하였다.

그러나 세대가 내려와 난폭한 군주가 교만하고 포학하게 굴어 백성들이 원망하고 한숨을 쉬게 되니, 그들이 또 노래를 지어 부르기를 '썩은 새끼로 여섯 마리의 말을 모는 것과 같으니, 원망이 어찌 밝은데 있으랴. 보지 않으면 도모한다.'라고 하였고,

또 말하기를 '이 날은 언제나 망할꼬 내가 너와 함께 망하리라.'고 하였다.

하나라의 걸왕과 은나라의 주왕의 주지육림에 이르러서는 낮을 밤을 삼아 정강이를 쪼개고 아이를 밴 임산부의 배를 가르면서 말하기를 '포악해도 해로움은 없다.'라고 하였다.

전국시대에 와서는 강한 나라가 약한 나라를 집어 삼키고 병합하는 전쟁이 자주 일어나 죄 없는 백성들을 혹사시켜 반드시 죽음으로 몰아넣었으니, 또한 너무 심하였지만 어찌하랴. 진나라와 한나라 이후로는 더욱 신선술을 부리는 도사와 노자, 부처의 말이 날마다 새로워지고 달마다 성해져서 궁실과 제사에 드는 무익한 비용으로 백성들을 더욱 시끄럽게 하니, 백성들의 생업은 날로 시들어가서 곤궁한 마을과 좁은 마을이 스스로 의지하여 살아갈 수 없어져 다투어 도망치며, 얼굴과 옷을 다르게 꾸미고 도망가 숨어사는 것을 편안히 여기게 되었으니, 임금이 누구와 함께 나라를 다스리겠는가. 그러므로 임금이 나라를 다스림에는 전적으로 백성을 사랑하는 것으로써 근본을 삼아야 하며, 백성을 사랑하는 방법이란 말하자면 '어진 정사'에 불과한 것이다. 그렇다면 어진 정사란 어떻게 하는 것인가. 어진 정사란, 품속에 안아 녹여주며 소중하게 키워주는 것도 아니며 어루만지고 쓰다듬어주는 것도 아니다. 다만 농사와 잠업을 권장하여 생업에 힘쓰게 하는 것뿐이다. 그렇다면 권장하는 방법은 어떻게 하는 것인가. 번거롭고 시끄럽게 명령을 내리지 아니하고 아침으로 깨우쳐주고 저녁으로 장려하며, 가벼운 세금과 부역으로 농사짓는 시기를 빼앗지 않는 것뿐이다. 그러므로 성인이 봄과 가을에 대개 궁궐이나 사당을 지으며 성곽을 쌓되, 반드시 농사시기를 글로 써서, 후세 임금에게 백성을 수고롭게 하는 것을 중대한 일로 여기도록 경계하게 했던 것이다.

재물을 일으키는데 대하여 논하는 글

김시습

천하 고금에 할 수 없는 일이 있는데도 억지로 그것을 하는 것은 일시적인 사사로운 이익이라, 그것을 하면 패하기 쉽다. 또 할 수 있는 일이면서 자연(自然)한 것은 만세의 공의(公義)인데도 하지 못하는 것 또한 사사로운 욕심이 그 것을 해친 때문이다. 그러나 이것은 하기만 하면 이루기 쉽다. 패하기 쉬운 것 은 구제하기 어렵지만, 이루기 쉬운 것은 빼어버리기 어렵다. 패하기 쉬운 일 은, 먼저는 비록 마음에 유쾌했어도 뒤에는 반드시 그 원하는 바에 만족하지 못하고, 이루기 쉬운 일은, 먼저는 비록 사사로운 정과는 관련이 멀었더라도 나 중에는 반드시 그 뜻을 이룬다. 왜냐하면, 거두어 모아 재물을 얻는 것은 타인 에게 있는 것을 세금을 부과하여 거두어들여 백성들에게 빼앗는 까닭에 원망 을 사게 되므로 그가 패망함에 구제하기 어렵고, 어진 정사를 베풀어 재물을 늘리는 것은 내 마음에 있는 것을 확충하여 채우는 까닭에 은혜가 넓어져 그것이 이루어지면 빼어버리기 어려운 것이다. 이루고 패하는 근본은 의(義)와 이(利), 공(公)과 사(私)의 사이에서 싹트는 것이지만, 그 선악의 기틀이 발현하는 실마리는 호리(毫釐)와 같아서 다만 한 생각의 어긋남으로 천리(千里)의 잘못을 가져오는 것이니, 어찌 삼가지 않을 수 있겠는가. 삼가는 요점은 이러한 마음으로 미루어서 잘 살피는데 달려있다. 또 사람이라면 그 누가 재물을 늘리려 하지 않을까마는, 곧 이 마음을 미루어서 백성들에게 미치게 한다면, 백성들도 또한 그의 마음을 미루어서 윗사람을 받들 것이다. 사람이라면 또 그 누가 이익을 구하려 하지 않을까마는, 이 마음을 미루어서 백성들에게 미치게 한다면, 백성들도 또한 자기의 마음을 미루어서 윗사람을 이롭게 할 것이다. 내가 덕으로써 하면 그들은 정성으로써 할 것이요, 내가 포학으로써 한다면 그들은 원망으로써 할 것이니, 덕에 보답하기를 정성으로써 하고, 포학에 보답하기를 원망으로써 하는 것은 도리로 보아 당연한 것이니, 조금이라도 속일 수 없는 것이다. 임금으로서 진실로 이 점을 잘 살핀다면 재물을 늘리는 도리가 갖추어질 것이다. 다시 그것을 상세하게 논한다면, 『대학』의 다음과 같은 말을 들 수 있다.

재물을 늘리는데 큰 도리가 있으니, 생산하는 사람은 많고 먹는 사람은 적으며, 만들어 내는 사람은 빠르게 하고 쓰는 사람은 천천히 하게 한다면 재물은 항상 넉넉할 것이다.

이 네 가지의 요점은 하나뿐이니, 말하자면 인(仁)에 불과하다. 인으로써 아랫사람을 어루만지면 백성들이 스스로 안도하여 제각기 자기의 업(業)에 종종 걸음을 칠 것이니, 이렇게 되면 놀고먹는 사람은 적어지고 생산하는 사람은 많아질 것이요, 인으로써 아랫사람을 부리게 되면 신하들이 스스로 있는 힘을 다하게 되고, 간악한 것과 거짓을 행하는 것들이 부끄러워 물러가는 까닭에 직위를 훔쳐 하는 일 없이 녹을 타 먹는 사람이 적어져서 먹는 사람도 자연히 적어질 것이다. 또 인으로써 백성들을 어루만진다면 함부로 일을 만들지 않아 나라에서 부과하는 부역도 번거롭지 않은 까닭에 백성들의 농사짓는 시기를 빼앗지 않게 되어 일하는 사람이 빠를 것이요, 인으로써 사물을 본다면 그 돈과 곡식, 기용(器用)에 있어서 그 공력을 계산하여 수입을 헤아려 지출하는 까닭에 쓰는 사람이 자연히 씀씀이를 줄이게 되는 것이다. 대체로 천지가 생산하는 바의 재화와 모든 물건에는 각각 일정한 양이나 한도가 있어 함부로 허비하지 못할 것이다. 참으로 아껴 쓰지 않기를, 마치 숲에 불을 질러서 새를 사냥하고 못의 물을 말려서 물고기를 잡듯이 한다면 앉아서 곤궁함을 만나 넉넉지 못하게 될 것인데, 더구나 고의로 백성을 괴롭히고 재물을 상하게 하면서까지 널리 이익 없는 일을 하는 데야 말할 나위가 있겠는가. 임금이 진실로 인으로써 재물을 늘리고 의로써 비용을 절제한다면, 백성들의 저축은 바로 나의 저축이요 나의 창고는 바로 백성들의 창고라, 상하가 서로 밑천이 되고, 본말(本末)이 서로 붙들어 주게 되어 부족함의 근심과 원망하는 혐의가 없어질 것이니, 이른바 '오래된 곡식이 겹겹이 쌓여 붉게 썩은 것을 다 먹지 못한다.'라고 한 것처럼 나라의 쓰임이 넉넉할 것이다. 저 상홍양(桑弘羊), 유안(劉晏), 왕안석(王安石) 같은 사람들은 재물을 다스리고자 하여 돈을 거두고 정부가 상품의 전매를 독점하는 이익을 추구하여 백성들과 이익을 다툰 자들이다. 그러므로 빼앗지 아니하면 만족해하지 않는 실마리를 낳게 하였으니, 그 원망을 사고 원수를 사들인 것을 말로 다할 수 있겠는가. 이것이 바로 패하기 쉽고 구하기 어려운 화근이 되는 것이다. 임금이 된 사람으로서 보이지 않는 원망을 헤아려서 재빨리 이러한 것을 분변하지 아니할 수 있겠는가.

실효에 힘쓰는 것이
자기 수양의 요체가 됨을 논함

이
이

손님이 물었다.

주상께서 삼대의 정치를 회복하고자 하신다면 무엇을 먼저 힘써야 할 것인가?

주인이 대답하였다.

뜻을 먼저 세워야 한다. 예전부터 훌륭한 임금은 그 뜻부터 먼저 정하였다. 왕도(王道)에 뜻을 둔다면 요임금과 순임금의 정치와 교화도 내 마음대로 할 수 있는 일이고, 패도(覇道)에 뜻을 둔다면 한나라와 당나라 정도의 소강(小康)도 이룰 수 있을 것이다. 그러나 옛사람의 말에 '깨끗한 마음으로 만든 법도 그 폐단은 오히려 탐하는 결과가 생기게 된다.'라고 하였는데, 지금 만약에 패도에 뜻을 둔다면 규모와 제작(製作)이 반드시 한나라와 당나라보다도 아래가 될 것이니, 뜻있는 사람들이 다시 탄식하게 될 것이 아니겠는가. 대개 이치를 궁구하고 성정(性情)을 다하기로 뜻을 둔다면 조금만 성취해 보려는 구차한 의논이 끼어들지 못할 것이며, 백성을 혁신하는데 뜻을 둔다면 유속(流俗)의 일반적인 규칙을 지키자는 주장에 구속받지 않을 것이요, 아내에게 본보기가 되자는데 뜻을 둔다면 내시와 궁녀를 가까이하는 향락이 마음을 빼앗지 못할 것이요, 궁실의 검소함에 뜻을 둔다면 수레나 궁실을 아름답게 하려는 것이 내 마음을 움직이지 못할 것이며, 널리 은혜를 베풀고 모든 사람을 구제하기로 뜻을 삼는다면 백성 한 사람이라도 그 혜택을 입지 못하는 것이 모두 나의 걱정이며, 예악을 바로잡고 밝히기로 뜻을 삼는다면 한 가지의 정책이라도 옛 법에 맞지 않는 것이 모두 나의 고통일 것이다. 주상께서 참으로 이런 뜻을 세우신다면 성인으로 표준을 삼을 것이요, 성인으로 표준을 삼으려면 반드시 배우려고 한 연후에야 삼대의 정치를 회복할 수 있을 것이다.

손님이 물었다.
뜻이 섰다면 무엇을 해야 하는가?

주인이 대답하였다.
뜻이 선 다음에는 실지에 힘쓰는 것이 우선이다.

손님이 물었다.
무슨 말인가?

주인이 대답하였다.

아침이 다 지나도록 밥상만 차려놓고 배 한 번 불러 보지 못하는 것처럼 빈 말뿐이고 실효가 없으면 어떻게 일을 할 수가 있겠는가. 지금 주상 앞에서 경서(經書)를 강론하는 자리와 상소(上疏)하는 말에 나라를 다스릴 만한 좋은 계책과 바른 의논이 없는 것은 아닌데도 폐단 한 가지를 개혁하고 시책 한 가지를 실시한 것을 보지 못하였으니, 이것은 오직 실효에 힘쓰지 않기 때문이다. 지금 우리 주상께서 꼭 정치와 교화에 힘써 옛 제도를 회복하고자 한다면 실효에 힘을 쓰고 겉치레에 힘쓰지 말아야 할 것이다. 사물을 궁리하여 지식을 얻고자 하시면 혹은 독서로 그 사람으로서 지켜야할 도리를 생각하고, 혹은 무슨 일을 당해서는 그 옳고 그름을 생각하며, 혹은 인물을 평론하여 간사하고 옳은 것을 판단하고, 혹은 옛날의 역사를 열람하시어 그 잘잘못을 찾아 말 한마디 동작 하나에 이르기까지도 이치에 맞는지의 여부를 생각하여 반드시 마음에 허명(虛明)하고 깊이 살펴서 환히 깨닫게 하여 사물마다 그 이치를 궁리하지 않음이 없게 함으로써 격물치지(格物致知)의 실효를 다해야 할 것이다. 뜻을 성실하게 하고 싶다면 선(善)을 좋아하기를 아름다운 여자를 좋아하듯 하여 반드시 얻어야 하고, 악(惡)을 미워하기를 악취를 싫어하듯이 하여 결단코 그것을 버려야 할 것이다.

어둠 속에 홀로 있고 남이 모르는 속에서도 경외하여 게을리하지 말고 남이 보지 않고 듣지 않는 때에라도 조심하는 것을 잊지 말아서 반드시 모든 생각은 지성(至誠)에서 나오도록 하여 그 성의(誠意)의 실효를 다하셔야 할 것이다.

마음을 바르게 하고자 하시면 편벽되게 하지 말고 치우침이 없도록 하여 그 마음의 주체를 세우고, 지나침과 모자람이 없게 하심으로써 실용을 삼으시고,

똑똑하게 정신을 차리셔서 혼미하지 아니하여 그 본래의 밝은 것을 온전히 하고, 굳게 정하여 흔들림이 없어서 그 본래의 고요함을 보존하게 하여 환하게 크고 공평하며, 사물이 오면 순응하여 그 정심(正心)의 실효를 다해야 할 것이다. 자신을 수양하고자 하면 옷매무새를 바로하고 시선을 점잖게 하고 음란한 노랫소리와 여색을 멀리하고, 놀고 구경하는 즐거움을 끊고, 태만한 기운을 몸에 갖지 말고, 나쁜 말을 입에서 내지 말고, 법도를 따라 예(禮)가 아니면 행동하지 말아서 자신을 수양하는 실효를 다하셔야 할 것이다. 어버이에게 효도하고자 한다면 두 대비(大妃)를 우러러 모시고 날마다 지성으로 하여 모두 기쁜 마음이 오가서 간격이 없도록 하며, 간사하고 이간질하는 것을 엄히 금지하고, 온화한 안색과 유순한 태도로 조심하고 한결같이 정신이 서로 융합하고 기맥이 서로 통하게 하실 것이요, 종묘의 예에도 삼가고 공경함을 극진히 하여 번거롭고 자주하는 것을 힘쓰지 말고, 오직 조상이 감동하도록 마음을 써서 효친(孝親)의 실효를 다하셔야 할 것이다.

집안을 다스리려 한다면, 몸으로 가르쳐서 거느리기를 공경으로 하고 엄숙함으로써 임하고 자애로 어루만져 후비(后妃: 임금의 아내)는 순수한 덕이 있게 하고, 궁중은 엄숙하고 깨끗이 하여 외부와 접촉하는 폐단은 싹부터 끊어 버리고, 내시들은 청소만을 맡게 함으로써 그 집안을 다스리는 실효를 다해야 할 것이다. 어진 사람을 쓰고자 한다면 널리 발굴하여 정밀하게 살피고, 시험을 공명하게 하여 어진 것이 틀림이 없다고 확신이 서면 믿어 의심하지 말고 모든 것을 맡겨서 밖으로는 군신의 의리를 의탁하고 안으로는 부자의 정을 맺어서 그로 하여금 포부를 펴서 정성을 다하고 재주를 다하게 하고, 참소하는 말이 행해지지 않게 하면 정사가 잘 다스려져 나라가 복을 받고, 백성이 안정을 얻음으로써 어진 이를 등용하는 실효를 다해야 할 것이다. 간사한 자를 쫓아 버리고자 한다면, 말이 귀에 거슬리지 않는 자는 옳지 못한 자가 아닌가를 살펴보고 행적이 분명치 않은 자는 간특함을 숨기고 있는지 찾아보며, 의견을 말하는 일이 없는 자는 나라를 걱정하는 뜻이 없음을 알고, 벼슬에 집착하는 자는 몸을 바치는 절의가 없음을 알아야 할 것이며, 도학을 좋아하지 않는 자는 장차 사림에 화를 입힐 자임을 알 것이며, 말은 잘하나 속이 유약한 자는 강직을 꾸미는 자임을 알아야 할 것이다. 대체로 그 하는 일을 보고 그 뜻이 유래한 곳을 살피고, 그 마음이 편히 여기는 바를 알아보아서 간사함이 틀림없다면 그 경중에 따라 처벌하되 가벼우면 쫓아버리고 무거우면 변방으로 귀양을 보냄으로써 그 간사한 자를 내쳐버리는 실효를 다해야 할 것이다.

  백성을 보호하고자 한다면 백성의 부모된 마음으로 백성을 갓난아이같이 보아야 할 것이다. 갓난아이가 우물에 빠졌을 때에 아무리 원수사이라 할지라도 그 가족을 전멸시키고 싶은 정도에까지 이르지 않았다면 반드시 놀라서 구출할 것인데, 하물며 부모의 마음이야 어떠하겠는가. 지금은 갓난아이가 우물에 빠진지가 이미 오래되었는데, 적막하게도 수년 동안 자기 몸이 어디 상한 것같이 여기는 정치를 보지 못한 것은 다름이 아니라, 주상께서 백성의 부모라는 마음이 미흡한 데가 있기 때문이다. 참으로 백성의 부모라는 마음을 가졌다면 백성을 위해 이익을 보호하고 해로운 것을 없애려고 최선을 다할 것이니, 백성들의 생활이 어찌 곤궁하겠는가. 마땅히 백성을 위하여 걱정하고 부지런히 해서 밥을 먹을 여가도 없이 백성이 바라는 것을 알아서 반드시 이루어 주고, 백성의 고통을 물어서 제거해 줌으로써 그 백성을 보호하는 실효를 다해야 할 것이다.

  백성을 교화하고자 한다면 먼저 몸소 행하여 어질고 겸양하는 도덕을 일어나게 하고, 공평하고 떳떳한 도리를 밝혀 기강을 진작시키며, 선과 악을 구별함으로써 풍속을 변화시키고, 염치를 장려함으로써 사기를 진작시키며, 도학(道學)을 숭상하여 백성들이 나가는 방향을 정해 주고, 제사 지내는 법을 밝혀 번거롭게 지내는 폐단을 고쳐 신(神)이 위에서 살피시고 백성이 아래에서 순응하게 한다면, 삼강(三綱)이 서고 구주(九疇: 홍범구주)가 실행되어 그 교화의 실효를 다할 수 있을 것이다. 주상께서 실효를 힘쓰는 공이 진실로 이에까지 이른다면, 하늘이 기뻐하며 화기(和氣)가 가득하고 재앙이 소멸되어 경사(慶事)가 겹쳐 올 것이다. 아, 우리나라의 억만년토록 끝없는 경사는 오직 주상께서 실효를 힘쓰시는데 달려있는 것이다.

구양수의 붕당론에 대하여

유
성
룡

붕과 당은 진실로 분간하기 어려운가?

분간하기 어렵다면 분간하기 어렵고, 분간하기 쉽다면 분간하기 쉽다. 그 어렵고 쉬움은 오직 임금의 마음이 밝은지 어두운지의 여하에 달려있을 뿐이다.

또 묻기를, 그렇다면 그 분간하는 방법을 들어 볼 수 있는가?

붕과 당 두 글자는 비록 서로 비슷하지만 군자는 붕이 있고 당이 없으며, 소인은 당이 있고 붕이 없다. 붕이란 공(公)이고 당이란 사(私)이다. 만약 어느 것이 붕이 되고 어느 것이 당이 되며, 무엇이 공이고 무엇이 사인가를 분별하지 못하고 막연히 붕당이라고 지목한다면, 행태가 아주 비슷한 사이에서는 바야흐로 현란하고 두려워 당혹하기에도 겨를이 없을 것이다. 그렇게 되면 군자와 소인은 끝내 분별할 수 없다. 공자가 군자와 소인을 논함에 항상 주비(周比), 화동(和同), 교태(驕泰) 등을 상대적으로 비교해서 논한 것은, 같은 것 중에서도 다름이 있음을 알리고자 한 것이니, 성인이 후세를 걱정함이 지극하다 할 수 있다. 대개 붕이란 동류를 말하는 것이고, 당이란 서로 잘못을 감추어 주는 것을 말한다. 이 두 가지의 분간이 비록 서로 비슷하다고는 할 수 있으나 실상은 매우 다르다. 군자가 소중하게 여기는 것은 도의이다. 소리가 같으면 서로 응하고, 기(氣)가 같으면 서로 구하니, 숭상하는 것이 한결같이 공정하고 정당한 것에서 나온 것을 붕이라 하면 옳지만 당이라 하면 안 된다. 소인은 그렇지 않다. 재빨리 서로 부화하고 맹목적으로 서로 어울려서 간곡하고 후하게 하기를 밤낮으로 그치지 않는다. 자기 뜻에 맞는 사람은 뇌동하여 칭찬하고, 자기 뜻에 맞지 않는 사람은 함께 배척하여, 자기들끼리만 참여하여 행동하고 모의한 뒤에 말한다. 비록 자기들이 사사롭고 사악한 행태를 스스로 덮으려 하지만, 그들이 성취한 일을 보면 부귀, 권세와 이권 사이에서 벗어나지 않는다. 옛사람이 '군자의 사귐은 담담하기가 물과 같고, 소인의 사귐은 달기가 단술과 같다.'고 말하였으니, 이는 진실로 좋은 비유라 하겠다. 그러나 그 심정과 태도는 매우 많아서 한마디로 다할 수 없다. 살펴보건대 군자의 붕은 구슬을 나란히 둔 것과 같아서 따뜻하게 서로 친하면서도 엄연히 스스로를 지킨다. 하지만 소인의 당은 모래를 모은 것과 같아서 처음에는 뒤섞이어 면밀하고 조잡함을 가리지 않다가 이익이 다하면 얼음이 풀리듯이 서로 갈라진다. 군자의 붕은 소나무와 잣나무 같아서 우뚝하게 독립하여 서로 의지하여 끌어주는 것은 없으나, 비와 이슬이 적실 때에는 푸르고 무성하여 그 빛깔이 같으며, 찬바람이 불고 서리가 내려도 가지나 잎이 뒤섞이지 않아서 그 절개가 같다. 소나무와 잣나무는 스스로 같다고 하지 않지만 사람이 보면 같은 유(類)라고 지목한다. 저 등나무와 댕댕이 넝쿨 같은 것은 빽빽이 뻗어나가지만 다른 물체에 붙지 않고서는 자립할 수 없다. 큰 나무가 옆에 있으면 큰 나무에 달라붙고 가시나무 옆에 있으면 가시

나무에 달라붙어서, 백 번이나 얽히고 천 번이나 돌아서 어느 곳이든 서로 이리저리 얽힌다. 그 밑에는 음침하여 깊고 얕음을 헤아리지 못하며, 여우와 너구리가 살고 벌레와 뱀들이 자리 잡아 나쁜 것들이 모여 산다. 이 두 가지를 보건대, 붕당의 실정은 저절로 분간되어 진실로 눈을 가진 사람은 다 볼 수 있는 것인데 분변하기에 무슨 어려움이 있겠는가. 다만 소인들은 먼저 임금의 마음과 결탁하여 하나가 되는 까닭에 처음부터 가려져 분변할 수 없다고 할 뿐이다. 세상에 진실로 대인군자가 있어 붕당의 화를 없애려 한다면 다른 방법이 없다. 오직 먼저 그릇된 임금의 마음을 바로잡는데 힘써야 한다. 임금의 마음이 밝고 공정하고 넓어서 가리고 현혹되는 것이 없게 한다면 천하의 표준이 이미 확립되고 조정의 모든 관리가 바른 데에 돌아가 붕당의 화는 일어나지 않을 것이다. 그렇지 않고 그 중심에 자신을 두고 수다스럽게 스스로는 그 당이 아니라고 밝힌다면 말하는 사람이 부지런하나 듣는 사람은 살피지 않으니, 구양수의 붕당론이 이에 가깝다. 기자(箕子)가 주나라의 무왕을 위하여 홍범(洪範)*을 설파하였다. '기울어지지도 말고 당을 짓지도 않으면 왕도가 탕탕(蕩蕩)하게 되고, 당을 짓지도 말고 기울어지지도 않으면 왕도가 평평(平平)하게 된다. 뒤치지도 말고 기울어지지도 않으면 왕도가 바르고 곧으리니, 그 극(極)에 모이게 되어 끝내 그 표준이 있는 곳으로 돌아가리라.'고 하였다. 또 이어서 '모든 백성이 간사한 친구를 사귀지 않고 사람들이 아부하지 않도록 하는 것은 오직 임금이 표준을 만들었기 때문이다.'라고 말하였다. 이것은 성인의 말씀으로 후세에 그 근본을 헤아리지 않고 끝만 가지런히 한 것과 다르다. 아, 진실로 세상에 지나친 붕당과 아부하는 사람들이 있는데도 바로잡지 못한다면, 나라가 어찌 어지

---

* 서경(書經)에 나오는 내용으로 천하를 다스리는 큰 법이라는 뜻이다. 모두 9조목으로 되어 있어서 홍범구주(洪範九疇)라고도 칭한다.

럽지 않을 수 있겠는가. 한(漢)나라, 당(唐)나라, 송(宋)나라 말년에 모두 붕당의 화를 면하지 못한 것도 임금이 황극(皇極)*의 학술을 강론하지 않았기 때문이니, 슬프도다.

---

* 제왕이 천하를 다스리는 대중지정(大中至正)의 방법으로, 홍범에 나오는 중요한 내용이다.

호민에 관한 논설

허
균

　천하에 두려워해야 할 바는 오직 백성일 뿐이다. 홍수나 화재, 호랑이, 표범
보다도 훨씬 더 백성을 두려워해야 하는데, 윗자리에 있는 사람이 항상 업신여
기며 모질게 부려먹는 것은 도대체 어떤 이유인가. 대저 이루어진 것만을 함께
즐거워하느라 항상 눈앞의 일들에 얽매이고, 그냥 따라서 법이나 지키면서 윗
사람에게 부림을 당하는 사람들이란 항민(恒民)이다. 항민이란 두렵지 않다. 모
질게 빼앗겨서 살이 벗겨지고 뼛골이 부서지며, 집안의 수입과 땅의 소출을 다
바쳐서, 한없는 요구에 제공하느라 시름하고 탄식하면서 그들의 윗사람을 탓하
는 사람들이란 원민(怨民)이다. 원민도 결코 두렵지 않다. 자취를 푸줏간 속에
숨기고 몰래 딴 마음을 품고서, 천지 사이를 흘겨보다가 혹시 시대적인 변고라
도 있다면 자기의 소원을 실현하고 싶어 하는 사람들이란 호민(豪民)이다. 대저
호민이란 몹시 두려워해야 할 사람이다. 호민은 나라의 허술한 틈을 엿보고 일

의 형세가 편승할 만한가를 노리다가, 팔을 휘두르며 밭두렁 위에서 한 차례 소리를 지르면, 저들 원민이란 자들이 소리만 듣고도 모여들어 모의하지 않고도 함께 외쳐대기 마련이다. 저들 항민이란 자들도 역시 살아갈 길을 찾느라 호미, 고무래, 창 자루를 들고 따라와서 무도한 놈들을 쳐 죽이지 않을 수 없는 것이다.

진(秦)나라의 멸망은 진승(陳勝)과 오광(吳廣)의 반란 때문이었고, 한(漢)나라가 어지러워진 것도 역시 황건적(黃巾賊)의 반란이 원인이었다. 당(唐)나라가 쇠퇴하자 왕선지(王仙芝)와 황소(黃巢)가 틈을 타고 반란을 일으켰는데, 마침내 그것 때문에 백성과 나라가 멸망하고야 말았다. 이런 것들은 모두 백성을 괴롭혀서 자기 배만 채우던 죄과이며, 호민들이 그러한 틈을 편승할 수 있었기 때문이다. 대저 하늘이 임금을 세운 것은 백성을 기르기 위함이고, 한 사람이 위에서 방자하게 눈을 부릅뜨고, 메워도 차지 않는 구렁 같은 욕심을 채우게 하려던 것이 아니었다. 그러므로 저들 진(秦), 한(漢)나라 이래의 화란은 당연한 결과이지 불행한 일이 아니었다.

지금 우리나라는 그렇지 않다. 땅이 좁고 험준하여 인민도 적고, 백성은 나약하고 좀 착하여 기이한 절조나 호협한 기상이 없다. 그런 까닭에 평상시에도 큰 인물이나 뛰어나게 재능이 있는 사람이 나와서 세상에 쓰여지는 수도 없었지만, 난리를 당해도 호민과 사나운 병사들이 들고 일어나 앞장서서 나라의 걱정거리가 되게 하던 자들도 역시 없었으니, 그런 것은 다행한 일이었다. 비록 그렇다 하더라도 지금의 시대는 고려 때와는 다르다. 고려시대는 백성들에게 세금을 부과하는 것이 한정되어 있었고, 산림(山林)과 천택(川澤)에서 나오는 이익도 백성들과 함께 나누어 가졌다. 상업은 자유롭게 통용되었고, 기술자들에게도 혜택이 돌아가게 하였다. 또 수입을 헤아려 지출하도록 하였으니, 나라에는 여분을 저축해 둔 것이 있었다. 그래서 갑작스러운 큰 전쟁이나 장례의식이 있더라도 그 세금의 부과를 증가시키지 않았다. 고려는 말기에 이르기까지 삼공(三空)*을 오히려 걱정해 주었다.

우리나라는 그렇지 않아 변변치 못한 백성들에게서 거두어들이는 것으로써 귀신을 섬기고 윗사람을 받드는 예의범절만은 중국과 동등하게 하고 있다. 백성들이 내는 세금이 5푼이라면 관청으로 돌아오는 이익은 겨우 1푼이고 그 나머지는 간사스러운 개인에게 어지럽게 흩어져 버린다. 또 고을의 관청에는 남은 저축이 없어 일만 있으면 1년에 더러는 두 번 부과하고, 수령들은 그것을 빙자하여 마구 거두어들임이 또한 극도에 달하지 않음이 없었다. 그런 까닭으로 백성들의 시름과 원망은 고려 말기보다 훨씬 심하다. 그러나 위에 있는 사람은 태평스러운 듯 두려워할 줄을 모르니, 우리나라에는 호민이 없기 때문이다. 불행스럽게도 견훤(甄萱)과 궁예(弓裔)같은 사람이 나와서 몽둥이를 휘두른다면, 시름하고 원망하던 백성들이 가서 따르지 않으리라고 어떻게 보장할 수 있으며, 기주(蘄州), 양주(梁州), 6합의 변란**은 발뒤꿈치를 딛고서 기다릴 수 있으리라. 백성을 다스리는 일을 하는 사람들이 두려워할 만한 형세를 명확히 알아서 앞의 잘못을 고친다면 그런대로 유지할 수 있으리라.

---

* 흉년이 들어 제사를 못 지내고, 서당에 학생들이 들어오지 않고, 뜰에 개가 없는 가난을 상징하는 말.
** 중국 당나라 때 기주와 양주를 거점으로 반란을 일으켰던 황소(黃巢)의 난을 가리킨다.

왜송에 관한 설

이
식

　나무는 이 세상에 나올 때부터 그 본성이 곧게 마련이다. 따라서 어떻게 막을 수도 없이 생기(生氣)가 충만한 가운데 곧바로 서서 위로 올라가는 속성으로 말하면, 어떤 나무든 간에 모두가 그렇다고 해야 할 것이다. 그러나 하늘 높이 우뚝 솟아 고고한 자태를 과시하면서 결코 굴하지 않는 모습을 보여주는 것으로는 오직 소나무와 잣나무를 첫 손가락에 꼽아야만 할 것이다. 그렇기 때문에 많은 나무들 중에서도 소나무와 잣나무가 유독 옛날부터 회자(膾炙)되면서 인간에 비견되어 왔던 것이다. 어느 해이던가 내가 한양에 있을 적에 거처하던 집 한쪽에 소나무 네다섯 그루가 서 있었다. 그런데 그 몸통의 높이가 대략 몇 자 정도밖에 되지 않는 상태에서, 모두가 작달막하게 뒤틀린 채 탐스러운 모습을 갖추고만 있을 뿐 더 이상 자라지 못하고 있었다. 그리고 그 나뭇가지들도 한결같이 거꾸로 드리워진 채, 긴 것은 땅에 끌리고 있었으며 짧은 것은 몸통을 가려주고 있었다. 그리하여 이리저리 구부러지고 휘감겨 서린 모습이 뱀들이 서로 뒤엉켜서 싸우고 있는 모습과 같고 수레위의 둥근 덮개와 일산(日傘)이 활짝 펴진 것처럼 보이기도 하였는데, 마치 여러 가닥의 수실이 엉겨 붙은 듯 서로 들쭉날쭉 하면서 아래로 늘어뜨려져 있었다.

내가 이것을 보고 깜짝 놀라서 어떤 사람에게 말하기를 '타고난 속성이 이처럼 다를 수 있단 말인가. 어찌해서 생긴 모양이 그만 이렇게 되었단 말인가.'라고 하니, 그 사람이 대답하기를 '이것은 그 나무의 본성이 그러해서가 아니다. 이 나무가 처음 나왔을 때에는 다른 산에 심겨진 것과 비교해 보아도 다를 것이 없었다. 그런데 조금 자라났을 때에 사람이 조작할 수 없을 정도로 견고한 것들을 골라서 베어 버리고, 여리고 유연한 가지들만을 끌어와 결박해서 휘어지게 만들었다. 그리하여 높은 것은 끌어당겨 낮아지게 하고 위로 치솟는 것은 끈으로 묶어 아래로 향하게 하면서, 그 올곧은 속성을 동요시켜 상하로 뻗으려는 기운을 좌우로 방향을 바꾸게 하였다. 그리고는 오랜 세월동안 그러한 상태를 지속하게 하면서 바람과 서리의 고초(苦楚)를 실컷 맛보게 한 뒤에야, 그 줄기와 가지들이 완전히 변화해 굳어져서 저토록 괴이한 모습을 보이게 된 것이다. 하지만 가지 끝에서 새로 싹이 터서 돋아나는 것들은 그래도 위로 향하려는 마음을 잊지 않고서 무성하게 곧추서곤 하는데, 그럴 때면 또 돋아나는 대로 아까 말했던 것처럼 베고 자르면서 부드럽게 휘어지도록 만들곤 한다. 이렇게 해서 사람들이 보기에 참으로 아름답고 기이한 소나무가 된 것일 뿐이니, 이것이 어찌 그 나무의 본성이라고 하겠는가.'라고 하였다.

내가 이 말을 듣고는 크게 탄식하면서 다음과 같이 말하였다.

아, 어쩌면 그 물건이 우리 사람들의 경우와 그렇게도 흡사한 점이 있단 말인가. 세상에서 일찍부터 길을 잃고 헤매는 자들을 보면, 그 용모를 예쁘게 단장하고 그 몸뚱이를 약삭빠르게 놀리면서, 세상에 보기 드문 괴팍한 행동을 하여 세상 사람들을 놀라게 하고, 아첨하는 말을 늘어놓아 세상 사람들이 칭찬해 주기를 바라고 있다. 그리하여 남의 비위를 맞추려고 애쓰면서 이를 고상하게 여기기만 할 뿐, 자신을 잃어버리는 것이 부끄러운 일인 줄은 잊고 있으니, 평이하고 정직한 그 본성에 비추어 보면 과연 어떠하다 할 것이며, 지극히 크고 지극히 강한 호기(浩氣: 호연지기)에 비추어 보면 또 어떠하다 할 것인가. 비계 덩어리나 무두질한 가죽처럼 아첨을 하여 요행히 이득이나 얻으려고 하면서, 그저 구차하게 외물(外物)을 따르며 남을 위하려고 하는 자들을 저 왜송(矮松)과 비교해 본다면 또 무슨 차이가 있다고 하겠는가. 아, 사람이나 다른 생물이나 각각 항상 지니고 있는 본성이 있는 만큼, 곧게 잘 기르면서 해침을 당하는 일이 없도록 한 연후에야 사람이 되고 생물이 된 그 이름을 더럽히는 일이 없게 될 것이다. 그런데 지금 그만 본성이 손상을 입고 녹아 없어진 나머지, 이처럼 정상적인 것과는 정반대로 참모습을 완전히 잃어버리고 말았으니, 이 어찌 '곧게 길러지지 않은 채 살아있는 것은 요행히 죽음을 면한 것일 뿐이다.'라는 말에 해당되는 것이라고 해야 하지 않겠는가. 아, 그러고 보면 저 나무의 입장에서 볼 때에도 역시 슬픈 일이라고 해야 할 것이다.

내가 일찍이 산속에서 자라나는 소나무와 잣나무를 본 일이 있었는데, 그 나무들은 하늘을 뚫고 곧장 위로 치솟으면서 우레와 빗속에도 끄떡없이 우뚝 서 있었다. 이쯤 되고 보면 사람들이 그 나무를 쳐다볼 때에도 자연히 우러러보고 엄숙하게 공경심이 우러나는 느낌만을 지니게 될 뿐, 손으로 어루만지거나 노리갯감으로 삼아야겠다는 마음은 별로 들지 않을 것이니, 이를 통해서도 사람들의 좋아하고 싫어하는 것에 대한 일반적인 생각을 엿볼 수 있다고 하겠다. 그것은 그렇다 하더라도, 사랑이라고 하는 것은 장차 그 대상을 천하게 여기면서 모멸을 가할 수 있는 가능성이 그 속에 있는 반면에, 공경이라고 하는 것은 그 자체 내에 덕을 존경한다는 뜻이 들어 있는 개념이라 하겠다. 대저 그 본성을 해친 나머지 남에게 모멸을 받게 되는 것이야말로 남에게 잘 보이려고 한 행동의 결과라고 해야 할 것이요, 자기의 본성대로 따른 결과 존경을 받게 되는 것은 바로 위기지학(爲己之學)의 효과라고 해야 할 것이다. 따라서 군자라면 이런 사례를 통해서 자기 자신을 돌이켜보기만 하면 될 것이니, 저 왜송을 탓할 것이 또 뭐가 있다고 하겠는가.

백성 보기를 다친 사람 보듯이 한다는 설

시민여상(視民如傷: 백성을 보기를 마치 다친 사람을 보듯이 한다는 뜻)은 맹자(孟子)가 문왕(文王)을 칭찬한 말이다. 맹자가 돌아간 후 1400년 만에 명도선생(明道先生: 송나라 정호 선생)이 태어났는데, 명도 선생은 무릇 고을의 수령으로 나갈 때마다 앉은 자리에 모두 이 글을 써놓고 '내가 항상 이 네 글자를 제대로 실천하지 못한 것을 부끄럽게 여긴다.'라고 하였으니, 아, 선생은 참으로 문왕을 스승으로 삼은 분이라 하겠다. 권두기(權斗紀)가 청주의 수령으로 부임하여 다시 그가 이 글을 써서 좌우에 걸어놓고 아침저녁으로 보고 반성하였으니, 이는 또 명도선생의 마음을 자기 마음으로 삼으려는 것이었다.

대체로 인물은 천지의 기운을 똑같이 받고 태어났기에 인애(仁愛)한 마음이 그 속에 반드시 갖추어 있다. 그러므로 남과 나의 간격이 없어서 모든 사람의 가려움과 아픔을 내 몸에 간절히 느끼게 되는 것이니, 이것이 이른바, 창자에 가득 찬 것이 모두 측은한 마음으로 저절로 우러나온다는 것이다. 그러나 선천적으로 기품이 탁(濁)하고 후천적으로 물욕이 가리게 되면 일막(一膜) 밖에는 문득 호월(胡越)처럼 머나먼 격차가 생기기 때문에, 야위고 병든 백성이 앞에 가득하되 제 마음대로 매질을 한다. 그렇다면 이른바, 백성은 우리의 동포라는 말은 자못 쓸데없는 빈말이 되고 마는 것이다.

이제 권두기의 마음 씀이 앞서 말한 것과 같으니, 청주 지역의 백성들은 모두 평화로운 태평성세와 장수하는 지역 가운데서 살게 될 것이다. 그러므로 감히 이 설(說: 시민여상설)을 지어 권두기가 다스리는 고을 사람들을 축하하노니, 혹시 백성의 풍속을 관찰하는 사람이 있어 이런 갸륵한 이야기를 채집하여 조정에 알려서 정치하는 사람들로 하여금 모두가 우러러 고무(鼓舞)됨이 있도록 한다면 주(周)나라 정치와 호원(鄠元)의 정치*를 오늘날에 다시 보게 될 것이다. 나는 비록 태평만세(太平萬世)에 나지는 못했지만, 감히 성군이 다스리는 시대를 위하여 송축(頌祝)하노라.

---

* 호원은 중국의 호현(鄠縣)과 상원현(上元縣)을 가리킨다. 송(宋)나라 인종(仁宗) 2년에 정호(程顥)가 호현의 주부가 되었고, 8년에 정호가 다시 상원현의 주부가 되었는데, 이때 선정을 베풀어 고을이 잘 다스려졌다.

주공을 논하는 글

김
창
협

성인은 영원한 스승이다. 그러나 성인이 행하는 일은 혹 사람들의 의심을 면치 못하는데, 군자들이 변론할 때에 사실을 깊이 상고하여 설명하지 못하면 이치가 아무리 분명해도 일이 제대로 밝혀지지 않는 것이니, 설명을 아무리 잘하더라도 사람들의 의심을 완전히 근절할 수는 없을 것이다.

이를테면 주공이 관숙(管叔)과 채숙(蔡叔)을 처벌한 일은 사람들이 의심하는 바인데, 군자들은 이에 대해 '종묘사직을 위해 부득이한 것이었다.'라고 변론을 한다. 이 말이 그 의심을 풀어 줄 수 있는 것 같기는 하다. 그러나 사람들은 곧이어 '어찌하여 잘 살피지 않고 그들에게 시켰는가.'라고 처음의 처사를 문제 삼는다. 군자들은 이에 대해 또 '악이 아직 드러나지도 않았는데 차마 악행을 할 것이라고 미리 예측할 수는 없었다.'라고 하는데, 이 말은 주공의 마음에 부합한 것이라고 할 수 있고 또 사람들의 의심도 근절할 법하다. 하지만 그래도 그렇게 되지 않는 것은 어째서인가. 일의 실상을 밝히지 못했기 때문이다. 내가 살펴보건대, 관숙과 채숙을 은(殷)의 제후에 봉하여 무경(武庚: 은나라 마지막 임금의 아들)을 감시하게 한 것은, 주공이 한 일이 아니라 무왕(武王)이 한 일이다. 무왕은 은(殷)나라를 이기고 천하를 차지한 뒤에 대대적으로 제후를 봉하였는데, 동성(同姓)을 봉해 준 곳은 주공 이하 수십 개 나라였고, 이성(異姓)을 봉해 준 곳도 태공(강태공)이하 수십 개 나라였다. 관숙과 채숙을 은나라에 봉하여 무경을 감시하게 한 것은 실로 이 당시의 일이었으니, 주공이 마음대로 할 수 있는 일이 아니었다. 그러나 무왕의 성스러움은 주공의 성스러움과 같고 주공은 또 무왕을 보좌하였으므로 무왕이 한 일은 곧 주공이 한 일이다. 주공만을 위해서 해명한다면 장차 무왕에 대해서는 어떻게 해명할 수 있으며, 또 무왕에 대해 해명하지 못한다면 또 어떻게 주공에 대해서만 해명할 수 있겠는가.

내 말은 이런 뜻이 아니라, 관숙과 채숙을 은나라에 봉하여 무경을 감시하게 한 일은 무왕이 천하를 소유한 초기의 일이었으므로 본래 풀어야할 의심이 없었다는 것이다. 관숙과 채숙이 처벌을 받은 것은 그들이 무경의 꼬임에 넘어가 나라에 유언비어를 퍼뜨렸기 때문이고, 그들이 유언비어를 퍼뜨린 것은 주공의 섭정을 못마땅하게 여겨 망령되게 의심을 내었기 때문이다. 주공이 섭정한 것은 무왕이 죽고 성왕(成王: 무왕의 아들)이 어려서 정사를 담당할 수 없었기 때문이니, 무왕이 오랫동안 재위하고 죽었다면 성왕은 실로 엄연히 장성한 임금이었을 것이므로 주공의 섭정이 필요가 없었을 것이다. 주공이 섭정하지 않았다면 관숙과 채숙이 아무리 불선하다 해도 의심을 낼 까닭이 없었을 것이고, 관숙과 채숙이 의심을 내지 않았다면 무경이 아무리 난을 일으킬 생각을 잊지 못한다 해도 이간질하는 계책을 쓸 수가 없었을 것이다.

그렇다면 유언비어는 어디서 생겨났는가. 무왕이 은나라를 이기고 얼마 지나지 않아 죽고 성왕이 어린 나이에 왕위를 이은 것은 천명이지 인력으로 한 일이 아니다. 그런데 저 무왕과 주공이 또 어찌 이렇게 될 줄을 미리 알고 대책을 세울 수 있었겠는가. 무왕이 왕위에 있을 때에 주공과 소공(召公)은 기내(畿內: 왕의 직할지)에서 왕실을 보좌하고 관숙과 채숙은 밖에서 무경을 감시하였다. 이들은 모두 왕실의 형제지간이지만, 임무를 맡길 때는 경중이 없을 수 없었으니, 실로 관숙과 채숙의 어짊이 주공과 소공보다 못하였음을 알 수 있다. 비록 그렇긴 하나 가깝기로 보면 아우요, 재능으로 보면 보통 사람이 아니었으니, 무경을 감시하는데 있어서는 실로 다른 사람들과 비교가 되지 않게 훌륭하였다. 이것이 무왕이 그들에게 시키고 의심하지 않았던 까닭이다. 만약 무왕이 오랫동안 재위하여 주나라의 덕이 더욱 충분해져서 은나라의 백성들이 주나라의 백성들과 잘 화합하고, 무도한 무경이 주나라에 교화되었더라면 밖에 있는 관숙과 채숙이 왕실의 튼튼한 울타리가 되었을 것이니, 또 어찌 다른 생각을 품었겠는가. 이것이 무왕이 그들에게 시키고 의심하지 않았던 까닭이다. 그렇다면 무왕이 의심하지 않았던 것은, 비단 차마 의심하지 못했던 것뿐만이 아니라 의심할 까닭이 없었던 것이다. 이러한데도 '잘 살피지 못하고 그들에게 시켰다.'라고 말할 수 있겠는가. 그런데 불행하게 무왕이 갑자기 죽고 마침내 유언비어를 퍼뜨리는 변고가 있었기 때문에 은나라를 정벌하는 일을 주공이 스스로 맡았던 것인데, 후세에 의심하는 자들은 이 일을 가지고 '어찌하여 잘 살피지 않고 그들에게 시켰는가.'라고 처음의 처사를 문제 삼으니, 아, 그 또한 깊이 상고하지 못함으로 인한 잘못이다.

그렇다면 진가(陳賈)의 질문에 맹자가 대답할 때에 이렇게 해명하지 않고, 도리어 주공의 잘못이라고 한 것은 어째서인가. 맹자의 말은 대체로 이치를 밝히는데 주안점을 두어, 사실을 상고하는 일은 생략하고 곧바로 마음을 논하여 그 밖의 것은 논변할 겨를이 없었다. 이를테면 만장(萬章: 맹자의 제자)이 상(象: 순임금의 동생)이 순임금을 죽이고 두 형수를 아내로 삼으려고 계획한 일에 대해서 물은 것과, 도응(桃應)이 고수(瞽瞍: 순임금의 아버지)가 살인하여 고요(皐陶: 순임금의 신하)가 잡아들였다면 순임금이 어떻게 했겠느냐고 물은데 대해, 그 일을 가지고 말하자면 순임금이 이미 황제의 사위가 되었는데도 상이 그를 죽이려고 계획하거나 고수가 천자의 아비가 되어서도 마침내 살인죄로 죽는 일은 있을 수 없는데도 맹자는 모두 그 개연성에 대해 의심하여 논하지 않고, 곧장 말하기를 '상이 근심하면 순임금도 근심하고 상이 기뻐하면 순임금도 기뻐하였다.'라고 하고, '진심으로 기뻐한 것이니, 어찌 기쁜 체한 것이겠는가.'라고 하였으며, 또 '몰래 업고 도망가 바닷가에 살면서 종신토록 기쁜 마음으로 즐겁게 지내며 천하를 잊을 것이다.'라고 하였다. 이는 모두 바로 성인의 마음을 가지고 천리의 지극함을 밝힘으로써 이해를 따지는 세속적인 사심을 깨뜨린 것이니, 맹자가 아니면 실로 누구도 이렇게 할 수 없을 것이다.

지금 주공에 대한 논의도 그러하다. 차마 가까운 형제로서 아직 드러나지 않은 악을 미리 짐작할 수 없는 것은 성인의 마음으로서, 지극한 천리요, 지극한 인륜이다. 맹자가 밝히고자 한 것은 이보다 더 급한 것이 없었으니, 일의 실상에 대해서는 실로 깊이 상고하여 변론할 겨를이 없었다. 맹자는 실로 당시 사람들이 양심이 사라지고 의리를 잃어 비록 부자형제같이 지극히 친한 사이라도 이해를 위해 은혜를 해치고 의심 때문에 진심을 해쳐, 큰 변란이 나날이 생기고 그치지 않는 것을 보았다. 그래서 늘 그 근원을 막는 데에 뜻이 있었다. 그 때문에 그 말이 늘 이와 같았던 것이다. 더구나 진가의 질문은 그 뜻이 임금의 잘못을 합리화하는데 있었으니, 더욱 깨우치지 않을 수 없었다. 그리고 그를 깨우치려면 성인에게는 결코 잘못이 없었다는 말보다 잘못했으나 숨기지 않고 또 고쳤다는 말이 더 적합했던 것이다. 이는 실로 주공을 위해 잘못이 없었음을 절실하게 변론할 겨를이 없었던 것이니, 말은 실로 각기 적합한 데가 따로 있는 것이다. 비록 그렇긴 하나 그 일이 제대로 밝혀지지 않으면 성인에 대한 사람들의 의심이 끝내 완전히 근절될 수가 없다. 그래서 내가 그에 대해 이렇게 상고하여 논하는 바이다. 맹자의 말은 차마 의심할 수가 없었다는 말이고 나의 말은 의심할 까닭이 없었다는 말인데, 차마 의심할 수가 없었다는 설과, 의심할 까닭이 없었다는 설이 모두 구비되어야 성인의 마음과 일에 대해 비로소 유감이 없을 것이다.

낚시에 관한 설

남구만

1670년(현종 11)에 내가 고향인 용인으로 돌아왔다. 집 뒤에 작은 연못이 있었는데 넓이가 수십 보이고 깊이가 7척이 못되었다. 나는 긴긴 여름날에 할 일이 없으면 번번이 연못으로 가서 물고기들이 입을 뻐끔거리며 떼 지어 노는 것을 구경하곤 하였다. 하루는 이웃 사람이 대나무 하나를 잘라 낚싯대를 만들고 바늘을 두드려 낚싯바늘을 만들어서 나에게 주고는 물결 사이에 낚싯줄을 드리우게 하였다. 나는 오랫동안 서울에 살아서 낚싯바늘의 길이와 너비와 굽은 정도가 어떠해야 하는지를 알지 못했다. 그저 이웃 사람이 준 것을 좋게 여겨서 하루 종일 낚싯대를 드리웠으나 한 마리의 물고기도 잡지 못하였다. 다음날 한 손님이 와서 낚싯바늘을 보고 말하기를 '고기를 잡지 못하는 것이 당연하다. 낚싯바늘 끝이 너무 굽어 안으로 향하였으니, 물고기가 바늘을 삼키기 쉬우나 내뱉기도 어렵지 않다. 반드시 끝을 조금 펴서 밖으로 향하게 해야 한다.'고 하였다. 내가 그 손님으로 하여금 낚싯바늘을 두드려 밖으로 향하게 한 다음 또 하루 종일 낚싯대를 드리웠으나 한 마리의 물고기도 잡지 못하였다. 다음날 또 한 손님이 와서 낚싯바늘을 보고 말하기를 '고기를 잡지 못하는 것이 당연하다. 낚싯바늘 끝이 밖으로 향하기는 하였으나 바늘의 굽은 둘레가 너무 넓어서 물고기의 입에 들어갈 수가 없다.'고 하였다. 나는 손님으로 하여금 낚싯바늘을 두드려서 바늘의 둘레를 좁게 한 다음 또 다시 하루 종일 낚싯대를 드리웠으나 겨우 물고기 한 마리를 잡았을 뿐이었다. 다음날 또 두 손님이 왔으므로 내가 낚싯바늘을 보여주고 그 동안의 사연을 말하니, 한 손님이 말하기를 '물고기가 조금 잡히는 것이 당연하다. 낚싯바늘을 눌러서 굽힐 적에는 반드시 굽힌 곡선의 끝을 짧게 하여 겨우 싸라기 하나를 끼울 정도라야 하는데, 이것은 굽힌 곡선의 끝부분이 너무 길어서 물고기가 삼키려 해도 삼킬 수가 없어서 틀림없이 내뱉게 생겼다.'고 하였다. 나는 그 손님으로 하여금 낚싯바늘을 두드려서 뾰족한 부분을 짧게 한 다음에 낚싯대를 한동안 드리웠다. 이에 물고기가 낚싯바늘을 여러 번 물었으나 낚싯줄을 당겨 들어 올리면 가끔 빠져 떨어지곤 하였다. 옆의 한 손님이 보고 말하기를 '저 손님의 설명이 낚싯바늘에 대한 말은 맞지만 낚싯줄을 당기는 방법이 빠졌다. 낚싯줄에 찌를 매다는 것은 부침(浮沈)을 일정하게 하여 물고기가 바늘을 삼켰는지 뱉었는지를 알기 위함이다. 찌가 움직이기만 하고 아직 잠기지 않은 것은 물고기가 낚싯바늘을 아직 다 삼키지 않았을 때인데 갑자기 낚싯줄을 당겨 올리면 너무 빠른 것이고, 찌가 잠겼다가 약간 움직이는 것은 바늘을 삼켰다가 다시 뱉을 때인데 낚싯줄을 천천히 당기면 이미 늦은 것이다. 그러므로 반드시 잠길락 말락 할 때에 당겨 올려야 하는 것이다. 그리고 또 당겨 올릴 때에도 손을 높이 들고 곧바로 들어 올리면 물고기의 입이 벌어져 있어서 낚싯바늘 끝이 아직 걸리지 않아 물고기가 낚싯바늘을 따라 입을 벌리면 낙엽이 나무에서 떨어지듯 떨어져 버린다. 이 때문에 반드시 손을 마치 비질하듯이 옆으로 비스듬히 기울여서 들어 올려야 하니, 이렇게 하면 물고기가 막 낚싯바늘을 목구멍으로 삼킨 다음이라서 낚싯바늘의 갈고리 부분이 목구멍에 걸려 좌우로 요동을 쳐서 반드시 펄떡거릴수록 더욱 단단히 박힐 것이니, 물고기가 잘 잡히게 되는 것이다.'고 하였다. 내가 그 방법대로 하였더니 낚싯대를 드리운 지 얼마 안 되어 서너 마리의 물고기를 잡았다. 손님이 말하기를 '방법은 이것으로 다하였지만 신묘한 이치는 아직 다하지 못하였다.'하고는, 내 낚싯대를 가져다가 스스로 드리우니 낚싯줄도 나의 낚싯줄이요 낚싯바늘도 나의 낚싯바늘이요 먹이도 나의 먹이요 자리도 내가 앉은 자리였으며, 바뀐 것이라고는 단지 낚싯대를 잡은 손뿐인데도 낚싯대를 드리우자마자 물고기가 연신 잡혀 올라왔다. 그리하여 낚싯대를 들어 올려 물고기를 잡는 것이 마치 광주리 속에서 집어 소반 위에 올리는 것과 같아서 손을 멈출 새가 없었다. 내가 말하기를 '신묘한 이치가 이 정도에 이른단 말인가. 나에게 가르쳐 줄 수 있겠는가.'라고 하였더니, 손님이 다음과 같이 말했다.

가르쳐 줄 수 있는 것은 방법이니 신묘한 이치를 어찌 말로 가르쳐 줄 수 있겠는가. 만일 가르쳐 줄 수 있다면 그것은 신묘한 이치가 아니다. 기어이 말하라고 한다면 한 가지 할 말이 있다. 그대가 나의 방법을 지켜 아침에도 낚싯대를 드리우고 저녁에도 낚싯대를 드리워서 온 정신을 쏟고 마음을 다하여 날짜가 쌓이고 달수가 오래도록 익히고 또 익혀서 이루어지면 손이 먼저 그 알맞음을 가늠하고 마음이 먼저 앎을 터득할 것이다. 이와 같이 하면 신묘한 이치를 터득할 수도 있고 터득하지 못할 수도 있다. 그 은미한 것까지 통달하고 지극한 묘리를 다할 수도 있으며, 그중 한 가지만 깨닫고 두세 가지는 모를 수도 있으며, 하나도 알지 못하여 도리어 스스로 의혹할 수도 있으며, 황홀하게 스스로 깨달아 깨닫게 된 이유를 자신이 알지 못할 수도 있으니, 이는 모두 그대에게 달려있는 것이다. 내가 어찌 간여할 수 있겠는가. 내가 그대에게 말해 줄 수 있는 것은 이것뿐이다.

나는 이에 낚싯대를 내던지고 감탄하기를, 손님의 말씀이 참으로 훌륭하다. 이 도를 미루어 나간다면 어찌 다만 낚시질에 쓸 뿐이겠는가. 옛사람이 말하기를 '작은 것으로 큰 것을 비유할 수 있다.'라고 하였으니, 어찌 이와 같은 종류가 아니겠는가. 손님이 이미 떠난 뒤에 그 말을 기록하여 스스로 살피는 바이다.

도량형에 대한 논의

정
약
용

옛날 유우씨(有虞氏: 순임금)가 지방을 순행할 때에 큰 정사의 우두머리라 하여 제일 먼저 시행한 것이 음률(音律)과 도, 량, 형을 똑같게 하는 것이었습니다. 후세의 임금과 신하들은 말할 때마다 반드시 요임금과 순임금을 일컬으면서도 요순이 행한 일 중에 시행하기가 지극히 쉬운 것도 오히려 익히 보기만 하고 본받으려 하지 않으니, 하물며 시행하기 어려운 것이겠습니까. 사리에 어두운 학자로서 도, 량, 형을 논하는 자들은 '거서(秬黍: 옛날 용량을 재는 그릇)가 나지 않았다.'라고 하지 않으면, 곧 '해죽(嶰竹: 황종관을 만드는 대나무)을 얻기 어렵다.'라고 하여 '황종관(黃鍾管)이 바름을 얻지 못해서 도, 량, 형을 바룰 수 없다.'라고 합니다. 그러나 신은, 이는 모두 아득하여 아주 절실하지 못한 말이라고 생각합니다. 대저 움켜서 가져오고 쥐어서 주며, 사용함에 한계의 규칙이 없고 보관함에 표준이 없으므로, 이에 도, 량, 형을 만들어 한계의 규칙이 있고 표준이 있게 하였을 뿐입니다. 소위 심오하고 중화(中和)한 진리가 이 가운데 있다는 것을 어디에서 찾을 수 있겠습니까.

　도, 량, 형을 중하게 여기는 의의는 어디에 있는가. 이는 똑같게 함에 있을 뿐입니다. 가령 한 치가 두 치 길이와 같게 하였더라도 온 나라의 자(度)가 모두 그러하다면 이것이 자입니다. 가령 두 되가 한 되와 같게 적더라도 온 나라의 되(量)가 모두 그러하다면 이것이 되입니다. 가령 한 냥 무게가 두 냥이나 세 냥 무게와 같더라도 온 나라의 저울(衡)이 모두 그러하다면 이것이 저울입니다. 어찌 반드시 궁(宮), 상(商)과 청(淸), 탁(濁)이 율려(律呂)에 합한 뒤에야 비로소 길고 짧음을 재고, 많고 적음을 헤아리고, 가볍고 무거움을 저울질할 수 있겠습니까.

　이제 자(度)를 만들려고 하면 마땅히 포백척(布帛尺: 바느질에 쓰는 자)으로 기준을 삼고, 되(量)를 만들려고 하면 마땅히 관청에서 쓰는 말(斗)로 기준을 삼고, 저울(衡)을 만들려고 하면 마땅히 은저울(銀秤)로 기준을 삼아, 공조(工曹)로 하여금 주조(鑄造)하여 견본을 만들어서 8도와 서울에 반포하게 하되, 오직 공조에서만이 이 기구를 만들게 하고, 각 도에서는 감영(監營)만이 이 기구를 만들게 하여 값을 정하여 발매해서 민간에게 배포하도록 하며, 만일 사사로이 만드는 자가 있을 경우에는 부인(符印)을 위조하거나 전폐(錢幣)를 사사로이 주조한 자와 같은 죄로 다스리고, 민간에서 그전부터 사용해 오던 것들은 한결같이 거두어 모아 소각해 버릴 것입니다. 이른바 주척(周尺), 목척(木尺)과 저자 되(市升), 행상 되(行商升), 도지 말(睹地斗)과 약저울, 목화저울, 고기저울 등 제도가 똑같지 않은 것들은 모두 신식을 따라 각각 알맞게 사용하게 하여야 합니다. 무릇 문서와 예제(禮制)에 한 자라고 칭한 것이 있으면 곧 모든 물건에도 모두 같은 한 자이며, 한 말이라고 칭한 것이 있으면 곧 모든 물건에도 모두 같은 한 말이며, 한 냥이라고 칭한 것이 있으면 곧 모든 물건에도 모두 같은 한 냥이어야 합니다. 온성(穩城: 함경도에 있는 고을) 사람이 제주도에 물건을 부치면서 한 말이라고 한 것은 제주도에서도 또한 한 말이 될 것이니, 이렇게 되면 물품과 재화의 귀하고 천함이 쉽게 밝혀져 거짓과 속이는 버릇을 다시는 부리지 못할 것입니다. 그런 다음에 감사(監司)가 여러 고을을 순찰하면서 한 고을에 이를 때마다 그 고을의 도, 량, 형을 모아 검사해서 지나치게 나쁜 것이 있으면 그 고을의 수령을 죄주고, 어사(御史)가 암행하여 매번 시장과 마을에 이를 때마다 또한 자세히 살펴서 부정한 것을 적발한다면 1년이 지나지 않아 제도가 시행되어 다시는 문란해지지 않을 것입니다.

그 성수(成數: 일정한 수효)의 명칭 또한 개정해서 한결같이 십(十), 백(百)의 제도를 따라 도, 량, 형 세 가지에 모두 다섯 개의 성수를 둔다면 분별하기가 쉽고 혼란이 없어져서 백성들이 반드시 편하게 여길 것입니다. 자(度)에 있어서는 10리(釐)가 1푼(分)이 되고 10푼이 1촌(寸)이 되고 10촌이 1척(尺)이 되고 10척이 1장(丈)이 되니, 본래 고칠 필요가 없습니다. 그러나 양(量)에 있어서는 15두(斗)가 1휘(斛)가 되고, 저울에 있어서는 16냥이 1근(斤)이 되니, 이는 혼란이 생기는 이유가 됩니다. 15두를 1휘라 하는 것은 우리나라 풍속이며, 16냥을 1근이라 한 것은 옛날 사상(四象), 팔괘(八卦)의 가배법(加倍法: 2배씩 증가하는 법)이 수학(數學)의 근본이 되었던 때문입니다. 그러므로 8을 2배하여 1근을 삼고 8을 3배하여 1일(鎰: 무게의 단위)을 삼았으니, 모두 8이라는 수를 성수로 삼았던 것입니다. 그러나 이미 10의 수를 성수로 쓰고 있으니 무엇 때문에 유독 저울에만 8을 쓸 것이 있겠습니까. 마땅히 드러내어 법을 만들어서, 양(量)에 있어서는 10작(勺)을 1홉(合)으로 삼고 10홉을 1승(升)으로 삼고 10승을 1두(斗)로 삼고 10두를 1석(石)으로 삼으며, 저울에 있어서는 10푼(分)을 1전(錢)으로 삼고 10전을

1냥(兩)으로 삼고 10냥을 1근(斤)으로 삼고 10근을 1균(勻)으로 삼아 아무 해 아무 날로부터 모든 문서에 기록하는 것을 모두 한결같게 하고 다르게 하지 못하게 한다면 10년이 지나지 않아서 문서에 혼란이 되는 어려움이 없어질 것입니다.

신이 또 엎드려 생각하건대, 오직 자와 저울을 한가지로만 하고 다른 것이 없게 한다면 쓰기에 불편할 것입니다. 자로 정교하고 세밀한 공예를 하는 경우에 포백척은 눈금이 너무 드문 것이 탈이니 마땅히 따로 반 자 길이 되는 자를 만들어 한 눈금 사이마다 또 한 눈금을 나타나게 하고, 저울로 부피가 크고 중량이 무거운 것을 이용할 경우에 은저울은 너무 약한 것이 탈이니 마땅히 따로 10근 되는 저울을 만들어 매 열 눈금 사이에 다만 한 눈금을 나타나게 하여 각기 사용하게 한다면 온갖 기술자와 여러 장사의 쓰임에 모두 구애되는 바가 없을 것입니다.

실사구시에 관한 논설

김
정
희

『한서(漢書)』 하간헌왕전(河間獻王傳)에 이르기를 '사실에 의거하여 사물의 진리를 찾는다.'라고 하였는데, 이 말은 곧 학문을 하는데 있어 가장 중요한 도리이다. 만일 사실에 의거하지 않고 다만 허술한 방도를 편리하게 여기거나, 그 진리를 찾지 않고 다만 선입견을 위주로 한다면 성현(聖賢)의 도에 있어 배치되지 않는 것이 없을 것이다. 한(漢)나라의 유학자들은 경전(經傳)의 훈고(訓詁)에 대해서 모두 스승에게 가르침을 받은 것이 있어 정실(精實)함을 극도로 갖추었고, 성도인의(性道仁義) 등의 일에 이르러서는 그때 사람들이 모두 다 알고 있어서 깊이 논할 필요가 없었기 때문에 많이 미루어 밝히지 않았다. 그러나 우연히 주석(註釋)이란 것이 있으니, 이것은 진정 사실에 의거하여 그 진리를 찾지 않은 것이 없었다.

그런데 진(晉)나라 때 사람들이 노자, 장자의 허무한 학설을 강론하여 학문을 게을리 하는 허술한 사람들을 편리하게 함으로부터 학술이 일변하였고, 불도(佛道)가 크게 행해짐으로써 선기(禪機)의 깨닫는 바가 심지어 지리해서 추구하여 따질 수도 없는 지경이 됨에 이르러서는 학술이 또 일변하였으니, 이는 다름이 아니라 다만 '사실에 의거하여 진리를 찾는다.'라는 한마디 말과 모두가 서로 반대되었기 때문이다. 그 후 북송과 남송시대의 유학자들은 도학(道學)을 천명하여 성리(性理) 등의 일에 대해서 정밀하게 말해 놓았으니, 이는 실로 옛사람이 미처 발명하지 못한 것을 발명한 것이다. 그런데 오직 육상산(陸象山), 왕양명(王陽明) 등의 학파가 또 실없는 공허(空虛)를 밟고서 유교를 이끌어 불교로 들어갔는데, 이는 불교를 이끌어 유교로 들어간 것보다 더 심한 것이었다.

그윽이 생각하건대, 학문하는 도는 이미 요임금, 순임금, 우임금, 탕임금, 문왕, 무왕, 주공, 공자를 귀의처로 삼았으니, 의당 사실에 의거해서 옳은 진리를 찾아야지, 헛된 말을 제기하여 그른 데에 숨어서는 안 될 것이다. 학자들은 훈고를 정밀히 탐구한 한나라 유학자들을 높이 여기는데, 이는 참으로 옳은 일이다. 다만 성현의 도는 비유하자면 마치 큰 집을 썩 잘 지은 것과 같으니, 주인은 항상 당실(堂室)에 거처하는데 그 당실은 문의 지름길이 아니면 들어갈 수가 없다. 그런데 훈고는 바로 문의 지름길이 된다. 그러나 일생 동안을 문의 지름길 사이에서만 분주하면서 당(堂)에 올라 실(室)에 들어가기를 구하지 않는다면 이것은 끝내 하치의 인간이 될 뿐이다. 그러므로 학문을 하는데 있어 반드시 훈고를 정밀히 탐구하는 것은 당실을 들어가는 데에 그릇되지 않게 하기 위함이요, 훈고만 하면 일이 다 끝난다고 여기는 것은 아니다. 그런데 특히 한나라 때 사람들이 당실에 대하여 그리 논하지 않았던 것은 당시 문의 지름길이 그릇되지 않았고 당실도 본디 그릇되지 않았기 때문이었다.

그런데 진(晉)나라 송(宋)나라 이후로는 학자들이 고원(高遠)한 일만을 힘쓰면서 공자(孔子)를 높이어 '성현의 도가 이렇게 천근(淺近)하지 않을 것이다.'라고 하며, 이에 올바른 문의 지름길을 싫어하여 이를 버리고 특별히 초묘고원(超妙高遠)한 곳에서 그것을 찾게 되었다. 그래서 이에 허공을 딛고 올라가 용마루 위를 왕래하면서 창문의 빛과 다락의 그림자를 가지고 사의(思議)의 사이에서 이를 요량하여 깊은 문호와 방구석을 연구하지만 끝내 이를 직접 보지 못하고 만다. 그리고 혹은 옛것을 버리고 새것을 좋아하여 썩 잘 지은 집에 들어가는 일을 가지고 '썩 잘 지은 집이 이렇게 얕고 또 들어가기 쉽지 않을 것이라.'고 여기어 별도로 문의 지름길을 열어서 서로 다투어 들어간다. 그리하여 이쪽에서는 집에 기둥이 몇 개라는 것을 말하고, 저쪽에서는 집 위에 용마루가 몇 개라는 것을 변론하여 쉴 사이 없이 서로 비교 논란하다가 자신의 설(說)이 이미 서쪽 이웃의 을제(乙第)로 들어간 것도 모르게 된다. 그러면 썩 잘 지은 집의 주인은 빙그레 웃으면서 이르기를 '나의 집은 그렇지 않다.'라고 한다.

대체로 성현의 도는 몸소 실천하면서 부질없는 논의를 숭상하지 않는 데에 있으니, 진실한 것은 마땅히 강구하고 헛된 것은 의거하지 말아야지, 만일 그윽하고 어두운 속에서 이를 찾거나 텅 비고 광활한 곳에 이를 방치한다면 시비를 분변하지 못하여 본래의 뜻을 잃게 될 것이다. 그러므로 학문하는 방도는 굳이 한나라와 송나라의 한계를 나눌 필요가 없고, 굳이 정현(鄭玄), 왕숙(王肅)과 정자(程子), 주자(朱子)의 장단점*을 비교할 필요가 없으며, 굳이 주자, 육상산(陸象山)과 설선(薛瑄), 왕양명(王陽明)의 문호**를 다툴 필요가 없이, 다만 심기를

---

* 정현은 후한의 경학자이고 왕숙은 위(魏)의 경학자로 서로 학설을 달리하였고, 정자와 주자는 『주역』에서 서로 상당한 차이를 보인다.
** 설선은 주자의 학문을 전적으로 존숭하였고, 왕양명은 육상산의 학문을 존숭하여 서로 학파가 갈라졌다.

침착하게 갖고 널리 배우고 독실하게 실천하면서 '사실에 의거하여 진리를 찾는다.'라는 한마디 말만을 오로지 주장하여 해나가는 것이 옳을 것이다.

제 6 부

형식을 초월한 글

선지스님에게 주는 글

최
해

　심산유곡으로서 인적의 왕래가 드물게 되면 진실로 이상한 물건이 거기에 모이는 것이다. 그러므로 장도릉(張道陵)의 학문을 하는 자가 어떤 산을 제 몇 동천(洞天: 경치가 좋은 골짜기)이라 칭하고 '이곳은 진군(眞君)이 다스리는 곳이라.' 하니, 이에 도(道)를 사모하고 세속을 싫어하여 단련하고 수양하며 곡식을 먹지 않는 자들이 왕왕 그 가운데 깃들어 돌아갈 줄을 모르는 것이다. 나는 비록 그들의 인정에 가깝지 못한 행동을 미워하기는 하지만 나와 저들과 도가 다르기 때문에 또한 심히 따지려고도 하지 않는다.

　하늘이 맞닿은 동쪽 바닷가에 산이 있어 세상에서는 풍악산(楓嶽山)이라 이르는데 승려들은 금강산(金剛山)이라 한다. 그 설은 화엄경에 근본이 있다고 하는데, 화엄경에 '해동(海東) 보살이 머물던 곳은 이름이 금강산이다.'라고 하는 문구가 있다는 것이다. 나는 일찍이 그 글을 읽지 않아서 모르겠지만, 그 산이 과연 이 산이었던가. 요사이 보덕암(普德庵)의 중이 지었다는 「금강산기」를 가지고 와서 나에게 보여주는 자가 있기에 읽어보니, 모두 근거 없는 황량한 이야기로 하나도 믿을 만한 것이 없다. 그중에는 '부처의 금불상 53구가 서역으로부터 바다에 떠서 한나라 평제(平帝) 때 이 산으로 왔기 때문에 절을 세웠다.'라고 하였다. 무릇 불교가 동방으로 들어온 것은 한나라 명제(明帝) 때에 시작되었으며, 우리나라에 처음으로 들어온 것은 양(梁)나라 무제(武帝) 때의 일이다. 그렇다면 불교가 동방으로 유입된 한나라 명제 때보다도 4백년이란 오랜 세월이 뒤졌는데, 진실로 「금강산기」의 이야기를 믿는다면 이는 중원에서도 캄캄하여 부처가 있는지도 모르던 62년 전에 우리나라 사람들이 이미 부처를 위하여 절을 세운 것이 되니, 그것이 가장 웃음거리요, 다른 것도 이와 같은 따위였다.

비록 그러나 옛날에 부처를 배우려는 사람으로서 이 산중에 들어가서 뜻을 가다듬고 행실을 부지런히 하여 그 도를 증명한 자가 계속 이어졌다고 한다. 대개 처음에는 이 산이 인간의 경계와 거리가 수백 리나 멀 뿐만 아니라 산들이 벽처럼 서서 가는 곳마다 모두 천 길 절벽뿐이요, 암자 하나도 몸을 의지할 만한 것이 없으며, 한 뙈기밭도 채소를 심어 먹을 만한 것이 없으니, 그곳에 살려면 아늑한 구멍에 엎드리거나 나무 끝에 깃들어서 짐승과 더불어 섞여서 살고, 풀뿌리와 나무껍질로 배를 채우는 자가 아니면 능히 하루도 머물러 있을 수가 없는 형편이다. 그렇지만 불교의 법은 그 도를 닦게 하려면 반드시 노고를 인내하는 것으로 시험하며 그런 연후에야 소득이 있게 된다. 그러므로 그 스님이 설산(雪山)에서 6년의 고행(苦行)이 있었던 것이다. 그렇다면 만약 그 법을 배우기 위하여 근고(勤苦)한 수련에 뜻을 둔 자는 산에 들어가지 않고서는 역시 소득이 있을 수가 없다.

근래에 와서는 그렇지 아니하여 산중의 암자도 해마다 백여 개나 불어나며 그 큰 절로 말하면, 보덕사, 표훈사, 장안사 등이 있는데다 관청의 힘을 얻어 건립하여 웅장한 전각이 산골짜기에 가득차고 금벽(金碧)이 휘황하여 사람들의 눈과 귀를 현란하게 하며, 일상의 경비에 있어서도 재물을 맡은 창고가 있으며, 보물을 맡은 관이 있고, 소속된 문전옥답이 주군(州郡)에 널려 있으며, 또 강릉과 회양 두 고을의 세금이 관청으로 들어올 것을 다 산으로 수송하게 하여 비록 흉년을 당하여도 조금도 감해 주는 일이 없으며, 매양 사람을 보내어 해마다 의복, 양식, 기름, 소금 등을 지급하여 반드시 빠짐없게 감시하고, 그 중은 부역에도 참여하지 아니하며, 항상 수천 명이 편안히 앉아서 먹여주기만을 기다릴 뿐이요, 한 사람도 설산(雪山)의 고행(苦行)을 같이 하며 도를 얻었다는 자가 있다는 말을 듣지 못하였다. 더구나 심한 것은 '사람이 예순 한번 이 산을 보면 죽어서도 지옥에 가지 않는다.'라고 속이고 꼬여서 위로는 공경(公卿)으로부터 아래로는 서민에 이르기까지 처자들과 더불어 다투어 가서 예불을 드리게 되니, 겨울철의 눈보라나 여름철의 장마로 길이 막힐 때를 제외하고는 구경꾼이 줄을 지었으며, 또 과부나 처녀가 따라가서 산중에 묵는 일도 있어 추한 소문이 가끔 들리지만 사람들이 해괴하게 여기지 않는다. 간혹 조정의 관리가 명령을 받들고 역마를 달려서 강향(降香)하는 일이 있어, 세시(歲時)를 두고 끊어지지 아니하니, 관리들은 그 서슬에 두려워서 분주히 명을 기다리며 지출하는 비용도 많아지게 되고, 아울러 산 근처에 사는 백성들도 응접하기에 지쳐서 심지어 화를 내면서 말하기를 '이 산은 어째서 다른 곳에 있지 아니한가.'라고 하는 사람까지 있다.

　아, 사람들이 이 산을 사랑하는 것은 보살이 머물렀기 때문이요, 보살을 공경하는 것은 능히 사람들이 모르는 가운데 복되게 해준다고 하기 때문인데, 그 모르게 주는 복은 이미 알 길이 없다. 그런데 머리를 깎은 자들이 이 산을 팔아서 제 배를 불리기만 생각하고, 백성은 그 피해를 입게 되었으니 말해서 무엇하랴. 그러므로 나는 사대부가 금강산 구경하러 가는 것을 보면 비록 힘써 말리지는 않지만 마음속으로는 그윽이 더럽게 여기는 바이다. 지금 불자(佛者) 선지사(禪智師)가 이 산에 가게 되었으므로 내 가슴속에 품고 뱉지 못하던 말을 써서 주는 것이다. 스님은 이미 부도(浮屠)가 되었는데, 왜 산에 들어가는 일이 늦었는가. 산중에 만약 구경하는 사람이 있거든 나를 위해 말해주기 바란다. 반드시 나의 말을 옳게 여기는 자가 있을 것이다.

의로운 재물에 관한 기문

이
곡

우봉(牛峯) 이경보(李敬父)가 나에게 물었다.

벗과 형제 중에 누가 더 친한가?

내가 대답하였다.

형제가 더 친하다.

그가 또 물었다.

그렇다면 세상 사람들이 벗의 일에는 모두 급히 서두르는데, 형제의 일에는 늑장을 부리는 까닭은 무엇인가?

이에 내가 말하였다.

이는 욕심을 따르고 이익을 좋아하는 데 따라 생기는 폐단이다. 내가 그대에게 한번 말해 보아도 되겠는가? 대개 유년기에는 누구나 어버이를 친애하고 커서는 형을 공경할 줄 아는데, 이 인의(仁義)의 마음을 점차 확충해서 내부로부터 시작하여 외부로 적용해 나아가는 것이야말로 하늘로부터 부여받은 성품이 참되게 발현되도록 하는 것이요, 사람이 정상적으로 행할 길이라고 할 것이다. 그리고 조, 쌀, 생선, 고기, 그리고 삼베, 목화실, 명주실, 솜 같은 것이 곧 우리가 일상생활에서 먹고 입고하는 것이지만, 혹시라도 욕심을 따르고 기이한 것을 좋아할 경우에는 반드시 계속 공급하기 어려운 물건이나 비상한 별미를 구해서 입과 배에 맞게 하고 신체에 편하게 하려고 할 것이다. 그러나 이렇게 하면 입과 배에도 맞지 않고 신체에도 편치 못할 뿐만 아니라 장차 이에 따라 생기는 폐해를 감당하지 못할 것이다. 이와 마찬가지로 사람들이 자기 형제에 대해서는 항상 보는 사람이라고 하여 무례하게 아무렇게나 대하는 경향이 농후하여 친애하고 공경하는 일은 아예 힘쓰려고 하지도 않으며, 심한 경우에는 시기하고 의심하며 화내고 싸우는 등 못할 짓이 없이 제멋대로 굴기도 한다. 그러나 타인에 대해서는 권세와 이익으로 유인하기도 하고, 돈과 물건으로 통하기도 하고, 술과 음식으로 즐기기도 하는 등, 돈독하게 친애하고 견고하게 결탁하는 면에서 또한 못할 짓이 없이 한다. 비록 그렇긴 하지만 이미 권세와 이익이라고 말했다시피 권세와 이익이 다하고 나면 서로 유인했던 것이 이번에는 서로 해치기에 안성맞춤인 것으로 변하고 만다. 그러니 돈이나 물건이라든가 술이나 음식 같은 사소한 것이야 말할 것이 또 뭐가 있겠는가. 이는 욕심을 따르고 이익을 좋아하는데 따라 생기는 폐해인 것이다.

　사람의 기본 윤리에 다섯 가지가 있는데, 성인이 순서를 매긴 그 조목을 보면 군신(君臣)에 대해 말하고, 부자(父子)에 대해 말하고, 부부와 형제에 대해 말한 다음에 붕우(朋友)는 맨 마지막에 언급하였다. 그렇게 보면 붕우가 위의 네 가지 관계에 비해 형식상으로는 뒤처지는 것 같기도 하지만, 실제로 그 쓰임에 있어서는 앞선다고 할 것이다. 왜냐하면 선행을 권면하고 인덕(仁德)을 보강하여 인륜을 아름답게 이룰 수 있게 하는 것은 모두가 붕우의 힘이기 때문이다. 그렇긴 하지만 그 본말(本末)의 차원에서 보면 본래 질서 정연하여 바꿀 수 없는 점이 있으니, 이것이 바로 상체(常棣)*라는 시가 나오게 된 까닭이라고 하겠다. 그 시의 첫 장을 보면 '아가위 꽃송이 활짝 피어 울긋불긋, 지금 어떤 사람들도 형제만한 이는 없지'라고 하였고, 셋째 장에서는 '저 할미새 들판에서 호들갑 떨 듯, 급할 때는 형제들이 서로 돕는 법이라오. 항상 좋은 벗이 있다고 하지만, 그저 길게 탄식만 늘어놓을 뿐.'이라고 하였으며, 다섯째 장에서는 '환란이 일단 지나고 나서, 사태가 안정되어 몸이 편해지면, 비록 형제가 있다고 하더라도, 이제는 친구만 못하게 여기도다.'라고 하였다. 예로부터 형제와 붕우 사이의 관계는 그 도리가 이와 같은 데에 지나지 않으니, 이 시를 상세히 음미해 보면 성인의 뜻이 어디에 있는지 알 수 있을 것이다. 그대는 몸가짐을 근신하면서 학문을 좋아하는 사람이다. 따라서 인륜의 경중과 친소의 구분에 대해서 이미 익히 검토했을 것인데, 그대가 지금 이렇게 말하는 것은 아마도 이유가 있어서일 것이다.

이경보가 탄식하며 말했다.

그렇다. 나에게는 가까운 형제와 먼 형제를 모두 합쳐서 20여 인이 있는데, 그들과 어울려 놀 때에 절절(切切)하게 대하기도 하고 이이(怡怡)하게 대하기도 한다.** 그리고 지금 각각 기금을 약간씩 출연하여 의재(義財)라고 명명하고는, 해마다 두 명씩 교대하여 번갈아 가며 주관하게 하고 있다. 그리하여 다달이 그 이자를 받아서 경조사와 보내고 맞이하는 비용으로 쓰는 한편, 쓰고 남은 것이 있으면 장차 구휼하고 주신(賙賑: 구휼과 진휼)하는 밑천으로 삼으려 하는

---

* 형제의 우애를 노래한 시로 『시경』 소아편에 들어있다.
** 붕우처럼 지내기도 하고 형제처럼 지내기도 한다는 말이다.

데, 앞으로 자손들로 하여금 이 법을 계속 지키면서 잘못되지 않게 하려고 한다. 이는 대개 범문정공(范文正公)이 설립한 의전(義田)*의 고귀한 뜻을 본받으려 함이니, 세상에서 행인들을 끌어와 형제처럼 대우하면서 정작 자기 동기간들은 원수처럼 대하는 것과는 다르다고 할 것이다. 그러니 그대가 나를 위해 기문을 지어주면 좋겠다.

그의 말을 듣고 보니 이치에 합당해서 세속을 격려시킬 수 있을 뿐만 아니라 나의 마음에도 감동되는 점이 있기에, 내가 흐뭇하게 여겨서 의재(義財)에 대한 기문을 짓게 되었다.

---

* 송(宋)나라의 재상이었던 범중엄(范仲淹)이 현직에 있을 때, 항상 풍작을 거두는 근교의 비옥한 토지 1,000묘(畝)를 마련하여 의전(義田)이라고 이름을 붙이고 여러 친족들을 공양하고 구제하는 자본으로 삼았다.

사악한 기운을 쫓아내는 글

이
첨

    일찍이 들으니 귀신의 덕은 바름(正)일 뿐이로다. 하늘이 위에서 덮어주고 땅이 아래서 실어주는 것이나, 해와 달이 두루 비추는 것, 사계절이 번갈아 오는 것, 그리고 사람과 동물이 번식하는 것, 초목이 무성하고 시드는 것은 이 모두가 정기(正氣: 바른 기운)로부터 흘러나온 것이다. 이른바 사기(邪氣: 사악한 기운)란 과연 어디서부터 생긴 것이냐. 중국 고대의 하, 상, 주나라 이후에 세상이 점점 혼탁하고 경박하게 되자, 백성들은 원망하고 하늘은 진노하여 조화로운 기운을 손상하였으니, 마침내 병이 되어 뜻하지 않게 사람을 상하게 하였고 이로 하여금 아프게 하였도다. 그러나 나는 그 까닭을 알지 못하겠노라. 지금은 임금과 신하, 모든 관리들이 정형(政刑)을 베풀고 있으니, 공을 세운 자에게는 상을 주고 죄가 있는 자에게는 벌을 주어, 백성들로 하여금 하늘이 내려주신 진리로 나아가게 해서 모두 태평성대에 들어가게 하였는데, 사악한 기운이 지금 세상에 나다니는 것은 어디로부터 생긴 것이냐.

명산과 대천으로 복을 내리어 나라에 유익하게 하는 것은 사전(祀典: 제사를 지내는 법식)에 기록되어 있어 속일 수가 없는 것인데 어찌 사악한 기운인 너희가 이에 끼려고 하느냐. 동네의 어리석은 남자와 여자들이 무지하여 허망한 짓을 하다가, 너희들 기운에 상함을 받으면 무당을 찾아가 가산을 파산하고야 마는구나. 이것은 마땅히 명산과 대천에게 죄를 받아 푸르고 망망한 저 바깥에 버릴 것이지 하늘과 땅 사이에 두게 할 것이 아니로다. 3월 초하룻날에 하늘과 땅이 몹시 흐리고 강의 요사스런 기운과 산봉우리의 요사스런 기운이 항상 사방에 서려있더니, 마침 나의 허약함을 타서 나의 허리와 등을 상하게 하였다. 내가 이미 알고서도 지금까지 너희들을 다스리지 않은 것은, 장차 너희들의 악함을 갖추어 본 뒤에 너희를 벌주기 위함이로다. 나는 어려서 성인의 도를 배웠고 또 저승과 이승의 이치를 통달하였는데, 너희들이 어찌 감히 나를 깔보느냐. 나는 일찍이 임금의 조정을 섬기어 벼슬이 정6품에 이르러 이미 백성들이 우러러보게 되었는데, 너희들이 어찌 감히 나를 천하게 보느냐. 나는 지금 뜻을 고상하게 품고 백이숙제(伯夷叔齊)의 즐거움을 사모하고 있는데 너희들이 어찌 감히 나를 모욕하느냐. 그렇지만 홀연히 왔다갔다 하며, 추웠다 더웠다하면서 군자를 속이고 있는 것은 또 무슨 마음에서냐.

옛날에 창힐(蒼頡)이 글자를 만드니 귀신이 밤에 울었고, 한유(韓愈: 당나라 때 문장가)가 학질을 질책하니 학질이 범하지 못하였도다. 이는 모두 그것이 글로써 죄상을 물었기 때문이다. 주공(周公)처럼 다재다능한 성인이 능히 귀신을 섬긴 것은, 성인과 천지가 그 길흉(吉凶)을 합치시키기 때문이었다. 이른바 귀신도 또한 천지의 성정(性情)인 것일 뿐이다. 이로써 사악한 기운은 주공이 다스렸던 세상에서는 용납되지 못하였음을 알 수 있도다. 『시경』에 이르기를 '도깨비가 되고 물여우가 되었다면 볼 수 없느니라.' 하였지만, 나는 믿지 않노라. 대개 도깨비란 비록 소리도 없고 그림자도 없는 것이지만 그 이치는 매우 분명한 것이며 사람들이 모두 이를 알고 있도다. 그 이치를 알면 그 성정을 알 수 있고 그 성정을 알면 그 도깨비를 알 수 있도다. 『주역』에 이르기를 '도깨비를 수레에 가득 싣도다.'라고 한 것은, 그 이치를 가까이 할 수 있음을 말한 것이로다.

　너희들의 이치와 성정을 내가 이미 알고 있으므로 너희들은 오히려 나에게 잡힐 것이니, 너희들도 감히 나를 깔보고 천하게 보아 모욕하지 못할 것이로다. 내가 알고 있는 터에 너희들은 역시 발각되지 않을 수 없게 될 것이니, 마땅히 나를 떠나서 멀리 갈지어다. 나는 이제 너희들을 마시고 너희들을 먹겠노라. 너희들은 생각할 바가 없느냐.

농부가 답하는 글

정
도
전

내가 살고 있는 집이 낮고 기울고, 좁고 더러워서 마음이 답답했다. 하루는 들에 나가 노닐다가 농부 한 사람을 보았는데, 눈썹이 기다랗고 머리는 희고 등에는 진흙이 묻었으며, 손에는 호미를 들고 김을 매고 있었다.

내가 그 옆에 다가가서 말했다.

노인장 수고하십니다.

농부는 한참 후 나를 보더니 호미를 밭이랑에 두고는 언덕으로 걸어 올라와 두 손을 무릎에 얹고 앉으며 턱을 끄덕이어 나를 오라고 했다. 나는 그가 늙었기 때문에 슬픈 마음으로 다가가 팔짱을 끼고 섰더니, 농부가 물었다.

그대는 어떤 사람인가. 그대의 옷이 비록 해지기는 하였으나 옷자락이 길고 소매가 넓으며, 행동거지가 의젓한 것을 보니 혹 선비가 아닌가. 또 손발이 갈라지지 않고 뺨이 풍요하고 배가 나온 것을 보니 조정의 벼슬아치가 아닌가.

무슨 일로 여기에 왔는가. 나는 노인이며 여기서 나서 여기에서 늙었기 때문에, 거친 들과 장독(瘴毒: 일종의 풍토병)이 가득 찬 궁벽한 시골에서 도깨비와 더불어 살고 물고기와 더불어 사는 처지가 되었지만, 조정의 벼슬아치라면 죄를 짓고 추방된 사람이 아니면 여기에 오지 않는데, 그대는 죄를 지은 사람인가.

내가 대답했다.

그렇습니다.

농부가 말했다.

무슨 죄인가. 아니 입과 배의 봉양과 처자의 양육과 거마와 궁실의 일로써 의롭지 못한 것을 돌아보지 않고서 한없이 욕심을 채우려다가 죄를 얻은 것인가. 아니면 벼슬을 꼭 해야겠는데 스스로는 할 능력이 없어서 권력 있는 자를 가까이하고, 세도에 붙어 수레먼지와 말발굽 사이에 분주하면서 찌꺼기 술이나 먹고, 먹다 남은 고기를 얻어먹으려고 어깨를 움츠리고 아첨을 떨며 구차하게 즐거움을 취하는데 애를 썼기 때문에 어쩌다가 한 벼슬자리를 얻으니, 여러 사람이 모두 성을 내어 하루아침에 형세가 가버려서 결국 이렇게 죄를 얻게 된 것인가.

내가 대답했다.

그런 것이 아닙니다.

농부가 다시 말했다.

그러면 말을 단정하게 하고 얼굴빛을 바르게 하여, 겉으로는 겸손한 체하여 헛된 이름을 훔치고, 어두운 밤에는 분주하게 돌아다니면서 새가 사람에게 의지하는 태도를 지어 애걸하고, 가엾게 보여 굽혀서 결탁하고 옆으로 맺어 벼슬을 낚아서 혹 수령으로 있거나 혹 언관의 책임을 맡아서 봉급만 받고 그 직무는 돌아보지 않으며, 국가의 안위와 민생의 평안과 근심, 시정(時政)의 득실과 풍속의 아름답고 추함에 있어서는 막연히 뜻을 두지 않아, 진(秦)나라 사람이 월(越)나라 사람의 살찌고 여윈 것을 보듯이 하며*, 자기 몸만 온전히 하고 처자를 보호하는 계책으로 세월을 보내다가, 만일 충의로운 선비가 있어서 자기 몸을 돌보지 않고, 국가의 급한 일에 나아가 직분을 지키고 바른말을 하거나 곧은 도를 행하다가, 화를 당하게 된 것을 보면, 안으로는 그 이름을 꺼리고 밖으로는 그 패한 것을 다행으로 여겨 비방하고 비웃으며, 스스로 계책을 얻은 듯하다가 공론이 비등하고 천도가 무심하지 않아 그만 간사한 것이 드러나고 죄가 발각되어 이런 지경에 이르게 된 것인가.

내가 대답했다.

그런 것도 아닙니다.

농부가 또 말했다.

그렇다면 장수가 되어서 널리 당파를 만들어 앞에서 몰고 뒤에서 호위하며, 아무 일도 없을 때에는 큰소리로 공갈을 쳐서, 임금의 은총을 받아 관록과 작위와 포상을 뜻대로 이루어 자만심이 가득차고 기운이 성하여 조정의 선비들을 경멸하다가, 적군을 만나게 되면, 호랑이 가죽은 비록 아름답지만 본질은 양이라 겁을 잘 내어, 교전을 하지 않고 적의 풍진(風塵)만 보아도 먼저 달아나 살아있는 영혼을 적의 칼날에 버리고 국가의 대사를 그르치기라도 했는가. 아니면 재상이 되어서 제 마음대로 고집을 세우고 남의 말은 듣지 않으며 자기에게 아첨하는 자는 즐거워하고 자기에게 달라붙는 자는 등용하며, 곧은 선비가 말을 거스르면 성을 내고, 바른 선비가 도를 지키면 배격하며 임금의 작위와 봉록을 훔쳐 자기의 사사로운 은혜로 만들고, 국가의 형법을 희롱하여 자기의 사적으로 사용하다가 악행이 많아 화가 이르러 죄에 걸린 것인가.

---

* 서로 교섭관계가 소원하기 때문에 잘되고 못되는데 대해서 관심을 갖지 않는 것을 말한다.

내가 대답했다.

그런 것도 아닙니다.

농부가 또다시 말했다.

그렇다면 그대의 죄목을 나는 알겠노라. 자신의 힘이 부족한 것을 헤아리지 않고 큰소리를 좋아하고, 그 시기의 불가함을 알지 못하고 바른 말을 좋아하며, 지금 세상에 나서 옛사람을 사모하고 아래에 있으면서 위를 거스른 것이 죄를 얻은 원인이로다. 옛날 가의(賈誼: 한나라 때 문장가)가 큰소리를 좋아하고, 굴원(屈原: 초나라의 대부)이 곧은 말을 좋아하고, 한유(韓愈: 당나라 때 문장가)가 옛것을 좋아하고, 관용방(關龍逄)이 윗사람에게 거스르기를 좋아했다. 이 네 사람은 모두 도(道)가 있는 선비였는데도 혹은 폄직되고, 혹은 죽어서 스스로 자기 몸을 보전하지 못하였거늘, 그대는 한 몸으로서 여러 가지 금기(禁忌)를 범하였는데 겨우 귀양만 보내고 목숨은 보전하게 하였으니, 나 같은 촌사람이라도 국가의 은전이 너그러움을 알 수가 있노라. 그대는 지금부터라도 조심하면 화를 면하게 될 것이오.

나는 그 말을 듣고서 농부가 도가 있는 선비임을 알았다. 그래서 요청하였다.

노인장께서는 숨은 군자이십니다. 객관에 모시고 글을 배우고자 합니다.

농부가 대답했다.

나는 대대로 농사짓는 사람이오. 밭을 갈아서 국가에 세금을 내고 나머지로 처자를 양육하니, 그 밖의 일은 나의 알 바가 아니오. 그대는 물러가서 나를 어지럽히지 마시오.

그리고 다시는 말하지 않았다. 나는 물러나서 '저 노인은 장저(長沮)와 걸익(桀溺)*같은 사람이로다.' 하면서 탄식하였다.

---

* 공자가 살았던 시대의 두 사람의 은자(隱者)로 공자의 주유천하를 비판하였다.

도깨비에게 사과하는 글

정
도
전

회진(會津)은 큰 산과 우거진 숲이 많고 바다에 가까우며 사람이 사는 동네는 거의 없다. 그래서 산 아지랑이가 떠오르고 장기(瘴氣: 따뜻하고 습한 땅에서 스며드는 독한 기운)가 스며들어 자주 흐리고 비가 많이 온다. 그 산과 바다의 음허(陰虛)한 기운과 초목(草木)과 토석(土石)의 정령(精靈)이 스미고 엉켜서 그것이 변하여 도깨비가 되는데 사람도 아니고 귀신도 아니며 어두운 물건도 아니고 밝은 물건도 아니지만, 역시 만물 가운데 하나이다.

정 선생(鄭先生)이 홀로 방에 앉아 있었는데, 낮은 길고 사람은 없어서 때로는 책을 던지고 문에 나가 뒷짐을 지고 먼 데를 바라본다. 그러면 산천이 얽히고 초목은 우거졌으며, 하늘은 흐리고 들은 어두워서 눈에 보이는 것이 모두 쓸쓸하였다. 그래서 음기(陰氣)가 사람을 엄습하여 사지가 느릿하다. 이에 집으로 들어오면 울적한 생각이 들어 마음이 혼란하다. 피곤에 지쳐서 잠자리에 들어 머리를 숙이고 눈을 감으면 잠이 들은 것 같기도 하고 들지 않은 것 같기도 한데, 앞에서 말한 온갖 도깨비들이 서로 빈정거리고 탄식하며, 홀연히 왔다갔다 하고, 기쁜 것 같기도 하고 슬픈 것 같기도 하며 웃는 것 같기도 했다. 그리고는 뛰기도 하고 부딪치기도 하고 벌떡 눕기도 하고 비스듬히 의지하기도 한다. 선생이 떠드는 것을 싫어하고 또 상서롭지 못함을 미워하여 손을 들어 몰아내면 갔다가 다시 온다. 몹시 성이 나서 큰소리로 외쳤더니 문득 잠이 깼다. 그러자 그 형적이 사라지고 깨끗하게 아무런 물건도 없었다. 선생은 정신과 기운이 떨리고 두려워서 정신이 나간 것같이 여겨지더니, 오래된 후에야 안정이 되어 정신을 가다듬고 기운을 차려서 앉은 채로 졸았다. 그랬더니 그 물건들이 같은 떼거리를 많이 데리고 와서 앞서 하던 짓과 똑같이 했다. 선생이 말하기를 '너희들은 음물(陰物)이므로 나와는 같은 종류가 아닌데 왜 오는 것이냐. 그리고 왜 슬퍼하며 어째서 기뻐하고 웃는 것이냐.'라고 하니, 말이 끝나자마자 앞으로 나와서 이야기하는 것이 다음과 같았다.

큰 도회지나 읍에는 저택들이 서로 바라보고 사람과 수레가 날마다 다니는데 그곳은 사람들이 사는 곳이며, 그윽하고 음침한 곳이나 광막한 들판은 도깨비가 사는 곳입니다. 그렇게 보면 당신이 우리에게 온 것이지 우리가 당신에게 간 것이 아니거늘 어찌해서 우리더러 가라 합니까. 뿐만 아니라 당신은 자기의 힘을 헤아리지도 않고 거리낌을 범하여 태평성대에 쫓겨났으니 가소롭지 않습니까. 그대는 또 힘써 배우고 뜻을 두터이 하며 바르게 행하고 곧게 나가다가, 끝내는 화를 당하여 귀양을 왔는데도 스스로 밝혀야 할 길이 없으니 또한 슬프지 않습니까. 우리는 어둡고 음침한 곳에 엎드려 살고 있어 세상이 알지 못하는데, 당신과 같이 학문이 깊고 넓어서 자질구레한 것까지 모두 연구한 사람을 이렇게 거칠고 먼 지방에서 상종하게 되었으니 이는 기쁜 일이 아니겠습니까.

그리고 당신은 보통사람 축에도 들지 못하고 멀리 쫓겨나 있으므로 사람들이 당신을 만나면 놀라고 당신과 말하려면 마음이 떨립니다. 그리하여 모두 손을 저으며 돌아서고 팔을 흔들면서 되돌아갑니다. 그런데 우리들은 당신이 오는 것을 좋아하여 같이 놀아주는데, 지금 같은 종류가 아니라고 해서 배척을 하니, 우리를 버리고서 누구와 벗을 한단 말입니까.

선생이 이에 그 말을 부끄럽게 여기고 그 후의(厚意)에 감사하여 글로써 도깨비에게 사과를 하였는데, 그 글은 다음과 같다.

산 언덕 바다 모퉁이에
천기가 음음하고 초목이 우거졌네.
사람 하나 없이 홀로 사는 내가
너를 버리면 누구와 같이 놀리오.
아침에 나가 놀고 저녁에 같이 있으며
노래 부르고 화답하며 세월을 보낸다.
이미 시대와 어그러져 세상을 버렸는데
또 다시 무엇을 구하랴.
풀밭에서 춤을 추며
애오라지ˈ 너와 같이 놀리라.

천문도에 붙이는 글

권
근

돌에 새긴 천문도(천상열차분야지도)는 옛날 평양성에 있었는데, 전쟁의 난리 통에 강물에 잠겨 유실되었으며, 세월이 오래되어 그 남아있던 인쇄본까지도 없어졌다. 우리 전하께서 즉위하신 처음에 어떤 사람이 인쇄본을 올리므로, 전하께서는 이를 보배로 귀중하게 여기시고 서운관(書雲觀)*에 명하여 돌에다 다시 새기게 하니, 서운관에서 아뢰었다.

이 그림은 세월이 오래되어 별의 도수(度數)가 차이가 나니, 마땅히 다시 도수를 측량하여 사중월(四仲月: 음력 2, 5, 8, 11월)의 저녁과 새벽에 나오는 중성(中星)**을 측정하여 새 그림을 만들어 뒤에 오는 사람에게 보이소서.

전하께서 옳게 여기므로 지난 을해년(1395, 태조 4) 6월에 새로 중성기(中星記)

---

* 고려 때 천문, 역수, 측후, 각루의 일을 맡아보던 관청으로, 조선시대에 관상감(觀象監)으로 고쳤다.
** 28수(宿) 중에 해가 질 때와 돋을 때 정남쪽에 보이는 별. 혼중성(昏中星)과 단중성(旦中星)으로 분리된다.

한 편을 지어 올렸다. 옛 그림에는 입춘(立春)에 묘성(昴星: 좀생이별)이 저녁의 중성이 되는데 지금은 위성(胃星)이 되므로, 24절기가 차례로 어긋난다. 이에 옛 그림에 의하여 중성을 고쳐서 돌에 새기는 것이 끝나자, 나에게 명하여 그 뒤에다 지(誌)를 붙이라 하였다.

제가 삼가 생각건대, 예로부터 제왕이 하늘을 받드는 정사는 역상(曆象: 달력)으로 하늘의 때를 알려주는 것을 급선무로 삼지 않는 이가 없습니다. 요(堯)임금은 희화(羲和)에게 명하여 사계절의 차례를 조절하게 하였고, 순(舜)임금은 기형(璣衡)*을 살펴 칠정(七政)**을 고르게 하였으니, 진실로 하늘을 공경하고 백성의 일에 부지런함을 늦추어서는 안 되기 때문입니다. 삼가 생각건대, 전하께서는 성스럽고 인자하시므로 선위(禪位)를 받아 나라를 두신지라, 안팎으로 안일하여 태평을 누리니 이는 곧 요임금과 순임금의 덕이며, 먼저 천문을 살펴 중성(中星)을 바루니 이는 곧 요임금과 순임금의 정치라 하겠습니다. 그러나 요임금과 순임금이 천문을 보고 기구를 만들던 마음을 구한다면 그 근본은 다만 공경에 있을 뿐이니, 전하께서도 또한 공경을 마음에 두어 위로는 천시(天時)를 받들고 아래로는 백성의 일을 부지런히 하시면, 그 신성하고 뛰어난 업적이 또한 요임금과 순임금같이 높아질 것입니다. 하물며 이 그림을 고운 돌에 새겼으니, 길이 자손만대에 보배가 될 것입니다.

---

* 선기옥형(璇璣玉衡)의 약칭으로 혼천의(渾天儀)라고도 한다. 해, 달, 별의 천상(天象)을 그려서 천체의 운행과 위치를 관측하던 기계인데, 사각(四脚)의 틀에 올려놓고 회전시키면서 관측하도록 되어 있다.
** 일(日), 월(月)과 오성(五星)인 금, 목, 수, 화, 토성의 천체를 이른다.

농부의 위문

권 근

양촌자(陽村子: 작자)가 바른 말을 하다가 우봉(牛峯)으로 쫓겨난 이튿날 농부가 찾아와서 다음과 같이 위로의 말을 하였다.

그대는 선영의 음덕을 입어 학문과 예술을 장식하고 조정 반열에 나가 좋은 벼슬을 거치면서 수레를 타고 서울 거리를 휩쓸었으며, 많은 봉록을 받아서 집안을 살찌게 한 지 오래되었습니다. 조정에서는 그대를 버린 적이 없었으니, 사헌부와 사간원에서 누가 그대를 알지 못하겠는가. 서로 옷깃을 연하고 수레를 접하여 드나들며 높은 벼슬길에서 활개를 치고 임금을 받들어 영광을 누렸습니다. 밖으로는 마을을 빛내고 안으로는 집안을 즐겁게 하였으니, 그대가 조정에 있었던 것은 영광스러운 일이었습니다. 그러하니 마땅히 공(公)을 생각하고 사사로움을 잊어야 하며 진실을 추구하고 명예를 버려야 할 것입니다. 그러나 굳이 발끈 성내어 남을 거역하지도 말고 굳이 이익을 구하여 분주하게 왕래하지도 말면, 공명을 보전할 수 있으리니 누가 감히 그대와 맞설 것이며, 부귀를 간직할 수 있으리니 누가 감히 그대를 거스르겠습니까. 그대는 이와 같은 것을 꾀하지 않고 벼슬아치에게 곧은 말로 대들면서, 외롭게 죄망에 걸린 사람을 도와주다가 친구를 잃었고, 다른 사람의 허물을 벗겨주고자 하다가 그것이 자기 자신의 누(累)가 됨을 알지 못하였고, 타인들의 불효를 밝혀 주고자 하다가 어버이의 마음이 상하는 것을 걱정하지 않았으니, 그대의 죄야말로 크다고 할 수 있습니다. 그러나 오히려 성스러운 임금의 어짊과 어진 재상의 덮어줌에 힘입어 형벌을 받지 않았으며, 먼 곳까지 귀양가지 아니하고 이곳으로 오게 되었으니 지극히 다행이거늘, 어찌 마음이 석연하게 즐거워하지 않습니까.

양촌자는 벌떡 일어나서 이렇게 대답하였다.

노인의 말이 옳습니다. 감히 가르침을 받지 않겠습니까마는 나도 생각한 바가 있으니 감히 말씀드리겠습니다. 바야흐로 나라의 성스러운 임금과 어진 재상들이 서로 만나 능력 있는 사람에게 직무를 맡기고 덕이 있는 사람에게 벼슬을 주므로 많은 선비들이 등용되어 문(文)으로 교화를 넓히고 무(武)로는 위풍을 펼치며, 밝은 사람은 그 명석함을 다하고 활달한 사람은 그 융통성을 다하며, 재주 있는 사람은 힘을 다하고 지혜로운 사람은 충성을 바치며, 뛰어난 선비와 충성을 다하는 대신과 우뚝한 호걸과 위대한 영웅과 산림의 처사(處士)와 초야에 묻힌 인재들도 모두 자신의 능력을 발휘하여 일에 민첩하고 공을 세우며, 임기응변하고 멸사봉공하며, 간사한 자를 내쫓고 완만한 자를 물리치며, 아첨하는 자가 나오지 못하고 질투하는 자가 용납되지 않아서 법령이 시행되고 도리가 융성해졌습니다. 나는 쓰일 만한 재주가 없고 지식도 통하지 못하였으며, 말은 더듬어 뜻을 표현하지 못하고 학문이 천박하여 글은 문장을 이루지 못합니다. 외람되게도 특별한 발탁을 받아서 오래도록 조정의 반열을 더럽혔으나,

능히 임금께 도움을 드리지 못하였으므로 인물을 천거할 것을 생각하여 화평한 빛으로 오직 덕 있는 사람을 좋아하였습니다.

　나는 사람들의 선함에 복종하고, 사람들의 능력을 믿어 한 가지 선한 것을 보면 그 악함을 생각하지 않고, 한 가지 능한 것을 보면 그 잘못을 미리 헤아리지 아니하며, 지극한 정성을 베풀어 서로 사랑하는데 온 마음을 바쳤습니다. 하물며 저 사람은 몸소 실천함이 단정하고 품성이 자상하며, 뜻은 권신들에게 아첨하지 아니하고 학문은 이미 높은 경지에 올랐습니다. 문장은 나라 안에 빼어나고 덕은 백성들의 여망에 드러났으되, 일찍이 능력을 스스로 자랑하지 않았으니, 어찌 이익만을 스스로 구하려 했겠습니까. 그런데 하루아침에 비방을 당하여 남쪽 거친 땅으로 추방되었습니다. 솔개는 썩은 쥐 한 마리를 물고 빼앗길까 두려워하지만 봉황새는 하늘 높이 날아갑니다. 선비들이 세속에 굴복을 당하자 어질고 지혜로운 사람들이 깊숙이 은둔하니, 어찌 나라를 위하여 애통해 하지 않으며 세상의 올바른 도리를 위하여 상심하지 않겠습니까. 가령 어진 사람이 어두운 동굴에 그 빛을 감추고 초야에 그 자취를 감추어 세상에서 알지 못한다 할지라도 마땅히 불러서 위로해야 하며, 혹은 죄인으로 묶여 있고 혹은 하인의 처지에 놓여 있어 사람들이 천시한다 할지라도 오히려 그것을 열어 주어야 하는데, 하물며 관직이 높고 선비의 원로로 그 뛰어난 명성이 중국에 떨치고, 문장이 태양처럼 빛나서 한 나라가 이미 그의 공을 입고 한 시대가 모두 그의 재질에 감복하는 자임에랴. 나는 편당을 두는 것이 아니라 오로지 어진 사람을 추대하였고 나는 사심을 가진 것이 아니라 공도(公道)만을 넓혔을 뿐입니다. 혹 다시 생각하시고 더욱 살피십시오. 어찌 뭇사람들이 노여워하고 뭇사람들이 시기함을 알겠습니까. 이것이 내가 감히 임금께 호소하면서 나의 재앙을 생각할 겨를이 없는 까닭입니다.

아, 한 사나이가 뜻을 얻지 못한 것도 이윤(伊尹: 은나라의 현명한 재상)은 이를 애석하게 여겼습니다. 어진 사람을 의논하고 능력 있는 사람을 의논하는 것은 주(周)나라의 법에 있으니, 공자가 말하기를 '곧은 사람을 버리면 백성들도 복종하지 않는다.'라고 하였으며, 맹자도 '어진 사람의 등용을 삼가지 않을 수 없다.'고 하였으니, 참으로 훌륭하신 교훈으로 뒷날 임금의 법이 될 만합니다. 비록 백 마리의 사나운 새가 있더라도 한 마리의 독수리만 같지 못합니다. 저 같은 미미한 사람이 어찌 나라에 도움이 되겠습니까. 치의(緇衣)를 노래하고 백구(白駒)를 잡아매어* 차라리 한세상에 미움을 받을지언정 배운 바를 저버리지 않으려 하였습니다. 소인들이 서로 글을 올려 형벌을 내리기를 청하니 언제 화를 당할지 헤아릴 수 없었습니다. 어지신 우리 임금과 유덕하신 재상께서 더욱 넓으신 은혜를 베풀어 주시어 이렇듯 서울의 교외로 쫓으시니, 이를 흔쾌히 여겨 달려왔습니다. 오직 산골짜기에 산들은 웅장하고 물은 굽이쳐 흘러 산고수장(山高水長)하니 흐뭇한 덕에 감격함이 그지없습니다. 그침과 행함, 그리고 영광과 욕됨은 하늘이 시키는 것이요, 사람이 하는 것이 아니거늘 내 어찌 기쁘지 않겠습니까.

농부는 이에 술잔을 잡고 술통을 끌어안은 채 서로 주고받다가 취한 후에 헤어졌다.

---

* 치의는 『시경』의 편명인데 어진 사람을 좋아하고 추대함을 읊은 시이고, 백구도 『시경』의 편명으로 주나라 선왕(宣王)이 어진 사람을 만류하지 못한 것을 풍자한 시이다.

직분을 지키는 글

서
거
정

만물에는 각각 직책이 있다. 소의 직분은 땅을 갈아 농사를 짓는 일이고, 말의 직분은 물건을 싣고 태우는 일이며, 닭은 새벽을 알리는 일이 직분이고, 개는 밤을 지키는 것이 직분이다. 자기의 직분을 잘 수행하는 것을, 수직(守職)이라 하고, 자기 직분을 잘 수행하지 못하면서 다른 직분을 대신하는 것을, 월직(越職: 직분을 넘는다)이라고 한다. 직분을 넘으면 이치에 어긋나게 되고, 이치에 어긋나면 화(禍)를 받는다. 지금 하나의 동물로 비유해보자. 닭이 새벽에 울지 않고 밤에 울면 사람들이 모두 놀라 괴이하게 여기고는 잡아서 제사 지낼 때 제물로 쓸 것이니, 직분을 넘은 것으로 화를 당한 것이 아니겠는가. 내가 사대부의 집안 살림을 보건대, 남자 종은 농사짓는 것이 직분이고 여자 종은 길쌈하는 것이 직분이니, 남자 종이 농사를 짓고 여자 종이 길쌈을 하여 집안 일이 다스려진다. 만약 남자 종이 길쌈을 하고 여자 종이 농사를 짓는다면 사람들이 모두 놀라 괴이하게 여길 것이니, 잡아서 제사 지낼 때 제물로 쓰는 것과 같은 화가 있을지 어찌 알겠는가.

　나라를 다스림에 이르러서도 공경(公卿: 삼공과 육경)과 재집(宰執: 재상)은 공경과 재집의 직분이 있고, 근시(近侍: 임금을 가까이 모시는 신하)와 대간(臺諫: 사헌부와 사간원의 관리)은 근시와 대간의 직분이 있으며, 집어(執御: 임금을 지키는 무장)와 복종(僕從: 내시와 남자 종)은 집어와 복종의 직분이 있고, 부리(府吏: 관청의 아전)와 서도(胥徒: 하급관리)는 부리와 서도의 직분이 있다. 각각 자기의 직분을 잘 수행하면 관청의 일이 잘 처리되고 나라가 잘 다스려진다. 만약 집어와 복종이 공경과 재집의 직분을 수행하고, 부리와 서도가 근시와 대간의 직분을 수행하여, 공경과 재집과 근시와 대간이 자기의 직분을 수행하지 않고 생각이 자기 자리에서 벗어난다면, 이것은 직분을 넘어 이치에 어긋나는 것이니, 상서롭지 못한 것으로는 이보다 더 큰 것이 없다. 장자(莊子)가 말하기를 '포인(庖人: 요리사)이 아무리 희생을 잡는 일을 잘하지 못해도 시동(尸童: 제사 때 신위 자리에 앉던 어린이)이나 축관(祝官: 제사 때 축을 읽는 사람)이 술동이를 넘어가 대신할 수는 없다.'라고 하였으니, 이 말이 지론이다.

　최근에 '갑'이라는 어떤 자가 미천한 신분으로 출세를 해서는 연줄과 요행으로 공신의 반열에 참여하고 품계가 1품에 올랐는데, 직분이 대간이 아닌데도 대간의 직분을 행하여 소장(疏章: 상소하는 글)을 올려 다른 사람을 탄핵하고 공격하기를 좋아하였다. 일찍이 상소하여 한 대신을 논핵하였는데, 온갖 말을 다하여 비방하고 헐뜯으며 곽광(霍光)과 양기(梁冀)*에 비교하고, 소장을 서너 번씩 올리면서도 자못 지칠 줄을 몰랐으며, 또 상소하여 삼공과 육경을 두루 탄

---

* 곽광과 양기는 한(漢)나라 때 권세를 부린 사람이다.

핵하여 조정에 온전한 사람이 없게 하면서 조정을 능멸하고 벼슬아치를 채찍질 하는 것을 스스로 잘하는 일로 여겼다. 또한 상소하여 한 근시를 논핵하였는데, 형편없는 소인이라고 극단적으로 말하여 이임보(李林甫), 노기(盧杞), 가사도(賈似道), 한탁주(韓侂胄)*에 비교하고, 합문(閤門)에 엎드려 용안(龍顔)을 범하면서까지 강하게 간쟁하기를 대간보다 더 심하게 하였다. 나는 그것을 듣고 웃으며 말하였다.

'갑'이란 자가 능력이 있다면 있고 재주도 있다면 있으며 글도 한다 하면 한다고 하겠다. 그러나 직분을 넘어서 일을 따지기를 좋아하니, 나는 아무래도 닭이 밤에 울다가 제물(祭物)의 희생이 되는 화가 있을 듯싶다.

얼마 지나지 않아 조정의 사대부가 붕당(朋黨)을 지어 국정을 어지럽힌다는 이유로 죄를 받을 때에 권신에게 들러붙고 사람들을 죄 속으로 몰아넣으며, 임금을 속여 상소한 죄에 걸려 훈적(勳籍: 공신을 책록한 명부)이 박탈되고 먼 지방으로 유배되었다. 사람들이 모두 말하기를 '직분을 넘은 화이다.'라고 하였다. 그러므로 군자는 직분을 지키는 것을 귀하게 여기는 것이다.

---

* 이임보와 노기는 당(唐)나라 때, 가사도와 한탁주는 송(宋)나라 때 권세를 부린 사람이다.

사학의 선생과 학생들에게 유시하는 글

이
황

학교는 풍속과 교화의 본원이고 선(善)을 솔선하는 곳이며, 선비는 예의(禮義)의 종주(宗主)이고 원기(元氣)를 간직한 자이다. 국가에서 학교를 설립하여 선비를 양성하는 것은 그 뜻이 매우 높으니, 선비가 입학하여 자기를 수양함에 있어서 어찌 구차스럽게 천하고 더러운 행동을 할 수 있겠는가. 더구나 스승과 제자 사이에는 마땅히 예의를 앞세워 스승은 엄하고 제자는 공경하여 각자 그 도리를 다해야 한다. 엄하다는 것은 사납게 구는 것이 아니고 공경한다는 것은 굴욕을 받는 것이 아니며, 모두 예(禮)를 위주로 하는 것이다. 예를 행하는 것은 또 의관을 바로하고 음식의 예절과 읍양(揖讓), 진퇴(進退)의 법도에서 벗어나지 않을 따름이다. 옛사람들은 예를 하루도 폐할 수 없음을 알았다. 그러므로 그 말에 이르기를 '한 번 잃으면 오랑캐가 되고, 두 번 잃으면 금수가 된다.'라고 하였으니, 어찌 매우 두려운 일이 아니겠는가.

가만히 오늘날의 학교를 보건대, 스승이든 학생이든 간에 혹 서로 그 도리를 잃음을 면치 못하고 있다. 비단 학교의 규칙만 밝게 강론되지 않을 뿐 아니라 학교의 질서까지 크게 무너져서 스승은 엄하지 못하고, 학생은 공경하지 못하여 도리어 서로 폐해를 입히고 있다. 국학인 성균관에서도 이런 일이 없다고 할 수 없으나 사학은 더욱 심하다. 얼핏 들으니 사학의 학생들이 스승보기를 길가는 사람 보듯 하고, 성균관 보기를 여관방 보듯 하며, 평상시에 예복을 갖춘 자가 열에 두세 사람도 없고, 흰 옷과 검은 갓 차림으로 줄줄이 왕래하며, 스승이 들어오면 수업을 받고 가르침을 청하는 것은 고사하고 읍(揖)하는 예의를 행하는 것까지 꺼리며 부끄럽게 여긴다고 한다. 서재에 번듯이 누워서 흘겨보며 나오지도 않고, 그 이유를 물으면 공공연하게 '나는 예복이 없다.'고 대답하며, 스승 가운데 이러한 폐습을 바로 잡으려는 이가 있어서 며칠을 연속하여 읍례(揖禮)를 받으면 크게 해괴하고 이상하게 여겨서 떼를 지어 조롱하고 욕하며, 혹은 옷을 떨쳐입고 이불을 싸 가지고 떠나며 말하기를 '이는 우리를 건드려 떠나게 하고서 양식을 착복하려는 것이다.' 하고, 혹은 여러 사람에게 외쳐대기를 '우리들은 침요(侵撓)를 견딜 수 없으니 의당 서재를 비우고 흩어져 가야 한다.'라고 하여 이것으로 스승을 위협한다고 하니, 도리를 알고서 예로써 몸을 검속한다는 사람들이 차마 이런 행동을 하리라고 생각이나 했겠는가.

　　음식에 이르러서는 앞에는 염치의 도가 있고 뒤에는 대체(大體)를 잃는다는 비난이 있는데, 어찌 구차하게 명분이 없는 음식을 취하여 남의 점검을 받을 수 있겠는가. 서재에서 지내며 글을 읽는 사람이라든지, 혹은 출입하는 수행원으로서 예법대로 식당에 참여한 사람은 비록 정원수를 초과하더라도 마땅히 음식을 제공해야 하는데, 하물며 정수 안의 인원에 있어서이겠는가. 그런데 혹 유생이라 이름 하되 실상은 아니면서 몰래 끼어 얻어먹는 무뢰배들이 불행히 그 속에 섞여 있다면, 학교를 관리하는 이가 그 허실을 분별하여 먹는 인원수를 정하는 것은 또한 그의 직책에서는 당연한 일이다. 그런데 선비들은 뜻대로 되지 못함을 분하게 여겨 곧 함부로 욕하여 말하기를 '국법에는 하루에 몇 사람에게 공급하도록 되어 있기에 이렇게 삭감하는가.'라고 하면서 관원이 보지 않는 날에는 먹는 수효가 실제보다 몇 갑절이 되고, 한 사람이 붓을 잡으면 수십 명의 이름을 서명하는 등 그 외람된 형상을 이루 형언할 수 없다. 옛 도의(道義)를 배우는 선비로서 사양하고 받는 분수에 맞는 도리를 아는 자가 차마 이와 같으리라고 생각이나 했겠는가. 그중에 더욱 심한 자는 모함하는 말을 지어내 사대부 사이에 퍼뜨리니, 금을 훔쳤다거나 장인을 때렸다는* 식의 근거 없는 비방을 해명하지 못해 마침내 모함을 당하는 경우도 비일비재하다. 저 스승 또한 구설에 시달려서 그들의 제어를 달게 받아 능각(菱角)이 변하여 계두(鷄頭)가 되어** 위아래가 서로 개의치 않고 함께 잘못된 곳으로 돌아가고 있다.

아, 국가에서 선비를 기르는 뜻이 어떠한데 선비들이 스스로를 천대함이 이와 같으니, 어찌 그리 거리가 멀단 말인가. 내가 지난해에 시골에서 들으니, 임금께서 성균관을 시찰하시는 성대한 의식을 거행하시어 왕의 어가가 친림하셨는데, 여러 학생들이 혹 절하고 꿇어앉는 예절도 모르고, 어가가 환궁하실 때에는 공경히 전송하지도 않고 흩어져 갔다 하므로, 혼자서 괴이하게 여기며 탄식

---

* 한(漢)나라 때의 직불의라는 사람이 낭관(郎官)으로 있을 때, 같은 숙소에 있는 한 낭관이 금을 잃어버리고는 직불의를 의심하므로, 직불의는 변명도 하지 않고 물어주었더니, 나중에 사실이 아님이 드러났다. 한(漢)나라 때의 제오륜이라는 사람이 벼슬에 있었는데, 공정하여 사정이 없기로 유명하였다. 임금이 묻기를 '그대가 법을 집행하는데 사정이 없어서, 장인이 법을 범하므로 매를 때렸다고 하는데 사실인가.'라고 하니, 대답하기를 '신이 장가를 세 번 갔으나, 모두 아비가 없는 여자였습니다.'라고 하였다는 고사가 있다.
** 능각은 모가 나고 단단하여 찌르는 것을 말하고, 계두는 닭의 머리에 있는 부드러운 볏이다. 여기서는 강하던 사람도 유약해진다는 뜻으로 쓰였다.

하기를 '어째서 이 지경에 이르렀는가.' 하였더니, 오늘날의 상황으로 본다면 또한 괴이할 것도 없다. 평소에 스승을 공경할 줄 모르는 마음이 곧 다른 날에 임금과 부모를 공경할 줄 모르는 마음이 되는 것이니, 평상시에 조금이라도 스승을 능멸하는 마음이 있어서야 되겠는가. 설혹 그런 마음이 있다 하더라도 그것을 당연하게 여겨 고치지 않아서야 되겠는가. 말이 여기에 이르니 가슴이 막힘을 금치 못하겠다. 그렇지만 여러 학생들은 모두 인재로 뽑히고 빼어나다고 천거되어 양현고(養賢庫)의 밥을 먹고 있으니, 그중에 어찌 염치를 알고 예의를 좋아하며 자중하는 사람이 없겠는가. 그런데도 걷잡을 수 없이 타락하여 이 지경이 된 것은 다름이 아니라, 처음에 편하게 멋대로 하던 것이 습관이 되어 폐단을 만들면서 점점 동화되어 용감하게 빠져나오지 못한 것에 불과하다.

여러 학생들을 이렇게 만든 것은 실로 스승들이 직책을 제대로 수행하지 못한 탓이다. 지금 사학의 관원들은 처신하는 것이 매우 졸렬하여 정해진 시간에 출근하지 않으므로 학사가 항상 비어서 서원(書院)과 다름이 없고, 간혹 정해진 시간에 출근을 하더라도 그냥저냥 시간만 때우며 읍례(揖禮)도 행하지 않고 가르침을 일삼지도 않는다. 이렇게 모든 처사가 도리를 잃은 것이 많다 보니 새로 입학한 소년들이 의리에 깊지 못하여 스승과 학생의 분수도 모르고 함부로 경시하는 마음을 품어 안일에 빠지고 나쁜 버릇을 익혀 점점 오만하고 사납게 되는 것이다. 이와 같다면 이것이 어찌 여러 학생들만의 허물이겠는가. 내가 병들고 형편없는 사람으로서 스승의 자리에 잘못 앉았으되 회피할 길이 없으니, 하루라도 이 자리에 있으면 마땅히 하루의 책임이 있는 것이다. 듣고 보는 바에 근심과 한탄을 이기지 못하여 마음이 격해져 나도 모르게 말이 많아졌다. 지금부터라도 스승들은 공사(公私)의 사고 이외에는 반드시 매일 일제히 제시간에 출근하고, 출근해서 반드시 예를 행하며, 예가 끝나면 강의를 시작하여 날마다 똑같이 할 것이요, 여러 학생들은 반드시 각자 예복을 갖추고 일제히 나와서 읍(揖)을 행하며, 글을 읽고 가르침을 청하며, 일상생활과 음식을 먹을 때에도 예의 안에서 행동해야 한다. 오직 힘써 서로 경계하고 격려하여 묵은 습관을 깨끗이 씻어 버리고, 집에 들어가서 부형을 섬기는 마음을 미루어서 밖으로 나가 어른과 윗사람을 섬기는 예절을 행하며, 안으로는 충성과 신뢰를 주장하고, 밖으로는 겸양과 공경을 시행하여 각기 그 분수를 다할 것을 생각해야 한다.

그러면 종전의 오만하고 사나우며 능멸하고 홀대하며 비루하고 패려하며 험하고 편벽한 태도가 저절로 없어지고, 겸양하고 공손하며 온순하고 공경하며 선(善)을 좋아하고 의(義)를 좋아하는 뜻이 자연히 드러나서, 풍속이 돈후해지고 나쁜 폐단이 일신될 것이다. 그리하여 선비들이 양성되고 인재가 많이 배출되어 훌륭한 군자들이 크게 세상에 등용되어 국가의 문교를 숭상하고 교화를 일으키며 학교를 설립하고 선비를 양성하는 뜻에 부합하는 것을 볼 수 있을 것이니, 어찌 아름답지 않겠는가. 만일 갈가마귀 떼보다 심하게 이리저리 몰려다니는 무리들이 여러 사람을 해치고 법도를 따르지 않고, 허물을 듣고도 더욱 심하게 하는 자가 있어서 행패를 그치지 않는다면 학교의 규칙이 정한 바에 따라 매질과 축출이나 좌천 등의 처벌을 시행하지 않으려 해도 하지 않을 수가 없을 것이다. 스승들이 만일 고루한 것을 그대로 답습하고 구태의연한 태도를 고수하여 고칠 것을 생각하지 않으며, 삼가고 부지런히 힘쓰지 않는다면 국가에는 상벌에 대한 규정이 있으니, 기관의 장관이 일시적으로라도 감히 사사로이 할 수 없는 것이다. 각자 노력하여 소홀히 하지 말라.

학질귀신을 쫓아 보내는 글

이
정
귀

　1596년(선조 29) 12월 그믐날 저녁에 주인 늙은이가 병석에서 일어나 맥없이
앉아 있노라니, 어린 하인아이들 10여 명이 이웃 백성들을 소리쳐 불러내어 뜰
에 모아 놓고는 한바탕 춤판을 벌여 요란스럽게 꽹과리와 북을 치고 대열을 지
어 질서정연한 걸음으로 나에게 와서 말하기를, '지금 이 한 해가 가는 때에 이
렇게 하는 것을 나례(섣달 그믐날 밤에 잡귀를 쫓는 의식)라 하니, 송구영신하고
재액과 학질귀신을 물리칩니다.'라고 하였다. 내가 이 말을 듣고 생각하기를,
'마을 사람이 학질귀신을 물리치는 굿을 하는 모습을 공자께서도 보셨으니, 그
유래가 이처럼 오래되었다.' 하고, 이어서 생각하기를, '내가 학질이 걸린 지 오
래이니, 혹 이로 인하여 쫓아 보낼 수 있겠구나.' 하였다. 이에 검은 깃발을 수
레에 꽂고 흰 휘장을 배에 치고서 마른 양식을 모두 싣고 비린내 나는 음식을
차려 놓고는, 옷깃을 여미고 몸을 굽힌 채 마음을 비우고 경건한 자세로 무릎

을 꿇고 학질귀신을 불러 말하기를, '그대가 욕되게도 나와 함께 산 지 어느덧 3년이 다 되었소 그대가 처음 올 때 누가 우리 집에 살라고 했으며, 그대가 오래 머물고 있는데 누가 못 가게 말리더이까. 아무도 모르게 와서는 눌러앉아 좀처럼 가지를 않으니, 오는 것은 마치 약속이라도 한 것 같고, 가는 것은 누가 말리는 것 같구려. 처음에는 하루건너 찾아와 다소 서먹한 듯하더니 마침내 밤마다 찾아와 다시 친밀한 것 같았소 그대가 찬 기운을 불어 보냈다가 뜨거운 기운을 부채질하는 등 변덕이 심하여 한여름에 두터운 겨울옷을 입고도 화로를 끼고 살고, 추운 날 얼음물을 마시고도 갈증을 호소하며, 등에는 일을 하지 않아도 땀이 흐르고 다리는 움직이지 않아도 떨린다오. 내가 마구 기만하고 욕설을 퍼부어도 그대는 싫어하지 않고, 내가 구토를 일으키며 오물을 뱉어내도 그대는 수치로 여기지 않았소 내가 몰래 도망쳐 숨은 것은 그대가 와서 습격하지 않을까 하여 피한 것인데 그대는 마치 염탐꾼이라도 둔 것처럼 어김없이 뒤쫓아 왔소 내가 독성이 강한 약을 먹은 것은 그대의 나쁜 기운을 쓸어내기 위한 것인데 그대는 두려워하지 않고 더욱 사납게 기승을 부렸소 내가 밤에 잠을 이루지 못하고 음식을 먹어도 맛을 모르며, 얼굴에 때가 끼어도 씻지 않고 머리카락이 엉클어져도 빗지 않으며, 혼백이 달아나 마치 미치광이나 바보와 같고 마음이 두렵고 어수선하여 날로 기운이 쇠잔해지도록 만든 것은 모두 그대의 짓이라오. 무슨 원한이 있기에 이토록 괴롭게 학대하며, 무슨 미련이 있기에 이토록 오래 머물고 있단 말이오. 그대가 만약 지각이 있다면 부끄럽지 않을 수 있겠소 오늘 이 좋은 날에 감히 그대를 전별해 보내노니, 그대는 나의 말을 알아듣고 그대는 나의 술잔을 받아 마시구려. 한해(漢海)의 맑은 물결이 바로 그대가 갈 곳이요 궁벽한 마을 작은 집은 그대가 머물 곳이 아니니, 어서 번개와 바람을 타고 훌쩍 날아오르고 그대는 지체하며 머뭇거리지 마시오'라고 하였다.

말을 채 마치기도 전에 하품소리가 다가와 신골(神骨)이 송연하더니 몸에 소름이 돋고 머리털이 곤두서며 숨이 차고 이마에 땀이 났다. 그리고 무슨 신령스럽고 기묘한 물건이 나를 내리누르는 듯하면서 말소리가 들려왔는데, '그대의 말을 들어보니 참으로 괴롭겠구려. 그러나 이 점은 깊이 생각해 보지 못하였소? 나무가 썩으면 날짐승이 모여들고, 고기가 썩으면 벌레가 생기며, 나라는 반드시 스스로 자기를 친 뒤에 외부의 적이 와서 치고 사람은 반드시 스스로 자신을 해친 뒤에 외부의 나쁜 기운이 와서 해치는 법이라오. 내가 그대를 보니 그대를 병들게 한 것은 나뿐만이 아니오. 깊이 생각에 잠겼다가 혼잣말로 이야기하고 바보처럼 웃다가 이유 없이 울며, 가슴이 답답하여 늘 갈증이 나고 얼굴이 참담하여 생기가 없는 것은 그대의 심장이 병든 것이오. 밥상을 앞에 놓고 구역질이 나고 음식을 걷어치우고 잠을 재촉하며, 어제 먹은 음식물이 목에 걸린 듯하고 굶주린 창자가 늘 출출한 것은 그대의 비장이 병든 것이오. 탁한 콧물과 더러운 침이 목구멍을 꽉 막아 조금만 추워도 기침이 나고 잠시만 힘들게 움직여도 숨이 찬 것은 그대의 폐가 병든 것이오. 왼쪽 다리가 유난히 뻣뻣하여 걸음에 균형이 잡히지 않는 것은 그대의 몸이 이미 습랭(濕冷)에 병든 것이오. 힘줄은 강하고 살은 죽어 사지가 경련을 일으키고 오그라드는 것은 그대의 기맥이 이미 풍한(風寒)에 병든 것이라오. 이 다섯 가지 병이 그대의 다섯 가지 학질인데, 날이 가고 달이 갈수록 증세가 심해져서 몸을 무너뜨리고 뼛속까지 침범하는데도 그대는 안일하게 세월만 보낼 뿐 전혀 경계할 줄 모르더이다. 음식과 거동을 밖에서 조심하지 않고 근심과 잡념은 안으로 기력을 해친 탓에 마침내 화기(火氣)는 상승하고 수기(水氣)는 하강하여 음과 양이 서로 소통되지 않고 기(氣)가 피를 움직이지 못하여 그만 건강을 해쳐 그대의 원기는 날로 고갈되었소. 그리고 풍토가 좋지 않은 곳 벌레가 들끓는 속에서 조용히 잠을 벗 삼아 살고 있었으니, 이것이 내가 의기양양하게 와서 주위를 살피며 그대를 지키고 있었던 까닭이라오. 그러므로 내가 그대를 찾은 게 아니라 그대가 실로 나를 기다린 셈이오. 그대가 상중에 있을 때 아침저녁으로 울면서 변변찮은 음식조차 제때에 먹지 않았으며 모든 어려움이 그대와 함께 있었소. 그대의 거처는 궁벽하고 초라한 오두막이라 사람들이 모두 등을 돌려 인적이 없이 적막했으며, 그대는 그 속에서 흐릿한 정신으로 병석에 누워있었는데 오직 나만이 그대를 찾아주었소. 명예와 이익의 굴레는 사람을 패망의 길로 몰아넣으며, 계륵과 같은 벼슬에 연연하면 그 화는 촛불에 날아드는 부나비와 같다오. 그대가 그 길로 가려는 것을 내가 만류하여 그대의 생명을 보전해 주었으니, 내가 그대를 병들게 한 것은 알고 보면 그대를 보호해 주는 것이라오. 그런데 도리어 엉뚱한 이유로 비방하여 나를 몰아내려고 하니 끝내 고맙다는 인사는 못할망정 마구 헐뜯는 말만 늘어놓는구려. 나의 두터운 은덕을 잊고 나와의 오랜 친분을 미련 없이 버리니, 이보다 어질지 못함이 어디에 있겠소. 자신의 건강관리는 하지 않고서 병이 저절로 낫기를 바라고 있으니, 이보다 더한 무지가 어디에 있겠소. 지금 약을 쓰지도 않고 푸닥거리를 할 것도 없이 나를 몰아낼 방법이 있으니, 그대는 들어보겠소?' 하였다.

주인이 두 번 절하고 말하기를, '이 늙은이는 몽매하여 위태로운 상황에서도 스스로의 힘으로는 어찌할 수 없으니, 원컨대 불쌍히 여겨 잘 가르쳐 주구려.' 하자, 학질귀신이 갔다가 돌아오는 듯하더니 기세가 올라 손뼉을 치며 말하기를, '아, 한 사람의 몸은 한 나라의 형상을 하고 있으니, 정신은 임금과 같고 기운은 백성과 같소. 백성이 흩어지면 나라가 망하고 기운이 소진되면 몸이 죽는 법이라오. 적이 나라 밖에 있는데 부국강병을 이루고자 부역과 세금을 무겁게 하여 백성의 생산을 긁어모으면 민심이 이반하여 나라 안이 먼저 궤멸하게 될 것이며, 병이 몸 밖에 있는데 빨리 낫고 싶어서 독한 약을 투여하여 기혈(氣血)을 마구 치고 흔들어 놓으면 원기가 나른하여 저절로 죽게 될 것이오. 지금 그대가 그대의 정신을 살리고 그대의 생각을 틔우고 그대의 음식을 절제하고 그대의 일상생활을 조절하여 음과 양의 두 기운이 조화를 이루고 모든 혈맥이 소통하여 정기가 안에서 튼튼하고 기혈이 왕성하게 되면, 나는 스스로 서둘러 물러날 것이오. 어찌 그대가 수레와 배를 만들어 나를 전송해 주기를 기다리겠소' 하였다. 주인이 이에 깜짝 놀라 반성하고 문득 깨달아 두 손을 모으고 사례하기를, '나는 병을 치료하는 방법을 물었을 뿐인데 나라를 치료하는 방법까지 들었으니, 삼가 그 말씀을 기억하여 좌우(座右)에 써 두겠소' 하였다.

백성의 마음

신
흠

　조정에서 벼슬하는 사람들이 늘 하는 말이 있다. 백성의 마음이 악하다고 하지 않으면 반드시 백성의 마음이 야박하다고 한다. 그러나 백성의 마음은 참으로 착하고 백성의 마음은 참으로 후한데 벼슬하는 사람들이 살피지 못하는 것이다. 무엇으로 알 수 있는가? 백성을 다스리는 사람을 보면 알 수 있다. 지금 백성을 다스리는 사람들은 뇌물을 써서 등용된 자가 아니면 권력가이고, 권력자가 아니면 권력가가 발탁한 사람들이다. 뇌물로 시작한 사람은 항상 탐욕으로 끝나고, 권력에서 시작한 사람은 항상 사나움으로 끝난다. 탐욕을 부려야만 썼던 뇌물을 보충할 수가 있고 사나워야만 권세가 드러난다. 다스리는 사람이 탐욕을 부려도 다스림을 받는 사람들이 저항했다는 말을 듣지 못했고, 다스리는 사람이 사납게 굴어도 다스림을 받는 사람들이 배반했다는 말을 듣지 못했다. 아침에 '백성들은 삼실을 내라'고 명령하면 삼실을 내고, 저녁에 '백성들은 곡식을 내라'고 명령하면 곡식을 내면서 여덟 식구가 싸라기밥도 넉넉하지 못하지만 윗사람을 받드는 데는 감히 인색하지 못하고, 원한이 가슴에 가득 찼지만 그 기한은 소홀히 하지 못한다. 내가 모르겠지만 백성이 악한 것인가? 백성을 다스리는 사람이 악한 것인가? 백성이 야박한 것인가? 백성을 다스리는 사람이 야박한 것인가? 백성은 밑에 있고 다스리는 사람은 위에 있으므로 밑에서 위를 논하면 비록 옳다고 하더라도 효과가 없고, 위에서 아래를 논하면 비록 거짓이라도 따질 수 없으니 위아래가 서로 정을 얻지 못한 것이 오래되었다.

옛날에는 나라를 다스리는 데 법도가 있고 백성을 다스리는 데 원칙이 있어서 백성들이 부역에 나가고 세금을 내는데 일정한 기준이 있었으나, 나라의 법이 무너지고 백성을 다스리는 원칙이 허물어지자 백성들의 세금과 부역이 안 붙은 데가 없다. 경비가 떨어지면 불시에 거둬들이고 경사가 빈번하면 임시로 내는 것도 있다. 그러나 이는 오히려 공적인 비용이지만 사사로운 일로 내는 것이 공적인 비용보다도 많다. 바치는 것과 뇌물로 주는 것과 처자의 사용과 노비들의 씀씀이와 의관의 장식과 부엌과 무덤에 소요되는 것이 어느 하나도 백성들에게서 나오지 않는 것이 없다. 그것으로 제 집을 부유하게 하고 재물을 윤택하게 하므로 백성들의 곤궁함이 이루 말할 수 없으나, 백성들은 오히려 자신들의 분수를 각별하게 지키고 있으니, 그 마음이 착하다고 할 만하며 후하다고 할 만한데도 스스로 살피지는 않고 백성들만 탓하고 있다. 이와 같은 벼슬아치는 우리 백성을 병들게 할 뿐만 아니라 장차 우리나라를 위태롭게 할 것이다. 사람의 마음은 이익을 보고 따라가지 않을 수 없고 해로움을 보고 피하지 않을 수 없으므로 이익과 해로움의 길을 따라 백성들이 향하기도 하고 등을 지기도 하는 것이다. 지금의 백성들은 이로운 데 있는가? 해로운 데 있는가? 향할 것인가? 등을 질것인가? 관중(管仲: 제나라의 명재상)이 말하기를 '제 몸의 잘못을 책하는 사람은 백성들이 탓할 수 없으며, 제 몸의 잘못을 책하지 않는 사람은 백성들이 탓한다.'라고 하였다.

대체로 백성들의 위급과 편안함은 윗사람에 매여 있는 것이므로 아랫사람이 윗사람을 죄줄 수 있는 권한이 없는데도 그렇게 말하는 것은 맹자(孟子)가 말한 '임금이 백성에게 베푼 대로 되돌려 받는다.'는 뜻이다. 그러므로 제 몸의 잘못이라고 말하는 사람은 강해지고 자신의 잘못을 남에게 떠미는 사람은 망하는 것이다. 배반하기 전에 이롭게 해주면 배반하려던 사람도 돌아오지만, 이미 배반한 뒤에 이롭게 해주면 돌아오려고 하던 사람도 다 배반하는 것이니 삼가지 않을 수 있겠는가? 뇌물은 재산에서 나오고 재산은 백성으로부터 나온 것이므로 백성이 흩어지면 재산도 고갈되는 것이며, 권력은 나라에 바탕을 두고 나라는 권력이 의지하는 곳이므로 나라가 망하면 권력도 없어진다. 터럭을 붙이고자 하면서 먼저 가죽을 깎고, 가지를 무성하게 하고자 하면서 먼저 뿌리를 뽑는 격이니 생각을 해보지 않기 때문이다.

무릇 백성은 선비를 보고 선비는 대부를 보고 대부는 공경(公卿)을 보고 공경은 임금을 보며, 들에서는 현(縣)을 보고 현에서는 주(州)를 보고 주에서는 도(道)를 보고 도에서는 조정을 보아 서로 본받는 것이다. 공경대부가 참으로 어질면 백성을 다스리는 벼슬아치가 혼자만 어질지 않을 수 없고 조정이 참으로 바르면 주현(州縣)이 또한 바르지 않을 수 없다. 정치에서 먼저 해야 할 것은 백성의 마음을 순하게 하는 데 있으니 백성들의 근심과 괴로움을 편안함과 즐거움으로 바꿔주고 백성들이 구렁에 빠지면 요와 방석으로 바꿔주고 백성들이 두려워서 피하면 보존과 안정으로 바꿔주고 백성들의 억울한 것을 풀어준다면 그들의 착한 마음이 더 착해지고 그들의 후한 마음이 더 후해질 것이다. 하늘에는 일정한 형상이 있고 땅에는 일정한 형체가 있고 사람에게는 일정한 성품이 있으니, 이 세 가지 일정한 것들을 묶어서 하나로 만드는 것은 임금의 일정한 덕(德)에 달려 있는 것이다. 임금에게 일정한 덕이 있으면 나라에 일정한 법이 있게 되고 백성들에게는 일정한 살림이 있게 될 것이다. 그러나 여기까지 이르게 하는 것은 또한 백성을 다스리는 군수나 현령의 힘으로 될 바가 아니다.

광한전 백옥루의 상량문

허
난
설
헌

　보배로운 일산(日傘)이 하늘에 드리워지니 구름수레가 색상의 경계를 넘었고, 은빛 누각이 해에 비치니 노을 난간이 미혹된 속세를 벗어났다. 신선의 나팔이 기틀을 움직여서 구슬 기와 궁전을 짓고, 푸른 이무기가 안개를 토해서 구슬 나무로 궁전을 지었다. 청성장인(靑城丈人: 청성산에 사는 신선)은 구슬 휘장의 도술을 다하고 벽해왕자(碧海王子: 용왕의 아들로 신선이 된 왕자)도 금 궤짝의 묘방을 다 베풀었다. 이것은 하늘이 지은 것이지 사람의 힘이 아니다. 광한전 주인의 이름은 신선 명부에 오르고, 벼슬도 신선의 반열에 들어 있어서, 태청궁에서 용을 타고 아침에 봉래산을 떠나 저녁에 방장산에서 묵었다. 학을 타고 삼신산을 향해 갈 때에는 왼쪽에 신선 부구(浮丘: 신선이 사는 부구산)를 붙잡고, 오른쪽에 신선 홍애(洪崖: 서산에 사는 신선)를 거느렸다. 천년 동안 현포(玄圃: 곤륜산 꼭대기 신선이 사는 곳)에서 살다가 꿈속에 한 번 인간 세상에 늦었는데,

『황정경(黃庭經: 도교의 경전)』을 잘못 읽어 무앙궁에 귀양을 왔다. 적승노파가 부부의 인연을 맺어주어, 궁함이 있는 집에 들어온 것을 뉘우쳤다.

　병 속의 신령스러운 약을 잠시 현사(玄砂: 신선들이 먹는 단약)에 내리자, 발 아래의 달이 문득 계수나무 궁전으로 몸을 숨겼다. 웃으면서 붉은 티끌과 붉은 해를 벗어나 자미궁의 붉은 노을을 거듭 헤치며, 난새와 봉황이 피리를 부는 신령스러운 놀이의 옛 모임을 즐거이 계속하였다. 비단 장막과 은 병풍에 홀로 자는 과부는 오늘 밤이 지나가는 것을 아쉬워하니, 어찌 일궁(日宮)의 은혜로운 명령을 월궁(月宮)에까지 아뢰게 할 수 있으랴. 벼슬을 맡은 무리들은 몹시 깨끗해서 그 발로 8색 노을의 관청을 밟으며, 지위와 명망이 드높으니 그 이름이 오색구름의 전각을 압도했다. 옥도끼에서 차가운 기운이 나니, 계수나무 밑에서 오질(吳質: 달에 사는 신선)이 잠들 수가 없었다. 「예상우의곡」을 연주하자, 난간 끝에 있던 항아(姮娥: 달에 있는 선녀)가 춤을 추어 올렸다. 영롱한 노을빛 노리개와 노을빛 비단이 신선의 옷자락에서 떨쳐지고, 반짝이는 성관(星冠: 도사들이 쓰는 모자)은 별빛 구슬로 머리장식을 꾸몄다.

　여러 신선들이 모여들 것을 생각해보니, 상계에 거처하던 누각이 오히려 비좁게 느껴졌다. 푸른 난새가 옥비(玉妃)의 수레를 끄는데 깃으로 만든 일산이 앞서고, 백호가 조회에 참석하는 사신을 태웠는데 황금 수실이 그 뒤의 먼지를 따랐다. 유안(劉安: 한고조의 손자)이 경전을 옮겨 전하자 두 마리의 용이 책상위에서 태어나고, 희만(姬滿: 주나라 목왕)이 해를 쫓아가자 팔방의 바람이 산비탈에 머물렀다. 새벽에 상원부인(전설 속의 선녀)을 맞아들이자 푸른 머리는 세 갈래 쪽이 흩어졌고, 낮에 상제의 따님을 만났더니 황금 북(梭)으로 아홉 무늬 비단을 짜고 있었다. 요지(瑤池: 곤륜산에 있다고 하는 선경)의 여러 신선들은 남쪽 봉우리에 모였고, 백옥경(천상세계의 서울)의 여러 임금들은 북두칠성에 모였다.

당종(唐宗: 당나라 현종)은 공원의 지팡이*를 밟아 우의(羽衣)를 삼장(三章)에서 얻었고, 수제(水帝: 전설 속의 임금으로 전욱을 이름)는 화선(火仙)과 바둑을 두며 온 누리를 한 판에 걸었다. 붉은 누각이 높게 지어지지 않았더라면 어찌 편하게 붉은 깃발을 세우고 조회에 참례할 수 있었으랴. 이에 십주(十洲)에 통문을 보내고 구해(九海)에 격문을 급히 보내어, 집 밑에 장인(匠人)의 별을 가두어 놓게 하였다. 목성(木星)이 재목을 가려 쓰고 철산(鐵山)을 난간 사이에 눌러 놓으니, 황금의 정기가 빛을 내고 땅의 신령이 끌을 휘둘렀다. 노반과 공수(기술자들)에게서 교묘한 계획을 얻어내어 큰 풀무와 용광로를 쓰고, 기이한 재주를 도가니에 부리기로 했다.

　푸르고 붉은 꼬리를 드리우자 쌍무지개가 별자리의 강물을 들여 마시고, 붉은 무지개가 머리를 들자 여섯 마리 자라가 봉래섬을 머리에 이었다. 구슬 추녀는 햇빛에 빛나고, 붉은 누각이 아지랑이 속에 우뚝했다. 비단 창가에는 유성이 이어지고, 푸른 행랑을 구름 너머에 꾸몄다. 옥으로 만든 기와는 물고기 비늘같이 이어졌고, 구슬로 만든 계단은 기러기같이 줄을 지었다. 미련(微連)이 깃대를 받드니 월절(月節)이 자욱한 안개 속에 내리고, 부백(鳧伯)**이 깃대를 세우자 난초 장막이 삼진(三辰: 해, 달, 별)에 펼쳐졌다. 비단 창문의 수술을 황금 노끈으로 매듭을 짓고, 아로새긴 난간의 아름다운 누각을 구슬 그물로 보호하였

---

* 당나라 현종이 달을 바라보면서 감상하고 있을 때에 공원(公遠)이 공중을 향하여 지팡이를 던지자, 그 지팡이가 은빛이 나는 큰 다리로 변하였으므로, 공원과 함께 다리를 건너가 월궁(月宮)에 이르렀다고 한다.

** 후한 현종 때 하동 사람 왕교(王喬)가 섭령(葉令)이 되었는데, 신선술이 있어서 매달 삭망에 대궐에 나와 조회에 참석하였다. 황제는 그가 자주 오는데도 수레가 보이지 않는 것을 이상하게 여겨 태사로 하여금 몰래 엿보게 하였다. 그러자 태사가 그가 올 때에는 두 마리의 오리가 동남쪽에서 날아온다고 보고하였다. 이에 오리가 오는 것을 보고 그물을 펴서 잡으니, 단지 신발 한 짝만 있었다고 한다.

다. 신선이 기둥에 있어 오색 봉황의 향기로운 누대에서는 기운이 불어나오고, 선녀가 창가에 있어 한 쌍 난새의 거울 갑에서는 향수가 넘쳐흐른다. 비취 발과 운모 병풍과 청옥 책상에는 상서로운 아지랑이가 서리고, 연꽃 휘장과 공작 부채와 백은 평상에는 대낮에도 상서로운 무지개가 둘러쌌다. 이에 봉황이 춤추는 잔치를 베풀고, 제비가 하례하는 정성을 펼치게 하였으며, 널리 백여 신령들을 초대하고, 널리 천여 성인들을 맞이하였다.

서왕모(西王母: 곤륜산에 산다는 전설상의 여자 신선)를 북해에서 맞아들이자 얼룩무늬 기린이 꽃을 밟았고, 노자(老子)를 함곡관에서 영접하자 푸른 소가 풀밭에 누웠다. 구슬 난간에는 비단무늬 장막을 펼쳤고, 보배로운 처마에는 노을빛 휘장이 나직하게 드리웠다. 꿀을 바치는 왕벌은 옥을 달이는 집에 어지러이 날고, 과일을 머금은 안제(雁帝)는 구슬을 바치는 부엌에 드나들었다. 쌍성의 나전(螺鈿) 피리와 안향(晏香)의 은쟁(銀箏)은 균천(鈞天)의 우아한 곡조(신선들의 음악)에 맞추고, 완화(婉華)의 청아한 노래와 비경(飛瓊)의 아름다운 춤은 하늘의 신령스런 소리에 얽혔다. 용머리 주전자로 봉황의 골수로 빚은 술을 따르고, 학의 등에 탄 신선은 기린의 육포 안주를 바쳤다. 구슬 돗자리와 방석의 빛은 아홉 갈래의 등불에 흔들리고, 푸른 연과 하얀 복숭아 소반에는 모든 바다의 그림자가 담겼으나, 구슬 상인방에 상량문이 없는 것만이 한스러웠다.

그래서 신선들에게 노래를 바치게 하였지만, 「청평조」를 지어 올렸던 이백(李白)은 술에 취해서 고래 등을 탄 지 오래되었고*, 옥대(玉臺)에서 시를 짓던 이하(李賀)는 사신(蛇神)이 너무 많아 탈이었다.** 새로운 궁전(백옥루)에 명(銘)을

---

* 청평조는 악부의 이름으로, 당나라 현종이 양귀비와 함께 꽃을 감상할 때에 이백이 지어 올린 것이다. 전설에 의하면 이백이 채석강에서 배를 타고 놀다가 물에 비친 달을 건지려고 술김에 물로 뛰어들었다가 빠져 죽었는데, 그 뒤에 고래를 타고 하늘로 올라갔다고 한다.
** 당나라 이상은(李商隱)이 지은 『이장길소전』에 이르기를, 이하가 죽을 때 홀연히 낮에 붉은

새긴 것은 산현경(山玄卿)의 문장 솜씨인데, 상계에 구슬을 아로새길 채진인(蔡眞人)은 이미 세상을 떠났다. 나는 스스로 삼생(三生: 전생, 현생, 후생)의 속세에 태어난 것이 부끄러운데, 어쩌다 잘못되어 구황(九皇: 상고시대의 아홉 제왕)의 서슬 푸른 소환장에 이름이 올랐다. 강랑(江郞)의 재주가 다해서* 꿈에 오색찬란한 꽃이 시들었고, 양객(梁客)이 시를 재촉하니 바리에 삼성(三聲)의 소리가 메아리쳤다.** 붉은 붓대를 천천히 잡고 웃으면서 붉은 종이를 펼치자, 강물이 내달리듯 샘물이 솟아나듯 상량문이 지어졌다. 자안(子安: 당나라 시인 왕발)의 이불을 덮을 필요도 없었다. 구절이 아름다운데다 문장도 굳세니, 이백의 얼굴을 대해도 부끄러울 것이 없었다. 그 자리에서 비단주머니 속에 있던 신령스러운 글을 지어 올리고, 백옥루에 두어서 선궁(仙宮)의 장관을 이루게 하였다. 쌍대들보에 걸어 두고서 육위(六偉: 동, 서, 남, 북, 상, 하)의 자료로 삼는다.

【상량문】

들보 동쪽으로 떡을 던지네.
새벽에 봉황을 타고 요궁(瑤宮)에 들어갔더니
날이 밝으면서 해가 부상(扶桑)에서 솟아올라

색의 옷을 입은 사람이 나타나 웃으면서 말하기를 '상제가 백옥루를 완성하고는 그대를 불러들여 기문(記文)을 지으려고 한다. 하늘나라는 즐겁고 괴롭지가 않다.'라고 하니 이하가 홀로 눈물을 흘렸는데, 조금 있다가 이하가 죽었다고 하였다.

* 강랑은 남조시대 양(梁)나라의 강엄(江淹)을 가리킨다. 강엄이 어려서는 문장을 잘 짓는다는 명성이 자자하여 세상 사람들이 강랑이라고 칭송하였는데, 만년에 들어서는 아름다운 문장을 짓지 못하였다.

** 양객은 양나라의 소문염(蕭文琰)을 가리킨다. 남조시대 제(齊)나라의 경릉왕 소자량(蕭子良)이 우희, 구국빈, 소문염 등의 학사를 모아놓고 촛불이 1촌 탈 동안에 시 짓는 놀이를 하였는데, 소문염이 시간이 너무 길다고 하면서 바리때를 쳐서 울리는 소리가 그치는 사이에 시를 짓는 것으로 고치고서는 그 사이에 즉시 시를 지었다고 한다.

붉은 노을 일만 올이 바다를 붉게 비추네.

들보 남쪽으로 떡을 던지네.
옥룡이 아무 일 없어 연못물이나 마시니
은 평상 꽃그늘에서 낮잠을 자다 일어나
웃으며 요희(瑤姬)를 불러 푸른 적삼을 벗기게 하네.

들보 서쪽으로 떡을 던지네.
푸른 꽃에 이슬이 떨어지고 오색 난새가 우는데
옥자(玉字)를 수놓은 비단옷 입고 서왕모를 맞아
학을 타고 돌아가니 날이 이미 저물었네.

들보 북쪽으로 떡을 던지네.
북해가 아득해서 북극성이 잠기고
봉황의 깃이 하늘을 치니 그 바람에 물이 치솟네.
구만 리 하늘에 구름이 드리워 비가 올 듯 어둑하네.

들보 위쪽으로 떡을 던지네.
새벽빛이 희미하게 비단 장막을 밝히고
신선의 꿈이 백옥 평상에 처음으로 감도는데
북두칠성의 국자 돌아가는 소리를 누워서 듣네.

들보 아래쪽으로 떡을 던지네.

팔방에 구름이 어두워 날이 저문 것을 알고
시녀들이 수정궁(水晶宮)이 춥다고 아뢰니
새벽 서리가 벌써 원앙 기와에 맺혔네.

엎드려 바라오니, 이 대들보를 올린 뒤에 계수나무 꽃은 시들지 말고, 아름다운 풀도 긴 봄이로다. 햇살이 퍼져 달이 빛을 잃어도 난새 수레를 몰아 더욱 즐거움을 누리시고, 땅과 바다의 빛이 바뀌어도 회오리 수레를 타고 더욱 길이 사소서. 은빛 창문이 노을을 누르면 아래로 구만 리 미미한 인간세상을 내려다보고 구슬 문이 바다에 다다르면 삼천년 동안 맑고 맑은 뽕나무 밭을 웃으면서 바라보소서. 손으로 세 하늘(도교에서 말하는 세 가지 하늘)의 해와 별을 돌리시고, 몸으로 구천 세계의 바람과 이슬 속에 노니소서.

파리를 조문하는 글

정
약
용

경오년(1810, 순조 10) 여름에 파리가 극성하여 온 집안에 득실거리고 점점 번식하여 산골짜기에까지 만연하였다. 높은 누각과 큰 집에서도 일찍이 얼어 죽지 않더니, 술집과 떡 가게에 구름처럼 몰려들고 윙윙거리는 소리가 우레와 같았다. 노인들은 탄식하며 괴변이라 하고, 소년들은 성을 내며 소탕전을 폈다. 그리하여 혹은 통발을 설치하여 거기에 걸려죽게 하고, 혹은 독약을 쳐서 약기운에 마쳐되어 전멸하게 하였다. 이에 내가 말하기를,

아, 이는 죽여서는 안 되는 것으로, 이는 굶주려 죽은 자의 전신(轉身)이다. 아, 기구하게 사는 생명이다. 애처롭게도 지난해 큰 흉년을 겪고 또 겨울의 혹한을 겪었다. 그로 인해 염병이 돌게 되었고 게다가 또다시 가혹한 징수까지 당하여 수많은 시체가 길가에 널려 즐비하였고, 그 시체를 버린 들것은 언덕을 덮었다. 수의도 관도 없는 시체에 훈훈한 바람이 불고 기온이 높아지자, 그 피

부가 썩어 문드러져 시체 썩은 물이 고여 엉겨서 그것이 변해 구더기가 되어 항하(恒河)의 모래보다도 만 배나 많았는데, 아, 이 구더기가 날개를 가진 파리로 변해서 인가로 날아드는 것이다. 아, 이 파리가 어찌 우리의 유(類)가 아니랴. 너의 생명을 생각하면 저절로 눈물이 흐른다. 이에 음식을 만들어 널리 청해 와서 모이게 하니, 서로 기별해 모여서 함께 먹도록 하라.

하면서 다음과 같이 조문하였다.

파리야 날아와서 이 음식 소반에 모여라. 수북하게 담은 흰 쌀밥에 국도 간을 맞춰 끓여 놓았고, 무르익은 술과 단술에 밀가루로 만든 국수도 겸하였으니, 그대의 마른 목구멍과 그대의 타는 창자를 축이라. 파리야 날아와 훌쩍훌쩍 울지만 말고 너의 부모와 처자를 모두 거느리고 와서 여한 없이 한번 포식하라. 그대의 옛집을 보니, 쑥대가 가득하며 뜰은 무너지고 벽과 문짝도 찌그러졌는데, 밤에는 박쥐가 날고 낮에는 여우가 운다. 또 그대의 옛 밭을 보니 가라지만 길게 자랐다. 금년에는 비가 많아 흙에 윤기가 흐르건만, 마을엔 사람이 살지 않아 황무한 폐허가 되었다. 파리야 날아와 이 기름진 고깃덩이에 앉으라. 살진 소다리의 그 살집도 깊으며 초장에 파도 쪄 놓고 농어회도 갖추어 놓았으니, 그대의 굶주린 창자를 채우고 얼굴을 활짝 펴라. 그리고 또 도마에 남은 고기가 있으니 그대의 무리에게 먹이라. 그대의 시체를 보니 이리저리 언덕 위에 넘어져 있는데, 옷도 못 입고 거적에 싸여 있다. 장맛비가 내리고 날씨가 더워지자 모두 다른 물건으로 변하여, 꿈틀꿈틀 어지러이 구물거리면서 옆구리에 차고 넘쳐 콧구멍까지 가득하다. 이에 허물을 벗고 변신하여 구속에서 벗어나고, 시체만 길가에 있어 행인들이 놀라곤 한다. 그래도 어린 아이는 어미 가슴이라고 파고들어 그 젖통을 물고 있다. 마을에서 그 썩는 시체를 묻지 않아 산에는 무덤이 없고, 그저 움푹 파인 구렁을 채워 잡초가 무성하다. 이리가 와 뜯어 먹으며 좋아 날뛰는데, 구멍이 뻐끔뻐끔한 해골만이 나뒹군다. 그대는 이미 나비가 되어 날아가고 번데기만 남겨 놓았구나.

파리야 날아서 고을로 들어가지 마라. 굶주린 사람만 엄격히 가리는데 아전이 붓대를 잡고 그 얼굴을 세밀히 관찰한다. 대나무처럼 빽빽이 들어선 사람 중에 다행히 한 번 간택된다 하여도 물같이 멀건 죽 한 모금 얻어 마시면 그만인데도 묵은 곡식에서 생긴 쌀벌레는 아래위로 어지러이 날아다닌다. 돼지처럼 살찐 건 호세부리는 아전들인데, 서로 부동하여 공로를 아뢰면 가상히 여겨 견책하지 않는다. 보리만 익으면 굶주린 백성을 구제하기 위한 보호소를 거두고 연회를 베푸는데, 북소리와 피리소리 요란하며, 아리따운 기생들은 춤추며 빙빙 돌고 교태를 부리면서 비단부채로 가린다. 비록 풍성한 음식이 있어도 그대는 마음대로 먹을 수가 없단다.

파리야 날아서 관(館)으로 들어가지 마라. 깃대와 창대가 삼엄하게 나열되어 꽂혀있다. 돼지고기 소고기국이 푹 물러 소담하고 메추리구이와 붕어 지짐에 오리국, 그리고 꽃무늬 아름다운 중배끼 약과를 실컷 먹고 즐기며 어루만지고 구경하지만, 큰 부채를 흔들어 날리므로 그대는 엿볼 수도 없단다. 수령이 주방에 들어가 음식을 살피는데, 쟁개비에 고기를 지지며 입으로 불을 분다. 계피물 설탕물에 칭찬도 자자하나, 호랑이 같은 문지기가 철통같이 막아서 애처로운 호소를 물리치면서 소란을 피우지 말라고 한다. 안에서는 조용히 앉아 음식을 먹으며 즐기고 있고, 아전 놈은 주막에 앉아 제멋대로 판결하여, 역마를 달려 고을이 안일하다고 보고하면서, 길에는 굶주린 사람 없고 태평하여 걱정이 없다고 한다. 파리야 날아와 넋이 돌아오지 말라. 지각없이 영원토록 흔흔한 그대를 축하한다. 죽어도 앙화는 남아 형제에게 미치게 되니, 6월에 벌써 세금을 독촉하는 아전이 문을 두드리는데, 그 호령은 사자의 울음소리 같아서 산악을 뒤

흔든다. 가마와 솥도 빼앗아가고 송아지와 돼지도 끌어간다. 그러고도 부족하여 관가로 끌어다가 볼기를 치는데 그 매를 맞고 돌아오면 기력이 소진하여 염병에 걸려서 풀이 쓰러지듯 고기가 물크러지듯 죽어가지만 만민의 원망, 천지 사방 어느 곳에도 호소할 데가 없고, 백성이 모두 사지에 놓여도 슬퍼할 수가 없다. 어진 사람은 위축되어 있고 여러 소인배가 날뛰니 봉황은 입을 다물고 까마귀가 짖어대는 격이다.

　파리야 날아가려거든 북쪽으로 날아가라. 북쪽으로 천리를 날아가 구중궁궐에 가서 그대의 충정을 호소하고 그 깊은 슬픔을 아뢰어라. 강어(強禦)를 토로하지 않고는 시비가 없다. 해와 달이 밝게 비치어 그 빛을 날리니, 정사를 폄에 인(仁)을 베풀고 신명(神明)에 고함에 규(圭: 각종 의식에 예물로 쓰던 홀)를 쓴다. 우레와 같이 울려 임금의 위엄을 감동시키면 곡식도 잘되어 풍년을 이룰 것이다. 파리야 그때에 남쪽으로 날아오너라.

팔도 사민에게 알리는 글

최익현

아, 원통하도다. 오늘날의 나랏일을 차마 말로 할 수 있겠는가. 옛날에 나라가 망할 때에는 종묘와 사직만 없어졌을 뿐이었는데, 오늘날 나라가 망할 때에는 인종(人種)까지 함께 멸망하는구나. 옛날에 나라가 망할 때에는 전쟁 때문이었는데, 오늘날 나라가 멸망할 때는 계약(契約) 때문이로다. 전쟁이라면 그래도 승패의 판가름이 있겠지만 계약으로 하는 것은 스스로 말하는 길로 나아가는 것이다. 아, 지난 10월 20일의 변고는 전 세계 고금에 일찍이 없었던 일일 것이다. 우리에게 이웃 나라가 있어도 스스로 외교를 하지 못하고 타인을 시켜 대신 외교를 하니, 나라가 없는 것이다. 우리에게 토지와 인민이 있어도 스스로 주장하지 못하고 타인을 시켜 대신 감독하게 하니, 임금이 없는 것이다. 나라가 없고 임금이 없으니, 우리 삼천리 인민은 모두 노예이며 신첩(臣妾)일 뿐이다. 남의 노예가 되고 남의 신첩이 되었다면 살아있어도 죽는 것만 못하다. 더구나 저들이 여우와 원숭이처럼 속이는 꾀를 우리에게 베푼 것으로 본다면 우리 인종을 이 나라에 남겨두지 않으려는 것이 명백하다. 그렇다면 비록 노예와 신첩이 되어 살기를 구하려고 하지만, 어찌 될 수가 있겠는가.

무슨 근거로 그렇게 말하는가. 나라의 재원(財源)은 사람에게 있어서 혈맥과 같은 것이니, 혈맥이 모두 끊어지면 사람은 죽게 된다. 오늘날 우리나라의 재원이 나오는 곳은 크기를 막론하고 모두 저들에게 빼앗기지 않은 것이 있는가. 철로, 광산, 어장, 인삼포 등은 모두 나라의 재물이 나오는 큰 근본인데, 저들이 차지해 버린 지가 이미 여러 해가 되었다. 그리고 나라의 쓰임은 오직 세금이 있을 뿐인데, 지금 모두 저들이 장악하였고 황실의 비용까지도 저들에게 구걸한 다음에야 얻는다. 항구에 출입하는 세금도 그 수효가 적지 않은데 우리나라에서는 감히 묻지도 못하며, 전신국과 우편국은 통신기관으로 매우 중요하게 국가에 관련되는 것인데 역시 저들이 빼앗아서 점거하고 있다. 토지로 말한다면 각 항구의 시장 및 정거장 등은 거리로는 수천 리가 되고 가로로는 수십 리나 되는데 모두 저들의 소유가 되어버렸고, 산과 들의 기름진 땅과 삼림(森林)의 금양처(禁養處)로서 저들이 강제로 빼앗아 버린 것이 몇 곳이나 되는지 셀 수가 없다. 화폐로 말한다면 백동전은 진실로 큰 병폐가 되는 것인데 사사로이 만든 나쁜 화폐는 태반이 저들이 만든 것이다. 그리고 그것을 개정한다고 하면서 새 돈과 헌 돈의 좋고 나쁜 것과 색질(色質)의 경중(輕重)이 조금도 피차의 구별이 없는데도, 돈의 수량만 배로 증가시켰을 뿐이니, 다만 저들이 이익을 취하는 바탕이 되었다. 또 통용할 수 없는 종잇조각을 억지로 원위화(元位貨)라고 이름을 붙였으니, 우리에게 혈맥이 고갈되고 모든 물건이 유통되지 못하게 하였다. 그 흉계와 독수는 아, 참혹하구나.

백성으로 말한다면 곳곳의 철도의 노무자와 러일 전쟁 때 화물을 운반하는 군사들을 모두 소와 돼지처럼 채찍질하고 몰아서 조금만 뜻에 거슬리면 바로 풀을 베듯이 죽였다. 그리하여 우리 백성의 부자형제들이 가슴에 원한을 품고도 복수하지 못하게 되었다. 벼슬아치나 선비들이 전후에 걸쳐 상소한 것은 모두 나라를 위하여 충성스런 말을 올린 것인데 바로 포박하여 구속하고서 대신과 중신들을 조금도 예우해 주지 아니하니, 저들이 우리를 경멸함은 다시 여지가 없다. 그들은 개인을 각 부처에 배치하여 고문관이라 하고 스스로 후한 보수를 받으면서 그들이 하는 일은 모두 우리를 피폐하게 하고 저들을 위하는 일 뿐이니, 이것이 진실로 이른바 '남의 음식을 먹으면서 남의 기와와 담을 무너뜨려 버린다.'는 것이다. 이처럼 불법 무도하여 압박하고 겁탈하는 가운데서 큰 것만을 대강 들어도 이와 같다. 약속과 맹세를 지키지 않은 죄에 대해서 말하면, 시모노세키조약과 일본, 러시아 간의 선전포고서에 이르기까지 모두 대한의 자주독립을 명백히 말했을 뿐만 아니라 우리 영토를 보호해 주겠다는 것이 한두 번이 아니었는데도 모두 가볍게 버리고 조금도 어렵지 않게 배반하였다. 처음에는 우리나라의 역적 이지용(李址鎔)을 꾀어서 강제로 의정서를 만들었고 마침내는 우리나라의 역신 박제순(朴齊純)을 협박해서 지금의 새로운 조약을 만들었다. 심지어 서울에 통감(統監)을 설치하고 외교권을 일본에 넘기도록 하였으니, 우리 4천년을 지켜온 강토와 삼천리에 사는 백성을 저들의 땅과 저들에게 딸린 백성으로 만들었다. 이것은 세계에서 말하는 '보호국'이라고 말할 뿐만이 아니다. 그러나 딸린 백성이라면 그래도 일본의 백성과 평등한 대우를 받아 그대로 살 수 있을 것이니, 나라는 비록 망하더라도 인종은 멸망하지 않을 것이다. 그러나 이상에서 열거한 여러 가지 불법무도한 일로써 본다면 그들이 과연 우리 인종을 이 나라에 남겨두려 하겠는가. 반드시 우리 백성을 모두 구덩이에 묻어 죽이지 않으면 광막한 불모지로 쫓아내고 그들의 백성을 옮기고 야 말 것이다. 이것은 서양에서 인종을 바꾸는 술책을 바로 오늘날 일본이 우리에게 시행하는 것이다. 그렇다면 앞에서 말한 노예나 신첩이 되어 살기를 구해도 안 되리라는 것은 두려워서 하는 말이 아님을 알 수 있다. 하물며 우리는 당당한 대한의 예의를 지키는 자주백성으로 구구하게 원수들 밑에 머리를 숙이고 하루라도 더 살기를 빌고자 한다면 어찌 죽는 것보다 나을 것이 있겠는가. 그늘 밑에 있는 나무는 가지와 잎이 무성하지 못하고 발에 밟히는 풀은 싹이 자라지 못하며, 노예의 종족에서는 성현이 나오지 못한다. 이것은 성품이 달라서가 아니며, 압박하고 굴복시키는 형세가 그렇게 되는 것이다. 우리나라가 고려 이후로 명칭은 비록 중국 변방의 나라였지만, 토지와 백성과 정사는 모두 우리가 자주 자립하여 털끝만큼도 중국의 간섭을 받지 않았다. 그러므로 전성기 때에는 병력이 백여 만이요, 재화가 창고에 가득하였으며, 백성은 부유하여 인구가 번성하였다. 비록 수나라 양제와 당나라 태종의 위세로도 패하여 돌아감을 면치 못하였으며, 원나라 세조가 여덟 번이나 쳐들어 온 다음에야 복속시키었다. 우리 태조(이성계) 때에 왜적이 여러 번 침범하였지만 번번이 패하였고, 임진왜란에 비록 명나라의 구원이 있었지만 국토를 회복하여 전쟁을 이긴 공은 모두 우리 군사가 왜선 70여 척을 노량에서 침몰시킨 데 있었으며, 병자호란에도 만약 임경업 장군의 '곧바로 적의 근거지를 쳐부수자'는 요청을 들었다면 청나라 사람들은 그 즉시 멸망하였을 것이니, 그 계책을 쓰지 못한 것이 한스러울 뿐이지 진실로 힘이 부족했던 것은 아니다. 이로써 본다면 우리나라가 비록 작지만 백성들의 성질이 강력함은 다른 나라에 뒤지지 않는다. 다만 오늘날 문치(文治)만을 숭상한 뒤라서 백성의 허약한 기운을 진작시키지 못하였고, 또 천하의 대세를 잘 파악하여 변화할 것을 생각하지 못하였다. 천하의 대세를 알지 못했기 때문에 죽음이 눈앞에 있는데도 알지 못하니, 진실로 사람마다 반드시 죽게 된다는 것을 안다면 살 수 있는 방법이 그 가운데서 나올 것이다. 다만 반드시 죽게 된다는 것을 알지 못하고 오히려 혹시라도 살 수 있기를 생각하면 마침내 죽고 말 것이다. 반드시 죽게 될 증거는 이미 위에서 말한 것과 같으니 혹시라도 살 수 있는 방법을 어디에서 찾을 것인가. 지금은 오직 한 가지 각자의 기력을 분발하고 마음에 품은 뜻을 떨쳐서 나라를 몸보다 더욱 사랑하고 남의 노예가 되는 것을 죽음보다 더욱 싫어하여 만인의 마음을 한 사람의 마음으로 만든다면 거의 죽음에서 사는 방도를 구할 수 있을 것이다. 저 일본 사람들은 비록 경박하고 교활하며 예의가 없어서 인류와 같지 않지만, 그러나 그들이 강력하고 승리하는 이유는 다름이 아니라 오직 마음을 합하여 나라를 사랑하는 마음이 자신을 사랑하는 마음보다 더하기 때문이다. 하물며 우리나라의 선비와 백성들은 본래부터 선왕의 예의와 교훈을 복습(服習)하였으며, 사람마다 머릿속에 끓는 붉은 피가 진실로 저들과 다름이 없는데 더 말할 것이 있겠는가. 그렇다면 오늘날 우리 선비와 백성들이 가장 먼저 해야 할 급선무는 천하의 대세를 살펴서 반드시 죽어야 하는 까닭을 아는 데에 있을 뿐이다. 반드시 죽어야 하는 까닭을 알고 난 후에 기력이 스스로 분발되고, 마음에 품은 뜻이 스스로 떨쳐서 나라를 사랑하는 마음이 저절로 일어나 마음을 합하는 효과가 나타나게 될 것이다. 이에 남에게 의지하고 바라는 마음을 버리고 게으르고 나약한 습관을 버리며 옛날을 답습하고 편안하게 있으려는 해로움을 개혁하여 한 자(尺)의 나아감은 있어도 한 치(寸)의 물러남은 없어서 차라리 함께 죽을지언정 홀로 살고자 하지 않는다면 여러 사람의 마음이 단결된 곳에 하늘은 반드시 도와줄 것이다.

저 민영환 선생과 조병세 선생의 죽음을 보지 못했는가. 나라가 망하고 백성이 멸망한 것이 이 두 분만의 책임이 아니다. 그런데도 이 두 분은 나라와 백성을 자기의 책임을 삼아 목숨 바치기를 마치 기러기 깃털처럼 가볍게 여겨 조금도 돌아보지 아니한 것은 백성들에게 꼭 죽어야 할 의리로써 다른 마음이 없어야 함을 보여 준 것이다. 진실로 우리 삼천리 인민들이 모두 이 두 분의 마음으로써 마음을 삼아 꼭 죽어야 한다는 마음을 가지고 딴마음이 없다면 어찌 역적을 물리치지 못하겠으며, 국권을 회복하지 못하겠는가. 나는 정성과 힘이 부족하여 이미 임금께 충고를 다하여 환란을 미연에 방지하지 못하였고, 또 나라를 위하여 목숨을 바쳐 백성들의 용기를 진작시키지 못하였다. 굽어보나 우러러보나 부끄러워 살아서는 우리 수천만 동포를 대할 방법이 없고 죽어서는 민영환 선생과 조병세 선생을 지하에서 만날 방법이 없다. 이에 감히 나의 비루함을 헤아리지 않고, 삼가 보고 들은 오늘날 시국의 대세를 가지고 간략히 이 글을 지어 우리나라 선비와 백성들에게 알리노라. 오직 바라건대 우리나라 선비와 백성들은 내가 노망하여 죽으려 하는 말이라고 해서 소홀히 여기지 말고, 각자가 스스로 면려하여 저들로 하여금 인종을 바꾸려는 계획을 이루지 못하게 한다면 매우 다행한 일이다. 시급히 행하여야 할 일을 대강 아래에 나열하여 기록한다.

1. 이번에 새로운 조약을 제멋대로 허락한 박제순, 이지용, 이근택, 이완용, 권중현 등 오적(五賊)은 우리나라의 죄인일 뿐만 아니라, 실로 천지 조종의 원수이며 전국 만백성의 원수이다. 마땅히 빨리 토벌하여 죽여야 하는데 도리어 그들을 조정의 윗자리에 있게 하였고, 비록 진신(縉紳)과 장보(章甫)들이 토벌을 청하는 상소가 있었지만, 아직까지 한 사람도 칼을 들고 오적을 치려고 한 사

람이 있었다는 말을 듣지 못했다. 나라와 인민의 수치가 무엇이 이보다 더한 것이 있겠는가. 춘추(春秋)의 법에 '난신적자는 사람마다 그를 잡아 죽여야 한다.' 하였으니, 모든 선비와 백성과 군종과 하인들까지 모두 적을 토벌하지 아니하면 살지 않겠다는 의리를 각각 이마에 붙이고 스스로 노력하고 분발하여 맹세코 저 오적을 죽여서 우리 조종과 백성의 큰 원수를 제거할 것.

1. 저 오적은 이미 나라를 팔아먹는 것을 기량(技倆)으로 여겨 오늘 한 가지 일을 허락하고 내일 또 한 가지 일을 허락하여 지난해의 의정서와 올해의 오조약(五條約)을 인준하는 일에 이르러서는 다시 여지가 없게 되었다. 필경에 그들의 흉모(凶謀)와 역도(逆圖)는 우리 임금에게 적에게 붙잡혀 가 죽는 길을 실행하지 않으면 일본의 큰 공신이 될 수 없을 것으로 생각할 것이다. 우리의 높고 낮은 관료 및 병졸과 백성들은 모두 충성을 일으켜서 화난의 예방을 생각할 것.

1. 지난번에 유약소(儒約所)의 통고문을 보니, 결세(농지세)를 내지 말고 자동차를 타지 말자는 것과 포백(베와 비단)과 기물 등을 저들의 물건은 쓰지 말자는 말이 있었는데, 이것은 진실로 확정된 의론이다. 결세는 국가의 경영에 쓰이는 것인데, 오늘날에는 모두 왜놈의 금고에 들어가니 우리 백성들의 고혈을 가지고 어떻게 원수의 먹이가 되게 할 수 있겠는가. 마땅히 각각 자기 고을에서 해당 마을의 부유한 집에 거두어 두었다가 오적이 제거된 다음 궁내부(宮內府)에 바쳐야 한다. 철로는 저들이 우리나라를 멸망시키려는 수단의 하나인데 매일 기차를 타는 사람이 다 실을 수 없을 정도이니, 어찌 우리 백성의 어리석음이 이리도 심하단 말인가. 생각해보면 각처에서 하루에 차를 타는 비용이 어찌

천만만 되겠는가. 재물이 다하여 나라가 멸망하는 것을 우리 백성들이 스스로 취하는 것이 아니겠는가. 기타 포백과 기물로 저들이 재물을 몰아가는 것도 그 수를 헤아릴 수가 없으니, 아, 지난날 저들과 통상하지 않았을 때에는 우리 백성들이 과연 살 수가 없었던가. 이것은 매우 생각하지 않은 것이다. 바라건대 우리 전국의 선비와 백성들은 한마음으로 서로 맹세하여 병기와 총포를 제외하고는 일체 저들의 물건을 쓰지 말고 기계의 편리한 것이라도 우리나라 사람이 제조한 것이 아니면 또한 사서 쓰지 말 것.

제 7 부

전해 오는 이야기

온달과 평강공주

김
부
식

　온달은 고구려 평강왕(平岡王) 때 사람이다. 용모는 구부정하여 우스꽝스러웠
지만, 속마음은 환하게 빛났다. 집이 매우 가난하여 늘 음식을 구걸해다가 어머
니를 봉양하였다. 찢어진 적삼과 해진 신발로 시정 사이를 왕래하니, 그때 사람
들이 가리켜 '바보 온달'이라고 하였다.

　평강왕의 어린 딸이 울기를 잘하니, 왕이 놀려서 말하기를 '네가 늘 울어서
내 귀를 시끄럽게 하니 자라면 반드시 사대부의 아내가 되지 못하고 마땅히 바
보 온달에게나 시집보내리라.'라고 하였다. 왕이 매번 그렇게 말하더니, 딸의
나이 16세가 되자 상부(上部)의 고씨에게로 시집보내려고 하였다. 이에 공주가
왕에게 말하였다. 대왕께서 늘 말씀하시기를 '너는 커서 반드시 바보 온달의
아내가 될 것이다.'라고 하시더니, 이제 무슨 까닭으로 전의 말씀을 바꾸십니
까. 필부도 오히려 헛말을 하지 않으려 하거늘 하물며 지극히 존귀하신 대왕이

야 더 말할 나위가 있겠습니까. 그러므로 '임금에게는 농담이 없다.'고 하였습니다. 지금 대왕의 명령은 잘못된 것이므로 소녀는 감히 받들어 따르지 못하겠습니다. 왕이 성을 내어 말하기를 '네가 나의 가르침을 따르지 않으니 진실로 내 딸이 아니다. 어찌 함께 살겠느냐. 마땅히 네가 갈 데로 가거라.'라고 하였다.

이에 공주가 보석 팔찌 수십 개를 팔꿈치 뒤에 차고 궁궐을 나와 홀로 길을 떠났다. 길가에서 한 사람을 만나 온달의 집을 물어보았다. 이윽고 그 집에 이르러 눈이 먼 늙은 어머니를 보고 가까이 다가가서 인사를 하고 아들이 어디에 있는지를 여쭈었다. 늙은 어머니가 대답하였다. '내 아들은 가난하고 비루하여 귀하신 분이 가까이할 수 있는 사람이 아닙니다. 지금 그대의 냄새를 맡아보니 향내가 특이하고 그대의 손을 만져보니 부드럽기가 솜과 같으니, 반드시 세상의 귀인일 것입니다. 누구의 속임수에 빠져 여기까지 왔습니까. 내 아들은 배고픔을 참지 못해 산속으로 느릅나무 껍질을 벗기러 간 지가 한참 되었는데도 아직 돌아오지 않고 있습니다.'

공주가 집을 나와 걸어서 산 아래에 이르렀을 때 온달이 느릅나무 껍질을 메고 오는 것을 보았다. 공주가 그에게 자신의 생각을 말하니, 온달이 발끈해서 말하기를 '이곳은 어린 여자가 다니기에는 적절하지 않으니 반드시 사람이 아니라 여우나 귀신이리라. 나에게 가까이 오지 마시오' 하고는 마침내 돌아보지도 않고 가버렸다. 공주는 혼자 집으로 돌아와서 사립문 밖에서 밤을 지새우고, 다음날 아침에 다시 들어가 온달과 어머니에게 자세한 이야기를 하였다. 온달이 마음을 정하지 못하고 머뭇거리자 그 어머니가 말하였다. '우리 아들은 지극히 비루하여 귀인의 배필이 되기에 부족하고, 우리 집은 지극히 가난하여 진실로 귀인이 살기에는 적당하지 않습니다.' 공주가 대답하였다. '옛사람의 말에, 한 말의 곡식이라도 방아를 찧을 수 있으며, 한 자의 베라도 바느질할 수 있다고 하였으니, 진실로 마음을 함께한다면 어찌 반드시 부귀한 다음에라야 함께할 수 있는 것이겠습니까.' 이윽고 공주가 금팔찌를 팔아서 밭과 집과 노비와 소와 말과 그릇을 사서 살림에 필요한 것들을 갖추었다. 처음 말을 살 때에 공주가 온달에게 말하기를 '삼가 시장 사람들의 말을 사지 마시고, 모름지기 나라에서 기르는 말 중에 병들고 파리해져서 쫓겨난 말을 골라 사십시오.'라고 하였다. 온달이 시키는 대로 하였더니, 공주가 매우 부지런히 먹이고 길러서 말이 날로 살찌고 늠름해졌다.

고구려에서는 항상 봄철 3월 3일이 되면 낙랑의 언덕에 모여 사냥해서, 거기서 잡은 돼지와 사슴으로 하늘과 산천의 신(神)에게 제사를 지냈다. 그날이 되어 왕이 사냥을 나갈 때, 여러 신하와 5부의 병사들이 모두 따라갔다. 이에 온달도 그동안 기른 말을 타고 행차를 따라갔는데, 그의 말 달리는 것이 늘 다른 사람보다 빠르고, 잡은 짐승도 역시 많아서 견줄 사람이 없었다. 왕이 불러오게 하여 성명을 묻더니, 놀랍고도 기이한 일이라고 생각하였다.

그즈음에 후주(중국의 나라이름)의 무제(武帝)가 군사를 일으켜 요동지역에 쳐들어오자, 왕이 군사를 거느리고 배산(拜山)의 벌판에서 막아 싸웠다. 온달이 선봉이 되어 날래게 싸워 수십여 명의 적군을 베니, 여러 부대가 승리의 기세를 타고 맹렬히 싸워 크게 이겼다. 승리의 전공을 논할 때 온달을 제일로 치지 않는 사람이 없었다. 이에 왕이 가상히 여겨 찬탄하면서 '이야말로 나의 사위로다.' 하고는 예를 갖추어 맞이했으며, 작위를 내려 대형(大兄: 고구려 5품 벼슬)으로 삼았다. 이로 인해 총애와 명예가 더욱 높아지고 위세와 권위가 날로 융성해졌다.

영양왕이 즉위하자 온달이 아뢰기를 '생각건대 신라가 우리 한강 이북의 땅을 차지하여 군현(郡縣)으로 삼으니 백성들이 통분하고 한스럽게 여겨 한시도 부모의 나라를 잊은 적이 없습니다. 원하오니 대왕께서는 저를 어리석고 어질지 못하다 여기지 마시고 군사를 내어주시면 한번 쳐들어가서 반드시 우리 땅을 찾아오게 하소서.'라고 하니, 왕이 허락하였다. 출정에 임해 맹세하기를 '계립현과 죽령의 서쪽 지역을 우리에게 되돌려오지 못한다면 돌아오지 않으리라.'라고 하였다. 마침내 출정하여 아단성(阿旦城) 아래에서 신라군과 싸웠으나 날아오는 화살에 맞아 죽고 말았다. 장례를 치르고자 해도 시신을 넣은 관이 여간해서 움직이지를 않았다. 공주가 와서 관을 어루만지면서 '죽고 사는 것이 이미 정해졌으니, 아아! 돌아가십시오.'라고 해서야 마침내 관을 들어서 장례를 지냈다. 대왕이 듣고서 크게 슬퍼하였다.

녹진 이야기

김부식

녹진은 성과 자(字)가 자세하지 않다. 아버지는 수봉(秀奉) 일길찬이다. 녹진은 23세에 처음으로 벼슬하여 여러 차례 중앙과 지방의 관직을 지냈다. 신라헌덕대왕 10년(818)에 집사시랑이 되었다. 14년(822)에는 국왕에게 후사가 없는지라 친동생 수종(秀宗)을 태자로 삼아 월지궁(月池宮)으로 들어오게 하였다. 그때 충공(忠恭) 각간이 상대등으로 있었는데, 정사당(政事堂)에 앉아 중앙과 지방의 관리들을 심사하다가 공관에서 물러나와 병에 걸렸다. 어의(御醫)가 와서 진맥하고 말하기를 '심장에 병이 들었으니 반드시 용치탕(龍齒湯)을 복용해야 합니다.'라고 하였다. 마침내 왕에게 아뢰고 20일의 휴가를 얻어, 문을 닫아걸고 손님들을 만나지 않았다.

이때 녹진이 찾아와 뵙기를 청했으나 문지기가 막으니, 그에게 말을 전하였다. '제가 상공께서 질병이 옮을까 하여 손님을 거절하시는 것을 모르는 바는 아니오나, 모름지기 직접 옆에서 한 말씀을 드려 울적하고 근심스러운 심려를 풀어드리고자 이렇게 온 것입니다. 만약 뵙지 못한다면 감히 물러가지 않겠습니다.'

문지기가 이 말을 두세 번 반복해서 전하고서야 충공이 그를 불러들여 만나 주었다. 녹진이 충공에게 말하였다. '들리는 바에 옥체가 편하지 않다고 하시니, 아침 일찍 조정에 나가고 저녁 늦게 퇴근하여 찬바람과 이슬을 무릅쓴 나머지 혈기의 조화를 해치고 팔과 다리의 평안을 잃은 것이 아니겠습니까.' 충공이 녹진에게 말하였다. '아직 그 지경에 이르지는 않았소. 다만 어질어질하여 정신이 유쾌하지 않을 뿐이오.' 녹진이 충공에게 말하였다. '그렇다면 공의 병은 약으로 될 일이 아니고 침을 놓아 나을 것도 아닙니다. 지극한 말과 고상한 담론으로 한번에 공격하여 고칠 수 있는 병입니다. 공께서는 한번 들어보시겠습니까.' 충공이 녹진에게 말하였다. '그대가 나를 모른 채 내버려두지 않고 고맙게도 이렇게 와 주었으니, 바라건대 귀한 말을 들어서 내 가슴을 씻고 싶습니다.'

녹진이 충공에게 말하였다. '저 목수가 집을 지을 때에는 재목 가운데 큰 것은 대들보나 기둥으로 쓰고 작은 것은 서까래로 쓰며, 눕힐 것과 세울 것을 각각 놓아야 할 곳에 정돈한 다음에야 큰 집이 이루어지는 것입니다. 옛날 어진 재상이 정치를 하는 것이 또한 이것과 무엇이 달랐겠습니까. 재주가 큰 사람은 높은 지위에 두고 작은 재주를 가진 사람에게는 가벼운 직무를 주어서, 안으로 6관(六官)*과 온갖 집사(직무를 직접 수행하는 관리)들로부터 밖으로는 방백, 연솔, 군수, 현령**에 이르기까지 조정에 비어 있는 지위가 없고 지위마다 적임자

* 중국 고대 주(周)나라 시대의 중앙정부 조직으로, 천관(이조), 지관(호조), 춘관(예조), 하관(병조), 추관(형조), 동관(공조)의 6부제를 말한다.
** 방백은 제후, 연솔은 지방의 장관으로 군수, 현령과 함께 그 지역의 수령을 말한다.

가 아닌 경우가 없어, 위아래가 정해지고 어진 사람과 어질지 못한 사람이 나뉜 다음에 비로소 왕의 정치가 이루어졌던 것입니다. 그러나 오늘날에는 그렇지 못하여 사사로움을 쫓아 공명정대함을 버리고 사람을 위해 관직을 가려서, 아끼는 사람이면 비록 적임자가 아니라 하더라도 높은 지위에 올리고, 미워하는 사람이면 비록 유능하더라도 구렁텅이에 빠뜨리고자 합니다. 쓰고 버리는 데 있어 그 마음이 혼란스럽고, 옳고 그름에 있어 그 뜻이 어지러우니, 다만 나라의 일이 혼탁해질 뿐만 아니라 그 일을 맡아보는 사람들 또한 수고롭게 되어 병이 들 것입니다. 만약 관직을 맡아 청렴하게 하고 일에 임하여 삼가고 공순하게 하며, 뇌물이 들어오지 못하게 하고 청탁의 폐단을 멀리하며, 승진과 강등을 오로지 능력에 따라 시행하고, 쓰고 버리는 것을 사사로운 애증에 따라 하지 않는다면, 마치 저울이 가볍고 무거움을 왜곡할 수 없고, 먹줄이 굽고 곧은 것을 속일 수 없는 것처럼 바르게 될 것입니다. 이렇게 한다면 형벌과 정치가 옳고 바르게 될 것이고 나라는 화평해져서, 비록 공손홍(公孫弘)처럼 문을 열어두고, 조참(曹參)처럼 술자리를 베풀어 오랜 친구들과 함께 담소하며 즐겨도 좋을 것이니* 어찌 반드시 구구하게 약을 드시는 데만 골몰하여 헛되이 여러 날을 허비하여 정사를 버려두실 일이겠습니까.'

그제야 충공 각간은 의원을 물리치고 수레를 준비하여 대궐에 들어갔다. 왕이 말하기를 '나는 경이 날짜를 정해 약을 복용하리라 생각했는데, 무슨 일로 조정에 나왔는가.'라고 물었다. 충공이 대답하기를 '제가 녹진의 말을 들으니 약이나 침과 같아서 용치탕을 마시는 것보다 더 큰 효과가 있었습니다.'라고 하면서 곧바로 녹진의 말을 낱낱이 왕에게 아뢰었다. 왕이 말하기를 '내가 임

---

* 공손홍은 한나라 무제 때 승상을 지냈으며, 조참은 한나라 초기에 승상을 지낸 인물이다.

금으로 있고 경이 재상이 되어 있는 터에 이와 같이 곧은 말을 하는 사람이 있으니 얼마나 기쁜 일인가. 태자에게 알리지 않을 수 없으니 마땅히 월지궁으로 갈 일이다.'라고 하였다. 태자가 그 말을 듣고 왕에게 들어와 축하하기를 '일찍이 듣건대 임금이 밝으면 신하가 정직하다 했으니, 이번 일 역시 나라의 아름다운 일입니다'라고 하였다.

술 이야기[*]

임
춘

국순(麴醇: 누룩 술)의 자(字)는 자후(子厚)이니 그 조상은 농서(隴西: 중국의 지명) 사람이다. 그의 90대조 할아버지 모(牟: 보리)가 후직(后稷: 중국 고대 농사를 맡은 장관)을 도와서 여러 백성들을 먹여 살린 공이 있었으니, 『시경』에 이른바 '내게 밀과 보리를 주다.'라고 한 것이 바로 그것이다. 모가 처음에 숨어 살면서 벼슬하지 않고 말하기를 '나는 반드시 밭을 갈아야 먹을 수 있으리라.' 하고는 밭에서 살았다. 임금이 그 자손이 있다는 말을 듣고 명령을 내려 수레를 보내 부르며, 군현(郡縣)에 명하여 곳곳마다 후한 예물을 보내라 하고, 하급관원을 시켜 친히 그 집에 나아가, 드디어 방아와 절구 사이에서 교분(交分)을 정하고 빚에 호응하여 티끌과 같이하게 되니, 훈훈하게 찌는 기운이 점점 스며들어서 온자(醞藉)한 맛이 있으므로 기뻐서 말하기를 '나를 이루어 주는 자는 벗이라

---

[*] 고려 때 임춘이 지은 가전 작품이다. 술을 의인화하여 지은 작품으로 작자의 유고집인 「서하선생집」 제5권과 「동문선」에 수록되어 있다.

하더니 과연 그 말이 옳구나.'라고 하였다. 드디어 맑은 덕으로써 알려지니 위에서 그 집에 정문(旌門)을 세웠다.

임금을 따라 원구(圜丘: 임금이 하늘에 제사지내는 곳)에 제사를 지낸 공으로 중산후(中山侯)에 봉하니, 식읍(食邑) 일만 호(一萬戶)에 식실봉(食實封) 오천 호(五千戶)요, 성(姓)을 국씨(麴氏)라 하였다. 5세손이 성왕(成王)을 도와 사직을 자신의 책임으로 삼아 얼근한 태평성대를 이루었고, 강왕(康王)이 임금에 오르자 점차로 홀대를 받아 금고처분을 받아 고령(誥令)에 나타나게 되었다. 그러므로 후세에 나타난 자가 없고, 모두 민간에 숨어 살게 되었다. 위(魏)나라 초기에 이르러 순(醇)의 아비 주(酎: 소주)가 세상에 이름이 알려져서, 상서랑 서막(徐邈)과 더불어 서로 친하여 그를 조정에 끌어들여 말할 때마다 주가 입에서 떠나지 않았는데, 마침 어떤 사람이 임금에게 아뢰기를 '막(邈)이 주(酎)와 함께 사사로이 사귀어 점점 난리의 계단(階段)을 양성합니다.' 하므로, 임금이 노하여 막을 불러 따져 물으니, 막이 머리를 조아리며 사죄하기를 '신이 주(酎)를 따르는 것은 그가 성인의 덕이 있으므로 자주 그 덕을 마시었습니다.'라고 하니 임금이 그를 책망하였고, 그 후에 진(晉)나라가 선(禪)을 받게 되자 세상이 어지러워질 것을 알고 다시 벼슬할 뜻이 없어 유령(劉伶), 완적(阮籍)*의 무리와 더불어 대나무 숲에서 놀며 그 일생을 마쳤다.

순(醇)의 기국과 도량이 크고 깊어 출렁대고 넘실거림이 만경의 물과 같아 맑게 하려해도 맑아지지 않고 휘저어도 흐려지지 않아 자못 사람에게 기운을 더해준다. 일찍이 섭법사(葉法師)에게 나아가 온종일 담론하였는데, 좌중이 모두 크게 웃게 되었으므로 드디어 유명하게 되어 호(號)를 국처사(麴處士)라 하였

---

* 유령과 완적은 진(晉)나라 때 죽림칠현(竹林七賢)으로 술과 시로 일생을 보낸 사람들임.

는데, 공경, 대부, 신선, 방사들로부터 머슴꾼, 목동, 오랑캐, 외국 사람에 이르기까지 그 향기로운 이름을 맛보는 자는 모두 그를 흠모하였으며, 성대한 모임이 있을 때마다 순(醇)이 오지 아니하면 모두 다 쓸쓸히 말하기를 '국 처사가 없으면 즐겁지 않다.'라고 하니, 그가 세상에서 사랑을 받음이 이와 같았다.

태위(太尉) 벼슬에 있는 산도(山濤)가 감정하는 식견이 있었는데, 일찍이 그에 대하여 말하기를 '어떤 늙은 할미가 요런 갸륵한 아이를 낳았는고 그러나 천하의 모든 사람을 그르칠 자는 바로 이놈일 것이다.'라고 하였다. 관청에서 불러 청주종사(靑州從事)를 삼았으나, 격(鬲)의 높이가 마땅한 벼슬자리가 아니므로 고쳐서 평원독우(平原督郵)를 시켰다. 얼마 뒤에 탄식하기를 '내가 쌀 다섯 말 때문에 허리를 굽혀 시골의 젊은이에게 향하지 않으리니, 마땅히 술 단지와 도마 사이에 서서 담론할 뿐이로다.*' 하였다. 그때 관상을 잘 보는 자가 있었는데 그에게 말하기를 '그대 얼굴에 붉은빛이 떠 있으니 나중에 반드시 귀하게 되어 천종록(千鍾祿)을 누릴 것이다. 마땅히 좋은 대가를 기다려서 팔라.'고 하였다.

진(陳)나라 후주(後主) 때에 양가(良家)의 아들로서 주객원외랑(主客員外郞)을 받았는데, 임금이 그의 기국을 보고 남달리 여겨 앞으로 크게 쓸 뜻이 있어, 금으로 만든 사발로 덮어 빼고 당장에 벼슬을 올려 광록대부 예빈경으로 삼고, 작위를 올려 공(公)으로 하였다. 대개 임금과 신하들의 회의에는 반드시 순(醇)을 시켜 술을 따르게 하나, 그 진퇴(進退)와 술잔을 주고받음이 조용히 뜻에 맞는지라, 임금이 깊이 받아들이고 이르기를 '경이야말로 이른바 곧으면서 맑구나. 내 마음을 열어주고 내 마음을 질펀하게 하는 자로다.'라고 하였다. 순(醇)

---

* 동진(東晋)의 전원시인 도연명의 일을 인용한 것이다. 도연명 역시 술을 좋아하였다.

이 권력을 얻고 일을 맡게 되자, 어진 이와 사귀고 손님을 대접하며 늙은이를 봉양하여 술과 고기를 주는 것과 귀신에게 고사하고 종묘에 제사지내는 것을 모두 순(醇)이 주관하였다. 임금께서 일찍이 밤에 잔치를 할 때에도 오직 그와 궁인만이 모실 수 있었고, 아무리 가까운 신하라도 참여하지 못하였다. 이로부터 임금이 곤드레만드레 취하여 정사를 폐하고, 순은 이에 자신의 입에 재갈을 물려 말을 하지 못하므로, 예법에 밝은 선비들은 그를 미워함이 원수 같았으나, 임금이 매번 그를 보호하였다. 순은 또 돈을 거둬들여 재물 모으기를 좋아하니, 당시의 의논이 그를 더럽다고 하였다. 임금이 묻기를 '경은 무슨 버릇이 있느냐.' 하니, 대답하기를 '옛날에 두예(杜預)는 좌전(左傳)의 버릇이 있었고, 왕제(王濟)는 말(馬)의 버릇이 있었으며, 신은 돈 버릇이 있나이다.'라고 하니, 임금이 크게 웃고 돌보아주는 것이 더욱 깊었다.

일찍이 임금 앞에서 대답할 때에 순의 입에서 냄새가 났으므로 임금님이 싫어하면서 말하기를 '경이 늙어서 기운이 떨어져 내가 쓰는 것을 감당하지 못하는가.'라고 하였다. 순이 드디어 모자를 벗고 사죄하기를 '신이 작위를 받고 사양하지 않으면 마침내 몸을 망칠 염려가 있사오니, 제발 신을 집으로 돌려보내주시면 신은 족히 그 분수를 알겠나이다.'라고 하였다. 임금이 좌우에게 명하여 부축하고 나왔더니, 집에 돌아와서 갑자기 병이 들어 하루 저녁에 죽었다. 아들은 없고, 집안의 동생 청(淸)이 뒤에 당(唐)나라에 벼슬하여 내공봉(內供奉)에 이르렀으며, 자손이 다시 중국에 번성하였다.

사관(史官)이 말하기를 '국씨의 조상이 백성들에게 공이 있었고, 청백함을 자손에게 물려줘 창(鬯: 제사에 쓰는 울창주)이 주나라에 있는 것과 같아 향기로운 덕이 하늘에까지 이르렀으니, 가히 그 할아버지의 풍모가 있다고 하겠다. 순이 작은 물병 같은 지혜로 독 들창(甕牖: 가난한 집안)에서 일어나 일찍 금으로 만든 사발로 가리는 뽑힘을 만나 술 단지와 도마에 서서 담론하면서도 가(可)를 들이고 부(否)를 마다하지 않고, 왕실(王室)이 문란하여 엎어져도 붙들지 못하여 마침내 천하의 웃음거리가 되었으니, 거원(巨源: 태위 산도를 이름)의 말이 족히 믿을 만한 것이 있도다.'라고 하였다.

돈 이야기*

공방(孔方: 동전)의 자는 관지(貫之: 꿰미)이니, 그 조상이 일찍이 수양산(首陽山)에 숨어 굴속에서 살았으므로 아직 세상에 나와서 쓰여진 적이 없었다. 처음 황제(黃帝: 중국 고대의 임금) 때에 조금 채용되었으나, 성질이 굳세어 세상일에 잘 단련되지 못했었다. 임금이 재상과 기술자를 불러서 보이니, 기술자가 한참 동안 들여다보고 말하기를 '산과 들의 자질이 비록 쓸 만하지는 못하오나, 만일 폐하께서 만물을 조화하는 풀무와 망치 사이에 놀려 때를 긁고 빛을 갈면 그 자질이 마땅히 점점 드러날 것입니다. 임금은 사람으로 하여금 그릇이 되게 하오니, 원컨대 폐하께서는 저 완고한 구리와 함께 버리지 마옵소서.'라고 하였다. 이로 말미암아 그가 세상에 이름이 나타났다. 뒤에 난리를 피하여 강가의 숯 화로 거리로 이사하여 거기서 살게 되었다. 그의 아버지 천(泉: 돈)은 주나라

---

* 고려시대 임춘이 지은 가전체로 돈을 의인화한 글이다. 엽전의 둥근 모양을 공(孔)으로, 가운데 네모난 구멍을 방(方)으로 이름 지은 것이다.

의 재상으로 나라의 세금을 맡았었다. 방(方: 네모)의 됨됨이가 밖은 둥글고 안은 모나며, 때에 따라 임기응변을 잘하여, 한나라에 벼슬하여 홍로경(鴻臚卿)이 되었다. 그때에 오왕(吳王) 비(濞)가 교만하고 간사하여 권력을 도맡아 부렸는데, 방(方)이 그에게 붙어 많은 이익을 보았다. 한나라 무제 때에 천하의 경제가 어려워 나라의 창고가 텅 비었으므로, 임금이 걱정하여 방(方)을 벼슬시켜 부민후(富民侯: 백성을 부유케 하는 제후)를 삼아서 그의 무리 염철승(鹽鐵丞)* 근(僅)과 함께 조정에 있었는데, 근(僅)이 매양 형님이라 하고 이름을 부르지 않았다.

방(方)의 성질이 욕심이 많고 더러워 염치가 없었는데, 이제 나라의 재물과 씀씀이를 도맡게 되니 본전과 이자의 경중을 저울질하는 법을 좋아하여, 나라를 편하게 하는 것은 반드시 질그릇, 쇠그릇을 만드는 생산의 기술에만 있는 것이 아니라 하여, 백성과 더불어 작은 이익이라도 다투고 물건 값을 낮추어 곡식을 천하게 하고 돈을 중하게 하여 백성들로 하여금 근본인 농업을 버리고 상업을 쫓게 하여 농사에 방해를 끼치므로 간관들이 많이 상소하여 논쟁했으나, 임금이 듣지 않았다. 방(方)은 또 재치 있게 권력자를 잘 섬겨 그 문하에 드나들며 권세를 부리고, 벼슬을 팔아 올리고 내침이 그의 손바닥에 있으므로, 공경과 대부들이 많이 절개를 굽혀서 그를 섬기니, 곡식을 쌓고 뇌물을 거두어 재산목록과 증서가 산같이 쌓여 이루 셀 수가 없었다. 그는 사람을 접하고 대함에 있어서도 어질고 불초함을 가리지 않고, 비록 시정(市井)사람이라도 재물만 많이 가진 사람이면 다 함께 사귀고 통하니, 이른바 '시정의 사귐'이라는 것이다. 때로는 거리의 나쁜 아이들과 어울려 바둑 두기와 투전하기로 일을 삼아

---

* 소금과 철의 전매를 담당하는 관리를 말한다. 한나라 무제 때 국가경제를 부흥시키기 위하여 국가에서 소금과 철을 전매하는 제도를 실시하여 국부를 신장시켰었는데, 그 일을 인용한 것이다.

서, 자못 허락하기를 좋아하므로 그때 사람들이 말하기를 '공방의 말 한마디면 무게가 황금 백 근만하다.'라고 하였다. 원제(元帝)가 즉위하자 공우(貢禹)가 상서하여 아뢰기를 '방이 오랫동안 바쁜 사무를 맡아보면서, 농사의 근본을 알지 못하고 한갓 장사치의 이익만을 일으켜 나라를 좀먹고 백성을 해쳐 나라와 개인이 모두 곤궁하오며, 더구나 뇌물이 낭자하고 청탁이 버젓이 행해지니, 대저 「지(負)고 또 타(乘)면 도둑이 이르게 된다.」라고 한 것은 대역(大易)의 분명한 경계이니, 청컨대 그를 면직시켜 욕심이 많고 더러운 자를 징계하옵소서.'라고 하였다. 그때에 집정자(執政者) 중에 곡량(穀梁)의 학문으로 진출한 사람이 있어, 군자금의 장수로 변경의 대책을 세우려하니, 방(方)의 일을 미워하여 드디어 그 말을 도우니, 임금이 그 말을 듣고 드디어 방을 쫓아내었다. 방이 그 문하의 사람들에게 말하기를 '내가 얼마 전에 임금님을 뵙고 혼자 천하의 정치를 도맡아 보아, 장차 나라의 경제가 풍족하고 백성의 재물이 넉넉하게 하고자 하였는데, 지금 하찮은 죄로 쫓겨나게 되었지만, 나아가서 쓰이거나 쫓겨나 버림을 받거나 나로서는 더하고 손해날 것이 없다. 다행히 나의 남은 목숨이 실오라기처럼 끊어지지 않고, 진실로 주머니 속에 감추어 말없이 내 몸을 용납하였다. 가서 물에 뜬 마름풀과 같은 자취로 곧장 강회(江淮)의 별장으로 돌아가 시냇가에 낚시를 드리우고 물고기를 낚아 술을 사며, 민(閩: 지금의 푸젠성)과 바다의 장사치와 더불어 술 배를 타고 둥실 떠 마시면서 한평생을 마치면 그만이다. 비록 많은 녹봉과 큰 솥의 밥인들 내 어찌 그것을 부러워하여 이것과 바꾸랴. 그러나 나의 술법이 아무래도 오래되면 다시 일어날 것이로다.'라고 하였다.

진(晉)나라의 화교(和嶠)가 풍(風)을 듣고 기쁘게 사귀어 많은 재산을 모았고, 드디어 그를 사랑하여 버릇이 되었으므로 노포(魯襃)가 논(論)을 지어 그것을 비난하고 잘못된 풍속을 바로잡았다. 오직 완적(阮籍: 죽림칠현의 한 사람)만은 자유분방하여 속물(돈)을 즐기지 않았으되, 방(方)의 무리와 더불어 막대기를 짚고 나가 놀며 주막에 이르러 문득 취하도록 마셨고, 왕이보(王夷甫)는 입에 일찍이 방(方)의 이름을 담지 않고 다만 '그것'이라 일컬었으니, 그가 고상한 사람에게 비루하고 천함이 이와 같았다. 당(唐)나라가 일어나자 유안(劉晏)이 탁지부판관이 되었는데, 나라의 씀씀이가 넉넉하지 못하므로, 임금께 청하여 다시 방(方)의 술법을 써서 나라의 씀씀이를 편하게 하자고 하였으니, 그의 말이 『식화지(食貨志)』에 실려 있다. 그때에 방(方)은 이미 죽은지가 오래되었고, 그 문하 사람들로서 사방에 흩어져 있는 자들을 찾아서 다시 쓰이게 되었다. 그러므로 그 술법이 개원, 천보(당 현종의 시대)의 즈음에 크게 시행되어 임금이 조서를 내려 방(方)에게 조의대부소부승의 벼슬을 추가로 더하였다.

송(宋)나라 신종(神宗) 때에 왕안석(王安石)이 나라 일을 맡아 보면서 여혜경(呂惠卿)을 끌어들여 함께 정사를 도왔는데, 청묘법(靑苗法)을 세우니 그때에 천하가 비로소 떠들썩하여 아주 못살게 되었다. 소식(蘇軾: 소동파)이 그 폐단을 극구 변론하여 그들을 모두 배척하려다가 도리어 모함에 빠져 쫓겨나 귀양을 가게 되었으므로, 그로부터 조정의 인사들이 감히 말하지 못하였다. 사마광(司馬光)이 재상으로 들어가 그 법을 폐지하기를 아뢰고 소식을 추천하여 쓰니, 방(方)의 무리가 조금 세력이 줄어서 다시 성하지 못하였다. 방(方)의 아들 윤(輪)은 경박하여 세상의 욕을 먹었고, 뒤에 수형(水衡)의 수령이 되었으나 장물죄가 드러나 사형되었다고 한다.

사관(史官)이 말하기를 '남의 신하가 되어 두 마음을 품고 큰 이익을 쫓는 자를 어찌 충신이라 할 것인가. 방(方)이 법을 만나고 주인을 만나 정신을 모으고 마음을 도사려 정녕 한 약속을 손에 잡아 그다지 적잖은 사랑을 받았으니, 마땅히 이익을 일으키고 손해를 덜어 그 은혜를 갚아야할 것인데, 비(濞)를 도와 권세를 도맡아 부리고 사사로운 당을 만들었으니, 충신은 경계(境界) 밖의 사귐이 없다는 것에 어그러진 자이다.'라고 하였다. 방(方)이 죽자 그 무리가 다시 남송(南宋) 때에 등용되어 집정(執政)에게 아부하여 도리어 올바른 사람들을 모함하였으니, 비록 길고 짧은 이치는 저 깊숙한 데 있으나, 만일 원제(元帝)가 미리 공우(貢禹)가 한 말을 용납하여 하루아침에 다 죽여 버렸으면 가히 후환을 없앴을 것인데, 오직 억누르기만을 더하여 후세에 폐단을 끼치게 하였으니, 무릇 일보다 말이 앞서는 자는 늘 미덥지 못함이 걱정이라 하겠다.

죽부인 이야기

이
곡

부인의 성은 죽(竹)이요, 이름은 빙(憑)이다. 위빈(渭濱)에 사는 사람인 운(篔)의 딸로, 그의 선대는 창랑씨(蒼筤氏)에서 나왔다. 그의 선조는 음률을 알았으므로 황제(黃帝)가 발탁하여 음악을 관장하게 하였는데, 순(舜)임금 시대의 음악인 소(簫)도 바로 그의 후손이다. 창랑씨가 곤륜산(崑崙山) 북쪽에서 동쪽으로 이주하였는데, 복희씨(伏羲氏) 시대에 이르러 위씨(韋氏: 옛날에 책을 엮는 가죽끈)와 함께 서적을 주관하여 크게 공을 세웠으며, 자손들도 모두 가업을 지키면서 대대로 사관의 역할을 수행하였다. 진(秦)나라가 포학하게 굴면서 이사(李斯)의 계책을 채용하여 서책을 불사르고 유학자들을 산 채로 구덩이에 묻어 죽인 뒤부터 창랑씨의 후손도 차츰 쇠미해졌다.

그러다가 한(漢)나라 때에 와서 채륜(蔡倫: 종이를 발명한 사람)의 가객(家客)중에 저생(楮生: 닥나무 종이)이란 자가 자못 글을 배워서 붓을 가지고 때때로 죽씨(竹氏)와 어울려 놀았다. 그러나 사람됨이 경박한데다가 점차로 젖어들 듯한 참소*를 잘했는데, 죽씨의 강직한 성격을 미워한 나머지 남모르게 좀먹고 헐뜯어서 마침내는 그 직임을 빼앗았다. 주(周)나라의 간(竿: 낚싯대)도 죽씨의 후손이다. 강태공과 함께 위수(渭水)가에서 낚시질을 하였는데, 강태공이 갈고리 만드는 것을 보고는 간이 말하기를 '내가 듣건대 큰 낚시질을 할 때에는 갈고리가 없이 한다고 하였다. 작은 것을 낚느냐 큰 것을 낚느냐 하는 것은 꼬부라진 갈고리를 매다느냐 매달지 않느냐에 달려있다. 갈고리 없는 낚시를 해야만 나라를 낚을 수 있지, 갈고리 있는 낚시를 하면 고작 작은 물고기나 잡을 뿐이다.** 라고 하니, 강태공이 따랐다. 그 뒤에 과연 강태공이 문왕의 스승이 되어 제(齊)나라에 봉해졌는데, 간(竿)을 유능하다고 천거하여 위수 가인 위빈(渭濱)을 식읍으로 삼게 하였다. 이것이 바로 죽씨가 위빈에서 일어나게 된 유래이다.

지금도 그곳에 살고 있는 자손이 여전히 많으니, 예컨대 임(箖), 어(箊), 군(箘), 정(筳) 등이 바로 그들이다. 그리고 양주(楊州)로 옮긴 자들은 소(篠)와 탕(簜)이라고 칭해지고, 호중(胡中)으로 들어간 자들은 봉(篷)이라고 칭해진다. 죽씨는 대개 재능 면에서 문(文)과 무(武)의 두 갈래로 분류되는데, 대대로 변(籩), 궤(簋), 생(笙), 우(竽) 등은 예악에 쓰이는 것들로부터 짐승을 쏘고 물고기를 잡는 미세한 도구에 이르기까지, 모두 서적에 실려 있어서 분명히 알 수가 있다. 그런데 다만 감(笚)의 경우만은 성품이 우둔하기 그지없어서 속이 꽉 막혀 아무것도 배우지 못한 채 생을 마쳤다. 그리고 운(篔)의 시대에 와서는 숨어 살면서 벼슬길에 나서지 않았다. 그에게 동생 하나가 있어서 이름을 당(簹)이라고 하였

---

* 누구나 들으면 믿게끔 만드는 근거 없는 고자질을 말한다.
** 강태공이 문왕을 섬기기 전에 위수에서 낚시질 할 때에 꼬부라진 낚시 바늘을 매달지 않고 낚시를 하면서 미끼로 유인하지도 않은 채 물의 표면에서 석 자 정도나 위로 떼어놓고는 '내 말을 안 듣는 물고기만 올라와서 물어라.'라고 했다는 말이 있다.

는데, 형과 더불어 이름을 나란히 하였다. 속을 텅 비우고 자신을 바르게 유지하며 왕자유(王子猷)와 친하게 지내니, 왕자유가 '하루도 차군(此君) 없이는 살 수가 없다.'라고 하였으므로 차군이 그대로 그의 호가 되었다.* 대저 왕자유는 단정한 사람이니, 자기의 벗도 반드시 단정한 사람을 취했을 것이다. 그리고 보면 그의 품격이 어떠했을지 짐작할 만하다.

당(簹)은 익모(益母: 한약재인 익모초)의 딸에게 장가를 들어 딸 하나를 낳았으니, 이 딸이 바로 죽부인이다. 처녀 시절부터 그 자태가 정숙하였는데, 이웃에 사는 의남(宜男: 풀 이름)이란 자가 음탕한 말을 지어내어 집적거리며 유혹하자, 부인이 노하여 말하기를 '남자와 여자가 다르다고 해도 절조를 지켜야 하는 면에서는 동일하다. 한번 남에게 그 절조가 꺾인다면 어떻게 이 세상에 다시 설 수 있겠는가.'라고 하니, 의남이 부끄러워하며 그 자리를 떠났다. 그러니 어찌 소를 끌고 다니는 무리가 부인을 감히 넘볼 수나 있었겠는가. 부인이 장성하고 나서 송 대부(松大夫: 소나무)가 예의를 갖추어 청혼을 하니, 부인의 부모가 말하기를 '송공(松公)은 군자다운 사람으로서 그 고상한 절조가 우리 가풍과 서로 대등하다.'라고 하면서 마침내 그에게 시집을 보냈다.

그 뒤로 부인은 날이 갈수록 성품이 굳세고 두터워졌다. 간혹 일을 당하여 분별할 때에는 마치 칼을 대는 대로 쪼개지듯 민첩하고 신속하게 처리하였을 뿐, 매선(梅仙)의 서신**이 있거나 이씨(李氏)의 무언의 기대***에도 전혀 거들떠

---

* 왕자유는 진(晉)나라의 명필인 왕희지의 아들인 왕휘지의 자이다. 그가 빈집에 잠깐 거할 때에도 언제나 대나무를 심도록 하였는데, 어떤 사람이 그 이유를 묻자 '어떻게 하루라도 차군이 없이 지낼 수가 있겠는가.'라고 대답한 고사가 있다. 여기서 '차군'이라 함은 '붓대'를 의미하는 것이다.

** 매선은 매화를 말한다. 남조(南朝) 시대 송(宋)나라의 육개(陸凱)가 강남의 매화 한 가지를 파발을 통해서 서울에 있는 친구 범엽(范曄)에게 부치며 시를 지어 안부를 전한 고사가 있으므로 이렇게 말한 것이다.

보지 않았는데, 하물며 감귤노인이나 살구아이의 청탁을 들어줄 리 있었겠는가.

간혹 안개 낀 아침이나 달 밝은 저녁에 바람을 만나 읊조리고 비를 만나 휘파람을 불 때에는 산뜻하고 말쑥한 그 자태를 어떻게 형용할 수가 없었으므로 호사가들이 그 모습을 살짝 화폭에 담아 보배로 전하곤 하였는데, 문여가(文與可)와 소자첨(蘇子瞻)* 같은 사람은 더욱 이를 좋아하였다.

송공(松公)은 부인보다 나이가 18세 위였는데, 늙어서 신선술을 배우더니 곡성산(穀城山)에서 노닐다가 몸을 돌로 바꾸고는 돌아오지 않았다.** 부인은 홀몸으로 살면서 왕왕 위풍(衛風)의 시***를 노래 부르곤 했는데, 그럴 때면 마음이 마구 흔들려서 스스로 걷잡을 수 없었다. 그러나 술 마시기를 좋아하는 성품인지라, 사관(史官)이 정확한 연대는 잊어버렸지만 5월 13일에 청분산(靑盆山)으로 집을 옮긴 뒤로 술에 마냥 취한 끝에 고갈증(枯渴症)에 걸려 마침내 치료할 수 없게 되고 말았다.**** 병에 걸린 뒤로는 사람을 의지해서 살았는데, 늙어

*** 이씨는 복숭아와 오얏꽃을 말한다. 사마천이 이광(李廣)의 인품을 흠모하여 '복사꽃과 오얏꽃은 말이 없지만, 사람들이 알고서 찾아오기 때문에 그 아래에는 자연히 길이 생긴다.'라고 평한 글이 『사기』에 나오기 때문에 이렇게 말한 것이다. 이광은 한나라 무제 때의 명장으로 흉노의 침입을 막아냈다.

* 여가는 송나라 문동(文同)의 자이고, 소자첨은 소식(蘇軾: 소동파)의 자이다. 두 사람 모두 대나무를 사랑했다.

** 진(秦)나라 말기의 선인(仙人) 황석공(黃石公)을 적송자(赤松子)라고도 하기 때문에 작자가 이렇게 꾸민 것이다.

*** 『시경』 위풍의 기욱(淇奧)을 말한다. 그 시의 첫 머리에 '저 기수 물굽이를 굽어보니 푸른 대나무가 무성하구나. 아름답게 문채 나는 우리 님이여 깎고 다듬은 듯하고 또 쪼고 간 듯하도다.'라는 대나무에 관한 구절이 나오기 때문에 이렇게 말한 것이다.

**** 음력 5월 13일이 대나무를 옮겨 심는 최적의 날로 꼽힌다. 절조가 강해서 무척이나 까다로운 대나무도 이 날만은 술에 취한 듯 정신이 몽롱해지며 나른해지기 때문에 옮겨 심어도 잘 살아난다는 뜻으로 그 날을 죽취일(竹醉日) 또는 죽미일(竹迷日)이라고 하는데, 이런 사연이 있기 때문에 작자가 음주와 소갈증을 죽부인과 연관시켜 말한 것이다. 청분산은 청자 화분을 비유한 것이다.

서는 더욱 절조가 굳었으므로 향리의 추앙을 받았다. 그래서 부인과 성씨가 같은 삼방절도사(三邦節度使) 유균(惟菌)*이 부인의 행실에 대해서 장계를 올려 보고하니, 조정에서 절부(節婦)의 호를 내렸다.

사관(史官)은 말한다. 죽씨(竹氏)의 선조는 상고시대에 큰 공을 세웠다. 그리고 그 후손들도 모두 재능을 발휘하며 절조를 고수하여 세상에서 칭찬을 받았다. 그러니 부인이 어진 덕을 소유한 것도 당연한 일이라 할 것이다. 아, 부인이 이미 군자의 배필이 된 데다 사람들로부터 기특하게 여겨졌는데도 끝내 후사를 두지 못하였으니, 하늘이 무지하다는 탄식의 말**이 어찌 근거가 없이 나온 것이라고 하겠는가.

---

* 『서경』 우공(禹貢)의 '화살 만드는 재료인 균로와 호라는 대나무를 세 고을에서 이름난 것만 골라서 바친다.'라고 한 말을 차용한 것이다.
** 진(晉)나라 하동 태수 등유(鄧攸)가 석늑(石勒)의 병란 때에 아들과 조카를 데리고 피난하다가 둘을 모두 보호할 수 없겠다고 판단하고는, 자기 아들은 버려두어 죽게 하고 먼저 죽은 동생의 아들을 대신 살렸다. 그 뒤에 끝내 자신의 후사를 얻지 못하자 사람들이 안타까워하며 '하늘이 무지해서 태수에게 아들이 없게 했다.'라고 탄식하는 고사를 인용한 것이다.

종이 이야기

이
첨

저생의 성(姓)은 저(楮: 닥나무)이고, 이름은 백(白: 하얀 종이)이요, 자(字)는 무점(無玷: 깨끗함)이니, 회계(會稽: 중국 지명) 사람이고, 한(漢)나라 중상시(中常侍) 상방령(尙方令)인 채륜(蔡倫: 종이를 발명한 사람)의 후손이다. 저생이 태어날 때에 난초탕에 목욕하고 흰 구슬을 희롱하고 흰 띠 자리를 깔았으므로 빛이 새하얗다. 같은 배의 아우가 무릇 19명인데* 다 서로 화목하여 잠깐도 그 차례를 잃지 않았다. 성질이 본시 정결하여 무인(武人)을 좋아하지 아니하며, 즐겨 문사들과 더불어 노니는데, 중산(中山: 붓의 명산지)의 모학사(毛學士: 붓)가 그의 벗으로서 매양 친하게 놀아, 비록 그 얼굴을 점찍어 더럽혀도 씻지 않았다. 학문은 천지, 음양의 이치를 통하고 성현과 성명(性命)의 근원에 통달하며, 제자백가의 글과 이단(異端), 적멸(寂滅: 불교)의 교리에 이르기까지 모조리 적어 징험하여

---

* 종이는 한 권이 20장으로 되어 있기 때문에 이렇게 말한 것이다.

역력히 볼 수 있다. 한(漢)나라가 선비를 대책(對策)으로 시험할 때 저생이 방정과(方正科)에 응시하여 드디어 말씀을 올려 말하기를 '고금의 서책이 흔히 대쪽을 엮고 또 흰 비단을 사용하오나 둘 다 불편하오니, 신이 비록 두텁지 못하오나, 청컨대 참마음으로 대신하고자 하옵니다. 만일 효과가 없거든 저를 먹칠하옵소서.'라고 하였다.

화제(和帝: 한나라 황제)가 사람을 시켜 징험하니, 과연 기억력이 뛰어나 백에 하나도 잊어버림이 없으니 방책(方策)을 쓸 필요가 없었다. 이에 저생을 포상하여 저국공(楮國公)과 백주(白州: 종이가 흰색이므로 백주라 함)자사의 벼슬에 임명하고 만자군(萬字軍: 종이에 글씨를 많이 쓸 수 있음)을 통솔하게 하고 봉읍으로써 성씨(姓氏)를 삼았다. 수부(樹膚: 나무껍질), 마두(麻頭: 삼의 머리), 어망(魚網: 그물), 상근(桑根: 뽕나무 뿌리) 등 네 사람이 또한 같이 아뢰었는데, 통솔함이 아뢴 것처럼 완전하지 못함으로써 파면되었다. 이윽고 오래살 수 있는 법술을 배워 바람과 비를 맞지 아니하고 좀에 먹히지 않고 항상 첫날에 햇볕을 마시며 먼지를 털고 그 옷에 향을 피워 고요히 처하였다. 진(晉)나라 좌태충(左太沖)이 「성도부」를 지을 때 저생이 한 번 보고 바로 외워서 다른 사람들이 다투어 베껴 쓰니, 비록 평소에 서로 알던 사람도 그를 만나기가 어려웠다. 뒤에 왕희지(王羲之: 명필)의 글씨를 받아 그 해서(楷書)가 천하에 떨쳤고, 양(梁)나라의 태자 소통(蕭統)을 섬겨 『문선』을 엮어 세상에 전하였으며, 황제의 명을 받아 위수(魏收)를 일으켜 함께 국사(國史)를 지었으나, 위수가 좋아하고 미워함이 공명하지 못함으로써 더러운 역사라고 하였다. 해직을 청하고 소작(蘇綽)과 함께 회계장부를 상고하고자 청하니, 황제의 명으로 허락하였으므로, 이에 지출은 붉은 색으로, 수입은 검정색으로 분명하게 상고하여 기록하니, 사람들이 그 재능을 칭찬하였다. 뒤에 진(陳)나라 후주(後主)에게 총애를 받아 늘 여학사(女學士)들과 임

춘각(臨春閣)에서 시를 짓더니, 수(隋)나라 군사들이 서울을 지날 때 진(陳)의 장수가 비밀로 급한 사태를 아뢰었으나, 저생이 숨기고 봉함을 열지 않아, 이 때문에 진(陳)나라가 패하고 말았다. 수(隋)나라 양제 때에 왕주(王冑)와 설도형(薛道衡)과 양제를 섬겨서 함께 정초(庭草), 연니(燕泥)의 글귀를 읊었으나, 양제가 다른 사람이 자기보다 나은 것을 원치 않았으므로 마침내 소박을 맞아 뚤뚤 말아 품고 나왔다.

당(唐)나라가 일어나자 홍문관을 설치하니, 저생이 홍문관의 관리로 학사(學士)를 겸직하여 저수량, 구양순과 함께 옛날의 고사를 강론하고 정사(政事)를 상각(商推: 어떤 일을 헤아려 정함)하여 당태종의 치세를 이루었으며, 사마광(司馬光)이 바야흐로 『자치통감』을 편찬할 때에 저생을 학식이 넓고 성품이 단아하다고 하여 매번 더불어 자문을 구했다. 그때 마침 왕안석(王安石)이 권세를 부려 춘추(春秋)의 학문을 즐기지 않고 그것을 가리켜 찢어져버린 조보(朝報: 신문)라 하므로 저생이 옳지 않다고 하였으므로, 마침내 배척을 당하여 쓰이지 않았다. 원(元)나라 초기에는 본업을 힘쓰지 않고 오직 장사하는 것만을 익혀 몸에 돈꿰미를 차고* 찻집과 술집을 드나들며 그 푼리(分厘)를 계교하니, 사람들이 비루하게 여겼다. 원나라가 망하자 명(明)나라에 벼슬하여 그제야 총애를 받아 그 자손이 매우 많아서 대대로 사가(史家)가 되고, 혹은 시가(詩家)로 일문을 이루고, 선록(禪錄)을 초봉(草封)하며, 등용되어 관직에 있는 자는 돈과 곡식의 수효를 알고 군무에 종사하는 자는 군대의 공을 기록하니, 그 맡은 일에 비록 귀천이 있으나 다 구실을 비운다는 비난은 없었다. 대부가 된 뒤로부터 거의 다 흰 띠를 두른다고 이른다.

---

* 남송(南宋) 말기부터 종이로 돈을 인쇄하여 쓰는 법이 생겨서 원나라 때까지 썼다. 그것을 저회(楮貨)라 하였다.

태사공(사마천)이 말하기를, 주(周)나라의 무왕이 은(殷)나라를 이기고 자신의 아우 숙도(叔度)를 채(蔡)나라에 봉하여 무경(武庚: 은나라 마지막 임금의 아들)을 도와서 망한 은나라의 백성을 다스리게 하였다. 무왕이 죽고 성왕(成王)이 나이가 어리므로 주공(周公: 무왕의 아우)이 도울 때, 채숙(蔡叔)이 나라에 유언비어를 퍼뜨리므로 주공이 그를 귀양을 보내었고, 그 아들 호(胡)가 행실을 고쳐 덕을 닦았기 때문에 주공이 추천하여 경사(卿士)를 삼고, 성왕이 다시 호(胡)를 신채(新蔡)에 봉하니 그가 곧 채중(蔡仲)이었다. 그 뒤에 초(楚)나라 공왕(共王)이 애후(哀侯)를 잡아 돌아오니, 그가 식부인(息夫人)을 공경하지 않은 때문이었다. 채나라 사람들이 그 아들 힐(肹)을 세우니 그가 무후(繆侯)인데, 제환공(齊桓公)이 그가 채나라 여자를 끊지 않고 다른 데로 장가갔다 하여 무후를 사로잡아 돌아왔다. 무후가 죽자 아들 갑오(甲午)가 이었고, 초나라 영왕(靈王)이 영후(靈侯) 아비의 원수 때문에 군사를 매복하여 술을 먹여 죽이고, 채나라를 포위하여 멸망시키고 경후(景侯)의 어린 아들 여(廬)를 구하여 싸우니 그가 평후(平侯)였는데, 하채(下蔡)로 옮겨 살더니, 초나라 혜왕(惠王)이 다시 채나라의 제후(齊侯)를 멸망시켜 그 뒤로는 마침내 쇠미하게 되었다.

　아, 슬프도다. 왕자(王者)의 후손이 대대로 쌓은 두터운 덕으로써 나라를 소유하였으나, 그 성하고 쇠함은 운수와 교화의 탓이다. 채나라가 본시 주나라와 같은 성씨로 강대국 사이에 끼어 애꿎은 침탈을 당했으나, 제법 면면히 그 유업을 떨어뜨리지 않아 한나라 말기에 이르러 드디어 봉읍으로써 그 성씨를 바꾸었으니, 나라가 변하여 집이 되고, 집이 커져서 자손이 천하에 가득한 것은 내가 오직 채씨(蔡氏)의 후손에서 볼 뿐이로다.

장생 이야기

허
균

장생이란 사람은 어떠한 내력을 지닌 사람인 줄을 알 수가 없었다. 기축년 (1589, 선조 22) 무렵에 서울에 왕래하며 걸식하면서 살아갔다. 그의 이름을 물으면 자기 역시 알지 못한다 하였고, 그의 아버지나 할아버지가 살았던 곳을 물으면 '아버지는 밀양(密陽)의 좌수(座首: 지방 향청의 우두머리)였는데, 내가 태어난 후 세 살이 되어 어머니가 돌아가시자 아버지께서 비첩(婢妾)의 속임수에 빠져 나를 농장의 하인 집으로 쫓아냈소. 15세에 그 하인이 나를 상민(常民)의 딸에게 장가들게 해주어 몇 해를 살다가 아내가 죽자 떠돌아다니며 호남(湖南)과 호서(湖西)의 여러 고을에 이르렀고, 이제 서울까지 왔소'라고 하였다.

그의 용모는 매우 우아하고 수려했으며, 얼굴 모습도 그린 듯이 고왔다. 웃으면서 이야기를 잘하여 막힘이 없었고, 더욱 노래를 잘 불렀으니, 그 노래 소리가 처절하여 듣는 사람들을 감동시키곤 했었다. 늘 자주색 비단으로 된 겹옷을 입고 다녔는데, 추울 때나 더울 때에도 갈아입는 적이 없었다. 창녀나 기생들 집에도 다니지 않는 곳이 없어 잘 알고 지냈으며, 술만 있으면 곧바로 자기가 떠다가 잔뜩 마시고는 노래를 불러 아주 즐겁게 해주고는 떠나가 버렸다. 어떤 때는 술이 한창 취하면, 맹인, 점쟁이, 술 취한 무당, 게으른 선비, 소박맞은 여인, 걸인, 노파들이 하는 짓을 흉내 냈으니, 하는 짓마다 아주 똑같이 했었다. 또 가면을 쓰고 열심히 십팔나한(十八羅漢)을 흉내 내면 꼭 같지 않은 경우가 없었다. 또 입을 찡그려서 피리, 거문고, 비파, 기러기, 고니, 무수리, 집오리, 갈매기, 학 등의 소리를 내는데, 진짜와 가짜임을 구별하기 어렵게 하였다. 밤에 닭 우는 소리, 개 짖는 소리를 내면 이웃의 개나 닭이 모두 울고 짖어대는 지경이었다. 아침이면 밖으로 나와 거리나 시장에서 구걸을 했으니, 하루에 얻는 것이 거의 서너 말(斗)이나 되었다. 몇 되(升)쯤 끓여먹고 남은 것은 다른 거지들에게 나누어 주었다. 그래서 밖으로만 나오면 여러 거지 아이들이 뒤를 따랐다. 다음날에도 또 그와 같이 하니 사람들은 그가 하는 짓을 헤아릴 수가 없었다.

전에 악공(樂工) 이한(李漢)이라는 사람 집에서 더부살이를 한 적이 있었다. 머리를 양갈래로 땋은 여자아이가 비파를 배우느라 아침저녁으로 만나므로 서로 친숙하였다. 하루는 구슬로 이어진 자줏빛 봉미(鳳尾: 머리에 꽂는 노리개)를 잃어버리고 어디에 있는지 모른다고 하였다. 연유를 들어보니, 아침에 길 위에서 오다가 잘생긴 소년이 있기에 웃으며 농을 붙이고 몸이 스쳤는데, 이내 봉미가 보이지 않더라는 것이다. 그러면서 애처롭게 울기를 그치지 않았다. 그래서 장생은 '우습구나. 어린 것들이 감히 그런 짓을 하다니, 아가씨야 울지 마라. 저녁이면 반드시 내가 소매 속에 넣어 오겠다.'라고 하고서는, 훌쩍 나가버렸다. 저녁이 되자 여자아이를 불러내어 따라오게 하고서는, 서쪽 길거리 경복궁의 서쪽 담장을 따라 신호문(神虎門)의 모퉁이에 이르렀다. 여자아이의 허리를 큰 띠로 묶어 왼쪽 어깨에 들쳐 메고 풀쩍 뛰어, 몇 겹으로 겹친 문으로 날아서 들어갔다. 한창 어두울 때라 길도 분간할 수 없었지만, 급히 경회루 위로 올라가니 두 소년이 있었다. 촛불을 들고 마중을 나와 서로 마주보며 껄껄 웃어대었다. 그러더니 대들보 위의 뚫어진 구멍에서 금 구슬, 비단, 명주가 무척이나 많이 나왔다. 여자아이가 잃어버린 봉미도 있었다. 소년들이 그것을 돌려주자 장생은 '두 아우는 행동거지를 삼가서 세상 사람들이 우리들의 종적을 보지 못하도록 하게나.'라고 하였다. 그런 뒤에 다시 끌고 날아서 성(城) 북쪽으로 나와 그의 집으로 돌려보냈다. 여자아이는 다음날 날이 밝기 전에 이한(李漢)의 집으로 가서 고맙다는 말을 하려고 했으나 술이 취해 누워서 코를 쿨쿨 골고 있었고, 사람들 또한 밤에 외출했던 일을 알지 못하고 있었다. 임진년(1592, 선조 25) 4월 초하룻날에 값을 뒤에 주기로 하고 술 몇 말을 사와, 아주 취해서는 길을 가로막으며 춤을 추고 노래 부르기를 그치지 않다가는 거의 밤이 되어 수표교(水標橋) 위에서 넘어졌다. 다음날 해가 뜬지 늦게야 사람들이 그를 발견했는데, 죽은 지가 이미 오래되었다. 시체가 썩어 벌레가 되더니, 모두 날개가 돋아 전부 날아가 버려 하룻밤에 다 없어지고 오직 옷과 버선만 남아 있었다.

　무인(武人) 홍세희(洪世熹)라는 사람은 연화방(蓮花坊)에서 살았으니, 장생과 친하게 지냈었다. 4월에 이일(李鎰: 임진왜란 때의 장수)을 따라 왜적을 방어했었다. 조령(鳥嶺: 새재)에 이르렀을 때, 장생을 만났다. 그는 짚신을 신고 지팡이를 끌면서 손을 붙잡고는 무척이나 기뻐하면서 말하기를 '나는 사실 죽지 않았소 바다 동쪽으로 가서 한 나라를 찾아 떠나버렸소' 하더란다. 그러면서 또 말하기를 '그대는 지금 죽을 나이가 아니오. 전란이 있으면 높은 곳의 숲으로 향해 가고, 물에는 들어가지 마시오. 정유년에는 삼가고 남쪽으로는 오지 마시오 혹시 공사(公事)를 주관할 일이 있더라도 산성(山城)으로 오르지는 마시오.'라고 하고는 말을 끝내자마자 날아서 가버리니 잠깐 사이에 간 곳을 알 수 없더란다. 홍세희는 과연 탄금대(彈琴臺)의 전투에서 그가 해 준 말을 기억해 내서 산위로 달아나 죽음을 면할 수 있었다. 정유년(1597, 선조 30) 7월에 금군(禁軍: 임금을 호위하는 군대)으로 숙직을 할 때, 오리(梧里) 이원익(李元翼) 정승에게 임금의 교지를 전해 주느라, 그가 경계해 준 말을 모두 잊었었다. 돌아오면서 성주(星州)에 이르러 적군의 추격을 당하자, 황석산성(黃石山城)이 전쟁 준비가 잘 되어 있다는 말을 듣고는 급히 달려갔는데, 성(城)이 함락되자 함께 죽고 말았다. 내가 젊은 시절에 협객들과 친하게 지냈고, 그와도 농담을 걸 정도로 아주 친하게 지냈던 탓으로 그의 잡기놀이를 모두 구경하였다.

아, 슬프다. 그는 신(神)이었거나 아니면 옛날에 말하던 검술의 신선과 같은 부류가 아니랴!

임경업 장군 이야기

송시열

　장군 임경업은 자가 영백(英伯)이다. 충주(忠州) 달천강 가에 살았는데, 젊어서부터 활쏘기와 말 타기를 생업으로 삼았고, 대장부라는 세 글자는 항상 입에서 떠나지 않았으며 글 읽기도 좋아하였다. 일찍이 개연히 스스로 탄식하기를,

　내가 천지의 기운을 타고나서 어떤 물건이 되지 않고 사람이 되었으며, 사람 중에도 여자가 되지 않고 남자가 되었건만 이 외진 나라에 태어나 장차 좁은 곳에 구속되어 일생을 보낼 일이 안타깝다.

라고 하였다. 정묘호란 때 조정이 오랑캐와 강화하여 군대를 물리치자, 장군은 이때 이름이 별로 알려지지 않았던 터였는데 매우 격분하여 말하기를,

　조정에서 나에게 정예한 포병 4만 명만 준다면 가서 저 오랑캐를 섬멸하고 압록강에서 창검을 씻어가지고 돌아오겠다.

라고 하였다. 숭정 정축년(1637, 인조 15)에 오랑캐가 우리 왕세자(소현세자)를

심양(후금의 수도)으로 붙들어 가고, 또 척화를 주장한 사람으로 홍익한(洪翼漢)을 잡아가서 죽이려 할 때, 연로(沿路)의 수령들은 두려워서 감히 말 한마디도 못하였으나, 장군은 이때 의주부윤(義州府尹)으로 있으면서 길에 나와 홍익한을 영접하고 손을 잡고서 말하기를,

사대부가 죽을 곳을 얻기가 어려운 것입니다. 공의 이름은 장차 태산북두와 높이를 겨룰 것입니다.

라고 하면서, 매우 풍족하게 대접하고 또 노자도 매우 후하게 주어 보냈는데, 담소하면서 송별하였고 노고를 슬퍼하는 말은 전혀 없었다. 이때에 오랑캐의 추장이 장군의 명망을 듣고 꼭 그를 쓰기 위해, 무릇 가도(椵島)를 공격할 때와 명나라를 침범할 때는 반드시 우리 조정으로 하여금 그를 장수로 임명하여 보내도록 하였다. 그러나 장군은 계책을 써서 오랑캐를 속였지만, 오랑캐는 전혀 장군의 계책에 빠져서 속는 줄도 몰랐다.

개주(蓋州)의 바다에 이르러서는 명나라 군사와 서로 만나게 되자 오랑캐가 가장 가까이 믿는 자 두어 명으로 하여금 한 배에 같이 타고서 사정을 살피도록 하였다. 그러나 장군은 또한 기미를 따라 기묘한 계책을 내어, 한창 싸울 때에 포병을 시켜 은밀히 흙으로 만든 포탄을 쓰게 하였고, 명나라 군사도 활을 쏘면서 또한 고의로 이쪽 진영에 미치지 못하게 하였기 때문에 양쪽 군사가 한 명도 부상을 입지 않았다. 장군은 갑자기 수영을 잘하는 병졸 두 명을 시켜서 본국의 충정을 명나라 장수에게 전하는 한편, 오랑캐의 기밀과 정상을 알리도록 하였다. 하루는 탄식을 하면서 동지들에게 말하기를,

평소에 먹었던 마음이 정작 오늘날에 달려있다.

라고 하였으니, 이는 대체로 청나라가 명나라를 침범한 것을 매우 원통하게 여겨 명나라 조정으로 들어가려는 뜻이었다. 어떤 사람이 말하기를,

명나라 조정에 들어가면 어찌 좋지 않겠는가마는 우리나라에 화가 미치는 것을 어찌하겠는가.

라고 하니, 장군이 마침내 탄식하면서 중지하였다. 처음 오랑캐가 명나라를 공격하는 계획에 꼭 믿었던 인물은 바로 장군이었다. 그러나 장군이 명나라와 싸울 때마다 후퇴하여 마침내 퇴군(退軍)할 계획을 하고 있는 것을 보고는 장군으로 하여금 수로를 따라 귀국하도록 하였으니, 대체로 우리 군사가 저들의 땅을 밟지 않게 하기 위해서였다. 그러자 장군이 말하기를,

우리가 본국으로 돌아갈 마음이 하루가 급하니 어찌 수로를 따라 빨리 돌아가고 싶지 않겠는가마는, 다만 선박들이 모두 부서졌고 양식도 없으므로 육로를 거치지 않으면 갈 수가 없다.

라고 하니, 오랑캐 장수가 그 말을 믿어줌으로써 마침내 오랑캐 땅을 거쳐서 돌아왔다. 이윽고 오랑캐가 자기들이 속은 것을 뒤늦게 알아차렸고, 또 장군이 명나라 장수와 몰래 통했던 일이 발각되어, 오랑캐가 우리 조정을 협박하여 장군을 잡아 보내게 하였다. 장군은 그 말을 듣고 즉시 행장을 꾸려 칼 한 자루를 짚고 길을 떠나면서 탄식하기를,

하늘이 남자를 내었을 때는 반드시 쓸 데가 있을 터인데, 이제 공연히 오랑캐의 조정에서 죽을 수야 있겠는가.

라고 하고서는, 드디어 중도에서 탈출하였다. 오랑캐가 그 말을 듣고 더욱 분노하여 우리나라를 나무라자, 우리나라에서 대대적으로 수색하였으나 끝내 찾아내지 못하였다. 장군은 강호(江湖) 등지를 왕래하면서 장사꾼들과 섞여서 일을 하기도 하고, 스님들과 어울리기도 하면서 도성과 시장에 드나들었으나 사람들이 알지 못하였다. 어느 날 장군이 장사꾼의 배를 타고 몰래 명나라에 들어가 명나라 장수에 의해 장군에 임용되었는데, 그 후의 일은 그 일록(日錄)에 상세

히 기재되었다.

갑신년(1644, 인조 22)에 북경(北京)이 함락되어 오랑캐가 그곳을 차지함으로써 온 천하가 그들의 영토가 되자, 장군은 마침내 그들에게 체포되었으나 죽기를 맹세하고 절의(節義)로 대항하므로 오랑캐가 끝내 장군을 굴복시키지 못하고 드디어 우리나라의 사신 편에 내보내었는데, 장군은 명나라의 의복을 그대로 입었고 머리도 깎지 않았었다. 이때에 적신(賊臣) 김자점(金自點)이 나랏일을 담당하여 그를 죽였다. 장군은 죽음에 임하여 큰소리로 말하기를,

천하의 일이 안정되지 못하였으니 나를 죽여서는 안 될 것이다.

라고 하였다. 장군이 죽은 뒤에 나라 사람들이 모두 장군을 의롭게 여겨 슬퍼하였다. 이산(尼山)의 역적 유탁(柳濯)이 장군의 이름을 빌어 반란을 일으키면서,

오랑캐를 토벌하여 치욕을 씻을 것이다.

라고 하자, 어리석은 백성으로부터 승려들에 이르기까지 일시에 구름처럼 모여들었으므로, 연양군(延陽君) 이시백(李時白)은 금위병(禁衛兵)을 거느리고 가서 토벌하기를 청하였다. 이윽고 난민들이 장군이 아님을 알고 즉시 해산하였으므로, 반란의 수괴들은 관찰사에게 체포되어 죽여 없앴다.

상고해 보건대, 숭정 병자년(1636, 인조 14)에 오랑캐가 황제를 참칭하고 사신을 우리나라에 보낸 것이, 금(金)나라 오랑캐가 송(宋)나라를 조유(詔諭: 황제가 속국을 깨우치는 것)한 것과 같다. 몽고(蒙古) 사람도 오랑캐를 함께 황제로 존숭하려고까지 하였다. 우리나라 성균관의 유생들이 대궐 아래에 모여서 상소를 올려 두 사신을 베어 죽일 것을 청하니, 두 사신은 두려워서 도망가 버렸다. 조정에서는 이것을 명나라 조정에 알리고 격문(檄文)을 군문(軍門)에 전하였다. 이때에 홍익한이 시골에 있으면서 상소를 올리기를,

신은 듣건대, 오랑캐의 사신이 베어 죽일까 두려워하여 도망갔다고 하니, 좋

아서 펄쩍펄쩍 뛰며 의기(義氣)가 백배나 더합니다.

라고 하고, 아울러 호담암(胡澹菴)이 진회(秦檜)를 배척한 것*보다 더 엄격하게 주화(主和: 청나라와 화의를 주장)의 신하들을 배척할 것을 요청하였다. 정축년 (1637, 인조 15)에 화의가 성립되자 오랑캐가 우리 조정을 위협하여 공을 잡아 갔는데, 이때에 국가가 막 패전한 터라서 모두가 홍공(홍익한)에게 화의를 배척 하여 오랑캐 병사를 불러들였다고 나무랐으며, 또 오랑캐를 겁내어 홍공을 감 히 위문하지도 못하였다. 그러자 임 장군만은 홍공을 매우 탄복하여 칭찬하고 그가 죽을 곳을 얻었음을 매우 기뻐하였으니, 의기가 서로 투합한 것이 이와 같았다. 홍공은 끝내 오달제, 윤집 두 학사와 함께 의를 취하고 인을 이루었으 니 나라를 빛냄이 어떠한가. 그 후에 장군이 성취한 것은 더욱더 우뚝하고 위 대하여 고금에 찾아보아도 실로 장군과 짝할 사람이 드물다.

공자가 『춘추』를 지어 만세에 법을 드리웠는데, 『춘추』를 끝마친 때로부터 지금에 이르기까지 2천년 동안에 걸쳐 이 글을 읽은 자는 많지만, 빛나는 그 대의를 능히 아는 자는 대체로 적었다. 지금 장군은 바다 건너의 배신(陪臣)으 로서 존주(尊周: 주나라를 높임)의 한 마음이 끝내 동쪽으로 흐르는 물과 같아, 비록 오랑캐의 흉포함으로도 끝내 굴복시키지 못하였으니, 실로 천 백년 만에 하나나 있을 수 있는 사람이었으나 김자점이 그를 끝내 죽이고야 말았다. 그리 고 삼학사의 큰 절조는 온 천하가 다 아는 것인데도 허적(許積)은 의사(義士)가 아니라고 배척하였으니, 유독 무슨 심술인가. 권순장(權順長), 김익겸(金益兼)은 관직이 있고 없고를 막론하고, 차마 예의(禮義)를 가진 몸으로 짐승 같은 오랑

---

* 담암은 송(宋)나라 때의 충신 호전(胡銓)의 호임. 호전은 송나라 고종 때에 상소를 올려, 금(金)
  나라와의 강화를 주장한 왕륜(王倫), 진회(秦檜), 손근(孫近) 세 사람의 머리를 베어 죽일 것을
  강력히 요청하였다.

캐의 무리가 되기를 달게 여길 수가 없어 죽기를 조금도 두려워하지 않았으니 더욱 가상한 일이다. 그런데도 이제 이른바 선비라는 명칭을 가진 자가 감히 그들을 반드시 죽을 만한 의로움이 없었다고 배척하니, 그 이치에 어그러지고 풍속의 교화를 손상시킴이 더욱더 심하였다. 그런데도 세상에서는 그를 추천하고 권면하기에 겨를이 없었으니, 하늘의 떳떳함과 백성의 떳떳함이 그 얼마나 없어지기에 이르렀는가.

옛날 주자(朱子)는 송나라가 남쪽으로 밀려난 세상에 태어나서 사악한 설과 사나운 행동이 거리낌 없이 자행되는 것을 매우 가슴 아프게 여겼다. 그러므로 만일 의리에 죽은 사람만 있으면, 비록 그가 산 속의 중이나 천한 병졸일지라도 모두 표창하였다. 이는 대체로 쇠퇴한 세상의 뜻이니, 참으로 슬프다 하겠다. 이제 주자의 도(道)는 적휴(賊鑴: 윤휴를 말함)로 인하여 여지없이 어두워지고 파괴되어, 감히 그 도를 빙자해서 만분의 하나라도 사악한 설과 사나운 행동을 막을 수 없게 되었으니, 아, 한심하기 그지없다. 옛말에 이르기를,

세상이 어지러우면 법도를 고치지 않는 군자를 생각한다.

라고 하였는데, 내가 임 장군의 가전(家傳)을 읽고 느낌이 있었다. 그래서 이미 전(傳)을 지어 야사(野史)를 집필하는 사람에게 알리고, 아울러 그 당시 의리에 죽은 선비들을 언급하였다.

반계 유 선생 이야기

이
익

　반계 유형원(柳馨遠) 선생의 자는 덕부(德夫)이며, 문화유씨로 세종 임금 때 정승을 지낸 유관(柳寬)의 후손이다. 타고난 체질이 장대하고 훤칠하였으며 눈은 샛별처럼 빛났다. 5세에 산수를 깨우쳤고 기억력이 상당히 좋아서 두세 번 읽은 글도 죽을 때까지 잊지 않았다. 외삼촌인 감사 이원진(李元鎭)은 세상에서 태호(太湖) 선생이라고 칭하는 분으로 박학다문(博學多聞)하였는데, 선생이 찾아가 학업을 배웠다. 아직 어릴 때에 이미 큰 그릇이 될 것이라고 일컬어졌다. 조금 자라서 백가(百家)의 글을 두루 섭렵하되 위기지학(爲己之學)에 더욱 침잠하였다. 마침내 탄식하기를,

　선비가 도에 뜻을 두고도 제대로 수립하지 못하는 것은 마음이 기운을 거느리지 못하기 때문이다. 군자가 몸을 신칙할 요점이 네 가지인데, 나는 한 가지도 제대로 못하고 있다. 일찍 일어나고 늦게 자는 것을 못하고, 의관을 바로하

고 시선을 정중히 갖는 것을 못하고, 어버이를 섬김에 부드러운 안색을 갖는 것을 못하고, 집식구와 서로 공경하며 대하는 것을 못한다. 네 가지를 밖에서 나태하게 하면 마음이 안에서 황폐해지는 것이니, 맹렬히 반성하고 반드시 힘써야 하는 것이 여기에 있지 않겠는가.

라고 하면서, 잠(箴: 경계하는 글)을 지어 스스로 경계하였다. 이로부터 일상생활의 언행에서 법으로 지키며 어기지 않았다. 더 자라서는 호방하고 강개하여 날마다 도연명의 시를 읊으며 격세지감을 느꼈다. 마침내 남쪽으로 부안(扶安)의 변산(邊山) 아래에 기거하였다. 두어 칸 되는 작은 초막에서 서적 만 권을 보관하고는 굳게 마음먹고 깊이 생각하여 침식을 잊기에 이르렀다. 항상 옛사람에게 한 걸음 미치지 못하는 것을 큰 수치로 여겼다. 일찍이 한가히 지낼 때 깊이 생각하여 천하를 자기의 소임으로 삼고, 세상의 학자들이 당시에 중요하게 다루어야 할 일을 알지 못하고, 한갓 글을 외우기만 하고 경서(經書)의 고증이나 해석하는 것만을 숭상하여 말하는 것이 모두 구차하기만 할 뿐인 까닭에 집에서나 나라에서나 일을 당하면 어그러져서 결국에는 큰소리만 치고 실질이 없는 데로 돌아가 백성들이 그 화를 입는 것을 병통으로 여겼다. 이에 선왕의 법을 가져다가 연혁을 상고하고 나라의 법전을 참고하여 책 한 권을 지었으니, 그 규모가 광대하고 절목이 상세하며 인정(人情)에 검증되고 하늘의 이치를 헤아려서 근육과 혈맥이 서로 이어지고 기혈이 유통하였다. 이를 『수록(隨錄)』이라 명명하였으니, 요컨대 오늘날 시행할 만한 것이다.

어떤 사람이 대체에는 힘쓰지 않고 자잘한 일을 추구하였다고 의심하니, 선생이 말하기를,

천하의 이치는 물(物)이 아니면 드러나지 않고 성인의 도는 일이 아니면 행해지지 않는다. 옛날에는 교화가 밝혀지고 덕화가 행해져서 대경(大經: 사람이

지켜야 할 큰 도리), 대법(大法: 중요한 법령)으로부터 미미한 한 가지 일에 이르기까지 제도와 구획이 다 갖추어지지 않음이 없었다. 그래서 천하 사람들이 날마다 쓰고 마음에 익숙한 것이 마치 물을 운반하고 땔나무를 운송할 때 모든 기구가 있어서 그 일을 행하는 것과 같았다. 주나라가 쇠퇴하여 왕도는 행해지지 않았으나 전장(典章: 제도와 문물)은 오히려 남아 있었다. 그리하여 성인이 아랫자리에 처하여 정치를 내는 근원을 대강 말하고, 그 제도에 대해서 곡진하게 해석하는 일을 할 필요가 없었다. 포학한 진(秦)나라 이후로 강목, 세목을 아울러 모조리 없애 버렸으니, 성인의 뜻을 더 이상 증명할 수 없게 되었다. 이에 사람들의 욕심이 자행되고 여러 설이 도를 어지럽혀서 마침내 보고 듣는 것이 당시 떠도는 여러 설에 고착되어 비록 높고 깊은 재주와 지혜를 지녀서 옛것에 해박한 자라도 또한 그 상세한 것을 얻을 길이 없었다. 그러므로 간혹 그 대강을 알고 있어도 조리(條理)가 분명치 않은 것이 있어 한번 시행하려고 하면 문득 어긋나고 틈이 생기는 일이 많아서 마침내 시행할 수 없게 되는 데에 이른다. 천하의 이치는 근본과 말단, 크고 작은 일이 처음부터 서로 떨어져 있지 않다. 한 치가 정확하지 않으면 자가 자로서의 구실을 못하고, 저울 눈금이 합당하지 않으면 저울이 저울 노릇을 할 수 없으니, 그물 눈이 제대로 뚫려 있지 않은데 벼리가 저절로 벼리 구실을 하는 경우는 있지 않다. 실제로 행할 수 없게 되면 소인이 훼방을 놓을 뿐만 아니라 군자 또한 옛날과 지금의 사의(事宜: 일의 마땅한 것)가 서로 다름에 의심을 둘 수밖에 없어, 옛날의 도가 참으로 다시 세상에 행해지지 못할 것같이 생각하니, 이것이 어찌 작은 해로움이겠는가. 내가 이것을 두려워하여 옛것을 연구하고 지금의 일을 헤아려 작은 것과 큰 것을 아울러 포괄하여 이 도(道)가 반드시 행할 수 있음을 밝힌 것이다. 아, 한갓 법만으로는 저절로 행해지지 못하니, 진실로 뜻이 있는 자가 생각하고 시험한다면 또한 반드시 이를 알 수 있을 것이다.

라고 하였다.

　우리 현종 계축년(1673, 현종 14)에 선생이 세상을 떠났으니 52세였다. 저술은 『반계수록』 등 다수가 있고, 편집한 것으로는 『주자찬요』 등 여러 편이 있으며, 기타 병모(兵謀), 사법(師法), 음양(陰陽), 율려(律呂), 성문(星文), 지리, 의약, 복서(卜筮: 점술), 주수(籌數: 셈법), 역어(譯語) 같은 분야에도 널리 통하지 않은 것이 없어 첨삭한 바가 많은데, 미처 모두 완성하지 못했다고 한다. 뒤에 사림(士林)들이 의논을 모아 서원을 짓고 계속 제사를 모시고 있다. 찬(贊)은 다음과 같다.

　선생의 학문은 태호 이원진 선생에게서 근원하였다. 태호 선생은 박학으로 전수하였고, 선생은 세상의 일로 그것을 이루었다. 처음을 근거하여 끝을 요약하고 의리에 맞도록 하여 조화되었다. 만일 선생이 등용되었다면 이를 들어서 시행을 했을 것이다. 대개 개국 이래 세상을 경영할 인재를 논함에 모두 선생을 제일 먼저 일컫는다.

자애로운 닭 이야기

이
익

내가 어미 닭 한 마리를 길렀는데 성질이 매우 자애로웠다. 병아리들이 조금 자란 뒤에 다시 두 번째 병아리들을 부화시켰는데, 어미 닭은 조금 큰 병아리들까지 먹이를 갖다 먹였다. 큰 것은 갓 날개가 났고 작은 것은 아직 솜털이었는데, 하루는 밤에 어미 닭이 들짐승에게 잡아먹히고 큰 병아리도 물려갔다. 큰 병아리 중 암놈 한 마리는 용케 도망쳤으나, 머리와 어깨의 털이 빠지고 병들어 먹이를 쪼지도 못했다. 병아리들이 울어 대며 어미를 찾는 것이 몹시 가련한 상황이었다. 그 암탉은 병이 조금 낫자 즉시 병아리들을 끌어다가 품어주었다. 집식구는 처음에는 우연이라고 여겼다. 얼마 지나자 먹이를 얻으면 반드시 불렀는데, 다니면서 구구대는 소리가 뜰과 섬돌을 떠나지 않았다. 혹 깃을 펴서 재난을 방비하기도 하였는데, 어쩌다 잃어버리기라도 하면 황급하게 찾아다니고 미친 듯이 날뛰었다. 크고 작은 것 모두 서로 자애하여 하나같이 친어미인

듯이 정겨웠다. 또 해를 피해 사람 가까이 있고 처마 밑에서 잠을 잤다. 큰 장마가 수개월이나 계속되던 때였다. 두 날개로 병아리들을 덮어 젖지 않도록 하였는데, 체구가 작아서 다리를 굽히지도 못하고 똑바로 서서 밤을 지내기를 여름부터 가을 내내 한결같이 하였다. 보는 사람들이 감탄하여 '우계(友鷄)'라고 이름을 지었다.

무릇 착하지 않은 사람이 있으면 곧바로 서로 경계하기를 '닭을 보라, 닭을 보라.'라고 하면 모두들 부끄러워하며 위축되었다. 그러므로 비록 곳간의 쌀을 쪼아 먹어도 차마 내쫓지 못하였다. 사람들에게 미쁨을 받는 것이 이와 같았다. 병아리가 주먹보다 크게 자랐는데 그 암탉 한 마리는 아직 어리고 약한 상태였다. 그런데도 여전히 먹이를 구해서 먹이기를 멈추지 않으니 몸이 병들고 말았다. 사람들이 한데서 애쓰느라 병이 든 것을 가엾게 여겼을 뿐, 들짐승이 몰래 엿보고 있는 것을 전혀 알아채지 못하였다. 마침내 캄캄한 밤중에 잃어버렸다. 집식구가 뒤를 쫓았으나 잡지 못하고 오직 꺾이고 떨어진 깃이 산길 사이에 흩어져 있었다. 내가 마침 밖에 나갔다가 돌아와서 그 말을 듣고는 눈물을 흘릴 뻔하였다. 혹 그 잔해가 남은 것이 있을까 해서 두루 찾아보았으나 없었다. 이에 깃털을 수습하여 관을 만들어 산에 장사를 지냈다. 그리고 그 무덤을 '우계총(友鷄塚)'이라고 하였다.

아, 자고로 사물에도 본성이 발현될 한 가닥의 길은 통해 있다고 하였다. 이를테면 까마귀가 자식 노릇하고, 벌이 신하 노릇하는 것은 그중에 가장 두드러진 것이다. 그러나 벌은 본래 무리를 떠날 수 없으므로 이해(利害)를 함께하는 것이다. 그리고 까마귀도 길러준 은혜에 보답을 한다. 하지만 우애의 도리에 이르러서는 천고에 그런 일은 전혀 없다. 우애라는 것은 부모를 미루어 형제에게 미치는 것으로, 사람들에게서도 혹 찾아보기 어렵다. 하물며 미물에게 있으랴.

대체로 사람들이 선행을 하는 것은 선각자에게 인도를 받거나 풍속을 보고 본뜨는 것이다. 또 혹은 이름 얻기를 좋아하여 외양만 꾸민 것이고, 그 마음은 어떠한지 알지 못하는 경우도 있다. 지금 이 암탉은 누구에게서 배우고 누가 가르쳐주었단 말인가. 또 무엇을 위해 겉을 꾸몄단 말인가.

사람의 행동규범은 본래 어른과 아이의 구분이 있다. 그러므로 두루 알고 널리 행하는 것은 어린아이에게 요구할 수 없고, 혹 처음과 끝이 달라지는 것을 면치 못하기도 한다. 그런데 지금 이놈은 병아리들의 곁을 떠나지 않고 처음부터 끝까지 나태함이 없이 돌보았으니, 어찌 이리도 기이한가. 내가 듣기로 나면서부터 아는 사람은 성인이라고 하는데 이놈은 사물 가운데 성자(聖者)인가. 천성대로 행하는 분이 성인인데 짐승이면서 사람의 행실을 하니, 이는 기질에 구애받지 않은 것인가. 공을 이루고도 몸이 죽어 보은을 입지 못하였으니, 그 이치는 이미 통하였으나 운수의 한계를 만난 것인가. 사람에게는 요절(夭折)해도 상제(殤祭: 요절한 사람의 장례)로 하지 않고 제대로 장사지내는 경우가 있으니, 사물 또한 비슷한 경우가 있다. 길가에다 장사를 지낸 것은 왕래하면서 보고 느끼라는 것이다.

허생 이야기

박
지
원

　허생은 묵적골에 살고 있었다. 줄곧 남산(南山) 밑에 닿으면 우물터 위에 해묵은 은행나무가 서 있고, 사립문이 그 나무를 향해 열려있으며, 초가집 두어 칸이 비바람을 가리지 못한 채 서 있었다. 그러나 허생은 글 읽기만 좋아하였고, 그의 아내가 남의 바느질품을 팔아 겨우 입에 풀칠하는 셈이다. 하루는 그의 아내가 몹시 굶주려서 훌쩍훌쩍 울면서 말했다.

　당신은 한평생 과거도 보지 않사오니 그럴진대 글은 읽어서 무엇 하시려오

　허생이 껄껄 웃으면서 말했다.

　나는 아직 글 읽기에 세련되지 못한가 보오

　아내가 말했다.

　그러면 공장이 노릇도 못하신단 말예요.

　허생이 말했다.

공장이 일이란 애초부터 배우지 않았으니 어떻게 할 수가 있겠소

아내가 말했다.

그럼 장사치 노릇이라도 하셔야죠.

허생이 말했다.

장사치 노릇인들 밑천이 없는데 어떻게 할 수가 있겠소

다시 아내가 몹시 흥분한 말투로 대꾸했다.

당신은 밤낮으로 글을 읽었다는 것이 겨우 '어찌할 수가 있겠소' 하는 것만 배웠나보오. 그래 공장이 노릇도 하기 싫고, 장사치 노릇도 하기 싫다면, 도둑 질이라도 해보는 게 어떻소

이에 허생은 할 수 없이 책장을 덮어 치우고 일어서면서 말했다.

아, 애석하구나. 내가 애초에 글을 읽을 때 10년을 채우려고 하였더니 이제 겨우 7년밖에 되지 않았네.

하고서는 곧바로 문밖을 나섰으나, 한 사람도 아는 이가 없었다. 그는 곧장 종로 네거리에 가서 시장 사람들에게 만나는 대로 '여보시오, 서울 안에서 누 가 제일 부자요.'라고 물었다. 때마침 변씨(卞氏)를 일러주는 이가 있었다. 이에 허생은 드디어 그 집을 찾아갔다. 허생이 변씨를 보고서 길게 절하면서 말했다.

내가 집이 가난한데 무엇을 조금 시험해 볼 일이 있어 그대에게 만금(萬金)을 빌리러 왔소

변씨가 대답했다.

'그러시오.' 하면서 곧 만금을 내주었다.

그러나 허생은 고맙다는 말 한마디 없이 어디론지 가 버렸다. 변씨의 자제와 손님들이 허생의 꼴을 보니 한심한 비렁뱅이였다. 허리에 실띠를 둘렀으나 수 술이 다 뽑혀 버렸고, 가죽신을 신었으나 뒷굽이 자빠졌으며, 다 망그러진 갓에

다 검은 그을음이 흐르는 도포를 걸쳐 입었는데, 코에서는 콧물이 훌쩍훌쩍 흘러 내리곤 한다. 그가 나가 버린 뒤에 모두들 크게 놀라며 아들이 말했다.

아버지 그 손님을 잘 아십니까.

변씨가 말했다.

몰랐지.

아들이 말했다.

그러시다면 어찌 잠깐 사이에 이 귀중한 만금을 평소에 알지도 못하는 사람에게 헛되이 던져 주시면서 그의 이름도 묻지 않음은 무슨 까닭이십니까.

변씨가 말했다.

그건 너희들이 알 바가 아니다. 대체로 남에게 무엇을 요구할 때에는 반드시 의지(意志)를 과장하여 신의(信義)를 나타내는 법이다. 그리고 얼굴빛은 부끄럽고도 비겁하며, 말은 거듭함이 일쑤이니라. 그런데 그 손님은 옷과 신발이 비록 남루했으나 말이 간단하고 눈가짐이 오만하며 얼굴에는 부끄러운 빛이 없음으로 보아서 그는 물질(物質)을 기다리기 전에 벌써 스스로 만족을 가진 사람임에 틀림이 없을 것이다. 아마 그가 시도하려는 방법도 적지 않거니와, 나 역시 그에게 시도함이 없지는 않다. 그리고 주지 않는다면 모르거니와 기왕에 만금을 줄 바에야 이름은 물어서 무엇 하겠느냐.

이에 허생은 이미 만금을 얻어 갖고는 다시 집으로 돌아오지 않고 언뜻 생각하기를 '저 안성(安城)은 경기도와 충청도의 접경이요, 삼남(三南)의 어귀렷다.' 하고는, 곧 여기에 머물러 살았다. 그리고 대추, 밤, 감, 배, 감자, 석류, 귤, 유자 등의 과일을 모두 값을 배로 주고 사서 저장했다. 허생이 과일을 독점하자, 온 나라가 잔치나 제사를 치르지 못하게 되었다. 그렇게 된지 얼마 지나지 않아서, 앞서 허생에게 값을 배로 받은 장사치들이 도리어 값의 10배를 치렀다.

허생은 생각하기를 '어허 겨우 만금으로 온 나라의 경제를 기울였으니, 이 나라의 얕고 깊음을 짐작할 수 있구나.'라고 하고는, 곧 칼, 호미, 베, 명주, 솜 등을 사가지고 제주도에 들어가서 말총을 모두 거두면서 '몇 해만 있으면 온 나라 사람들이 머리를 싸지 못할 거야.'라고 하였다. 과연 얼마 되지 않아서 망건(網巾) 값이 10배나 올랐다. 허생이 늙은 뱃사공에게 물었다.

영감 혹시 바다 건너에 사람이 살 만한 빈 섬이 있는 것을 보았나.

뱃사공이 대답했다.

있습니다. 제가 일찍이 바람에 휩쓸려서 줄곧 서쪽으로 간 지 사흘 만에 어떤 빈 섬에 닿았습니다. 그곳은 아마 사문(沙門)과 장기(長崎) 사이에 있는 듯싶은데, 모든 꽃과 잎이 저절로 피며, 온갖 과실과 오이가 저절로 성숙되고, 사슴이 떼를 이루었으며, 노니는 고기들은 사람을 보고도 놀라지 않았습니다.

허생이 크게 기뻐하며 말했다.

자네 만일 나를 그곳으로 데려다 준다면 부귀를 함께 누릴 걸세.

뱃사공은 허생의 말을 쫓았다. 이에 곧 바람을 타고 동남쪽으로 그 섬에 들어갔다. 허생이 높은 곳에 올라가 바라보면서 말했다.

땅이 천 리가 채 못 되니 무엇을 하겠느냐. 그러나 토지가 기름지고 샘물이 달콤하니 다만 이곳에 부잣집의 늙은 주인 노릇쯤은 하겠구나.

라고 하면서 섭섭한 표정을 지으니, 뱃사공이 말했다.

섬이 텅 비고 사람하나 구경할 수 없으니 누구와 함께 산다는 말씀이오.

허생이 대답했다.

덕(德)이 있으면 사람은 저절로 찾아드는 거야. 나는 오히려 내가 덕이 없음이 걱정이지 사람 없음이 무슨 걱정이 되리오.

라고 하였다.

이때 마침 변산(邊山)에 도적 수천 명이 떼를 지어 있었다. 주군(州郡)에서 군졸을 징발하여 뒤를 쫓아 잡으려 하였으나 잡지 못하였다. 그러나 뭇 도적 역시 잠시도 밖으로 나와서 노략질을 하지 못하여 바야흐로 굶주리고 어려운 판이었다. 허생이 도적의 소굴로 들어가서 그 괴수를 달래며 말했다.

너희들 천 명이 합쳐 돈 천 냥을 훔쳐서 서로 나누어 갖게 되면 각기 얼마나 되겠는가.

도적의 괴수가 대답했다.

한 사람 몫이 한 냥밖에 안 됩니다.

허생이 또 물었다.

그럼 너희들 아내는 있는가.

도적들이 대답했다.

없습니다.

허생이 물었다.

그럼 너희들의 밭은 있는가.

도적들이 웃으면서 대답했다.

밭이 있고 아내가 있다면야 어찌 이다지 괴롭게 도둑질을 일삼겠소

허생이 말했다.

정말 그렇다면 아내를 얻고 집을 짓고, 소를 사서 농사짓고 살면, 도둑놈이란 더러운 이름도 없을 뿐더러 살림살이엔 부부의 즐거움이 있을 것이며, 아무리 나와서 쏘다닌다 하더라도 체포당할 걱정이 없고, 오래도록 잘 입고 먹으면서 살 수 있지 않겠는가.

도적들이 대답했다.

그야 정말 소원이겠지만 다만 돈이 없을 뿐입니다.

허생이 껄껄 웃으며 말했다.

너희들이 도둑질한다면서 돈이 그렇게 그립다면 내가 너희들을 위해서 마련해 줄 수 있으니, 내일 저 바닷가를 건너다보면 붉은 깃발이 바람결에 펄펄 날리는 게 모두 돈을 실은 배일거야. 너희들 마음대로 가져가거라.

허생은 이렇게 여러 도적들에게 약속을 하고는 어디론지 가 버렸다. 여러 도적들은 모두 그를 미친놈으로 알고 웃었다. 그 다음날 그들은 시험 삼아 바닷가에 이르러 보니 허생은 벌써 30만 냥을 싣고서 기다리고 있었다. 그들은 모두 깜짝 놀라 나란히 절하면서 말했다.

이제부터는 오직 장군님의 명령대로 따르겠습니다.

허생은 말했다.

이것을 힘껏 지고 가는 게 어때.

이에 여러 도적들이 다투어 돈을 져보려고 했으나 백 냥을 채우지 못했다.

허생이 말했다.

너희들 힘이 겨우 백 냥도 들지 못하면서 무슨 도둑질인들 변변히 할 수 있겠는가. 이제 너희들이 비록 평민이 되고 싶다고 하더라도 이름이 도적의 명부에 올랐으니 갈 곳이 없지를 않나. 그러니 내가 이곳에서 너희들이 돌아오기를 기다릴 터이니 각자 백 냥씩을 가지고 가서 하나의 몫에 여자 한 사람과 소 한 마리씩을 데리고 오렷다.

여러 도적들이 대답을 하고 모두들 흩어져 버렸다. 그리고 허생은 스스로 2천 명이 일 년 동안 먹을 식량을 장만하고 기다렸다. 여러 도적들은 과연 기일이 되자 모두 다 돌아왔다. 이에 모두들 배에 싣고 그 빈 섬으로 들어갔다. 허생이 이렇게 도적떼를 데리고 사라지니, 온 나라 안이 잠잠하였다. 이에 나무를 베어 집을 짓고 대나무를 엮어서 울타리를 만들었다. 지질(地質)이 온전하여 온

갓 곡식이 잘 자라서 묵은 밭은 갈지 않고 김매지 않아도 한 줄기에 아홉 개의 이삭이나 달렸다. 삼 년 먹을 식량을 남겨두고 나머지는 모두 배에 싣고 장기도(長崎島)에 가서 팔았다. 장기도는 일본에 속한 고을로서 가구 수가 31만이나 되는데, 바야흐로 큰 흉년이 들었는지라 드디어 다 풀어 먹이고는 은(銀) 백만 냥을 거두었다. 허생은 탄식하면서 '이제야 내가 조금 시험해 보았구나.'라고 하고는, 바로 남녀 2천 명을 모두 불러놓고 명령을 내렸다.

내가 처음에 너희들과 함께 이 섬에 들어올 때엔 먼저 부(富)를 이루게 한 연후에 따로 문자(文字)를 만들며 옷과 갓을 지으려 하였는데 땅이 작고 덕이 두텁지 못하니, 나는 이제 이곳을 떠나련다. 너희들은 어린애가 나서 숟가락을 잡을 만하거든 오른손으로 쥐기를 가르치고 하루를 일찍 났어도 먼저 먹게 사양하렷다.

그리고 다른 배들을 모조리 불사르며 '가지 않으면 곧 오는 이도 없겠지.' 하고, 또 돈 50만 냥을 바다 속에 던지며 '바다가 마를 때면 이를 얻을 자가 있겠지. 백만 냥이면 이 나라엔 용납할 곳이 없으리니, 하물며 이런 작은 섬일까보냐.'라고 하고, 또 그중에 글을 아는 자를 불러내어 배에 태우고 '이 섬나라에 화근을 뽑아 버려야지.'라고 하고는, 함께 떠나왔다.

온 나라 안을 두루 돌아다니며 가난하고 하소연할 곳마저 없는 자들에게 돈을 나누어 주고도 오히려 10만 냥이 남았으므로 '이것으로 변씨에게 빌린 것을 갚아야지.' 하고는, 바로 변씨를 찾아보고서 물었다.

그대는 나를 기억하겠소

변씨는 놀란 어조로 말했다.

자네는 얼굴빛이 조금도 전보다 낫지 않으니 만 냥을 잃어버린 모양이지.

허생이 껄껄 웃으며 말했다.

재물로써 얼굴빛을 좋게 꾸미는 것은 그대들이나 할 일이지 만 냥이 아무리 중한들 어찌 도(道)를 살찌게 한단 말인가.

하고는, 곧 돈 10만 냥을 변씨에게 주면서 말했다.

내가 한때의 굶주림을 참지 못해서 글 읽기를 끝내지 못했으니, 그대의 만 냥을 부끄러워할 뿐이로세.

변씨가 크게 놀라 일어나서 절을 하며 사양하고는 십분의 일의 이문만을 받으려했다. 허생은 그제야 크게 노하여 '그대는 어찌 나를 장사치로 대우한단 말인가.' 하고서는, 소매를 뿌리치고 가 버렸다. 변씨는 하는 수가 없어서 가만히 그의 뒤를 따랐다. 그는 남산 밑으로 향하더니 한 오막살이집으로 들어가 버렸다. 마침 늙은 할미가 우물가에서 빨래를 하고 있었다. 변씨가 물었다.

저 오막살이는 누구의 집인고

할미가 대답했다.

허 생원 댁이랍니다. 그분이 가난하되 글 읽기를 좋아하더니 어느 날 아침에 집을 떠나고는 안 돌아온 지가 벌써 다섯 해나 된답니다. 그리고 다만 아내가 홀로 남아서 그가 집 떠나던 날에 제사를 지낸답니다.

변씨는 그제야 그의 성이 허씨인 줄을 알고 탄식하며 돌아왔다. 그 이튿날 자기의 은(銀)을 다 가지고 가서 그에게 바쳤다. 허생이 사양하며 말했다.

내가 일찍이 부자가 되려 했다면 백만 냥을 버리고 십만 냥을 취하겠는가. 나는 이제부터 그대를 믿어 밥을 먹겠으니, 그대가 자주 와서 나를 돌봐주게나. 다만 식구를 헤아려 식량을 대며 몸을 재어서 베를 마련해 준다면 일생에 그것으로 만족할지니 무슨 까닭에 재물로써 나의 마음을 괴롭히겠나.

변씨는 백방으로 허생을 달래었으나 끝내 막무가내였다. 변씨는 이로부터 허생의 의식이 결핍되었을 때를 짐작되는 대로 반드시 손수 날라다 주면, 허생은 역시 기쁘게 받되 혹시나 분량이 초과되면 곧 불쾌한 말씨로 '그대가 어째서 나에게 재앙을 끼쳐주려 하는가.'라고 하였다. 그러나 술병을 차고 가면 더욱 기뻐하여 서로 권하거니 마시거니 하여 취하고야 말았다. 그럭저럭 몇 해를 지나고 보니, 피차간에 정이 날마다 두터워졌다.

어느 날 변씨가 조용히 물었다.

다섯 해 동안에 어떻게 백만금을 벌었습니까.

허생이 대답했다.

그건 가장 알기 쉬운 일일세. 우리 조선은 배가 외국과 통하지 못하고, 수레가 국내에 두루 다니지 못하는 까닭으로, 모든 물건이 이 안에서 생산되어 곧 이 안에서 소비되지 않나. 대체로 천 냥이란 적은 재물이어서 물건을 마음껏 다 살 수는 없겠지만, 이를 열로 쪼갠다면 백 냥짜리가 열이 될 것이니 이를 가지면 아무래도 열 가지 물건이야 살 수 있지 않나. 그리고 물건의 무게가 가벼우면 돌려 빼기 쉬운 까닭으로 한 가지 물건이 비록 밑졌다 하더라도 아홉 가지 물건에 이문이 남는 법이니, 이것은 보통의 이문을 내는 길이요, 저 작은 장사치들이 장사하는 방법이지. 그리고 대체로 만금만 가지면 족히 한 가지 물건은 다 살 수 있으므로 수레에 실린 것이면 수레를 모조리 도매할 것이며, 배에 실린 것이라면 배를 통째로 살 수 있겠고, 한 고을에 가득 찬 것이라면 온 고을을 통틀어서 살 수 있을 것이니, 이는 마치 그물에 코가 있어서 물건을 모조리 훑어 들임과 같지 않겠나. 그리하여 뭍에서 생산되는 여러 가지 물건 중에서 어떤 그 하나를 슬그머니 독점해 버린다든지, 물에서 나온 고기들의 여러 가지 중에서 어떤 그 하나를 슬그머니 독점해 버린다든지, 의약품의 재료 여러 가지 중에서 그 어떤 하나를 슬그머니 독점해 버린다면, 그 한 가지의 물건은 한 곳에 갇히게 되므로 모든 장사치의 손속이 다 마르는 법이니, 이는 백성을 못살게 하는 방법이야. 뒷세상에 나랏일을 맡은 사람들이 행여 나의 이 방법을 쓰는 자가 있다면, 반드시 그 나라를 병들게 하고 말 걸세.

변씨가 다시 물었다.

애당초 당신은 무엇으로써 내가 만 금을 내어 줄 것을 예상하고 찾아와 빌리기로 했던 거요.

허생이 대답했다.

이는 반드시 자네만이 내게 줄 것이 아닐세. 만금을 지닌 자치고는 주지 않을 자가 없겠지. 내 재주가 족히 백만금을 벌 수는 있겠으나, 다만 운명은 저 하늘에 달려 있는 만큼 내 어찌 예측할 수 있었겠나. 그러므로 나를 능히 쓰는 자는 복(福)이 있는 사람이어서 그는 반드시 부(富)에서 더 큰 부를 누릴 테니 이는 곧 하늘이 명하는 바라, 그가 어찌 아니 줄 수 있겠나. 이미 만금을 얻은 뒤엔 그의 복을 빙자해서 행한 까닭에 움직이면 문득 성공하는 것이니, 만일 내가 사사로이 혼자서 일을 시작했다면 그 성패는 역시 알 수 없었겠지.

변씨가 말했다.

지금 사대부들이 병자호란 때 남한산성에서의 치욕을 씻고자 하는데, 이야말로 슬기로운 선비가 팔뚝을 뽐내고 슬기를 펼 때인데 당신과 같은 재주로 어찌 괴롭게 어둠에 잠겨서 이 세상을 마치려 하시오.

허생이 대답했다.

어허 예로부터 어둠에 잠긴 자가 얼마나 많았던가. 저 조성기(趙聖期)는 적국에 사신으로 보낼 만하건마는 베잠방이로 늙어 죽었고, 유형원(柳馨遠)은 넉넉히 군량을 나를 만하였으나, 저 해곡(海曲: 전라도 부안)에서 부질없이 오락가락하고 있지 않았던가. 그러고 보니 지금의 나랏일을 보살피는 자들을 가히 알 것이 아니겠는가. 나로 말하면 장사를 잘하는 자이니, 내 돈이 넉넉히 아홉 나라 임금의 머리를 살 수 없음이 아니로되 앞서 저 바다에 그걸 던지고 온 것은 아무런 쓸 곳이 없음을 알았기 때문이네.

변씨는 곧 '휴우' 하며 긴 한숨을 내쉬고 가버렸다.

변씨는 애초부터 정승 이완(李浣)과 친분이 있었다. 이완은 때마침 어영대장이 되었다. 그는 일찍이 변씨와 이야기하다가 다음과 같이 말했다.

지금 저 위항(委巷)과 여염(閭閻) 사이에 혹시 기이한 재주가 있어서 커다란 일을 같이할 만한 자가 있더냐.

변씨는 그제야 허생을 이야기하니 이완이 깜짝 놀라며 물었다.

기특하다. 정말 그런 사람이 있단 말인가. 그의 이름은 무엇인가.

변씨가 대답했다.

소인이 그와 상종한 지 3년이 되었습니다만, 아직껏 그 이름을 몰랐습니다.

이완이 또 말했다.

그 사람이 곧 이인(異人)이야. 자네와 함께 그를 찾아가 보세.

밤이 되어 이완은 수행자들을 다 물리치고 변씨만을 데리고 걸어서 허생의 집을 찾았다. 변씨는 이완을 말려 그 문밖에 세워 놓고 혼자서 먼저 들어가 허생을 보고 이완이 찾아온 사연을 갖추어 말했다. 허생은 들은 체 만 체로 그저 하는 말이 '자네가 차고 온 술병이나 빨리 풀게.' 하고는 서로 더불어 즐겁게 마셨다. 변씨는 이완이 오랫동안 밖에서 기다리고 있음을 딱하게 여겨서 자주 말을 하였으나 허생은 아랑곳하지 않았다. 어느덧 밤은 이미 깊었다. 허생이 그제야 '손님 좀 불러 볼까.'라고 하여, 이완이 들어왔다. 허생은 군이 앉아서 일어나지 않았다. 이완은 몸 둘 곳이 없을 만큼 불안했다. 황급히 국가에서 어진 이를 구하는 뜻을 말했다. 허생은 손을 저으며 말했다.

밤은 짧고 말은 기니, 듣기에 몹시 지루하이. 도대체 지금 너의 벼슬이 무엇인가.

이완이 대답했다.

대장(大將)이랍니다.

허생이 말했다.

그렇다면 네 딴엔 나라의 믿음직한 신하로고 내가 곧 와룡 선생(제갈공명)과 같은 이를 천거할 테니, 네가 임금께 여쭈어서 그의 초가집을 세 번이나 찾아가게 할 수 있겠는가.

이완이 머리를 숙이고 한참을 있다가 대답했다.

그건 어렵사오니, 그 다음의 것을 얻어 듣고자 합니다.

허생이 말했다.

나는 아직까지 첫째가 아니고 다음 것은 배우질 못했거든

이완이 굳이 다시 물으니, 허생이 대답하였다.

명나라의 장병은 자기네들이 일찍이 조선에 묵은 은의(恩義)가 있다 하여 그의 자손들이 많이 동쪽으로 오지 않았나. 그리하여 그들은 모두 떠돌이 생활에 고독한 홀아비로 고생하고 있다니, 네가 능히 조정에 말씀드려 종실(宗室)의 딸들을 내어 골고루 시집보내고, 김류(金瑬)와 장유(張維)같은 사람들의 집을 징발해서 살림살이를 차려 줄 수 있겠느냐.

이완이 또 고개를 숙이고 한참을 있다가 대답하였다.

그것도 어렵소이다.

허생이 또 물었다.

이것도 어렵고 저것도 못한다고 하니 그러고서 무엇을 할 수 있단 말인가. 가장 쉬운 일이 하나 있으니 네가 할 수 있겠느냐.

이완이 대답하였다.

듣기를 원합니다.

허생이 말했다.

대체로 대의(大義)를 온 천하에 외치고자 한다면 첫째, 천하의 호걸을 먼저 사귀어 맺어야 할 것이요, 남의 나라를 치고자 한다면 먼저 간첩을 쓰지 않고서는 이루지 못하는 법이야. 이제 청나라가 갑자기 천하를 맡아서 그들이 아직 중국 사람과는 친하지 못했다고 생각하는 판이 아닌가. 그럴 즈음에 조선이 다른 나라보다 솔선하여 항복하였으니, 저편에서는 가장 우리를 믿어 줄 만한 사정이 아닌가. 이제 곧 그들에게 청하기를, 우리 자제들을 귀국에 보내어 학문도 배우려니와 벼슬도 하여 옛날 당나라와 원나라의 고사(故事)를 본받고, 나아가 장사치들의 출입까지도 금하지 말아 달라고 하면, 그들은 반드시 우리의 친절을 달콤하게 여겨서 환영할 테니, 그제야 국내의 자제를 가려 뽑아서 머리를 깎고 되놈의 옷을 입혀서 지식층(知識層)은 가서 빈공과(賓貢科)에 응시하고, 어려운 백성들은 멀리 강남에 장사로 스며들어 그들의 모든 허실을 엿보며, 그들의 호걸을 얽어매고서 그제야 천하의 일을 꾀함직하고 나라의 치욕을 씻을 수 있지 않겠나. 그러고는 임금을 세우되 주씨(朱氏: 명나라 왕족)를 물색해도 나서지 않는다면 천하의 제후들을 거느려 사람을 하늘에 추천한다면, 우리나라는 잘되면 대국의 스승 노릇을 할 것이요, 그렇게는 안 될지라도 백구(伯舅: 제후 중에 큰 나라)의 나라는 무난할 게 아닌가.

이완이 실망하는 모습으로 대답하였다.

요즘 사대부들은 모두들 삼가 예법을 지키는 판이어서 누가 과감하게 머리를 깎고 되놈의 옷을 입겠습니까.

허생이 목소리를 높여 성을 내면서 말했다.

이놈 소위 사대부란 도대체 어떤 놈들이냐. 이(彝: 東夷)와 맥(貊)의 땅에서 태어나서 제멋대로 사대부라고 뽐내니 어찌 앙큼하지 않느냐. 바지나 저고리를 온통 희게만 하니 이는 실로 상주의 차림이요, 머리털을 한데 묶어서 송곳같이 찌는 것은 곧 남만(南蠻: 남방 민족)의 방망이 상투에 불과하니, 무엇이 예법이니 아니니 하고 뽐낼 게 있으랴. 옛날에 번오기(樊於期)는 사사로운 원한을 갚기 위하여 머리 잘리기를 아끼지 않았고, 무령왕은 자기의 나라를 부강하게 만들려고 오랑캐 옷 입기를 부끄럽게 여기지 않았거늘, 이제 너희들은 명나라를 위해서 원수를 갚고자 하면서 오히려 그까짓 상투 하나를 아끼며, 또 앞으로 장차 말 달리기, 칼 치기, 창 찌르기, 활 당기기, 돌팔매 던지기 등에 종사해야 함에도 불구하고, 그 넓은 소매를 고치지 않고서 제 딴은 이게 예법이라 한단 말이냐. 내가 평생 처음으로 세 가지의 꾀를 가르쳤으되, 너는 그 중에 한 가지도 하지 못하면서 네 딴에 신임 받는 신하라 하니, 소위 신임 받는 신하가 겨우 이렇단 말이냐. 이런 놈은 베어 버려야 하겠군.

하면서, 좌우를 돌아보며 칼을 찾아서 찌르려 했다. 이완은 깜짝 놀라서 일어나 뒤의 들창을 뛰어나와 달음박질쳐서 집으로 돌아왔다. 그 이튿날 다시 찾아갔으나 허생은 벌써 집을 비우고 어디론지 떠나버렸다.

양반 이야기

박 지 원

양반이란 사족(士族)을 높여서 부르는 말이다. 정선(旌善) 고을에 한 양반이 있었는데 어질고 글 읽기를 좋아하였으므로, 군수가 새로 부임하게 되면 반드시 몸소 그의 집에 가서 인사를 차렸다. 그러나 집이 가난하여 해마다 관청의 환곡을 빌려서 먹다 보니, 해마다 쌓여서 그 빚이 천석(千石)에 이르렀다. 관찰사가 고을을 순행하면서 환곡의 출납을 조사해 보고 크게 노하여 '어떤 놈의 양반이 군량미를 축냈단 말인가.'라고 하면서 그 양반을 잡아 가두라고 명했다. 군수는 그 양반이 가난하여 보상할 길이 없음을 내심 안타깝게 여겨 차마 가두지는 못하였으나, 그 역시도 어찌할 수 없는 일이었다. 양반이 어떻게 해야 할 줄을 모르고 밤낮으로 울기만 하고 있으니, 그의 아내가 몰아세우며 '당신은 평소에 그렇게도 글을 잘 읽지만 현(縣)의 관리에게 환곡을 갚는 데에는 아무 소용이 없구려. 쯧쯧 양반이라니, 한 푼짜리도 못되는 그놈의 양반.'이라고 했다.

　그때 그 마을에 사는 부자가 식구들과 상의하기를,

　양반은 아무리 가난해도 늘 높고 귀하며, 우리는 아무리 잘살아도 늘 낮고 천하여 감히 말도 타지 못한다. 또한 양반을 보면 움츠러들어 숨도 제대로 못 쉬고 뜰 아래 엎드려 절을 해야 하며, 코를 땅에 박고 무릎으로 기어가야 하니 우리는 이와 같이 욕을 보는 신세다. 지금 저 양반이 환곡을 갚을 길이 없어 이만저만 곤욕을 보고 있지 않으니 진실로 양반의 신분을 보존 못할 형편이다. 그러니 우리가 그 양반을 사서 가져 보자.

　하고서 그 집 문에 나아가 그 환곡을 갚아 주겠다고 청하니, 양반이 반색하며 그렇게 하라고 했다. 그래서 부자는 당장에 그 환곡을 관청에 바쳤다. 군수가 크게 놀라 웬일인가 하며 그 양반을 위로도 할 겸 어떻게 해서 환곡을 갚게 되었는지 묻기 위해 찾아갔다. 그런데 그 양반이 벙거지(하인들이 쓰는 모자)를 쓰고 잠방이를 입고 길에 엎드려 소인이라 아뢰며 감히 쳐다보지도 못하는 것이 아닌가. 군수가 깜짝 놀라 내려가 붙들며 '그대는 왜 이렇게 자신을 낮추어 욕되게 하시오.'라고 하니까, 양반이 더욱 벌벌 떨면서 머리를 조아리고 땅에 엎드리며 말했다.

　황송하옵니다. 소인 놈이 제 몸을 낮게 하려는 것이 아니라 환곡을 갚기 위하여 이미 저의 양반을 팔았으니, 이 마을의 부자가 이제는 양반입니다. 소인이 어찌 감히 예전의 칭호를 함부로 쓰면서 스스로 높은 척하오리까.

　군수가 탄복하며 말했다.

　군자로다. 부자여! 양반이로다. 부자여! 부자로서 인색하지 않은 것은 의로움이요, 남의 어려운 일을 봐준 것은 인자함이요, 비천한 것을 싫어하고 존귀한 것을 바라는 것은 지혜라 할 것이니, 이 사람이야말로 참으로 양반이로다. 아무리 그렇지만 사적으로 주고받았을 뿐 아무런 증서도 작성하지 않았으니, 이는 소송의 빌미가 될 것이다. 그러므로 나와 너는 고을 백성들을 불러 모아 그들을 증인으로 세우고, 증서를 작성하여 믿게 하자. 군수인 나도 당연히 내 손으로 서명을 할 것이다.

그리고 군수는 관사로 돌아와서 고을 안의 사족(士族) 및 농부, 장인, 장사치들을 모조리 불러다 뜰 앞에 모두 모이게 하고서, 부자를 향청의 좌수 바른편에 앉히고 양반은 아전들의 아래에 서게 하고 다음과 같이 증서를 작성했다.

건륭 10년(1745, 영조 21) 9월 모일, 위의 증명서는 양반을 값을 쳐서 팔아 관곡을 갚기 위한 것으로서 그 값은 1,000섬이다. 대체 그 양반이란, 이름 붙임 갖가지라. 글을 읽은 사람 선비가 되고, 벼슬아치는 대부가 되고, 덕이 있으면 군자란다. 무관 줄은 서쪽이요, 문관 줄은 동쪽이라. 이것이 바로 양반, 네 맘대로 따를지라. 비루한 일 끊어 버리고, 옛사람을 흠모하고 뜻을 고상하게 가지며, 오경이면 늘 일어나 유황에 불을 붙여 기름등잔을 켜고서, 눈은 코끝을 내리 보며 발꿈치를 괴고 앉아, 얼음 위에 박 밀듯이 『동래박의』를 줄줄 외워야 한다. 굶주림을 참고 추위를 견디고 가난 타령 아예 말며, 이빨을 마주치고 머리 뒤를 손가락으로 퉁기며 침을 입안에 머금고 가볍게 양치질하듯 한 뒤에 삼키며 옷소매로 휘양(揮項: 모자의 일종)을 닦아 먼지를 털어 털 무늬를 일으키며, 세수할 때엔 주먹 쥐고 벼르듯이 하지 말고, 냄새 없게 이 잘 닦고, 긴 소리로 종을 부르며, 느린 걸음으로 신발을 끌듯이 걸어야 한다. 『고문진보』와 『당시품휘』를 깨알같이 베껴 쓰되 한 줄에 백 글자씩 쓴다. 손에 돈을 쥐지 말고 쌀값도 묻지 말고, 날이 더워도 발을 벗지 않고 맨상투로 밥상을 받지 말고, 밥보다 먼저 국을 먹지 말고, 소리 내어 마시지 말고, 젓가락을 구르지 말고, 생파를 먹지 말고, 술 마시고 수염 빨지 말고, 담배 필 땐 볼이 움푹 파이도록 빨지 말고, 화가 나도 아내 때리지 말고, 성이 나도 그릇을 차지 말고, 애들에게 주먹질 하지 말고, 뒈지라고 종을 나무라지 말고, 마소를 꾸짖을 때 판 주인까지 싸잡아 욕하지 말고, 병에 무당을 부르지 말고, 제사에 중을 불러 제를 올리지 말고, 화로에 불 쬐지 말고, 말할 때 입에서 침을 튀기지 말고, 소 잡지 말고 도박하지도 말라. 이상의 모든 행실 가운데 양반에게 어긋난 것이 있다면 이 문서를 관청에 가져와서 변정(卞正)할 것이다. 성주(城主)인 정선군수가 결재를 하고 좌수와 별감이 증인으로 서명함.

이에 통인(通引)이 여기저기 도장을 찍는데, 그 소리가 큰 북을 치는 것 같았으며, 모양은 북두칠성과 삼성(삼형제 별)이 종횡으로 늘어선 것 같았다. 호장(戶長)이 문서를 다 읽고 나자 부자가 어처구니없어 한참 있다가 하는 말이 '양반이라는 것이 겨우 이것뿐입니까. 제가 듣기로는 양반은 신선 같다는데, 정말로 이와 같다면 너무도 심하게 횡령을 당한 셈이니, 원컨대 이익이 될 수 있도록 고쳐 주옵소서.'라고 하므로, 마침내 증서를 이렇게 고쳐서 만들었다.

하느님이 백성을 내니, 그 백성은 넷이로다. 네 백성 가운데는 선비가 가장 귀한지라, 양반으로 불려지면 이익이 막대하다. 농사와 장사를 아니 하고, 문사(文史) 대강 섭렵하면, 크게 되면 문과 급제, 작게 되면 진사로세. 문과 급제 홍패라면 두 자 길이 못 넘는데 온갖 물건 구비되니, 이게 바로 돈 전대요, 서른에야 진사되어 첫 벼슬에 발 디뎌도, 이름난 음관(蔭官)되어 웅남행(雄南行: 품계가 높은 음관)으로 잘 섬겨진다. 일산(日傘)바람에 귀가 희고 설렁줄에 배 처지며* 방 안에 떨어진 귀걸이는 어여쁜 기생의 것이요, 뜨락에 흩어져 있는 곡식은 학을 위한 것이라. 궁한 선비 시골에 살면 나름대로 횡포를 부려, 이웃 소

---

* 수령은 행차할 때 일산을 받쳐 얼굴에 그늘이 드리우므로 햇볕을 쏘이지 않아 귀가 희어지고, 일을 시킬 때에는 설렁줄을 당겨 사람을 부르면 되므로 편해서 배에 살만 찐다는 뜻이다.

로 먼저 갈고, 일꾼 뺏어 김을 매도 누가 나를 거역하리. 네놈 코에 잿물 붓고, 상투 잡아 도리질하고 귀얄수염 다 뽑아도 감히 원망이 없느니라.

　부자가 그 문서 내용을 듣고 있다가 혀를 내두르며 '그만두시오. 그만두시오. 참으로 맹랑한 일이요. 장차 나로 하여금 도적놈이 되란 말입니까.'라고 하면서, 머리를 흔들고 가서는 죽을 때까지 다시 양반의 일을 입에 내지 않았다.

황진이 이야기

김
택
영

    황진이는 중종(中宗) 때의 사람이니, 황진사의 서녀(庶女: 첩의 딸)이다. 그의 어머니 진현금(陳玄琴)이 병부다리 아래에서 물을 마시고 감응하여 황진이를 잉태하였다. 낳기에 이르러 방 안에 3일 동안이나 기이한 향기가 났다. 황진이가 장성함에 아름답고 서사(書史)에 능통하였다. 바야흐로 나이 15, 6세가 되었을 때 이웃에 사는 한 서생이 남몰래 짝사랑하였으나, 이루지 못하여 마침내 병이 되어 죽고 말았다. 서생의 관이 발인을 하여 황진이의 집 문 앞에 이르자 움직이지 않았다. 이에 앞서 서생이 병이 들었을 때, 그 집에서 자못 그 사연을 듣고 사람을 시켜서 간절히 황진이의 저고리를 얻어다가 관을 덮은 연후에야 관이 비로소 앞으로 나아갔다. 황진이가 크게 느낀바가 있어, 이에 점점 기생으로 행동을 하였다. 황진이가 멀리 놀러가기를 좋아하고 시상이 맑고 뛰어나 당시의 누대산수(樓臺山水)와 기쁨과 슬픔이 성하고 쇠할 즈음이면 붓을 잡고 시를 지음에 그 정이 곡진하지 않음이 없었다. 일찍이 판서 소세양(蘇世讓)과 이별할 때에 좌중에서 오언율시를 지어 부르니, 그 시에 이르기를,

月下庭梧盡　달 아래 뜨락에 오동잎 지니
霜中野菊黃　서리 속에 들국화 노랗게 피네
樓高天一尺　누각은 하늘 높이 솟았는데
人醉酒千觴　사람은 천 잔 술에 취했네
流水和琴冷　흐르는 물은 거문고에 화답하고
梅花入笛香　매화향기 피리 속에 들어오네
明朝相別後　내일 아침 서로 이별한 뒤에
情與碧波長　정은 푸른 물결과 같이 길어지겠지

소세양이 바야흐로 출발하려다가 그를 위하여 하루를 더 머무르면서 말하기를 '너의 시만한 것이 없으니 어찌하랴.'라고 하였다. 또 일찍이 만월대에 올라 회고하는 시를 지었는데 그 시에 이르기를,

古寺蕭然傍御溝　옛 절은 조용하게 어구 옆에 쓸쓸하고
夕陽喬木使人愁　지는 해 교목을 비추니 시름을 자아낸다.
煙霞冷落殘僧夢　저녁노을 차갑게 지니 스님 꿈만 남았는데
歲月崢嶸破塔頭　세월의 한 해가 탑머리에서 부서진다.
黃鳳羽歸飛鳥雀　누런 봉황은 어디 가고 참새들만 나는데
杜鵑花發牧羊牛　진달래 피어나고 소와 양은 풀을 먹인다.
神崧憶得繁華日　신령스런 송악산 영화롭던 때를 생각하니

豈意如今春似秋   어찌하여 지금은 봄이로되 가을 같은가

또 초승달을 읊은 시에 이르기를,

誰斷崑山玉   그 누가 곤륜산의 옥을 다듬어
裁成織女梳   마름질해 직녀의 빗을 만들었나.
牽牛一去後   견우가 한 번 돌아간 뒤에
愁擲碧空虛   시름에 겨워 푸른 하늘에 던져버렸지

　세상 사람들이 다투어 전하고 외우며, 이계란(李季蘭), 설도(薛濤)*의 무리에 비견하니, 이로부터 나라 안에서 이름난 기생을 말할 때면 반드시 먼저 황진이를 말했다. 황진이가 장차 죽음에 이르러 그 집사람들에게 부탁하여 말하기를 '내가 천하의 남자들을 위하여 능히 자애하지 못하고 이에 이르렀으니, 내가 죽으면 이불과 관을 만들지 말고 시신을 져다가 옛 동문 밖의 모래톱에다 버려서 개미와 삵이 내 육신을 먹게 하여 천하의 여자들로 하여금 나로써 경계를 삼도록 하라.'고 하였다. 집사람들이 그 말대로 하였는데, 한 남자가 황진이의 시신을 수습하여 묻어주었다. 지금 장단(長湍)의 구정고개 남쪽에 황진이의 묘가 있다. 황진이의 시가 지금 세상에 전하는 것이 네 수인데, 여기에 세 수를 기록한다. 외사씨(外史氏: 사관이 아닌 사람)가 이르기를 '황진이의 일은 추잡하여 족히 도가 되지 못한다. 그러나 대개 상복(桑濮)**이 있지 않은가. 상복이 『시

---

* 이계란과 설도는 중국 당나라 때의 유명한 여류문인이다.
** 상간복수(桑間濮水)의 줄임말. 상간은 복수가에 있는 뽕나무 숲 사이라는 뜻인데, 음란하여 망국의 음악이라 함.

경』에 배열된 것이, 봄날의 새와 가을의 벌레가 하늘을 날아 울면서 원망하고 견주고 경계함이니, 또한 옛사람이 가르침을 베푸는 하나의 도이다.'라고 하였다. 이로 말미암아 말하면, 저 부류는 비록 끼일 바가 없더라도 오히려 성대한 것인데, 하물며 황진이의 맑은 시상(詩想)과 빼어난 운율이겠는가. 세상에 전하는 황진이의 다른 일들은 모두 망령된 것이라, 이에 기록하지 않는다.

제 8 부

죽음에 대한 슬픔과 예우

죽은 아내에게 고하는 제문

김
종
직

　모월 모일에 남편인 모관 김종직은 삼가 맑은 술과 시절의 음식으로 제사를
올림으로써 감히 돌아가신 아내 숙인 조씨(淑人曹氏)의 영전에 슬피 고합니다.

　아, 나의 아내 숙인이여!
　어이 그리 빨리도 나를 버리는가
　백년해로 하자던 그 약속이 겨우 삼분의 일만 지났는데
　삼십 년 동안 함께했던 배필과 하루아침에 영결을 하는구려
　지난 일들을 돌이켜 생각하면 어찌 차마 말을 할 수 있으리

　아, 슬프도다.
　그대는 명문가에서 태어나 선비인 나의 배필이 되어

유순하고 착하고 너그럽고 인자하며 마음속에 정한 척도가 있어

선비를 공경하여 받들었고 만년엔 더욱 온화하고 너그러우니

돌아가신 어머니께서 이르시기를 내 며느리가 사랑스럽다 하셨네

나의 누님과 나의 누이동생도 기뻐하며 서로 보호하였고

크고 작은 동서들 사이에도 전혀 서로 거슬림이 없었거니와

고향의 친척들에 대해서도 누구에겐들 좋고 나쁨이 치우쳤으랴

덕은 어이 그리 온전하고도 수명은 어이 그리 갖추지 못했나

아, 슬프도다.

나는 본래 비둘기처럼 졸렬하여* 항아리에 곡식이 자주 떨어졌으나

그대는 가난을 잘 견디면서 영리를 전혀 일삼지 않았으며

거친 음식과 거친 의복으로 끝내 조금도 변함이 없었네

손님 접대나 제사를 지낼 적에는 음식과 제수를 반드시 준비하되

그대가 간을 맞추어 조리했는데 명아주잎 콩잎도 맛이 좋았지

오희의 맹광(五噫孟光)과 시상의 책씨(柴桑翟氏)를**

그대가 실로 닮았었기에 내가 그대를 깊이 의지했었네

이제 막 벼슬살이를 그만두고 나물이나 캐고 낚시질이나 하며

백발의 늘그막에 서로 의지하면서 여생을 보전하려고 계획했는데

---

* 비둘기는 본래 둥지를 지을 줄 모른다는 고사에 온 말로, 가정을 잘 꾸려가지 못함을 의미한다.

** 오희는 후한(後漢) 때의 은사인 양홍(梁鴻)이 그의 아내인 맹광과 함께 패릉산에 은거하다가 뒤에 서울을 지나면서 부른 노래인데, 그 노래에 '저 북망산을 오름이여 슬프다. 서울을 돌아봄이여 슬프다. 궁궐들의 우뚝함이여 슬프다. 사람들의 수고로운 삶이여 슬프다. 아득하여 다하지 않음이여 슬프다.'라고 하였다. 시상은 산의 이름인데, 진(晉)나라 때 도연명(陶淵明)이 살던 곳이고, 책씨는 바로 도연명의 아내이다.

그 계획을 거의 이루어 가는데 어찌 갑자기 이 지경에 이르렀나

아, 슬프도다.
그대는 세상에 난 이후로 간난과 액운이 겹쳐서
나이 십여 세가 되기도 전에 어머니가 병환으로 돌아가서
외증조할아버지와 할머니께서 불쌍히 여겨 길러 주셨는데
미처 십오 세가 되기도 전에 연달아 의지할 곳을 여의고
외할머니 밑에서 성장하면서 여자의 법도를 이어 받았으나
외할머니 또한 돌아가시니 그 침통함을 어찌 견디리오
나에게 시집온 이후로는 길흉화복이 덧없이 이르러
즐거움은 눈에 차지를 않고 재앙은 더욱 크게 받았는데
두 차례나 삼년상 치를 적에 제사 범절에 있는 힘을 다하였네
나는 도를 깨우치지 못했기에 온갖 귀신이 침범해 와서
딸 둘과 아들 다섯이 서로 잇따라 넋이 되어 올라가니
그대는 이 때문에 가슴이 찢기어 묵은 병이 점점 덧나게 되었네

아, 슬프도다.
전에 그대가 병을 얻은 것은 실로 아이 해산에서 생긴 것인데
풍사(風邪)와 어혈의 독이 몸 안에서 항상 돌고 돌아
십 년 동안 약을 복용한 끝에 뭉친 것은 모두 제거되었고
이따금 다시 아프기는 하나 그 증세가 가벼웠으므로
오래가면 의당 완전히 나아서 무사하리라 여겼다네
그래서 마침내 내버려두고 치료하는 일에 힘쓰지 않았더니

끝내 이것으로 세상을 하직하여 나를 몹시도 부끄럽게 하는구려

아, 슬프도다.

그대의 아버지께서는 건강하게 생존하시니

좋은 때 좋은 명절이 오면 누가 축수의 잔을 권한단 말인가

그대의 두 딸 가운데 작은 애는 아직 집에 있으니

후일 그 애가 시집을 가게 되면 누가 혼수를 마련한단 말인가.

그대의 여러 아우들은 명성이 모두 훌륭한데

수염 태우며 죽 끓여 주는 *걸 그 누가 받아서 마실런고

뜰에 가득한 노비들은 의지를 잃고 허둥지둥하는데

또 좌우로 일을 부리는 것은 누가 그것을 주장할 건가

이제 새로 지은 집에는 정원이 있고 연못도 있는데

그대가 머물러 살지 않으니 누구와 함께 산책을 한단 말인가

아, 슬프도다.

적막하고 쓸쓸한 서쪽 침실은 바로 그대가 있을 곳이라

옷과 이불과 목욕 도구들을 그대의 평상시 대로 갖추었고

음식 등의 여러 가지 기구들도 또한 적당하게 준비하였네

그대가 옛날 그렇게도 수고했건만 끝내 자식이 하나도 없으니

상주를 할 사람이 그 누구인고, 아, 이제는 그만이로다

나는 병으로 사직을 하고 그대를 위해 상복을 입으려 했더니

---

* 당나라 때의 재상인 이적(李勣)은 자기 누님이 병들었을 때, 누님을 위하여 손수 죽을 끓이다 가 수염을 태웠다.

잘못 임금의 돌보심을 입어 약을 하사하여 치료해 주시니
그 은혜를 저버리기 어려워서 장차 서울로 가려 한다오
그대 장사지낼 일로 인하여 내가 장차 빨리 돌아오리라
삶과 죽음이 서로 간격이 없으니 의당 나의 슬픈 마음을 알리라

아, 슬프도다.
미곡(米谷)의 언덕에는 소나무와 가래나무가 무성한데
옥과(玉果)의 두 무덤을 그 한가운데에 안치하였고
그대의 어머니와 그대의 자식은 두 무덤 동쪽에 있는데
그대의 유택을 조성하는 일은 겨울철로 날을 가려서 하리니
저승에서 가족이 서로 만나면 그 즐거움이 화락하겠네
죽은 사람은 그렇게 되겠지만 산 사람은 누구를 따른단 말인가
단술을 올리고 이렇게 고하면서 끝없이 부르짖어 통곡하노라

아, 슬프도다.

율곡 이이의 영전에 고하는 제문

정
철

만력 12년(1584, 선조 17) 3월 16일에 자헌대부행사헌부대사헌 겸 동지경연성
균관사(資憲大夫行司憲府大司憲兼同知經筵成均館事) 정철은 삼가 술과 과일을 올
려 돌아가신 나의 벗, 숭정대부의정부우찬성 겸 지경연사(崇政大夫議政府右贊成
兼知經筵事) 홍문관대제학(弘文館大提學) 예문관대제학(藝文館大提學) 지춘추관성
균관사(知春秋館成均館事) 오위도총부도총관(五衛都摠府都摠管) 율곡 이공의 영전
에 제(祭)를 올립니다.

아, 슬프도다.
우리 숙헌(叔獻: 이이의 자)이여!
공은 나와 같은 해에 출생하여
오직 달과 날에 앞뒤가 있을 뿐이었다.

병진년에 경노(景魯)를 통하여 공을 알게 되었는데
그때에 금강산에서 처음 서울로 왔던 것이었다.
맑은 물에 연꽃 같은 그 높은 재주와 성한 명성은
한 세상의 으뜸으로 다시는 없을 것 같았다.
나는 젊고 또 어리석어서 다만 이르기를,
공은 문인 중에 일인자이라고 하였다.
그러나 이미 교유한지 오래고 나 역시 사리를
판단할 줄 알게 되면서부터 비로소 공이 공된 것임을 알았다.
어찌 홀로 문장뿐이랴. 심오한 학문이었다.
학문의 순수하고 정대함은 대개 천품이 도에 가까워서
노력을 하지 않고 얻은 것이다.
만년에 다시 연마하고 사색하여 세월이 쌓인 연후에
학문이 더욱 진취하고 식견이 더욱 맑아서
마치 높고 크나큰 배가 하나의 돛으로 천리를 항해함과 같아
선배로도 미치지 못할 바가 있었다.

아, 어찌 쉽사리 속세의 사람과 더불어 논할 수 있으랴.
기쁨과 성냄이 없고 죽음과 삶에 태연하며
얻고 잃는 것이나 영화롭고 욕됨을 다 잊어버려
외물(外物)로 마음에 두지 않음과 같은 것은
곧 천성으로 그러하였던 것이다.
그리고 소통하고 민활하여 일에 부딪치면
막힘이 없는 사람이 그대가 아니었던가.

임금을 부모와 같이 사랑하고 나라를 집과 같이 걱정하여

강호에서나 조정에서나 그 마음을 달리하지 않은

사람이 그대가 아니었던가.

그리고 또 충(忠)과 신(信)으로 사람을 대하고

사물과 접하되 서로 더불어 다투는 일이 없으니

사람들이 다 군자라 칭송함은 그대의 덕이요

넓고 큰 도량으로 비록 용납을 못할 것이 없었으나

악한 사람을 대하여는 말과 얼굴빛에도 용서가 없었음은

그대의 깨끗한 절개이었다.

아, 조정의 의논이 둘로 나뉘어져

물이 굽이를 치고 불이 위세를 토하듯 한 이때

공은 이를 조정하려고 힘을 다하며

차라리 말을 여러 번 달리 할지라도

사림에 신망을 잃거나 국사를 그르치지는 않으려던

그 뜻이 비장(悲壯)하였다.

그러나 마침내 이로 인하여 참소를 만나

거의 예상치 못한 지경에 빠질 뻔하였으나

하늘의 해가 밝아서 이미 물러갔다가 다시 돌아와

바야흐로 임금의 총애가 높아서

바르게 달리고 멀리 걸으려는 때에

나라의 들보가 갑자기 꺾이었으니 삶은 기약이 있는 것 같고

죽음은 빼앗김이 있는 것 같도다.

아, 하늘이 우리나라를 복되게 하지 않으려 하심인가.

정력을 다하고 마음을 괴롭히어 조금도 힘을 남기지 않고

나랏일에 죽으려 함은 옛날에도 비길 만한 사람이 없다.

돌아가던 날에 시중사람들이 달려와 슬프게 부르짖은 사람

모두가 공의 얼굴도 알지 못하는 사람들이었으니

어찌하면 이에까지 이를 것인가.

공을 사랑하는 이가 많은 한편, 공을 미워하는 이도 있고

공을 슬퍼하는 이가 있고, 공을 슬퍼하지 않는 이도 있으나

공에게 무슨 손상이 있으리오. 나같이 못생긴 사람으로서

무엇이 이렇다할 만한 것이 있으랴마는

공이 홀로 나를 너그럽게 대하여 준 것이 이미 30년이며

또 편협한 나와 절교를 할 만한 때가 여러 번이었는데도

마침내 오랜 의리를 버리지 않고

끝까지 친절하게 같이 옳은 길로 돌아오도록 하니

공은 참으로 어찌 어진 사람이라 하지 않겠는가.

아, 나랏일을 꾀하고 인재를 선발하며

나같이 용렬한 사람도 함께 등용하려 하였으니

이것은 내가 유능한 사람이라고 해서가 아니라

원컨대 배워서 조금이라도 함께 시국의 어려움을 구하려 함이었다.

그런데 공은 세도(世道)에 뜻이 없는 양

갑자기 나를 버리고 돌아가심은 그 무슨 일인가.

호원(浩原: 성혼의 자)의 학문과 재주로도

오히려 공이 없이 혼자만으로는 능히 운영을 못하거늘

하물며 나같이 아무것도 모르는 텅 빈 사람으로

장차 어떻게 나랏일에 만분의 일이라도 도움이 될 수 있으리오

아, 시국을 걱정하는 공의 한결같은 마음은

죽음에 이르도록 쇠하지 않아서 임종시에도

내 손을 잡고 정녕 한 부탁이 나랏일이 아님이 없었다.

죽어서도 역시 단결된 이 기운이 흩어지지 않아

상서로운 구름과 단비가 되어 풍년을 이루어

우리 백성으로 하여금 배가 부르게 하려는가.

모진 바람과 빠른 우레로 변하여 이매망량(魑魅魍魎)의

도깨비와 같은 소인들을 멀리 쫓아버리려는가.

또 기린(麒麟)과 봉황(鳳凰)이 되어

여러 가지 좋은 일이 아울러 이르고

만 가지 복(福)이 모이게 하려는가.

아니면 태산교악(泰山喬嶽)이 되어

성스러운 우리 신도(信徒)를 지켜

나라의 복이 천 백년을 뻗치게 하려는가.

공은 이상의 네 가지에 반드시 묵묵히 도울 것이요

결코 용렬한 사람과 같이 그 혼과 기운이 살아서는 꿈틀거리고

죽으면 바람과 연기처럼 날려 흩어지지는 않으리라.

아, 내가 공을 곡(哭)함으로부터는 외롭고 외로워서
다시는 인간사에 뜻이 없으니 한 마리 외로운 새가 그림자와
서로 위로하는 것 같고, 줄이 없는 거문고, 구멍 없는 피리 같아서
비록 거문고를 타고 피리를 불고 싶으나 어찌할 수 없으니
나도 역시 모든 것이 이에 그친 듯하도다.

아, 친구란 천륜으로 합한 혈기도 아닌데
어찌하여 이토록 슬프단 말인가.
서호(西湖)의 물은 다시 흘러들어 가고
동산(東山)의 달도 다시 떠오르리라.
봉래(蓬萊)의 오색 빛도 역시 어제 같도다.
슬프다! 우리 숙헌은 어느 때나 다시 돌아오시려는가.
말이 다하고 제사가 끝나자 한번 큰소리로 외쳐봅니다.

죽은 딸을 애도하는 제문

배
용
길

　　1593년(선조 26) 9월 22일에 너의 아비와 어미는 주과를 차려놓고 죽은 딸 숙가(淑嘉)의 관(棺) 앞에서 곡하노라. 아, 내 나이 스물여섯이요, 너의 어미는 스물둘에 너는 오천의 집에서 태어났다. 너의 자질은 순수하고 마음은 맑아서 정을 흠뻑 주었으니 아들이나 딸에 차이가 없었기 때문이다. 그때 할아버지께서는 양양부사로 계셨는데, 내가 너의 출생을 알리니 할아버지께서는 너의 이름을 숙가라고 지어주셨다. 아기 때부터 지금까지 13년 동안 배고파하면 너에게 밥을 먹였고, 목말라하면 너에게 물을 먹였다. 추워하면 너에게 털옷을 입혔고, 더워하면 너에게 갈옷을 입혔지. 너를 엉금엉금 기게 하고, 너를 아장아장 걷게 하며, 너에게 말하게 하고, 너에게 방그레 웃게 하였는데, 나는 너에게 한 순간도 이마를 찌푸리는 일이 없었다. 너는 재능이 미련하고 둔하지 않아서 뜨개질을 배워서 볼 만하였다. 금년 초여름에 굶주림이 심하여 내가 이웃 마을에 식량을 빌리러 갔다가 돌아온 지 얼마 안 되어 역병에 걸렸는데, 너도 편도선을 앓아서 나는 병을 무릅쓰고 네게 침을 놓으니 밤새도록 너는 끙끙대면서 내 곁에 누웠었지. 나는 네가 몹시도 가여웠단다. 너는 차도가 있었으나 나는 병이 나서 너를 하인의 처소로 옮기면서 네 어머니에게 말하였지. '연약한 체질은 이 역병을 당해내지 못하니 바로 피신시키시오.' 헤어진 지 열흘이 안 되어서 또 말하였지. '딸아이가 컸으니 멀리 보낼 수가 없소' 마침내 너를 데리고 와서 함께 지냈단다. 궁핍한 귀신이 핍박하여 네 어머니가 아침저녁으로 소나무 껍질을 섞어서 끓인 죽 한 그릇을 먹을 때, 나는 차마 네가 입에 풀칠하는 것을 볼 수 없었단다. 5월이 끝나가려할 때에 나는 병이 덜해졌는데, 너는 계속 아팠었지.

아, 너는 1581년(선조 14) 한여름에 태어나 금년 늦은 여름에 죽었으니 때를 잘못 만난 것이냐 운명이냐. 나는 알지 못하겠구나. 그때 나는 할머니께서 가지 말라고 나무라셔서 너의 병을 간호하지 못하고 너를 죽음에 이르게 하였구나. 너의 병이 위중하다는 말을 듣고 울타리 밖에서 너의 이름을 부르며 '아비가 왔다. 알겠느냐? 억지로라도 꼭 먹어야 한다.'라고 했더니, 너는 고개를 돌려 바라보면서 예, 예하고 대답했었지. 사흘이 되지 않아서 너는 죽었으나 대답하는 소리는 아직 귀에 남아 있구나. 너는 어디로 간 것이냐? 아, 아프도다. 작년 4월에 예안, 고산, 온계 등지에서 왜군을 피해 있다가 5월에 집으로 돌아와서는 6월에 다시 동촌으로 피난을 가니, 동촌에서 재산의 금곡까지는 40리 길이었다. 타고 갈 만한 소나 말이 없어서 너는 눈물을 흘리면서 걸어서 따라왔는데, 너의 생명을 해친 것이 바로 이때로구나. 아, 너는 뛰어난 자질로도 수명을 얻지 못한 것이냐. 온순한 성품으로도 요절한단 말이냐. 아, 나와 네 어미는 시집 장가가 늦었고, 너를 낳은 것도 늦었으니, 사랑을 쏟음이 어떠했겠느냐. 지극한 사랑을 쏟았는데 갑자기 너를 잃으니, 그 슬픔이 어떻겠느냐. 먹을 것도 네게 적게 주었고, 입는 것도 네게 적게 입혔고, 다니는 것도 너와 적게 다녔고, 함께 있는 것도 너와 적게 했구나. 너의 남동생과 여동생이 내 곁에서 즐겁게 놀고 이야기하면서 웃더라도 어찌 나의 슬프고 답답한 가슴을 풀 수 있겠느냐. 거문고를 당겨 몇 번 튕겨 봐도 기쁘지 않고, 긴 노래를 여러 곡 불러 봐도 즐겁지 않다. 오로지 술 한 잔을 마시면 없앨 수 있으련만 곤궁하여 빚어둔 술이 없구나. 아, 이 슬픔은 어느 때에나 그치려나. 네가 비록 나를 등지고 떠나가지만 저승에는 할아버지가 계실 것이고, 작은아버지와 막내고모도 있을 것이다. 비록 네 아비와 어미는 없더라도 그 즐거움이 마땅히 인간세상보다 못하지는 않을 것이다.

처음에 할아버지의 곁에 너를 장사지내려 했으나, 세상은 어지럽고 재력이 부족하여 잠시 우리 집 북쪽 구릉에 동북쪽을 등지고 서남쪽을 바라보는 언덕에 묻었단다. 나와 네 어미가 죽기 전에는 때에 맞게 제사를 지내 이 슬픔을 달래려 한단다. 너는 아느냐 모르느냐. 하늘에다 소리치고 땅을 쳐 봐도 서로 볼 날 기약이 없구나. 다만 한번 죽으면 저승에서 서로 만나 영원히 헤어지지 않을 날이 있으리니, 나와 네 어미의 슬픔도 풀릴 것이며 너의 기쁨도 이루어질 것이다. 너는 아느냐 모르느냐. 가을 하늘에 울며 보내니, 구름에 해가 가려 날은 어둡다. 제물은 보잘 것 없는 나물이지만 보고 싶은 마음은 지극하구나. 넋이 있거든 부디 와서 흠향하여라.

죽은 아내 영전에 고하는 제문

송시열

숭정 정사년(1677, 숙종 3) 5월 4일에 형벌을 기다리는 사람, 은진 송시열은 고인이 된 이씨(李氏: 송시열의 아내)의 영구(靈柩)가 조정의 의논이 급박한 까닭으로 좋은 날을 미처 가리지 못하고 급히 유성(儒城)의 산기슭에 임시로 가매장을 한다는 소식을 듣고 멀리서 제전(祭奠)의 찬구(饌具)를 보내어 작은 손자 회석(晦錫)을 시켜 영구 앞에 대신 고하도록 하였습니다.

아, 나와 당신이 부부로 맺은 지가 지금 53년이 되었습니다.
그동안 나의 가난함에 쪼들려 거친 밥도 항상 넉넉하지 못하여
손발이 다 닳도록 고생하던 그 정상은 이루 다 말할 수 없습니다.
그리고 내가 쌓은 앙화 때문에 아들과 딸이 많이 요절하였으니
그 슬픔은 살을 도려내듯이 아프고 독하여

사람들이 견디어 낼 수 없는 일이었습니다.

게다가 근세에 이르러서는 내가 화를 입어서

당신과 떨어져 산지가 이제 4년이나 되었는데

때때로 나에 대해 들려오는 놀랍고 두려운 일 때문에

마음을 녹이고 창자를 졸이면서 두려움에 애가 타고

들볶이던 것이 어찌 끝이 있었겠습니까.

끝내 몸이 지쳐 병에 걸려서 이 지경에 이르렀으니

그 시종을 따져보면 나로 말미암지 않음이 없습니다.

당신의 타고난 운명이 좋지 않아서

이같이 어질지 못한 사람과 짝이 되었으니

당신이야 비록 원망을 않는다손 치더라도

내 어찌 부끄러운 마음을 이겨 내겠습니까

지난해부터 빨리 와서 만나보고 싶었지만

뭇 의논에 저지되어 문득 다시 머뭇거리면서

혹 시대의 의논이 차츰 누그러지고 목숨이 조금 늦춰지면

서로 만나서 편히 지낼 그날이 있을 것 같기에

왕복한 편지의 내용이 모두 이에 대한 일이었는데

이와 같은 뜻을 마침내 저버렸으니

더욱 눈을 감기가 어려웠을 것입니다.

지난번 흉한 소식을 받을 적에 급히 자손들에게 명하여

만의(萬義: 수원 인근)에 장사를 지내서

자부(子婦: 며느리)와 서로 의지할 수 있게 하라고 하였더니

갑자기 이처럼 사세가 급박하여 또한 계획대로 되지 않았으니

이것 또한 한 가지의 불행입니다.

비록 그러나 사람들의 논죄가 바야흐로 극에 달하였고
바다의 장기(瘴氣)가 몸을 매우 괴롭히므로
이 생명이 끝나는 것도 아침이 아니면 저녁일 것입니다.
나의 자손과 아우들은 마땅히 나의 뼈를 고향에 묻어 줄 것이고 보면
또한 마땅히 당신도 옮겨서 나와 합장해 줄 터이니
살아서는 떨어져 있었으나 죽어서나마 함께 할 수 있는 때가
바로 그때일 것입니다. 이 밖에 다시 무슨 말을 하겠습니까.
아, 지금 떠도는 소문이 매우 패악스러우니
당신이 만약 세상에 살아 있더라도
어떻게 이처럼 망극함을 견디어 내겠습니까.
그렇다면 먼저 돌아가서 캄캄하게 아무것도 모르고 있는 것이
도리어 나중에 죽을 자의 부러운 바가 됩니다.
아, 또한 그렇습니까. 또한 평일에 잘 생각하던 것처럼
지하에서도 가슴을 치며 안절부절못합니까.
아, 일이 갑자기 생겼고 떠날 사람의 출발 시간이 임박하여
뜻은 무궁하나 말을 다하지 못하였습니다.
오직 당신은 어둡지 않을 터이니
나의 슬픈 정성을 살펴주시오.
아, 애통합니다.

* 당시 송시열은 귀양지에 있어서 아내의 장례식에도 참석할 수가 없었으므로 손자를 통하
  여 이 제문을 고하게 하였다.

이원익 상국에게 올리는 제문

허
목

    오호라! 영웅호걸은 늘 있는 것이 아니요 비범한 사람도 시대마다 나오는 것이 아닙니다. 대체로 여러 별들의 정기와 산악의 맑은 기운이 천지의 조화에 감응할 때에 천 년이나 백 년 만에 한 번 나올 그런 뛰어난 인물이 나옵니다. 그러한 인물은 극도의 치세나 극도의 난세에 나오게 되는데, 하늘이 한 시대를 짊어질 중책을 그에게 맡겨서 세상의 쓰임이 되게 합니다. 그러므로 평상시 아무 일이 없을 때에는 일 처리가 원칙을 굳게 지키는 정도이기 때문에 처음엔 다른 사람들과 특별히 차이가 나지 않습니다. 하지만 세상의 변란을 만나 큰 책임을 맡게 된 뒤에는 훌륭한 공적이 당대에 화려하게 빛을 발하여 귀신과 사람, 하늘과 땅을 감동시킵니다. 강물에 비유하자면, 마치 강물이 순탄하게 흘러갈 때에는 물가의 벼랑을 그다지 치지 않고 내려가지만, 물결을 가로막는 나루나 물살을 세차게 하는 벼랑을 만나면 물가의 언덕을 휩쓸어 버리고 물줄기가 하늘을 밀치듯이 치솟으며, 물고기들이 뛰어오르고 무지개가 하늘을 뒤덮음으로써 비로소 물의 힘이 대단하다는 것을 보게 되어 황홀하고 신비한 경지를 예측할 수 없는 것과 같습니다.

오호라! 상국은 순수하고 바른 기품과 강직하고 고결한 지조와 호방하고 출중한 재주와 영특하고 민첩한 식견을 갖추었습니다. 앞에서 언급한 '여러 별들의 정기와 산악의 맑은 기운이 천지의 조화에 감응한 결과로 천년에 한번 나올 뛰어난 인물'이라고 하겠습니다. 한미한 선비로 관직에 진출하기 전에는 깨끗하게 자신의 지조를 지키고 행실을 닦는 일에 전념하였을 뿐이고, 나라가 태평하고 벼슬이 아직 높지 않았을 때에는 자리나 지키면서 자신의 직무에만 충실하였으므로 일 처리도 그저 그렇게 보였고 사람들도 그다지 상국을 특별하게 보지 않았습니다. 하지만 세상이 어려워지자 절의를 드러내 보였고 지위가 높아지자 덕업이 빛을 발하여 이러한 사실이 역사에 밝게 기록되고 이정(彝鼎: 종묘의 제기의 일종으로 솥처럼 생김)에 또렷이 새겨져 전해오고 있습니다. 이를테면 세 임금의 조정에서 두루 벼슬하는 동안 출장입상(出將入相: 나가면 장수요, 들어오면 재상)의 활약을 보여 세상의 안위를 한 몸에 짊어졌는데, 공업이 귀신과 같고 명성이 외국에까지 진동하여 능력이 있고 없거나 거리가 멀고 가깝거나 나무하는 아이나 길거리의 아낙네에 이르기까지 누구 할 것 없이 모두들 상국의 덕에 감탄하지 않는 사람이 없었습니다. 이는 상국이 백성들에게 베푼 은택이 봄날의 따사로운 햇볕과 때맞춰 촉촉이 내리는 단비와도 같아서 집집마다 다니면서 설득하지 않아도 모두들 진심으로 따랐습니다. 소인들에게 시행된 형벌이 추상처럼 엄정하고 작렬하는 태양과 같이 번득여서 온 나라 사람들이 분노하는 것이 무엇인지 분명하게 밝혔기 때문에 아무리 처참한 형벌을 가하더라도 어느 누구도 감히 원망하지 못하였고, 더러는 눈물까지 흘리면서 상국의 어진 마음을 우러르기까지 하였습니다. 임진왜란을 만나 종묘사직이 거의 망할 지경이 되고 백성들이 도탄에 빠졌을 때 온 마음을 다하여 분주히 돌아다니면서 사방에서 있는 힘을 다해 나라를 중흥시키는 일을 보좌하였습니다. 그 충의가 천하 사람들에게 알려지고 그 공덕이 초목에까지 파급되어 백성들이 살아있는 사람의 사당을 지어 그 은덕에 보답하였습니다.

광해군이 무도한 행동으로 인륜을 파괴하여 나라가 극도로 혼란해지자 끝까지 관직을 떠나지 않고 광해군에게 간언을 하였으며, 그 결과 멀리 쫓겨났어도 원망하는 기색을 보이지 않았습니다. 그러나 정성은 하늘을 감동시켜 때맞춰 가뭄에 단비를 내렸으니*, 옛사람이 이른바 '사람은 하지 못하는 짓이 없지만 하늘은 거짓말을 못한다.'는 것이 바로 이를 두고 한 말입니다. 인조반정이 일어나 혼란한 세상을 새롭게 바로잡을 때 사방의 민심이 의구심을 가지고 신뢰를 보이지 않자 유배지에서 다시 불려 나오게 되었는데, 의정부에 앉아서 표정 하나 움직이지 않고 정사를 보아 민심을 크게 진정시켰습니다. 의견이 분분한 큰 정책을 결정하고 어려운 큰 사업을 처리하면서 말투가 차분하고 정성이 다른 사람들을 감동시켰습니다. 그리하여 붕당이 서로 반목하는 시기에 아무리 사납고 질투가 많은 사람조차도 감히 한 마디 말도 꺼내지 못하고 오로지 그 앞에서 불손하게 보이지나 않을까 두려워하였습니다. 더러는 자기 집에서 이러쿵저러쿵하는 사람들도 있었겠지만, 남들 앞에서는 입을 다물고 속마음을 숨긴 채 세상과 후세에 죄를 얻을까 조심하였습니다. 조정의 사대부에서부터 시골의 한미한 선비에 이르기까지 모두들 태산북두처럼 상국을 추앙하였으니, 높고도

---

* 1615년(광해군 7)에 이원익이 인목대비의 폐위를 반대하다가 강원도 홍천으로 유배를 가게 되었다. 그때 마침 온 나라가 큰 가뭄에 시달리고 있었는데, 이원익이 유배지에 도착하자 강원도 지방에만 큰비가 내렸다. 그래서 당시 사람들이 이 비를 '상국우(相國雨)'라고 하였다.

탁월한 행적이 진실로 보통 사람들이 살피거나 헤아릴 수 있는 정도가 아니었습니다.

　오호라! 인륜이 상국 덕분에 무너지지 않았고, 종묘사직이 상국 덕분에 기울어지지 않았으며, 군자들은 상국을 추앙하여 본보기로 삼았고, 소인들은 상국을 두려워하여 함부로 굴지 못했는데, 그것도 이제는 끝났습니다. 장차 백성들에게 복이 없으려고 하늘이 원로대신을 빼앗아 갔습니까. 아니면 세상의 혼탁함을 싫어하여 상국 자신만을 깨끗이 하려고 떠나가셨습니까. 그도 아니라면 결국 한 번 왔다 한 번 가는 상국의 육신이 자연의 조화 속에 소멸되어 정정당당한 뜻이 마침내 하나도 남김없이 사라져 간 것입니까. 하늘로 올라간 영혼의 기운이 모여서 별이 되어 다시 그 정기를 보여주고 계십니까. 아니면 흩어져서 단 이슬과 비가 되어 만물을 적셔주고 계십니까. 오호라! 사직을 위해 세운 공로와 백성에게 베푼 은덕에 대해서는 사람들이 직접 보고 들었으니 진실로 사방의 백성들이 모두가 흠모하고 있습니다. 벼슬에 나아가고 물러나기를 때에 맞게 하고 어려운 때나 평안한 때나 뜻을 바꾸지 아니하여 벼슬에 나아가서는 자신을 잊고 절개를 다하였으며 물러나서는 시골에서 태연자약하게 지내셨습니다. 이렇듯 부귀를 뜬구름처럼 여기시고 백성들의 풍속을 정화하여 백대의 스승이 될 만한 분이셨는데, 이제는 이 세상에서 다시 뵐 수 없게 되었습니다. 어리석고 보잘것없는 소생이 외람되게 상국의 인정을 받아 매우 많은 가르침을 받았기에 아름다운 말씀이 지금도 귓가에 쟁쟁하여 감히 게을리하지 못하겠습니다. 그 말씀 놓치지 않고 가슴에 새겨 가르쳐 주신 은혜를 저버리지 않기를 바라며, 또한 평소에 공경히 섬기던 마음을 감히 잊지 않겠습니다. 아! 애통합니다.

청백리재상 충렬공 신도비명

서
거
정

하늘이 장차 태평성대의 행운을 열 때에는 반드시 훌륭하고 걸출한 인물을 배출하여 대업을 도와 이루게 하는 법이다. 우리 세조대왕께서 대업을 일으킬 때에도 임금을 도와 큰 계책을 모의하고 왕업을 경륜하는데 보좌한 이름난 사람들이 찬연히 많았는데, 능성부원군 구공(具公)이 그 가운데 한 분이다. 공의 이름은 치관(致寬)이요 자는 이율(而慄)이니, 구씨는 본래 능성(綾城)의 명망 있는 집안이다. 공의 고조인 구영검(具榮儉)은 고려 때 높은 벼슬에 올라 면천(충남 당진) 땅을 하사받아 면성군(沔城君)에 봉해졌다. 이분이 구위(具禕)를 낳았는데, 문하좌정승에 추증되었고 시호는 문정(文貞)이다. 이분이 또 구성로(具成老)를 낳았는데, 청현직(淸顯職)을 골고루 역임한 후, 판안동대도호부사로 나갔다가 개성부윤으로 들어와 명성을 날렸다. 이분이 또 구양(具揚)을 낳았으니 공에게는 아버지가 된다. 일찍이 안악, 영변의 군수를 지내고 이어서 정주, 광주, 공주의 목사를 지내면서 청백한 정치를 하여 자애로운 덕을 후세에 남겼으며, 부인 해평 윤씨 또한 집안을 다스리는데 법도가 있었다. 아들 넷을 낳아서 시서(詩書)를 성실히 가르쳤는데, 공이 그 중에 장남이다. 사람들이 모두 말하기를, '공의 어르신네는 덕망 있는 사람으로서 벼슬이 재능에 미치지 못하였으나 그 가문을 일으킬 사람은 마땅히 그의 장남이리라.' 하더니, 마침내 공의 훈공으로 영의정에 추증되었다.

공은 1406년(태종 6)에 출생하여 1429년(세종 11)에 사마시에 합격하고, 1434년(세종 16)에 세종대왕께서 성균관에 납시어 선비들에게 과거시험을 보일 때 급제하였다. 처음으로 승문원의 정자(正字)가 되었다가 얼마 후 사관(史官)으로 선발되어 예문관의 검열(檢閱)을 거쳐 대교(待敎)로 올라갔다. 그 후 다시 승정원의 주서(注書)로 옮겼다가 네 번째는 사헌부의 감찰(監察)로 전임되었으며, 감찰을 거쳐 황해도의 도사(都事)로 나갔다. 1444년(세종 26)에 내가 과거에 급제하여 처음으로 사재감의 직장(直長)에 임명되고 나의 아버지께서 판사(判事)가 되셨을 때, 처음으로 관복을 입고 있는 공의 모습을 보았는데, 기품이 뛰어나고 준수하여 바라보기에 준엄한 모습이었다. 그 후 얼마 되지 않아 내가 집현전의 박사가 되었을 때, 공은 병조좌랑으로 있었다. 집현전의 여러 선생들 가운데 공과 더불어 교유하는 사람들이 많았는데, 나는 그로 인해 공과 더불어 가까이 사귀게 되었으므로 그 사연을 얻어 들을 수 있었다. 공은 지조가 굳고 확실하였으며 식견이 고매하여, 당시 일을 논의하는 가운데 자신의 의견을 발표할 때는 대범하고 엄격하며 언행이 바르고 곧았다. 또 당시의 풍속에 얽매이지 않고 사람들에게 위풍 있는 모습을 보여 존경심을 일으키게 하였다. 그러나 공은 성품이 정직하여 적극적으로 나가 일을 하되 청렴하고 부끄럽지 않은 행동을 보였으므로 아무도 공을 추켜세워 추천하거나 높이 등용되도록 이끌어 주려고 하는 사람이 없었다. 따라서 낮은 벼슬에 옮겨 다닌 지가 10여 년이었는데, 사람들은 모두 공이 뜻을 굽힌다고 하였으나 공은 높은 곳을 바라보며 큰 걸음으로 걸었을 뿐이다. 여러 선생이 말하기를, '능성은 원대한 꿈을 지닌 큰 그릇이다. 어찌 오래도록 남의 밑에서 뜻을 굽힐 사람이겠는가?'라고 하였다.

1446년(세종 28)에 어머니 상을 당하여 삼년상을 마친 다음 병조정랑, 성균관 사예, 의정부검상, 사복시윤 등을 역임하였다. 1453년(단종 1) 수양대군이 계유정난을 일으켜 정권을 잡은 뒤 공을 함경도로 파견하여 역당들을 토벌하고 세 품계를 뛰어넘어 보공대장군에 임명되었다. 수양대군이 국정을 맡았을 때 공을 불러서 함께 나랏일을 논의해 보고서 깊이 그의 능력을 인정하여 말하기를, '경을 늦게 안 것이 한스럽다.'라고 하였다. 얼마 후 승정원의 동부승지로 발탁되었다가 좌부승지로 옮기게 되었다. 이때 국가에 어려운 일이 많았는데 승정원은 임금의 측근에 있으면서 조용히 도와야 하는 입장에서 중요한 기밀을 다루어야 했으므로 책임이 막중한 부서였다. 공은 그러한 자리에 있으면서 일을 주선하고 왕명을 출납함에 있어 오직 신중을 기하는데 노력하였다. 1455년(세조 1)에 세조가 즉위하자 공신으로 책봉되어 좌익공신(佐翼功臣)의 철권(鐵券)이 내려졌으며, 공조참판으로 승진되어 능성군(綾城君)에 봉해지고 얼마 있다가 병조참판이 되었다. 세조가 뜻을 날카로이 하여 정치를 꾀할 때 공에게 군사정책을 맡기니, 공은 감독하고 실천함에 있어 법도가 있었고 계획함이 매우 분명하였으므로 세조가 감탄하여 이르기를, '능성은 문무의 재주를 겸비하였으니, 내가 어찌 나라에 장수와 재상의 재목이 없음을 근심하리오.'라고 하였다.

1457년(세조 3)에 의경세자가 갑자기 죽자, 세조께서 예종(睿宗)으로 세자를 삼아 중국에 승인을 요청하기 위해, 상당군 한명회를 정사로 삼고 공을 부사로 명하였다. 이에 임금의 뜻에 맞게 일을 잘 마치고 돌아왔으므로, 가정대부의 품계로 승진하여 호조참판에 임명되었다. 세조는 평안도를 북방 관문의 자물쇠로 생각하여 그곳을 안정시키는 것을 결코 가벼이 할 수 없다고 여겼다. 그런데 절도사(節度使)를 무장 가운데서 등용하여 임명하는 것이 상례였으나, 그 곳의 백성들을 어루만져 잘 다스리는 데에는 문제점이 있었다. 따라서 문무를 겸비한 비중 있는 신하로 그 지역을 안정시킬 수 있는 사람을 임명키로 생각하여, 공을 평안도절도사로 임명하고 친필 서찰과 밀부(密符: 군사를 동원할 수 있는 증표)를 주어 보냈다. 이때 임금이 말하기를, '나는 경을 측근에서 멀리 떠나보내고 싶지 않다. 다만 변방을 지키는 장수의 임무 또한 매우 중요하여 어쩔 수 없이 경을 번거롭게 만들었으니, 경이 부임한 뒤에는 내가 다시 평안도 지방에 대해 염려하지 않아도 될 것이다.'라고 하였다. 공은 부임하고서부터 지휘와 명령이 대범하고 엄숙하였으며, 은혜를 베푸는 동시에 위엄을 아울러 나타내어서 조용히 담소하는 가운데 군정(軍政)을 모두 훌륭하게 닦을 수 있었다. 그리고 평안도의 농지세금을 국경의 주군(州郡)으로 수송하여 군대의 수요에 대비할 것을 요청하고, 또 공물(貢物)을 혁파하여 변방의 백성들을 안정시키도록 요청하여 모두 임금의 윤허를 받으니, 백성들이 모두 충심으로 기뻐하며 복종하였다. 임금은 여러 번이나 임금의 옷을 하사하여 공을 신임하였다.

그 후 공을 조정으로 불러들여 이조판서에 임명하고 정헌대부로 품계가 올라가자, 사대부들이 서로 경하하며 말하기를, '올바른 사람이 인사행정을 맡게 되었으니, 이제 공정한 도리가 행해질 것이다.'라고 하였다. 이에 앞서 이조판서들은 대개 관리를 임명할 때 인사결재 문서를 직접 자기 손으로 하였으며, 같은 위치에 있는 사람한테만 상의하였으므로, 참판 이하의 관리들은 수수방관하는 태도를 보였다. 공은 일찍이 이를 분개하여 그 폐단을 고치려고 생각하였으므로 모든 인사문제를 처리함에 있어 여러 사람의 의견을 널리 채택하였다.

그리하여 비록 작은 벼슬과 낮은 직책일지라도 한 번도 혼자 추천하는 일이 없었고, 또한 친한 친구라고 하여 개인적으로 은혜를 베푸는 일도 없었다. 한편 청탁하는 사람이 있으면 이를 미워하여, 청탁의 대상자는 마땅히 올려줄 것도 오히려 올려주지 않았다. 일찍이 임금에게 건의하여 잉여인력을 퇴출시킨 사람만도 백 수십 명이나 되었다. 또 고관이나 귀인으로 자신의 자제들을 위하여 좋은 벼슬을 요구하는 경우가 있으면 먼저 이들을 퇴출시켰다. 당시에 나는 외람되게 이조참의가 되었는데, 하루는 집무실에 있으면서 마침 술에 취하여 낮잠을 자고 있었다. 이때 공은 성난 목소리로 꾸짖으며 말하기를, '참의는 내가 인재의 등용을 마음대로 한다고 여겨 참여하지 않으려 하는가. 훗날에 사람을 등용함에 잘못이 있었다면 참의는 집에 있었기 때문에 알지 못했다고 할 것인가.' 하므로, 나는 부끄러워하며 사죄하였다. 또 공이 일찍이 이름이 알려진 한 사람의 문사(文士)를 추천하여 사헌부의 관원으로 삼았는데, 이를 반대하는 사람들이 말하기를, '그 사람은 우스갯소리를 잘하는 사람이므로 불가하다.'라고 하자, 공이 말하기를, '만약 그렇다면 한(漢)나라의 무제는 어찌하여 해학과 변설을 잘하는 동방삭(東方朔)을 시중(侍中)으로 삼았겠는가. 사람이 진실로 재능을 가지고 있다면 우스갯소리를 잘한다고 하여 무엇이 걱정이겠는가.'라고 하면서, 마침내 그 사람을 사헌부의 관리로 추천하였다. 또 한 사람의 문사가 지방의 교관(敎官)으로 10년 동안을 한 자리에서 옮기지 않았는데, 공이 그 사람을 현감에 추천하려 하자 이를 반대하는 사람들이 말하기를, '그 사람은 세상 돌아가는 사정에 어두워 등용에 적합하지 않습니다.'라고 하자, 공이 말하기를, '10년이면 강산도 변하기 마련인데 어찌 사람을 그렇게 오래도록 남에게 복종시켜 이렇게 그냥 놓아둘 수 있겠는가.'라고 하면서, 마침내 현감에 등용하였는데 과연 치적이 있었다. 공이 사람을 등용하고 등용하지 않음은 한결같이 지극히 공평무사한 마음에서 나오기 때문에 비록 공평한 것을 좋아하지 않는 사람도 결국에는 원망하는 말을 입 밖으로 내지 못하였다.

국가에서는 여진족의 '낭보아한'이 반역을 일으킨 뒤부터 변경이 진정되지 않자, 공을 함경도도체찰사로 삼아 이를 진정시킬 것을 명하고, 품계를 숭정대부로 올렸다. 1462년(세조 8) 2월에 의정부우찬성에 오르고, 지성균관사와 세자이사(世子貳師)를 겸임했다. 그해 7월에 품계가 보국숭록대부로 오르고 능성부원군(綾城府院君)에 봉해졌다. 또 그해 8월에 의정부우의정에 오르고 이어서 영의정에 올라 오위도총부도총관을 겸하여 거느렸다. 공이 의정부에 있을 때에는 정사를 행함에 있어 너그럽고 간략하게 하고 제도를 자주 고치는 것을 즐기지 않아서 참으로 재상의 체모가 있었는데, 여러 차례 최고의 직위에 있었다고 하여 스스로 사직하였다. 1466년(세조 12)에 부원군에 다시 봉해지고 그 이듬해인 1467년(세조 13)에 중국의 황제가 여진족을 토벌할 군사를 요청하였을 때 세조께서 여러 장수들을 파견하여 파저강(婆猪江)의 이만주(李滿住)를 쳐서 그 소굴을 소탕하고 돌아왔으나, 잔당이 아직도 남아 있어서 변경의 틈을 넘보고 있었다. 이에 세조께서 공을 진서대장군(鎭西大將軍)에 임명하고서 좌우에 말하기를, '능성은 나의 만리장성과 같은 신하이다.'라고 하였다. 이때에 이르러 공은 세 번째로 장수를 맡게 되었거니와, 변경으로 나가서는 장수가 되고 조정에 들어와서는 재상이 되었으니, 이와 같이 세조께서 더욱 신임하여 중책을 맡겼던 것이다.

1468년(예종 즉위년) 9월에 예종이 즉위하자 공에게 원상겸호조판서를 명하였다. 그때 내가 분에 넘치게도 호조판서의 자리에 있었다. 그해 한창 흉년이 들었는데, 온 나라가 모두 그러한 실정이라 구황의 방책을 찾느라고 조정은 실로 고민에 싸여 있었다. 나는 데면데면하고 생각이 어두워 어찌할 줄을 몰랐으나, 공의 도움을 받아 적절한 조치를 취하여 백성들이 생활을 꾸려나갈 수 있게 되었다. 또 경기도의 공물과 세금은 다른 도에 비하여 배(倍)나 되었으며, 백성들의 더욱 큰 괴로움은 여름철에는 날 풀을, 겨울철에는 마른 풀을 서울에 바치는데, 그 수량이 대단히 많아서 수령들이 형세를 살피어 적게도 하고 많게도 하여 내는 것이 고르지 않았기 때문에, 세력이 있고 교활한 사람들은 면할 수 있는 반면에 가난하고 약한 사람들은 화를 당하게 되었다. 공은 임금께 건의하여 백성들이 소유한 농지의 규모에 따라 그 근량으로 정하여 농지세의 사례에 따르게 하고, 또 나라에 바치는 공물 수십 건을 없애어 백성들이 혜택을 입게 되었다. 1469년(예종 1) 예종이 승하한 후 성종이 대통을 계승하자, 공을 순성명량경제좌리공신(純誠明亮經濟佐理功臣)으로 책봉하였다. 그리고 임금이 경연을 열어 공을 영경연사(領經筵事)로 임명하고 이조판서를 겸하게 하였으니, 이는 임금이 공을 앞선 조정의 오래된 신하로 여겨서 매우 공경하고 존중한 처사라 하겠다. 1470년(성종 1) 9월 발병하여 집에서 돌아가시니, 향년 65세였다. 부음을 들은 임금은 3일 동안 조정과 시장을 닫게 하고 태상시(太常寺)에서 충렬(忠烈)이라는 시호를 내렸다. 11월에 광주(廣州) 여미리(餘美里) 선영에 장사지냈다.

공은 성품이 충직하고 마음가짐이 굳세었으며, 해박한 경술(經術)로 임금을 보좌하고 이를 실천에 옮겨 모든 사업을 처리하는 태도가 명백하고 정대하여, 이간하는 사람이 있을 수 없었다. 평생 동안 나랏일을 걱정하여 부지런히 뛰어다니느라 한마디 말이라도 자신의 이익을 생각하는 일이 없었으며, 가정에서는 청백(淸白)을 신조로 삼아 요로에 청탁이나 뇌물을 행하지 않았다. 비록 몸은 귀하고 임금의 총애가 지극하였으나, 자기 스스로 생활함이 마치 가난한 선비와 같았다. 그리고 지나치게 화려한 것을 싫어하였고 도서로 가득 찬 작은 방에서 담백하게 지낼 뿐이었다. 공이 죽은 뒤 집이 가난하여 장례를 치를 수 없었으므로 임금이 쌀과 콩 등을 특별히 하사하였다. 아, 공의 맑은 덕과 뛰어난 절개, 높고 성대한 공적은 당시에 대적할 사람이 드물었으니, 이를 역사책에서 찾는다 하더라도 과연 몇 사람이나 있을 것인가. (중략)

공의 장사를 지내고 5년이 지난 1474년(성종 5) 공의 손자인 호군(護軍: 구장손)의 장인이 되는 좌찬성 노사신(盧思愼)이 나에게 공의 비석에 새길 비명(碑銘)을 요청하였다. 내가 공을 모시고 교유한 지 이미 오래되었으며 두 번이나 부하 관료로서 공을 모시어 가장 자세히 아는 터에 비명을 어찌 사양할 수 있으리오. 이에 다음과 같이 명(銘)을 적는다.

산하의 정기를 받아 공께서 태어났고
뜻밖에 성군을 만나 명성을 드날렸네.
청백리 상신으로 공신록에 뚜렷하며
단청같이 빛이 나고 신홀같이 엄전하네.
경륜으로 화육하고 잘 길러내어
보필하는 상신으로 은택을 베풀었네.
변경으로 달려가니 부월, 용정 찬란하고
북방관문 지켜내니 우뚝한 만리장성이라
장수와 재상으로 문무재주 높았으니
성대한 그의 공덕 삼대 조정 빛내었네.
서귀(筮龜)같은 몸에 인봉(麟鳳)같은 상서 있었는데
어찌 하늘이 무심하여 한 번 보고 없애리오.
그의 공훈 대려(帶礪)같이 이 세상의 으뜸이니

충성스럽고 의열함을 시장(諡狀)에서 밝히었네.
광주의 저 산기슭에 공의 묘소 분명한데
누가 그 공적을 드러내어 비석에다 실을 건가
나의 명(銘)이 진실하니 영원토록 노래하리.

관음포유허비 비명

홍석주

남해현(南海縣)에서 곧장 남쪽으로 20리에, 넘치는 바닷물이 빙 둘러 도는 곳이자, 전선(戰船)이 출입하고 있는 그 땅을 이름하여 <관음포>라고 하는데, 이곳은 고(故) 삼도통제사 증(贈) 의정부영의정 이 충무공이 순국한 곳이다. 공이 수군으로 바다에서 왜구를 크게 격파함으로써 바다에 왜놈이 쳐들어오지 못하게 된 지가 지금까지 230여 년이나 되는데, 공 자신은 날아오는 총알에 맞아 돌아가셨으니, 아, 임진년(1592, 선조 25)의 난(難)은 우리 동방에 재앙이 드는 해였다. 이때에는 충성스럽고 용기와 지혜가 있는 몇 사람이 우리 선조임금을 도와서 중흥을 이루어 그들의 공이 모두 이종(彝鍾)*에 새겨지고, 역사에 기록되어 밝게 빛나고 있다. 그러나 그중에서도 공훈이 천지에 가득하고 명성이 중국과 그 주변의 오랑캐 나라에 진동하여, 밝게 빛나고 우뚝해서 우주를 흔들고

* 이(彝)와 종(鍾)이란 뜻으로, 종묘(宗廟)에 항상 놓아두는 돼지머리 모양을 한 솥 모양의 술을 담는 제기(祭器)임.

해와 별처럼 드높은 사람으로 말하자면, 지체 높은 사람이나 아낙네나 어린이 할 것 없이 모두가 한마디도 의논하지 않고서도 선뜻 충무공을 으뜸으로 친다.

공은 벽촌의 나약하기만 한 군사로써 용기 넘치는 백만의 적군을 당해서 그 지역을 가리고 막아내어 굳세게 나라의 간성(干城)이 되었다. 이것은 장수양(張睢陽)*과 같고, 물결을 가로질러 물의 흐름을 끊고서 기발한 계책으로 싸워서 저 흉악한 무리를 패배시켜 모두 불타 없어지게 한 것은 주유(周瑜: 오나라 장수)와 같고, 적은 군사로써 많은 군사를 쳐서 앞으로 나아가자, 굳세게 항거하는 적군이 없고, 위세만으로도 적군이 떨며 복종하게 하여 멀리 있거나 가까이 있거나 모든 적군이 소문만 듣고도 도망치게 한 것은 악비(岳飛: 송나라 장수)와 같고, 천하를 다시 편안하게 만들어 위태로움을 돌려 태평하게 안정시켜 그 한 몸에 종묘와 국가의 운명이 달린 것은 곽분양(郭汾陽)과 이서평(李西平)** 같다. 정성을 펴고 공정함을 펴서 몸이 다하도록 힘쓰고 애써서 덕과 위엄이 함께 빛나, 농민과 병졸까지도 모두 감복시키고 마침내는 몸 바쳐 싸울 작정을 한 것은 오직 제갈량(諸葛亮)만이 그와 같다. 제갈량이 죽은 것은 병 때문이었는데, 공이 죽은 것은 전사였다. 그러나 제갈량이 죽은 뒤엔 한(漢)나라의 종실이 위태롭게 되었지만, 공의 경우엔 비록 죽었으나 남은 공렬(功烈)의 은덕을 입어, 오늘날에 이르기까지 나라가 거기에 힘입고 있으니, 공은 여한이 없을 것이다. 공의 공렬과 충성은 임금의 말로 찬양되었고 염완(琰琬: 나라의 보물)에 밝게 빛나고, 태상(太常: 예조에 딸린 관청)에 기록이 있고, 그 사적(事跡)이 맹부(盟府: 서

---

* 당(唐)나라의 장순(張巡)을 가리킨다. 수양은 지명이다. 당나라 현종 때 안록산(安祿山)의 난에 장순이 군대를 일으켜 적(賊)을 토벌하였다. 적장 윤자기(尹子琦)가 10만을 모아 침공하였는데, 장순은 병사를 분발시켜 수양을 지켜냈다.

** 곽분양은 당나라의 곽자의(郭子儀)로, 안사(安史)의 난을 평정하여 그 공으로 분양왕(汾陽王)에 봉해졌으며, 이서평은 당나라의 이성(李晟)으로, 주자(朱泚)의 난을 평정하고 서울을 수복한 공으로 서평왕에 봉해졌다.

약의 문서를 간직하는 창고)에 보관되어 있어, 학사대부(學士大夫)가 기리고 서술하는 가운데에 빛나고 빛나니, 진실로 다시 더 군소리를 첨가할 필요가 없다. 다만 공의 공적은 사실 바다에서 많이 이루어졌다. 호남의 수사(水使)로서 무공을 처음으로 떨친 데 대해서는 좌수영대첩비(左水營大捷碑)가 있고, 벽파(碧波)의 싸움에서 적의 흉악한 예봉을 막아 기호 지방을 길이 안정시킨데 대해서는 명량대첩비(鳴梁大捷碑)가 있으며, 삼도통제영에 있으면서 깃대를 세우고 병영을 건조하여 앉아서 평화와 안정을 거둔 데 대해서는 고성충렬사비(固城忠烈祠碑)가 있고, 순천의 충민사(忠愍祠), 남해의 충렬사(忠烈祠), 고금도의 탄보묘(誕報廟)에 이르기까지 모두 공적이 드러나게 새겨져 있어서 영원히 그 공적을 알리고 있다. 그런데 유독 용맹하게 싸우다 살신성인한 곳에 대해서는 도리어 그 사실을 드러내어 밝힌 글이 없다.

우리 전하(순조대왕) 32년 임진년(1832)은 선조임금께서 회복을 도모한 지 4주갑(周甲: 240년)이 되는 해이다. 전하께서 임진년(1592)을 회고하면서 감회를 일으켜 충성하고 수고하여 공이 높은 모든 묘사(廟祠: 사당)에 제사를 내릴 적에 공에게 그 은전이 제일 먼저 미쳤다. 이때 공의 8세손인 이항권(李恒權)이 실제로 공이 맡았던 벼슬을 하여 삼도의 수군을 통제하였는데, 왕명을 받들어 이 땅에서 제물을 바쳐 제사를 지내고, 단(壇)을 설치하여 신령이 강림하게 하였다. 그리고는 물러나와 여러 사람들과 의논하여 큰 돌을 다듬어 그 터를 표시하고, 새기는 말로 드러내려 하니, 이를 본 사람들이 통제사가 자손 노릇을 옳게 잘 하였다고 말하였다. 다음과 같이 명(銘)한다.

저 남녘 하늘 아래
큰 바다 아득히 넘실거린다.

고요한 바람에 물결 일지 않아

교룡과 악어는 깊이 숨고 말았네.

마을은 즐비한데 부녀자들은 즐거움에 잠겼네.

소로 밭 갈고 누에치며 전쟁이 무엇인지 모르네.

누구의 은덕인가 우리 충무공을 생각한다.

굳세고 굳센 충무공이여 진실로 우리 동포를 안정시켰도다.

큰 거북 건장한 매로서 그 공을 크게 떨쳤구나.

명랑에서 갑옷을 씻고 옥포에서 봉화를 쉬었도다.

술렁술렁 만 척의 배로 저 압록강에 실어 나르자.

임금의 수레는 서서히 돌아오고 종과 경쇠는 제 틀에 달렸다.

공의 공훈은 만세에 빛나는데 공이 먼저 돌아가셨네.

큰 바다 아득히 넘실거리며 만백성 함께 눈물 흘리네.

공의 신령은 어둡지 않아 위로 북두성이 빛나네.

나쁜 기운 몰아내고 복을 내리시어 길이 백성들 편케 하소서.

깎아질러 범할 수 없는 저 해포는 공이 목숨 바쳐 인을 이루신 곳.

이 비석과 함께 공의 공렬 길이 빛나리.

【기타 : 서(書)·사실(史實)·잠(箴)】

제 9 부

더 읽고 싶은 글

왕에게 넌지시 간하는 글

설
총

신은 듣자오니 옛날 화왕(花王: 모란꽃)이 처음으로 이곳에 이르렀을 때, 향기로운 동산에 심고 푸른 장막을 둘렀더니, 늦은 봄이 와 꽃이 곱게 피자, 모든 꽃을 능가하여 홀로 빼어났답니다. 그러자 가깝고 먼 곳에서 요염하고 아리따운 꽃들이 모두 달려와서 화왕을 뵈옵는데 오직 미치지 못할까를 두려워하였답니다. 별안간 한 아리따운 아가씨가 고운 얼굴과 하얀 이빨, 밝은 단장과 고운 옷차림으로 사뿐사뿐 걸어 어여쁘게 앞에 와서 아뢰기를 '저는 눈처럼 흰 모래 물가를 거닐며 거울처럼 맑은 바다를 마주보면서, 봄비에 목욕하여 때를 씻고 맑은 바람을 쏘이면서 스스로 노닐었습니다. 저의 이름은 장미라고 하옵니다. 대왕의 아름다운 덕망을 듣사옵고, 저 향기로운 휘장 안에서 잠자리를 모시고자 하오니, 대왕께서 저를 허락하시겠습니까.'라고 하였습니다.

또 어떤 사내가 베옷에 가죽 띠를 매고 흰 머리에 지팡이를 짚고 절름거리는 걸음으로 고불거리며 걸어와서 아뢰기를 '저는 서울 밖의 한길 가에 살고 있사옵니다. 아래로는 아득한 들의 경치를 굽어보고, 위로는 높이 솟은 산 빛에 의지하였사옵니다. 저의 이름은 할미꽃이라고 하옵니다. 가만히 생각건대, 대왕께서는 좌우의 공급이 넉넉하여 비록 기름진 쌀과 고기로써 창자를 채우고 아름다운 차와 술로써 정신을 맑게 한다고 하오나, 상자 속에 깊이 간직한 좋은 약으로써 기운을 도울 것이요, 영사(한방약재)로써 독을 제거해야할 것이옵니다.' 그러므로 옛말에 '비록 실과 삼의 아름다움이 있더라도 관괴(菅蒯: 왕골과 띠 풀)도 버리지 말라. 모든 군자는 결핍에 대비하지 않음이 없는 것이니, 대왕께서도 그러한 뜻이 있는지 알지 못하겠습니다.'라고 하였답니다.

어떤 사람이 아뢰기를 '이 둘이 함께 왔으니, 어떤 것을 취하고 어떤 것을 버리겠습니까.'라고 하니, 화왕이 말하기를 '저 사내의 말도 일리는 있겠지마는, 그렇게 되면 아름다운 아가씨를 놓치게 될 것이니, 이를 어떻게 했으면 좋겠는가.'라고 대답을 했다고 합니다. 그제서야 그 사내가 앞으로 나아가서 아뢰기를 '저는 대왕을 총명하고도 의리를 아시는 분인 줄 알고 왔더니, 이제 보니 틀렸습니다. 대개 임금이 되신 분들이 간사하고 아첨하는 사람을 좋아하고, 곧고 올바른 사람을 싫어하지 않는 이가 드물었기 때문에, 맹자는 불우하게 일생을 마쳤고, 풍당(馮唐: 중국 한나라 문제 때 사람)은 말단 벼슬아치로 머리가 희어졌습니다. 예로부터 이러하니, 낸들 어찌하겠습니까.'라고 하였더니, 화왕은 바로 '내가 잘못했다. 내가 잘못했다.' 하고 사과하였답니다.

황소를 토벌하는 격문

최
치
원

　광명 2년 7월 8일에 제도도총검교태위는 황소에게 고한다. 무릇 바른 것을
지키고 떳떳함을 행하는 것을 도(道)라 하는 것이요, 위험한 때를 당하여 변통
할 줄을 아는 것을 권(權)이라 한다. 지혜로운 사람은 시기에 순응하는 데서 성
공하게 되고, 어리석은 사람은 이치를 거스르는 데서 패망하게 되는 것이다. 비
록 백 년의 생명이 죽고 사는 것은 기약할 수가 없는 것이나, 만사는 마음이 주
장이 되는 것이므로 옳고 그른 것을 분별할 수가 있는 것이다. 이제 내가 왕의
군사를 거느렸으니 정벌이 있을 뿐 싸움은 없는 것이다.* 군사를 다스리는 것
은 은덕을 앞세우고 베어 죽이는 것을 나중에 하는 것이다. 앞으로 수도를 회
복하고 큰 신의를 펴기 위하여, 공경하게 임금의 명령을 받들어서 간사한 꾀를
쳐부수려 한다. 네가 본시 먼 시골의 백성으로 갑자기 억센 도적이 되어 우연

---

* 정벌은 죄가 있는 사람을 토벌하는 것이고, 여기서 말한 싸움은 싸우기 위한 싸움을 말하는 것
이다.

히 시대의 형세를 타고 감히 강상(綱常)을 어지럽게 하였다. 마침내 불측한 마음을 가지고 높은 자리를 노려보며 도성을 침범하여 궁궐을 더럽혔으니, 이미 죄는 하늘에 닿을 만큼 극도에 이르렀으므로 반드시 멸망할 것을 죽는 것보다 더 잘 알겠다. 아, 요임금과 순임금 때로부터 내려오면서 묘(苗)나 호(扈)* 등이 복종하지 않았으니, 양심이 없는 무리와 불충불의한 너 같은 무리의 하는 짓이 어느 시대인들 없었겠는가. 먼 옛날에 유요(劉曜)와 왕돈(王敦)**이 진(晉)나라를 엿보았고, 가까운 시대에는 안록산(당 현종 때 반란자)과 주자(당 덕종 때 반란자)가 황실에 개 짖듯 하였다. 그들은 모두 손에 강력한 병권도 잡았고, 또 자신이 중요한 지위에 있었다. 명령만 떨어지면 우레와 번개가 달리듯 하고, 시끄럽게 떠들면 안개나 연기처럼 캄캄하게 막히게 된다. 그러나 오히려 잠간 동안 못된 짓을 하다가 마침내는 더러운 종자들이 섬멸되었다. 햇빛이 활짝 펴지니 어찌 요망한 기운을 그대로 두겠으며, 하늘의 그물이 높이 펼쳐져서 반드시 흉한 족속들은 없애고 마는 것이다. 하물며 너는 평민의 천한 것으로 태어났고, 농민으로 일어나서 불을 지르고 겁탈하는 것을 좋은 꾀라 하며, 살상하는 것을 급한 임무로 생각하여 헤아릴 수 없는 큰 죄만 있고, 속죄될 조그마한 착함도 없었으니, 세상 사람들이 모두 너를 죽이려고 생각할 뿐만 아니라 아마도 땅속의 귀신까지도 몰래 너를 죽이려고 의논하리라. 비록 잠간 동안은 목숨이 붙어 있으나, 벌써 정신이 죽었고 넋이 빠졌으리라. 무릇 사람의 일이란 것은 제 자신을 아는 것이 제일이다. 내가 헛된 말을 하는 것이 아니니, 너는 모름지기 살펴들으라. 요즈음 우리나라가 덕이 깊어 더러운 것도 참아주고 은혜를 베풀어 결

---

* 묘(苗)는 순임금에게 복종하지 않아서 토벌을 당한 나라이고, 호(扈)는 하(夏)나라에 복종하지 않아서 토벌을 당한 나라이다.
** 유요는 흉노(匈奴)의 후예로서 서진(西晉) 때에 반란을 일으켰고, 왕돈은 동진(東晉) 때에 반란을 일으켰다가 실패한 사람들이다.

점을 따지지 않고 너를 장령으로 임명하고 너에게 지방의 병권을 주었거늘 너는 오히려 독이 있는 새와 같이 악독한 마음을 품고 올빼미의 소리를 거두지 아니하여 움직이면 사람을 물어뜯고 하는 짓이 개가 주인에게 짖듯이 하여 마침내는 스스로 임금의 덕화를 등지고 군사가 궁궐에까지 몰려들어 공작과 후작들은 위태로운 길로 달아나고 임금의 행차는 먼 지방으로 떠나게 되었다. 너는 일찍이 덕과 의로움에 돌아올 줄을 알지 못하고 다만 완악하고 흉악한 짓만 늘어간다. 이에 임금께서는 너에게 죄를 용서하는 은혜가 있었는데, 너는 나라의 은혜를 저버린 죄가 있다. 반드시 얼마 되지 않아 죽고 망하게 될 것이니, 어찌하여 하늘을 무서워하지 아니하는가. 하물며 주(周)나라 솥을 물어볼 것이 아니다.* 한나라 궁궐(당나라 궁궐을 이름)이 어찌 너 같은 사람이 머물 곳이랴. 너의 생각은 마침내 어떻게 하려는 것이냐. 너는 듣지 못하였느냐.『도덕경』에 이르기를 '회오리바람은 하루아침을 가지 못하는 것이요, 소나기는 하루 동안을 채우지 못한다.'라고 하였으니, 하늘과 땅도 오히려 오래가지 못하거늘 하물며 사람이랴. 또 듣지 못하였느냐.『춘추전』에 이르기를 '하늘이 잠간 나쁜 자를 도와주는 것은 복이 되게 하려는 것이 아니라 그의 흉악함을 쌓게 하여 벌을 내리려는 것이다.'라고 하였으니, 이제 너는 간사한 것도 감추고 사나운 것을 숨겨서 악이 쌓이고 화가 가득한데도 위험한 것을 스스로 편안하게 여기고 미혹하여 뉘우칠 줄을 모르니, 옛말에 이른바 제비가 천막 위에다 집을 지어 놓고 불이 천막을 태우는데도 방자하게 날아드는 것이나, 물고기가 솥 가운데서 헤엄을 친들 바로 삶아 데인 꼴을 보는 격이다. 나는 웅장한 군사전략을 가

---

* 중국 고대 하(夏)나라의 우임금이 구정(九鼎)을 만들어 후세에 전해오는데, 제왕이 그것을 수도에 두어 왔다. 주나라가 쇠약한 말기에 강력한 힘을 가졌던 초나라 왕이 사람을 보내어 구정이 가벼운가를 물었다. 그것은 곧 그가 천자가 되어 구정을 옮겨가겠다는 뜻이었다.

지고 여러 군대를 모았으니, 날랜 장수는 구름같이 날아들고 용맹스런 군사들은 비가 쏟아지듯 모여들어 높고 큰 깃발은 초나라 변방의 바람을 에워싸고 군함은 오나라 강의 물결을 막아 끊었다. 진나라 도태위(陶太尉)는 적을 쳐부수는 데* 날랬고, 수나라 양소(楊素)는 엄숙함이 신명처럼 일컬어졌다.** 널리 팔방을 돌아보고 거침없이 만리에 횡행하였다. 맹렬한 불길이 기러기 털을 태우는 것과 같고 태산을 높이 들어 참새 알을 눌러 깨는 것과 무엇이 다르랴. 서늘한 바람이 부는 가을에 강의 물귀신이 우리 군사를 맞이한다. 서풍이 불어 초목이 시들게 하는 위엄을 도와주고 새벽이슬은 답답한 기운을 상쾌하게 해준다. 파도도 일지 않고 도로도 통하였으니, 석두성(石頭城)에서 뱃줄을 푸니 손권(孫權)이 뒤에서 호위하고*** 현산(峴山)에 돛을 내리니 두예(杜預)가 앞장선다.**** 서울을 수복하는 것이 열흘이나 한 달이면 충분할 것이다. 다만 살리기를 좋아하고 죽이는 것을 싫어하는 것은 임금님의 깊은 어짊이요 법을 굽혀서 은혜를 베풀려는 것은 조정의 좋은 제도이다. 나라의 도적을 정벌하는 사람은 사사로운 직분을 생각하지 않는 것이요, 어두운 길에서 헤매는 사람을 일깨우는 데는 진실로 바른 말을 해주어야 한다. 나의 편지 한 장으로써 너의 거꾸로 매달린 듯한 다급한 것을 풀어주려는 것이니, 고집을 부리지 말고 일의 기회를 잘 알아서 스스로 계책을 세워 허물을 짓다가도 고치라. 만일 땅을 떼어 봉해줌을 원한다면, 나라를 세우고 집을 계승하여 몸과 머리가 두 동강으로 되는 것을 면하며, 높은 공명을 얻을 것이다. 겉으로 한 무리의 말을 믿지 말고 영화로움

---

* 도태위는 진나라 도간(陶侃)으로 두수, 소준 등의 반역자를 평정한 명장이다.
** 양소가 진(陳)나라를 칠 때 배를 타고 양자강을 내려가는데 위엄이 있어 사람들이 보고는 강신(江神)이라 하였다.
*** 삼국시대 오나라 왕 손권이 석두성에 도읍을 정하였다.
**** 진(晉)나라 장수 두예가 오(吳)나라와 현산에서 대치하였다.

을 후손에까지 전할 것이다. 이것은 아녀자의 알 바가 아니라, 실로 대장부의 일인 것이다.* 일찍이 회보하여 의심을 둘 것이 없느니라. 나의 명령은 천자를 머리에 이고 있고, 믿음은 강물에 맹세하여 반드시 말이 떨어지면 그대로 하는 것이요, 원망만 깊게 하지는 않을 것이다. 만일 미쳐서 덤비는 무리에 견제되어 취한 잠이 깨지 못하고 여전히 사마귀가 수레바퀴를 막고자 고집한다면, 그때는 곰을 잡고 표범을 잡는 군사로 한 번에 휘둘러 없애버릴 것이니, 까마귀처럼 모여 솔개같이 덤비던 무리는 사방으로 흩어져 도망갈 것이다. 몸은 도끼에 기름을 바르게 될 것이요, 뼈는 전차 밑에 가루가 되며, 처자식도 잡혀서 죽게 될 것이고 종족들도 모두 죽임을 당할 것이다. 생각건대 동탁(董卓)의 배를 불로 태울 때 반드시 배꼽을 물어뜯어도** 할 수 없게 될 것이다. 너는 모름지기 진퇴를 참작하고 잘된 일인가 잘못된 일인가를 분별하라. 배반하여 멸망하는 것이 어찌 귀순하여 영화롭게 됨과 같겠는가. 다만 바라는 것은 반드시 그렇게 하라. 장사의 하는 짓을 택하여 갑자기 변할 것을 결정할 것이요, 어리석은 사람의 생각으로 여우처럼 의심만 하지 말라.

---

* 이 말은 황소가 귀순하려는 것을 그의 처첩들이 말린 것이니 그 말을 듣지 말라는 것이다.
** 후한 말에 역적 동탁이 죽음을 당한 뒤에 군사들이 그의 배꼽에다 불을 켰더니 살이 찌고 기름이 많아 3일 동안이나 불이 꺼지지 않았다고 함.

율곡 이이에게 답하는 편지

이
황

　지난달에 김자후(金子厚: 퇴계의 문인 김전의 자)의 하인이 돌아오는 편에 편지를 받고 북평(北坪: 강릉의 옛 지명)에 잘 도착하신 것과 학문이 점점 나아감을 알게 되어, 답답하던 회포가 시원스레 풀렸습니다. 돌아가는 인편을 만나지 못하여 회답을 제때에 드리지 못하였더니, 김자후가 돌아오는 편에 또 편지와 시(詩)를 보내 주시고, 아울러 아무것도 모르는 이 사람에게 문의하시는 말씀까지 보냈으니, 감사하고 부끄럽기 그지없습니다. 나는 벽촌에서 지내다 보니 벗이 적어 함께 학문할 사람이 없습니다. 병중에 책을 보다가 때때로 생각에 맞는 곳이 있으나, 본받아 몸소 실천하는데 이르면 더러는 서로 모순되는 곳도 많습니다. 나이는 많고 힘은 부족하며, 또 사방에서 벗을 얻어 도움도 받지 못해 항상 그대에게 기대하고 있는데, 두 통의 편지에서 약석(藥石)과 같은 말은 주지 않고 도리어 귀머거리에게서 청력을 빌리려 하는 것은 무슨 까닭입니까. 두렵고 조심스러워서 감히 뜻을 받들 수 없습니다만, 아무 말씀도 드리지 않는 것도 서로 사귀는 도리가 아니므로, 끝내 감히 진심을 숨기지는 못하겠습니다. 먼젓번 편지에서 과거에 제대로 못 배운 것을 깊이 한탄하였는데, 그대는 지금 약관의 나이인데도 남보다 그렇게 뛰어나니 제대로 못 배웠다고 할 수 없을 텐데도 그렇게 말한 것은, 어찌 배운바가 어긋나서 배우지 않은 것과 같다고 여겨서가 아니겠습니까. 과거의 잘못을 깨닫고 고치기를 생각하며, 또 궁리(窮理)와 거경(居敬)하는 실제에 종사할 줄 알고 있으니, 허물을 고치는데 용감하고 도(道)에 향하는데 간절하여 그 방향을 그르치지 않았다고 말할 수 있습니다.

성인(聖人)의 시대는 멀고 성인의 말씀은 사라져서, 이단(異端)이 참된 이치를 어지럽히게 되었으므로, 옛날에 총명하고 재주 있고 걸출한 인사로서 처음부터 끝까지 이단에 미혹되어 빠진 자들이야 본래 논평할 가치도 없지만, 처음에는 정도를 지키다가 마지막에 사도(邪道)에 빠진 자도 있고, 중립을 취해 양쪽 다 옳다고 주장한 자도 있으며, 겉으로는 배척하는 체하면서 속으로는 찬양하는 자도 있으니, 그들이 이단에 빠져드는 것이 정도의 차이는 있을 망정, 하늘을 속이고 성인을 무시하며 인의(仁義)를 가로막는 죄는 똑같습니다. 오직 정이, 정호, 장재, 주희(모두 송나라 때의 성리학자)같은 선생들만이, 처음에는 조금 드나듦이 없지 않은 것 같지만, 곧 그 잘못을 깨달았던 것입니다. 아, 천하의 큰 지혜와 대단한 용기가 아니면, 그 누가 능히 홍수 같은 탁류를 벗어나 참된 근원으로 돌아올 수 있겠습니까. 지난날 남들이, 그대가 불교 서적을 읽고 꽤 중독이 되었다는 말을 듣고 오랫동안 애석하게 여겼었는데, 일전에 나를 찾아와 그 사실을 숨기지 않고 그 잘못을 말하였으며, 이제 두 번 온 편지의 뜻이 또 이러함을 보니, 나는 그대가 도에 함께 나아갈 수 있음을 알겠습니다. 두려운 것은, 새로 맛을 들이려 하는 것은 달지 않고 익숙한 곳은 잊기 어려운 법이라서, 오곡의 열매가 여물기 전에 가라지와 피가 먼저 익지나 않을까 하는 것입니다. 이러한 일을 모면하려면 역시 다른 곳에서 찾기를 기다릴 것이 없습니다. 오직 궁리, 거경의 공부에 충분히 노력하면 되는 것인데, 이 두 가지를 하는 방법은 『대학』에 나와 있고, 「장구(章句)」에서 밝혔으며, 『혹문』에서 자세하게 말해 놓았습니다.

그대가 방금 이 책들을 읽고도 오히려 얻은 것이 없음을 근심하는 것은, 글의 뜻만 파악하고 자신의 심신(心身)과 성정(性情) 속에 배어들지 않아서가 아니겠습니까. 비록 심신과 성정에 배어들었다 해도 어쩌면 참되고 절실하게 체험하여 그 기름진 것을 맛볼 수 없어서입니까. 궁리와 거경 두 가지는 서로 머리가 되고 꼬리가 되기는 하지만 실은 두 가지의 독립된 공부이니, 절대로 단계가 나누어짐을 근심하지 말 것이며, 오직 반드시 서로 병행해 나가는 방법으로 해야 합니다. 때를 지체하지 말고 이제 바로 공부를 시작하여야 하며, 의심하여 머뭇거리지 말고 어디서나 마땅히 힘써야 합니다. 마음을 비우고 이치를 살펴야지 먼저 자기의 의견을 정해 버리지 말아야 하며, 차츰차츰 쌓아가서 완전히 성숙하게 해야지 단시일에 효과를 보려하지 말아야 합니다. 그리하여 얻지 않고는 그만둘 수 없다는 자세로 평생의 사업으로 삼아야 하는 것입니다. 이치가 무르녹아 이해되고 경(敬)이 전일한 경지에 이르는 것은 모두 깊이 나아간 뒤에 저절로 얻을 수 있을 뿐입니다. 어찌 단번에 깨달아 그 자리에서 성불(成佛)한 자가 어슴푸레하고 어두운 곳에서 어렴풋이 영상(影象)을 보고서 문득 큰일이 이미 끝났다고 하는 것과 같을 수 있겠습니까. 따라서 이치를 궁구하여 실천에서 체험을 해야 비로소 참으로 아는 것이 되고, 경(敬)을 위주로 하여 마음을 두셋으로 분산함이 없어야 비로소 참으로 얻는 것이 되는 것입니다. 지금 비록 이치를 보되 얕고 묽음을 면치 못하며 비록 경을 견지하다가도 혹 잠깐 사이에 놓친다면, 일상적으로 응접하는 사이에 뒤이어 무너지는 것이 끝도 없이 닥쳐올 것이니, 어찌 이른바 쓸데없는 생각이나 식욕과 색욕이나 한가로운 이야기만이 해가 될 뿐이겠습니까. 그러나 학문을 하는 초기에는 이치를 봄이 참되지 못하고 경을 견지하다가 자주 놓치는 것도 사람들의 공통된 근심입니다.

　나 같은 사람은 처음에만 그런 것이 아니라 백발노인이 되어서도 더 심해지다 보니, 늘 내 한평생을 헛되이 보낸 것이 두려워, 같은 시대에 살고 있는 군자들에게 기대함이 내 몸의 굶주림과 목마름에 비할 바가 아닙니다. 일찍이 이런 의미에서 이 시대의 사람들을 살펴보니, 영특한 자질과 뛰어난 식견을 가진 이가 한둘이 아니건만 영달하지 못하면 과거시험에 마음을 빼앗기고 영달하고 나면 이해(利害)에 골몰하여 비록 간혹 뜻이 있어도 과감하게 행하지 못하는 자가 대부분이었습니다. 그러나 그대가 간직한 것은 이와는 다르니, 일찍이 지난날의 잘못된 것을 어렵지 않게 끊어 버리는 것을 보고 알았습니다. 그대가 실로 어렵지 않게 끊어 버리는 마음을 세상에 옮겨서 실행한다면, 비록 과거와 이해가 눈앞에 닥치더라도 사람들처럼 이익에 유혹되거나 빈천을 두려워하지 않으리란 것은 의심의 여지가 없습니다. 이 점이 내가 그대에게 고마워하는 까닭입니다. 다만 남보다 뛰어나게 앞선 자질이 강론과 해석하기에 용이하다 보니 언론(言論)으로 드러난 것에 깊은 고민과 노력에서 말미암지 않는 것이 있고, 미루어 실행하는데 나타나는 것에 간절하고 독실한 점이 부족한 것 같습니다. 그만두지 않고 이런 식으로 한다면 끝까지 세속의 풍습에 물들지 않는다고 보장할 수 없는 것이 정말로 두려워, 나 자신에게도 이런 점이 있는지 없는지 따져보지도 않고 바로 말하였습니다. 두 번째 편지에서 물어온 것은 별지에 따로 대강 적었습니다. 모두 양해하여 살피시기 바라며 이만 줄입니다.

아우 정록과 아들 경증에게 주는 유서

안
정
복

　내가 병이 든 6년 동안 문을 닫고 바깥출입을 끊었으나 손님의 접대는 그래
도 완전히 폐할 수는 없었다. 그래서 집안 식구들이나 손님들이 내 병이 심하
다는 것을 모른다. 그러나 기운은 날로 줄어들고 혈기는 날로 쇠잔하여 정신과
의지가 점차로 전만 못해지는 것이 저절로 느껴진다. 그러던 것이 올봄 이후로
는 형세가 비탈을 내려가는 것과 같아서 거의 돌이키기 어려운 지경이 되었다.
의학상으로 보아 죽을 만한 증후가 한두 가지가 아니니, 이래서야 어찌 이 세
상을 오랫동안 볼 수 있겠느냐. 삶이란 이 세상에 잠깐 들른 것이요, 죽음이란
원래의 고향으로 돌아가는 것이니 사실 슬퍼할 것은 없다. 그러나 슬퍼할 만한
일은 한번 가면 다시 돌이킬 수가 없다는 사실이다. 스스로 생각해 보건대 이
세상에 살아온 48년 동안 칭송할 만한 일을 한 가지도 해놓지 못했다. 평생에
다른 소망은 없었고 오직 천하의 글을 읽어서 선을 행하여 악을 제거하고 자신

을 수양하여 남을 다스려서 결코 헛되게 살다가 헛되게 죽지 않으려 했었다. 그러나 선을 제대로 행하지 못하고 악을 반드시 제거하지도 못했으며, 자신을 수양하는 데는 결함과 허물이 많았고 남을 다스리는 일은 시험해 볼만한 것조차 없었으니, 이래서 못내 아쉬움이 있는 것 같다. 그렇지만 한번 본원(本源)의 세계로 돌아간다면 이러한 마음도 연기처럼 사라지고 그름처럼 흩어져서 예전대로 허허로운 태공(太空)이 되고 말 것이니, 이 못내 아쉬운 마음도 그와 함께 사라져서 완전히 망각되어버릴 것이다. 다시 무슨 여한이 남겠느냐. 내 병은 언어에 가장 큰 장애를 받는 것이니, 하루아침에 갑자기 심해져서 말을 못하게 된다면 내 마음속에 있는 생각을 너희들이 어떻게 알겠느냐. 내가 말하는 것은 내 마음의 자취이니, 그 자취를 따라서 추구해 본다면 그 마음을 알 수 있을 것이다. 죽고 사는 것은 인간에게 있어서 큰 마디에 해당되는 것이다. 그렇기 때문에 옛사람은 유언을 귀하게 여겼던 것이니, 만일 이 유언을 따르지 않는다면 다시 어디 가서 이러한 유언을 듣겠느냐. 그러니 의심쩍어 하지 말고 반드시 따르고 지켜서 죽은 사람이 알게 하고 산 사람이 부끄럽지 않게 해야 한다. 이것이 산 사람과 죽은 사람 사이에 큰 믿음을 보존하여 차마 저버리지 않는 것이다. 그렇지만 유언에는 치명(治命: 맑은 정신으로 하는 유언)과 난명(亂命: 정신이 흐린 상태로 하는 유언)이 있으니, 지금 내가 말하는 것은 치명이다. 그러니 부디 명심하여 벽에다 이를 걸어두고 잊지 말도록 하여라.

공자께서 말씀하시기를 '형제간에는 화기애애하고 친구 간에는 서로 충고하고 권면한다.' 하였고, 맹자께서 말씀하시기를 '부자간에 선을 요구하는 것은 은혜를 해치는 것 중에서도 큰일이다.' 하였다. 그렇다면 형제간에는 충고하고 권면하는 도리가 없고 부자간에는 선을 요구하는 일이 없어야만 그 천륜 관계를 온전히 할 수 있다는 것인가. 형제 사이에 충고하고 권면하는 일이 반드시 없지는 않더라도 화기애애한 뜻을 언제나 중시하고, 부자 사이에 선을 요구하는 일이 반드시 없지는 않더라도 지나치게 기대하는 마음을 항상 가벼이 한다면 은혜와 의리 두 가지 모두가 온전해질 것이다. 그러나 만약 화목한 것만 알고 충고하고 권면할 줄은 모르며 은혜를 해치는 것만 두려워하고 선에 대한 요구를 할 줄 모른다면, 기꺼이 가르쳐서 길러주는 성인의 마음에 어찌 천륜에 대하여 먼저 스스로 가벼이 하겠는가. 지금 내가 말하는 것은 또한 충고하고 권면하며 선을 요구하는 것이니, 이것은 친구로서 대하는 일이다. 대개 배움에 있어서는 기질을 변화시키는 것이 귀중하다. 기질은 가장 변하기 어렵기 때문에 맹장이 군사를 부리듯, 혹독한 관리가 형벌을 다루듯 해야만 사심을 극복하여 점차 제거할 수 있는 것이다. 공력을 들이는 방법은 모두 경전(經傳)에 갖추어 있으니, 이에 대한 생각이 있다면 상고하여 알 수 있을 것이다. 이것이 바로 독서를 그만둘 수 없는 이유이다. 사람이 노력할 일이란 일상생활에 있어서 윤리도덕에 불과하다. 여기에서 차질을 빚고 실수를 한다면 비록 절세의 재주와 뛰어난 포부를 가졌더라도 완전한 사람이 될 수 없는 것이다.

　부모가 없다면 이 몸이 어떻게 태어났겠는가. 형과 아우는 같은 부모의 혈기를 받아 태어난 사람들이다. 언제나 이런 이치를 생각하여 잠시라도 잊지 않는다면 효도와 우애의 마음이 저절로 뭉클하게 일어날 것이다. 그러므로 비록 부모의 사랑을 받지 못하더라도 공경하고 효도하여 원망하는 마음을 가져서는 안 되며, 형제간에 신뢰를 얻지 못하더라도 분개하거나 원한을 가져서는 안 되고, 상대가 하는 대로 하려 해서는 안 된다. 부부는 의리로 결합하였으므로 은혜와 사랑이 앞서는 관계이다. 그러므로 예의가 없이 대하는 마음이 쉽게 생겨 가정의 도리가 어긋나고 어지럽게 된다. 증자(曾子)가 말하기를 '효도는 처자 때문에 쇠퇴한다.'고 하였으며, 유중도(柳仲塗)는 말하기를 '의지가 굳은 남자

중에서 아내의 말에 미혹되지 않을 사람이 몇이나 되겠는가.'라고 하였다. 그러나 저 아내가 된 사람이 어찌 모두 남의 골육 사이를 이간하려 하겠는가. 다만 그 편협한 성품을 바꾸기가 어렵고 기뻐하고 노여운 감정이 쉽게 생기는 것일 뿐이다.

그런데 남편이란 사람이 혹시라도 제대로 거느리지 못하고 그 지속적인 소근거림에 현혹된다면 잠깐 사이에 그만 짐승의 소굴로 굴러 떨어지고 말 것이니, 진정 두려운 일이 아니겠는가. 하찮은 일에서 자그마한 사단이 일어나 깊고 무거운 원한이 맺혀 정작 길 가는 사람만도 못하게 되는 경우가 있기도 하니, 이것이 정말 무슨 마음가짐이라 하겠는가. 만일 나의 평소의 마음가짐이 광명정대하여 일상생활에서의 윤리도덕이 그 어느 하나라도 다하지 않음이 없다면 애초부터 이런 문제는 생기지 않을 것이다. 부부간에는 의리가 중요하다. 그런데 지금 세상의 부녀자들이 대다수가 배우지 못하여 아는 것이 없으니 어찌 의리가 중요하다는 것을 알겠는가. 모든 것은 남편이 잘 이끌어서 선도하는데 달려있을 뿐이다. 작은 잘못이 있을 때에는 응당 가리어 덮어줄 일이지만, 만일 부모를 원망하거나 욕하고 가까운 친척 사이를 이간하려는 의도가 있다면 이는 결단코 용인할 수 없는 일로서, 깊이 증오하고 통렬히 물리쳐서 그러한 조짐이 자라지 못하도록 해야 할 것이다. 고금에 복록을 누린 집안들을 두루 살펴보면 언제나 전대의 부인들 행실이 순후하게 갖추어졌던 가문에서 나왔으니 유념하지 않을 수 있겠는가.

친구 간의 도리가 끊어진 지 오래다. 근래에는 교제하기가 실로 어려워서 몸을 그르치고 이름을 망치는 것이 이로 말미암는 경우가 많다. 반드시 먼저 덕행을 본 뒤에 문예(文藝)를 취택할 일이니, 비록 문예가 볼만하더라도 그 행실이 취할만한 점이 없으면 더불어 깊이 사귈 수 없는 것이다. 피차를 막론하고

서로 더불어 교제할 때에 오직 자신의 성의를 다하여 시종일관 공경해야 할 것이니, 그렇게 하면 원한을 멀리하고 교제를 굳건히 할 수 있을 것이다. 대개 마음가짐이나 일처리에 있어 오직 하나의 '옳을 시(是)'만 추구할 일이다. 맹자께서 말씀하시기를 '남을 해치지 않으려는 마음을 확충한다면 인(仁)을 다 쓰지 못할 것이며, 담을 뚫거나 넘어가서 도둑질하지 않으려는 마음을 확충한다면 의(義)를 다 쓰지 못할 것이다.' 하였으며, 『시경』에 이르기를 '시샘하지 않고 지나치게 요구하지 않는다면 어찌 착하지 않으리오.'라고 하였으니, 이 말은 평생을 두고 받아들여 쓸 만한 말이다.

치산(治産)과 이재(理財)는 가정이 있는 사람으로서는 하지 않을 수 없는 일이다. 더구나 우리 집안은 가난하여 지금까지 시궁창에서 뒹굴지 않은 것을 다행이라 하겠으니, 이를 소홀히 하여 노력하지 않을 수 있겠는가. 그러나 항상 의리의 마음을 소중히 하고 외물(外物)에 대한 관심을 가볍게 해야만 군자의 풍도를 잃어버리지 않을 수 있을 것이다. 만약 재물을 경영하는데 몰두하여 고상한 뜻과 취향에는 전혀 어둡다면, 이는 용렬하고 속된 사람들이 하는 짓이다. 하늘이 재물을 낳은 것은 장차 사람들이 사용하도록 하기 위함이었으니, 자기의 욕심만 채우려고 해서는 안 된다. 송나라의 범문정공이 귀한 재상의 지위에 이르러서 구족(九族)이 그 혜택을 입었는데도 그가 죽은 뒤에는 장례를 치를 재력이 남아있지 않았다고 한다. 내가 일찍이 글을 읽다가 여기에 이르러서는 실로 우러러 공경하지 않을 수 없었다. 너희들은 항상 이러한 뜻을 지녀야 할 것이다.

『소학』이란 책은 사람의 모양을 만드는 것이며 성인이 되는 기본바탕이다. 그러니 항상 이를 생각하고 외어서, 옛사람의 언행을 마치 자신이 직접 받들고 목격하는 것처럼 해야 한다. 그렇게 하면 오랫동안 축적됨에 따라 자신의 마음 또한 점차로 열려서 선한 단서가 자신도 모르게 일어나서 이를 받아 사용함에 다함이 없을 것이다. 이것은 몸이 다할 때까지 추구해 나가야 할 대상인 것이다. 그밖에, 순서에 따라 점차로 나아가는 독서의 규칙은 옛 선인들의 가르침이 있으니 이를 따르면 될 것이다. 『사기』는 치란과 득실의 자취로서 또한 이를 자세히 읽지 않을 수 없다. 천하를 경륜하는 도리가 비록 육경(六經)에 갖추어져 있지만, 그 구체적인 시비와 성패의 자취는 역사서에 갖추어 실려 있으니, 이것은 체용(體用)의 구별인 것이다. 나는 집이 가난하여 쌓아둔 책이 없기 때문에 젊을 때부터 즐겨 책을 초록하여 잊어버리는 것에 대비하였다. 그러나 상자에 가득한 책 중에는 전혀 중요한 것이 없다. 저서로는 『하학지남』이 참으로 볼 만한 것이 있으나 번거롭고 쓸데없는 부분을 아직 정리하지 못하였다. 『독사상절』 또한 그 번거로움과 간결함이 적절하나 한(漢)나라 부분이 없어졌고 송(宋)나라 명(明)나라의 것은 편찬하지 못했으며, 중간에도 줄이거나 윤색하지 못한 것이 많으니, 이것은 완성되지 못한 책이다. 1754년(영조 30)에 상례를 치른 후에 『가례주해』를 편찬하느라고 꽤나 노력을 기울였으나, 남이 알아볼 수 없는 초고라서 내가 직접 교정하고 검토하지 않는다면 남들은 이를 판독할 수 없으니, 이 역시 미완성의 책이나 마찬가지이므로 이것이 한스럽다. 또 일찍이 『가례』의 목록에 의거하여 위로는 삼례(의례, 주례, 예기)에서부터 『통전』과 송(宋)나라의 여러 현인들 및 우리나라 선배 학자들의 설에 이르기까지를 엮어서 『가례익』이라고 이름하였으니, 이 또한 하나의 거대한 저술이다. 그러나 아직 완성하지 못하고 있으니, 뒤에 그 누가 이것을 완성할 수 있을지 모르겠다. 『제왕성형이통』은 비록 젊을 때에 편찬한 것이나 그림으로 만들어서 벽에 걸어둔다면 잡다한 그림보다는 훨씬 나을 것이다. 『동사강목』은 가장 노력을 기울인 것이지만 겨우 고려의 인종(仁宗)대에 미쳤다. 그러나 지리고(地理考)와 기타의 변증(辨證)을 많이 갖추었으니, 남다른 식견이 있는 사람이 본다면 더러 취할

만 한 내용이 있을 것이다. 너희들은 재주가 둔하여 이어서 완성하지 못하겠지만, 젊은 벗들 가운데 이양원과 권기명은 참으로 앞길이 유망하니, 장석(丈席)을 의탁할 수 있을 것이다. 이 책이 우리나라에 아직까지 없었던 책으로서 여기에 거는 기대가 작지 않으니 매몰되는 것이 애석하다고 한다면 어찌 두 젊은 벗의 마음이 움직이지 않겠느냐. 중간중간에 정리하고 윤색하는 일은 대장(大匠)의 솜씨에 맡겨야 할 것이다.

관례와 혼례의 의식에 대해서는 집에 소초(小草)가 있으니 그에 따라 시행할 수 있을 것이다. 상례와 제례에 대해서는 성호 이익 선생의 『상위일록』이 의심 없이 시행할 만한 것이니 그대로 따르면 될 것이다. 그런데 집안의 형편이 미치지 못하여 사철의 시제를 행하지 못하고 겨울과 여름의 동지와 하지에만 사당에 제사를 드리며, 묘제는 선대에 대해서는 한식제사 한 번뿐이고 봉사위(奉祀位)에 대해서는 추석과 한식에 두 번 제사를 모시는데, 이 또한 드물고 빈번함의 구별로서 모두 의미가 있는 것이다. 그러나 미처 하나의 규범으로 편찬해 내지 못했으니 어찌하겠느냐. '근졸(謹拙)'이라는 두 글자는 우리 가문에서 대대로 전해오는 가법이다. 그러므로 그 사이 세상의 변란이 빈번했지만 화난을 당하지 않았으니, 그 효력이 그런 것이다. 너희들도 이를 깊이 생각하여 물려받아서 소홀히 하지 말거라. 우리 가문의 대대로 내려오는 아름다운 덕에 대해서는 직접 듣고 보았을 것이다. 광양군(廣陽君)의 치밀하고 신중함과 겸손함과 공손함, 토산공(兎山公)의 효성과 우애와 탁월한 행실, 할아버지의 자상한 이해심과 화락하고 단아함, 아버님의 청렴결백과 고상한 지조는 자손으로서 몰라서는 안 될 것이다. 내가 젊어서는 제대로 배우지 못하다가 늦게야 성리학으로 돌아오게 되어 이 세상에 태어나서 실로 헛되이 죽지는 않게 되었다. 그러나 재주가 노둔해서 글을 읽고 이치를 궁구함에 항상 정해진 순서를 따라서 옛사람이 하던 범위를 벗어나지 않았으니, 이는 차라리 서툴지언정 잔재주를 부리려 하지 않았기 때문이다, 너희들이 이 방법을 따른다면 그런대로 성취함이 있을 것이다. 그러나 만일 재덕(才德)을 헤아리지 않고 함부로 논하는 것이 있다면 거기서 생기는 폐단이 장차 성인의 말씀을 능멸하는 데까지 이르게 될 것이니, 명심하도록 하여라.

아들 연아에게 보내는 편지

정
약
용

　네 아우의 재주는 너보다 약간 뒤지는 감이 있으나, 금년 여름에 고시(古詩)와 산부(散賦)를 짓게 하였더니, 좋은 작품이 많이 나왔다. 가을에는 『주역』을 등서하는 일에 골몰해서 비록 독서는 하지 못했으나 그 견해가 조잡하지는 않았으며, 근자에 『춘추좌전』을 읽으면서는 선왕들의 전장(典章)의 나머지와 대부들의 사령(辭令)의 법을 상당히 배워서 꽤 볼만하게 되었다. 그런데 너는 재주가 아우보다 크게 뛰어나고, 초년에 읽어서 익힌 것이 아우보다 대략 잘 갖추어져 있으니, 이제 만약 단단히 뜻을 세우고 분발해서 학문을 한다면, 서른 살이전에 큰 유학자로서 명성을 얻게 될 것이다. 그러니 용사행장(用舍行藏)*을족히 말할 것이 있겠는가. 자질구레한 시율(詩律)에는 아무리 명성을 얻는다 할지라도 쓸모가 없는 일이니, 아무쪼록 금년 겨울부터 내년 봄까지는 『상서(尙

* 출세하게 되면 출세하고 은둔하게 되면 은둔한다는 뜻. 『논어』 술이편에, '用之則行 舍之則藏'한 것의 줄임 말이다. 즉 '쓰여지면 도를 행하고 버려지면 도를 간직한다.'라는 말이다.

書)』와『춘추좌전』을 읽도록 하여라. 이 두 글은 비록 어려워서 읽기가 어렵고 난삽해서 의미가 깊기는 하나, 이미 주해가 있으니, 마음을 가라앉히고 연구하면 읽을 수 있을 것이다. 그리고 여가에『고려사』,『반계수록』,『서애집』,『징비록』,『성호사설』,『문헌통고』등의 서적을 읽으면서 그 요점을 초록하는 일 또한 하지 않아서는 안 될 것이다.

너는 학문할 수 있는 때가 점점 지나가고 있다. 집안의 형편으로 보아서는 마땅히 집을 떠나 유학을 해야 할 것이니, 이곳에 와서 함께 지내는 것이 가장 마땅하겠으나, 부녀자들은 대의를 알지 못하여 반드시 놓아주기 어려워하는 정리가 있을 것이다. 네 아우의 문학과 식견은 바야흐로 봄기운이 돌아 초목에 싹이 돋는 듯한 기세가 있으니, 너를 위하여 네 아우를 보내고 너를 오게 하는 것은 차마 할 수가 없구나. 지금 생각으로는 경오년 봄에나 네 아우를 돌려보내려 하는데, 그 전까지 너는 세월을 허송하려 하느냐. 백방으로 생각해서 집에 있으면서도 학습할 가망이 있거든 네 아우가 돌아갈 때까지 기다려서 동생과 교대하고 이곳으로 오도록 할 것이며, 만일 사정상 전혀 가망이 없거든 내년 봄 날씨가 따뜻해진 뒤에 모든 일을 제쳐놓고 이리로 내려와서 함께 공부하도록 하여라.

첫째 이유는 날로 마음씨가 나빠지고 행동이 비루해져 가니, 이곳에 와서 교육을 받아야 하겠고, 둘째는 안목이 좁아지고 지기(志氣)가 상실되어 가니, 이곳에 와서 교육을 받아야 하겠고, 셋째는 경학(經學)이 조잡해지고 식견이 텅 비어져가니, 이곳에 와서 교육을 받아야 하겠다. 소소한 사정은 족히 돌아볼 것이 못된다. 요즘 성수(醒叟)의 시(詩)를 읽어 보았다. 그가 너의 시를 논평한 것은 아주 적절히 병통을 지적하였으니, 너는 마땅히 깊이 새겨두어야 할 것이다. 그러나 그가 지은 시도 아름답기는 하나 내가 좋아하는 것은 아니다. 오늘날에 있어서 시율(詩律)은 마땅히 두보(杜甫)로써 공자(孔子)를 삼아야 한다. 그의 시가 백가(百家)의 으뜸이 되는 까닭은 『시경』 3백 편의 유의(遺意)를 얻었기 때문이다. 『시경』 3백 편은 모두 충신, 효자, 열부, 양우(良友)들의 진실하고 충후한 마음의 발로이다. 임금을 사랑하고 나라를 근심하지 않은 것이라면 시가 아니요, 시대를 슬퍼하고 세속을 개탄하지 않은 것이라면 시가 아니며, 높은 덕을 찬미하고 나쁜 행실을 풍자하여 선을 권하고 악을 징계한 것이 아니라면 시가 아니다. 그러므로 뜻이 서지 않고 학문이 순전하지 못하며 대도(大道)를 듣지 못하여, 임금을 요순(堯舜)의 성군으로 만들어 백성들에게 혜택을 입히려는 마음을 갖지 못한 자는 시를 지을 수 없는 것이니, 너는 힘쓰도록 하여라.

두보의 시는 고사를 인용함에 있어 흔적이 없어서 읽어보면 스스로 지은 것 같지만 자세히 살펴보면 모두 근본이 있으니, 이 점이 바로 두보가 시성(詩聖)이 되는 이유이다. 한유(韓愈)의 시는 자법(字法)은 모두 근본이 있으나 구어(句語)는 스스로 지은 것이 많으니, 이 점이 시의 대현(大賢)이 되는 이유이다. 소식(蘇軾)의 시는 구절마다 사실을 인용하였는데, 흔적이 남아있어 얼핏 보면 의미를 깨닫지 못하고 반드시 이리저리 고찰하고 검사해서 그 근본을 캔 뒤에야 겨우 그 뜻을 통할 수 있으니, 이 점이 바로 시의 박사가 되는 이유이다. 이러한 소식의 시도 우리 3부자의 재주로서는 죽을 때까지 전공을 해야 다소나마 미칠 수 있을 것이다. 그러나 사람이 이 세상에 살면서 해야 할 일이 많은데, 어찌 그 짓을 할 수 있겠느냐. 그러나 시를 지음에 있어서 전연 사실을 인용하지 않고 풍월이나 읊으며 바둑 이야기나 술타령만 하면서 겨우 압운(押韻)을 하는 것은 서너 집이 모여 사는 시골 마을의 촌선생의 시에 불과하다. 앞으로 시를 지을 때에는 모름지기 사실을 인용하는 것을 위주로 하여야 할 것이다.

그러나 우리나라 사람들은 걸핏하면 중국의 일을 인용하는데, 이 또한 비루한 품격이다. 모름지기 『삼국사』, 『고려사』, 『국조보감』, 『여지승람』, 『징비록』, 『연려실기술』과 기타 우리나라의 문헌들을 취하여 그 사실을 채집하고 그 지방을 고찰해서 시에 넣어 사용한 뒤에라야 세상의 명성을 얻을 수 있고 후세에 남길 만한 작품이 될 것이다. 유득공(柳得恭)의 16국 회고시(十六國懷古詩)는 중국 사람들이 판각하여 책으로 발행하였으니, 이것을 보면 증험할 수 있다. 『동사즐(東事櫛)』은 본래 이를 위하여 만든 것인데, 지금 대연(大淵)이 너에게 빌려줄 리가 없으니, 반드시 17사(十七史)의 동이전(東夷傳) 가운데 그 이름과 자취를 뽑아 모아야 쓸 수가 있을 것이다.

호랑이의 소원

박
인
량

　신라의 풍속에 해마다 2월이 되면 초팔일에서 보름날까지 서울의 남녀가 다투어 흥륜사(興輪寺)의 탑(塔)을 돌면서 복을 비는 행사를 하였다. 원성왕 때에 김현이라는 사내가 있어서 밤이 깊도록 혼자서 탑돌이를 쉬지 않았다. 그때 한 처녀가 염불을 하면서 따라 돌다가 서로 마음이 맞아 눈길을 주더니 탑돌이를 마치자 으슥한 곳으로 이끌고 가서 사랑을 나누었다. 처녀가 돌아가려고 하자 김현이 따라가니 처녀는 사양하고 거절했지만 김현은 억지로 따라갔다. 길을 가다가 서산 기슭에 이르러서 한 채의 초가집으로 들어가니, 늙은 할머니가 '함께 온 사람은 누구냐?' 하고 처녀에게 물었다. 처녀가 사실대로 말하자 늙은 할머니가 말하기를 '비록 좋은 일이라도 없는 것만 못하다. 그러나 이미 저지른 일이어서 나무랄 수도 없으니 은밀한 곳에 숨겨 두어라. 네 형제들이 나쁜 짓을 할까 두렵다.' 하고는 김현을 이끌어 구석진 곳에 숨겼다. 조금 뒤에 세

마리 호랑이가 으르렁거리며 들어와 사람의 말로 말하기를 '집에서 비린내가 나니 요깃거리가 있음이 어찌 다행이 아니랴.'고 하였다. 늙은 할머니와 처녀가 꾸짖었다. '너희 코가 잘못이다. 무슨 미친 소리냐.' 이때 하늘에서 외치는 소리가 들렸다. '너희들이 즐겨 생명을 해치는 것이 너무 많으니, 마땅히 한 놈을 죽여서 악함을 징계하겠노라.' 세 마리의 호랑이는 이 소리를 듣자 모두 걱정하는 기색이 되었다. 처녀가 말하기를 '세 분 오빠께서 만약 멀리 피해 가서 스스로 징계하신다면 내가 그 벌을 대신 받겠습니다.'라고 하니, 모두 기뻐하여 머리를 숙이고 꼬리를 치며 달아나 버렸다.

처녀가 들어와서 김현에게 말하기를 '처음에 저는 낭군이 이런 나쁜 무리(호랑이 가족)에 오시는 것을 부끄러워해서 짐짓 사양하고 거절했었습니다. 그러나 이제는 숨길 수가 없으니 감히 마음속에 있는 말씀을 드리겠습니다. 또 저와 낭군님은 비록 종족은 다르지만 하루저녁의 즐거움을 얻어 모셨으니 부부로 맺은 의리가 중요합니다. 세 분 오빠의 악함은 이미 하늘이 미워하시니, 한 집안의 재앙을 제가 당하려 하오나, 보통 사람의 손에 죽는 것이 어찌 낭군의 칼날에 죽어서 은혜를 갚는 것만 하겠습니까. 제가 내일 시장 통에 들어가 사람들을 해치면 나라 사람들은 저를 어찌할 수 없어서, 임금께서 반드시 높은 벼슬로써 사람을 모집하여 저를 잡게 할 것입니다. 그때에 낭군께서 겁내지 말고 저를 쫓아 성의 북쪽에 있는 숲까지 오시면 제가 기다리고 있겠습니다.'라고 하니, 김현이 말하기를 '사람과 사람의 사귐은 인륜의 도리지만 다른 종류와의 사귐은 떳떳한 일이 아니오, 그러나 일이 이렇게 되었으니 진실로 하늘이 준 다행인데, 어찌 차마 배필의 죽음을 팔아 한 세상의 벼슬을 바라겠소'라고 하자, 처녀가 말하기를 '낭군은 그와 같은 말을 하지 마십시오. 이제 소첩의 수명은 천명이며, 또한 저의 소원이요 낭군의 경사이며, 우리 일족(호랑이 가족)의

복이요, 나라 사람들의 기쁨입니다. 하나가 죽어서 다섯 가지 이로움을 얻을 수 있는데 어찌 그것을 마다하겠습니까. 다만 저를 위하여 절을 짓고 불경을 강론하여 좋은 업보를 얻는데 도움이 되게 해 주신다면, 낭군의 은혜가 이보다 더 클 수 없겠습니다.'라고 하면서 그들은 마침내 서로 울면서 작별하였다.

다음날 과연 사나운 호랑이가 성안으로 들어와서 사람들을 해치니 감히 당해낼 수가 없었다. 원성왕이 이 말을 듣고 명령을 내려 '호랑이를 잡는 사람에게 높은 벼슬을 주겠다.'고 하였다. 김현이 대궐에 나아가서 아뢰기를 '소신이 호랑이를 잡겠습니다.'라고 하니, 원성왕이 먼저 벼슬을 내려주고 격려하였다. 김현이 칼을 들고 숲속으로 들어가니, 호랑이는 낭자로 변하여 반갑게 웃으면서 말하기를 '어젯밤에 낭군과 마음속 깊이 정을 맺던 일을 잊지 마십시오. 오늘 제 발톱에 상처를 입은 사람들은 모두 흥륜사의 간장을 바르고 그 절의 나발소리를 들으면 나을 것입니다.' 하고는, 이어 처녀가 찬칼을 뽑아 스스로 목을 찔러 고꾸라지는데 바로 호랑이였다. 김현이 숲속에서 나와 말하기를 '지금 이 호랑이를 쉽게 잡았다.'라고 하며, 그 사연은 발설하지 아니하고, 다만 호랑이가 시킨 대로 치료를 하니 그 상처가 모두 나았다. 지금도 민간에서는 호랑이에게 물린 상처에는 역시 이 약방문을 쓴다.

김현은 벼슬에 오르자 서쪽 개울가에 절을 지어 호원사(虎願寺)라 하고 항상 불경을 강론하여 호랑이의 저승길을 인도하고 또한 호랑이가 제 몸을 죽여 자기를 성공하게 해 준 은혜에 보답하였다. 김현이 죽을 때에 지나간 일의 기이함에 깊이 감동하여, 이에 붓으로 적어 전기(이야기)를 만들었으므로 세상에서 비로소 듣고 알게 되었다.

연오랑 세오녀

박
인
량

    신라의 제 8대 임금인 아달라(阿達羅)왕 때의 일이다. 동해 연안에 연오랑과 세오녀 부부가 살고 있었다. 하루는 연오랑이 바닷가에 나가 해초(海草)를 뜯는데, 홀연히 하나의 바위가 연오랑을 태우고 일본으로 건너갔다. 일본 사람들이 그를 보고 말하기를 '범상한 인물이 아니다.'라고 하면서 곧바로 왕으로 삼았다. 세오녀는 남편이 돌아오지 않는 것을 이상하게 여겨 그를 찾아다니다가 남편이 벗어 놓은 신발을 보고, 그 바위에 올라가니 바위가 전과 같이 세오녀를 태우고 일본으로 건너갔다. 그 나라 사람들이 놀라서 왕에게 갖다 바치니, 부부가 서로 만나 세오녀는 왕비가 되었다. 이때부터 신라에서는 빛을 잃었다. 이에 천문을 맡은 관리가 아뢰기를 '해와 달의 정기가 우리나라에 있다가 이제 일본으로 간 까닭에 이러한 변괴가 있는 것입니다.'라고 하자, 아달라왕은 사신을 보내어 두 사람을 돌아오게 하였으나, 연오랑이 말하기를 '우리가 여기에 온 것은 하늘의 뜻이니, 어찌 돌아갈 수 있으리오, 그러나 나의 아내가 짠 고운 명주를 줄 터이니, 이것을 가지고 하늘에 제사를 지내면 해와 달의 빛을 찾을 수 있을 것이오.'라고 하였다. 사신이 돌아와서 그대로 아뢰고, 그 말에 따라 하늘에 제사를 지냈더니 해와 달이 예전같이 빛났다. 그 명주를 궁궐의 창고에 두어 보물로 삼고 그 창고를 귀비고(貴妃庫)라 하고, 제사를 지낸 곳을 영일현(迎日縣)이라 하였다.

선덕여왕의 지혜

박인량

신라 제27대 덕만(德曼)의 시호(諡號)는 선덕여대왕이요, 성은 김씨이니 아버지는 진평왕이었다. 정관 6년(632) 임진년에 즉위하여 나라를 다스린 지 16년 동안에 앞을 내다본 일이 세 가지가 있었다.

첫째는 당(唐)나라 태종이 붉은색, 자주색, 흰색으로 그린 모란꽃과 그 씨앗 석 되를 보내왔다. 선덕여왕이 그 그림을 보고 말하기를 '이 꽃은 반드시 향기가 없을 것이다.'라고 하였는데, 그 씨앗을 뜰에 심었더니 그 꽃이 피어 떨어질 때까지 과연 그의 말과 같이 향기가 없었다.

둘째는 영묘사(靈廟寺)의 연못인 옥문지(玉門池)에서 겨울철에 많은 개구리가 모여서 3, 4일 동안 우는 까닭에, 나라사람들이 괴상하게 생각하여 선덕여왕에게 물었더니, 왕이 갑자기 각간(角干) 벼슬에 있는 알천(閼川)과 필탄(弼呑) 등을 시켜 정예로운 병사 2천 명을 조련하여 속히 서쪽 성 밖에 가서 여근곡(女根谷)

을 탐문하면 그곳에 반드시 적병이 있을 것이니, 곧 잡아 죽이라 하였다. 두 각간이 명령을 받들어 각기 천 명씩 거느리고 서쪽 성 밖에 가서 물으니 부산(富山) 아래에 과연 여근곡이 있고, 백제의 병사 오백 명이 매복하고 있었으므로 모두 잡아 죽였다. 백제의 장군 오소는 남산 바위 위에 숨었으므로 이를 포위하여 사살하고, 또 후속 부대 천삼백 명이 오는 것을 쳐서 죽여 한 사람도 남기지 아니하였다.

셋째는 선덕여왕이 건강할 때에 여러 신하들에게 말하기를 '내가 모년 모월 모일에 죽을 터이니 나를 도리천중(忉利天中)에 묻으라.'고 하였다. 여러 신하들이 그곳을 알지 못하여 어디냐고 물으니, 왕이 이르기를 '낭산(狼山)의 남쪽이라 하였다.' 왕이 말한 그날에 과연 선덕여왕이 돌아가시자 낭산의 남쪽에 장사를 지냈더니, 십여 년 후에 문무대왕이 사천왕사(四天王寺)를 왕릉 아래에 세웠다. 불경에 사천왕천(四天王天)의 위에 도리천이 있다고 하였으니, 비로소 선덕여왕의 신령스럽고 성스러운 것을 알게 되었다.

선덕여왕이 살아있을 때 여러 신하들이 왕에게 '어찌하여 모란꽃과 개구리의 두 가지 일을 아셨습니까.' 하였더니, 왕이 이르기를 '꽃을 그렸는데 나비가 없으니 그 향기가 없음을 알 수 있다. 이것은 당나라 임금이 나의 배우자가 없음을 희롱한 것이다. 또 개구리의 성내는 형상은 병사의 형상이며, 옥문(玉門)은 여자의 성기이니, 여자는 음(陰)이고 그 빛은 희다. 흰색은 방향이 서쪽이므로 군사가 서쪽에 있음을 알 수 있으며, 남근(男根)이 여근(女根)에 들어가면 반드시 죽는 법이라 그러므로 쉽게 잡을 수 있음을 알았다.'고 하였다. 여러 신하들이 모두 그 성스러운 지혜에 탄복하였다. 세 가지 색깔의 모란꽃을 보낸 것은 대개 신라에서 여왕이 있음을 알고 그린 것인가. 선덕, 진덕, 진성여왕이 바로 그것이니, 당나라 임금도 선견지명이 있는 까닭이었다. 선덕여왕이 영묘사

를 세운 것은 『양지사전(良志師傳)』에 자세히 실려 있다. 「별기」에는 선덕여왕
때에 돌을 다듬어 첨성대(瞻星臺)를 쌓았다고 한다.

선녀의 붉은 주머니

박
인
량

최치원이 서쪽(당나라)으로 유학을 갔다. 일찍이 초현관으로 놀러갔는데, 초현관 앞 언덕에 오래된 무덤이 있어 쌍녀분(雙女墳)이라고 했다. 최치원이 석문(石門)을 제목으로 하여 시를 지었다. (중략) 홀연히 한 여자를 보았는데, 손에 붉은 주머니를 쥐고 앞으로 나오면서 말하기를 '8낭자와 9낭자가 각기 시에 화답하여 받들어 올린다고 하셨습니다.' 공이 돌아보고 깜짝 놀라며 어떤 낭자인지 물었다. 여자가 말하기를 '아침에 석문을 쓸어내고 석문시를 지으신 곳은 바로 두 낭자가 사는 곳입니다.'라고 하였다. 공이 첫 번째 주머니를 열어보니 이것은 8낭자가 화답을 한 것이었고, 두 번째 주머니는 9낭자가 화답을 한 것이었다. 또 뒤에 쓰기를,

이름을 숨기는 것을 이상하게 여기지 마십시오

외로운 혼백이 이승 사람을 두려워하기 때문입니다.
장차 저의 본심을 말씀드리려 하오니
잠시 뵐 수 있게 해 주십시오.

공이 이미 아름다운 시를 보면서 매우 기쁜 얼굴이었다. 이에 그녀의 이름을 물으니, 대답하기를 '취금'이라 했다. 공이 이에 시를 지어 취금에게 주었다. 그리고 또 끝에 쓰기를,

파랑새가 뜻밖에 일을 알려주니
잠시지만 그리워하는 마음에 두 줄기 눈물 흐르네.
오늘밤 만일 선녀 같은 그대들을 만나지 못하면
남은 인생 땅 속으로 들어가 구하리라.

취금이 시를 얻고는 회오리바람처럼 빠르게 가 버렸다. 공은 홀로 서서 슬프게 시를 읊었다. 한참 있다가 향기가 홀연히 풍기더니 두 여자가 나란히 나타났다. 정녕 이는 한 쌍의 맑은 구슬이요, 두 송이 단아한 연꽃이라. 공이 깜짝 놀라 절을 하면서 말했다. '저는 섬나라의 미천한 태생이고 속세의 말단 관리입니다. 어찌 외람되게 선녀들이 못난 저를 돌아볼 줄 생각이나 했겠습니까.' 하고는 이어서 묻기를 '낭자는 어디에 사셨으며 일가는 누구신지요?' 붉은 치마를 입은 여자가 눈물을 흘리면서 말하기를 '저와 동생은 장씨의 두 딸입니다. 돌아가신 아버지는 동산처럼 부유함을 누렸고, 금곡(金谷)처럼 사치를 부렸습니다. 저의 나이 18세, 동생의 나이 16세가 되자 부모님은 시집보내기를 의논하셨는데, 저는 소금장수와 정혼을 하고 동생은 차(茶)장수에게 시집보내기로 하

셨습니다. 매번 남편감을 바꿔달라고 말하고, 마음에 차지 않았다가 울적한 마음이 맺혀서 풀기 어렵게 되고 마침내 요절하고 말았습니다. 지금 다행히 수재를 만났는데, 그대의 기상은 오산처럼 수려해서 같이 오묘한 이치를 말할 만합니다. 오늘밤 달이 대낮같이 밝고, 바람은 가을날처럼 맑으니, 달을 제목으로 하고 풍(바람)을 운자(韻字)로 삼고자 합니다.'라고 하였다.

공이 기련(제1연)을 지었는데,
  금빛 물결 눈에 가득 먼 하늘에 떠 있고
  천리를 떠나온 근심 곳곳마다 한결같구나.

8낭자가 이어서 지으니,
  수레바퀴 옛길 잃지 않고 움직이고
  계수나무 꽃 봄바람 기다리지 않고 피었네.

9낭자도 이어서 지었는데,
  둥근 빛이 삼경 너머 점점 밝아오는데
  한 번 바라보니 이별 근심에 가슴만 상하는구나.

하였는데 마침내 두 낭자가 간 곳을 알지 못하였다.

아들에게 경계하는 글

정
철

    사람은 이 몸이 있으면 문득 사람된 바의 이치를 나면서부터 가지고 있다. 무릇 사람이 된 자는 마땅히 이치를 연구하여 밝히고 삼가서 지켜야 하고, 혼미하게 버려서는 안 될 것이다. 만일 몸 밖의 일인 영달이나 곤궁함 같은 일은 일체를 마땅히 하늘에 맡기고 마음속에 두어서는 안 되는 것이다. 그 저절로 오는 일도 역시 옳은 것만을 가려서 받아들여야 하고, 오지도 않는 것은 억지로 구할 까닭이 없다. 이는 몸을 마칠 때까지 이러한 지위에 입각하여 잠시도 바꾸고 옮겨서는 안 될 것이다. 옛날부터 성인과 현인들이 일찍이 스스로 힘을 쓴 것이고 역시 이로써 사람을 가르치지 않을 수 없으므로, 그 서로 전하는 가리킴의 비결이 해와 별과 같이 밝은데, 쓸쓸히 인간 세상에서 이 뜻을 아는 자가 적음은 대개 부귀와 영달에만 몰두하여 스스로 천하의 능사가 이보다 더함이 없는 것처럼 여기면서 어둡고 근심하는 가운데 몸이 다하도록 깨닫지 못하니, 이는 실로 견문(見聞)에 젖은 관습과 가난에 사로잡힌 허물로 인하여 그렇게 되는 것이다. 뒤에 태어난 젊은이들은 생각에 주관이 없고 행동이 일정하지 않아서 먼저 벼슬이나 구하고 이익이나 탐하는 것에 뜻을 두어 마침내 사람이 된 이치는 알지 못하고 더러운 곳으로 빠져서 함께 착한 일을 할 수 없게 되니, 두려운 일이 아니랴.

지금 네가 송구봉(宋龜峯: 송익필의 호)의 글방을 다니자, 송구봉이 반드시 『근사록』으로써 배우기를 권하는 것이 어찌 우연한 일이랴. 이는 장차 사람이 된 이치를 강론하여 너로 하여금 착한 사람이 되게 하려는 것이다. 만일 벼슬이나 구하며 이익이나 쫓을 것을 생각하고 과거공부에 전념하여 글 짓는 데에만 주력할 것이라면 내가 하필 너를 권하여 송구봉의 문하에서 배우게 하고 송구봉 역시 어찌 너에게 의리(義理)의 학문으로써 강요하겠느냐. 너는 아비가 스승을 가린 뜻을 생각하고, 또 네 스승이 착한 데로 지도하는 성의를 보아, 오직 날마다 사람이 될 이치만을 연구하여 밝히는 동시에 그 밖의 일은 생각하지 말고 사람에게 구하지도 말며, 일체 옛것을 배우고 성인과 현인을 바라는 것으로써 자신의 임무를 삼는 것이 역시 상쾌한 일이 아니랴. 무릇 세상에서 과거공부에 힘쓰고 관록을 탐내는 자가 말로는 '모두 부모를 위하는 일이고 자신을 위하는 일은 아니라'고 말하지 않는 이가 없다. 만일 부모된 이의 마음으로 아들에게 바라는 소원이 과거나 관록이 아니고 오직 옛것을 배우며 성인과 현인을 바라고 구하는 것으로 기대한다면, 알 수는 없지만 다시는 무슨 말로 이것을 버리고 저것을 취하겠느냐.

나는 불행히도 일찍이 벼슬길에 올라 세상에 일어나는 힘겨운 일에 골몰하였으므로 날로 잊어버리고 달로 없어져서, 하늘이 부여하신 바의 본성을 능히 연구하고 밝혀서 지키지 못하여, 마음이 어두워 어지러움이 심하고 후회함이 오래되었으니, 이를 이제야 말해본들 무엇하랴. 이는 내게 증험삼아 네게 바라는 것이니, 밖으로부터 오는 것을 가지고 나의 영화로 삼지 않아야 한다. 너는 스스로 사람들이 능히 하지 못하는 것에 굳게 서서 고생을 참고, 곤궁하고 적막함도 달게 여겨야만 지키는 마음이 과연 영달이나 곤궁함에도 흔들리는 바가 없을 것이다. 그렇지 않고 마음이 명예와 이욕(利慾)에만 현혹되어, 의리(義理)를 도외시하고 입으로는 공자와 맹자의 글을 읽으면서 마음으로는 관중(管仲)과 상앙(商鞅)*의 일만 생각하는 것은 오늘 내가 너를 책려(責勵)하는 뜻이 아니다.

---

* 춘추전국시대 제나라의 현명한 재상으로 환공(桓公)을 도와 패업을 이룬 현명한 재상인 관중과, 진(秦)나라에 등용되어 강력한 법치를 시행하여 진나라의 부국강병을 꾀한 상앙을 이르는 것인바, 여기서는 아들에게 벼슬을 구하는 것보다는 공자나 맹자와 같은 성현의 학문에 매진하라는 뜻임.

스스로 경계하는 글

홍
대
용

부모의 앞에서는 반드시 얼굴은 상냥스럽게 하고 말은 부드럽게 하며, 언성을 감히 높이지 말고 웃음도 마음껏 웃지 말며, 남을 꾸짖지 말고, 코와 침도 흘리지 말며, 감히 원한의 마음을 품지 말고, 감히 분한 기색을 짓지 말며, 음식에 대해서는 힘껏 봉양하고 질병이 있을 때에는 걱정을 다하며, 하고자 하시는 뜻은 받들어 순종하고, 싫어하시는 것은 없애기를 힘써해야 한다. 아, 나를 낳고 나를 기르시고 나를 가르치실 때에 얼마나 힘들고 수고하셨을까. 돌이켜 보건대, 내가 하늘을 이고 땅에 서서, 아내와 자식을 두고 배부르게 먹고 따뜻하게 입으며, 한 몸이 안락하게 된 것은 과연 누가 그렇게 만들어 주신 것인가. 이것을 잊고 섬길 줄 모르는 자는 진실로 족히 말할 것도 없거니와 섬기면서도 제때에 하지 못하고, 제때에 한다 할지라도 그 도리를 다하지 못할 것인가. 세월이 감에 따라 어버이는 이미 작고하실 것이다. 인생은 재생하지 않는 법, 은혜를 갚을 곳이 없을 터이니, 그것을 매우 아프게 생각해야 할 것이다.

무릇 부부가 동침하는 사이는 실로 도(道)가 생기는 실마리요, 학(學)이 시작하는 바인 것이다. 그런데 남을 대할 때에는 무릎을 여미고 자신이 옛 도를 배운다고 하면서 어두운 방에서는 행동을 금수처럼 한다면 자신을 속이고 남을 속이는 것이니, 부끄러움이 이보다 더 큼이 있겠는가. 온화하고 공경하는 도는 더욱 오래 갈수록 즐거움이 증가하고, 방자하고 음탕한 정욕은 한 번만 지내도 후회가 생기는 것이다. 진실로 온화하고 공경함이란 도가 자신에게서 이루어져 그 즐거움을 잃지 않고, 진실로 방자하고 음탕함이란 정욕이 마음에 불타서 그 후회를 미치지 못하는 것이다. 그런 까닭에 이르기를 '도로써 정욕을 잊으면 즐기되 미혹하지 않고, 정욕으로써 도를 잊으면 미혹하되 즐겁지 않다.'라고 한다. 그러므로 도가 즐거운 것이 아니라 하고 정욕이 미혹한 것이 아니라 한다면 어찌 크게 미혹한 것이 아니겠는가.

나는 다른 형제가 없으므로 동기간의 인정과 의리에는 적서(嫡庶)를 구별하지 않는다. 비록 과오가 있더라도 반드시 부드러운 말씨로 가르치고 경계하며, 너무 꾸짖고 노여워함으로써 원한을 품거나 화목을 잃거나 해서는 안 된다. 일이 끝나면 후회가 많은 것이니, 가장 명심해야 할 것이다. 여러 종형제(從兄弟: 사촌형제) 간에 사랑하고 화목하여 절대로 시기하지 말아야 하며, 허물이 있으면 온화한 말로 경계하고 착함을 보면 내가 한 듯이 기쁘게 여겨야 한다. 친척 사이에 후함으로써 잘못되는 것은 드문 일이니, 순수한 마음을 돈독히 하여 후함을 따라해야 할 것이다. 어른을 섬길 때에는 반드시 공손함을 다하여 감히 성명을 함부로 부르지 말고, 보면 반드시 절하고 꿇어앉아야 한다. 모든 부형과 할아버지뻘이 되는 일가에게는 계보(系譜)가 멀고 나이가 젊다 하더라도 길에서 만날 때에는 반드시 말에서 내려야 한다. 비록 시골의 가난하고 천한 자일지라도 항렬이 위가 되면 반드시 공경을 다하여 귀한 자와 간격이 없이 교만한 말로 업신여기지 말아야 한다. 만약 지위와 문벌이 미천하여 칭할 만한 착함이 없고, 또 친분이 없다면 반드시 다 아버지처럼 대우하지 않아도 될 것이니, 이것은 때에 따라 적중하게 할 뿐이다. 오직 자신은 낮추고 남을 높이는 것으로 마음을 삼으면 허물이 적을 것이다.

친구를 사귐은 반드시 진실하고 믿음성이 있어야 한다. 그의 착함을 보면 마음속으로 기뻐하고 따라서 드높여 주어야 하며, 그의 나쁜 점을 보면 마음속으로 걱정하고 따라서 옳지 못한 일을 고치도록 해야 한다. 반드시 자기보다 나은 자에게 나아가서 인도해 주기를 청하여, 허물을 들으면 반드시 고쳐야 한다. 그리고 토론함에 있어서는 반드시 매일 사용하는 인륜(人倫)에 대한 일과 동(動)하고 정(靜)하는 몸과 마음에 대한 공부를 먼저 해야 한다. 천지의 바깥(宇宙)과 성명(性命)의 깊은 이치에 이르러서는 절대 망령된 추측으로 헛되고 먼 데에 마음을 달리지 말고, 강론할 즈음에 있어서는 반드시 포용성 있게 먼저 마음에 들어있는 소견을 주장하지 말아야 한다. 비록 어리고 천한 자의 자질구레한 말이라도 반드시 귀를 기울여 듣고, 그 착함을 받아들여야 한다.

비록 존장(尊長)의 앞일지라도 반드시 질문에 따라 자기 소견을 분명히 다함에 힘써야 하고, 절대로 구차스럽게 찬동하여 어른을 속이지 말아야 한다. 질병이 있거나 상사(喪事)가 있을 때에는 그 정분에 알맞도록 조문(弔問)하고, 가난과 화란을 겪을 때에는 그 힘을 다하여 구휼해야 한다. 서로 착한 것으로써 권면하고 위의(威儀)를 단정히 해야 한다. 만약 말하는 것이 진실하지 못하고 몸가짐도 삼가지 않는 사람이라면 반드시 가려서 대우해야 하고, 즐겁게 접촉해서는 안 된다. 사람마다 기쁘게 하려고 함은 나의 큰 병통인 것이다. 그 유폐(流

弊)는 반드시 싫어하는 자도 모두 착하고 좋아하는 자도 모두 나쁘게 봄에 이를 것이니, 어찌 두렵지 않겠는가. 대개 나 자신부터 착해야만 마땅히 좋아할 자를 좋아하고 마땅히 싫어할 자를 싫어할 것이다. 그렇게 한다면 착한 자는 자연히 가깝게 되고 나쁜 자는 스스로 멀어지게 될 것이다. 어찌 다른 이유가 있겠는가. 또한 말하자면 자기 자신을 돌이켜서 구할 따름이다.

우리 집은 본디 화목함이 두텁다고 일컬어졌다. 지금 서울과 시골에 퍼져 있는 적서제족(嫡庶諸族: 적서의 모든 친족)이 가난하고 미천해서 능히 생활을 할 수 없는 자가 많다. 마땅히 힘이 미치는 바에 따라 사랑하고 구휼하여 떨치도록 하고, 혼인과 상사에 대해서도 마음껏 도와주어야 할 것이다. 또 그들의 어리석은 이는 불쌍히 여기고, 착한 이는 아름답게 생각하여 몸과 이름을 보전하고 나쁜 짓을 부끄럽게 여기도록 해야 한다. 저 모든 종족(宗族)들이 비록 멀고 가까움의 차별이 있고 은혜와 의리가 제한이 있다 하더라도 애당초의 출생은 뿌리를 같이하고 몸은 같은 체(體)를 나눈 것이다. 더구나 우리의 종족은 희소함에랴. 비록 소원하고 미천하다 하더라도 또한 버리지 말고 서로 사랑해야 하고, 돈독한 친목을 숭상함으로써 종파의 풍속을 보호해야 할 것이다. 글을 읽을 때에는 반드시 옷깃은 단정하게, 얼굴은 엄숙하게, 마음은 전일하게, 기운은 평이하게 하며, 잡된 생각을 하지 말고 선입견을 주장하지 말아야 한다. 몸을 흔들기를 자주하는 자는 그 뜻이 짧게 되고, 눈동자 굴리기를 어지럽게 하는 자는 그 마음이 들뜨게 된다.

몸을 똑바로 세우고 눈동자를 일정하게 하면 중간 마음도 반드시 공경하게 될 것이다. 그러므로 마음을 간직하고 앎을 다한다면 일거양득이 되는 것이다. 먼저 그 대의(大意)를 본 다음에 그 곡절을 미루어 생각하며 반드시 사업에 목적을 두어 장구(章句)에 얽매이지 말아야 한다. 한 구절만 보았더라도 꼭 알아야 하며, 한 구절만 알았더라도 꼭 행해야 한다. 한번 알고 한번 행하면 발과 눈이 함께 나아가게 될 것이다. 경서(經書)와 사서(史書) 이외에 이단(異端)의 잡서(雜書)는 반드시 그 단점은 버리고 장점만 취해야 하며, 음탕하고 이치에 맞지 않는 말은 공부에 방해되고 뜻을 잃기 쉬운 것이니, 절대로 눈에 접근하지 말아야 한다. 정숙하게 앉는 것은 공부함에 가장 유력한 것이다. 반드시 옷을 깨끗이 입고 자세를 엄숙히 한 다음, 눈을 감고 팔짱을 끼고서 사당(祠堂)에 있을 때처럼, 엄군(嚴君: 아버지)을 대할 때처럼 한다면 고요하되 마음이 혼미하지 않을 것이다. 뜻(情)이 움직일 때에는 그 생각이 어떠한가를 살펴서 알맞지 않으면 막아 버리고, 알맞으면 따라 행하되 그 도(道)를 이미 다했다면 예전처럼 고요할 것이다.

꿇어앉는다는 것은 비록 몸을 닦는데 있어서는 맨 끝부분이라 하나, 두 발을 쭉 펴고서는 마음이 게으르지 않는 자가 없는 것이다. 그렇다면 마음을 바로잡고자 하는 자는 반드시 꿇어앉는 것부터 시작해야 할 것이다. 만약 기운이 피곤하다면 모름지기 책상다리를 하고 앉을지라도 역시 옷은 여미고 무릎은 단정히 해야 하지, 게을리 누워서 용의(容儀)에 맞는 태도를 잃어서는 안 된다. 거업(擧業: 과거에 응시하는 일)이란 비록 면하지 못할 것이나 또한 공부를 대강 이루면 그만두어야 한다. 정신과 힘을 다하여 반드시 얻기를 기대하면서 실학(實學)을 방해할 필요는 없을 것이다. 세력다툼의 옳지 못한 길에서 명예를 구하는 것은 더러움이 도둑보다 더 심한 것이니, 절대로 경계해야 할 것이다. 출세하는 초기에 이미 도둑의 행동을 한다면, 하물며 저 높은 관직과 아름다운 봉작(封爵)을 하고 싶음에랴. 또한 과거에 비할 유(類)가 아니므로 등창을 빨고 치질도 핥을 것이니, 장차 무슨 일인들 못하겠는가.

참고 문헌

삼국사기(三國史記) / 김부식
삼국유사(三國遺事) / 일 연
동문선(東文選) / 서거정 등
여한십가문초(麗韓十家文鈔) / 왕성순
국조인물고(國朝人物考) / 서울대학교
가정집(稼亭集) / 이 곡
계곡집(谿谷集) / 장 유
고운집(孤雲集) / 최치원
금역당집(琴易堂集) / 배용길
기측체의(氣測體義) / 최한기
난설헌집(蘭雪軒集) / 허초희
농암집(農巖集) / 김창협
다산시문집(茶山詩文集) / 정약용
담헌서(湛軒書) / 홍대용
동국이상국집(東國李相國集) / 이규보
면암집(勉庵集) / 최익현
목은집(牧隱集) / 이 색
미수기언(眉叟記言) / 허 목
사가집(四佳集) / 서거정

삼봉집(三峰集) / 정도전
상촌집(象村集) / 신 흠
서애집(西厓集) / 유성룡
성소부부고(惺所覆瓿稿) / 허 균
성호전집(星湖全集) / 이 익
소호당집(韶護堂集) / 김택영
송자대전(宋子大全) / 송시열
수이전(殊異傳) / 박인량
순암집(順菴集) / 안정복
약천집(藥泉集) / 남구만
약포집(藥圃集) / 정 탁
양촌집(陽村集) / 권 근
연암집(燕巖集) / 박지원
열하일기(熱河日記) / 박지원
완당집(阮堂集) / 김정희
월사집(月沙集) / 이정귀
율곡전서(栗谷全書) / 이 이
익재집(益齋集) / 이제현
잠곡유고(潛谷遺稿) / 김 육
점필재집(佔畢齋集) / 김종직
졸고천백(拙藁千百) / 최 해
택당집(澤堂集) / 이 식
퇴계집(退溪集) / 이 황
파한집(破閑集) / 이인로
국역 매월당집(梅月堂集) / 김시습
국역 송강집(松江集) / 정 철
국역 고산유고(孤山遺稿) / 윤선도
청백리재상 구치관 전기(淸白吏宰相具致寬傳記) / 구자청

권 근(權近)

고려 말 조선 초기의 문신, 학자로 호는 양촌(陽村)이고 시호는 문충(文忠)이다.
벼슬은 예문관 대제학과 의정부찬성사를 지냈다. 문장에 뛰어나고 경학(經學)에 밝
아 사서오경의 구결(口訣)을 정하였다. 성리학자이면서도 문학을 존중하여 경학과
문학의 양면을 조화시켰으며, 저서로는『입학도설』,『양촌집』,『오경천견록』,『동현
사략』 등이 있다.

김 육(金堉)

조선 중기의 문신, 학자로 호는 잠곡(潛谷)이고 시호는 문정(文貞)이다. 벼슬은 영
의정에 이르렀으며, 경제정책에 탁월한 식견을 갖고 대동법 실시에 주도적 역할을
하였다. 저서로는『잠곡유고』,『구황촬요』,『해동명신록』 등이 있다.

김부식(金富軾)

고려 전기의 문신, 학자로 호는 뇌천(雷川)이고 시호는 문렬(文烈)이다. 벼슬은 문
하시중과 집현전태학사 등을 역임하였다. 그는 묘청의 난을 평정하였으며, 인종의
명을 받아『삼국사』를 편찬하였다. 고려시대를 풍미한 명문장가로서 중국의 송나라
에 까지 명성을 떨쳤다. 저서로는『삼국사기』,『김문렬공집』 등이 있다.

김시습(金時習)

조선 전기의 학자로 생육신의 한 사람이다. 호는 매월당(梅月堂)이고 시호는 청간(淸簡)이다. 수양대군이 왕위에 오르자 공부하던 책을 불사르고 출가하여 중이 되어 전국을 방랑하였다.

우리나라 최초의 소설인 「금오신화」를 썼으며, 절개를 지키며 불교와 유교의 정신을 아우른 사상과 탁월한 문장으로 일세를 풍미했다. 저서로는 『금오신화』, 『매월당집』 등이 있다.

김정희(金正喜)

조선 후기의 문신, 학자이며 서화가로 호는 추사(秋史) 또는 완당(阮堂)이다. 벼슬은 성균관대사성을 거쳐 이조참판에 이르렀다. 학문적으로는 청나라에서 유행하고 있던 <고증학>에 침잠하였으며, 금석문(金石文)에 조예가 깊었다. 특히 그는 서화가로 명성을 떨쳐 <추사체>를 창안하고 문인화에도 높은 품격을 보였다. 그가 그린 <세한도>는 국보로 지정되었으며, 수많은 작품과 저서를 남겼다.

김종직(金宗直)

조선 전기의 성리학자로 호는 점필재(佔畢齋)이고 시호는 문충(文忠)이다. 벼슬은 한성부윤을 거쳐 형조판서에 이르렀다. 문장과 경학에 뛰어나 영남학파의 종주(宗主)가 되었으며, 그의 문하생으로 정여창, 김굉필, 김일손, 남효온이 있다. 그가 지은 조의제문(弔義帝文)이 문제가 되어 무오사화가 일어나기도 했으며, 저서로는 『점필재집』, 『당후일기』 등이 있다.

김창협(金昌協)

조선 후기의 문신, 학자로 호는 농암(農巖)이고 시호는 문간(文簡)이다. 청풍부사로 있을 때 기사환국(己巳換局)이 일어나 아버지가 죽임을 당하자 산림에 은거하였다. 그 후에 정국이 바뀌어 조정에서 대제학, 예조판서 등을 제수하였으나, 모두 사양하고 학문에 전념하였다. 그는 벼슬보다도 문학과 유학의 대가로 명성이 높았으며, 저서로는 『농암집』, 『강도충렬록』 등이 있다.

김택영(金澤榮)

조선 말기의 학자로 호는 창강(滄江)이다. 벼슬은 중추원서기관 겸 내각기록국 사적과장을 지내고 통정대부에 올라 학부편집위원이 되었으나, 그해 겨울에 사직했다. 1905년 을사늑약이 체결되자 국가의 장래를 통탄하다가 중국으로 망명하여 학문과 문장으로 여생을 보냈다. 저서로는 『한국소사』, 『교정삼국사기』 등이 있다.

남구만(南九萬)

조선 중기의 문신으로 호는 약천(藥泉)이고 시호는 문충(文忠)이다. 벼슬은 대제학, 영의정 등을 역임했다. 서인이 노론과 소론으로 분열되자 소론의 영수로서 각종 옥사와 환국에 따라 부침을 겪었다. 문장과 서화에도 뛰어났으며, 시조 「동창이 밝았느냐」가 전해온다. 저서로는 『약천집』, 『주역참동계주』가 있다.

박인량(朴寅亮)

고려 전기의 문신으로 호는 소화(小華)이고 시호는 문렬(文烈)이다. 벼슬은 한림학사승지, 우복야, 참지정사 등을 지냈다. 중국 송나라에 사신으로 갔을 때 시문으로 크게 격찬을 받아 그의 글을 모은 『소화집』을 중국인들이 발간하였다. 신라시대의 설화를 모은 『수이전』의 저자로도 알려져 있다.

박지원(朴趾源)

조선 후기의 실학자, 소설가로 호는 연암(燕巖)이다. 당시 홍대용, 박제가와 함께 북학파의 영수로 청나라의 문물을 받아들일 것을 주장하였다. 청나라를 다녀와서 집필한 『열하일기』는 당시 집권층인 보수파에게 비난을 받았으나, 정치, 경제, 병사, 천문, 지리, 문학 등 다방면에 걸쳐 청나라의 새로운 문물을 소개하였으며, 풍자와 해학으로 무능한 위정자를 고발하는 등 독창적인 사실적 문체를 구사하여 문체 혁신의 표본이 되었다. 저서로는 『연암집』 등 다수가 있다.

배용길(裵龍吉)

조선 중기의 문신으로 호는 금역당(琴易堂)이다. 임진왜란 때 의병에 참여하였으며, 정유재란 때에는 화의를 반대하는 상소를 올리기도 하였다. 유성룡과 김성일의 문하에서 수학하여 다방면에 조예가 깊었으며, 특히 『주역』에 밝았다. 저서로는 『금역당집』이 있다.

서거정(徐居正)

조선 전기의 문신, 학자이며 문장가로 호는 사가정(四佳亭)이고 시호는 문충(文忠)이다. 조선시대 최초로 양관대제학이 되어 20여 년을 대제학으로 재임했다. 그는 문장과 글씨에 뛰어나 『경국대전』, 『동국통감』, 『동문선』, 『동국여지승람』 등의 편찬에 참여하였으며, 성리학을 비롯하여 천문, 지리, 의약 등에도 정통했다. 저서로는 『사가집』, 『필원잡기』 등 다수가 있다.

설 총(薛聰)

신라 경덕왕 때의 학자로 호는 빙월당(氷月堂)이며, 원효대사의 아들이다. 신라 10현의 한 사람으로 벼슬은 한림을 지냈다. 유학과 문학을 깊이 연구한 학자로 일찍이 국학에 들어가 학생들을 가르쳐 유학의 발전에 기여하였다. 중국 문자인 한문에 토를 다는 방법을 창안하고 이두문자를 정리했다고 한다. 조선시대에 홍유후(弘儒侯)에 봉해지고 문묘에 배향되었다.

송시열(宋時烈)

조선 중기의 문신이자 학자로 호는 우암(尤庵)이고 시호는 문정(文正)이다. 성리학의 대가로서 율곡 이이의 학통을 계승하여 기호학파의 종주(宗主)가 되었다. 성격이 과격하여 정적이 많았기 때문에 정치적으로는 부침이 많았으나, 그의 문하에서 수많은 인재가 배출되었다. 나중에 정조임금으로부터 대로(大老)라는 호칭을 받았다. 저서로는 『송자대전』 등 다수가 있다.

신 흠(申欽)

조선 중기의 문신이자 학자로 호는 상촌(象村)이고 시호는 문정(文貞)이다. 벼슬은 대제학, 영의정 등을 역임했다. 정주학자(程朱學者)로 이름이 높았으며, 이정귀, 장유, 이식과 함께 한문학4대가로 꼽힌다. 저서로는 『상촌집』, 『야언구정록』 등 다수가 있다.

안정복(安鼎福)

조선 후기의 학자로 호는 순암(順菴)이고 시호는 문숙(文肅)이다. 세자익위사의 사부 등을 지내이면서 세손(후일 정조)의 보도에 힘을 기울였다. 성호 이익(李瀷)의 학문을 계승하여 이용후생을 목적으로 하는 실학(實學)을 깊이 연구하였다. 특히 역사분야에 심혈을 기울여 『동사강목』을 저술하였다. 저서로는 『순암집』, 『가례집해』 등 다수가 있다.

유성룡(柳成龍)

조선 중기의 문신으로 호는 서애(西厓)이고 시호는 문충(文忠)이다. 퇴계 이황의 문인으로 벼슬은 대제학, 영의정 등을 지냈으며, 임진왜란 때 국난극복을 위해 진력하였다. 동인이 남인과 북인으로 갈라질 때에 그는 남인의 영수가 되고 이산해는 북인의 영수가 되어 정치적 갈등을 빚었다. 저서로는 『서애집』과 『징비록』이 있으며, 징비록은 현재 국보로 지정되었다.

윤선도(尹善道)

조선 중기의 문신이자 시인으로 호는 고산(孤山)이고 시호는 충헌(忠憲)이다. 광해군 때에 젊은 나이로 당시의 권력자인 이이첨을 탄핵하는 상소를 올려 이름을 드러냈다. 그 후 <예송논쟁>에 깊숙이 관여하여 서인의 송시열과 대립하는 등 치열한 당쟁에 휘말려 거의 일생을 유배지에서 살았다. 그의 가사문학은 정철과 쌍벽을 이뤘으며, 저서로는 『고산유고』 등이 있다.

이 곡(李穀)

고려 후기의 학자로 호는 가정(稼亭)이고 시호는 문효(文孝)이며, 목은 이색의 아버지이다. 중국 원나라의 정동성 향시에 수석으로 합격하였으며, 원제(元帝)에게 건의하여 고려에서 처녀 징발을 중지하게 하였다. 문장이 출중하여 원나라에서도 그를 외국인으로 보지 않았다. 저서로는『가정집』이 있으며, 고려시대 가전체 작품인 「죽부인전」이 유명하다.

이색(李穡)

고려 말기의 문신이자 학자로 호는 목은(牧隱)이고 시호는 문정(文靖)이다. 중국 원나라에서 과거에 장원급제하여 한림원에 등용되었다. 고려에 돌아와 성균관의 대사성이 되어 정몽주 등과 성리학 발전에 공헌했다. 당시 이성계의 세력을 억제하려 하였으나, 이성계가 권력을 잡자 유배을 당하였다. 그의 문하에서 수많은 학자가 배출되었으며, 저서로는『목은시고』 등이 있다.

이 식(李 植)

조선 중기의 문신이자 학자로 호는 택당(澤堂)이고 시호는 문정(文靖)이다. 광해군 때 폐모론이 일어나자 낙향하여 학문에 전념했다. 인조반정 후 대제학, 이조판서 등을 지냈으며, 척화론을 주장하여 청나라 심양에 잡혀갔다 돌아왔다. 이정귀, 신흠, 장유와 함께 한문학 4대가로 꼽히며, 「선조수정실록」의 편찬을 주도하였다. 저서로는『택당집』 등이 있다.

이 이(李 珥)

조선 중기의 문신이자 학자로 호는 율곡(栗谷)이고 시호는 문성(文成)이며, 어머니가 사임당 신씨이다. 과거에 아홉 번 장원을 하여 <구도장원공>으로 불렸다. 홍문관, 예문관의 양관대제학을 지냈으며, 그 후 이조판서가 되어 동서의 분당을 조정하려다 이루지 못하고 죽었다. 조선 유학계에 이황과 쌍벽을 이룬 대학자로 기호학파를 형성했다. 저서로는『성학집요』 등 다수가 있다.

이 익(李瀷)

조선 후기의 실학자로 호는 성호(星湖)이며, 벼슬에 뜻을 두지 않고 학문에 전념하였다. 그의 학문은 당초에 성리학에서 출발하였으나, 사회실정에 맞는 실용적 학문의 필요성을 역설하였다.

그리고 노비를 해방시키는 '양천합일제'와 양반도 산업에 종사해야 한다는 '사농합일'의 이론을 전개하였다. 그 결과 조선후기의 실학자들이 모두 그의 문하에서 나와 성호학파를 형성하였다.

이 첨(李詹)

고려 말 조선 초기의 문신이자 문장가로 호는 쌍매당(雙梅堂)이고 시호는 문안(文安)이다. 고려 말 권신 이인임을 탄핵하다가 10년간 유배를 당했다. 조선 초기에 예문관대제학을 지내고 하륜(河崙)과 함께 『삼국사략』을 편찬하였다. 문장과 글씨에 뛰어났으며, 그가 지은 『저생전』은 많은 사람들의 사랑을 받았다. 저서로는 『쌍매당집』이 있다.

이 황(李滉)

조선 중기의 문신이자 학자로 호는 퇴계(退溪)이고 시호는 문순(文純)이다. 벼슬은 우찬성을 거쳐 홍문관과 예문관의 양관대제학을 지내고 고향으로 은퇴하여 성리학의 연구와 제자 양성에 힘을 기울였다. 조선의 성리학을 집대성한 대학자로 율곡 이이와 함께 쌍벽을 이루었다. 그의 학풍은 영남학파로 이어졌으며, 도산서원을 창설하였다. 『성학십도』등 많은 저서를 남겼다.

이규보(李奎報)

고려 중기의 정치가이며 명문장가로 호는 백운거사(白雲居士)이고 시호는 문순(文順)이다. 벼슬은 집현전대학사, 정당문학, 참지정사, 태자태보 등을 지냈다. 호탕하고 활발한 그의 시풍은 당대를 풍미하였으며, 몽골군의 침입을 진정표(陳情表)로써 물리친 고려 제일의 문장가였다. 시와 술과 거문고를 즐겼으며, 저서로는 『동국이상국집』등이 있고, 시로는 「동명왕편」이 유명하다.

이인로(李仁老)

고려 중기의 문인이자 학자로 호는 쌍명재(雙明齋)이며, 벼슬은 우간의대부에 이르렀다. 오재세, 임춘 등과 망년우(忘年友)를 맺어 시와 술을 즐기며, 중국의 강좌칠현(江左七賢)을 본받아 해좌칠현(海左七賢)을 자처했다. 고려의 대표적 문인으로 문장이 뛰어나 당나라 한유(韓愈)의 고문을 따랐고, 시에 있어서는 소동파를 사숙했다. 저서로 『쌍명재집』, 『파한집』 등이 있다.

이정귀(李廷龜)

조선 중기의 문신이자 학자로 호는 월사(月沙)이고 시호는 문충(文忠)이다. 중국어를 잘해서 임진왜란 때 명나라와의 외교를 담당하였다. 병자호란 때에는 청나라와 화의를 반대하였으며, 대제학과 좌의정을 지냈다. 한문학의 대가로 신흠, 장유, 이식과 함께 한문학 4대가로 꼽혔다. 저서로는 『월사집』 등이 있다.

이제현(李齊賢)

고려 말기의 문신이자 학자로 호는 익재(益齋)이고 시호는 문충(文忠)이다. 원나라에 가있던 충선왕이 만권당을 세워 불러들이자 연경에 가서 원나라 학자들과 교류를 가졌다. 여러 벼슬을 거쳐 영예문관사에 이르고, 공민왕 때에는 도첨의정승을 지냈다. 당대의 명문장가로 외교문서에 뛰어났고, 정주학(程朱學)의 기초를 확립했다. 저서로는 『익재난고』 등이 있다.

임 춘(林椿)

고려 중기의 문인으로 '정중부의 난'에 간신히 목숨을 건졌으며, 이인로, 오재세 등과 함께 해좌칠현(海左七賢)으로 시와 술로 세월을 보냈다. 한문과 당시(唐詩)에 뛰어났으며, 이인로가 그의 유고를 모아 6권을 만들어 「서하선생집」이라 했다. 가전체 소설인 「공방전」과 「국순전」이 많은 사람들에게 회자되었다.

장 유(張維)

조선 중기의 문신이자 학자로 호는 계곡(谿谷)이고 시호는 문충(文忠)이다. 벼슬은 대제학을 거쳐 우의정에 이르렀다. 병자호란 때에는 최명길과 함께 강화(講和)를 주장했다. 천문과 지리 등 다방면에 걸쳐 능통했으며, 특히 문장이 뛰어나 이정귀, 신흠, 이식과 함께 한문학 4대가로 꼽혔다.

정도전(鄭道傳)

고려 말 조선 초기의 문신이자 학자로 호는 삼봉(三峰)이고 시호는 문헌(文憲)이다. 정몽주 등과 성리학에 침잠하여 불교를 배척하고 유교를 숭상하였다. 고려 말의 혼란한 시기를 당하여 이성계와 손을 잡고 조선을 건국하였으며, 성리학을 조선의 국시로 삼게 하였다. 그러나 왕권과 신권의 갈등 속에서 신권의 강화를 추진하던 중 이방원(태종)에게 죽임을 당하였다. 저서로는 『삼봉집』, 『경제문감』 등 다수가 있다.

정약용(丁若鏞)

조선 후기 실학사상을 집대성한 학자로 호는 다산(茶山)이고 시호는 문도(文度)이다. 그의 학문 체계는 사상적으로 유형원과 이익의 학문을 계승하였으며, 율곡의 주자학적 실천윤리와 홍대용, 박지원, 박제가 등 북학파의 사상을 흡수하여 집대성하였다. 정조의 신임을 받아 화성을 축조하은 등 수많은 업적을 남겼다. 저서로는 『목민심서』, 『경세유표』, 『흠흠신서』 등 다수가 있다.

정인지(鄭麟趾)

조선 초기의 문신이자 학자로 호는 학역재(學易齋)이고 시호는 문성(文成)이다. 세종 때 집현전에서 중추적 역할을 하고 예문관대제학에 올라 『사륜요집』을 편찬하였으며, 세종의 한글창제에도 기여하였다. 수양대군을 도와 계유정난에 참여하고 정부의 주요 요직을 두루 역임하였다. 조선 초기의 대표적 학자로 『고려사』를 편찬하는 등 학문적 업적을 남겼다.

정 철(鄭澈)

조선 중기의 문신이자 시인으로 호는 송강(松江)이고 시호는 문청(文淸)이다. 벼슬은 좌의정에 이르렀으며, 동서의 분당시 서인의 영수로 동인과 갈등을 보였다. 당시 가사문학의 대가로 「관동별곡」, 「성산별곡」, 「훈민가」, 「사미인곡」 등 수많은 가사와 단가를 지어, 윤선도와 함께 가사문학의 쌍벽으로 일컬어진다. 저서로는 『송강집』, 『송강가사』 등이 있다.

정 탁(鄭琢)

조선 중기의 문신으로 호는 약포(藥圃)이고 시호는 정간(貞簡)이다. 임진왜란 때에 유성룡과 함께 국난극복에 힘썼으며, 특히 이순신 장군을 구원하는 차자를 선조 임금에게 올렸다. 벼슬은 좌의정에 이르렀으며, 박학다식하여 경서는 물론 천문, 지리, 병법에도 능통하였다. 저서로는 『약포집』 등이 있다.

최 해(崔瀣)

고려 후기의 문신이자 학자로 호는 졸옹(拙翁)이며, 최치원의 후손이다. 원나라의 과거에 급제하였으며, 귀국해서 성균관대사성이 되었다. 성품이 강직하여 세속에 타협하지 않고 사람의 선악을 거리낌 없이 밝힘으로써 상사의 신망을 받지 못해 출세에 파란이 많았으나, 당대의 문호로 이제현과 함께 외국에까지 문명을 떨쳤다. 저서로는 『졸고천백』 등이 있다.

최익현(崔益鉉)

조선 말기의 문신이자 학자이며 의병장으로 호는 면암(勉庵)이다. 흥선대원군의 실정을 탄핵하였으며, 일본과의 통상을 반대하다가 흑산도에 유배되었다. 나라에 대소 사건이 있을 때마다 죽음을 무릅쓰고 상소를 하여 일본을 배척하고 매국역신의 처벌을 강력히 주장하였다. 을사늑약이 체결되자 의병을 일으켜 일본군과 싸웠으나 패전하여 대마도에 유배 중에 순국하였다.

최치원(崔致遠)

신라 말기의 학자로 호는 고운(孤雲)이고 경주최씨의 시조이다. 당나라에 유학하여 과거에 급제하고 당시 '황소의 난'을 토벌하는데 참전하여 유명한 「토황소격문」을 지어 당나라 사람들을 놀라게 했다. 신라로 귀국하여 「시무10조」를 건의하여 시행케 하고 아찬(阿湌)이 되었다. 만년에는 가야산에 들어가 여생을 마쳤다. 문창후(文昌侯)에 봉해지고 문묘에 배향되었다.

최한기(崔漢綺)

조선 말기의 학자로 호는 혜강(惠崗)이다. 경험주의 철학을 기반으로 <무실사상>을 전개하여 실학의 철학적 기반을 확립했으며, 특히 과학철학의 중요성을 주장했고, 교육사상에 있어서는 직업교육을 제창하였다. 성리학의 고루한 입장을 벗어나 자유분방한 이론을 전개한 점에 있어서 한국사상사에 중요한 업적을 남겼다. 『기측체의』, 『심기도설』 등을 비롯하여 수많은 저서를 남겼다.

허 균(許 筠)

조선 중기의 문신이자 소설가로 호는 교산(蛟山)이다. 그는 행동이 자유분방하여 벼슬살이에 부침이 많았으며, 광해군 때의 권신 이이첨에 의해 반역을 모의했다는 죄명으로 처형당했다. 그는 누나인 허난설헌과 함께 시문에 뛰어났다. 그가 지은 소설 「홍길동전」은 사회제도의 모순을 비판한 조선시대의 대표적 걸작이다. 저서로는 『성소부부고』 등이 있다.

허 목(許 穆)

조선 중기의 문신이자 학자로 호는 미수(眉叟)이고 시호는 문정(文正)이다. 젊어서 경전을 연구에 전념하여 예학에 일가를 이루었으며, <예송논쟁>에 깊숙이 관여하여 송시열과 대립하였다. 남인이 청남과 탁남으로 갈라질 때에 청남의 영수가 되어 탁남의 영수인 허적을 탄핵하다가 파직되어 고향에서 학문연구에 몰두하였다. 그의 전서체(篆書體)는 동방의 제일로 일컬어졌다.

허난설헌(許蘭雪軒)

조선 중기의 여류문인으로 본명은 초희(楚姬)이고 호는 난설헌(蘭雪軒)이며, 허균의 누나이다. 이달(李達)에게 시를 배워 천재적인 시재를 발휘하여 섬세한 필치로 여인의 특유한 감상을 노래한 시를 많이 지었다. 그의 시는 명나라와 일본에서도 간행되어 많은 사람들의 격찬을 받았으나, 27년이라는 짧은 인생을 살았던 비운의 천재여류시인이다.

홍대용(洪大容)

조선 후기의 실학자로 호는 담헌(湛軒)이다. 북학파의 학자인 박지원, 박제가, 이덕무, 유득공과 친교를 맺었으며, 그들은 성리학보다도 군국(軍國)과 경제에 관한 학문에 전념하였다. 그는 종래의 음양오행설을 부정하고 기화설(氣火說)을 주장한 북학파의 선구자로 '지구자전설'을 주장했으며, 경제정책에 있어서는 균전제(均田制)와 부병제(府兵制)를 선호했다.

홍석주(洪奭周)

조선 후기의 문신이자 학자로 호는 연천(淵泉)이고 시호는 문간(文簡)이다. 벼슬은 양관대제학을 거쳐 좌의정에까지 올랐다. 순조임금 사후에 실록청의 총재관이 되어 「순조실록」을 편찬하였다. 성리학에 조예가 깊고 문장에 있어서는 10대가의 한 사람으로 꼽혔다. 저서로는 『연천집』, 『동사세가』 등 다수가 있다.

1부 시와 노래

2부 왕조시대의 애민사상

5부 지식인의 생각

6부 형식을 초월한 글

관음포유허비 비명 觀音浦遺墟碑

9부 더 읽고 싶은 글

엮은이 소개

여강(驪江) 구자청(具滋淸)

경기도 여주 출신으로 중앙부처인 총무처에 근무하였으며, 국무총리산하 한국행정연구원의 행정실장을 지냈고, 국무총리표창을 수상하였다.

30년의 공직생활을 마치고 지금은 '한학자이자 전통문화연구가'로 활동하고 있다.

저서로 『청백리재상 구치관 전기』, 『상소문을 읽으면 조선이 보인다』, 『천년의 울림 여강의 노래』, 『선비의 편지』가 있고, 번역서로 『가사습유(家史拾遺)』가 있으며, 연구논문으로 「왕조시대의 묘호에 관한 연구」 등이 있다.

고전의 향기

초판1쇄 발행 2015년 12월 15일

엮 은 이 구자청
펴 낸 이 최종숙

책임편집 이태곤
편   집 문선희 박지인 권분옥 이소희 오정대
디 자 인 안혜진 이홍주
마 케 팅 박태훈 안현진

펴 낸 곳 글누림출판사 / 서울시 서초구 동광로46길 6-6(반포4동 577-25) 문창빌딩 2층(우 06589)
전   화 02-3409-2055 FAX 02-3409-2059
이 메 일 nurim3888@hanmail.net
홈페이지 http://www.geulnurim.co.kr
등   록 2005년 10월 5일 제303-2005-000038호

ISBN 978-89-6327-322-8 03810

정가 25,000원